midnight sun

STEPHENIE MEYER

midnight sun

Traduit de l'anglais (États-Unis) par Luc Rigoureau

hachette
ROMANS

Photographie de couverture : © Roger Hagadone
Conception graphique : David Caplan & Gail Doobinin

Traduit de l'anglais (États-Unis) par Luc Rigoureau

L'édition originale de cet ouvrage a paru sous le même titre.

Hachette Livre, 58 rue Jean Bleuzen, 92170 Vanves.

Ce livre est dédié à tous les lecteurs qui ont fait partie de ma vie
avec tant de bonheur ces quinze dernières années.
Lors de notre première rencontre, vous étiez des adolescents
aux yeux magnifiques et brillants pleins de rêves d'avenir.
J'espère que, depuis, vous les avez tous trouvés
et qu'il se sont révélés encore meilleurs que ce que vous espériez.

1

PREMIÈRE RENCONTRE

C'ÉTAIT LE MOMENT DE LA JOURNÉE OÙ JE REGRETTAIS PLUS que jamais de ne pouvoir dormir.

Le lycée.

Le mot « purgatoire » aurait-il été plus approprié ? Si mes péchés avaient été expiables, ces heures assommantes auraient dû être portées, en partie au moins, au bénéfice de ma rédemption. Je ne m'habituais pas à l'ennui, et chaque jour semblait plus monotone que le précédent. Quoique… cette épreuve recouvrait peut-être le genre de sommeil qui m'était dévolu, pour peu qu'on considère le sommeil comme un état d'inertie totale entre deux périodes d'activité.

Je contemplais les fissures qui défiguraient le mur du coin le plus reculé de la cafétéria, y décelais des images qui ne devaient qu'à mon imagination. C'était une façon d'étouffer les voix qui bruissaient à l'intérieur de mon crâne, pareilles au fracas d'un torrent.

Des centaines de voix que j'ignorais tant elles me lassaient.

L'esprit des hommes n'avait plus de secrets pour moi – j'en avais trop entendu. Aujourd'hui, tous s'activaient autour d'une broutille : l'ajout d'un nouvel élément à la maigre communauté lycéenne. Il en fallait bien peu pour les occuper, et ils ne s'étaient pas privés de me donner de multiples aperçus du visage de la recrue, sous tous ses angles. Rien qu'une humaine banale. L'agitation que provoquait cette arrivée était douloureusement prévisible, on aurait obtenu la même réaction en brandissant un hochet sous les yeux d'une bande de très jeunes enfants. La moitié des garçons, tels des moutons de Panurge, se voyaient déjà épris d'elle, juste parce qu'elle avait l'attrait de l'inédit. Je redoublai d'efforts pour tenter d'effacer leurs réflexions.

Il n'y avait que quatre pensées que j'occultais par courtoisie plutôt que par répulsion, celles de mes deux frères et de mes deux sœurs. Ils étaient d'ailleurs si accoutumés à l'absence d'intimité en ma présence qu'ils s'en souciaient rarement. Je faisais ce que je pouvais, m'interdisant de les écouter dans la mesure du possible.

Mais malgré mes efforts… je savais.

Comme d'ordinaire, Rosalie songeait à elle-même. Ayant saisi le reflet de son profil dans les lunettes de quelqu'un, elle méditait sur sa beauté. Son cerveau était une flaque stagnante qui réservait peu de surprises. Les cheveux de nulle autre ne s'approchaient autant de l'or pur ; aucune silhouette n'évoquait autant que la sienne la forme parfaite d'un sablier ; pas un visage n'avait cet ovale, cette symétrie, ce grain de peau sans défaut. Elle ne se comparait pas aux mortelles, ç'aurait été d'une absurdité risible, mais aux membres de notre espèce, dont aucun ne l'égalait.

La frustration tordait les traits d'ordinaire insouciants d'Emmett, qui ratissa d'une main énorme ses boucles ébène, les tordant sous un poing rageur. Il ne décolérait pas d'avoir perdu le combat qui l'avait opposé à Jasper cette nuit. Sa patience fort limitée suffirait à peine à lui permettre de tenir jusqu'à la fin des cours, quand il aurait l'occasion d'orchestrer sa revanche. Lorsque je captais ses considérations, je ne me sentais pas particulièrement indiscret, car il les exprimait ou les mettait en pratique de façon systématique. La culpabilité ne m'envahissait qu'à l'égard de ceux qui ne tenaient pas à ce que je sois au courant de certains secrets. Si l'esprit de Rosalie était une flaque stagnante, celui d'Emmett était un lac aux eaux cristallines.

Jasper, lui… souffrait.

Je réprimai un soupir.

Edward.

M'ayant interpellé mentalement, Alice eut droit à toute mon attention. J'aurais réagi pareillement si elle m'avait hélé tout fort. J'étais heureux que mon prénom se soit démodé au cours des dernières décennies. Par le passé, dès qu'une personne avait pensé à un Edward, j'avais eu le réflexe de me manifester. Ç'avait été très agaçant.

Là, je ne bronchai pas. Alice et moi étions passés maîtres dans l'art de ces conversations privées, et il était rare qu'on nous y prenne. Je continuai de fixer les fissures.

Il tient le coup ? me demanda-t-elle.

Je fronçai les sourcils de manière imperceptible afin de ne pas nous trahir. Comme par simple ennui.

Jasper était immobile depuis trop longtemps. Il n'imitait pas les tics humains, règle que nous suivions pour éviter de nous distinguer – Emmett se tirant les cheveux, Rosalie croisant ses jambes, Alice tapotant le lino de ses pieds, ou moi pivotant de temps à autre afin de regarder d'autres dessins sur le mur. Raide comme la justice, Jasper semblait paralysé. Même sa chevelure blonde paraissait insensible à l'air chaud que dispensaient les bouches d'aération.

Court-on un risque ?

Le ton d'Alice était de plus en plus inquiet, et elle surveillait notre frère à la dérobée. Elle se projeta dans le futur immédiat, cherchant l'origine de mon froncement de sourcils au-delà de l'ennui dans lequel je baignais. Sans oublier de poser son menton pointu sous son poing menu et de ciller régulièrement. Elle écarta une mèche de ses cheveux noirs hérissés, coupés court.

Lentement, je tournai la tête sur la gauche, comme pour examiner les briques du mur, soupirai, puis revins à l'inspection du plafond. Les autres croiraient que je jouais à l'humain. Alice seule comprit que je répondais par la négative à sa question. Elle se détendit.

Avertis-moi si ça devient trop difficile.

Cette fois, je me contentai de lever et de baisser les yeux.

Merci.

Ne pas être en mesure de réagir à haute voix fut un soulagement. Qu'aurais-je dit ? *Tout le plaisir est pour moi ?* On en était loin. Je n'appréciais pas d'épier les luttes intérieures de Jasper. L'expérience était-elle vraiment nécessaire, au demeurant ? Au lieu de le pousser dans ses retranchements, n'aurait-il pas été plus sûr de simplement admettre qu'il ne serait jamais aussi habile que nous pour contrôler sa soif ? Pourquoi fricotions-nous avec le danger ?

Notre dernière partie de chasse remontait à deux semaines. Pas un laps de temps trop difficile à gérer pour nous, quoiqu'un peu inconfortable dès qu'un individu s'approchait trop ou que le vent soufflait dans la mauvaise direction. Toutefois, les mortels ne s'approchaient jamais beaucoup, leur instinct leur dictant ce que leur raison se serait refusé à accepter : nous étions un péril à fuir.

En cet instant, Jasper en était un tout ce qu'il y a de plus réel.

Bien que ce soit rare, il arrivait que l'inconscience des hommes me frappe de stupeur. Nous y étions certes si habitués que nous ne nous attendions à rien d'autre mais, parfois, elle paraissait plus évidente que jamais. Aucun de ces lycéens ne prêtait attention à notre groupe installé autour de la table fatiguée de la cafétéria, alors qu'une bande de tigres à l'affût aurait été moins létale que nous. Ils ne voyaient que cinq êtres vaguement étranges, nous étions assez similaires à eux pour passer pour des humains. Je m'étonnais qu'ils réussissent à survivre avec des sens aussi incroyablement émoussés.

Soudain, une fille de petite taille s'arrêta à la table voisine pour discuter avec une amie. Elle rejetait en arrière ses courts cheveux sable, et la ventilation expédia son odeur dans notre direction. Mes réactions physiques ne me surprirent pas : ardeur sèche de ma gorge, désir creux de mon ventre, crispation de mes muscles, afflux du venin à ma bouche. Elles étaient normales et assez aisées à dominer. Mais elles furent d'autant plus violentes et ardues à gérer que je surveillais Jasper.

Il se laissait emporter par son imagination, se représentait la scène : il se levait de sa chaise, se plantait près de la lycéenne, se penchait comme pour murmurer à son oreille, autorisait ses lèvres à effleurer la courbe du cou gracile, anticipait la tiède sensation du pouls sous le bouclier fragile de la peau…

Je donnai un coup de pied dans sa chaise.

Son regard noir, où luisit un bref éclat de rancœur, croisa le mien, puis il baissa les yeux. La guerre que se livraient en lui la honte et la révolte ne m'échappa pas.

— Désolé, marmonna-t-il.

Je haussai les épaules.

— J'avais vu que tu ne ferais rien, l'apaisa Alice en lui caressant le bras.

Je m'abstins de montrer ma réprobation devant pareil mensonge. Elle et moi devions nous serrer les coudes, ce qui n'était pas simple, vu que nous étions deux monstres plus monstrueux que les autres. Nous protégions mutuellement nos secrets.

— Les envisager comme des individus uniques aide un peu, poursuivit-elle de sa voix musicale haut perchée et trop rapide pour être audible par des oreilles humaines. Celle-ci s'appelle Whitney. Elle a une petite sœur qu'elle adore. Sa mère a invité Esmé à une garden-party, tu te souviens ?

— Je sais très bien qui elle est, répliqua Jasper d'un ton qui mit un terme à la discussion.

Il se détourna vers les fenêtres étroites percées au niveau du plafond de la longue salle.

Il allait devoir chasser cette nuit. Il était ridicule de courir autant de risques, de tester sa résistance, de lui apprendre l'endurance. Il ne lui restait qu'à accepter ses limites et à faire avec.

Avec un soupir silencieux, Alice se mit debout, s'empara de son plateau – un simple accessoire – et s'éloigna. Elle savait à quel moment ne plus insister. Si la relation de Rosalie et Emmett était exubérante, celle d'Alice et Jasper était fondée sur une connaissance absolue des besoins de l'autre. Comme si eux aussi avaient le don de lire dans les esprits, mais seulement les leurs.

Edward.

Je réagis automatiquement à l'appel de mon prénom, bien qu'il n'ait pas été prononcé, juste pensé.

Durant un quart de seconde, mon regard accrocha de vastes prunelles chocolat qui tranchaient sur le teint pâle d'un visage en forme de cœur. Ces traits m'étaient connus, même si je ne les avais encore pas croisés physiquement. Ils avaient été le principal sujet de réflexion de nos pairs aujourd'hui. C'étaient ceux de la nouvelle, fille du chef de la police locale, venue s'installer ici pour des raisons familiales, Isabella Swan. *Bella.* Elle corrigeait tous ceux qui n'utilisaient pas son diminutif.

Déjà las, je m'esquivais quand je découvris que ce n'était pas son cerveau qui m'avait invoqué.

Comme par hasard, elle s'amourache tout de suite des Cullen ! se poursuivait la réflexion.

J'en identifiai la « voix ».

Jessica Stanley. Je n'avais plus eu droit à ses fantasmes sur ma petite personne depuis un moment. Quelle délivrance ç'avait été quand elle s'était lassée de moi ! Avant ça, il m'avait été impossible d'échapper à ses délires absurdes. J'avais regretté de ne pas être en droit de lui détailler *précisément* ce qui se serait passé si mes lèvres – et les dents qu'elles masquaient – étaient entrées en contact avec les siennes. Voilà qui aurait eu le don de stopper net ses agaçantes projections. J'en souriais presque.

Elle continuait à dérouler ses idées.

Pour ce qu'elle y gagnera ! Elle n'est même pas jolie. Je ne pige pas pourquoi Éric la mate comme ça. Ou Mike.

Ce nom lui arracha un tressaillement mental. Sa dernière obsession en date, le populaire Mike Newton, n'avait que de l'indifférence pour elle. Mais pas pour la nouvelle, apparemment. Encore un gamin tendant les doigts vers le hochet. Son intérêt donnait un tour acide aux réflexions de Jessica, même si elle se montrait cordiale envers l'intruse, à laquelle elle expliquait ce que la rumeur colportait à notre propos. L'autre avait dû poser des questions.

Tout le monde me regarde aussi, aujourd'hui, pensait Jessica avec suffisance. *J'ai de la veine que Bella suive deux de mes cours. Je parie que Mike va me demander si elle...*

Je m'efforçai de bloquer ce bavardage inepte avant qu'il me rende fou.

— Jessica Stanley est en train de déballer le linge sale du clan Cullen au profit de la fille Swan, murmurai-je à Emmett pour me distraire.

Il étouffa un gloussement.

J'espère qu'elle lui en donne pour son argent.

— C'est plutôt faiblard, à vrai dire. À peine une allusion voilée à quelque scandale. Pas un brin d'horreur. Je suis assez dépité.

Et la nouvelle ? Les ragots la déçoivent également ?

Je tendis l'oreille vers Bella. Que voyait-elle lorsqu'elle observait la famille à l'étrange teint pâle que tout le monde évitait ? Jauger de sa réaction m'incombait. J'étais, à défaut d'autre mot, la sentinelle du clan. Je le protégeais. Quand quelqu'un commençait à nourrir des soupçons, j'en avertissais les miens suffisamment tôt pour que nous puissions décamper. Ça s'était produit par le passé, un humain à l'imagination débordante nous ayant identifiés par le truchement d'un personnage de livre ou de film. Même si, en général, les mortels en question se trompaient, il valait mieux partir que subir une curiosité mal placée. Rarement, très rarement, ils visaient juste. Nous ne leur donnions pas la chance de vérifier leur hypothèse et disparaissions corps et biens, ne laissant derrière nous qu'un souvenir effrayant.

Ça n'était pas arrivé depuis des dizaines d'années.

J'eus beau écouter avec attention, je ne perçus que l'incessant et superficiel monologue de Jessica. À croire qu'elle était seule. Bizarre. La fille s'était-elle éclipsée ? C'était peu probable, dans la mesure où son amie continuait de soliloquer. Je regardai, quelque peu dérouté – il n'était pas dans mes habitudes de vérifier mon ouïe « exceptionnelle ».

De nouveau, mon regard fut happé par ces grands yeux fauve. Leur propriétaire n'avait pas bougé et nous dévisageait, ce qui était sans doute des plus naturels, puisque son interlocutrice la régalait de commérages nous concernant.

Il aurait été tout aussi naturel qu'elle *pense* à nous.

Or, je ne captais pas le moindre chuchotis mental de sa part.

Une rougeur chaude et tentatrice envahit ses joues lorsqu'elle baissa la tête, gênée d'avoir été prise en flagrant délit d'impolitesse. Heureusement que Jasper était toujours focalisé sur les fenêtres. Je n'osais imaginer les ravages qu'aurait provoqués chez lui cet afflux sanguin si généreux.

Les émotions qu'afficha ce visage me furent aussi lisibles que si elles avaient été gravées dans le marbre : la surprise, comme si elle appréhendait inconsciemment ce qui séparait son espèce de la mienne, la curiosité que lui inspirait le conte de Jessica, une chose qui ressemblait à de la fascination (ce ne serait pas la première fois, nos proies désignées nous trouvaient beaux) et, enfin, l'embarras.

Mais bien que ses sentiments se reflètent clairement dans ses drôles de prunelles – drôles parce que d'une profondeur singulière –, son cerveau m'était hermétique. Totalement silencieux.

Cela me mit mal à l'aise.

Une première. Se pouvait-il que cela vienne de moi ? Inquiet, je me concentrai.

Toutes les voix que j'avais tenues à l'écart déferlèrent soudain dans mon crâne.

... me demande quelle musique elle aime... et si je lui parlais de mon nouveau CD ? Ainsi pensait Mike Newton, à deux tables de là, les yeux rivés sur Bella Swan.

Non, mais regarde-le la reluquer ! Comme s'il ne lui suffisait pas d'avoir déjà la moitié des nanas du bahut à ses pieds ! Telles étaient les sulfureuses réflexions d'Éric Yorkie, lui aussi concentré sur elle.

… à vomir. Comme si elle était célèbre ! Même Edward Cullen la mate ! Lauren Mallory était verte de jalousie. *Et Jessica qui exhibe sa nouvelle meilleure amie ! Quelle vaste blague !* Ses observations exsudaient le vitriol.

Je parie que tout le monde lui a déjà posé la question. J'aimerais pourtant lui parler. Qu'est-ce que je pourrais trouver d'original ? se torturait Ashley Dowling.

Elle sera peut-être avec moi en cours d'espagnol, espérait June Richardson.

… encore des tonnes de devoir à faire ce soir. Les maths, la disserte de littérature… Pourvu que ma mère… Angela Weber, une fille timide aux pensées d'une rare gentillesse, était la seule à cette table qui ne soit pas obsédée par cette Bella.

Rien de ce qui traversait ces pauvres esprits ne m'échappait. Sauf pour ce qui concernait la nouvelle aux yeux faussement candides.

À l'inverse, j'entendais ce qu'elle disait à Jessica. Je n'avais évidemment pas besoin de mon don pour percevoir sa voix douce et claire à l'autre extrémité de la salle.

— Qui c'est, ce garçon aux cheveux blond-roux ? était-elle en train de demander.

Elle m'avait jeté un coup d'œil en douce avant d'aussitôt baisser la tête en constatant que je la fixais toujours. Si j'avais espéré que capter ses paroles me permettrait de repérer la tonalité de ses réflexions, j'en fus pour mes frais. D'ordinaire, le mental et le timbre des gens s'exprimaient dans des harmonies identiques. Celui-ci, circonspect, m'était inconnu et il ne correspondait à aucune des centaines de supputations qui rebondissaient dans la cafétéria. C'était sûr et certain. Inédit aussi.

Eh bien, bonne chance, idiote ! se dit Jessica avant de répondre :

— Edward. Il est superbe. Mais inutile de perdre ton temps. Apparemment, aucune des filles d'ici n'est assez bien pour lui.

Elle renifla avec rancœur, et je dissimulai un sourire. Tant elle que ses camarades avaient beaucoup de chance de ne pas m'attirer.

Au-delà de mon amusement, j'éprouvai un élan que je ne compris pas vraiment. Il était dû à la malveillance des pensées de Jessica, dont Bella Swan était bien sûr ignorante. C'était une envie aussi brutale qu'étonnante de la préserver des sombres réflexions qui animaient l'esprit de son interlocutrice. J'en fus le premier surpris. Tentant de saisir ce qui me motivait, je l'examinai encore une fois, mais à travers les yeux de Jessica, car mon indiscrétion n'avait déjà que trop attiré l'attention.

Il s'agissait peut-être d'un instinct protecteur enfoui profondément en moi, celui que ressent le fort vis-à-vis du faible. Bella Swan semblait plus fragile que ses contemporaines. Sa peau était si translucide qu'on avait du mal à croire qu'elle la défendait efficacement contre le monde extérieur. Je distinguais le flot saccadé du sang qui traversait ses veines sous la membrane fine et pâle… Non, il ne fallait pas que je m'attarde là-dessus. Je me débrouillais bien pour mener la vie que j'avais choisie, mais la soif me dévorait tout autant que Jasper. Inutile d'entretenir la tentation.

Un léger pli ridait son front, entre les sourcils, ce dont elle n'avait sûrement pas conscience.

J'étais en proie à un agacement prodigieux. Il était évident qu'elle se forçait à rester assise ici, à converser avec des inconnus, à être le point de mire général. Je percevais sa timidité à la façon dont elle courbait ses épaules frêles, comme si elle craignait à tout instant une rebuffade. Malheureusement, j'en étais réduit à voir, à sentir, à imaginer. Cette banale mortelle ne m'offrait que le silence de son cerveau. Pourquoi ?

— On y va ? murmura Rosalie.

Je fus soulagé de pouvoir me détourner de l'objet de mes hypothèses. J'en avais assez de me casser le nez. L'échec m'irritait d'autant plus qu'il ne m'était pas familier. Je n'avais pas envie de m'intéresser à ses songeries cachées simplement parce qu'elles étaient cachées. Je ne doutais pas que lorsque je parviendrais à les déchiffrer, et j'en trouverais le moyen, elles seraient aussi triviales et futiles que celles de n'importe quel être humain. Mes efforts seraient bien mal récompensés, j'en étais convaincu.

— La nouvelle a-t-elle déjà peur de nous ? s'enquit Emmett.

Je n'avais pas répondu à sa précédente question. J'eus un geste évasif, et il n'insista pas, son indifférence envers les humains l'emportant sur sa curiosité. Nous quittâmes la salle.

Emmett, Rosalie et Jasper, prétendus élèves de terminale, s'éloignèrent vers leurs classes respectives. Je gagnai mon cours de biologie de première, m'armant pour en supporter l'ennui. Il était peu probable que M. Banner, un type d'une intelligence moyenne tout au plus, réussisse à tirer de sa leçon magistrale quoi que ce soit susceptible de surprendre quelqu'un ayant à son actif deux thèses de médecine.

Je m'installai à ma paillasse, sortis mes livres – juste des accessoires, comme le plateau de la cantine, puisqu'ils ne contenaient rien que je ne sache – et les étalai devant moi. J'étais le seul à ne pas partager mon pupitre. Trop idiots pour comprendre ce qui les effrayait chez moi, les mortels conservaient tout de même un certain instinct de survie primitif et gardaient leurs distances.

Ils revenaient peu à peu de la pause déjeuner, et la salle se remplissait. M'adossant à ma chaise, j'attendis que le temps passe et, une fois de plus, regrettai de ne pas dormir.

Quand Angela Weber apparut avec la nouvelle élève, et parce que j'avais pensé à cette dernière, son nom perturba ma sérénité.

Bella a l'air aussi timide que moi. Ça ne doit pas être fastoche pour elle, aujourd'hui. Je la réconforterais bien, mais mes mots seraient sûrement stupides.

Trop cool ! s'exclama par-devers lui Mike Newton en se retournant pour les reluquer.

De là où elle se tenait, Bella Swan, elle, restait mentalement muette. Le néant qui aurait dû être peuplé de ses réflexions me troublait et me contrariait. Mon don était-il en train de s'estomper ? Ce silence n'était-il que le premier symptôme d'un délabrement cérébral ?

Si, souvent, j'avais souhaité échapper à la cacophonie, être normal – dans la limite du possible –, je commençais à m'affoler. Qui serais-je, privé de mes aptitudes exceptionnelles ? Je n'avais pas eu vent d'un cas identique dans nos annales. Je me renseignerais auprès de Carlisle.

La fille passa près de moi en allant se présenter au prof. Pauvrette. Le seul siège vacant était celui près du mien. Par réflexe, je débarrassai son coin de bureau de mes manuels, que j'empilai. À mon avis, elle ne serait pas très à l'aise, assise à côté de moi, et le semestre risquait de lui sembler long. En même temps, cette proximité me permettrait peut-être de débusquer ses pensées masquées. Non que j'aie jamais eu besoin de creuser auparavant. Non plus que j'espère découvrir quoi que ce soit digne d'intérêt.

Bella Swan traversa le souffle chaud que la bouche d'aération projetait dans ma direction.

Son odeur me frappa comme une masse, me déchiqueta comme une grenade à fragmentation. Aucune image ne serait assez évocatrice pour décrire la violence de ma réaction.

Je fus transformé en un clin d'œil. Je cessai de ressembler à l'homme que j'avais été autrefois. Je perdis tous les lambeaux d'humanité dans lesquels j'avais réussi à me draper depuis.

Je devins prédateur, et elle, ma proie. Le monde se réduisit à cette simple vérité.

La salle n'était plus remplie de témoins, je les envisageais déjà comme des dommages collatéraux. J'oubliai le mystère de l'esprit indéchiffrable de la fille – ça n'avait plus d'importance, puisqu'elle cesserait bientôt de penser.

J'étais un vampire, et elle possédait le sang le plus exquis qu'il m'était donné de humer depuis plus de quatre-vingts ans.

Je n'avais pas imaginé qu'un parfum aussi exquis puisse exister. Sinon, je l'aurais traqué depuis longtemps. J'aurais écumé la planète, en quête de sa propriétaire. J'en goûtais déjà la saveur…

La soif m'incendiait la gorge, j'avais la bouche brûlée, desséchée, qu'une nouvelle montée de venin n'apaisa pas. En écho à ma soif, la faim me tordait le ventre. Mes muscles étaient tendus comme des ressorts.

Une seconde ne s'était pas écoulée. Bella Swan achevait le pas qui l'avait mise dans ma ligne de mire. Quand elle posa le pied par terre, elle me lança un coup d'œil qui se voulait furtif. Son regard croisa le mien, me renvoyant mon reflet.

Ce que j'y distinguai de mes traits lui sauva la vie pendant ces instants épineux.

Elle ne me facilita pourtant pas la tâche. Face à mon expression choquée, ses joues s'empourprèrent de la couleur la plus appétissante qui soit. Son arôme m'embrumait le cerveau, m'empêchant de réfléchir. J'étais l'esclave de mes instincts incohérents et incontrôlables.

Elle accélérait, à présent, comme si elle avait deviné qu'il lui fallait se sauver. Son empressement la rendit gauche, et elle trébucha, manquant de tomber sur la fille assise devant moi. Sa faiblesse et sa vulnérabilité étaient hors du commun, même pour une humaine.

Je me concentrai sur le reflet que m'avait montré le miroir de ses yeux. Sur le visage qui me révulsait, celui du monstre qui couvait en moi, celui que j'avais vaincu à force de décennies de lutte et de discipline de fer. Avec quelle facilité il venait de resurgir !

Une autre bouffée de parfum m'assaillit. Mes réflexions s'éparpillèrent aux quatre vents, je faillis bondir de ma chaise.

Non !

Je me retins au rebord de la paillasse avec une telle force que le bois du montant ne résista pas et s'effrita en une poignée de sciure, dessinant en creux l'empreinte de ma main. Toujours détruire les preuves. C'était une règle de base. Je m'empressai de pulvériser celle-ci en la frottant du bout des doigts, ne laissant qu'une indentation inégale et quelques copeaux que je dispersai du pied.

Détruire les preuves. Dommages collatéraux…

Je savais ce qui allait se produire. La nouvelle devrait s'asseoir à mon côté, et je serais obligé de la tuer. Les dix-neuf autres innocents spectateurs, les élèves et le prof, n'auraient pas le droit de survivre après avoir assisté au massacre.

Je tressaillis à la perspective de ce que le destin m'imposait. Je n'avais jamais commis pareille atrocité, même à ma pire époque. Je n'avais éliminé que des humains coupables de quelque méfait. Et voilà que je m'apprêtais à en exterminer vingt qui n'y pouvaient mais.

Mon démon se moquait de moi. Une part de moi avait beau le repousser avec dégoût, l'autre planifiait déjà la suite des événements.

Si je commençais par la fille, je ne disposerais que de quinze ou vingt secondes avant que ses camarades réagissent. Un peu plus peut-être s'ils ne comprenaient immédiatement ce qui se passait. Elle n'aurait le temps ni de crier ni de souffrir, j'éviterais d'être cruel. Je devais au moins ça à cette inconnue au sang si abominablement désirable.

Ensuite, il me faudrait empêcher ses pairs de s'échapper. Les fenêtres, trop hautes et trop étroites, ne poseraient pas de problème. Je n'aurais qu'à bloquer la porte pour les emprisonner. Les éliminer un à un, alors que, paniqués, ils s'agiteraient dans tous les sens, serait un peu long et compliqué. Pas impossible, mais bruyant. Le tumulte alerterait d'autres innocents que je devrais liquider à leur tour.

Pendant ce temps, le sang de Bella Swan refroidirait.

Pareil à un châtiment, son parfum contracta de nouveau ma gorge d'une douleur sèche…

Conclusion : les témoins seraient les premiers.

Je me dessinai un plan de bataille. Mon pupitre était installé au milieu de la salle, le long de l'aile centrale, au dernier rang. Je m'attaquerais d'abord à mes voisins de droite, les chanceux que je prendrais au dépourvu. D'après mes estimations, je devais pouvoir briser quatre ou cinq cous à la seconde, en silence. Remonter puis redescendre le côté gauche ne m'en demanderait que cinq supplémentaires.

Cinq secondes qui permettraient à Bella Swan de voir, ne serait-ce que brièvement, ce qui l'attendait. Cinq secondes qui lui donneraient le temps d'avoir peur. Cinq secondes qui, pour peu qu'elle ne soit pas paralysée, lui offriraient l'occasion de préparer un cri. Un petit cri qui n'attirerait l'attention de personne.

J'inhalai profondément, et le feu de son odeur courut dans mes veines, consumant le meilleur en moi.

Elle était en train de revenir. D'ici un instant, elle serait assise près de moi.

Le monstre exulta.

Soudain, sur ma gauche, un élève referma brutalement un classeur. Je ne relevai pas les yeux pour voir de quel individu, parmi ces condamnés, il s'agissait, mais le mouvement expédia un courant d'air sans saveur et banal dans ma direction.

L'espace d'une précieuse seconde, je recouvrai ma lucidité. Alors, deux visages m'apparurent.

Le premier était le mien. L'avait été, du moins. Celui d'une créature aux prunelles rouges qui avait tué tant de personnes que j'en avais perdu le compte. Des meurtres rationnels et légitimes. J'avais éliminé des assassins et des monstres moins puissants que moi. Un bon principe, m'autorisais-je à croire. Je décidais de qui méritait une condamnation à mort. C'était un compromis avec moi-même. Je m'étais nourri de sang humain, mais dans l'acceptation la plus vague du terme : humaines, mes victimes aux lourds antécédents l'avaient été à peine plus que moi.

Le second était celui de Carlisle.

Deux visages opposés, l'un incarnant le jour le plus clair, l'autre la nuit la plus noire.

Toute ressemblance physique aurait été surprenante, Carlisle n'étant pas mon père biologique. Nous n'avions rien en commun, si ce n'est notre pâleur de cadavre : tel est le lot des vampires.

L'autre similitude tenait à la couleur de nos yeux, laquelle relevait d'un choix partagé.

Malgré tout, j'avais commencé à penser que je me rapprochais de plus en plus de lui, jusqu'à un certain point s'entend, depuis vingt-sept ans que j'avais adopté son mode de vie et suivais ses traces. Mes traits n'avaient évidemment pas changé, mais j'avais le sentiment qu'ils avaient emprunté un peu de sa sagesse, que le pli de ma bouche exprimait une once de sa compassion, et que mon front reflétait des soupçons de son infinie patience.

Ces minuscules améliorations s'étaient effacées du masque du monstre. D'ici quelques instants, il ne resterait rien de ce que m'avaient apporté les années passées auprès de mon créateur, de mon mentor, de mon père au sens le plus réel du terme. Mes prunelles seraient d'un rouge diabolique, toute analogie aurait disparu à jamais.

Dans cette image mentale, le bon regard de Carlisle ne me jugeait pas. Je savais qu'il me pardonnerait mon acte odieux. Parce qu'il m'aimait. Parce qu'il me croyait meilleur que je ne l'étais.

Avec une raideur qui devait sans doute à la frayeur, Bella Swan s'installa à côté de moi, et sa fragrance m'enveloppa d'un nuage implacable.

J'allais prouver à mon père qu'il se trompait sur mon compte, ce qui m'emplissait d'un chagrin presque aussi douloureux que l'incendie qui me ravageait.

Écœuré par le démon qui rêvait de la tuer, je m'écartai.

Pourquoi avait-il fallu qu'elle vienne ici ? Pourquoi fallait-il qu'elle *existe* ? Pourquoi fallait-il qu'elle dévaste le peu de paix que j'avais réussi à instaurer dans ma non-existence ? Pourquoi cette humaine agaçante était-elle seulement née ? Elle signerait ma perte.

Une haine brusque et féroce me secoua, et je me détournai.

Je ne voulais pas être ce monstre. Je ne voulais pas massacrer cette pièce remplie d'enfants inoffensifs. Je ne voulais pas être délesté de ce que j'avais gagné durant ma vie de déni et de sacrifice.

Je ne m'y résoudrais pas.

Elle ne pouvait pas m'y forcer.

C'était son odeur, le problème. L'arôme affreusement tentateur de son sang. Si j'avais eu le moyen d'y résister… Si une bouffée d'air pur avait pu m'éclaircir les idées…

Bella Swan secoua sa longue crinière acajou dans ma direction.

Était-elle folle à lier ?

Aucun courant d'air ne vint à mon secours. Mais je n'étais pas obligé de respirer.

Je bloquai le flot d'oxygène qui alimentait mes poumons. Le soulagement fut immédiat, bien qu'incomplet. Le souvenir de son parfum s'attardait dans ma mémoire, sa saveur sur ma langue. Je ne tiendrais pas longtemps comme ça.

Tant que nous serions ensemble, la vie des occupants de cette pièce serait en danger. J'aurais dû déguerpir. Je *voulais* déguerpir, fuir la *chaleur* qui émanait de ma voisine et la souffrance infernale qui me consumait. Malheureusement, je n'étais pas tout à fait certain, si je détendais mes muscles ne serait-ce que pour me lever, de ne pas commettre le carnage que j'avais planifié.

Je devais pouvoir endurer une heure de cette torture. Une heure suffirait-elle à ce que je parvienne à contrôler mes mouvements sans aussitôt attaquer ? J'en doutai d'abord, puis m'enjoignis à réussir. Je résisterais. Assez longtemps pour quitter cette salle pleine de victimes potentielles qui n'étaient pas forcément vouées à devenir réelles. Rien qu'une petite heure.

Ne pas respirer était désagréable. Bien que mon corps n'en ait nul besoin, j'avais tendance à inhaler par réflexe. Lorsque j'étais stressé, je recourais à mon odorat plus qu'à mes autres sens. C'était lui qui conduisait mes chasses, lui qui le premier m'avertissait en cas de menace. Certes, il était rare que je croise créature plus létale que moi-même, mais l'instinct de préservation de notre espèce n'avait rien à envier à celui des humains.

Désagréable, pas insurmontable cependant. En tout cas plus facile que humer cette fille sans planter mes dents dans sa jolie peau fine et translucide afin d'accéder au flot chaud et humide et vivant…

Une heure ! Juste une heure ! Je ne devais pas penser au fumet, au bouquet.

Silencieuse, penchée en avant, elle s'abritait derrière sa chevelure qui dégringolait sur son classeur, m'empêchant de distinguer son visage et de tenter de déchiffrer les émotions que reflétaient ses grands yeux expressifs. Me les cachait-elle exprès ? Par peur ? Timidité ? Pour préserver ses secrets ?

L'irritation que j'avais éprouvée quand j'avais découvert que ses réflexions m'étaient inaccessibles était faible en comparaison du besoin – et de la haine – que je ressentais en cet instant. Oui, j'abominais ma frêle voisine avec toute la ferveur que je mettais à m'accrocher à celui que j'avais été jadis, à l'amour des miens, à mes aspirations de m'améliorer un jour. L'exécrer, vomir ce qu'elle provoquait en moi m'aidait un peu. Et mon agacement du début, quoique faible, m'aidait lui aussi. Je m'agrippais à tout ce qui était susceptible de me faire oublier le goût qu'elle pouvait avoir.

Détestation. Énervement. Impatience. Cette heure n'en finirait-elle donc jamais ?

Et après ? La fille s'en irait… et moi ? Que ferais-je alors ?

Si je réussissais à dompter le monstre, à lui montrer que ce laps de temps avait suffi… je serais en mesure de me présenter. *Bonjour, je m'appelle Edward Cullen. Veux-tu que je t'accompagne à ton prochain cours ?* Elle accepterait. Par politesse. Malgré la crainte que, j'en étais sûr, je lui inspirais, elle obéirait à sa bonne éducation et m'emboîterait le pas. Il serait facile de l'entraîner dans la mauvaise direction. Un pan de forêt s'étirait comme un index jusqu'à effleurer le parking du lycée. Je n'aurais qu'à lui dire que j'avais oublié un livre dans ma voiture…

S'apercevrait-on que j'avais été le dernier à avoir profité de sa compagnie ? Il pleuvait, comme toujours ici. Deux silhouettes en imperméable avaient peu de chance d'être remarquées ou de me trahir.

Je n'étais pas le seul que son corps attirait, même si j'étais le seul à en avoir une brûlante conscience. Mike Newton, notamment, ne perdait rien du moindre de ses mouvements alors qu'elle se trémoussait sur sa chaise – en ma présence, comme tout un chacun, elle était mal à l'aise, ce à quoi je m'étais attendu avant que son parfum ne détruise chez moi toute pensée charitable. Si je sortais de la salle avec elle, Mike Newton ne manquerait pas de le noter.

Si je triomphais d'une heure, arriverais-je à aller jusqu'à deux ?

La perspective de la douleur me fit frémir.

Lorsqu'elle rentrerait chez elle, son foyer serait vide. Le Chef Swan travaillait tard le soir. Je connaissais sa maison, comme toutes celles de notre ville minuscule. Elle était nichée juste à la lisière de la forêt dense, sans voisinage immédiat. Même si la fille avait le temps de crier, ce qui n'aurait pas lieu, personne ne l'entendrait.

La raison aurait exigé que je règle le problème comme ça. Je m'étais passé de sang humain pendant plus de soixante-dix ans ; si je retenais mon souffle, je devais réussir à résister deux heures. Quand je l'aurais isolée, je n'aurais plus à me soucier d'éventuelles victimes collatérales. *Et puis, tu pourras savourer l'expérience sans devoir te précipiter*, renchérit mon démon intérieur.

Soutenir que sauver une poignée de gens à force de patience et de courage ferait de moi une créature moins monstrueuse lorsque je tuerais cette innocente relevait du sophisme.

J'avais beau la détester, je savais que ma haine était injustifiée et que, en vérité, c'était moi-même que j'abhorrais. Un sentiment qui serait décuplé dès que je l'aurais achevée.

Je supportai cette heure ainsi, en songeant à la meilleure façon d'agir. J'évitai de penser à l'acte lui-même – ça m'aurait été trop dur –, préférant m'attarder sur la stratégie.

Une fois, vers la fin du cours, elle m'épia à travers le rideau fluide de ses longs cheveux. Je croisai son regard, y projetai toute mon hostilité infondée, en distinguai le reflet dans ses prunelles apeurées. Le sang colora ses joues avant qu'elle ait eu le temps de se dissimuler de nouveau, et je faillis craquer.

Par bonheur, la cloche retentit et – quel cliché ! – nous sauva tous les deux. Elle d'une mort certaine, et moi de me transformer, momentanément du moins, en ce monstre cauchemardesque que je redoutais et maudissais.

Il me fallait bouger, maintenant.

Malgré mes efforts de concentration, je ne parvins pas à me mouvoir aussi lentement que j'aurais dû, y compris pour le plus simple des gestes. Je décampai littéralement, et qui m'aurait observé aurait soupçonné sans peine ce que ma sortie avait d'artificiel. Mais toutes les réflexions de mes pairs tournaient autour de celle qui était condamnée à mourir dans moins de soixante minutes.

Je me réfugiai dans ma voiture.

Il me déplaisait de devoir me cacher. Ça s'apparentait à de la lâcheté. Mais je n'étais plus assez discipliné pour rester en présence de mortels. L'ardeur que j'avais déployée à ne pas en tuer une, rien qu'une, m'avait vidé de l'énergie qui m'aurait permis d'épargner les autres. Les exterminer aurait été un véritable gâchis. Quitte à céder au démon, autant que la défaite soit flamboyante.

Je passai un CD qui, d'ordinaire, avait le don de me calmer mais se révéla peu efficace. Ce fut l'air froid et humide de bruine s'infiltrant par la fenêtre ouverte qui fonctionna le mieux. J'eus en l'inhalant l'impression de désinfecter l'intérieur de mon corps, bien que je me souvienne sans mal de l'arôme du sang de Bella Swan.

J'avais repris mes esprits. Mes facultés de raisonnement. J'avais retrouvé ma capacité à me battre, à lutter contre ce que je ne souhaitais pas être.

Rien ne m'obligeait à me rendre chez elle. Rien ne m'obligeait à l'assassiner. J'étais un être doué d'intelligence, à même de réfléchir et d'opérer des choix. On a toujours le choix.

Si je n'avais pas eu cette impression en cours, l'éloignement aidait.

Je n'étais pas forcé de décevoir mon père. Ni d'occasionner de l'angoisse, de l'inquiétude, du chagrin à ma mère adoptive. Car Esmé serait blessée elle aussi si je cédais à mes pulsions. Elle était si douce, si tendre et si aimante que lui faire de la peine était impardonnable.

Si j'évitais la fille avec beaucoup, beaucoup de soin, il était peut-être envisageable que je garde mon mode de vie. Il me convenait tel quel. Il n'y avait pas de raison pour que je laisse un corps délicieusement agaçant me le gâcher.

Dire que j'avais voulu la défendre contre la menace dérisoire des pensées narquoises de Jessica Stanley ! Quelle ironie ! J'étais la dernière personne au monde à pouvoir m'ériger en chevalier servant de Bella Swan, puisque j'étais le seul danger réel dont elle avait besoin d'être protégée.

Je me demandai soudain où était Alice. Ne m'avait-elle pas déjà vu en train de tuer la fille de multiples façons ? Pourquoi ne s'était-elle pas portée à mon secours, que ce soit pour me retenir ou pour m'épauler afin d'effacer les preuves ? Était-elle trop occupée à veiller sur Jasper pour être passée à côté de l'éventuelle et bien plus horrible hécatombe que j'avais projetée ? Ou étais-je plus fort que je le croyais ? Pouvais-je ne pas m'en prendre à ma proie ?

Non, ce n'était pas réaliste. Alice se concentrait sur son compagnon, c'est tout.

Je traquai ma sœur là où je la savais se tenir, dans le modeste bâtiment réservé aux cours de littérature. Je n'eus aucun mal à localiser sa « voix » familière. Je ne m'étais pas trompé, toutes ses réflexions concernaient Jasper et la maigre marge de manœuvre dont il disposait.

J'aurais aimé lui demander conseil tout en étant soulagé qu'elle ignore ce dont j'étais capable. Une brûlure nouvelle m'envahit, celle de la honte. Il était hors de question qu'un des miens ait vent de mon comportement.

Il suffisait que je fuie Bella Swan pour ne pas l'attaquer, perspective qui déclencha les bruyantes protestations du monstre. Personne ne serait au courant si je réussissais à me tenir à l'écart de ce parfum envoûtant…

En tout cas, ça ne coûtait rien d'essayer. D'opérer le bon choix. D'être à la hauteur de l'opinion qu'avait de moi Carlisle.

La dernière heure de cours allait bientôt s'achever. Je décidai d'agir immédiatement au lieu de rester assis dans ma voiture, alors que la fille était susceptible de passer près de moi et de réduire à néant mes efforts. Une bouffée de détestation me submergea encore une fois.

Je gagnai d'un pas vif – trop vif, mais il n'y avait aucun témoin en vue – le bureau de l'administration. S'y trouvait seulement la secrétaire, qui ne m'entendit pas entrer.

— Madame Cope ?

La femme aux cheveux d'un rouge artificiel sursauta et leva les yeux. Peu importait que les humains nous aient croisés à maintes reprises : nos infimes particularités les déstabilisaient toujours. Troublée, elle étouffa une exclamation et lissa son haut. *Il pourrait presque être ton fils, bécasse !* pensa-t-elle.

— Bonjour, Edward. Que puis-je pour toi ?

Elle papillonna des cils derrière ses lunettes aux verres épais. C'était gênant, mais je savais me montrer charmant quand je le voulais. Ça ne m'était pas difficile, dans la mesure où j'avais le loisir d'adapter mon ton et mes gestes aux réflexions de mes interlocuteurs. Je me penchai vers elle et plongeai mes yeux dans les siens, d'un marron terne. Déjà, elle avait l'esprit en déroute. La tâche n'en serait que plus aisée.

— J'aurais aimé voir avec vous s'il était possible de changer mon emploi du temps, susurrai-je de la voix de velours que j'adoptais avec les humains afin de ne pas les terrifier.

J'entendis son cœur battre plus vite.

— Mais naturellement, Edward. De quelle manière ?

Trop jeune, trop jeune, serinait son cerveau, alors que j'étais plus âgé que son grand-père.

— Je me demandais si le lycée accepterait que j'abandonne les sciences nat au profit d'une autre matière. La physique, peut-être ?

— As-tu un problème avec M. Banner, Edward ?

— Pas du tout. C'est juste que je connais déjà le programme…

— Ah oui, je me souviens, dans cet établissement d'élite que vous fréquentiez tous quand vous viviez en Alaska.

Lèvres pincées, elle réfléchit. *Ces gosses devraient être à la fac. Les profs se sont plaints. Jamais d'hésitation ni d'erreur, des notes plus qu'excellentes, à croire qu'ils trichent dans toutes les matières. Le père Varner préfère se dire que ses élèves ont des antisèches à ses tests de maths plutôt que d'admettre qu'ils sont plus futés que lui. Je parie que leur mère leur sert de répétitrice…*

— Le souci, Edward, c'est que le cours de physique est plein. M. Banner refuse d'avoir plus de vingt-cinq élèves à la fois…

— Je me tiendrai tranquille.

Évidemment. Tu es un Cullen. La perfection incarnée.

— Je n'en doute pas, Edward mais, là, toutes les places sont prises…

— Et si je lâchais simplement la biologie ? Si je la remplaçais par une heure d'étude personnelle ?

Elle en resta bouche bée. *Quelle bêtise ! Après tout, ce ne doit pas être très compliqué de suivre un programme qu'on connaît déjà. Il y a sûrement un souci avec le prof.*

— Ta moyenne générale serait compromise.

— Je la rattraperais par la suite ?

— Mieux vaudrait que tu en discutes d'abord avec tes parents, non ?

Dans mon dos, la porte s'ouvrit. Le nouveau venu ne pensant pas à moi, je l'ignorai et me penchai un peu plus vers Mme Cope, jouant à fond de mon regard. Si mes yeux avaient été dorés, ils auraient été plus efficaces. Malheureusement, aujourd'hui, ils étaient noirs et effrayaient les gens – à juste titre.

Ce fut une erreur de ma part, car la femme recula, partagée entre des émotions contradictoires.

— S'il vous plaît, madame Cope, murmurai-je de mon ton le plus convaincant.

Elle se détendit.

— N'y a-t-il pas d'autre matière de remplacement ? Il y a forcément de la place quelque part ? Six heures de biologie ne sont pas la seule option…

J'adoucis mon expression, lui souris en prenant soin de ne pas dévoiler mes dents. De nouveau, son cœur s'emballa. *Trop jeune*, se remémora-t-elle, paniquée.

— Eh bien, je pourrais en parler à Bob… à M. Banner. Peut-être qu'il…

Il suffit d'une seconde pour que la situation bascule. Tout changea : l'atmosphère de la pièce, la mission qui m'y avait poussé, la raison pour laquelle je m'inclinais vers la secrétaire… et qui, soudain, n'avait plus rien à voir avec une tentative de séduction.

Ce fut la seconde que mit Samantha Wells à entrer pour déposer une fiche de retard dans une bannette près du seuil avant de ressortir en quatrième vitesse dans sa hâte de filer du lycée. Son passage déclencha un brusque courant d'air qui m'enveloppa, et je compris pourquoi la première personne qui nous avait rejoints ne m'avait pas dérangé par ses réflexions.

Je me retournai, bien que ce ne soit pas utile.

Une feuille froissée dans la main, Bella Swan était adossée au mur du fond. Ses yeux déjà immenses s'écarquillèrent encore lorsqu'elle croisa mon regard d'une férocité inhumaine. La fragrance de son sang inondait le bureau exigu et trop chauffé. Une boule de feu explosa dans ma gorge.

Du fond de ses prunelles, le reflet du monstre, incarnation du mal, me toisait de nouveau.

Ma paume hésita au-dessus du comptoir. Je n'aurais pas besoin de regarder derrière moi pour attraper la tête de Mme Cope et l'abattre sur sa table de travail avec assez de violence pour la tuer sur le coup. Deux morts au lieu de vingt. C'était un marché acceptable.

Le démon attendit avec une impatiente anxiété que je passe à l'acte.

Sauf qu'on a toujours le choix, n'est-ce pas ?

Bloquant ma respiration, j'invoquai l'image de Carlisle. Je pivotai vers Mme Cope, dont je saisis l'étonnement intérieur devant mon brusque changement d'attitude. À court de mots qui auraient formulé sa peur de façon cohérente, elle se tassa dans son fauteuil. En appelant à toute la discipline que j'avais acquise durant mes décennies de reniement, je pris une voix douce et égale. Il me restait juste assez d'oxygène dans les poumons pour lâcher une phrase précipitée :

— Tant pis. C'est impossible, et je comprends. Merci quand même.

D'une pirouette, je me précipitai dehors en m'efforçant d'ignorer la chaleur charnelle qui émanait du corps de la fille lorsque je la frôlai.

Je ne m'arrêtai qu'à ma voiture après m'être déplacé beaucoup trop vite. Par chance, la plupart des humains étaient déjà partis, et seul un élève de seconde, D. J. Garrett tressaillit, sans s'attarder sur ce détail cependant. *Tiens, Edward Cullen ! Je ne l'ai pas vu venir. À croire qu'il a jailli de nulle part. Encore mon imagination qui me joue des tours, comme dirait ma mère…*

Lorsque je me glissai dans la Volvo, les autres étaient déjà là. Je tentai de contrôler mon souffle, mais je haletais comme si j'avais manqué d'air.

— Edward ? s'inquiéta Alice.

Je me contentai de secouer la tête. Ma réaction détourna Emmett de sa dispute avec Jasper, lequel n'était pas d'humeur à lui accorder sa revanche :

— Qu'est-ce qui t'arrive, bon Dieu ?

Sans répondre, je reculai. Il me fallait fuir de ce parking avant que Bella Swan – mon bourreau personnel – m'y pourchasse. Je manœuvrai, accélérai, atteignant les soixante kilomètres-heure avant d'avoir quitté les lieux, les cent dix avant le premier virage.

Je devinais qu'Emmett, Rosalie et Jasper fixaient Alice, en quête d'une explication. Mais elle n'était en mesure de ne voir que le futur, pas le passé. Avec un geste d'impuissance, elle entreprit de fouiller mon avenir. Ce qu'elle décela, et moi en même temps qu'elle, nous surprit tous les deux.

— Tu t'en vas ? souffla-t-elle.

C'était moi, maintenant, que les autres contemplaient.

— Il faut croire, grommelai-je.

À cet instant, ma détermination flancha, et elle entraperçut le second choix qui s'offrait à moi, me promettant un destin bien plus sombre.

— Oh ! murmura-t-elle.

Bella Swan morte. Mes yeux que son sang rendait écarlates. L'enquête qui s'ensuivrait. Le laps de temps qu'il nous faudrait prudemment respecter avant de quitter Forks pour recommencer ailleurs, tous…

— Oh ! répéta Alice.

L'image se précisa. Je découvris l'intérieur de la maison Swan, Bella dans une petite cuisine aux placards jaunes, me tournant le dos, tandis que j'émergeais de l'ombre, suivant son parfum comme un fil d'Ariane.

— Arrête ! grondai-je, incapable d'en supporter plus.

— Désolée.

Le monstre jubilait.

La vision se modifia de nouveau. Une autoroute déserte la nuit, les arbres couverts de neige défilant à plus de trois cents kilomètres-heure.

— Tu vas me manquer, dit-elle. Même si tu reviens vite.

Emmett et Rosalie échangèrent un regard lourd d'appréhension. Nous étions presque au niveau de la fourche d'où partait le long chemin menant à la maison.

— Laisse-nous ici, me lança Alice. C'est à toi de parler à Carlisle.

J'opinai et m'arrêtai dans un crissement de pneus. Emmett, Rosalie et Jasper descendirent sans un mot. Ils interrogeraient Alice plus tard, quand je ne serais plus là. Cette dernière m'effleura l'épaule.

— Tu prendras la bonne décision, je le sais, chuchota-t-elle (cette fois, c'était un ordre, pas une prédiction). Charlie Swan n'a qu'elle, ça le tuerait.

— Oui.

Mon accord ne portait que sur sa seconde assertion, pas celle de la décision. Le front plissé par l'inquiétude, elle rejoignit nos frères et notre sœur, et ils se fondirent dans la forêt avant que j'aie pu faire demi-tour et repartir vers Forks à toute allure, conscient que les visions d'Alice clignotaient dans sa tête comme un stroboscope. Je ne savais pas si j'allais dire au revoir à mon père ou satisfaire le monstre tapi en moi. Quelle que soit ma destination, j'y fonçais comme un dingue sur l'asphalte.

2

À LIVRE OUVERT

JE M'ENFONÇAI DANS LA CONGÈRE MOELLEUSE, ET LA POUDREUSE friable se referma autour de mon corps. Ma peau était aussi froide que l'air environnant, et les minuscules éclats de glace avaient tout d'un matelas en velours.

Le ciel était dégagé, étincelant d'étoiles bleues ou jaunes qui dessinaient de somptueuses formes mouvantes sur le fond noir de l'univers désert. C'était un spectacle magnifique, d'une beauté exquise. Enfin, ç'aurait dû l'être. Ça l'aurait été si j'avais été capable de le voir.

Mon état ne s'améliorait pas. Cela faisait six jours que je me cachais au milieu des terres sauvages de Denali, en Alaska, mais j'étais toujours aussi prisonnier que la première fois où j'avais humé l'odeur de la fille. Quand je fixais la nue piquetée de bijoux, on aurait dit qu'un voile m'empêchait d'en remarquer la splendeur. C'était un visage que je n'arrivais pas à bannir de mon esprit malgré son humaine banalité.

Je captai l'approche de réflexions avant d'entendre les pas qui les accompagnaient, rien qu'un chuchotis sur la neige fraîche.

Je ne m'étonnai pas que Tanya m'ait suivi jusqu'ici. Elle méditait la conversation que nous devions avoir depuis plusieurs jours, la repoussait avant d'être certaine de ce qu'elle tenait à me communiquer. Elle surgit à environ soixante mètres de moi, pieds nus, et bondit sur un affleurement rocheux noir où elle se jucha en équilibre. La lumière des astres argentait sa peau et pâlissait ses longues boucles blondes qui en paraissaient presque roses. Lorsqu'elle me vit à moitié enseveli dans la poudreuse, ses prunelles couleur ambre luisirent, et un lent sourire étira ses lèvres pleines.

Elle était ravissante. Si j'avais réussi à m'en apercevoir, s'entend. Je soupirai.

Elle n'avait pas pris la peine de se vêtir pour donner le change aux hommes, ne portait qu'un fin caraco en coton et un short. Elle effleura la surface de son perchoir et se tendit.

Bombe ! pensa-t-elle, d'humeur joueuse.

Elle s'élança en l'air, devenant rapidement une ombre tourbillonnante avant de piquer vers moi et de se rouler en boule juste à l'instant où elle atterrissait dans la congère voisine de la mienne. Un geyser blanc m'enveloppa, les étoiles disparurent, et je me retrouvai enseveli sous un monceau de cristaux aériens. Je poussai un nouveau soupir, de la glace plein le nez, mais ne bronchai pas. La couverture de neige ne différait pas du ciel obscur – je continuais de voir le même visage.

— Edward ?

Tanya s'empressait de me dégager de ma tombe, brossant la neige de ma peau sans me regarder en face.

— Désolée, s'excusa-t-elle, c'était une blague.

— Je sais. Très drôle.

Les commissures de ses lèvres s'affaissèrent.

— Irina et Kate m'ont conseillé de te laisser tranquille. Elles me trouvent agaçante.

— Pas du tout. C'est moi qui, au contraire, suis très impoli. Affreusement impoli. Je te demande pardon.

Tu t'apprêtes à rentrer chez toi ou je me trompe ?

— Je ne… je n'ai pas encore pris de décision.

Mais tu ne comptes pas rester. Le ton de sa pensée était triste, cette fois.

— Non, ça semble ne servir à rien.

— C'est ma faute, hein ? bouda-t-elle.

— Bien sûr que non !

Elle ne m'avait certes pas facilité la tâche. Il n'empêche, l'origine de mon trouble était ce visage qui me hantait.

Inutile de jouer les gentlemen.

Je souris.

Je te mets dans l'embarras. D'une voix accusatrice.

— Non.

Elle arqua un sourcil si dubitatif que je ne pus m'empêcher d'éclater de rire. D'un rire bref et sans joie, suivi d'un énième soupir.

— D'accord, un peu, admis-je.

Soupirant à son tour, elle posa son menton dans ses mains en coupe.

— Tu es mille fois plus jolie que les étoiles, Tanya, ce que tu sais, naturellement. Ne laisse pas mon entêtement saper ton assurance.

C'était si peu probable que je ricanai par-devers moi.

— Je n'ai pas l'habitude qu'on m'éconduise, marmonna-t-elle avec une moue adorable.

— J'en suis certain.

Sans grand succès, je m'efforçai de ne pas saisir ses pensées, tandis qu'elle se remémorait vivement ses milliers de conquêtes. Sa préférence allait aux humains, parce que, pour commencer, ils étaient bien plus nombreux, et aussi parce qu'ils étaient doux et tièdes. Ardents également, il va sans dire. Dans l'espoir d'interrompre le flot de ses souvenirs, je lui lançai une pique moqueuse :

— Espèce de succube !

— J'en suis la définition même ! s'exclama-t-elle, hilare.

À la différence de Carlisle, elle et ses sœurs s'étaient découvert une conscience sur le tard. C'était leur faiblesse pour les hommes qui avait fini par les détourner de leurs tueries. À présent, leurs amants survivaient.

— Quand tu es revenu ici, murmura-t-elle, j'ai cru que…

Je savais très bien ce qu'elle avait cru, et j'aurais dû m'y attendre. Malheureusement, je n'étais pas au mieux de mes capacité de raisonnement, à ce moment-là.

— Que j'avais changé d'avis.

— Oui, bougonna-t-elle.

— Je regrette de t'avoir donné de faux espoirs. Je ne... Je n'ai pas réfléchi. Je suis parti si précipitamment.

— Tu m'en expliquerais la raison ?

Je m'assis et, le dos très droit, croisai mes bras sur mon torse.

— Je préfère ne pas en parler. Excuse-moi.

Elle s'interrogea en silence pendant quelques minutes. De mon côté, j'essayai d'admirer le ciel étoilé. En vain. Elle finit par changer de sujet.

Où comptes-tu aller, Edward ? Auprès de Carlisle ?

— Je ne pense pas, non.

Où, en effet ? Aucun endroit sur la planète n'avait plus d'intérêt pour moi. Je n'avais envie de rien. Au demeurant, toute destination que je choisirais se résumerait à une fuite. J'étais furieux. Depuis quand étais-je un lâche ? Tanya passa un bras délié autour de mes épaules. Je me raidis, ne m'écartai pas cependant. Son geste n'était – presque – qu'une tentative de réconfort amical.

— Tu vas retourner là-bas, souffla-t-elle avec un soupçon de cet accent russe qu'elle avait pourtant perdu depuis longtemps. Quelle que soit la chose... ou la personne qui te perturbe, tu l'affronteras sans flancher. C'est ton genre.

Ses pensées étaient aussi assurées que son ton. J'essayai de m'envisager comme elle. Comme un type qui ne flanchait pas. L'exercice fut agréable. Je n'avais jamais douté de mon courage ou de mon aptitude à me colleter avec les difficultés. Du moins, jusqu'à cette récente heure de biologie atroce. J'embrassai la joue de Tanya avant de me reculer vivement quand elle m'offrit sa bouche. Mon esquive dessina un sourire mélancolique sur ses lèvres.

— Merci de m'avoir dit ça, Tanya. J'en avais besoin.

— De rien, se renfrogna-t-elle. Je regrette seulement que tu ne sois pas plus raisonnable.

— Pardonne-moi. Tu sais bien que je ne te mérite pas. C'est juste que… que je n'ai pas encore trouvé ce que je cherche.

— En tout cas, si tu pars sans qu'on se recroise, au revoir, Edward.

— Au revoir.

Alors, je le vis. Je vis que j'étais assez fort pour regagner le seul lieu où je désirais être.

— Et, encore une fois, merci, ajoutai-je.

Elle se leva d'un bond souple et, tel un fantôme, s'éloigna en courant, si rapide que ses pieds ne dessinaient pas d'empreintes sur la neige. Elle ne se retourna pas. Mon rejet la contrariait plus que ce qu'elle avait laissé entendre, y compris à travers ses réflexions. Elle ne me reverrait pas avant mon départ.

J'en eus de la peine. Il me déplaisait de la blesser, même si ses intentions à mon égard étaient superficielles, loin d'être pures et, pour ce qui me concerne, non partagées. Je n'en avais pas moins l'impression d'être tout sauf un gentleman.

Le menton sur les genoux, je levai les yeux vers la nue. Soudain, j'avais hâte de m'en aller. Alice me verrait venir, elle préviendrait les autres. Ils seraient heureux, Carlisle et Esmé, surtout. Je contemplai les étoiles pendant un moment, en m'efforçant de scruter au-delà du visage qui envahissait mon esprit. Les yeux couleur chocolat qui s'interposaient entre moi et le ciel étincelant s'interrogeaient avec perplexité sur ce qui me motivait, sur ce que ma décision signifierait pour leur propriétaire. Je ne pouvais, bien sûr, deviner avec certitude ce que ces prunelles curieuses cherchaient. Mon imagination ne me permettait pas de saisir les pensées de Bella Swan. Il n'empêche, son regard persistait à me questionner et à me cacher les astres. Je me mis debout avec un gros soupir. J'étais à moins d'une heure de course de la voiture de Carlisle.

Dans ma hâte de retrouver les miens – et de redevenir l'Edward qui ne flanchait pas –, je galopai dans la neige sans y laisser la moindre marque.

***

— Tout va bien se passer, souffla Alice, le regard vague.

Jasper la guidait légèrement par le coude à travers la cafétéria miteuse. Rosalie et Emmett ouvraient la voie à notre groupe rapproché, avec le ridicule d'un garde du corps en terrain hostile pour lui. Elle était aussi aux aguets, mais affichait une mine moins protectrice qu'irritée.

— Évidemment ! râlai-je.

Leur comportement était absurde. Si je n'avais pas été sûr et certain de pouvoir affronter la situation, je serais resté à la maison.

Après une matinée normale – espiègle même, puisqu'il avait neigé dans la nuit et que mes frères avaient été assez immatures pour, profitant de ma distraction, me bombarder de boules avant de s'attaquer mutuellement en constatant que je ne réagissais pas –, ce passage à une vigilance outrée aurait été comique s'il n'avait été aussi agaçant.

— Elle n'est pas encore là. Le chauffage ne soufflera pas son odeur vers nous… donc, si nous nous asseyons à notre table habituelle…

— Il n'est *évidemment* pas question d'en changer. Arrête un peu, Alice, tu me tapes sur le système. Je ne risque rien.

Jasper l'aida à s'installer, et elle cligna des yeux avant de me dévisager.

— Hum, oui, tu sembles sous contrôle, admit-elle, apparemment étonnée.

— *Évidemment !* grommelai-je.

Qu'ils soient aux petits soins pour moi me rendait furieux, et j'eus un brusque élan de compassion pour Jasper qui, si souvent, avait été l'objet de notre sollicitude. Croisant mon regard, il rigola.

C'est pénible, hein ?

Je le toisai d'un air mauvais.

Cela ne faisait-il qu'une semaine que cette grande salle morne m'avait inspiré un ennui mortel ? Au point que j'avais presque eu l'impression de dormir ou d'être plongé dans le coma ?

Aujourd'hui, j'avais les nerfs tendus comme des cordes de piano prêtes à résonner à la moindre pression. Mes sens étaient en alerte, à l'affût de tous les bruits, visions, mouvements de l'air sur ma peau, pensées. Surtout ces dernières. Il n'y avait qu'un sens que je me refusais à utiliser : l'odorat. Je ne respirais pas.

Je m'étais attendu à percevoir nombre de réflexions au sujet des Cullen. Toute la matinée, j'avais traqué quelles amitiés avait pu nouer Bella Swan pendant mon absence, auxquelles elle se serait confiée, quelle direction avaient prise les derniers ragots. Je ne détectai rien de particulier. Comme avant l'arrivée de la fille du chef de la police, nul ne prêtait attention aux cinq vampires attablés. Quelques humains continuaient de penser à la nouvelle venue, dans la même veine que la semaine précédente. Au lieu de trouver ces supputations parfaitement ennuyeuses, je m'étonnai de découvrir qu'elles me fascinaient désormais.

N'avait-elle donc parlé de moi à personne ?

Il était impossible qu'elle n'ait pas remarqué mon regard noir meurtrier, puisque je l'avais vue y réagir. Je l'avais forcément traumatisée et je m'étais convaincu qu'elle s'en ouvrirait à quelqu'un, quitte à exagérer un brin, à m'attribuer des paroles menaçantes afin d'enjoliver l'histoire.

Par ailleurs, elle avait été présente quand j'avais tenté d'abandonner notre cours de sciences nat. Elle avait dû se demander si c'était à cause d'elle. Une fille normale aurait posé des questions, comparé son expérience à celle des autres, cherché des points communs expliquant mon attitude, ne serait-ce que pour ne pas avoir l'impression de se distinguer. Les humains s'efforçaient constamment et assidûment d'être dans la norme. De ne pas se singulariser, d'appartenir au troupeau. Ce besoin s'exprimait notamment pendant la fragile période de l'adolescence. Bella Swan ne pouvait faire exception.

Elle devait être d'une timidité exceptionnelle pour avoir gardé le silence puisque aucun de nos pairs ne nous observait. À moins qu'elle s'en soit entretenue avec son père ? Ce dernier était-il son confident le plus sûr ? Ça semblait peu probable, dans la mesure où elle n'avait guère passé de temps avec lui depuis sa naissance. À mon avis, elle était plus proche de sa mère. Néanmoins, il faudrait que je croise le Chef Swan très bientôt afin d'espionner ses pensées.

— Du nouveau ? s'enquit Jasper.

Je laissai les nuées de réflexions m'envahir l'esprit. Je ne repérai rien qui sorte de l'ordinaire ou nous concerne. Mes inquiétudes quant à la perte de mon don semblaient ne pas se vérifier, à l'exception de la fille au cerveau muet. Je les avais mentionnées devant Carlisle à mon retour, mais il m'avait répondu que les talents avaient plutôt tendance à se renforcer avec la pratique, qu'il n'avait jamais eu vent d'une aptitude qui se soit atrophiée avec le temps.

Jasper s'impatientait.

— Rien, dis-je. Elle n'a pas parlé.

Mes frères et sœurs sourcillèrent.

— Tu n'es peut-être pas aussi terrifiant que tu le crois, rigola Emmett. Moi, je te lui aurais flanqué une frousse de tous les diables !

Je levai les yeux au ciel face à une telle fanfaronnade. Il enchaîna :

— Je me demande bien pourquoi…

Il s'apprêtait à évoquer encore une fois mon incapacité à saisir les pensées de la fille.

— On ne va pas revenir là-dessus, me fâchai-je. Je n'en ai *aucune* idée.

— Elle arrive, lâcha Alice.

Je me raidis.

— Tâchez d'avoir l'air humain, ajouta-t-elle.

— Tu veux de l'humain ? s'esclaffa Emmett.

Il déploya son poing droit, dans lequel il avait gardé une boule de neige qui, à force d'être serrée, s'était transformée en glace. Bien qu'il fixe Jasper, il avait une autre cible en tête. Ça ne m'échappa pas, pas plus qu'à Alice. Quand, sans crier gare, il lui lança son glaçon, elle l'écarta d'une simple pichenette. Le projectile ricocha tout le long de la pièce, à une vitesse invisible pour un œil humain, et alla se fracasser contre un mur de brique. Qui se fissura.

Dans cette partie de la cantine, toutes les têtes se relevèrent pour contempler le petit tas blanc avant de se tourner çà et là, en quête du coupable. Mais personne ne regarda très loin. Personne ne *nous* regarda.

— Très humain, Emmett ! gronda Rosalie d'une voix cinglante. Pourquoi ne démolis-tu pas carrément le mur, pendant que tu y es ?

— Ça serait plus impressionnant si tu t'y collais, trésor.

Un sourire plaqué sur les lèvres, comme si je participais à leur échange de plaisanteries, je faisais mine de les écouter, m'interdisant d'observer la file d'attente au comptoir, dans laquelle se tenait la fille. À laquelle j'accordais pourtant toute mon attention.

Je perçus l'agacement de Jessica à son encontre, parce qu'elle restait plantée là, distraite et indécise. Je vis dans l'esprit de son amie qu'elle avait – encore – rougi. Je pris deux courtes inspirations, prêt à de nouveau bloquer mes poumons si la moindre particule de son parfum flottait jusqu'à moi.

Mike Newton était avec elles, et j'entendis ses deux voix, mentale et verbale, quand il demanda à Jessica ce qui arrivait à Bella Swan. La façon dont ses réflexions s'entortillaient autour de l'intéressée était répugnante, comme l'était la lueur des fantasmes bien installés qui encombraient son cerveau. À travers lui, je vis qu'elle sursautait, s'arrachait à sa rêverie, le contemplait comme si elle avait oublié qu'il était là.

— Rien, dit-elle.

Son timbre doux et clair résonna dans la cafétéria avec la force d'un bourdon d'église, mais uniquement parce que je tendais l'oreille avec une concentration sans pareille.

— Je ne prendrai qu'une limonade, aujourd'hui, ajouta-t-elle en rattrapant la file d'attente.

Je ne pus me retenir de lui jeter un coup d'œil. Elle avait la tête baissée, et le sang avait commencé à se retirer de ses joues. Je me détournai vivement vers Emmett qui éclata de rire en constatant que mon sourire s'était fait douloureux.

Tu as l'air malade, frérot.

Je modifiai mon expression pour qu'elle paraisse décontractée et naturelle.

Jessica s'inquiétait du manque d'appétit de la fille.

— Tu n'as pas faim ?

— Je suis un peu patraque, expliqua-t-elle d'une voix plus basse mais toujours audible.

Aussitôt, Mike Newton émit des ondes protectrices qui me contrarièrent. Pourquoi ? Pourquoi la possessivité de ses pensées me dérangea-t-elle ? Que ce type éprouve une anxiété inutile pour elle aurait dû m'indifférer. Ou alors, elle provoquait naturellement cette réaction chez tout le monde. N'avais-je pas, moi aussi, au premier abord, eu envie de la défendre ? Avant de désirer la tuer, s'entend ?

Mais bon. Était-elle vraiment malade ?

Avec sa peau si pâle, c'était difficile à dire… Soudain, je me rendis compte que, à l'instar de ce crétin, je me bilais pour elle, et je m'interdis de songer plus avant à sa santé.

Comme il me déplaisait de la surveiller par le biais de l'esprit de Mike, je revins à celui de Jessica. Cette dernière entraîna ses compagnons à sa table habituelle, heureusement située parmi les premières de la salle. Je ne risquais pas de humer l'odeur de

Bella Swan, comme promis par Alice. Qui me donna un coup de coude.

Elle va bientôt regarder dans notre direction. Joue l'humain.

Je grinçai des dents derrière mon sourire figé.

— Relax, Edward ! intervint Emmett. Admettons que tu liquides cette nana, franchement, ce ne serait pas la fin du monde !

— Tu es bien placé pour le savoir, grommelai-je.

— Il faut que tu apprennes à lâcher du lest, se marra-t-il. Comme moi. L'éternité est trop longue pour se vautrer dans la culpabilité.

À cet instant, Alice lui lança au visage un petit tas de glace qu'elle avait caché. Ahuri, il cligna des paupières, puis rigola de bon cœur.

— Ça, ma vieille, tu l'as cherché !

Sur ce, il se pencha et s'ébroua dans sa direction. Un déluge de neige fondue vola alentour. Alice et Rosalie s'écartèrent. La première éclata de rire, et nous l'imitâmes. Je lus dans l'esprit de ma sœur qu'elle avait minutieusement planifié l'incident et je compris que la fille – je n'arrivais pas à l'envisager autrement, comme s'il n'y avait eu qu'une fille au monde – nous observait en train de chahuter, aussi humains, heureux et faussement parfaits que les personnages d'un tableau de Norman Rockwell. Sans cesser de rire, Alice brandit son plateau comme un bouclier.

La fille… Bella devait continuer de nous épier.

… regarde encore les Cullen, songea quelqu'un, attirant mon attention.

Par réflexe, je tournai la tête vers cet appel involontaire, identifiant sans peine cette « voix » que j'avais tant épiée ce jour-là. Mon regard glissa au-dessus de Jessica et se fixa sur celui, inquisiteur, de la fille.

De nouveau, elle s'empressa de s'abriter derrière le rideau de ses cheveux.

Qu'avait-elle dans le crâne ? Au lieu de s'estomper, ma frustration semblait augmenter avec le temps. Mentalement, et sans trop de conviction car c'était une première pour moi, je tentai de sonder le silence qui l'entourait. Mon ouïe si particulière m'était toujours venue avec naturel, sans que j'aie besoin de la solliciter, de la travailler. Là, je m'efforçai de forcer l'armure dont la fille était couverte.

Rien, sinon le silence.

Qu'est-ce qu'il peut bien lui trouver ? se demandait Jessica avec une irritation identique à la mienne.

— Edward Cullen te mate, chuchota-t-elle à Bella Swan.

Elle accompagna sa remarque d'un petit rire. Son timbre ne trahissait ni sa jalousie ni son agacement. Elle était drôlement douée pour feindre l'amitié.

Captivé, je guettai la réponse.

— Il n'a pas l'air furieux, hein ?

Ma rage de la semaine précédente ne lui avait donc pas échappé. Bien sûr que non.

Jessica parut déroutée par la question. Mon visage surgit dans son cerveau, tandis qu'elle m'examinait. J'évitai de croiser ses yeux, toujours concentré sur la fille pour essayer de saisir ne serait-ce qu'un petit quelque chose. Mes efforts démesurés n'eurent aucun effet.

— Non, lâcha Jessica. Il devrait ?

Alors qu'elle aurait aimé pouvoir affirmer le contraire, tant l'attention que je portais à son amie lui restait en travers de la gorge, elle avait adopté un ton neutre.

— Je crois qu'il ne m'apprécie guère, avoua la fille.

Elle posa sa tête sur son bras, comme si, soudain, elle était fatiguée. Je tentai de comprendre la raison de ce geste, mais j'en fus réduit à des spéculations. Si ça se trouve, elle était réellement fatiguée.

— Les Cullen n'aiment personne, la rassura Jessica. Enfin, disons qu'ils ne s'intéressent pas assez aux autres pour les aimer.

C'était vrai avant ton arrivée, du moins, se plaignit son esprit.

— En tout cas, il continue à t'admirer, enchaîna-t-elle.

— Arrête de le regarder ! siffla la fille en relevant le menton pour voir si l'autre lui obéissait.

Ce qu'elle fit, non sans glousser.

Jusqu'à la fin du déjeuner, la fille ne s'intéressa plus une seule fois à nous. Bien que je n'en aie évidemment aucune certitude, je conclus que c'était délibéré. Comme si elle avait eu envie de m'observer – son corps s'orientant légèrement vers moi, son menton commençant à tourner dans ma direction –, comme si elle se reprenait à tous coups, inspirait profondément et reportait son attention sur ses commensaux qui péroraient.

J'ignorai les pensées qui l'entouraient car, pour l'instant, elle n'en était pas l'objet. Mike Newton planifiait une bataille de boules de neige sur le parking après les cours. Il ne s'était pas aperçu que le temps avait viré à la pluie, le friselis des flocons sur le toit ayant cédé la place au tambourinement plus courant des gouttes. Ce type n'avait donc pas perçu la différence ? Elle me paraissait pourtant évidente.

Quand la cloche retentit, tandis que les humains quittaient la cafétéria, je restai à ma place, me surprenant à essayer de distinguer le bruit des pas de la fille, à croire qu'ils avaient une spécificité ou une importance particulière. Quel imbécile !

Les miens n'avaient pas bougé non plus, attendant de voir ce que je déciderais. Irais-je en cours de biologie pour m'asseoir à côté de Bella Swan, humer le parfum de son sang et en sentir les battements dans l'air qui caressait ma peau ? Étais-je assez fort pour ça ou avais-je eu ma dose pour aujourd'hui ?

— Je… Je pense que c'est bon, murmura Alice avec hésitation. Tu es résolu. Tu devrais tenir une heure…

Elle savait cependant à quelle vitesse un esprit était susceptible de changer d'avis.

— Pourquoi insister, Edward ? souffla Jasper. Rentre à la maison. Procède par étapes.

Bien qu'il ne tienne pas particulièrement à se réjouir du fait que, une fois n'est pas coutume, je sois le maillon faible de la famille, il en retirait une infime satisfaction, je le perçus.

— Où est le problème ? objecta Emmett. Qu'il la tue ou pas, autant se débarrasser du truc tout de suite.

— Je ne suis pas prête à déménager, contra Rosalie. Je ne veux pas repartir de zéro. On en a presque fini avec le lycée, Emmett, et ce n'est pas trop tôt.

J'étais déchiré à parts égales quant à la marche à suivre. D'un côté, je mourais d'envie d'affronter l'épreuve au lieu de m'enfuir, comme la première fois. De l'autre, je ne souhaitais pas me pousser dans mes retranchements. La semaine précédente, nous avions commis une grossière erreur en privant Jasper de chasse trop longtemps. Était-il nécessaire d'en commettre une seconde, similaire ?

Je ne voulais pas non plus déraciner les miens. Ils me le reprocheraient sans vergogne.

Même si j'étais très tenté par ce cours. Je désirais, me rendis-je compte, revoir ce visage.

La curiosité l'emporta. Ce que je me reprochai. Je m'étais promis que le mystérieux silence de ce cerveau ne m'amènerait pas à éprouver un intérêt excessif pour sa propriétaire, or j'étais pris au piège d'un intérêt proprement excessif.

Il *fallait* que je découvre ce qu'elle pensait. Si son esprit m'était fermé, ses vastes yeux étaient, eux, grands ouverts. Ils me donneraient peut-être accès à son mental.

— C'est bon Rose, dit Alice, je crois vraiment que ça ne craint rien. Il est de plus en plus décidé. Je suis certaine à quatre-vingt-dix-neuf pour cent qu'il ne se passera rien de grave s'il y va.

Elle me dévisagea d'un air inquisiteur, cherchant à savoir ce qui, en moi, avait désamorcé le danger de sa vision.

La perplexité que m'inspirait Bella Swan suffirait-elle à l'épargner ?

Et puis, Emmett avait raison. Autant se débarrasser du truc. Peu importait comment. J'affronterais la tentation sans flancher.

— Allez en cours, ordonnai-je à mes frères et sœurs.

Je me levai et m'éloignai à grands pas sans me retourner, suivi par l'inquiétude d'Alice, la défiance de Jasper, l'approbation d'Emmett et l'exaspération de Rosalie.

Sur le seuil de la classe, j'avalai une dernière goulée d'air que je gardai à l'intérieur de mes poumons avant d'entrer dans la pièce exiguë et surchauffée.

Je n'étais pas en retard. M. Banner préparait le matériel pour l'expérience du jour. Assise à ma… à notre paillasse, la fille avait de nouveau la tête baissée et les yeux rivés sur le cahier dans lequel elle gribouillait. J'examinai son œuvre, avide même d'un détail aussi trivial, mais ne découvris qu'un dessin dénué de sens, un entremêlement hasardeux de volutes. Sans doute, le motif en soi ne comptait pas, et elle pensait à tout autre chose qu'à ce que son crayon traçait.

Je tirai ma chaise avec une brutalité inutile pour que les pieds raclent le lino, les humains préférant qu'un bruit les avertisse de l'arrivée d'une personne. Je constatai qu'elle m'avait entendu, bien qu'elle ne change pas de position, car elle rata une boucle de son croquis, gâchant l'ensemble. Pourquoi ne se manifestait-elle pas ? Par peur, sans doute. Je me devais, cette fois, de lui donner une impression différente de moi. De l'amener à croire qu'elle s'était forgé de fausses idées.

— Bonjour, dis-je.

J'avais pris soin d'adopter la voix harmonieuse qui rassurait les mortels et de plaquer un sourire courtois sur mes lèvres, sans montrer mes dents. Elle se redressa alors et posa sur moi ses grands yeux marron qui reflétaient une surprise lourde de questions silencieuses. Son expression était identique à celle qu'avait eu le visage qui m'avait hanté ces huit derniers jours.

Je fixai ces prunelles à la profondeur étonnante dont la couleur évoquait le chocolat au lait, mais avec une clarté qui était plus celle d'un thé fort ; près des pupilles flottaient de minuscules éclats vert agate et caramel doré. Je m'aperçus soudain que ma haine, dont j'avais imaginé que cette fille la méritait pour simplement exister, s'était évaporée. À présent que j'évitais de respirer, j'avais du mal à croire qu'un être aussi vulnérable puisse provoquer de la détestation.

Elle s'empourpra, ne dit rien.

Sans cesser de sonder son regard à la gravité interrogatrice, je m'efforçai d'oublier l'appétissante coloration de sa peau. Il me restait assez de réserves d'oxygène pour parler sans devoir reprendre haleine.

— Je m'appelle Edward Cullen, enchaînai-je (ce qu'elle savait, mais la politesse exigeait que je commence ainsi). Je n'ai pas eu l'occasion de me présenter, la semaine dernière. Tu dois être Bella Swan.

Elle sembla désarçonnée, et la petite ride que j'avais déjà remarquée se creusa entre ses sourcils. Elle mit une demi-seconde de plus que nécessaire à répondre :

— D'où… d'où connais-tu mon nom ? bredouilla-t-elle d'une voix légèrement tremblante.

J'avais dû la terrifier pour de bon et me sentis coupable. J'émis un rire rassurant, dont l'expérience m'avait appris qu'il détendait les humains. Sa question m'étonna : elle s'était forcément rendu compte qu'elle était devenue le point de mire de notre ennuyeuse bourgade.

— Oh, ce n'est un secret pour personne. Tu étais attendue comme le messie, tu sais.

Elle grimaça, comme si cette information la chiffonnait, ce qui était compréhensible, à en juger par la grande timidité dont elle paraissait atteinte. Elle différait en cela des membres de son espèce : malgré leur désir d'appartenir au troupeau, ils s'échinaient à attirer l'attention sur leur banalité propre.

— Ce n'est pas ça. Pourquoi Bella ?

— Tu préfères Isabella ?

J'étais perplexe, dans la mesure où elle n'avait pas manqué de corriger tout un chacun à ce sujet dès son arrivée. Où allions-nous, comme ça ? Les hommes étaient-ils tous aussi incohérents dès lors que j'étais privé de leur contexte mental pour me guider ? À quel point me reposais-je sur cet outil ? Sans lui, aurais-je été complètement aveugle ?

Elle inclina la tête. Pour peu que je la déchiffre correctement, elle était à la fois embarrassée et perdue.

— Non, mais je pense que Charlie… mon père… ne m'appelle pas autrement derrière mon dos. Du moins, c'est ainsi que tout le monde ici paraît me connaître.

Le rose de ses joues s'accentua.

— Ah bon, marmonnai-je avec maladresse avant de me détourner.

Je venais de saisir les origines de sa perplexité. J'avais commis une erreur en utilisant, au lieu de son prénom entier, son diminutif que je n'avais appris qu'en espionnant ses pairs. Elle s'en était aperçue. Le malaise m'envahit. Elle avait repéré ma bourde avec une facilité déconcertante. Pour quelqu'un que j'étais censé terrifier, elle avait fait preuve d'une astuce remarquable.

Dans l'immédiat, j'avais un problème plus important que les éventuels soupçons – inaccessibles, secrets – qu'elle nourrissait à mon égard : j'étais à court d'oxygène. Si je souhaitais poursuivre notre conversation, j'allais être obligé de respirer.

Il aurait été difficile de ne plus lui adresser la parole car, malheureusement pour elle, elle était devenue ma partenaire de labo, et nous allions devoir travailler ensemble. Mon mutisme pendant les manipulations risquait de lui paraître étrange et discourtois. Il renforcerait sa suspicion et sa peur.

M'écartant aussi loin d'elle que possible sans déplacer ma chaise, je penchai la tête vers l'allée, bandai mes muscles et, par ma seule bouche, emplis vivement mes poumons.

Ah !

La douleur fut telle que j'eus l'impression d'avaler des charbons ardents. J'avais eu beau ne pas humer le parfum de Bella Swan, j'en goûtai la saveur sur ma langue. Mon désir de son sang fut aussi puissant que la première fois.

Serrant les dents, je me ressaisis.

— Allez-y ! nous ordonna M. Banner.

Je dus en appeler à toute la discipline acquise pendant soixante-quatorze ans pour réussir à me retourner vers la fille qui contemplait la paillasse et lui sourire.

— Les dames d'abord ? proposai-je.

Elle me dévisagea et pâlit. Avait-elle noté quelque chose de louche ? Je vérifiai dans le miroir de ses yeux que mon reflet était bien celui du garçon affable que j'offrais toujours aux humains. Ma façade était impeccable. Ses appréhensions avaient-elles resurgi ? Elle garda le silence.

— À moins que tu préfères que je commence, murmurai-je.

— Non, aucun problème, protesta-t-elle en piquant un nouveau fard.

Au lieu de fixer les mouvements du sang sous sa peau, je contemplai l'équipement disposé sur la paillasse – un microscope hors d'âge, des boîtes de lamelles. J'inspirai un petit coup entre mes dents et tordis le nez sous l'effet de la brûlure qui enflammait ma gorge.

— Prophase, décréta-t-elle après un examen des plus superficiels.

Elle s'apprêtait à retirer la lamelle quand j'interrompis son geste :

— Ça t'embête si je regarde ?

Instinctivement, aussi bêtement que si j'avais été un humain, j'avais attrapé sa main pour l'arrêter. Durant une seconde, sa chaleur m'incendia, remontant depuis mes doigts le long de mon bras, telle une décharge électrique. Elle se libéra de mon emprise à toute vitesse.

— Désolé, marmonnai-je, la mâchoire serrée.

Ne sachant où donner de la tête, je m'emparai du microscope et jetai un coup d'œil dans l'oculaire. Elle avait vu juste.

— Prophase, acquiesçai-je, encore trop secoué pour me tourner vers elle.

Respirant doucement par la bouche tout en m'efforçant d'ignorer la soif qui me dévorait, j'inscrivis soigneusement le résultat dans la première case de l'imprimé qu'on nous avait distribué puis changeai de plaquette.

À quoi pensait-elle en cet instant ? Qu'avait-elle ressenti quand nous nous étions touchés ? Ma peau glaciale avait dû la répugner. Pas étonnant qu'elle soit aussi silencieuse.

— Anaphase, annonçai-je en remplissant la seconde case.

— Je peux ? s'enquit-elle.

Je constatai avec surprise qu'elle attendait que je lui passe le microscope. Sans peur apparente. Croyait-elle vraiment que j'avais pu me tromper ? Ça m'en avait tout l'air. Réprimant un sourire narquois, je fis glisser l'appareil dans sa direction. Elle s'empressa de vérifier mes dires. Sa moue trahit sa déception.

— Troisième lamelle, exigea-t-elle en tendant la main sans me regarder.

Je lâchai l'objet dans sa paume en prenant soin cette fois d'éviter tout contact. À côté d'elle, j'avais l'impression d'être assis sous une lampe chauffante et sentais ma température monter.

— Interphase, annonça-t-elle après un bref examen et avec une nonchalance un peu forcée.

Elle me céda l'appareil sans faire mine de s'emparer du polycopié. Quoi qu'il en soit, elle avait vu juste encore une fois. C'est ainsi que nous terminâmes l'expérience, sans que nos regards se croisent et en limitant nos échanges à un ou deux mots de part et d'autre. Nos camarades avaient plus de mal avec la manipulation. Mike Newton, qui nous surveillait du coin de l'œil, avait des difficultés de concentration.

J'aurais préféré qu'il reste là où il avait fichu le camp.

Une pensée aussi sulfureuse qu'intéressante. Jusqu'à maintenant, ce type n'avait nourri aucun ressentiment à mon égard. C'était nouveau, apparemment lié à l'arrivée de la fille en ville. Plus intéressant, je me rendis compte que le sentiment était mutuel, ce qui ne laissa pas de m'étonner.

Je me réintéressai à ma voisine, déconcerté par l'ampleur des bouleversements, des ravages qu'elle provoquait en moi, en dépit de son apparence inoffensive.

Non que les raisons de la rancœur de Mike m'échappent. Pour une humaine, elle était plutôt jolie, quoique loin des standards habituels. Ses traits frappaient moins par leur beauté pure que par leur originalité. Son menton étroit tranchait sur ses larges méplats, nuisant à la symétrie de son visage ; sa chevelure sombre contrastait vivement avec la pâleur de son teint ; quant à ses prunelles trop grandes, elles luisaient de secrets enfouis…

Des prunelles qui, tout à coup, me scrutaient avec attention.

Je la scrutai à mon tour pour essayer de deviner ne serait-ce que l'un de ces fameux secrets.

— Tu portes des lentilles, non ? s'exclama-t-elle tout à trac.

Quelle drôle de question !

— Non.

L'idée que j'aie besoin d'améliorer ma vision me fit presque sourire.

— Ah bon, marmotta-t-elle. Tes yeux sont différents, pourtant.

Haussant les épaules avec raideur, je me concentrai sur le devant de la salle qu'arpentait M. Banner. Mes yeux avaient effectivement changé depuis la dernière fois qu'elle les avait observés. Afin de me préparer à la tentation, à l'épreuve d'aujourd'hui, j'avais passé tout le week-end à chasser et à me nourrir jusqu'à plus soif. Je m'étais gorgé du sang de divers animaux, même si leur saveur ne faisait pas le poids face à l'arôme enivrant qui flottait autour de Bella Swan. Lorsque je l'avais toisée pour la dernière fois, mes iris avaient été d'une noirceur terne engendrée par la soif. Maintenant que mon corps était rempli d'hémoglobine, ils étaient d'un ambre doré plus chaleureux.

Deuxième erreur. Si j'avais pu déceler ce que sa question sous-tendait, j'aurais répondu par l'affirmative.

Cela faisait deux ans désormais que je fréquentais ce lycée, et elle était la première à m'observer d'assez près pour avoir remarqué que mes yeux changeaient de couleur. Ses pairs, tout en admirant notre beauté, avaient tendance à vite baisser la tête quand nous soutenions leur regard. Ils se dérobaient, oubliant les détails de notre apparence dans leur réflexe instinctif pour éviter de comprendre. L'ignorance était la béatitude de l'esprit humain.

Pourquoi fallait-il que ce soit cette *fille-là* qui y voie si bien ?

Le prof s'approcha de notre paillasse. J'inhalai avec gratitude la bouffée d'air frais qu'il apportait avec lui avant qu'elle se mélange à la fragrance de ma voisine.

— Laisse-moi deviner, Edward, insinua-t-il après avoir lu nos réponses, tu as estimé qu'Isabella ne méritait pas de toucher au microscope ?

— Bella, le corrigeai-je automatiquement. Et détrompez-vous, elle en a identifié trois sur cinq.

Quelque peu sceptique, M. Banner s'adressa à l'intéressée.

— Tu as déjà travaillé là-dessus ?

Captivé, je la regardai sourire, un brin penaude.

— Pas avec des racines d'oignons.

— De la blastula de féra ?

— Oui.

Banner sursauta. L'expérience du jour était normalement réservée aux terminales.

— Tu suivais un programme pour élèves avancés, à Phoenix ? devina-t-il en hochant le menton.

— Oui.

Elle était donc intelligente, pour une humaine. Je l'aurais parié.

— Eh bien, finit-il par déclarer, il n'est sans doute pas mauvais que vous deux soyez partenaires de labo.

Il s'éloigna en marmonnant dans sa barbe : « Ça donnera aux autres l'occasion d'apprendre par eux-mêmes. » La fille ne l'entendit pas, à mon avis. Elle s'était remise à gribouiller dans son cahier.

Deux bourdes en une demi-heure. Une bien piètre prestation. Bien que j'ignore ce qu'elle pensait de moi – jusqu'à quel point avait-elle peur, quelle était l'ampleur de ses soupçons ? –, je compris que je devais redoubler d'efforts pour changer l'opinion qu'elle avait de moi, pour étouffer le souvenir de l'antagonisme de notre dernière rencontre.

— Dommage, pour la neige, hein ?

Je ne faisais que répéter ce qu'avaient gémi des dizaines de lycéens. Un sujet de conversation neutre. Avec la météo, on était tranquille. Ma voisine me dévisagea avec une méfiance évidente, réaction anormale à ma question des plus normales.

— Pas vraiment.

Je maintins notre échange sur les rails de sujets rebattus. Elle venait de contrées plus ensoleillées, ce que son teint, malgré sa pâleur, semblait prouver. Les frimas de notre région lui déplaisaient sûrement. En tout cas, ma peau glacée l'avait rebutée.

— Tu n'aimes pas le froid, devinai-je.

— Ni l'humidité, acquiesça-t-elle.

— Tu dois difficilement supporter Forks.

Tu n'aurais peut-être pas dû y emménager, eus-je envie d'ajouter. *Et si tu retournais chez toi ?*

Ce que je n'étais pas certain de souhaiter, pourtant. Je n'oublierais jamais l'odeur de son sang, et qu'elle fuie ne garantissait pas que je ne la suivrais pas. Par ailleurs, si elle partait, le mystère de son esprit muet resterait entier et n'en finirait plus de me narguer.

— Tu n'imagines même pas à quel point, gronda-t-elle avec un regard mauvais qui ne m'était pas adressé.

Ses réponses avaient le don de me décontenancer et m'incitaient à insister.

— Pourquoi es-tu venue t'installer ici, alors ?

Je me rendis compte tout de suite de ce que mon ton avait d'accusateur, combien il manquait de décontraction pour une discussion à bâtons rompus. Je m'étais exprimé de façon trop directe, mal élevée.

— C'est… compliqué.

Elle n'en dit pas plus, et ma curiosité – qui, en cet instant, était presque aussi incandescente que ma soif – faillit me faire imploser. Au passage, je découvris que je respirais un peu plus aisément et que je supportais mieux la brûlure. Je m'y habituais.

— Je devrais réussir à comprendre, la poussai-je.

Après tout, il était possible que sa bonne éducation l'oblige à répondre à mes impertinentes questions. Elle contempla longuement ses mains, abusant de ma patience. J'aurais voulu lui relever le menton du bout de l'index et la contraindre à me regarder afin de lire dans ses yeux. Mais il était évident que je ne devrais plus jamais la toucher. Soudain, elle se tourna vers moi, et je fus soulagé d'être en mesure de déchiffrer ses émotions. Elle parla avec précipitation :

— Ma mère s'est remariée.

Voilà qui était assez humain pour que je pige. Le chagrin creusa une nouvelle fois la ride de son front.

— Ça ne me paraît pas très compliqué, dis-je avec une gentillesse qui n'avait rien de forcé.

Son abattement me donnait l'étrange sentiment d'être impuissant, alors que, impulsion inédite chez moi, j'aurais aimé l'en soulager.

— Quand est-ce arrivé ? ajoutai-je.

— En septembre.

Elle exhala fort, sans aller jusqu'au soupir, et je me figeai quand son haleine tiède m'effleura.

— Et tu ne l'apprécies pas, conjecturai-je, dans ma quête d'informations supplémentaires.

— Si, Phil est chouette, me corrigea-t-elle avec l'ombre d'un sourire. Trop jeune, peut-être, mais sympa.

Ça ne correspondait pas au scénario que j'avais échafaudé.

— Pourquoi n'es-tu pas restée avec eux, s'il est aussi agréable ?

Je mettais un peu trop d'ardeur dans mon interrogatoire, trahissant mon indiscrétion.

— Phil voyage beaucoup. Il est joueur de base-ball professionnel.

Son demi-sourire s'élargit – ce choix de carrière l'amusait. Je lui rendis son sourire, là encore de façon spontanée. Je n'essayais pas de la mettre à l'aise, voulais juste établir une complicité naturelle.

— Célèbre ? demandai-je.

Je fouillai dans ma mémoire pour essayer d'identifier son Phil au sein des diverses équipes.

— Non. Il n'est pas très bon. Juste des championnats de second ordre. Il se déplace pas mal.

Aussitôt, je dressai une autre liste de possibilités. Tout en imaginant une histoire différente.

— Et ta mère t'a expédiée ici afin de l'accompagner librement, avançai-je.

Apparemment, j'obtenais plus de réponses quand j'émettais des hypothèses qu'avec des questions directes. Sa réaction en fut la preuve, lorsqu'elle redressa le menton et afficha une moue têtue.

— Non, protesta-t-elle d'un ton dur. Elle n'y est pour rien. C'est moi qui l'ai voulu.

Je l'avais vexée, même si je ne voyais pas très bien comment. Les raisons de son dépit m'échappaient. Je renonçai. À la différence des autres humains, cette fille était une énigme. Le silence de son cerveau et l'odeur particulière de son sang n'étaient sans doute pas les seuls éléments qui la distinguaient du troupeau.

— Je ne saisis pas, finis-je par admettre avec contrariété.

Elle étouffa un soupir et me dévisagea plus longtemps que ce que les membres de son espèce étaient capables de tenir d'habitude.

— Au début, m'expliqua-t-elle d'une voix lente et de plus en plus triste, elle est restée avec moi. Mais il lui manquait. Elle était malheureuse… Bref, j'ai décidé qu'il était temps que je connaisse un peu mieux Charlie.

La ride entre ses sourcils s'accentua.

— Et maintenant, c'est toi qui n'es pas heureuse, commentai-je.

Je supputais en espérant que ses dénégations m'en apprennent davantage. Là, il sembla que j'avais visé juste.

— La belle affaire ! répliqua-t-elle, comme si c'était anecdotique.

Pour la première fois, j'eus l'impression d'entrapercevoir un pan de son âme. Ces trois mots me permirent de déceler où elle se plaçait elle-même dans l'ordre de ses priorités. Contrairement à la plupart des siens, elle considérait ses propres besoins comme mineurs.

Les autres passaient avant.

Le mystère de la personnalité qui se cachait derrière son silence commençait à se dissiper.

— Ça n'est pas très juste, murmurai-je avec un haussement d'épaules faussement décontracté.

— On ne te l'a donc jamais dit ? riposta-t-elle avec un ricanement amer. La vie est injuste.

Je faillis m'esclaffer, bien que, pas plus qu'elle, je n'éprouve de joie. J'étais parfaitement au courant de l'injustice de la vie.

— J'ai en effet l'impression d'avoir déjà entendu ça quelque part, lâchai-je.

Elle me regarda un instant, l'air décontenancée, se détourna, revint à moi.

— Inutile de se lamenter, conclut-elle.

Je n'avais pas du tout l'intention d'arrêter là notre conversation. Le petit « v » entre ses yeux, symbole de son chagrin, m'embêtait. Prudemment, j'avançai une nouvelle hypothèse :

— Tu donnes bien le change, mais je parie que tu souffres plus que tu ne le laisses voir.

Elle grimaça et, avec une mine contrariée, fixa le devant de la salle. Elle n'appréciait pas que je devine la vérité. Elle refusait d'être une martyre, dissimulait ses souffrances.

— Je me trompe ? persistai-je.

Elle tressaillit mais m'ignora. Je souris.

— J'en étais sûr ! triomphai-je.

— Et en quoi ça *te* concerne, hein ? répliqua-t-elle en regardant toujours au loin.

— Bonne question, marmonnai-je, plus à mon intention qu'à la sienne.

Son discernement était meilleur que le mien. Elle allait droit au cœur du problème alors que je piétinais autour en triant à l'aveugle les indices que je pêchais çà et là. Elle avait raison, les détails de sa pauvre existence d'humaine n'auraient pas dû m'intéresser. J'avais tort de me soucier de ce qu'elle pensait. Après tout, les réflexions des mortels ne faisaient sens que lorsqu'il s'agissait de protéger ma famille.

Je n'étais pas habitué à être moins intuitif que mes interlocuteurs. À force de trop compter sur mon ouïe extraordinaire, je m'étais cru plus perspicace que je l'étais en réalité.

En soupirant, la fille toisa le reste de la classe avec une irritation comique. La situation, notre discussion étaient elles aussi comiques, d'ailleurs. Je représentais un danger immense pour cette pauvre petite humaine – il aurait suffi d'un instant de distraction de ma part pour que je respire par le nez et lui saute dessus sans pouvoir me retenir –, or elle était mécontente que je n'aie pas répondu à sa question. Pareille absurdité m'arracha un sourire.

— Je t'agace ? lui demandai-je.

Elle me lança un coup d'œil et parut happée par mon regard.

— Pas vraiment, maugréa-t-elle. Je m'agace moi-même, plutôt. Je suis tellement transparente. Ma mère m'appelle son livre ouvert.

Elle plissa le front d'un air déconfit.

J'étais stupéfait. Elle me reprochait de la deviner *trop facilement.* Comme c'était bizarre ! Je n'avais jamais déployé autant d'efforts pour tenter de comprendre quelqu'un de toute ma vie – de toute mon existence, plutôt, car le mot « vie » était tout sauf exact. Je n'avais pas vraiment de *vie.*

— Je ne suis pas d'accord, objectai-je. Je te trouve au contraire difficile à déchiffrer.

Une étrange méfiance s'était emparée de moi. Comme si, derrière la menace évidente que j'incarnais, j'échouais à en distinguer une autre, dissimulée. Ce pressentiment angoissant me mit brusquement sur mes gardes.

— C'est que tu es bon lecteur.

Cette fois, c'était elle qui supputait et, comme par hasard, elle ne se trompait pas.

— En général oui, reconnus-je.

Je lui adressai un large sourire qui dévoila imprudemment mes dents étincelantes et dures comme l'acier.

Un geste idiot. Mais, tout à coup, j'éprouvais un besoin irrépressible de lui transmettre un avertissement. Au cours de notre échange, son corps s'était inconsciemment rapproché du mien. Aucun des petits signes distinctifs qui suffisaient à effrayer ses semblables ne fonctionnait avec elle. Pourquoi ne reculait-elle pas avec répugnance ? À ce stade, elle avait dû déceler assez de noirceur chez moi pour identifier le péril.

Je n'eus pas le loisir de vérifier si le message était passé car, à cet instant, M. Banner s'adressa aux élèves, et ma voisine lui accorda toute son attention. Comme elle me parut soulagée par cette interruption, j'en déduisis qu'elle avait instinctivement compris.

Je l'espérai, du moins.

J'étais lucide sur la fascination qu'elle éveillait en moi, bien que je lutte contre. Je ne pouvais me permettre d'être intéressé par Bella Swan. Plus exactement, *elle* ne pouvait se le permettre. J'avais déjà hâte d'avoir une occasion de reparler avec elle, d'en apprendre plus sur sa mère, sur sa vie avant Forks, sur sa relation avec son père. Autant d'aspects insignifiants qui étofferaient ce que je savais déjà. Malheureusement, toute seconde en sa compagnie serait une erreur, un risque qu'elle n'était pas obligée de courir.

Au moment précis où je m'accordais une nouvelle respiration, elle rejeta ses cheveux en arrière. Une vague très concentrée de son parfum frappa le fond de ma gorge.

Ce fut comme le premier jour, comme la grenade. La douleur fulgurante de l'incendie me fit tourner la tête. Je dus me retenir à la paillasse pour ne pas tomber. Je me contrôlai mieux, cependant, et ne cassai rien. Si le monstre en moi geignit, il ne se réjouit pas de ma souffrance. Je l'avais trop bien ligoté. Pour l'instant.

Je cessai aussitôt de respirer et m'éloignai le plus possible.

Non, je n'avais pas le droit de la trouver envoûtante. Plus elle me captiverait, plus je jouerais avec sa sécurité. J'avais déjà commis deux erreurs, allais-je en faire une troisième qui, elle, ne serait pas mineure ?

Dès la cloche sonnée, je filai comme un voleur, démolissant sans doute l'impression d'urbanité que j'étais plus ou moins parvenu à donner pendant cette heure. Dehors, j'emplis mes poumons de l'air frais et humide comme s'il s'agissait d'une panacée. Puis je m'empressai de partir, afin de mettre un maximum de distance entre la fille et moi.

Emmett m'attendait devant la salle d'espagnol. Il me dévisagea.

Comment ça s'est passé ? s'inquiéta-t-il.

— Personne n'est mort, grognai-je.

C'est déjà ça, j'imagine. Quand Alice a plaqué la fin du cours, j'ai cru...

Je décryptai dans sa mémoire récente l'instant où notre sœur, blême, fonçait en direction du bâtiment des sciences. Emmett avait résisté à l'envie de se lever et de la rejoindre, sachant qu'elle ferait appel à lui en cas de besoin.

Horrifié, dégoûté, je m'affalai sur ma chaise, paupières closes.

— Je ne m'étais pas rendu compte que le danger était aussi imminent, chuchotai-je. Je n'ai pas songé que… pas saisi l'ampleur du risque…

Du calme. Personne n'est mort, je te rappelle.

— Pas cette fois.

Ça va peut-être devenir plus facile.

— C'est ça.

Ou alors, tu la tueras. Tu ne serais pas le premier à dérailler. Personne ne t'en voudrait vraiment. Il arrive qu'un humain sente trop bon. Perso, je suis épaté que tu aies tenu aussi longtemps.

— Merci, Emmett, tu m'aides beaucoup, là.

J'étais révolté qu'il accepte sans sourciller l'éventualité que je liquide la fille, qu'il la considère comme presque inévitable. Était-ce la faute de Bella Swan si elle sentait tellement bon ?

Quand ça m'est arrivé… commença-t-il à se rappeler, me ramenant un demi-siècle plus tôt, dans un chemin campagnard à la tombée du jour, où une femme d'âge moyen retirait la lessive qu'elle avait suspendue entre deux pommiers. Le parfum des fruits embaumait – la récolte était terminée, et les pommes abandonnées pourrissaient dans l'herbe avec des arômes entêtants qui se juxtaposaient à l'odeur de foin coupé émanant d'un champ voisin. Une harmonie olfactive parfaite. Le ciel était mauve, orange sur les montagnes à l'ouest. Indifférent à la ménagère, Emmett arpentait le sentier sinueux (il effectuait une course pour Rosalie) et aurait poursuivi sa route si un brusque coup de vent vespéral n'avait soufflé, gonflant les draps blancs comme des voiles et envoyant dans sa direction la fragrance de la femme. Sans cette brise malheureuse, il n'aurait eu aucune raison de garder en mémoire cette soirée.

— Ah ! gémis-je, comme si le souvenir de ma propre soif ne suffisait pas.

Je sais. Ça n'a même pas duré une demi-seconde. Je n'ai pas songé à me retenir.

Son histoire prit alors un tour trop détaillé pour que je la supporte. Je bondis sur mes pieds, mâchoire crispée.

— *Estás bien*, Edward ? s'alarma la prof, Mme Goff.

Son esprit me renvoya mon image. Je n'avais pas l'air bien du tout.

— *Perdóname*, marmonnai-je avant de me ruer dehors.

— Emmett, *por favor, puedes ayudar a tu hermano ?* lança-t-elle.

— Bien sûr, l'entendis-je répondre.

Il fut derrière moi en un clin d'œil et me suivit de l'autre côté du bâtiment. Il me retint d'une main que je rejetai avec une inutile violence qui, s'il avait été humain, lui aurait émietté les os et déboîté le bras.

— Excuse-moi, Edward.

— Ça va.

J'inspirai de grandes goulées d'oxygène pour tenter de m'éclaircir les idées et les poumons.

— C'est donc si difficile ?

Il tentait, sans beaucoup de succès, de ne pas songer au parfum de son souvenir.

— C'est pire que tout, Emmett.

Il ne dit rien. Puis :

Peut-être que…

— Non. Je n'irais pas mieux si j'en finissais avec elle. Retourne en cours, j'ai besoin d'être seul.

Il s'en alla sans ajouter ni mot ni pensée, et je m'éloignai d'un pas vif. Qu'il raconte à Mme Goff que j'étais malade, que j'avais décidé de sécher ou que j'étais un dangereux vampire, ça m'était égal. Si ça se trouve, je ne reviendrais pas. Il allait peut-être falloir que je parte définitivement.

Je regagnai ma voiture pour y attendre la fin des cours. Pour me cacher. Encore une fois.

J'aurais dû mettre à profit ce temps pour réfléchir à la situation, étayer ma détermination. Au lieu de quoi, tel un drogué, je recommençai à écumer le tumulte des réflexions qui émanaient du lycée. Des voix familières s'en détachaient, mais je n'étais, pour l'heure, pas intéressé par les visions d'Alice ou les jérémiades de Rosalie. Je dénichai aisément celle de Jessica. Comme la fille n'était pas avec elle, je cherchai ailleurs. Les supputations de Mike Newton retinrent mon attention, et je la trouvai enfin, en gym, avec lui. Il était mécontent qu'elle et moi ayons parlé pendant le cours de biologie et ruminait la réponse qu'elle lui avait faite quand il avait abordé le sujet.

Lui que je n'ai jamais vu adresser à quiconque plus d'un ou deux mots, voilà qu'il discute avec Bella ! Évidemment ! Je n'aime pas sa façon de la reluquer. Dieu soit loué, elle n'a pas l'air subjuguée. Qu'est-ce qu'elle m'a dit, tout à l'heure ? « Je ne sais pas ce qui lui a pris la semaine dernière. » Un truc comme ça. Je n'ai pas eu l'impression que ça la passionnait. Leur conversation a sûrement porté sur la pluie et le beau temps.

Il se réjouissait de l'indifférence de Bella à mon égard. Ça m'énerva tant que je cessai de l'écouter.

Je mis un CD de hard-rock et poussai le volume à fond pour étouffer les voix. Je fus néanmoins obligé de me concentrer pour ne pas retourner espionner la fille à travers l'esprit de Mike Newton.

J'avoue que je trichai à une ou deux reprises au fur et à mesure que les minutes s'égrenaient, tout en essayant de me persuader que je ne l'épiais pas vraiment. Que je me préparais, rien de plus. Je tenais à savoir quand elle arriverait du gymnase sur le parking. Je ne voulais pas être pris au dépourvu.

Sans trop comprendre pourquoi, je sortis de ma voiture lorsque les élèves se mirent à apparaître. J'ignorai la pluie qui trempait mes cheveux.

Souhaitais-je qu'elle m'aperçoive ? Espérais-je qu'elle s'approcherait pour me parler ? Quelle mouche me piquait ?

Conscient que mon comportement était répréhensible, je m'ordonnai de me rasseoir derrière le volant. En vain. Bras croisés, respirant à petits coups, je ne bronchai pas et l'observai qui s'approchait lentement sans me voir, les traits fermés. Une ou deux fois, elle leva la tête vers le ciel, comme si ce dernier l'avait offensée.

Je fus déçu qu'elle n'ait pas à venir de mon côté pour atteindre sa camionnette. M'aurait-elle interpellé, dans le cas contraire ? Lui aurais-je répondu ?

Elle grimpa dans sa Chevrolet rouge fané, mastodonte rouillé plus âgé que son père. Elle mit le contact dans une pétarade qui couvrait le bruit de tous les autres moteurs réunis et tendit les mains vers le chauffage. Elle n'aimait décidément pas le froid. Elle ébouriffa ses cheveux épais comme si elle tentait de les sécher. Je songeai furtivement à l'odeur qui devait régner dans l'habitacle avant de chasser cette idée néfaste.

Se préparant à reculer, elle inspecta les alentours. Alors seulement, elle remarqua ma présence. Durant une demi-seconde, elle croisa mon regard, et je décelai de la surprise dans le sien avant qu'elle se détourne et manœuvre… pour s'arrêter aussi sec, manquant de peu d'emboutir la Toyota d'Erin Teague.

Je distinguai dans son rétroviseur sa bouche ouverte sur un cri d'horreur muet à la perspective d'avoir provoqué un accident. Quand l'autre voiture fut partie, elle vérifia de tous côtés avant de redémarrer et de s'extirper de son emplacement à une lenteur d'escargot telle que je ne pus réprimer un sourire. À croire qu'elle s'estimait *dangereuse* à bord de son pick-up délabré.

L'idée que Bella Swan, quel que soit le véhicule qu'elle conduisait, puisse représenter un péril quelconque déclencha mon hilarité, juste à l'instant où elle passait devant moi, raide comme un piquet.

3

PHÉNOMÈNE

Bien que je n'aie absolument pas soif, je repartis en chasse cette nuit-là. Par simple mesure de précaution, même si je devinais que ça ne servirait à rien.

Carlisle m'accompagna. C'était la première fois que nous nous retrouvions seuls tous les deux depuis que j'étais revenu de Denali. Alors que nous courions dans la forêt obscure, j'entendis qu'il repensait à mon départ précipité, la semaine d'avant. Sa mémoire me dessina mon visage tordu par un désespoir intense. Son étonnement et son inquiétude soudaine redéfilèrent dans ma tête.

— *Edward ?*

— *Il faut que je m'en aille, Carlisle. Très vite.*

— *Que s'est-il passé ?*

— *Rien encore. Mais ça se produira si je reste.*

Il avait voulu m'attraper le bras. Je l'avais blessé en l'esquivant.

— *Je ne comprends pas.*

— *As-tu déjà… t'est-il jamais arrivé de…*

Je me vis inspirer longuement, distinguai l'éclat sauvage de mon regard à travers le filtre de son anxiété.

— *L'un d'eux a-t-il dégagé un parfum à nul autre semblable ? Bien plus alléchant ?*

— *Oh !*

À la minute où il avait compris, la honte m'avait submergé. Il avait de nouveau tendu la main, sans se laisser évincer cette fois. Sa paume avait pesé sur mon épaule.

— *Agis comme bon te semble, fils. Tant que tu résistes à la tentation. Tu me manqueras. Tiens, prends les clés de ma voiture. J'ai fait le plein.*

Ce soir, il se demandait si, sur le moment, il avait eu raison. Il redoutait que son manque de foi m'ait vexé.

— Non, soufflai-je, sans cesser de galoper. C'est ce dont j'avais besoin. Si tu m'avais prié de rester, j'aurais pu trop facilement te trahir.

— Je suis navré que tu souffres, Edward. Néanmoins, tu dois absolument préserver la jeune Swan. Même si cela implique que tu nous quittes encore.

— Je sais, je sais.

— Pourquoi es-tu revenu, d'ailleurs ? Je suis ravi de t'avoir avec nous, tu ne l'ignores pas, mais si c'est trop douloureux…

— Il me déplaisait d'être lâche, avouai-je.

Nous avions ralenti, à présent, nous bornant à trotter parmi les troncs noirs.

— Ça vaut mieux que la mettre en danger. Elle sera partie d'ici un ou deux ans.

— Oui, tu as raison.

Paradoxalement, ses conseils renforçaient mon désir de m'attarder à Forks. Un ou deux ans. Après, elle ne serait plus là. Carlisle stoppa net. Je l'imitai. Il me dévisagea.

Tu n'as pas l'intention de nous quitter, hein ?

Je baissai la tête.

Est-ce par orgueil, Edward ? Il n'y a pas de honte à…

— Non, ce n'est pas ça qui me retient ici. Plus maintenant.

Tu n'as nulle part où aller ?

— Non plus, ricanai-je. Ça ne m'arrêterait pas, si seulement j'avais la force de fuir.

— S'il le faut, nous t'accompagnerons, bien sûr. Tu n'as qu'à demander. Tu as déménagé sans rechigner pour les autres. Ils ne te reprocheront pas ceci.

J'arquai un sourcil dubitatif qui le fit rire.

— D'accord, Rosalie, peut-être. Mais elle t'est redevable. Et puis, il serait plus sage que nous filions avant que des dégâts soient commis, avant qu'un décès ait lieu.

Ses mots, prononcés avec gravité, déclenchèrent mes frissons.

— C'est vrai, admis-je d'une voix rauque.

Pourtant, tu ne comptes pas t'éloigner ?

— Je devrais.

— Qu'est-ce qui te retient, Edward ? Je ne vois pas ce…

— Je ne suis pas certain de pouvoir l'expliquer.

Même moi, j'étais perplexe. Mon père m'observa longuement.

Non, je ne saisis pas. Mais je respecterai ton intimité, si c'est ce que tu veux.

— Merci, c'est très généreux de ta part. D'autant que moi, je ne respecte celle de personne.

À une exception près. Or, je m'échinai à l'en priver, n'est-ce pas ?

Nous avons tous nos petites excentricités, s'amusa-t-il de nouveau. *On y va ?*

Il venait de flairer un modeste groupe de biches. J'eus du mal à éprouver de l'enthousiasme pour des proies qui, même dans de meilleures circonstances, diffusaient un arôme peu appétissant. Lequel me tournait même l'estomac, tant le parfum de la fille s'attardait dans ma mémoire.

— Allons-y, oui.

Je soupirai, devinant à l'avance que me contraindre à ingurgiter de nouvelles réserves de sang ne m'aiderait pas.

Carlisle et moi nous tapîmes comme des prédateurs et nous laissâmes guider par l'odeur sans attrait.

***

Lorsque nous regagnâmes la maison, il faisait plus froid. La neige fondue avait gelé, on aurait dit qu'une fine couche de verre recouvrait tout : les aiguilles de pin, les feuilles des fougères, les brins d'herbe.

Pendant que Carlisle montait se préparer pour son service du matin à l'hôpital, je demeurai près de la rivière à guetter le lever du jour. Je me sentais presque… *gonflé* par tout le sang que j'avais ingurgité, tout en sachant que ma soif étanchée ne pèserait pas lourd quand je m'assiérais à côté de la fille. Aussi froid et immobile que le rocher sur lequel je me tenais, je fixais sans les voir les eaux sombres qui coulaient entre les berges blanchies de givre.

Carlisle avait raison. Le plus sage était de quitter Forks. Les miens inventeraient une fable justifiant mon absence. Un pensionnat en Europe. De lointains parents à visiter. Une fugue d'adolescent. Peu importait, personne ne poserait trop de questions.

C'était l'affaire d'un ou deux ans, tout au plus. Ensuite, la fille disparaîtrait. Elle vivrait sa vie… en tout cas, elle en aurait une à vivre. Elle ferait des études quelque part, commencerait une carrière, se marierait. Je me représentais très bien la scène… vêtue de blanc, elle avançait à pas mesurés au bras de son père.

Le chagrin que m'inspira cette image m'étonna. Lui enviais-je un avenir dont je serais privé à jamais ? Si oui, c'était idiot. Tous les humains avaient un potentiel identique, je m'arrêtais rarement pour les jalouser.

Il était de mon devoir de lui autoriser un futur. De ne plus mettre sa vie en danger. C'était la chose à faire. Carlisle ne se trompait jamais. Il me fallait l'écouter. Je l'écouterais.

Le soleil apparut derrière les nuages, et sa lueur se refléta sur la nature toute de verre gelé.

Plus qu'un jour, décrétai-je. Je la reverrais une dernière fois. J'en étais capable. J'en profiterais peut-être pour mentionner mon départ imminent, pour amorcer l'histoire. Ça ne serait pas simple, je le devinai à l'énorme réticence qui me poussait déjà à m'inventer des excuses pour rester, pour repousser le délai d'une, deux, trois, quatre journées… Mais j'opérerais le bon choix. Je savais pouvoir me fier aux conseils de Carlisle. Je savais aussi que j'étais trop partagé pour décider seul.

Beaucoup trop partagé. Quelle part de ma réticence provenait de mon insatiable curiosité, quelle autre de mon appétit inassouvi ?

Je rentrai me changer pour le lycée.

Alice m'attendait, juchée sur la plus haute marche du second étage.

Tu repars, m'accusa-t-elle.

J'acquiesçai avec un soupir.

Cette fois, je ne vois pas où.

— Je n'en sais encore rien, murmurai-je.

Je veux que tu restes.

Je secouai la tête.

Et si Jazz et moi venions avec toi ?

— Sans moi pour surveiller nos arrières, ils auront encore plus besoin de toi ici. Et puis, songe à Esmé. Tu la priverais comme ça de la moitié de la famille ?

Tu vas lui causer beaucoup de peine.

— J'en ai conscience. C'est aussi pour ça que tu ne peux pas m'accompagner.

Sans toi, ce n'est pas pareil, et tu le sais.

— Oui, sauf que c'est la chose à faire.

Des choses à faire, il y en a plein, et des choses à ne pas faire, des tonnes aussi, hein ?

Un bref instant, elle fut happée par l'une de ses étranges visions. Avec elle, j'assistai au défilé décousu d'images indistinctes. J'apparus au milieu de drôles d'ombres aux formes imprécises. Puis, soudain, ma peau se mit à étinceler au cœur d'une clairière ensoleillée, un endroit que je connaissais. Il y avait une silhouette avec moi, floue également, pas suffisamment *présente* pour que je l'identifie. Les images se volatilisèrent tandis qu'un million de choix minuscules réorganisaient le destin.

— Je n'ai pas bien saisi ça, commentai-je quand l'esprit d'Alice s'obscurcit.

Moi non plus. Ton futur est si instable que je ne tiens pas le rythme. Il me semble en revanche que…

Elle s'interrompit, tria parmi ses multiples visions récentes de moi. Toutes étaient vagues.

— Il me semble que quelque chose est en train de changer, dit-elle à haute voix. Tu m'as l'air de te trouver à la croisée de deux chemins.

J'eus un rire lugubre.

— Tu te rends compte que tu as tout d'une voyante de fête foraine ?

Elle me tira la langue.

— Ça va bien se passer, aujourd'hui, hein ? m'enquis-je avec appréhension.

— Je ne te vois pas tuer quiconque, acquiesça-t-elle.

— Merci, Alice.

— File t'habiller. Je te promets de me taire. À toi d'annoncer la nouvelle aux autres quand tu seras prêt.

Elle se leva et dégringola l'escalier, légèrement voûtée. *Tu. Vas. Me. Manquer. Vraiment.*

Ce serait réciproque.

Le trajet jusqu'au lycée se déroula dans le silence. Jasper sentait qu'Alice était bouleversée, mais il savait que, si elle avait souhaité lui en parler, elle l'aurait déjà fait. Quant à Emmett et Rosalie, ils avaient oublié le monde. En proie à l'une de leurs habituelles crises amoureuses, ils se fixaient mutuellement avec adoration. De l'extérieur, c'était un spectacle répugnant. Nous n'ignorions rien des liens qui les unissaient. Ou alors, c'était moi. L'amertume me guidait, parce que j'étais le seul célibataire du clan. Certains jours – et celui-ci en était un –, il n'était pas facile de cohabiter avec trois couples parfaitement assortis.

Ils seraient peut-être plus heureux sans moi dans les parages, distillant mon irascibilité et mon agressivité, tel le vieillard que j'aurais dû être aujourd'hui.

Ma première réaction en arrivant sur le parking fut de chercher la fille. Histoire de me préparer.

Menteur.

J'étais gêné de constater à quel point mon univers, sans elle, semblait soudain complètement vide.

En même temps, après quatre-vingts ans d'un quotidien identique matin et soir, il était normal que la moindre nouveauté cristallise mon intérêt.

Elle n'était pas là, mais je perçus au loin le tintamarre de sa camionnette. Je m'adossai à la Volvo pour l'attendre. Alice resta à mon côté, tandis que les autres se rendaient en cours. Mon obsession les lassait déjà. Pour délicieuse que soit son odeur, une humaine ne méritait pas qu'on s'attarde aussi longtemps sur elle.

La fille apparut, roulant à une allure de sénateur, doigts serrés sur le volant, les yeux fixés devant elle. Elle avait une expression anxieuse, et il me fallut une seconde pour me rendre compte que c'était le cas de tous ses pairs ce matin. La route était verglacée, et tous redoublaient de prudence, Bella Swan plus que les autres.

Un renseignement supplémentaire à ajouter au peu que je savais de sa personnalité : elle était sérieuse et responsable.

Elle se gara non loin de moi. Elle ne m'avait pas encore repéré en train de l'observer. Comment réagirait-elle quand elle le ferait ? Se sauverait-elle en rougissant ? J'aurais parié là-dessus. Mais il était également possible qu'elle soutienne mon regard sans ciller. Voire, qu'elle s'approche pour m'adresser la parole.

Plein d'espoir, j'inspirai un bon coup et saturai mes poumons. Au cas où.

Elle descendit de son pick-up avec beaucoup de précautions, testant le sol gelé avant chaque pas. Elle ne releva pas la tête, ce qui m'agaça. Et si j'allais vers elle ?

Non, ce n'était pas la chose à faire.

Au lieu de se diriger vers les bâtiments, elle se rendit à l'arrière de son véhicule en s'agrippant comiquement au plateau. Je souris, sentis qu'Alice me dévisageait. Je ne l'écoutai pas cependant, trop diverti par le spectacle de la fille examinant les chaînes de ses pneus. Elle paraissait à deux doigts de tomber, vu comme elle ne cessait de déraper. Personne n'avait l'air aussi empoté. Avait-elle choisi un emplacement particulièrement glissant ?

Elle marqua une pause. Une drôle d'expression avait envahi ses traits. Une sorte de… tendresse. Était-il concevable que les roues de sa voiture lui inspirent des *émotions* ? De nouveau, ma curiosité me brûla comme la soif. À croire que j'avais absolument besoin de savoir ce qu'elle pensait, au détriment de tout le reste.

J'allais l'aborder. Et puis, un coup de main ne serait pas de trop, apparemment, au moins jusqu'à ce qu'elle soit en sécurité à l'intérieur du lycée. Était-ce réaliste ? J'hésitai, partagé. Malgré son aversion pour la neige, je ne pensais pas qu'elle serait très contente de devoir attraper ma main glacée. Je regrettai de ne pas avoir apporté de gants…

— NON ! s'exclama soudain Alice.

Aussitôt, je me branchai sur son cerveau, songeant d'abord que ma décision d'approcher la fille était mauvaise, qu'elle m'avait vue commettre l'irréparable. Je n'étais concerné en rien, cependant.

Tyler Crowley venait de bifurquer sur le parking à une vitesse malvenue et filait droit vers une plaque de verglas. La vision d'Alice se produisit un quart de seconde avant les événements réels. Le fourgon de Tyler était encore à l'entrée quand ma sœur avait poussé son cri d'angoisse. Je n'étais pas concerné, et pourtant si, car le van bleu nuit allait tournoyer follement sur la glace et écraser celle qui était devenue malgré moi le point focal de mon univers. Même privé d'Alice, je n'aurais eu aucun mal à deviner la trajectoire du véhicule qui échappait au contrôle de son conducteur.

Alertée par les crissements de pneu, la fille en si mauvaise posture releva les yeux, l'air perdu. Elle croisa mon regard horrifié puis se tourna pour assister à sa mort imminente.

Pas elle ! Les mots retentirent dans mon crâne comme s'ils avaient été hurlés par un autre.

Toujours connecté à l'esprit d'Alice, je perçus un changement dans sa vision mais passai à l'action avant d'en distinguer l'issue.

Me ruant en avant, je m'interposai entre le fourgon qui glissait et la fille pétrifiée sur place. Je fus si rapide que tout devint flou, à l'exception de celle sur laquelle j'étais concentré. Elle ne me vit pas – aucun humain ne me vit –, tout entière absorbée par le spectacle du van qui fonçait vers elle et s'apprêtait à la fracasser contre la carrosserie de sa propre camionnette.

Avec moins de douceur que son corps frêle l'exigeait, mais j'étais dans l'urgence, je l'attrapai par la taille. Durant le centième de seconde qu'il me fallut pour l'arracher à la mort et rouler au sol en la serrant entre mes bras, je ne fus que trop conscient de sa fragilité. Lorsque sa tête heurta le bitume gelé, j'eus l'impression de me transformer en statue de glace.

Je n'eus pas le temps de vérifier son état, cependant, car, derrière nous, le fourgon s'enroula autour du plateau de la robuste Chevrolet dans un froissement de tôles avant de changer de direction et de rebondir vers la fille, comme attiré par un aimant.

Un mot que je n'avais jamais prononcé devant une dame s'échappa de mes lèvres serrées.

J'en avais déjà trop fait. J'avais été parfaitement conscient de commettre une erreur lorsque j'avais presque volé pour écarter la fille. Ça ne m'avait pas arrêté pour autant, même si je n'oubliais pas le risque auquel je m'exposais, ainsi que mon clan.

Celui de nous trahir.

Je n'arrangerais rien en m'entêtant, mais il était hors de question que j'autorise ce fourgon bleu nuit à réussir sa seconde tentative de meurtre.

Déposant ma charge, je brandis les mains et stoppai le véhicule avant qu'il puisse la heurter. La violence de l'impact me projeta contre la voiture marron près de laquelle était garée la Chevrolet, et je sentis son pare-chocs céder derrière mes épaules. Le van heurta en frissonnant l'obstacle infranchissable de mes bras puis retomba en équilibre instable sur deux de ses pneus. Il tangua un instant avant de s'immobiliser.

Si je bougeais, la roue arrière ne manquerait pas d'écraser les jambes de la fille.

Par tous les saints, les catastrophes n'en finiraient-elles donc jamais ? Y avait-il pire pétrin ? Je ne pouvais guère rester comme ça à garder le fourgon en l'air en attendant des renforts. Il m'était également impossible de le rejeter au loin – je devais tenir compte de Tyler qui, paniqué, égrenait un chapelet de pensées incohérentes.

Avec un gémissement intérieur, je soulevai le van. Lorsqu'il retomba, je plaquai ma main droite sous son châssis, tandis que, de la gauche, je plaquai la fille contre moi, l'écartant de la menace. Son corps était mou comme celui d'une poupée. Avait-elle perdu connaissance ? Quels dégâts lui avais-je infligés en me portant à son secours ?

Maintenant qu'elle était hors de danger, je laissai retomber le véhicule dont les vitres explosèrent.

J'étais dans une situation délicate. Qu'est-ce que la fille avait réussi à comprendre de l'incident ? D'autres témoins m'avaient-ils vu me matérialiser à son côté et jongler avec le fourgon pendant que je la mettais à l'abri ? Ces deux questions auraient dû être ma préoccupation première.

Sauf que j'étais trop anxieux pour prêter beaucoup d'attention à ma démonstration de force qui risquait de nous révéler au grand jour ; trop affolé à l'idée de l'avoir peut-être blessée, trop effrayé par sa proximité, sachant ce que je humerais si je m'autorisais à respirer ; trop conscient de la chaleur qui émanait de son corps collé au mien, en dépit de l'épaisseur de nos manteaux respectifs.

Je cédai à ma plus grande crainte. Alors que les cris des badauds alentour résonnaient, je m'inclinai sur la rescapée en priant avec ardeur pour qu'elle ne saigne nulle part.

Elle avait les yeux ouverts. Elle était sous le choc.

— Bella ? m'enquis-je d'un ton angoissé. Ça va ?

— Très bien, répondit-elle machinalement d'une voix hébétée.

En l'entendant, je fus submergé par un soulagement si délicieux qu'il en fut presque douloureux. J'inspirai entre mes dents et, pour une fois, ne regrettai pas la torture qui s'ensuivit. Bizarrement, j'en fus même ravi.

Elle voulut s'asseoir, mais je n'étais pas encore prêt à la libérer. Ça me semblait plus… sûr ? Mieux, en tout cas, de la garder sous ma protection.

— Attention, l'avertis-je. Je crois que tu t'es cogné la tête assez fort.

Par bonheur, je n'avais pas capté d'odeur de sang, ce qui ne voulait pas dire qu'elle ne souffrait pas de blessures internes. J'eus brusquement une envie folle de l'emporter jusqu'à Carlisle et son équipement de radiologie.

— Ouille ! murmura-t-elle.

Elle semblait si déconcertée en découvrant que j'avais raison à propos de sa chute, que je faillis rire.

— C'est bien ce que je me disais, insistai-je.

Ma délivrance était telle que j'étais à présent en proie à une étrange gaieté.

— Comment diable…

Elle s'interrompit, battit des paupières.

— Comment as-tu réussi à t'approcher aussi vite ? reprit-elle.

Mon humeur s'assombrit immédiatement. Elle en avait trop vu, comme je l'avais redouté. À présent que j'étais rassuré sur son sort, je me laissai envahir par l'inquiétude pour ma famille.

— J'étais juste à côté de toi, Bella, affirmai-je avec aplomb.

L'expérience m'avait appris que plus je mentais avec assurance, plus mon interlocuteur doutait de la vérité.

La fille s'agita de nouveau et, cette fois, je la laissai se redresser. Il fallait que je respire pour continuer à jouer mon rôle correctement. Il fallait aussi que je m'éloigne de sa chaleur pour que, combinée à son parfum, elle ne me fasse pas perdre l'esprit. Je reculai autant que possible dans l'endroit exigu que nous ménageaient les véhicules cabossés.

Elle me fixait d'un air inquisiteur. Je soutins son regard. Me détourner le premier aurait été une erreur de débutant, or j'étais passé maître dans l'art de mentir. J'arborai une expression affable et neutre qui sembla avoir le don de l'égarer. Tant mieux.

Nous étions cernés par les curieux, essentiellement des lycéens, qui se bousculaient pour tenter d'apercevoir nos cadavres broyés. C'était un flot continu de cris et de réflexions horrifiées. J'y prêtai l'oreille une minute afin de vérifier que personne n'avait de soupçons particuliers, puis me refermai pour me concentrer sur la fille. Distraite de ma présence par le charivari ambiant, elle balayait des yeux les alentours avec stupeur tout en essayant de se mettre debout. Je la retins d'une main légère sur l'épaule.

— Attends encore un peu.

Bien qu'elle ait l'air indemne, je n'étais pas sûr qu'il soit raisonnable qu'elle remue la nuque. Je regrettai de nouveau l'absence de Carlisle. Mes années d'études médicales, purement théoriques, n'étaient rien en comparaison des siècles qu'il avait passés sur le terrain.

— J'ai froid ! protesta-t-elle.

Elle venait d'échapper à la mort à deux reprises, et c'était ça qui l'ennuyait ? Un petit rire m'échappa avant que je me souvienne que la situation n'était pas amusante. Elle cligna des paupières puis me dévisagea.

— Tu étais là-bas, assena-t-elle soudain. Près de ta voiture.

Ses paroles me douchèrent.

— Non.

— Je t'ai vu ! insista-t-elle, le menton levé, d'une voix que l'entêtement rendait puérile.

— Bella, j'étais tout près de toi et je t'ai tirée de là, c'est tout.

Je plongeai mes yeux dans les siens pour tenter de la convaincre, pour qu'elle accepte ma version des faits, la seule qui soit rationnelle. Elle serra les mâchoires.

— Non, lâcha-t-elle.

Je m'exhortai au calme. Si seulement j'arrivais à ce qu'elle se taise durant les quelques minutes dont j'avais besoin pour effacer les preuves ! Ensuite, je saperais son histoire en incriminant sa blessure à la tête. Il ne devait quand même pas être compliqué d'obtenir le silence de cette fille mutique et secrète ! Il me fallait juste un bref moment…

— S'il te plaît, Bella.

Mes intonations étaient trop insistantes parce que, tout à coup, je convoitais sa confiance. De toute mon âme, et pas seulement par rapport à l'accident. Un désir stupide. Qu'avait-elle à gagner à accorder un quelconque crédit à une créature comme *moi* ?

— Pourquoi ? ronchonna-t-elle, sur la défensive.

— Fais-moi confiance, la suppliai-je.

— Jure que tu m'expliqueras plus tard.

Je m'en voulus d'être obligé de lui mentir encore une fois, alors que j'aspirais à être digne de ce que je lui demandais. Aussi, c'est d'un ton acerbe que je lui répondis :

— D'accord !

— Tu as intérêt à tenir parole, rétorqua-t-elle aussi furieuse que moi.

Pendant que les secours s'organisaient, arrivée d'adultes, coup de fil aux autorités, sirènes lointaines, je tentai d'ignorer la fille et de mettre de l'ordre dans mes priorités. Je scannai tous les esprits présents, témoins et nouveaux venus, n'y décelai aucun péril immédiat. S'ils étaient nombreux à s'étonner de me trouver à côté de Bella, tous concluaient qu'ils ne m'avaient simplement pas remarqué avant l'accident – c'était la seule explication possible.

Il n'y avait que la victime pour ne pas l'admettre. Avec un peu de chance, on ne prendrait pas au sérieux ses dires. Elle avait eu peur, elle était traumatisée et elle avait reçu un coup sur la tête. En état de choc, elle débiterait forcément des sornettes, n'est-ce pas ? Et puis, ce serait sa parole contre celle de la majorité.

Je grimaçai en entendant les réflexions de Rosalie, Emmett et Jasper, qui avaient rejoint les badauds. Mes actes allaient me coûter cher, ce soir.

J'avais très envie de redresser le pare-chocs de la voiture marron que j'avais enfoncé, mais la fille était trop proche, il faudrait pour ça que je profite d'un moment de distraction de sa part.

Je dus patienter un long moment déplaisant – je n'appréciais guère d'être le point de mire – que les humains dégagent le fourgon. Bien sûr, j'aurais pu les aider afin d'accélérer le mouvement, mais j'avais déjà assez d'ennuis comme ça, et la fille avait de trop bons yeux. Ils finirent quand même par y arriver, et les secouristes s'approchèrent avec leurs civières.

Un visage grisonnant familier m'observa.

— Salut, Edward, me dit Brett Warner.

Il était infirmier à l'hôpital, et je le connaissais bien. Ce fut un coup de pot – le seul aujourd'hui – qu'il soit le premier sur place. Son cerveau notait que je semblais calme et alerte.

— Tu vas bien ?

— À merveille, Brett. Je n'ai pas été touché. En revanche, je crains que Bella souffre d'une commotion. Elle est tombée très lourdement quand je l'ai écartée.

Brett reporta son attention sur l'intéressée, qui salua ma trahison d'un coup d'œil furibond. Génial, elle appartenait à la race des martyrs qui souffraient sans un mot. Qu'elle ne me contredise pas me soulagea un peu.

Le second brancardier tenta d'insister pour qu'on m'hospitalise, mais je n'eus pas de mal à l'en dissuader. Quand j'eus promis de consulter mon père, il laissa tomber. Comme avec la plupart des humains, il m'avait suffi de m'adresser à lui d'un ton plein d'assurance. La plupart, sauf la fille, malheureusement. Ne répondait-elle donc à aucun des critères normaux de son espèce ?

Ils lui mirent une minerve – elle en rougit d'humiliation –, et j'en profitai pour redresser du talon le pare-chocs. Seuls les miens s'en aperçurent, et Emmett me fit mentalement la promesse de passer derrière moi pour arranger ce que j'aurais éventuellement négligé. Je lui en fus reconnaissant, comme je le fus que lui au moins m'ait déjà pardonné mon incartade, et c'est plus détendu que je m'installai sur le siège avant de l'ambulance, à côté de Brett.

Le Chef Swan déboula avant qu'ils aient chargé Bella à l'arrière.

Si affolées qu'elles en étaient confuses et illisibles, ses pensées noyèrent toutes les autres alentour. Il émana de lui un maelström d'angoisse et de culpabilité, lorsqu'il découvrit sa fille unique allongée sur le brancard. Alice n'avait pas menti quand elle m'avait averti que tuer Bella le tuerait également.

Gêné, je baissai la tête quand il poussa un cri paniqué :

— Bella ?

— Tout va aussi bien que possible, Char… papa, soupira-t-elle. Je suis indemne.

Guère apaisé par la fermeté de son ton, il demanda confirmation au secouriste le plus proche. En l'entendant émettre des phrases parfaitement cohérentes malgré les émotions qui le secouaient, je compris que son cerveau n'était *pas* illisible, mais que je ne parvenais pas à bien en saisir les réflexions. Hum… Intéressant. Je savais maintenant d'où sa fille tenait son mutisme mental, même si lui était plus perceptible qu'elle.

Je n'avais jamais fréquenté de très près le chef de la police de notre ville. Jusqu'à présent, je l'avais trouvé un peu lent d'esprit. En vérité, c'était plutôt moi qui l'étais, puisque je constatais que ses pensées m'étaient en partie dissimulées, que j'en percevais le timbre sans en distinguer les mots. J'aurais aimé vérifier si je pouvais en apprendre plus sur la fille par le biais de ce canal un peu moins hermétique, mais la victime était dans l'ambulance, et nous démarrions.

J'eus du mal à m'arracher à l'éventualité de résoudre ainsi l'énigme qui m'obsédait. Il le fallut bien, cependant. Il m'incombait désormais d'espionner à droite et à gauche afin de rassembler une version exhaustive de l'incident selon un maximum de points de vue. Ce n'est qu'ainsi que je saurais si mon clan ne courait pas un danger qui l'obligerait à fuir immédiatement. Bref, je devais me concentrer.

Je ne trouvai rien d'inquiétant du côté des secouristes. À leur connaissance, Bella Swan n'avait rien de sérieux. Quant à elle, pour l'instant, elle s'en tenait à ma version des faits.

À l'hôpital, je m'empressai de chercher Carlisle. Je gardai toutefois un œil sur Bella, via l'esprit des brancardiers. Je n'eus aucune difficulté à localiser celui si familier de mon père. Il était dans son bureau exigu. Seul, deuxième coup de chance de la matinée.

— Carlisle ?

Il m'avait entendu venir. Devant mon expression, il sauta sur ses pieds et, inquiet, se pencha par-dessus sa table de travail en noyer parfaitement rangée.

Ne me dis pas que tu...

— Non, non, ce n'est pas ça.

Il inspira longuement.

Bien sûr que non. Excuse-moi de l'avoir envisagé. À tes yeux, j'aurais dû m'en douter.

Référence à leur couleur toujours dorée.

— Elle est blessée, Carlisle. Rien de trop grave à mon avis, mais...

— Que s'est-il passé ?

— Un accident de voiture ridicule. Elle était au mauvais endroit au mauvais moment. Je ne pouvais décemment pas rester là les bras ballants... Elle aurait été écrasée.

Je ne comprends rien. Reprends depuis le début. En quoi es-tu mêlé à cette histoire ?

Je fixai le mur derrière lui. Au lieu d'y suspendre une batterie de diplômes, il y avait accroché un unique tableau – qu'il adorait, inconnu du public – signé de l'impressionniste américain Hassam.

— Un fourgon a dérapé sur le verglas, soufflai-je. Elle était sur son chemin. Alice a eu une vision. Il n'y avait rien d'autre à faire que traverser le parking en courant pour l'écarter de là. Personne n'a rien remarqué... sauf elle. J'ai dû arrêter la camionnette. Là encore, à l'insu de tous... sauf d'elle. Je suis désolé, Carlisle. Je ne voulais pas nous exposer comme ça.

Contournant son bureau, il m'enlaça brièvement.

Tu as bien réagi. Ça n'a pas dû être facile. Je suis fier de toi, Edward.

Je le regardai droit dans les yeux avant d'avouer :

— Elle a deviné que je suis... différent.

— Aucune importance. Si nous devons partir, nous partirons. Qu'a-t-elle dit ?

— Rien encore, marmonnai-je.

Encore ?

— Elle a accepté de s'en tenir à ma version de l'accident mais exige une explication.

Il médita cette information en silence.

— Elle s'est cogné la tête, repris-je. Enfin, c'était ma faute, je me suis montré un peu trop brutal. À mon avis, il ne sera pas très compliqué de la discréditer si nécessaire.

Je me fis l'effet d'un mufle, ce qui n'échappa pas à mon père.

Ce ne le sera peut-être pas. Attendons la suite, d'accord ? Allons-y, puisque, apparemment, j'ai une nouvelle patiente.

— Merci. J'ai si peur de l'avoir abîmée.

Carlisle passa une main dans ses cheveux blonds, à peine plus clairs que ses prunelles couleur or, et s'esclaffa.

Une matinée intéressante pour toi, fils, hein ?

L'ironie de ma situation le divertissait (moi, beaucoup moins). Les rôles s'étaient inversés. En l'espace d'une seconde où je m'étais spontanément rué sur le parking gelé, je m'étais transformé : de tueur, j'étais devenu sauveur.

Je finis par rire moi aussi en me rappelant avoir été certain que Bella n'aurait jamais besoin d'être protégée d'autre chose que de moi. Mon amusement était mitigé, cependant, car cela restait on ne peut plus vrai, et tous les fourgons du monde n'y changeraient rien.

***

Je patientai, pendant ce qui fut sûrement l'heure la plus longue de mon existence, seul dans le cabinet de Carlisle, à l'affût des pensées qui fourmillaient dans tout l'hôpital.

Le propriétaire du van bleu nuit, Tyler Crowley, paraissant dans un état pire que celui de Bella, les soignants s'affairèrent autour de lui, pendant qu'elle attendait son tour à la radio. Carlisle se tint volontairement en retrait, confiant dans le diagnostic de son assistant. Ça n'apaisa pas mes nerfs à vif, bien qu'il ait raison : un simple coup d'œil de la part de la fille, et elle songerait à moi, à ce qui clochait dans notre famille, ce qui risquait de la pousser à avoir la langue trop bien pendue.

Par ailleurs, elle avait un interlocuteur fort disert. Accablé par la culpabilité, Tyler ne cessait de jacasser. Le visage de Bella m'apparut à travers les réflexions du garçon, et je devinai sans peine qu'elle aurait aimé qu'il la boucle. Comment se débrouillait-il pour ne pas s'en apercevoir ? Je me tendis quand il voulut savoir comment elle était parvenue à l'esquiver. Elle hésita. Si longtemps qu'il se demanda si elle avait les idées bien en place.

— *Euh… Edward m'a tirée de là.*

Je poussai un soupir soulagé, puis me mis à respirer plus vite : c'était la première fois que je l'entendais prononcer mon prénom. Ça m'était agréable et, rien qu'à l'écouter par le biais de Tyler, j'eus envie de l'entendre par moi-même.

— *Edward Cullen,* précisa-t-elle lorsque Tyler ne comprit pas de qui elle parlait.

Je bondis, m'arrêtais alors que j'avais déjà la main sur la poignée de la porte : mon désir d'être à son chevet grandissait, m'obligeant à me répéter que la prudence s'imposait.

— *Il était près de moi.*

— *Cullen ? Je ne l'ai pas vu. Enfin, tout s'est passé si vite. Il va bien ?*

— *Il me semble. Il traîne dans les parages. Ils ne l'ont pas couché sur un brancard, lui.*

Si son air pensif et les soupçons qui plissèrent ses yeux ne m'échappèrent pas, ils passèrent complètement au-dessus de la tête du bavard.

Elle est jolie, songeait-il, presque surpris. Même dans ce triste état. Ce n'est pas mon genre, normalement, mais je devrais lui proposer un rancard. Pour me faire pardonner.

C'en fut trop. Sans réfléchir, je fonçai vers les urgences. Heureusement, une infirmière m'y précéda pour annoncer que la radiologie attendait Bella. On l'emmena aussitôt, et je me rencognai dans un renfoncement obscur où je tentai de me ressaisir.

Je me fichais que Tyler la trouve jolie. C'était une telle évidence. Je n'avais aucune raison d'éprouver… Qu'éprouvais-je ? De l'agacement ? De la *colère* ? C'était insensé.

Je restai aussi longtemps que possible dans mon coin, mais l'impatience finit par l'emporter, et je gagnai le service radio par un chemin détourné. On l'avait déjà ramenée aux urgences. Profitant de l'inattention de l'infirmière, je jetai un coup d'œil à ses résultats… et me calmai. Elle n'avait pas de commotion. Je ne lui avais pas fait mal… pas trop.

Carlisle me prit les doigts dans le pot de confiture.

Tu as l'air rassuré, commenta-t-il.

Je ne réagis pas, nous n'étions pas seuls dans ces couloirs pleins d'aides-soignants et de malades.

Ah oui.

Mon père plaqua les radios sur un négatoscope. Je n'eus pas besoin d'un second examen.

Parfait. Elle n'a rien du tout. Bien joué, Edward.

Son compliment provoqua des réactions contradictoires en moi. Je m'en serais réjoui si je ne m'étais pas douté qu'il n'approuverait pas ce que je m'apprêtais à faire. Pas s'il avait connu mes véritables motifs, s'entend.

— Je crois que je vais aller lui parler avant que tu la voies, murmurai-je. Histoire d'être naturel, comme s'il ne s'était rien produit d'exceptionnel, de calmer les choses.

Autant de bonnes raisons. Carlisle hocha la tête sans quitter les radios des yeux.

— Bonne idée. Tiens, tiens…

Je me tournai vers le panneau lumineux afin de découvrir ce qui avait capté son intérêt.

Regarde-moi toutes ces vieilles contusions. Combien de fois sa mère l'a-t-elle laissée tomber par terre ?

Il rit à sa propre blague.

— Je commence à croire que cette fille a la poisse. Toujours au mauvais endroit au mauvais moment.

Forks est effectivement un très mauvais endroit, avec toi dans les parages.

Je tressaillis.

Sauve-toi. Va calmer les choses. Je te rejoins dans une minute.

Je m'éloignai à grands pas, rongé de culpabilité. J'étais sans doute un menteur trop doué pour réussir à mener Carlisle en bateau comme ça.

Aux urgences, un Tyler bourrelé de remords continuait à marmonner des excuses, auxquelles la fille essayait d'échapper en faisant semblant de dormir. Elle avait les paupières closes, mais ne respirait pas de façon régulière. De temps en temps, ses doigts bougeaient avec agacement.

Je la contemplai longuement. Ce serait notre dernière rencontre. Cette éventualité déclencha une douleur aiguë dans ma poitrine. Était-ce parce que je détestais ne pas résoudre un mystère ? Hum, cette explication ne tenait guère la route.

Je me résolus à apparaître. Quand Tyler voulut parler, je mis un doigt sur mes lèvres.

— Elle dort ? chuchotai-je.

Bella ouvrit aussitôt les yeux et les riva sur moi. Ils s'écarquillèrent une seconde avant de s'étrécir, sous l'effet de la colère ou des soupçons. Me rappelant que j'avais un rôle à jouer, je lui souris pour la convaincre que l'accident de ce matin était banal, qu'elle avait juste pris un coup sur la tête et s'était laissé emporter par son imagination.

— Hé, Edward, je suis désolé… commença Tyler.

Je l'arrêtai d'une main levée.

— Il n'y a pas mort d'homme.

Je lui décochai un sourire un peu trop étincelant, et il se détourna en frissonnant. Je m'étonnai de supporter la présence du garçon dont les plaies les plus profondes saignotaient encore. Je n'avais jamais compris comment Carlisle parvenait à ignorer l'hémoglobine de ses patients. Je m'étais demandé si la tentation constante n'était pas gênante et périlleuse. À présent, je me rendais compte que non, tant qu'on avait à se concentrer sur un objectif plus *ardu*.

Même frais et accessible, le sang de Tyler n'était rien, comparé à celui de Bella.

Je m'assis au bout du lit du premier, loin de la seconde.

— Alors, quel est le verdict ? demandai-je à cette dernière.

— Je n'ai rien, mais ils refusent de me relâcher, se plaignit-elle. Explique-moi un peu pourquoi tu n'es pas ficelé à une civière comme nous ?

Son impatience me fit sourire.

J'entendis Carlisle approcher.

— Simple question de relations, répondis-je gaiement. Ne t'inquiète pas, je me charge de ton évasion.

Quand mon père entra, je surveillai de près la réaction de la fille. De surprise, ses yeux s'arrondirent et sa mâchoire se décrocha. Je gémis intérieurement. Elle ne pouvait qu'avoir remarqué la ressemblance.

— Alors, mademoiselle Swan, l'apostropha-t-il, comment vous sentez-vous ?

Carlisle avait un don unique pour rassurer les malades, mais je ne pus déceler s'il agissait sur Bella.

— Très bien, souffla-t-elle.

S'approchant du négatoscope fixé près du lit, il l'alluma.

— Vos radios sont bonnes, annonça-t-il. Vous avez mal à la tête ? D'après Edward, vous avez subi un sacré choc.

— Tout est en ordre, soupira-t-elle avec une irritation perceptible.

Mon père se pencha sur elle et ausculta son crâne jusqu'à ce qu'il trouve la bosse sous les cheveux. La vague d'émotions qui s'abattit sur moi me prit au dépourvu. Mille fois, j'avais vu Carlisle travailler avec des mortels. Pendant des années, je lui avais même servi d'assistant informel – uniquement pour les cas qui n'impliquaient pas de saignement. Bref, le regarder interagir avec la fille comme s'il était aussi humain qu'elle n'était pas un scoop. Je lui avais souvent envié sa maîtrise de soi. Là, c'était différent. Je l'enviais, lui. Ce qui le séparait de moi me blessait – il était capable de la toucher avec douceur, sans peur, certain qu'il ne l'agresserait pas.

Quand elle tressaillit, je me trémoussai et dus me rappeler à l'ordre pour recouvrer mon calme apparent.

— C'est douloureux ? s'inquiéta Carlisle.

— Pas vraiment, répondit-elle en levant le menton avec défi.

C'était un modeste et nouvel élément de sa personnalité : elle était courageuse. Elle n'aimait pas montrer de signe de faiblesse. Alors qu'elle était l'être le plus fragile qui soit. Un petit rire fusa entre mes lèvres, et ses yeux lancèrent des éclairs dans ma direction.

— Bon, conclut Carlisle, votre père vous attend à côté. Vous pouvez rentrer. Mais n'hésitez pas à revenir si vous avez des étourdissements ou des troubles de la vision.

Son père était là ? J'eus beau écumer les pensées qui émanaient de la pièce voisine, je ne détectai pas celle, trop subtile, du chef de la police parmi les autres.

— Je ne peux pas retourner au lycée ? demanda Bella avec anxiété.

— Vous feriez mieux de vous reposer, aujourd'hui, conseilla Carlisle.

— Et lui, il y retourne ? insista-t-elle en me désignant.

Me comporter normalement, calmer les choses, ignorer mes réactions quand elle me fixait ainsi.

— Il faut bien que quelqu'un annonce la bonne nouvelle de notre survie, me justifiai-je.

— En fait, me corrigea mon père, la plupart des élèves semblent avoir envahi les urgences.

Connaissant son aversion pour la publicité, je guettai sa réplique. Je ne fus pas déçu.

— Oh, bon sang ! gémit-elle en se cachant le visage dans les mains.

Je fus content d'avoir deviné juste. De commencer à mieux la déchiffrer.

— Vous préférez rester ici ? sourcilla Carlisle.

— Non, non ! se récria-t-elle en sautant du lit.

Elle tituba, et il dut la rattraper. Ce qui raviva mon envie.

— Ça va, assura-t-elle en rosissant légèrement.

Carlisle, bien sûr, n'en éprouva aucun malaise. Il la remit sur ses pieds et la lâcha.

— Prenez un peu d'aspirine si vous avez mal, suggéra-t-il.

— Ça n'est pas aussi affreux que ça.

— Il semble que vous ayez eu beaucoup de chance, conclut-il dans un sourire tout en signant sa feuille de sortie.

Elle se tourna vers moi et me toisa avec dureté.

— À mettre sur le compte d'Edward La Chance, lâcha-t-elle.

— Ah oui… c'est vrai, éluda Carlisle.

Comme moi, il avait perçu qu'elle ne renonçait pas à ses soupçons. Pas encore.

Elle est tout à toi. Gère au mieux.

— Merci du cadeau, chuchotai-je, trop vite et trop doucement pour être entendu par une oreille humaine.

Il eut un infime sourire.

— J'ai bien peur que *vous* ne deviez rester avec nous un peu plus longtemps, lança-t-il ensuite à Tyler en auscultant les coupures occasionnées par l'explosion de son pare-brise.

Mon père n'avait pas tort de me refiler le bébé. J'avais semé la pagaille, à moi de l'assumer.

Bella s'approcha délibérément de moi – trop à mon goût. Je me souvins d'avoir espéré qu'elle viendrait à moi, ce matin, avant l'accident. Le destin se moquait de moi.

— Je peux te parler une minute ? siffla-t-elle.

Son haleine tiède balaya mon visage, et je reculai d'un pas mal assuré. La tentation n'avait pas diminué le moins du monde. Chaque fois qu'elle était près de moi, mes pires instincts se réveillaient. Le venin envahit ma bouche, et mes muscles se tendirent – je brûlais d'attaquer, de la saisir entre mes bras et de déchirer son cou de mes dents.

Mon mental l'emporta sur mon physique, cependant. À grand-peine.

— Ton père t'attend, répliquai-je, les lèvres crispées.

Elle jeta un coup d'œil à Carlisle et Tyler. Si le garçon nous ignorait, mon père surveillait mon souffle.

Prudence, Edward.

— J'aimerais avoir une petite discussion en privé, si tu veux bien, persista-t-elle.

J'aurais aimé lui rétorquer que je ne le voulais pas du tout, mais je savais que je n'y couperais pas. Autant en finir. Je quittai la pièce à toute vitesse, déchiré par des sentiments contradictoires, tandis qu'elle me suivait avec maladresse.

À présent, je devais entrer en scène. Mon rôle serait celui du méchant, il me faudrait mentir, ridiculiser, être cruel. Ça allait à l'encontre de mes meilleurs instincts, des impulsions humaines qui avaient été les miennes et auxquelles je me raccrochais depuis tant d'années. Plus que jamais en cet instant, j'aspirais à ce qu'on me fasse confiance, alors que j'étais sur le point de saper toute éventualité de ce genre.

Pire encore, ceci constituerait le dernier souvenir qu'elle garderait de moi. Ce serait la grande scène des adieux.

Je me tournai vers elle.

— Alors ? demandai-je avec froideur.

Mon hostilité la fit tressaillir. Ses prunelles devinrent perplexes, et son visage prit l'aspect de celui qui m'avait hanté.

— Tu me dois une explication, dit-elle d'une toute petite voix.

Le peu de couleur qui restait sur ses joues disparut. Je luttai pour garder mon animosité.

— Je t'ai sauvé la vie, je ne te dois rien du tout.

Elle flancha. Assister au mal que mes mots lui infligeaient était une torture.

— Tu as juré, souffla-t-elle.

— Bella, tu as pris un coup sur la tête, tu délires.

J'eus droit au coup du menton levé.

— Ma tête va très bien ! riposta-t-elle.

Son exaspération me facilita la tâche. Durcissant mes traits, je plongeai mon regard dans le sien.

— Que veux-tu de moi, Bella ?

— La vérité. Comprendre pourquoi tu me forces à mentir.

Rien de plus légitime. Je regrettai de ne pas pouvoir accéder à sa demande.

— Mais qu'est-ce que tu vas *imaginer* ? grondai-je.

Ce fut une avalanche :

— Je suis sûre que tu n'étais absolument pas à côté de moi. Tyler ne t'a pas vu, alors arrête de me raconter des bobards. Ce fourgon allait nous écraser tous les deux, et ça ne s'est pas produit. Tes mains ont laissé des marques dedans, et tu as aussi enfoncé l'autre voiture. Tu n'as pas une égratignure, le fourgon aurait dû m'écrabouiller les jambes mais tu l'as soulevé…

Bien que j'affiche une mine narquoise, j'étais sidéré – elle n'avait loupé aucun détail.

— Tu penses vraiment que j'ai réussi à soulever une voiture ? répliquai-je, plus sarcastique que jamais.

Elle acquiesça avec raideur.

— Personne ne te croira, tu sais, me moquai-je.

Elle essaya de se contrôler – elle bouillait. Quand elle répondit, ce fut en détachant chaque mot avec soin.

— Je n'ai pas l'intention de le crier sur les toits.

C'était vrai, je le lus dans ses yeux. Malgré sa colère, son sentiment de trahison, elle garderait mon secret.

Pourquoi ?

Je fus si choqué que, pendant une seconde, je perdis ma contenance soigneusement étudiée.

— Dans ce cas, quelle importance ? me ressaisis-je.

— Pour moi, ça en a. Je n'aime pas mentir, alors tu as intérêt à me donner une bonne raison de le faire.

Elle était en train de me demander ma confiance. Exactement comme moi, je voulais la sienne. Malheureusement, c'était là une ligne blanche que je n'avais pas le droit de franchir. De sévère, ma voix se fit insensible.

— Pourquoi ne pas te contenter de me remercier et oublier tout ça ?

— Merci, lâcha-t-elle avant de patienter, furieuse.

— Tu n'as pas l'intention de renoncer, hein ?

— Non.

— Alors… tu risques d'être déçue…

Il m'était impossible de lui avouer la vérité. Je n'y tenais pas du tout, d'ailleurs. Je préférais qu'elle échafaude sa propre histoire plutôt qu'elle apprenne ce que j'étais : un mort-vivant cauchemardesque, tout droit sorti d'un roman horrifique. La vérité était pire que tout.

Nous nous toisâmes. Elle rougit et grinça des dents.

— Pourquoi t'es-tu donné la peine de me sauver, alors ?

Je ne m'attendais pas à cette question et je perdis la main sur mon rôle de composition. Le masque tomba et, exceptionnellement, j'avouai :

— Je ne sais pas.

Je mémorisai une dernière fois ses traits – rides de colère et rose aux joues – puis fis demi-tour et m'éloignai.

4

VISIONS

JE RETOURNAI AU LYCÉE, LA MEILLEURE CHOSE À FAIRE POUR ne pas éveiller les soupçons.

En fin de journée, la majorité des élèves avaient d'ailleurs réintégré leurs classes. Seuls Bella et Tyler, ainsi que quelques cancres qui profitaient de l'accident pour sécher, restèrent absents.

Je n'aurais pas dû avoir de mal à agir comme il le fallait. Pourtant, tout l'après-midi, je luttai contre un désir féroce de filer moi aussi afin de retrouver la fille.

Je m'étais transformé en voyeur. Un voyeur obsédé. Doublé d'un vampire.

Aussi incroyable que ça paraisse, les cours furent encore plus ennuyeux que d'habitude. Comateux. Comme si les briques des murs, les arbres, le ciel et les visages alentour avaient perdu toute couleur. Je ne m'intéressai jamais autant que ce jour-là aux fissures.

Il y avait une autre bonne chose que j'aurais dû faire… et que je ne faisais pas. Certes, elle pouvait passer pour mauvaise, selon le point de vue qu'on adoptait. Celui du clan Cullen, pas d'un vampire solitaire mais d'une *famille*, une rareté dans notre monde, aurait donné, grosso modo, le scénario suivant :

— *Je suis surpris de te voir en cours, Edward. J'ai appris que tu avais été impliqué dans un accident terrible, ce matin.*

— *En effet, monsieur Banner, mais j'ai eu de la chance.* (Sourire aimable.) *Je suis indemne. Je regrette que ce ne soit pas le cas de Tyler et Bella.*

— *Comment vont-ils ?*

— *Je crois que Tyler n'a que quelques égratignures superficielles. Bella, en revanche…* (Froncement de sourcils soucieux.) *Il se pourrait qu'elle souffre d'une commotion cérébrale. Il paraît qu'elle a été incohérente un bon moment… qu'elle hallucinait, même. Les médecins sont inquiets…*

Voilà comment il aurait fallu que je gère l'après. Je le devais aux miens.

— Je suis surpris de te voir en cours, Edward. J'ai appris que tu avais été impliqué dans un accident terrible, ce matin.

— Je suis indemne.

Pas de sourire. M. Banner se trémoussa, mal à l'aise.

— Sais-tu comment s'en sortent Tyler Crowley et Bella Swan ? Il semble qu'ils aient été blessés…

— Aucune idée.

Haussement d'épaules. Le prof se racla la gorge devant pareille froideur de ma part.

— Euh… OK.

Regagnant son bureau, il commença son cours.

Ça, c'était la mauvaise chose à faire. À moins d'adopter un point de vue plus complexe.

L'idée de calomnier la fille dans son dos m'apparaissait comme… anti-chevaleresque. D'autant qu'elle se révélait plus digne de foi que je n'avais osé l'espérer. Elle ne m'avait pas trahi, alors que ç'aurait été légitime. Pourquoi, de mon côté, l'aurais-je trahie ?

J'eus un échange similaire avec Mme Goff. En espagnol. Emmett me gratifia d'un regard lourd de sens.

J'espère que tu as une bonne explication pour ce qui s'est passé ce matin. Rose est sur le sentier de la guerre.

Je levai les yeux au ciel.

J'avais, en effet, une excellente justification à mon comportement. Imaginons que je ne me sois pas interposé (à Dieu ne plaise !), la fille aurait été écrasée par le fourgon. Elle aurait saigné abondamment sur le sol, des flaques se seraient formées, leur parfum se serait répandu…

Je frissonnai. Pas d'horreur. De désir. Je n'aurais pas réussi à assister à cette agonie sans nous exposer tous au danger d'être découverts, et ce d'une façon encore plus flagrante et choquante.

C'était une très bonne excuse. Sauf que je ne m'en servirais pas. J'avais trop honte.

Au demeurant, elle ne m'avait traversé l'esprit qu'après les événements.

Fais gaffe à Jasper, poursuivait Emmett. *Il n'est pas aussi en colère que Rosalie, mais plus déterminé.*

Je déchiffrai en lui ce qu'il redoutait de la part de notre frère, et le monde alentour bascula. La bouffée de fureur qui s'empara de moi fut si violente qu'un voile rouge obscurcit ma vision. Je faillis m'étouffer de rage.

REPRENDS-TOI, EDWARD ! me hurla Emmett mentalement.

Sa paume s'abattit sur mon épaule, me clouant sur ma chaise. Il recourait rarement à la force – c'était inutile, dans la mesure où il était plus puissant que tous les vampires que nous avions rencontrés. Là, il le fit. Il me retint par le bras au lieu d'exercer une pression de haut en bas, ce qui aurait, à coup sûr, réduit en miettes mon siège.

CALME-TOI ! m'ordonna-t-il.

Je tentai d'obtempérer, ce ne fut pas facile. La rogne m'aveuglait.

Jasper n'agira pas avant que nous en ayons discuté. Je voulais juste que tu saches ce qu'il projette.

Je déployais beaucoup d'efforts pour me détendre. La poigne d'Emmett se relâcha un peu.

Essaie de ne pas te donner en spectacle. Tu as déjà assez d'ennuis comme ça.

J'inhalai, et il me libéra.

Par habitude, je scannai les esprits des élèves. Notre silencieuse confrontation avait été si rapide que seuls ceux assis derrière nous s'étaient aperçus de quelque chose. Ne comprenant pas de quoi il retournait, ils laissèrent tomber. De toute façon, les Cullen étaient bizarres.

Bon Dieu, frérot, tu es à ramasser à la petite cuiller, ajouta Emmett, non sans compassion.

— Va te faire mettre ! marmonnai-je.

Il étouffa un rire. Il n'était pas rancunier, et j'aurais dû lui être reconnaissant d'avoir si facilement passé l'éponge. Mais je lisais en lui que la solution de Jasper ne lui déplaisait pas, qu'il l'approuvait comme étant la meilleure.

Ma colère couvait toujours, à peine contrôlable. Si Emmett était plus vigoureux que moi, il ne m'avait jamais battu à la lutte. Parce que je trichais, prétendait-il, alors que mon aptitude à déchiffrer ses pensées n'était qu'un élément de ce qui me constituait, comme lui sa musculature. Nous étions des adversaires de force égale.

Des adversaires ! Allait-on en arriver là ? Finirais-je par m'élever contre l'ensemble des miens pour une mortelle quasi inconnue ? Je méditai cette éventualité. Je comparai la fragilité de cette fille entre mes bras à la rapidité et la robustesse surnaturelles de Jasper, Rose et Emmett, tueurs impitoyables par définition.

Oui, j'étais prêt à me battre pour elle. Contre mon clan. J'en frissonnai. En même temps, il aurait été odieux de l'abandonner, désarmée, alors que c'était moi qui l'avais mise en danger.

Je savais que je ne gagnerais pas seul contre eux trois. Qui seraient mes alliés ?

Carlisle, à n'en pas douter. Il refuserait toute confrontation, mais s'opposerait vivement aux desseins de Rose et Jasper. Il n'en faudrait peut-être pas davantage pour calmer le jeu.

Esmé, non. Elle ne prendrait pas parti contre moi, se désolerait de ne pas être d'accord avec Carlisle, mais ferait tout pour protéger l'intégrité du clan. Sa priorité ne serait pas la justice, ce serait *moi*. Si Carlisle était l'âme de la famille, elle en était le cœur. Il était un chef qui méritait qu'on lui obéisse, elle transformait cette obéissance en amour. Or nous nous aimions. Malgré la fureur qui m'animait en cet instant à l'égard de Jasper et Rose, alors même que j'envisageais de m'opposer à eux pour sauver la fille, je les aimais sans réserve.

Alice ? Aucune idée. Ça dépendrait sûrement de l'avenir qu'elle verrait. À mon avis, elle se rangerait du côté des vainqueurs.

Bref, j'allais devoir combattre sans l'aide de personne. Même si je n'étais pas de taille, il était hors de question que la fille souffre par ma faute. La fuite était-elle possible, dès lors ? Un brin d'humour noir tempéra ma colère. J'essayai d'imaginer la réaction de Bella Swan lorsque je l'enlèverais. Certes, j'avais tendance à me tromper à son sujet mais, en l'occurrence, elle ne pourrait qu'exprimer une terreur pure.

Je ne savais même pas comment j'arriverais à gérer ça. Je ne tiendrais pas très longtemps, aussi près d'elle. Il me suffirait peut-être de la ramener à sa mère. Sauf que ça aussi serait périlleux. Pour elle.

Pour moi également, me rendis-je compte soudain. Si je la tuais accidentellement… J'ignorais de quelle ampleur serait ma souffrance, je devinais cependant qu'elle serait multiple et intense.

Le temps s'écoula rapidement, tandis que je songeais aux difficultés qui m'attendaient : la dispute qui ne manquerait pas de se produire à la maison, le conflit familial qui s'ensuivrait, les moyens extrêmes auxquels je serais contraint de recourir.

En tout cas, je ne pouvais plus me plaindre de la monotonie de la vie en dehors du lycée. La fille avait au moins réussi à changer ça.

Après la cloche, Emmett et moi regagnâmes lentement la voiture. Il se bilait pour Rosalie et moi. Il était conscient qu'il n'aurait pas le choix quand il lui faudrait opter pour un camp, et ça l'embêtait. Les trois autres nous attendaient déjà, silencieux.

Nous n'étions jamais bruyants. Moi seul étais en mesure d'entendre les hurlements intérieurs.

Espèce d'idiot ! Pauvre dingue ! Crétin ! Abruti ! Sale égoïste irresponsable ! Rose m'accablait d'un chapelet d'injures de toute sa voix mentale, couvrant celle des autres. Je fis de mon mieux pour l'oublier.

Emmett ne s'était pas trompé à propos de Jasper : il était résolu.

Alice était perturbée. Son souci majeur était Jasper, et elle feuilletait des images futures. Quelle que soit la façon dont il s'y prenait pour attaquer la fille, il me trouvait toujours qui contrecarrais ses plans. Ni Rose ni Emmett ne figuraient dans ces visions. Intéressant… il envisageait donc de travailler en solo. Voilà qui rendrait l'affrontement plus équitable.

Jasper était, d'entre nous, le combattant le meilleur et le plus expérimenté. J'avais pour avantage d'entendre ses mouvements avant qu'il les exécute. Jusqu'à présent, je ne m'étais frité avec mes frères que par jeu, lorsque nous chahutions. À l'idée que je puisse blesser Jasper, j'en étais malade. Non, non. Je me contenterais de contrarier ses plans. Rien de plus.

Je me focalisai sur Alice afin de mémoriser les différentes stratégies qu'il projetait.

Alors, sa vision se modifia, s'éloignant de plus en plus de la maison des Swan. Autrement dit, je m'opposais à Jasper en amont.

Arrête, Edward ! râla-t-elle. *Ça n'arrivera pas. Je ne le permettrai pas.*

Je ne tins aucun compte de ses protestations et continuai à l'espionner. Elle fouilla plus avant, dans les limbes mal définis des possibilités futures. Tout n'y était qu'ombres floues.

Le silence qui pesait dans l'habitacle dura jusqu'à la maison. Je m'arrêtai dans le vaste garage, près de la Mercedes de Carlisle, de l'imposante Jeep d'Emmett, de la M3 de Rosalie et de mon Aston Martin Vanquish. Je fus content que notre père soit déjà rentré. La tension était telle qu'elle risquait de finir en déflagration générale, et je tenais à ce qu'il soit là quand ça se produirait.

Nous nous rendîmes directement dans la salle à manger.

Une pièce qui, bien sûr, ne remplissait jamais son office. Nonobstant, nous l'avions meublée d'une longue table ovale en acajou avec chaises assorties. Nous veillions de manière scrupuleuse à planter le décor. Carlisle l'utilisait pour les réunions de famille. Tant de caractères aussi différents que bien trempés exigeaient parfois qu'on discute dans un calme relatif.

Malheureusement, j'avais l'impression que, aujourd'hui, la déco n'allait pas beaucoup aider.

Carlisle occupait sa place habituelle, en bout de table, main dans la main avec Esmé. Cette dernière me couvait de ses yeux dorés soucieux.

Reste. C'était sa seule préoccupation. Elle ignorait comment les choses allaient tourner, ne s'inquiétait que de moi.

J'aurais aimé pouvoir rassurer d'un sourire cette femme qui me tenait lieu de vraie mère, mais je n'étais pas en état de réconforter qui que ce soit en ce moment.

Je m'installai de l'autre côté de Carlisle. Lèvres pincées et sourcils froncés – une expression trop âgée pour son éternelle jeunesse –, celui-ci avait une meilleure appréhension qu'Esmé de la suite des événements.

Tout le monde s'assit, les équipes se formèrent.

Rosalie choisit de faire face à Carlisle, à l'extrémité opposée de la table, flanquée d'Emmett. Elle me fixait d'un regard mauvais ; les pensées et la mine d'Emmett étaient ironiques.

Après une brève hésitation, Jasper se planta derrière Rosalie, dos au mur. Quelle que soit l'issue de la discussion, il ne changerait pas d'avis. Mes mâchoires se crispèrent.

Alice arriva la dernière, les yeux dans le vague, en proie à une vision toujours trop floue pour qu'elle en ait l'usage. Sans paraître y réfléchir, elle prit une chaise près d'Esmé et se frotta le front comme si elle souffrait d'une migraine. Mal à l'aise, Jasper se dandina et envisagea de la rejoindre. Il s'en abstint.

J'inspirai longuement. J'étais à l'origine de nos soucis, il me revenait de parler en premier.

— Je vous prie de m'excuser, dis-je en regardant successivement Rose, Jasper et Emmett. Je ne cherchais pas à vous mettre en danger. J'ai manqué de jugement et j'assume l'entière responsabilité de mon geste irréfléchi.

— Qu'entends-tu par « entière responsabilité » ? rétorqua Rosalie, acerbe. Tu as l'intention de régler le problème ?

— Pas comme tu le voudrais, répondis-je en m'efforçant de garder un ton égal. Si ça peut arranger les choses, je suis prêt à disparaître tout de suite.

À condition que la fille soit en sécurité, tempérai-je par-devers moi. *Tant que j'ai la certitude qu'aucun de vous ne touchera à un seul de ses cheveux.*

— Non, murmura Esmé. Non, Edward.

Je lui tapotai la main :

— Ce ne serait que pour quelques années.

— Esmé a raison, intervint Emmett. Tu ne peux pas t'en aller maintenant. Ça ne nous rendrait pas service, bien au contraire. Plus que jamais, nous devons être au courant de ce que pense la population.

— Alice saura repérer toute information d'importance, objectai-je.

Carlisle secoua la tête :

— Je suis d'accord avec Emmett. La fille sera davantage tentée de parler si tu t'en vas. Ou nous partons tous, ou personne ne part.

— Elle ne dira rien, m'empressai-je de souligner.

Rosalie bouillait, à deux doigts d'exploser. Je tenais à glisser cette information avant que ça se produise.

— Tu ne parviens pas à lire ses pensées, me rappela Carlisle.

— De ça, je suis sûr. Tu le confirmes, Alice ?

Elle me contempla d'un air las.

— Je ne suis pas en mesure de prédire l'avenir dès lors que nous n'envisageons pas toutes les possibilités.

Or Jasper et Rosalie étaient bien décidés à régler l'incident à leur façon.

— Il est exclu de donner à l'humaine la moindre chance de bavarder, assena la seconde en abattant violemment sa paume sur la table. Même toi dois pouvoir comprendre ça, Carlisle. Déménager n'y changerait rien. Laisser des histoires dans notre sillage n'est jamais bon. Notre vie est tellement différente de celle de notre espèce ! Vous savez qu'il ne manquerait pas de candidats pour en profiter et nous montrer du doigt à la communauté. Nous avons l'obligation d'être plus prudents que les autres.

— Il nous est déjà arrivé de fuir à cause de rumeurs, lui fis-je remarquer.

— Des rumeurs, des soupçons, oui, Edward. Pas de témoins ni de preuves.

— Quelles preuves ? me hérissai-je.

Le regard fermé, Jasper acquiesçait aux dires de notre sœur.

— Rose… commença Carlisle.

— Je n'ai pas terminé. Inutile d'en faire trop. La fille s'est cogné la tête. Il suffirait que ses blessures se révèlent plus graves que prévu. Les mortels sont susceptibles de mourir dans leur sommeil. Nos pairs exigeront que nous nettoyions derrière nous. Ça devrait être le boulot d'Edward, sauf que, visiblement, il n'est pas à la hauteur. Vous connaissez ma capacité à me contrôler. Je ne sèmerai aucun indice.

— Oui, Rosalie, grondai-je, tes compétences en matière de meurtre ne sont un secret pour personne.

À court de mots – si seulement ç'avait pu durer ! –, elle se borna à siffler de rage dans ma direction.

— S'il te plaît, Edward, s'interposa notre père. Rose, j'ai accepté de tirer un trait sur les événements de Rochester, car j'estimais que tu étais en droit d'obtenir justice. Les hommes que tu as exécutés là-bas étaient de vrais monstres. La fille Swan, elle, est innocente.

— Ça n'a rien de personnel, Carlisle, grogna-t-elle. Je veux juste nous protéger.

Il y eut un bref silence, pendant qu'il réfléchissait. Lorsqu'il hocha la tête, les yeux de Rosalie s'éclairèrent. Elle aurait pourtant dû se douter de la suite. Même si je n'avais pas été capable de lire en Carlisle, j'aurais anticipé sa réponse. Il ne faisait jamais de compromis.

— Je sais que tes intentions sont bonnes, lui dit-il, et j'aimerais beaucoup que notre famille *mérite* d'être protégée. Malheureusement, les accidents occasionnels ou les pertes de contrôles sporadiques sont le lot regrettable de ceux que nous sommes.

Ça lui ressemblait bien de s'inclure dans ce pluriel, alors qu'il gardait toujours sa maîtrise de soi.

— Assassiner de sang-froid une humaine irréprochable relève de tout autre chose. J'estime que le risque qu'elle représente, qu'elle évoque ou non ses soupçons, est moindre qu'un danger autrement plus grand. Si nous commençons à faire des exceptions au nom de notre sauvegarde, ce sont nos fondamentaux que nous perdrons.

Je pris soin de ne rien trahir. Il aurait été malvenu de sourire ou d'applaudir, comme j'en avais envie.

— Il s'agit seulement d'être responsables, contra-t-elle, furibonde.

— Je dirais plutôt cruels, la corrigea-t-il gentiment. Toutes les vies sont précieuses.

Rosalie poussa un gros soupir et se mit à bouder. Emmett lui tapota l'épaule.

— On va s'en sortir, l'encouragea-t-il à voix basse.

— La question, reprit notre père, est de décider si, oui ou non, nous devons partir.

— Non, geignit Rosalie. On vient juste de s'installer ici. Je n'ai pas du tout envie de recommencer le lycée ailleurs !

— Rien ne vous obligerait à vous rajeunir.

— Oui, mais redéménager si tôt !

Carlisle haussa les épaules.

— Je me *plais*, ici, poursuivit-elle. Il y a si peu de soleil que nous vivons presque *normalement* !

— Rien ne presse, de toute façon. Nous pouvons attendre de voir ce qui se passe. Edward a l'air plutôt certain du silence de la fille.

Rosalie renâcla.

Ce n'était plus elle qui me tracassait, cependant. Aussi furieuse soit-elle contre moi, elle se rangerait à l'avis de Carlisle. Leur échange ne portait plus que sur des détails secondaires.

Jasper, lui, n'avait pas infléchi sa position.

Logique. Avant de rencontrer Alice, il avait appartenu à un clan de mercenaires menant une guerre incessante contre ses ennemis. Il savait ce qu'il en coûtait d'enfreindre les règles. Il avait été témoin des épouvantables conséquences que cela impliquait. Qu'il n'ait pas tenté de calmer Rosalie par le biais de son don, qui était de contrôler les émotions alentour, en disait long. En même temps, il n'avait pas non plus essayé de souffler sur les braises. Il se tenait en retrait de cette conversation.

— Jasper, l'appelai-je.

Il planta ses yeux qui n'exprimaient rien dans les miens.

— Elle ne paiera pas pour mon erreur, poursuivis-je. Je ne le permettrai pas.

— Faut-il en déduire qu'elle en profitera, alors ? Elle était destinée à mourir, aujourd'hui. Je ne serais que le bras du destin, Edward.

— *Je ne le permettrai pas,* répétai-je en accentuant chaque mot.

La surprise arqua ses sourcils. Il ne s'était pas attendu à ce que je me dresse contre lui.

— Et moi, répondit-il en secouant la tête, je ne laisserai pas Alice vivre sous cette menace, aussi infime soit-elle. Ce que je ressens pour elle, tu ne le ressens pour personne, mon frère. Tu n'as pas non plus vécu ce que j'ai vécu, quand bien même tu as lu mes souvenirs. Tu ne comprends pas.

— Je n'en disconviens pas. Mais je te redis que je ne t'autoriserai pas à t'en prendre à Isabella Swan.

Nous nous observâmes. Sans animosité particulière, juste pour jauger les forces adverses. Je le sentis tester l'humeur autour de moi, vérifier le degré de ma détermination.

— Jazz, nous interrompit Alice.

Il soutint mon regard un instant avant de se tourner vers elle.

— Inutile de me raconter que tu es capable de veiller sur toi-même, Alice. Je le sais, et ça ne change rien à…

— Ce n'est pas ce que je comptais dire, le coupa-t-elle. Je m'apprêtais à te demander un service.

Découvrant alors ce qu'elle avait en tête, je lâchai un cri étouffé et la dévisageai avec stupeur, à peine conscient que les autres, à part elle et Jasper, me contemplaient d'un air circonspect.

— Je ne doute pas de l'amour que tu me portes, et je t'en remercie, enchaîna-t-elle. Pour autant, je te saurais gré de ne pas tuer Bella. Et d'une, Edward ne plaisante pas, et je n'ai pas envie que vous deux vous battiez. Et de deux, elle est mon amie. Du moins, elle va le devenir.

Dans sa vision, c'était d'une évidence absolue. Elle souriait, son bras glacé blanc autour des épaules fragiles de la fille qui souriait aussi, le sien passé autour de la taille d'Alice. L'image était nette et stable. Seule la date restait incertaine.

— Mais… Alice, balbutia Jasper.

Captivé par ce futur, je ne pus me tourner vers lui pour déchiffrer son expression ou lire ses pensées.

— Un jour, j'aimerai Bella, Jazz. Je t'en voudrais énormément si tu ne l'épargnais pas.

Toujours branché sur le cerveau d'Alice, je vis l'avenir se modifier, tandis que la résolution de Jasper vacillait face à la prière si surprenante de sa compagne. À mesure qu'il renonçait, les images se précisèrent.

— Ah ! soupira Alice. Bella se taira. Aucune inquiétude à avoir.

Elle avait prononcé le prénom de la fille comme si elles étaient déjà… intimes.

— Alice, m'étouffai-je, qu'est-ce que… ceci…

— Je t'avais averti qu'un changement se profilait. Je n'en vois pas plus, Edward.

Son pincement de lèvres m'indiqua qu'elle mentait. Elle se concentrait sur Jasper, lequel était encore trop ahuri pour avoir beaucoup progressé quant à sa décision, afin de ne pas me montrer ce qui lui était apparu. Il lui arrivait régulièrement de recourir à ce stratagème quand elle ne voulait pas s'ouvrir à moi.

— Qu'y a-t-il, Alice ? Que me caches-tu ?

Emmett grommela. Il détestait qu'elle et moi ayons ce genre d'échanges. Secouant le menton, Alice persista à empêcher mon intrusion.

— Cela concerne-t-il la fille ? m'énervai-je. Cela concerne-t-il Bella ?

Elle serrait les dents, mais lorsque je lâchai ce prénom, elle flancha. Ça ne dura qu'un dixième de seconde. Ça me suffit cependant.

— NON ! hurlai-je.

Ce n'est qu'en entendant ma chaise se renverser que je me rendis compte que j'avais sauté sur mes pieds.

— Edward !

Debout lui aussi, Carlisle agrippait mon épaule, ce dont je m'aperçus à peine.

— Ça se précise, chuchota Alice. Tu es de plus en plus déterminé à chaque minute qui passe. Il ne lui reste que deux options. À toi aussi.

— Non, répétai-je, à voix basse cette fois.

Je crus que j'allais tomber, me raccrochai à la table. Carlisle recula.

— Qu'est-ce que vous êtes pénibles ! râla Emmett.

— Il faut que je parte, soufflai-je à Alice sans tenir compte de lui.

— Le sujet est clos, Edward ! s'emporta Emmett. Si tu files, elle risque de parler. Ce que nous ne saurons pas sans toi. Tu dois rester et la gérer.

— Rien ne m'indique que tu ailles quelque part, reprit Alice. D'ailleurs, je ne suis pas sûre que tu en sois encore capable.

Penses-y, ajouta-t-elle mentalement. *Réfléchis à ton départ.*

Je compris où elle voulait en venir. Oui, ne plus revoir la fille serait… douloureux. Mais c'était également nécessaire. Aucun des deux destins auxquels je l'avais condamnée ne me convenait.

Je ne peux te garantir l'attitude de Jasper. Si tu nous quittes, il croira qu'elle représente un danger…

— Ce n'est pas ce que je perçois en lui, objectai-je.

Jasper hésitait. Il ne ferait rien qui puisse bouleverser ou blesser Alice.

Pour l'instant. Es-tu prêt à risquer sa vie ? À la laisser sans défense ?

— Pourquoi me fais-tu ça ? gémis-je en plaquant mon visage entre mes paumes.

Je n'étais pas celui qui protégerait Bella. Je n'en avais pas le pouvoir. Le futur qu'envisageait Alice n'en était-il pas la preuve manifeste ?

Je l'aime moi aussi. Ça se profile, du moins. Ce n'est pas la même chose, mais je souhaiterais en profiter.

— Comment ça, « *aussi* » ? murmurai-je, incrédule.

Tu es tellement aveugle, soupira ma sœur. *Tu ne piges donc pas ce qui t'arrive ? Ce qui est déjà arrivé ? C'est irréversible, comme le soleil qui se lèvera demain matin. Vois ce que je vois…*

Horrifié, je secouai la tête, tentant d'échapper aux images qu'elle me transmettait.

— Non. Rien ne m'y force. Je m'en irai. Je changerai le futur !

— Tu peux toujours essayer, lâcha-t-elle d'une voix sceptique.

— Bon Dieu ! brailla Emmett.

— Suis un peu ! le rabroua Rosalie. Alice voit Edward s'amouracher d'une humaine ! Pas étonnant de sa part. Pff !

Je l'entendis à peine.

— Quoi ? sursauta Emmett avant de partir d'un rire homérique. C'est donc ça le problème ? Pas de pot, Edward !

Il s'approcha pour m'effleurer le bras, je me dégageai, trop accablé pour lui prêter attention.

— Edward tomberait *amoureux* d'une mortelle ? marmonna Esmé, ébahie. De celle qu'il a sauvée ce matin ? Amoureux ? Edward ? D'elle ?

— Que vois-tu exactement, Alice, demanda Jasper.

Elle se tourna vers lui, et je fixai son profil dans un état d'hébétude.

— Tout dépendra de la volonté d'Edward, expliqua-t-elle. Soit, il la tuera de ses propres mains…

Elle s'interrompit, revint à moi, me toisa, enchaîna :

— Ce qui m'irriterait *profondément*, Edward, sans même parler de ce que ça te ferait à toi…

Elle pivota de nouveau en direction de Jasper et conclut :

— Soit, un jour, elle sera l'une des nôtres.

Une exclamation de surprise retentit. Je ne cherchai pas à savoir qui l'avait poussée.

— Ça n'arrivera pas, me remis-je à hurler. Rien de tout cela ne se produira !

Alice poursuivit comme si je n'existais pas.

— Tout dépendra de lui. Il est possible qu'il réussisse à se retenir de la tuer, mais ce n'est pas gagné. Ça exigera une discipline exceptionnelle. Encore plus stricte que celle de Carlisle. La seule chose dont il n'aura pas la force, ce sera de s'éloigner d'elle. Ça, c'est une cause d'ores et déjà perdue.

Le silence tomba. Je n'étais plus en état de parler. Les autres non plus, apparemment. Je fixai Alice, et tout le monde me fixait. Cinq points de vue différents me renvoyaient le reflet de mon expression effarée.

Carlisle finit par soupirer :

— Voilà qui… complique les choses.

— Tu m'étonnes ! renchérit Emmett.

Son amusement ne faiblissait pas. C'était bien de lui, de trouver rigolo l'écroulement de ma vie.

— Pour autant, continua notre père, j'imagine que le plan reste inchangé. Nous attendrons la suite. Puisque personne ne touchera à la fille…

Je me raidis.

— C'est d'accord, admit Jasper. À partir du moment où la vision d'Alice s'avère…

— Non ! protestai-je. Non !

C'était un feulement, un grognement, un cri de désespoir. Il fallait que je fuie le tumulte des pensées familiales – le mépris bien-pensant de Rosalie, la gaieté d'Emmett, l'infinie patience de Carlisle.

Pire encore, l'assurance sans faille d'Alice, le crédit que Jasper lui accordait.

Pire que tout, la *joie* d'Esmé.

Je sortis de la pièce. Ma mère voulut m'arrêter, je feignis de ne pas m'en rendre compte.

Avant même d'avoir quitté la maison, j'étais en train de courir. Je franchis la prairie et la rivière d'un bond, me ruai dans les bois. Il s'était remis à pleuvoir, à verse, et je fus trempé en un clin d'œil. J'accueillis avec soulagement ce rideau liquide qui me séparait du reste du monde, qui m'enveloppait, m'isolait. Sans ralentir, je fonçai vers l'est, traversai les montagnes jusqu'à ce que j'aperçoive, au loin, le halo des lumières de Seattle. Je ne m'arrêtai qu'en bordure de la civilisation humaine.

Nimbé de pluie, seul, je m'obligeai à songer aux conséquences dévastatrices de mes actes à venir.

Il y avait d'abord cette vision d'Alice et de la fille, qui marchaient de conserve dans la forêt, près du lycée. L'image transpirait la foi et l'amitié mutuelles. Les grands yeux chocolat de

Bella n'étaient pas vagues, même s'ils recelaient toujours autant de secrets – des secrets apparemment heureux, en cet instant. Le froid qui émanait de la peau d'Alice ne la révulsait pas.

Qu'est-ce que ça signifiait ? Que savait-elle ? Que pensait-elle de *moi*, dans cette nature morte future ?

Venait ensuite la deuxième image. Épouvantable, cette fois. Alice et Bella assises sur le porche de notre maison, enlacées dans leur amicale confiance. Leurs bras étaient identiques : blancs, lisses comme le marbre et résistants comme l'acier. Les prunelles de Bella avaient perdu leur teinte marron. Leurs iris étaient d'un rouge flamboyant, choquant. Leur mystère était insondable : acceptation ? Affliction ? Impossible à dire. Son visage était froid, immortel.

Je frissonnai. Mes questions étaient presque les mêmes que précédemment : qu'est-ce que ça signifiait ? Comment en était-on arrivé là ? Que pensait-elle de moi à présent ?

J'étais en mesure de répondre à la dernière. Si mon égoïsme et ma faiblesse l'avaient condamnée à cet ersatz de vie dénuée de sens, elle ne pouvait que me haïr.

Il y avait une troisième image, cependant, encore plus abominable, pire que toutes celles qui avaient pu me traverser l'esprit.

Mes propres yeux que le sang humain rendait écarlates. Les yeux du monstre. Dans mes bras, le cadavre brisé de Bella, exsangue, d'un blanc cendreux. La vision était claire et nette.

Je ne pouvais pas la regarder. Elle était intolérable. Je m'efforçai de la bannir de mon cerveau, de la remplacer par autre chose, par n'importe quoi. Je tentai d'invoquer le visage qui m'avait obstrué la vue pendant le dernier chapitre de mon existence. Sans résultat.

L'avenir lugubre prédit par Alice me hantait, me torturait. Tandis que je tressaillais sous les assauts de la souffrance, mon démon intérieur débordait d'allégresse, se réjouissait déjà de sa victoire presque acquise. J'en avais la nausée.

Ce n'était pas possible. Il y avait forcément un moyen de contourner le destin. Je refusais de me laisser guider par les visions d'Alice. J'emprunterai une autre voie. On a toujours le choix.

Il fallait que je l'aie.

5

INVITATIONS

LE LYCÉE. DE PURGATOIRE, IL S'ÉTAIT TRANSFORMÉ EN ENFER, et j'avais droit à ses tourments et ses flammes.

J'agissais en bonne et due forme. Nul n'aurait pu me reprocher de fuir mes responsabilités.

Pour plaire à Esmé et protéger le clan, j'étais resté à Forks. J'avais repris ma routine. Je chassais plus que les miens. Chaque jour, j'allais au lycée et jouais à l'humain ; chaque jour, je traquais toute nouvelle rumeur à propos des Cullen – il n'y en avait pas. La fille n'avait soufflé mot de ses soupçons, se bornant à répéter la même histoire : présent à côté d'elle, je l'avais sauvée. Ses auditeurs avides avaient fini par se lasser et n'exigeaient plus de détails. Nous ne courions aucun danger. Ma réaction précipitée n'avait nui à personne.

Sauf à moi.

J'étais décidé à modifier l'avenir. Pas la tâche la plus simple, mais je n'avais pas d'autre solution si je voulais continuer à vivre. Alice avait avancé que je ne serais pas assez fort pour me tenir loin de la fille ? Je lui prouverais qu'elle se trompait.

J'avais cru que le premier jour serait le plus dur ; quand il s'était terminé, j'en avais été sûr. J'avais eu tort.

Je supportais mal de devoir blesser la fille pour respecter mes engagements. Je me consolai en me disant que, comparée à la mienne, sa douleur ne serait rien de plus qu'une piqûre d'épingle, minuscule humiliation de la rebuffade. Humaine, Bella subodorait que j'étais d'une espèce différente, néfaste, effrayante. Elle serait plus soulagée que vexée sans doute que je lui tourne le dos et me comporte comme si elle n'existait pas.

— Bonjour, Edward, m'avait-elle salué en ce premier jour.

Son ton était plaisant, amical, un virage à cent quatre-vingts degrés par rapport à celui de la veille. Pourquoi ? Que signifiait ce changement ? Avait-elle oublié ? Accepté de croire qu'elle avait halluciné ? Était-il concevable qu'elle m'ait pardonné de ne pas avoir tenu ma promesse ? Ces questions avaient été comme des poignards, provoquant en moi une souffrance identique à celle de la soif qui m'assaillait chaque fois que je respirais.

Rien qu'un instant pour la dévisager. Pour voir si je trouverais des réponses dans ses prunelles…

Non. Même ça, je ne pouvais pas me le permettre. Pas si je souhaitais influer sur le destin.

Sans la regarder, je l'avais gratifiée d'un très bref hochement du menton avant de fixer le tableau.

Elle ne m'avait plus adressé la parole de la journée.

Cet après-midi-là, sitôt les cours terminés et mon rôle rempli, j'avais couru jusqu'à Seattle, comme la nuit précédente. J'avais l'impression de réussir à atténuer un tout petit peu ma peine quand je survolais le sol et que le paysage se floutait en tache verte.

Ces courses devinrent un dérivatif quotidien.

L'aimais-je ? Je ne pensais pas, non. Pas encore. Mais je gardais en mémoire les visions d'Alice et constatais combien il aurait été facile de tomber amoureux de Bella. Aussi naturel que de tomber tout court. M'interdire de m'éprendre d'elle était le contraire d'une chute ; c'était escalader une falaise abrupte, à la seule force des mains, dans un effort aussi éreintant que si j'avais été un mortel.

Plus d'un mois s'était écoulé depuis l'accident, et chaque jour était plus ardu que celui d'avant. Ça me décontenançait. J'attendais de tourner la page, d'observer que le combat gagnait en facilité ou, du moins, que j'atteignais un plateau. Voilà sans doute ce qu'avait voulu dire Alice quand elle avait annoncé que je n'aurais pas la force de m'éloigner de la fille. Elle avait vu ma souffrance s'aggraver.

Mais j'étais capable de la gérer.

Je ne briserais pas le futur de Bella. Puisque j'étais condamné à l'aimer, l'éviter n'était-il pas la moindre des choses à faire ?

C'était d'ailleurs le maximum de ce dont j'étais capable. Feindre de ne pas la voir et ne jamais la regarder. Feindre qu'elle ne m'intéressait pas. Il n'empêche, je m'accrochais à chacun de ses souffles, à chacun de ses mots.

Comme je n'avais pas le droit de poser mes yeux sur elle, je l'étudiais à travers ceux des autres. Pour l'essentiel, mes réflexions tournaient autour d'elle, comme si elle avait été le centre de gravité de mon esprit.

Dans cet enfer qui s'éternisait, je classais mes tourments en quatre catégories.

Les deux premières m'étaient familières : son odeur et son silence. Ou, plus exactement et pour assumer comme il se devait mes responsabilités : ma soif et ma curiosité.

La soif était le plus primal de mes supplices. J'avais pris l'habitude, dorénavant, de ne plus respirer du tout en cours de sciences nat. Sauf exception, bien sûr, comme lorsque le prof m'interrogeait. Dès que je humais l'air environnant la fille, c'était comme la toute première fois : besoin, incandescence et fulgurance avides de se libérer. Dans ces moments-là, il m'était difficile de me retenir, de m'agripper à la raison. À tous les coups, mon démon intérieur rugissait, à deux doigts de bondir.

La curiosité était le plus constant de mes supplices. « À quoi pense-t-elle ? » Cette interrogation me hantait. Quand elle poussait un soupir discret. Quand elle enroulait distraitement une mèche de ses cheveux autour de son index. Quand elle balançait ses manuels sur la paillasse avec plus de force que nécessaire. Quand elle arrivait en retard. Quand elle tapotait impatiemment du pied. Le moindre de ses mouvements que je captais du coin de l'œil était un mystère, ça me rendait fou. Lorsqu'elle s'entretenait avec d'autres élèves, j'analysais toutes ses intonations et paroles sans exception. Exprimait-elle ses pensées ou se bornait-elle à dire ce qu'on attendait d'elle ? J'avais tendance à croire que la seconde version l'emportait, et ça me rappelait ma propre famille au quotidien illusoire, quoique nous soyons plus doués qu'elle à ce jeu. Mais pourquoi se sentait-elle obligée de tenir un rôle ? Après tout, elle était l'un d'eux, une ado humaine.

Même si, parfois, elle ne se comportait pas comme telle. Ainsi, le jour où M. Banner nous donna des exposés à faire en groupe. À son habitude, il nous laissa choisir nos partenaires. Comme systématiquement dans ces cas-là, les élèves ambitieux les plus courageux, Beth Daws et Nicholas Laghari, s'empressèrent de me demander si je voulais bien travailler avec eux. J'acceptai avec un geste las. Ils savaient que je ferais ma part, la leur aussi s'ils ne parvenaient pas à la terminer.

Sans surprise, Mike s'acoquina avec Bella. L'étonnant fut que cette dernière insista pour que le dernier membre du trio soit Tara Galvaz. D'ordinaire, le prof devait lui-même l'imposer quelque part. Elle sembla plus déconcertée qu'heureuse quand Bella lui tapa sur l'épaule pour l'inviter à bosser avec elle et Mike.

— Si tu veux, se borna-t-elle à répondre.

Bella regagna sa place, et Mike, furieux, siffla :

— Cette nana est complètement camée ! Elle n'en fichera pas une rame. Ses notes sont catastrophiques.

— T'inquiète, lui murmura-t-elle en secouant la tête. Je rectifierai le tir.

— Pourquoi as-tu fait ça ? gronda-t-il, guère apaisé.

Cette question me brûlait les lèvres aussi, même si je n'aurais pas employé ce ton. La moyenne de Tara en biologie était effectivement nulle. À la fois étonné et ému par le geste de Bella, M. Banner était en train de penser à elle.

Personne ne lui donne jamais sa chance. C'est très sympa de la part de Bella. Elle est plus gentille que ces cannibales.

Bella avait-elle remarqué l'ostracisme qui frappait Tara ? Je ne voyais à sa démarche pas d'autre explication que sa bonté, notamment à cause de son immense timidité. Combien cela lui avait-il coûté d'approcher une inconnue ? Sûrement plus qu'à n'importe lequel de ses pairs.

Vu le don de Bella pour les sciences nat, je me demandai si la note que leur exposé recevrait réussirait à sauver la peau de Tara. Ce fut exactement ce qui se produisit.

Puis il y eut la fois où Lauren et Jessica discutaient de l'endroit au monde qu'elles auraient souhaité visiter par-dessus tout avant de mourir. Jessica choisit la Jamaïque et se sentit aussitôt reléguée aux oubliettes quand Lauren parla de la Côte d'Azur. Tyler fit une allusion à Amsterdam (avec son quartier rouge en tête), et le reste des présents renchérit à qui mieux mieux. Je guettais impatiemment la réponse de Bella, mais avant que Mike (qui songeait à Rio) ait eu le temps de l'interpeller à ce sujet, Éric mentionna avec enthousiasme le festival de BD Comic Con, à San Diego, en Californie. Toute la tablée s'esclaffa.

— Quel ringard ! s'exclama Lauren.

— À qui le dis-tu ! ricana Jessica.

Tyler leva les yeux au ciel.

— Ce n'est pas comme ça que tu vas te dégoter une copine, lança Mike à Éric.

Soudain, plus sonore que d'habitude, la voix de Bella retentit au-dessus de la mêlée :

— Moi, je trouve ça cool. J'aimerais bien y aller également.

Aussi sec, Mike rétropédala *(J'aurais dû la boucler)* :

— Oui, certains costumes sont sûrement chouettes. Le bikini doré de Princesse Leia, par exemple.

Jessica et Lauren échangèrent un regard mauvais.

Je rêve ! pensa la seconde.

— Alors, il faut absolument qu'on y aille ensemble ! disait, tout à sa joie, Éric à Bella. Enfin, quand on aura assez d'économies.

Le Comic Con avec elle ! Génial ! Encore mieux que tout seul !

Un instant, Bella parut désarçonnée, puis, après un coup d'œil à la mine renfrognée de Lauren, elle en rajouta une couche :

— J'aimerais beaucoup, mais j'imagine que c'est vraiment très cher, non ?

Éric se lança dans une interminable logorrhée sur les prix, un comparatif entre dormir à l'hôtel ou dans la voiture. Jessica et Lauren se désintéressèrent de la conversation, tandis que Mike l'écoutait avec amertume.

— À ton avis, demanda Éric à Bella, la route prendra combien de jours ? Deux ? Trois ?

— Aucune idée.

— Entre ici et Phoenix, tu mets combien ?

— Deux jours si tu es prêt à conduire quotidiennement pendant quinze heures d'affilée.

— San Diego est moins loin, non ?

Visiblement, je fus le seul à deviner que Bella réfléchissait à toute vitesse.

— Oh oui ! assena-t-elle avec assurance. N'empêche, compte deux jours de voyage minimum.

Il était évident qu'elle ne savait même pas où se tenait le festival. Elle n'était intervenue que pour épargner les moqueries à Éric. C'était révélateur de sa personnalité – je continuais à étoffer ma liste –, même si, maintenant, je ne saurais jamais où elle rêvait d'aller. Bien qu'aussi frustré que moi, Mike n'avait pas l'air d'avoir saisi les motivations de Bella.

Ça se passait souvent comme ça, avec elle. Sauf quand elle sentait quelqu'un dans le besoin, elle ne sortait pas de son discret quant-à-soi. Elle changeait le sujet d'une discussion lorsqu'elle estimait que ses interlocuteurs devenaient par trop cruels entre eux ; elle remerciait un prof pour son cours si elle le sentait déprimé ; elle renonçait volontiers à son casier pour un moins bien situé, de façon à ce que deux amies en aient des voisins ; elle réservait un certain sourire, jamais adressé à ses compagnons insouciants, à une personne en souffrance. Autant de petits riens que ses connaissances et admirateurs paraissaient ne jamais remarquer.

L'ensemble de ces détails me permit d'ajouter une qualité à ma liste, qualité primordiale à mes yeux : Bella était une fille *bien*. Sa gentillesse, sa modestie, son altruisme, son courage… tout disait une bonté absolue. Ce dont personne, à part moi, ne semblait conscient. Y compris Mike qui, pourtant, l'observait d'aussi près que moi-même.

Ce qui m'amène au plus étonnant de mes supplices. Mike Newton. Qui aurait osé songer qu'un mortel aussi caricatural et ennuyeux puisse être aussi agaçant ? Pour être honnête, j'aurais dû éprouver un peu de gratitude à son égard, dans la mesure où c'était lui, plus que quiconque, qui poussait la fille à parler – j'en apprenais beaucoup grâce à leurs conversations. En vérité, l'aide qu'il m'apportait dans mon étude envenima mon ressentiment à son encontre, car je ne voulais pas qu'il soit celui qui me dévoilait les secrets de Bella.

Heureusement qu'il ne notait jamais ses révélations involontaires. Il ne connaissait rien d'elle. Il s'était inventé une Bella imaginaire et aussi caricaturale que lui. Il ne voyait pas la charité et la bravoure qui la distinguaient du troupeau ; il n'entendait pas l'anormale maturité qui émanait de ses réflexions. Il ne percevait pas que, lorsqu'elle évoquait sa mère, elle avait le ton aimant et indulgent, légèrement amusé et férocement protecteur d'un parent envers son enfant plutôt que l'inverse. Quand il l'abreuvait de ses lassantes divagations, il ne repérait pas sa patience, pas plus que la compassion que cette patience masquait.

Ces découvertes, aussi utiles soient-elles, ne m'inspiraient pas de meilleurs sentiments envers le garçon, cependant. Sa possessivité vis-à-vis de Bella, comme si elle avait été un objet à vendre, m'exaspérait autant que ses fantasmes grossiers. Avec le temps, il gagnait en assurance, car elle donnait l'impression de le préférer à ceux qu'il considérait comme ses rivaux – Tyler Crowley, Éric Yorkie et, parfois, moi-même. Régulièrement, avant le début des cours de biologie, il se perchait sur la paillasse près de Bella et jacassait avec elle, encouragé par les sourires qu'elle lui adressait. Des sourires de pure politesse, me rassurais-je, tout en me distrayant assez souvent en m'imaginant le balancer à travers toute la salle d'un revers de main, jusqu'au mur du fond, ce qui devrait suffire à le blesser mortellement...

Il était assez rare que Mike pense à moi comme à son compétiteur. Au début, il avait redouté que l'accident nous rapproche, Bella et moi, sauf que, au bout du compte, c'était l'inverse qui s'était produit. Il avait également craint que je distingue Bella au détriment des autres filles, mais comme je les ignorais à part égale, il avait fini par devenir suffisant.

À quoi pensait-elle ? Appréciait-elle les attentions dont il l'entourait ?

Dernier de mes supplices, le plus douloureux : l'indifférence de Bella. Je lui faisais le coup du mépris, elle me rendait la pareille. Après ce premier « bonjour », elle ne m'avait plus abordé une seule fois. Elle ne pensait jamais à moi non plus, pour autant que je sache.

Ça aurait pu me rendre fou, ou briser ma volonté, s'il ne lui était pas arrivé de m'observer comme autrefois. Je ne le voyais pas en personne, puisque je m'interdisais de la regarder, mais Alice nous avertissait toujours – les miens continuaient de s'inquiéter de ce que la fille pouvait savoir sur nous. Ces contemplations sporadiques et lointaines adoucissaient mon chagrin, même si elle se demandait sûrement quelle sorte d'aberration j'étais.

— Bella va regarder Edward d'ici une minute, nous annonça Alice un mardi de mars. Ayez l'air normal.

Nous prîmes soin de gigoter.

Je tenais le compte de la régularité avec laquelle elle s'intéressait à moi. La fréquence ne diminuait pas avec le temps, ce qui me ravissait (ça n'aurait pas dû). Je m'en sentais ragaillardi, bien que je n'aie pas la moindre idée de la signification de ces coups d'œil furtifs.

Alice soupira. *J'aimerais bien que…*

— Ne te mêle pas de ça, soufflai-je. Et ne rêve pas.

Elle se mit à bouder. Elle avait hâte de pouvoir nouer avec Bella l'amitié qu'elle avait prophétisée. La fille qu'elle ne connaissait pas lui manquait bizarrement.

J'avoue que tu te défends mieux que je ne le croyais. Tu as réussi à embrouiller le destin de telle façon qu'il n'a plus aucun sens. J'espère que tu es content de toi.

— Pour moi, il est parfaitement sensé.

Elle émit un reniflement délicat. Trop impatient pour converser, je m'efforçai d'oublier ses réflexions. Pas de très bon poil, j'étais plus tendu que je ne le laissais voir. Seul Jasper, grâce à son don, en était conscient. Mais s'il était en mesure de repérer les humeurs et de les influencer, il n'en comprenait pas l'origine. Et comme, ces derniers temps, j'étais d'une hargne constante, il n'en fit pas grand cas.

Aujourd'hui promettait d'être ardu. Plus qu'hier, ainsi que le voulait le sort.

Mike Newton s'apprêtait à proposer un rancard à Bella.

Le bal de printemps aurait lieu dans deux semaines. Il incombait aux filles de choisir leur cavalier. Mike avait ardemment espéré que Bella le convierait. Sa confiance en soi était ébranlée car, jusqu'à maintenant, elle s'en était abstenue. Il se retrouvait dans le pétrin – ce dont je me régalais à outrance – dans la mesure où Jessica Stanley venait de l'inviter. Rêvant encore que Bella se manifeste (et, ainsi, en fasse son champion parmi ses autres prétendants), il hésitait à accepter l'offre de Jessica, mais ne voulait pas la refuser non plus, par crainte de rater la soirée. Blessée par ses tergiversations et en ayant deviné les raisons, Jessica pensait pis que pendre de Bella. Une fois encore, j'avais eu ce drôle d'instinct de m'interposer entre les deux filles. Si cette réaction m'était à présent plus claire, ne pas pouvoir agir en conséquence ajoutait à ma frustration.

J'étais décidément tombé bien bas ! Moi qui avais tant méprisé les drames minables du lycée, j'en étais désormais obsédé.

Alors qu'il escortait Bella en cours de sciences nat, Mike essayait de se donner du courage. J'étais déjà dans la classe et l'entendis se débattre avec lui-même. C'était un faible. Il avait volontairement attendu, pour avouer ses sentiments, l'occasion de ce bal afin qu'elle formule sa préférence pour lui la première. Tout ça pour éviter un rejet et la vulnérabilité qui s'ensuivrait.

Le couard.

Il se jucha sur notre paillasse avec l'aisance d'une longue habitude, et je songeai au bruit que ferait son corps s'il se fracassait sur le mur avec assez de force pour lui briser tous les os.

— Tu sais, se lança-t-il, les yeux vissés sur le plancher, Jessica m'a invité au bal.

— Super ! s'exclama aussitôt Bella avec enthousiasme. Vous allez vous éclater.

Il chercha les mots adéquats.

— C'est que…

Il hésita, faillit décamper, se ressaisit :

— Je lui ai répondu que j'avais besoin d'y réfléchir.

— Quelle idée !

Le ton de Bella était lourd de reproches, mais également teinté d'un soupçon de soulagement. Qu'est-ce que ça voulait dire ? Envahi par une bouffée inattendue de saine colère, je serrai les poings. Mike n'avait pas perçu ce soulagement. Il rougit comme une tomate – dans mon état de rage, c'était me convier à dîner – et regarda de nouveau le sol.

— Je me demandais si… euh, si tu comptais m'inviter, toi.

Elle hésita à son tour. Alors, j'eus une vision du futur plus claire que toutes celles qu'avait pu avoir Alice.

Que la fille cède ou objecte, un jour viendrait où elle dirait oui à quelqu'un. Elle était jolie et mystérieuse, ce que les hommes remarquaient. Qu'elle se décide pour un membre de la terne congrégation de Forks ou qu'elle attende de s'en être échappée, ça se produirait tôt ou tard.

Je m'imaginai de nouveau sa vie, les études, la carrière, l'amour, le mariage… Je la revis au bras de son père, tout en blanc, le rose aux joues, heureuse, marchant au son de *La Marche nuptiale* de Wagner. Ces images me procurèrent une souffrance qui me rappela celle de ma transformation. Je fus ravagé.

Pas seulement par la douleur, par une *fureur* sans nom.

Celle-ci exigeait un exutoire physique. Bien que ce garçon insignifiant et indigne d'elle puisse ne pas être celui à qui elle dirait oui, je brûlai de pulvériser son crâne entre mon poing, d'en faire le représentant de l'heureux élu à venir.

Ce mélange de douleur et d'exaspération, de désir et de désespoir, je ne le compris pas. Je ne l'avais jamais ressenti, je n'avais pas de mot pour le qualifier.

— Mike, je crois que tu devrais accepter.

Les espérances de l'interpellé dégringolèrent dans ses chaussettes. En d'autres circonstances, je m'en serais réjoui, mais j'étais secoué par les répliques du séisme qui venait de se produire en moi.

Alice avait eu raison. Je *manquais* de force.

En cet instant, elle devait voir le destin tourbillonner, se tordre, se déformer. En tirait-elle satisfaction ?

— Tu as déjà choisi quelqu'un ? demanda Mike, boudeur.

Il me jeta un coup d'œil, suspicieux, inédit depuis des semaines, et je me rendis compte que j'avais incliné la tête en direction de Bella, trahissant ainsi mon intérêt pour elle. L'envie immonde qu'éprouvait ce garçon envers tous ceux que la fille lui préférerait me permit de nommer ce que j'avais ressenti une minute plus tôt.

De la jalousie.

— Non, répondit Bella, j'ai bien l'intention de sécher le bal.

Le soulagement perça au milieu de mes remords et de ma colère. Il était mal – et dangereux – de considérer Mike et les autres mortels attirés par Bella comme des rivaux. J'étais pourtant bien obligé d'admettre que c'est ce qu'ils étaient devenus à mes yeux.

— Pourquoi ? insista-t-il d'une voix dure.

Ce que je pris pour une offense personnelle. Je ravalai un grondement sourd.

— Je vais à Seattle, ce samedi-là.

Ma curiosité n'était plus aussi violente qu'auparavant depuis que je m'étais résolu à trouver les réponses à toutes les questions que je me posais. Je découvrirais bien assez tôt ce qui motivait cette nouvelle révélation.

— Tu ne peux pas choisir un autre week-end ?

Cette fois, les intonations de Mike avaient des accents enjôleurs déplaisants.

— Non, désolée, répliqua Bella d'un ton plus sec. En tout cas, tu ne devrais pas faire languir Jessica plus longtemps. C'est impoli.

Son souci d'épargner son amie raviva ma jalousie. Il était évident que ce séjour à Seattle n'était qu'un prétexte pour refuser l'invitation de Mike. Mais était-elle uniquement guidée par sa loyauté envers Jessica ? Elle était assez altruiste pour ça. Ne regrettait-elle pas de ne pouvoir accepter ? Ou alors, je me trompais, et il y avait quelqu'un d'autre.

— Ouais, tu as raison, marmonna Mike.

Il paraissait si démoralisé que j'eus presque – presque – de la pitié pour lui. Il se détourna, me privant ainsi de distinguer le visage de la fille à travers ses pensées.

Je n'allais pas tolérer ça.

Pour la première fois depuis plus d'un mois, je m'autorisais à la regarder. Ce fut une véritable délivrance. Ça coupa la douleur, un peu comme de la glace qu'on presse sur une brûlure.

Les paupières closes, elle appuyait ses doigts sur ses tempes. Les épaules affaissées, elle secouait lentement la tête, comme pour en chasser une idée.

Frustrant. Fascinant.

La voix de M. Banner la tira de ses réflexions, et elle rouvrit les yeux. Sentant peut-être le poids des miens sur elle, elle me dévisagea aussitôt avec cette perplexité qui me hantait depuis si longtemps. Je n'éprouvais plus ni remords, ni culpabilité, ni colère. Je savais que ces émotions reviendraient, mais j'étais en cet instant sur un étrange petit nuage. Comme si j'avais gagné et non perdu.

Bien que je la fixe avec une intensité malvenue dans mes efforts pour déchiffrer son esprit, elle ne flancha pas. Son regard liquide était interrogatif, au lieu de me fournir les réponses auxquelles j'aspirais. J'y décelai le reflet du mien, que la soif noircissait. Ma dernière chasse remontant à quasiment deux semaines, ce n'était pas le jour idéal pour craquer. Pourtant, cette noirceur ne paraissait pas l'effrayer. Elle ne se détourna pas, et un rose aussi appétissant que ravageur colora ses joues.

À quoi penses-tu ?

Je faillis le lui demander tout fort, mais M. Banner m'appela. J'allai pêcher la réponse qu'il attendait dans son cerveau, avalai une goulée d'air :

— Le cycle de Krebs.

La soif m'incendia la gorge, raidit mes muscles et emplit ma bouche de venin, et je fermai les paupières pour essayer de résister au désir dévastateur du sang de Bella. Le monstre intérieur avait gagné en puissance, réjoui par l'avenir qui lui offrait cinquante pour cent de chance d'obtenir ce qu'il convoitait avec autant de malveillance. La troisième option fragile que je m'étais efforcé de bâtir par ma seule ténacité s'était effondrée – par la faute d'un sentiment aussi banal que la jalousie, un comble ! –, et le démon se rapprochait de son but.

Qu'avais-je fait ?

Puisque la bataille était perdue d'avance, je n'avais plus de raison de lutter contre mes élans. Je regardai de nouveau la fille. Bien qu'elle se soit dissimulée derrière sa chevelure, je constatai qu'elle était rouge comme une pivoine.

Le monstre adora.

Elle m'évitait, entortillait nerveusement une boucle autour de ses doigts. Des doigts si délicats, un poignet si frêle que mon seul souffle aurait réussi à les briser, semblait-il.

Non, non, non. Je n'avais pas le droit. Elle était trop chétive, trop gentille, trop précieuse pour mériter ça. Je n'avais pas le droit de laisser ma vie basculer et détruire la sienne.

En même temps, il m'était impossible de rester loin d'elle. Comme l'avait prédit Alice.

Agacé, mon démon feula tandis que je me débattais avec moi-même, hésitant entre la peste et le choléra.

L'heure de cours passa trop vite. La cloche sonna, et ma voisine entreprit de rassembler ses affaires sans me prêter attention. J'en fus déçu, bien que ce soit attendu. Après tout, je l'avais traitée de manière inexcusable depuis l'accident.

— Bella ?

Ç'avait été plus fort que moi. Ma volonté était réduite en lambeaux.

Elle hésita avant de se tourner vers moi, sur le qui-vive. Il était légitime qu'elle se méfie, me rappelai-je. Il le fallait, même. Elle attendait que je poursuive, mais je me contentais de la dévisager, inhalant de petites goulées d'air à intervalles réguliers tout en repoussant ma soif.

— Quoi ? finit-elle par dire sans aménité. Tu me parles de nouveau ?

Que répondre ? Lui *parlais*-je de nouveau au sens où elle l'entendait ? Pas si je réussissais à m'en empêcher. Je m'efforcerais de m'empêcher.

— Non, pas vraiment, lâchai-je.

Elle ferma les paupières, ce qui me compliqua la tâche en me privant du seul accès que j'avais à ce qu'elle éprouvait. Elle inspira longuement.

— Alors, qu'est-ce que tu veux, Edward ?

Ce n'était pas une conversation humaine normale, ça. Pourquoi s'y engageait-elle ? Et, une fois encore, que lui répondre ? J'optai pour la vérité. Dorénavant, je serais aussi sincère que possible avec elle. Même si gagner sa confiance était inenvisageable, je ne voulais pas de sa méfiance non plus.

— Je te prie de m'excuser, dis-je.

J'étais désolé, en effet, rien n'était plus près de la vérité. Malheureusement, je ne pouvais lui demander pardon qu'à propos de détails insignifiants.

— Je ne suis pas très courtois, je sais, enchaînai-je. Mais c'est mieux comme ça, crois-moi.

— Je ne te comprends pas, murmura-t-elle en rouvrant des yeux toujours aussi circonspects.

Je tentai de l'avertir autant que ça m'était permis.

— Il vaut mieux que nous ne soyons pas amis.

Une fille intelligente comme elle devait s'en rendre compte.

— Fais-moi confiance, ajoutai-je.

Elle se renfrogna, et je me souvins soudain que je lui avais déjà servi cette phrase, juste avant de me parjurer. Sa mâchoire se crispa. Elle non plus n'avait pas oublié.

— Dommage que tu ne t'en sois pas aperçu plus tôt, gronda-t-elle. Tu te serais épargné tous ces regrets.

Je la contemplai, désarçonné. Que savait-elle de mes regrets ?

— Des regrets ? répétai-je. De quoi ?

— De ne pas avoir laissé cet imbécile de fourgon me réduire en bouillie.

Ébahi, je me figeai. Comment pouvait-elle ? La soustraire à la mort avait été la seule chose correcte que j'avais faite depuis notre rencontre. La seule dont je n'avais pas honte, la seule qui me rendait heureux d'être né. Je me battais comme un chien pour préserver sa vie depuis l'instant où j'avais humé son arôme. Comment osait-elle mettre en doute mon unique bonne action ?

— Tu penses vraiment que je regrette de t'avoir sauvée ?

— Je le *sais* ! aboya-t-elle.

Son évaluation erronée de mes intentions me mit en rogne.

— Tu ne sais rien du tout.

Les rouages de son cerveau étaient incompréhensibles et déroutants. Elle réfléchissait d'une façon totalement différente des autres humains. Ça devait expliquer le silence de son esprit. Elle tranchait sur la masse.

Elle recula d'un pas, les dents serrées. Elle était rouge, de colère cette fois. Elle empila ses livres avec rage, les coinça sous son bras et fila vers la porte sans se retourner. Son courroux eut le don étrange d'apaiser ma propre exaspération. J'ignore pourquoi, il la rendait… attachante.

Elle marchait avec raideur sans regarder où elle allait et trébucha sur le seuil de la salle. Ses affaires dégringolèrent. Au lieu de les ramasser, elle resta plantée là sans même baisser les yeux sur ses manuels, comme s'ils ne valaient pas la peine de les récupérer. Profitant de l'absence de témoins, je voletais jusqu'à elle et m'en chargeai à sa place. Elle était à moitié penchée quand elle me vit et se pétrifia. Je lui rendis son bien en prenant soin de ne pas la toucher de ma peau glacée.

— Merci, me dit-elle sèchement.

— De rien.

Mon ton contenait encore des traces de mon irritation. Je n'eus cependant pas le temps de me reprendre, car elle se redressa brusquement et s'en alla. Je la suivis des yeux jusqu'à ce qu'elle ait disparu.

Le cours d'espagnol s'écoula sans que je m'en rende compte. Mme Goff ne m'embêta pas ; consciente que je parlais mieux qu'elle, elle avait tendance à me ficher la paix. Je fus donc libre de penser à la fille.

J'étais incapable de l'ignorer, c'était clair. Cela signifiait-il pour autant que je n'avais d'autre choix que la détruire ? Il était impossible qu'un destin différent ne soit pas envisageable, si ? Il existait forcément une option, un équilibre délicat à trouver. Je m'y attelai.

Ce ne fut qu'à la fin de l'heure que je prêtai attention à Emmett. Il manquait d'intuition pour repérer les humeurs sombres de ses prochains mais, curieusement, il avait noté que la mienne avait changé et s'interrogeait sur ce qui avait réussi à estomper ma morosité incessante. Cherchant à qualifier mon nouvel état d'esprit, il finit par décider que *j'espérais*.

Telle était donc l'impression que je donnais ?

Sur le trajet jusqu'à la Volvo, je méditai la chose et me demandai ce que j'espérais exactement.

Je fus vite renseigné. Ultrasensible comme toujours aux pensées qui concernaient Bella, le prénom de cette dernière agitant les cerveaux de ceux que je n'étais pas censé considérer comme des rivaux m'interpella. Ayant appris – avec une satisfaction non dissimulée – que Mike avait été éconduit, Éric et Tyler préparaient leur assaut.

Éric était déjà à l'affût près de la Chevrolet pour que la fille ne puisse pas l'esquiver. Retenu par un devoir que distribuait son prof, Tyler piaffait d'impatience, exaspéré à l'idée qu'elle s'échappe avant qu'il l'ait interceptée.

Je ne voulais pas rater ce spectacle.

— Attends les autres ici, murmurai-je à Emmett.

Il me lança un coup d'œil soupçonneux, puis haussa les épaules et acquiesça.

Le frérot est devenu dingo, songea-t-il avec amusement.

Je me postai à un endroit où Bella ne me verrait pas. Quand elle sortit du gymnase, j'avançai de façon à être à portée de voix au moment où elle tomberait dans le piège tendu par Éric. Elle se raidit d'abord en apercevant sa silhouette, puis se détendit et approcha.

— Salut ! le héla-t-elle d'une voix amicale.

Une soudaine anxiété s'empara de moi. Et si cet escogriffe à la peau grêlée avait l'heur de lui plaire ? Et si la délicatesse dont elle avait fait preuve à son égard ne tenait pas uniquement à son altruisme ? Il déglutit bruyamment, et sa pomme d'Adam joua au yoyo.

— Salut, Bella.

Apparemment, elle ne s'aperçut pas de sa nervosité ni de sa mine intimidée.

— Quoi de neuf ? s'enquit-elle en déverrouillant sa portière.

— Euh, je me demandais juste... si tu accepterais d'aller au bal avec moi ? bégaya-t-il.

Sa voix dérailla. Elle releva la tête. Surprise ? Heureuse ? Comme Éric était incapable de soutenir son regard, je ne distinguai pas son expression dans l'esprit du garçon.

— Je croyais que c'était aux filles de choisir leur cavalier ? répliqua-t-elle d'un ton troublé.

— Euh, ouais, admit-il, penaud.

Même si ce pauvre gars ne m'agaçait pas autant que Mike Newton, je n'eus aucune compassion pour lui, tandis qu'il attendait anxieusement la réponse de Bella.

— Je serai à Seattle ce jour-là, mais merci quand même, lui dit-elle avec douceur.

Bien qu'il soit au courant, il afficha sa déception.

— Oh, marmonna-t-il sans oser la dévisager. Une autre fois, peut-être ?

— C'est ça.

Aussitôt, elle se mordit la lèvre, comme si elle regrettait de lui laisser une ouverture. J'en fus content. Abattu, Éric se carapata dans la direction opposée à celle où était garée sa voiture. Comme je passais devant le capot de la camionnette, je perçus le soupir soulagé de Bella. Malgré moi, je ricanai. Elle virevolta, mais je poursuivis mon chemin sans la regarder en m'efforçant de ne pas rire aux éclats.

Dans mon dos, Tyler courait presque pour essayer de l'attraper au vol. Plus audacieux et sûr de lui que ses deux compétiteurs, il s'était jusqu'à maintenant empêché d'aborder Bella par respect envers Mike, qui s'était arrogé la priorité.

Je voulais qu'il réussisse sa manœuvre d'approche. Pour deux raisons. Si, comme je commençais à le subodorer, toutes ces attentions irritaient Bella, je tenais à être témoin de sa réaction et à m'en délecter. Si, au contraire, Tyler devait être l'heureux élu, je souhaitais le découvrir.

J'avais beau savoir que j'avais tort d'envisager Tyler Crawley comme un rival, je me l'autorisai. Il me paraissait d'une banalité médiocre et lassante. Le souci, c'est que j'ignorais vers quoi allaient les préférences de Bella. Si ça se trouve, elle aimait les garçons banals.

Une perspective déplaisante. Je ne serais jamais banal. Quelle sottise de prétendre à ses bonnes grâces ! Comment aurait-elle pu s'intéresser à celui qui, par défaut, était le méchant de l'histoire ?

Elle était trop bien pour finir avec un vilain.

J'aurais dû la laisser partir. Mon incorrigible curiosité l'emporta cependant et, une fois encore, je n'agis pas comme il aurait fallu. D'ailleurs, si Tyler ne parvenait pas à lui parler maintenant, s'il s'y décidait plus tard, je ne serais pas dans les environs pour apprendre comment ça s'était fini. Je déboîtai et barrai la route à la fille.

Mes frères et sœurs approchaient, mais comme Emmett avait évoqué mon comportement bizarre, ils ne se pressaient pas, m'observaient, tentaient de déchiffrer mon attitude.

Je lançai un coup d'œil dans mon rétroviseur. Furax, Bella contemplait l'arrière de ma Volvo sans croiser mon regard. J'eus l'impression qu'elle regrettait de ne pas posséder un tank à la place de sa vieille bagnole rouillée.

Tyler s'était précipité à bord de son propre véhicule et, ravi par l'aubaine inattendue, s'était placé dans la queue, derrière la Chevrolet. Il agita la main pour attirer l'attention de la fille, qui ne le vit pas. Il patienta un instant puis descendit de voiture et, avec une décontraction forcée, alla frapper à la vitre passager de la camionnette. Bella sursauta et se tourna. Au bout d'un moment, elle se pencha et descendis la fenêtre manuellement, avec une difficulté visible.

— Excuse-moi, Tyler, je suis coincée derrière Cullen, ronchonna-t-elle.

Elle avait prononcé mon nom avec dureté. Sa colère ne s'était pas apaisée.

— Oh, je sais, répondit-il sans se laisser démonter, je voulais juste te proposer un truc pendant qu'on est bloqués ici.

Il arborait un sourire trop sûr de lui. Devinant la suite, elle blêmit. Un vrai bonheur !

— Tu veux bien m'inviter au bal ? continua-t-il sans imaginer une seconde une éventuelle rebuffade.

— Je ne serai pas là, Tyler, rétorqua-t-elle, clairement exaspérée.

— Ah ouais, Mike me l'a dit.

— Alors pourquoi…

— J'espérais seulement que c'était une façon sympa de l'éconduire, admit-il en haussant les épaules.

Les yeux de Bella lancèrent des éclairs avant de s'apaiser.

— Désolée, Tyler, lâcha-t-elle d'une voix qui n'avait rien de désolé, je serai effectivement absente.

Vu son habitude de faire passer les besoins des autres avant les siens, j'étais un peu surpris de sa détermination à sécher cette soirée et m'interrogeai sur son origine.

— Pas grave, éluda Tyler, guère ébranlé. Il nous restera toujours le bal de promo.

Il regagna sa voiture avec des allures de paon.

J'avais eu raison de vouloir assister à la scène. L'expression horrifiée de Bella était sans prix. Elle me disait tout ce que j'avais besoin de savoir : la fille était indifférente à ces adolescents humains qui la draguaient.

Cerise sur le gâteau, sa moue était d'une irrésistible drôlerie.

Les miens montèrent à bord de la Volvo à cet instant, déstabilisés de constater que, exceptionnellement, je riais comme un bossu au lieu de toiser le monde avec dédain et ennui.

Qu'y a-t-il de si amusant ? s'enquit Emmett.

Je secouai la tête, tandis que Bella appuyait sur l'accélérateur, comme si, encore une fois, elle regrettait de ne pas conduire un tank.

— Démarre ! grogna Rosalie. Arrête de faire l'idiot… si tu y arrives.

J'étais de si bonne humeur que sa pique ne me toucha pas. Je lui obéis quand même.

Le trajet se déroula en silence, mis à part quelques gloussements qui m'échappaient de temps à autre, lorsque je me souvenais de la tête de Bella. Je tournais dans l'allée et profitais qu'elle était vide de témoins pour accélérer quand Alice se sentit obligée de tout gâcher.

— Alors, j'ai le droit de parler à Bella ? lança-t-elle tout à trac.

— Non !

— Quelle injustice ! Pourquoi ?

— Je n'ai pas encore pris de décision.

— C'est ça, oui !

Dans sa tête, les deux destins possibles restaient évidents.

— À quoi bon faire sa connaissance si je dois la tuer ? marmonnai-je, morose.

— Pas faux, admit Alice après une brève hésitation.

Je pris la dernière épingle à cheveux à cent quarante kilomètres-heure et freinai sec, à quelques centimètres du mur du fond du garage.

— Bonne course ! ricana Rosalie, alors que je m'éjectais de la voiture.

Sauf que je ne partis pas courir, mais chasser. Une sortie familiale était prévue pour le lendemain, mais je ne pouvais me permettre d'avoir soif maintenant. De nouveau, je me gavai

– une maigre horde d'élans et un ours noir que la providence mit sur mon chemin – jusqu'à en avoir la nausée. Pourquoi cela semblait-il ne jamais suffire ? Pourquoi le parfum de Bella supplantait-il tous les autres ?

Il y avait aussi cette espèce de vocation pour les catastrophes. Elle était à Forks depuis à peine quelques semaines et avait frôlé une mort violente par deux fois déjà. Si ça se trouve, sa vie était menacée en ce moment même. Quelle forme cela prendrait-il ? Une météorite traversant son toit et l'écrasant ?

J'étais rassasié jusqu'à plus soif, et le soleil ne se lèverait pas avant des heures. Maintenant que j'y avais songé, la météorite et toutes les autres éventualités me tracassaient. J'essayai de me raisonner, d'évaluer les probabilités des drames que j'imaginais – ça ne m'aida en rien. Après tout, il en avait fallu, de la malchance, pour que cette fille emménage dans une ville peuplée d'autant de vampires. Il en avait aussi fallu pour qu'elle attire à ce point l'un d'eux.

Et s'il lui arrivait quelque chose cette nuit ? Et si, demain au lycée, tous mes sens et mes sentiments focalisés sur la chaise qu'elle devait occuper, je découvrais cette dernière vacante ?

Ce risque me sembla soudain intolérable.

Le seul moyen de *m'assurer* qu'elle allait bien était d'être sur place pour attraper la météorite avant qu'elle lui tombe dessus. En comprenant que je m'apprêtais à me rendre chez elle, je cédai à une nervosité impatiente.

Il était plus de minuit, et sa maison était plongée dans le noir. Sa camionnette était garée le long du trottoir, la voiture de son père dans l'allée. Aucune pensée consciente n'émanait du voisinage. J'observai les lieux depuis la lisière de la forêt obscure qui les bordait.

Nulle trace de danger… à part moi.

L'oreille tendue, je captai la respiration égale de deux personnes. Conclusion, tout roulait. M'adossant au tronc d'une jeune ciguë, j'attendis que se manifeste une météorite égarée.

Le problème, quand on veille, c'est que ça libère l'esprit, et on se met à échafauder toutes sortes de supputations. La météorite n'était qu'une métaphore symbolisant les multiples et improbables éventualités susceptibles de se produire. Malheureusement, tous les périls ne se manifesteraient pas par une zébrure étincelante dans le ciel. Innombrables étaient ceux qui ne préviendraient pas, qui s'introduiraient sans bruit dans la maison endormie, qui s'y trouvaient déjà peut-être.

Mes inquiétudes étaient grotesques. Le quartier n'ayant pas le gaz de ville, une fuite de monoxyde de carbone était improbable. Je doutais que les Swan se chauffent au charbon. La faune mortelle n'abondait pas dans la péninsule d'Olympic. Je serais en mesure de repérer toute grosse bête, il n'y avait pas de serpents venimeux, pas de scorpions, pas de myriapodes, que quelques araignées dont aucune n'était létale pour un adulte et, de toute façon, peu susceptibles de vivre ailleurs que dans la nature. J'étais ridicule, oui. Irrationnel. J'en étais bien conscient.

Et pourtant, j'étais troublé, anxieux. Je n'arrivais pas à ne pas imaginer le pire. Si seulement je la voyais…

Au point où j'en étais, autant vérifier de plus près.

En moins d'une seconde, j'avais traversé le jardin et escaladé la façade. La fenêtre à l'étage devait appartenir à une chambre, sûrement la principale. J'aurais peut-être mieux fait de grimper à l'arrière. J'aurais été moins visible. Suspendu par une main à l'avant-toit, je jetai un coup d'œil à travers le carreau. Je cessai de respirer.

C'était sa chambre. Elle dormait, entortillée dans les draps d'un lit étroit, dont la couverture avait glissé au sol. Évidemment, elle se portait comme un charme, comme l'avait deviné le rationnel en moi. Elle était en sécurité, mais mal à l'aise. Elle gigota, lança un bras au-dessus de sa tête. Elle n'avait pas le sommeil profond, cette nuit du moins. Sentait-elle le danger qui rôdait ?

Elle bougea de nouveau. Tout à coup, je me fis horreur. Je n'étais qu'un vulgaire voyeur. J'étais *pire* qu'un vulgaire voyeur. Bien pire.

Je remuai les doigts, prêt à me laisser retomber à terre mais, d'abord, je la contemplai longuement une dernière fois. Son visage reflétait son agitation : la petite ride entre ses sourcils, les commissures affaissées de ses lèvres. Sa bouche s'entrouvrit.

— Oui, maman, murmura-t-elle.

Ainsi, elle parlait en dormant. Ma curiosité noya mon dégoût de moi-même. J'échouais depuis si longtemps à l'entendre. L'appât de ces réflexions inconscientes formulées à voix haute était irrésistible. Après tout, que représentaient pour moi les règles humaines ? Combien en enfreignais-je au quotidien ?

Je songeai à la multitude de documents illégaux auxquels recourait mon clan pour mener l'existence qu'il s'était choisie. Faux noms, passés inventés, permis de conduire qui nous permettaient de fréquenter le lycée et diplômes de médecine qui autorisaient Carlisle à exercer. Papiers qui transformaient en famille acceptable notre groupe d'individus en apparence d'âge presque identique. Rien de tout cela n'aurait été nécessaire si nous n'avions pas aspiré à avoir de brèves périodes de stabilité, pas préféré avoir un foyer.

Il y avait aussi nos sources de financement. Si le délit d'initié ne s'appliquait pas au paranormal, nos moyens conséquents ne relevaient guère de la plus franche honnêteté. Rien de légal non plus dans les transferts d'héritage sous de fausses identités.

Sans même parler des *meurtres*.

Nous ne les prenions pas à la légère, mais aucun de nous n'avait jamais été inquiété par la justice des hommes. Nous les dissimulions, ce qui était, là encore, illégal.

Alors, au nom de quoi aurais-je dû me sentir coupable de commettre une infraction mineure. Les lois des hommes ne s'appliquaient pas à moi. Par ailleurs, ce ne serait pas la première fois que j'entrerais par effraction chez quelqu'un.

Elle ne courrait aucun danger. Le monstre était soigneusement entravé, et je veillerais à garder une bonne distance de sécurité. Je ne la toucherais pas. Elle ne saurait jamais que j'étais venu. Je voulais juste m'assurer qu'elle allait bien. Tout cela n'était qu'arguties, mauvais prétextes que me soufflait le diable assis sur mon épaule gauche. J'en étais conscient ; malheureusement je n'avais pas d'ange installé sur mon épaule droite. J'allais me conduire comme l'épouvantable créature que j'étais.

J'inspectai la fenêtre. Elle n'était pas verrouillée. J'aspirais une grande goulée d'air, la dernière tant que je serais à son chevet, puis fis lentement coulisser une des vitres. N'ayant pas été utilisé pendant des années, le cadre métallique coinçait un peu. Je tressaillais à chacun de ses faibles gémissements de protestation. Enfin, j'eus assez d'espace pour me glisser à l'intérieur.

La pièce était exiguë, encombrée et en désordre, mais propre. Des livres dont je ne distinguai pas les titres sur le dos s'empilaient au pied du lit, des CD s'éparpillaient autour du lecteur bon marché, celui du dessus n'était qu'un étui vide. Des feuilles s'entassaient près d'un ordinateur qui semblait venir des réserves d'un musée dédié aux technologies obsolètes. Des chaussures jonchaient le sol.

J'aurais beaucoup aimé en apprendre plus sur les livres qu'elle lisait et la musique qu'elle écoutait, mais je tenais à ne pas prendre trop de risques. Je me contentai donc d'aller m'asseoir dans un vieux fauteuil à bascule qui trônait dans un coin de la chambre. Mon anxiété s'apaisa, mes sombres pensées s'évanouirent, je recouvrais mes esprits.

Comment avais-je pu la trouver banale, en ce premier jour ? Je me souvins de la répulsion que j'avais éprouvée face aux pensées salaces des garçons qu'elle avait immédiatement fascinés, me rappelai son visage dessiné dans leurs cerveaux et ne compris pas comment je m'étais débrouillé pour que sa beauté m'échappe. Elle paraissait si évidente, à présent.

Avec ses cheveux sombres emmêlés autour de sa peau blanche, son T-shirt usé plein d'accrocs et son pantalon de survêtement râpé, ses traits que l'inconscience du sommeil détendait, ses lèvres pleines à demi ouvertes, elle me coupait le souffle. Enfin, ça aurait été le cas si j'avais respiré.

Elle ne parlait plus. Peut-être avait-elle cessé de rêver.

Tout en la contemplant, je me creusai la cervelle pour nous trouver un destin supportable.

M'en prendre à elle était hors de question. Devais-je en conclure qu'il me fallait tenter de repartir ? Les miens ne pourraient plus s'y opposer, puisque mon absence, désormais, n'entraînerait plus de péril. Personne n'aurait de soupçons, personne ne relierait ma décision à l'accident.

Comme je l'avais fait ce fameux après-midi, j'hésitai. Rien ne paraissait plus possible.

Une petite araignée brune rampa de sous la porte d'un placard, sans doute dérangée par ma présence. *Eratigena agrestis*, communément appelée tégénaire des champs. Un jeune mâle, d'après sa taille. À une époque, on l'avait crue dangereuse pour l'homme, mais de récentes études avaient prouvé que non. Il n'empêche, sa morsure restait douloureuse… Du doigt, je l'écrasai sans bruit.

Il aurait sûrement été plus sage de la laisser vivre, mais l'idée m'était intolérable qu'une créature, n'importe laquelle, fasse du mal à Bella Swan.

Soudain, ce furent mes réflexions qui devinrent intolérables.

En effet, je pouvais bien tuer toutes les araignées de sa maison, couper toutes les épines des roses qu'elle risquait de toucher, arrêter toutes les voitures roulant trop vite dans un rayon d'un kilomètre, je ne serais jamais en mesure de changer ma nature. Fixant ma main blanche, dure comme la pierre, si grotesquement inhumaine, je fus submergé par le désespoir.

Je n'étais pas de taille à lutter contre les mâles mortels, que ces derniers lui plaisent ou pas. J'étais le méchant, le cauchemar.

Comment aurait-elle pu me considérer autrement ? Si elle apprenait la vérité sur moi, elle serait effrayée, révulsée. Telle la victime désignée d'un film d'horreur, elle s'enfuirait en hurlant.

Me remémorant ce tout premier cours de biologie commun, je songeai qu'elle aurait raison.

Il était stupide de ma part d'imaginer que, si *je* l'avais invitée à ce bal idiot, elle aurait aussitôt annulé ses plans de dernière minute et accepté de m'accompagner.

Je n'étais pas celui à qui elle était destinée à dire oui. C'en serait un autre, humain et chaud. Or, je ne serais même pas en droit, lorsque ce « oui » aurait été prononcé, de pourchasser et de liquider ce mortel, car elle le méritait, qui que ce soit. Elle méritait de connaître l'amour et le bonheur avec un homme de son choix.

Je lui devais maintenant de faire la chose à faire. De cesser de me leurrer en me répétant que je *risquais* seulement de m'amouracher d'elle.

Après tout, quelle importance si je partais, puisque Bella ne me verrait jamais comme je souhaitais qu'elle me voie ? Puisqu'elle ne m'estimerait jamais digne d'être aimé ?

Un cœur mort et gelé pouvait-il se briser ? J'eus l'impression que le mien, oui.

— Edward, souffla-t-elle tout à coup.

Je me pétrifiai, regardai ses yeux clos. S'était-elle réveillée ? M'avait-elle pris sur le fait ? Elle avait *l'air* assoupi, mais sa voix avait été si nette ! Elle poussa un petit soupir, s'agita de nouveau, roula sur le flanc. Elle dormait et rêvait.

— Edward, répéta-t-elle.

Elle rêvait de moi.

Un cœur mort et gelé pouvait-il se remettre à battre ? J'eus l'impression que le mien allait le faire.

— Reste… Je t'en prie, reste… Ne pars pas…

Bien qu'elle rêve de moi, elle ne cauchemardait pas. Elle me suppliait même de rester avec elle !

Je cherchai un mot pour qualifier l'émotion qui m'envahit alors. Je n'en trouvai aucun. Longtemps, je me laissai sombrer dans cet océan sensible.

Lorsque j'en émergeai, je n'étais plus le même.

Mon existence se résumait à un minuit infini et immuable. Par nécessité, il en irait toujours ainsi. Alors, d'où venait ce soleil qui, soudain, se levait sur mon minuit ?

Quand j'étais devenu un vampire, quand j'avais troqué mon âme et ma mortalité contre l'immortalité dans l'abominable douleur de la transformation, mon cœur avait réellement gelé. Mon corps s'était transmuté en une matière qui était plus pierre inaltérable que chair. Mon *moi* s'était lui aussi cristallisé autour de celui que j'étais alors, avec ma personnalité, mes préférences et mes aversions, mes humeurs et mes désirs, les conservant à jamais en l'état.

C'était pareil pour tous les miens. Nous étions glacés. Pétrifiés. Et pourtant vivants.

Une métamorphose était un phénomène aussi rare que définitif. J'en avais été témoin avec Esmé et, dix ans plus tard, avec Rosalie. L'amour les avait changées à jamais, d'une manière qui ne s'estomperait pas. Il s'était écoulé plus de quatre-vingts ans depuis que Carlisle avait trouvé Esmé, et il continuait de la regarder avec la même incrédulité amoureuse que celle de leurs débuts. Il en irait ainsi entre eux jusqu'à la fin du monde.

Je n'y échapperais pas moi non plus. Je serais éternellement épris de cette humaine fragile, aussi longtemps que je vivrais, et je vivrais toujours.

Je contemplai la belle endormie et sentis que mon amour pour elle s'était infiltré dans le moindre atome de mon corps de pierre. Son sommeil était paisible, à présent, et un petit sourire étirait ses lèvres.

Je me mis à échafauder des plans.

Puisque je l'aimais, je tâcherais d'être assez fort pour la quitter. Je ne l'étais pas encore assez, je devrais y travailler. En revanche, je l'étais peut-être suffisamment pour tenter d'entourlouper le destin.

Je comprenais maintenant les deux avenirs qu'Alice avait vus à Bella.

L'aimer ne m'empêcherait pas de la tuer si je ne faisais pas attention.

Sauf que je ne décelais plus la présence du monstre en moi. L'amour l'avait-il définitivement réduit au silence ? Si, dorénavant, j'attaquais la fille, ce serait donc par inadvertance. Il allait falloir que je redouble de prudence. Je n'aurais pas le droit de baisser la garde. Je devrais contrôler toutes mes respirations. Conserver une distance de sécurité permanente.

Je ne commettrais pas d'erreur.

Quant à la seconde option, la vision d'horreur qui m'avait déconcerté – de quelle façon Bella terminait-elle prisonnière de ce semblant d'existence perpétuelle ? –, je devinai que, consumé de désir inassouvi et dans un élan d'égoïsme impardonnable, j'étais susceptible de demander ce service à mon père. De le prier de lui ôter la vie et l'âme pour qu'elle soit mienne à jamais.

Elle méritait mieux.

J'envisageais cependant une troisième voie, qui consistait pour moi à marcher sur un fil sans perdre l'équilibre.

Serais-je capable d'être avec elle tout en la conservant humaine ?

De manière délibérée, je me figeai dans une immobilité absolue et inspirai longuement. À plusieurs reprises. Jusqu'à ce que son odeur se répande en moi comme une traînée de poudre. La chambre embaumait son parfum qui en imprégnait chaque surface. La douleur me donna le vertige, je résistai. Je devrais m'y habituer, si j'avais l'intention d'établir avec elle une relation proche et régulière. Je pris une nouvelle goulée d'air incandescente.

Je la regardai dormir jusqu'à ce que le soleil pointe derrière les nuages à l'est. Sans cesser de respirer et de planifier le futur.

***

Je rentrai chez moi juste après le départ des autres pour le lycée. Je me changeai en vitesse en esquivant les yeux inquisiteurs d'Esmé. Mon expression lumineuse et fiévreuse la soulageait et l'inquiétait en même temps. Elle avait souffert de ma longue période mélancolique, était heureuse qu'elle semble avoir pris fin.

Je me rendis au bahut en courant, y arrivai quelques minutes seulement après mes frères et sœurs. Bien qu'Alice au moins ait dû savoir que j'étais là, dans la forêt épaisse près des bâtiments, ils ne se retournèrent pas. J'attendis pour apparaître d'une démarche nonchalante sur le parking bondé qu'il n'y ait plus de témoins.

Entendant le vacarme du moteur de Bella, je me postai derrière un SUV, d'où je serais en mesure de voir sans être vu. Quand elle apparut, elle toisa un bon moment la Volvo avant d'aller se garer le plus loin possible.

Me rappeler qu'elle m'en voulait encore – non sans raison – de la veille fut bizarre.

Je me serais volontiers ri au nez ou donné des coups de pied, car toutes mes projections de la nuit seraient nulles et non avenues si elle se fichait de moi comme d'une guigne. Si ça se trouve, je n'avais pas du tout été l'objet de son rêve. Quel imbécile arrogant j'étais !

En tout cas, tant mieux pour elle si je lui indifférais. Ça ne m'empêcherait pas de la poursuivre de mes assiduités, de tenter ma chance, mais j'attendrais son « non ». Je lui devais bien ça. Je lui devais plus encore. Je lui devais la vérité que je n'étais pas en droit de lui révéler. Je la lui donnerais dans la mesure du possible, par conséquent. Je tenterais de la prévenir. Et quand elle confirmerait que je ne serais jamais celui auquel elle dirait oui, je m'en irais.

J'allai vers elle sans bruit en m'interrogeant sur la meilleure approche.

Elle me facilita la tâche quand, alors qu'elle descendait de sa camionnette, elle lâcha ses clés dans une flaque profonde. Elle voulut les ramasser, mais je la devançai avant qu'elle ait eu le temps d'effleurer l'eau froide. Lorsqu'elle se redressa, j'étais adossé à la Chevrolet.

— Pour quelle raison as-tu fait ça ? s'exclama-t-elle.

Son ressentiment à mon encontre n'avait pas cédé d'un pouce.

— Fait quoi ? répondis-je en lui tendant ses clés.

Elle avança une paume, je les y laissai choir. Je pris une profonde inspiration, m'imbibant de son odeur.

— Surgi à l'improviste, précisa-t-elle.

— Bella, je ne suis quand même pas responsable si tu es particulièrement inattentive.

Mes mots étaient ironiques, sonnaient presque comme une blague. N'y avait-il donc rien qui échappe à son acuité ? Perçut-elle la manière dont ma voix s'était enroulée autour de son prénom, telle une caresse ? Quoi qu'il en soit, elle n'apprécia pas mon humour et me couva d'un regard noir. Son pouls s'accéléra. De colère ? De frayeur ? Au bout d'un moment, elle baissa la tête.

— Pourquoi ce bouchon, hier soir ? lança-t-elle sans me regarder. Je croyais que tu étais censé te comporter comme si je n'existais pas. Pas t'arranger pour m'embêter jusqu'à ce que mort s'ensuive.

Hum… Elle était vraiment furax. J'allais avoir du mal à arranger les choses. Je me souvins de ma promesse d'être honnête.

— Je rendais service à Tyler, dis-je. Histoire de lui donner sa chance.

Sur ce, j'éclatai de rire. Ce fut plus fort que moi, mais je me rappelai sa mine pincée de la veille. À ma décharge, je me concentrais tant pour ne pas la mettre en danger et dominer les réactions physiques qu'elle provoquait chez moi que je n'avais plus guère l'énergie de contrôler mes émotions.

— Espèce de… hoqueta-t-elle.

Elle s'interrompit, apparemment trop mécontente pour terminer sa phrase. Puis elle me resservit la même expression, et je ravalai un nouveau rire. Inutile de jeter de l'huile sur le feu.

— Et je ne prétends pas que tu n'existes pas, enchaînai-je.

Je tâchais d'avoir des intonations légères et moqueuses, car je ne voulais plus la terrifier. Il m'incombait de dissimuler mes vrais sentiments, de rester superficiel.

— C'est donc bien ma mort que tu souhaites, puisque le fourgon ne Tyler n'y a pas suffi !

Une bouffée d'irritation me traversa. Comment pouvait-elle croire pareilles balivernes ? Il était irrationnel de ma part de me vexer, dans la mesure où elle ignorait ce qu'il m'avait coûté de la laisser vivre, où elle n'était pas au courant que je m'étais disputé avec ma famille à cause d'elle, où elle ignorait la transformation que j'avais subie la nuit dernière. Il n'empêche, je fus fâché. Encore une émotion incontrôlée.

— Bella, tu es complètement absurde, aboyai-je.

Elle s'empourpra, tourna les talons et fila.

— Attends ! l'appelai-je, pris de remords, conscient de me montrer injuste.

Comme elle ne s'arrêtait pas, je la rattrapai.

— Désolé pour ces paroles désagréables. Non qu'elles soient fausses (quoi de plus absurde en effet d'affirmer que j'avais voulu lui faire du mal de cette façon), mais je n'étais pas obligé de les dire.

— Et si tu me fichais la paix, hein ?

Était-ce le « non » que je guettais ? Était-ce vraiment ce qu'elle souhaitait ? Avais-je prêté à mon prénom prononcé dans son rêve un sens qu'il n'avait pas eu ? Pourtant, je me rappelai très exactement le ton de sa voix et l'expression qu'avait eue son visage à cet instant-là. Mais si, là, elle me repoussait, c'en serait fini, et je saurais ce qu'il me restait à faire.

Relax, songeai-je. Il était possible que je ne la revoie plus. Auquel cas, je tenais à ce qu'elle garde un bon souvenir de moi. Je devais donc endosser le rôle du garçon humain normal. Plus important, je devais lui laisser le choix et accepter sa réponse.

— Je voulais juste te poser une question, c'est toi qui m'as fait perdre le fil.

Une idée venait juste de germer dans ma tête, et je rigolai.

— Souffrirais-tu d'un dédoublement de la personnalité ? grogna-t-elle.

Je comprenais qu'elle s'interroge à ce propos. J'avais sûrement l'air complètement erratique, tant j'étais la proie d'émotions nouvelles.

— Voilà que tu recommences, lui fis-je remarquer.

— Très bien, soupira-t-elle. Vas-y, pose-la, ta question.

— Je me demandais si, samedi de la semaine prochaine… (Elle parut si choquée que je faillis rire encore une fois.), tu sais, le jour du bal…

— Essaierais-tu d'être drôle, par hasard ? m'interrompit-elle en me regardant enfin.

— Et si tu me laissais terminer ?

Elle attendit en mordillant ses lèvres douces, spectacle qui me déstabilisa une seconde, tandis que des réactions étranges s'agitaient au plus profond de mon âme humaine oubliée. Je m'efforçai de les chasser afin de reprendre mon rôle.

— J'ai appris que tu allais à Seattle, ce jour-là, et j'ai pensé que tu avais peut-être besoin d'un chauffeur.

Telle était mon idée : mieux que découvrir ses projets, pourquoi ne pas les partager ? Si elle disait oui, s'entend.

— Quoi ? marmonna-t-elle, ahurie.

— As-tu envie qu'on t'accompagne là-bas ?

Seul avec elle dans une voiture. Rien qu'à cette perspective, ma gorge brûlait. J'inspirai. *Habitue-toi.*

— Qui donc ?

— Moi, évidemment.

— Pourquoi ?

Était-il donc si stupéfiant que je souhaite sa présence ? Elle avait dû interpréter mon attitude de ces derniers temps de la pire manière qui soit.

— Disons, expliquai-je avec le plus de décontraction possible, que j'avais l'intention de me rendre à Seattle dans les semaines à venir et, pour être honnête, je ne suis pas persuadé que ta camionnette tiendra le coup.

Ça me semblait plus sûr de la taquiner que de me prendre trop au sérieux.

— Ma camionnette marche très bien, merci beaucoup ! répliqua-t-elle, toujours aussi surprise.

Elle repartit, et je lui emboîtai le pas. Si elle ne m'avait pas franchement éconduit, on n'en était pas loin. Était-ce simple politesse de sa part ?

— Mais un seul réservoir te suffira-t-il ? insistai-je.

— Je ne vois pas en quoi ça te concerne, grommela-t-elle.

De nouveau, son cœur battait plus fort, et elle respirait plus vite. J'avais cru que mes moqueries la mettraient à l'aise. Peut-être l'effrayaient-elles, au contraire ?

— Le gaspillage des ressources naturelles devrait être l'affaire de tous.

À mes oreilles, ma réponse était normale, bon enfant. Je ne fus pas sûr qu'elle avait la même impression, cependant. Je cafouillais toujours, à cause de son esprit muet.

— Franchement, Edward ! Ton comportement m'échappe. Je croyais que tu ne désirais pas être mon ami.

Un frisson me secoua lorsqu'elle prononça mon prénom, et je me revis dans sa chambre, à l'écouter m'appeler, me supplier de rester. J'aurais voulu pouvoir vivre ce moment éternellement.

À ce sujet, seule l'honnêteté était acceptable, toutefois.

— J'ai dit que ce serait mieux que nous ne le soyons pas, pas que je n'en avais pas envie.

— Ben tiens ! Voilà qui éclaire ma lanterne ! railla-t-elle.

Elle s'était arrêtée sous l'auvent de la cantine et me dévisageait. Son cœur tressautait. Crainte ou irritation ? Je choisis mes termes avec beaucoup de soin. Il fallait qu'elle *voie*. Qu'elle comprenne qu'il était dans son intérêt de me renvoyer dans mes buts.

— Il serait plus… *prudent* pour toi de ne pas être mon amie.

Plongé dans les grandes flaques chocolat de ses yeux, je perdis toutes mes aptitudes à la légèreté.

— Mais j'en ai assez d'essayer de t'éviter, Bella, terminai-je.

J'eus l'impression que ces derniers mots m'incendiaient la gorge. Elle cessa de respirer. Pendant la seconde que ça dura, je cédai à l'affolement. L'avais-je terrifiée à ce point ? Sûrement. Et tant mieux ! Autant ramasser mon « non » et essayer de l'accepter.

— Viendras-tu avec moi à Seattle ? demandai-je franchement.

Elle hocha la tête, la chamade au cœur.

Oui. Elle m'avait dit oui. À moi !

Soudain, ma conscience doucha ma joie. Qu'est-ce que ce « oui » lui coûterait ?

— Tu devrais vraiment garder tes distances, l'avertis-je.

M'entendit-elle ? Fuirait-elle l'avenir dont je la menaçais ? Étais-je en mesure de faire quoi que ce soit qui la protégerait de moi ? *Relax*, me souvins-je.

— On se voit en cours, terminai-je.

Avant de me souvenir aussitôt que je ne la verrais pas en cours. Avec quelle facilité elle éparpillait mes pensées aux quatre vents !

Obligé de me concentrer pour ne pas me mettre à courir, je me sauvai.

6

GROUPE SANGUIN

Toute la journée, à peine conscient de mon environnement, je la suivis à travers les yeux des autres.

Pas ceux de Mike Newton, dont je ne supportais plus les fantasmes repoussants, ni ceux de Jessica Stanley, dont la rancœur à l'égard de Bella m'irritait. Lorsqu'elle était à disposition, Angela Weber se révélait un bon choix, car elle était gentille – sa tête était un endroit confortable où me poser. Parfois, c'étaient les professeurs qui m'offraient le meilleur point de vue.

Bella n'arrêtait pas de trébucher sur des fissures du trottoir, sur des livres traînant par terre, toute seule comme une grande souvent. Je m'étonnai de constater que ceux que j'espionnais la jugeaient *malhabile*. J'y réfléchis. Certes, elle avait des difficultés à ne pas tomber. Des images me revinrent : quand elle avait failli se casser la figure en sciences nat, ce premier jour ; quand elle avait dérapé sur la glace, juste avant l'accident ; quand elle avait chancelé, hier, sur le seuil de la classe. Comme c'était bizarre ! Ils avaient raison, elle était vraiment gauche.

J'ignore pourquoi, mais cette découverte déclencha mon hilarité entre mes cours d'histoire et de littérature. Plusieurs personnes me toisèrent avec inquiétude quand je ris tout fort dans les couloirs, avant de vite regarder ailleurs en voyant mes dents dévoilées. Comment avais-je fait pour ne pas me rendre compte de sa maladresse ? Peut-être parce que je m'étais beaucoup intéressé à son immobilité – port de tête, courbe de la nuque – qui était fort gracieuse.

Elle n'avait rien de gracieux en cet instant, cependant. Devant M. Varner, elle se prenait les pieds dans le tapis et s'affalait de justesse sur sa chaise.

Un nouvel éclat de rire m'échappa.

Le temps s'égrena à une lenteur infinie pendant que je guettais une occasion de la voir de mes propres yeux. La cloche sonna enfin, et je fonçai à la cafétéria afin d'y réserver une place de choix. Premier à arriver, je choisis une table qui restait vide d'ordinaire et qui, si j'y étais installé, ne risquait pas de se remplir. Lorsque mes sœurs et frères surgirent à leur tour, aucun d'entre eux ne marqua de surprise. Alice les avait sûrement avertis.

Rosalie passa devant moi sans m'accorder un regard. *Crétin.*

Elle et moi n'avions jamais été très cordiaux l'un envers l'autre. J'avais eu le malheur de l'offenser dès la première fois qu'elle m'avait entendu ; depuis, ça ne s'était pas arrangé. Il semblait cependant que, ces derniers temps, elle était encore plus irascible que d'habitude. Je soupirai. Elle ramenait toujours tout à elle.

Jasper m'adressa un vague hochement de tête. *Bonne chance*, pensa-t-il, pas très convaincu.

Emmett leva les yeux au ciel et secoua le menton. *Il a perdu l'esprit, le frérot.*

Alice, radieuse, souriait de toutes ses dents trop luisantes. *Je peux parler à Bella, maintenant ?*

— Reste en dehors de ça, grondai-je à mi-voix.

Elle se renfrogna, se ressaisit aussi sec.

Très bien. Joue les gros têtus. Ce n'est qu'une question de temps.

Je poussai un nouveau soupir.

N'oublie pas l'expérience d'aujourd'hui, en biologie.

J'acquiesçai. J'étais irrité par le planning de M. Banner. J'avais perdu tant d'heures de cours à ignorer ma voisine, et voilà que j'allais manquer celui d'aujourd'hui. Quelle ironie !

En attendant Bella, je la suivis par le biais d'un jeunot qui se rendait à la cantine derrière elle et Jessica. Celle-ci bavassait comme une pie au sujet du bal à venir, Bella ne mouftait pas. Non que l'autre lui laisse beaucoup l'occasion de se manifester.

À l'instant où elle franchit la porte, elle regarda en direction de la table où était installée ma famille. Ses traits s'affaissèrent, et elle baissa la tête. Elle ne m'avait pas aperçu à ma nouvelle place.

Elle avait l'air si… *triste*, que je fus saisi d'un élan impérieux pour me lever et m'approcher afin de la consoler. J'ignorais cependant quels mots la réconforteraient, puisque j'ignorais pourquoi elle était morose. À côté d'elle, Jessica continuait à jacasser à propos du bal. Bella était-elle chagrine à l'idée de ne pas y aller ? Hum, peu probable. Mais si c'était ça… j'aurais aimé pouvoir lui offrir mon bras, sauf que c'était impossible. La proximité physique qu'impliquait un tour de danse serait bien trop dangereuse.

Elle ne s'acheta qu'une boisson en guise de déjeuner. Était-ce raisonnable ? N'aurait-elle pas dû se nourrir plus ? Je ne m'étais jamais beaucoup intéressé au régime alimentaire des humains. Ils étaient d'une fragilité exaspérante ! Ils vous procuraient des centaines d'occasions d'inquiétude !

— Edward Cullen te mate une fois de plus, entendis-je Jessica dire à Bella. Je voudrais bien savoir pourquoi il s'est isolé, aujourd'hui.

Malgré son amertume encore plus vive que d'ordinaire, je lui fus reconnaissant de sa remarque, car Bella releva la tête et me chercha des yeux. Toute trace de mélancolie avait disparu de son visage, et je m'autorisai à espérer qu'elle s'était renfrognée parce qu'elle avait cru que j'avais quitté le lycée avant la fin des cours. Cet espoir me fit sourire. De l'index, je l'invitai à me rejoindre. Elle sembla si étonnée que, de nouveau, j'eus envie de la taquiner. Je lui adressai un clin d'œil qui la laissa bouche bée.

— C'est à *toi* qu'il s'adresse ? s'exclama Jessica de manière peu courtoise.

— Il a peut-être besoin d'un coup de main pour le devoir de sciences nat, murmura Bella d'une voix incertaine. Il vaut mieux que j'y aille.

C'était presque un second « oui ».

Elle vint à moi en réussissant à trébucher à deux reprises, alors qu'aucun obstacle n'entravait son chemin. Franchement, comment avais-je *pu* louper ça ? Sans doute parce que j'avais plus prêté attention à ses pensées silencieuses. Y avait-il d'autres choses que j'avais manqué de remarquer ? Elle approchait de ma table. Je me préparai. *Honnêteté et légèreté*, me chantonnai-je par-devers moi. Hésitante, elle s'arrêta derrière la chaise installée face à moi. Je respirai longuement par le nez.

Encaisse la douleur, m'ordonnai-je.

— Et si tu t'asseyais avec moi ? suggérai-je.

Sans cesser de m'observer, elle obtempéra. Elle paraissait nerveuse. J'attendis qu'elle parle la première. Ça lui prit un moment, mais elle finit par souffler :

— Quel revirement.

— Disons que... J'ai décidé, puisque je suis voué aux Enfers, de me damner avec application.

Qu'est-ce qui m'avait poussé à dire ça ? Au moins, c'était franc. Enfin. Peut-être saisirait-elle aussi l'avertissement peu subtil que recouvraient mes mots. Peut-être comprendrait-elle qu'elle devait se lever et s'éloigner le plus rapidement possible.

Elle s'en abstint, continua à me fixer comme si je n'avais pas terminé ma phrase.

— Tu sais, se décida-t-elle à répondre devant mon silence, je n'ai pas la moindre idée de ce que tu entends par là.

— Ça ne m'étonne pas, ripostai-je avec un sourire soulagé.

Dans son dos, les réflexions la concernant étaient si bruyantes que j'avais du mal à les ignorer. Mais ça tombait bien, je tenais à changer de sujet :

— Je crois que tes amis m'en veulent de t'avoir enlevée.

— Ils s'en remettront, lâcha-t-elle, apparemment indifférente.

— Sauf si je ne te relâche pas.

Je ne savais même pas si j'essayais juste de l'amuser ou si j'étais honnête. Sa proximité m'embrouillait le cerveau. Elle avala sa salive, et je ris.

— Ça a l'air de t'inquiéter.

Ça n'avait *rien* de drôle. Elle aurait eu raison de s'inquiéter.

— Non… commença-t-elle.

Sa voix tremblotante m'indiqua qu'elle mentait.

— Ça m'étonne… poursuivit-elle. Pourquoi cette volte-face ?

— Je te l'ai dit. Je suis las de m'acharner à garder mes distances avec toi. J'abandonne.

Conserver mon sourire exigea pas mal d'efforts. Essayer d'être franc et détendu en même temps ne fonctionnait pas du tout.

— Tu abandonnes ? répéta-t-elle, perdue.

— Oui. Je renonce à être sage. (Et à jouer la décontraction, visiblement.) Désormais, je ne ferai que ce que je veux, et tant pis pour les conséquences.

Rien de plus honnête. Qu'elle découvre à quel point j'étais égoïste. Qu'elle soit prévenue.

— Encore une fois, je ne te comprends pas.

Égoïste, je l'étais suffisamment pour me réjouir de ça.

— Je parle trop, en ta compagnie. C'est l'un des problèmes que tu me poses, d'ailleurs.

Insignifiant, comparé aux autres.

— Ne te tracasse pas, me rassura-t-elle, tous m'échappent.

Tant mieux. Comme ça, elle resterait.

— J'y compte bien, dis-je.

— Alors, en bon anglais, ça signifie que nous sommes de nouveau amis ?

Je réfléchis un instant.

— Amis…

Le mot me déplaisait. Il était… insuffisant.

— Ou ennemis, marmotta-t-elle, gênée.

Croyait-elle que je la détestais à ce point ?

— Eh bien, souris-je, on peut toujours essayer. Mais je te préviens d'ores et déjà que je ne suis pas l'ami qu'il te faut.

Je guettai sa réaction. J'étais partagé entre mon désir qu'elle m'entende enfin et ma crainte d'en mourir si c'était le cas. Très théâtral ! Son pouls s'affola.

— Tu te répètes, souligna-t-elle.

— Oui, répliquai-je d'une voix trop intense. Parce que tu ne *m'écoutes* pas. Je continue d'espérer que tu me croiras. Si tu es un tant soit peu intelligente, tu m'éviteras.

La douleur que j'éprouverais lorsqu'elle en saisirait assez pour faire le bon choix était inimaginable. Elle plissa les yeux.

— Il me semble que tu m'as déjà signifié ce que tu pensais de mon intellect.

Pas très certain de l'allusion, je lui adressai un sourire contrit en me disant que j'avais dû la vexer par mégarde à un moment ou un autre.

— Alors, enchaîna-t-elle, tant que je suis… idiote, on essaie d'être amis ?

— Ça me paraît correct.

Elle baissa la tête et fixa intensément sa bouteille de limonade.

— À quoi penses-tu ? m'enquis-je, repris par ma maudite curiosité.

Formuler enfin cette question à voix haute me procura un immense soulagement. J'avais oublié la sensation d'avoir besoin de remplir mes poumons d'oxygène, mais je me demandai si le bonheur d'inhaler ressemblait à ça. Elle croisa mon regard et rosit légèrement tandis que sa respiration devenait heurtée. Je humai l'air, le savourai.

— Je m'efforçais de deviner qui tu es.

Je parvins à maintenir un sourire de façade, bien que l'affolement qui m'avait envahi ait figé mes traits. Évidemment qu'elle s'interrogeait à ce propos. Elle était futée. Je ne pouvais espérer qu'elle ne voie pas ce qui se voyait comme le nez au milieu de la figure.

— Ça donne des résultats ? m'enquis-je aussi nonchalamment que possible.

— Pas vraiment.

Ouf ! Je lâchai un petit rire.

— Tu as des théories ?

Quoi qu'elle invente, ça ne pouvait pas être pire que la vérité. Elle piqua un fard dont je captai la chaleur, garda le silence. J'allais recourir à mon ton le plus enjôleur, en général efficace sur les humains. J'affichai un sourire séducteur :

— Tu ne veux rien dire ?

— Trop embarrassant, répondit-elle en secouant la tête.

Zut ! Ne pas savoir était intolérable. Pourquoi était-elle embarrassée par ses spéculations ?

— C'est très frustrant, tu sais.

Ma voix plaintive déclencha une réaction. Le regard étincelant, elle se mit à parler avec plus d'aisance que d'habitude.

— Non. J'ignore *complètement* ce qu'il peut y avoir de frustrant dans le fait qu'une personne refuse d'avouer ce à quoi elle pense, alors qu'une autre personne passe son temps à lancer des remarques sibyllines spécifiquement destinées à flanquer des insomnies à la première en la forçant à chercher leur sens caché… voyons ! en quoi cela pourrait-il être frustrant ?

J'accusai le coup. Elle n'avait pas tort, j'étais injuste. Elle avait beau ne pas être au courant des loyautés et des limites qui me liaient la langue, ça ne changeait rien à l'inégalité telle qu'elle la constatait.

— Autre exemple, poursuivit-elle, admettons que cette même personne ait commis tout un tas d'actes étranges, comme sauver la vie de la première dans des circonstances improbables un jour pour la traiter en paria le lendemain sans prendre jamais la peine de s'expliquer, bien qu'elle l'ait promis, ça non plus ne serait pas du tout frustrant.

C'était le plus long discours qu'elle m'ait tenu jusqu'à présent, et il me permit d'ajouter une ligne à ma liste.

— Tu as vraiment sale caractère, hein ?

— Je n'apprécie guère qu'il y ait deux poids deux mesures.

Son irritation était légitime, bien sûr. Je la dévisageai : était-il possible que, un jour, elle ne condamne pas mes actes ? Le cri silencieux qui résonna dans la tête de Mike Newton m'arracha à ma songerie. Il était si furibond, d'une vulgarité si immature que j'en rigolai.

— Quoi ? lança-t-elle, acerbe.

— Ton petit copain a l'air de penser que je suis désagréable avec toi. Il se demande s'il doit venir séparer les duellistes.

— Bien que j'ignore de qui tu parles, je suis certaine que tu te trompes, rétorqua-t-elle, glaciale.

Cette façon qu'elle avait eu de le renier d'une simple phrase lourde d'indifférence me réjouit beaucoup.

— Oh que non ! Je te l'ai déjà dit, la plupart des gens sont faciles à déchiffrer.

— Sauf moi.

— En effet. Je voudrais bien savoir pourquoi.

Fallait-il qu'elle soit exceptionnelle en tout ? Dans une énième tentative pour la saisir, je la dévisageai intensément. Elle détourna la tête, ouvrit sa bouteille de limonade et en but une gorgée.

— Tu ne manges pas ? lui demandai-je.

— Non, et toi ? répondit-elle en montrant la table vide.

— Je n'ai pas faim.

La sensation m'était inconnue depuis longtemps. Elle pinça les lèvres. Je patientai.

— Tu me rendrais service ? lança-t-elle soudain.

Que voulait-elle ? Cette vérité que je n'étais pas autorisé à lui révéler et que je ne souhaitais pas du tout qu'elle découvre ?

— Ça dépend.

— Ce n'est pas grand-chose, m'assura-t-elle.

J'attendis, dévoré par mon insatiable curiosité, tandis que son auriculaire se promenait sur le goulot de sa bouteille.

— C'est seulement que… pourrais-tu m'avertir à l'avance la prochaine fois que tu décideras de m'ignorer pour mon bien ? Histoire que je me prépare.

Elle désirait que je la prévienne ? Autrement dit, elle n'appréciait pas que je lui fasse le coup du mépris. Je souris.

— C'est une requête qui me paraît fondée.

— Merci.

Elle me regarda, l'air si soulagé que mon propre soulagement faillit déclencher mon hilarité.

— À mon tour d'obtenir une faveur.

— Juste une, alors.

— Confie-moi une de tes théories.

— Pas ça, objecta-t-elle en rougissant.

— Trop tard ! Tiens parole.

— C'est toi qui as tendance à trahir la tienne.

Pas faux.

— Allez, rien qu'une, insistai-je. Je te promets de ne pas me moquer.

— Je suis persuadée du contraire.

Elle semblait l'être en effet, alors que je n'imaginais rien d'amusant à ses hypothèses. Je repartis à l'assaut en plongeant mes yeux séducteurs dans les siens, si vastes qu'il n'était pas difficile d'y sombrer.

— Je t'en prie, soufflai-je.

Elle battit des paupières, et son visage perdit toute expression. Pas franchement la réaction sur laquelle j'avais compté.

— Euh… pardon ? marmonna-t-elle ensuite.

Elle avait l'air si désorientée que je craignis qu'elle se sente mal. Je recommençai, de ma voix douce qui ne faisait pas peur, sans la quitter du regard :

— S'il te plaît, une de tes théories.

Je fus aussi surpris que satisfait quand ça fonctionna.

— Eh bien, disons… mordu par une araignée radioactive ?

Une BD comme référence ? Pas étonnant qu'elle ait redouté mes moqueries.

— Pas très original, la réprimandai-je afin de cacher mon soulagement.

— Désolée, je n'ai que ça en réserve, se vexa-t-elle.

Ce qui me soulagea encore plus. Je me permis de la taquiner de nouveau.

— En tout cas, tu es à des kilomètres de la vérité.

— Pas d'araignée ?

— Non.

— Ni de radioactivité ?

— Non plus.

— Flûte !

— Et je suis insensible à la kryptonite, m'empressai-je de préciser avant qu'elle parle de morsure.

Qu'elle m'envisage comme un superhéros me mettait en joie.

— Tu n'es pas censé rire.

Je tâchai de recouvrer mon sérieux.

— Je finirai par deviner, me prévint-elle.

Et alors, elle se sauverait à toutes jambes.

— Je préférerais que tu n'essaies pas, objectai-je avec gravité.

— Pourquoi ?

Je m'étais engagé à être honnête. J'affichai un sourire pour que mes paroles aient l'air moins menaçantes.

— Et si je n'étais pas un superhéros, mais juste un méchant ?

Elle écarquilla les yeux et entrouvrit la bouche.

— J'y suis ! murmura-t-elle.

Elle avait fini par m'entendre.

— Vraiment ? persistai-je en m'efforçant de dissimuler mon anxiété.

— Tu es dangereux…

Sa respiration devint précipitée, son pouls s'accéléra. Je ne pouvais répondre à ça. Ceci serait-il notre dernier entretien ? Allait-elle s'enfuir ? Avais-je le droit de lui révéler que je l'aimais avant qu'elle se sauve ? Cet aveu ne ferait-il au contraire que renforcer ses craintes ?

— Mais pas méchant, chuchota-t-elle en secouant la tête et sans trace de frayeur dans les yeux. Non, je ne crois pas que tu sois méchant.

— Tu te trompes, soufflai-je.

Bien sûr que j'étais méchant. Pour preuve, je me réjouissais qu'elle m'estime meilleur que je l'étais. Si j'avais été bon, je ne me serais pas rapproché d'elle. Me penchant, je ramassai le bouchon de sa bouteille. Elle ne recula pas. Elle n'avait pas peur de moi. Pas encore. Je jouai avec le bouchon comme avec une toupie, préférant le fixer plutôt qu'elle.

Fuis, Bella, fuis !

J'étais incapable de prononcer ces mots à voix haute.

Tout à coup, alors que je m'inquiétais qu'elle ait perçu mon avertissement silencieux, elle sauta sur ses pieds.

— On va être en retard.

— Je ne vais pas en sciences nat, aujourd'hui.

— Pourquoi ?

Parce que je ne veux pas te tuer.

— Un peu d'école buissonnière de temps en temps est bon pour la santé.

Plus exactement, il valait mieux pour celle des humains que les vampires soient absents quand leur sang allait couler, puisque M. Banner avait décidé de procéder à l'identification du groupe sanguin de ses élèves. Alice avait séché son cours ce matin-là.

— Eh bien moi, j'y vais, décréta-t-elle.

Évidemment. Elle était sérieuse, elle agissait toujours comme il faut. L'inverse de moi.

— À plus, alors, répondis-je en m'essayant à la décontraction, fasciné par le bouchon qui tourbillonnait.

Je t'en prie, sauve ton âme. Je t'en supplie, ne me quitte pas.

Elle hésita un instant, durant lequel j'espérai qu'elle resterait avec moi, puis la sonnerie retentit, et elle fila.

J'attendis qu'elle ait disparu, empochai le bouchon, souvenir de cette importante conversation, puis regagnai ma voiture sous la pluie. Je mis mon CD préféré, le même qu'en ce tout premier jour, mais n'écoutai pas très longtemps les notes de Debussy, en favorisant d'autres qui me venaient à l'esprit, formant une mélodie fragmentaire qui m'intriguait et m'enchantait. Baissant la stéréo, je me concentrai sur cette musique cérébrale, jouant avec jusqu'à ce qu'elle atteigne une harmonie plus complète. Mes doigts voletaient sur les touches d'un clavier imaginaire. Cette composition nouvelle commençait à ressembler à quelque chose quand une vague d'angoisse mentale m'en détourna.

Et si elle s'évanouit, je fais quoi, moi ? paniquait Mike Newton.

À cent mètres de là, il soutenait Bella, dont le corps flasque s'affalait mollement sur le sol. Le teint crayeux, elle avait les yeux fermés. Je faillis arracher la portière de la Volvo.

— Bella ?

Son visage inexpressif ne réagit pas à l'appel de son nom. Un froid plus gelé que la glace m'envahit. Les scénarios ridicules que j'avais échafaudés se confirmaient. Dès lors qu'elle était loin de moi… Je fouillai rapidement le cerveau de Mike, y lus une surprise teintée d'agacement. Comme j'occupais toutes ses pensées, je ne pus découvrir ce qu'avait Bella. Si jamais il lui avait fait du mal, je l'anéantirais, et on ne retrouverait aucune particule de son cadavre.

— Que se passe-t-il ? lançai-je. Elle est blessée ?

Devoir me déplacer avec la lenteur d'un humain était exaspérant. J'avais eu tort d'attirer l'attention sur moi en criant de loin. Soudain, je captais les battements du cœur de Bella, ainsi que sa respiration régulière. Elle serra les paupières plus fort. Mon affolement commença à s'apaiser.

Des souvenirs clignotèrent dans l'esprit de Mike : la tête de Bella posée sur notre paillasse, sa peau qui verdissait, des gouttes rouges sur des cartes blanches.

Le test du groupe sanguin.

Je cessai de respirer. Si son parfum était une chose, une hémorragie en était une autre.

— Je crois qu'elle a perdu connaissance, bégaya Mike, à la fois inquiet et mécontent. Je ne sais pas pourquoi, elle n'a même pas eu le temps de se piquer le doigt.

Quelle délivrance ! Je me remis à humer l'air, décelai l'odeur qui émanait de la minuscule piqûre de Mike. Un arôme qui, autrefois, aurait pu me tenter.

— Bella, tu m'entends ? demandai-je.

— Non, gémit-elle. Fiche le camp.

Je fus si soulagé que je ris. Elle n'était pas en danger.

— Je l'emmenais à l'infirmerie, expliqua Mike, mais elle n'a pas réussi à aller plus loin.

— Je m'en occupe. Toi, retourne en cours.

— Non ! objecta-t-il, mâchoire serrée. On me l'a confiée.

Pas question que je me dispute avec cet abruti. Ravi et terrifié, mi-reconnaissant et mi-furieux suite à cette situation pénible qui m'obligeait à la toucher, je pris doucement Bella dans mes bras et la soulevai de terre, veillant à n'entrer en contact qu'avec son coupe-vent et son jean, et à garder un maximum de distance entre nous. Dans le même élan, je partis d'un bon pas vers l'infirmerie, pressé de la mettre en sécurité – autrement dit, loin de moi. Elle ouvrit d'un coup des yeux stupéfaits.

— Lâche-moi ! m'ordonna-t-elle d'une petite voix.

Je devinai qu'elle était gênée, me rappelai qu'elle n'aimait pas montrer ses faiblesses. Mais je doutais qu'elle soit en état de se tenir debout, encore moins de marcher. Derrière moi, Mike protesta. Je l'ignorai.

— Tu as une mine affreuse, fis-je remarquer.

Je souriais malgré moi. Elle ne souffrait de rien d'autre que d'un léger vertige et d'un estomac peu solide.

— Repose-moi par terre, grogna-t-elle.

— Alors, comme ça, tu t'évanouis à la vue du sang ? persiflai-je.

Elle referma les paupières, serra ses lèvres toutes blanches.

— Et il ne s'agit même pas du tien, ajoutai-je, de plus en plus hilare.

Nous étions arrivés au secrétariat. Du pied, j'en poussai la porte entrebâillée.

— Oh, mon Dieu ! s'écria Mme Cope, surprise, en voyant la fille inanimée.

— Elle est tombée dans les pommes pendant le cours de biologie, expliquai-je avant que la femme lâche la bride à son imagination.

Observée par Bella qui avait rouvert les yeux, Mme Cope se précipita pour me tenir le battant de l'infirmerie. J'entendis l'exclamation étonnée de la vieille Mme Hammond, l'infirmière, quand je déposai prudemment ma charge sur un lit miteux. Aussitôt après, je me retirai à l'autre bout de la pièce. Mon corps était tendu, trop excité, le venin avait envahi ma bouche. Bella sentait si bon, elle était si tiède.

— Rien qu'une petite perte de connaissance, rassurai-je Mme Hammond. On pratiquait un test sanguin en sciences nat.

— Ça ne rate jamais, acquiesça-t-elle.

J'étouffai un rire. Il était si logique que ce soit Bella qui s'y soit collée.

— Reste allongée un moment, petite, ça va passer.

— Je sais, souffla l'interpellée.

— Ça t'arrive souvent ?

— Parfois.

Je toussai pour dissimuler un nouvel accès d'hilarité, attirant l'attention de l'infirmière sur moi.

— Tu peux retourner en cours, m'informa-t-elle.

— Je suis censé rester avec elle, mentis-je avec aplomb, le regard franc.

Hum... pensa Mme Hammond. *Je me demande... Oh, et puis zut !*

— Je vais chercher un peu de glace pour ton front, petite, enchaîna-t-elle.

Mal à l'aise sous le feu de mes yeux – comme il se devait pour une mortelle –, elle fila.

— Tu avais raison, marmonna Bella en refermant les paupières.

— C'est souvent le cas, répondis-je en réprimant mon amusement, d'une voix presque amère. À propos de quoi, cette fois ?

— Sécher est bon pour la santé.

Ah ! Nouveau soulagement.

Elle se tut, se bornant à inspirer et expirer lentement. Ses lèvres commençaient à retrouver leur rose naturel. La supérieure, un tout petit peu plus pleine par rapport à l'inférieure, nuisait à l'équilibre de sa bouche. Observer cette dernière me donna envie de me rapprocher. Pas une bonne idée.

— Tu m'as flanqué une sacrée frousse, repris-je, histoire de relancer la conversation. J'ai cru que Mike Newton s'apprêtait à aller enterrer ta dépouille dans la forêt.

— Ha, ha.

— Franchement, j'ai vu des cadavres qui avaient meilleure mine. (La stricte vérité.) J'ai craint un instant de devoir venger ton assassinat.

Je n'aurais pas hésité une seconde.

— Pauvre Mike. Je parie qu'il est furax.

Une bouffée de colère me saisit. Je la contins facilement, cependant. Cette phrase ne devait sûrement qu'à la pitié. Elle était gentille, rien de plus.

— Il me déteste, dis-je, ravi que ce soit le cas.

— Tu n'en sais rien.

— J'en suis sûr, je l'ai lu sur son visage.

Me contenter d'examiner les traits du garçon avait en effet suffi. À force de m'exercer sur Bella, je m'améliorais.

— Comment se fait-il que tu nous aies aperçus ? Je croyais que tu avais quitté le lycée ?

Elle avait l'air mieux, le teint verdâtre s'était effacé de sa peau translucide.

— J'écoutais un CD dans ma voiture.

Elle esquissa une ombre de sourire, comme si ma réponse des plus normales la déroutait. Elle rouvrit les yeux lorsque Mme Hammond revint avec une compresse froide.

— Tiens, dit-elle en la déposant sur son front. Tu as repris des couleurs.

— Je crois que ça va, objecta Bella en s'asseyant.

Évidemment. Elle détestait qu'on soit aux petits soins pour elle. L'infirmière tendit ses mains ridées, comme pour l'obliger à se rallonger mais, à cet instant, la porte s'entrebâilla sur Mme Cope, qui passa la tête à l'intérieur, amenant avec elle un soupçon d'odeur de sang. Dans le secrétariat derrière elle, invisible, Mike Newton, toujours aussi fâché, regrettait que le gros garçon qu'il soutenait à présent ne soit pas la fille avec laquelle je me trouvais.

— Nous en avons un deuxième, annonça Mme Cope.

Bella sauta vivement à terre, pressée de laisser sa place.

— Tenez, je n'en ai pas besoin, déclara-t-elle en rendant sa compresse à l'infirmière.

Mike entra, ahanant, poussant devant lui Lee Stephens. Du sang dégouttait de la paume que ce dernier avait portée à son visage, maculant son poignet. Il était temps que je parte, et Bella aussi.

— Flûte, marmonnai-je. Va dans le bureau, Bella.

Décontenancée, elle me regarda.

— Fais-moi confiance et file.

Tournant rapidement les talons, elle attrapa la porte avant qu'elle se referme et s'éjecta de l'infirmerie. Je la suivis de si près que ses cheveux effleurèrent ma main. Encore un peu perdue, elle me dévisagea.

— Tu m'as obéi, pour une fois, m'étonnai-je.

— J'ai détecté l'odeur du sang, expliqua-t-elle en fronçant le nez.

— Pour la plupart des gens, le sang n'a pas d'odeur, contrai-je, extrêmement surpris.

— Pour moi si. Un mélange de rouille… et de sel. Qui me rend malade.

Pétrifié, je la fixai avec hébétude. Était-elle vraiment humaine ? Elle en avait *l'air*. Elle avait la douceur d'une mortelle. L'odeur – mieux que ça, même, le parfum. Les comportements. Or, elle réfléchissait et réagissait différemment. Pourtant, elle ne pouvait pas être autre chose que ça.

— Quoi ? grogna-t-elle.

— Rien.

Mike Newton nous interrompit en resurgissant, la tête pleine de ressentiments.

— Tu as l'air d'aller beaucoup mieux, lança-t-il à Bella d'un ton presque accusateur.

La main me démangea de lui apprendre les bonnes manières. Si je n'y prenais pas garde, j'allais tuer ce type odieux.

— N'oublie pas de garder ta main dans ta poche, riposta-t-elle.

Durant une seconde d'égarement, je crus qu'elle s'adressait à moi.

— Je ne saigne plus, bougonna-t-il. Le test est fini, tu reviens en cours ?

— Tu plaisantes ? Je me retrouverais aussi sec ici.

Super ! Moi qui avais cru louper une heure complète en sa compagnie, voici que je bénéficiais d'un rab de temps. Un cadeau que je ne méritais pas, clairement.

— Mouais… Au fait, tu es partante, pour ce week-end ? La balade à la mer ?

Qu'est-ce que c'était encore que ça ? Ils avaient des projets ? La colère me statufia. J'appris vite qu'ils ne seraient pas seuls, cependant. Mike listait mentalement les autres participants, comptait les places disponibles dans les voitures. Ça n'apaisa pas ma rage pour autant. Adossé au comptoir de l'accueil, immobile, je tâchai de dominer mes émotions.

— Bien sûr, acquiesça-t-elle. C'était entendu, non ?

Ainsi, elle lui avait dit oui à lui aussi. La jalousie m'incendia, plus douloureuse que la soif.

— Rendez-vous au magasin de mon père, alors. À dix heures. *Et Cullen n'est PAS invité.*

— J'y serai.

— On se voit en gym.

— C'est ça.

Mike s'éloigna à regret, l'esprit fourmillant de réflexions courroucées. *Qu'est-ce qu'elle lui trouve, à ce drôle de Cullen ? D'accord, il est friqué. Les nanas disent qu'il est beau comme un dieu. Bof. Il est surtout trop… trop parfait. Je parie que le père pratique des opérations de chirurgie esthétique sur tous ses mômes. Voilà pourquoi ils sont aussi mignons et blancs. Ce n'est pas naturel. En plus, il fout un peu les jetons. Des fois, quand il me regarde, je jurerais qu'il a envie de me zigouiller. Trop zarbi, le mec.*

Conclusion, Mike ne manquait pas de perspicacité.

— Ah, la gym ! gémit Bella.

Je m'aperçus alors que, une fois de plus, quelque chose la rendait malheureuse. J'ignorais pour quelle raison mais, visiblement, son prochain cours avec Mike ne la tentait pas du tout. Ça m'allait très bien. M'approchant d'elle, je me penchai sur son visage et sentis la chaleur de sa peau monter jusqu'à mes lèvres. Je n'osai pas respirer.

— Je peux arranger ça, murmurai-je. Va t'asseoir et tâche d'avoir l'air malade.

Obtempérant, elle s'affala sur une des chaises pliantes et appuya sa tête contre le mur. Mme Cope était justement en train de se réinstaller à son bureau. Ayant fermé les yeux, Bella donnait l'impression de s'être de nouveau évanouie. Elle restait plus pâlotte que d'habitude. Je me tournai vers la secrétaire. Avec un peu de chance, la fille suivrait l'échange attentivement, me dis-je, un brin sardonique. Histoire qu'elle apprenne comment un humain était *censé* réagir.

— Madame Cope ? susurrai-je de ma voix séductrice.

Elle papillonna des cils, son cœur s'emballa. *Calme-toi, ma fille !*

— Oui ?

Intéressant. Le pouls de Shelly Cope s'accélérait parce que je l'attirais physiquement, pas parce que je l'effrayais. J'étais accoutumé à ce comportement de la part des mortelles, de celles qui s'étaient plus ou moins familiarisées avec notre espèce à force de la fréquenter... Pourtant, je n'avais pas songé à cette explication pour justifier les chamades régulières du cœur de Bella. Une perspective qui me plut. Un peu trop peut-être. Je sortis mon sourire prudent et apaisant, et Mme Cope respira plus vite.

— Bella a cours de gym, après, et je ne pense pas qu'elle soit assez bien. En fait, je me demande si je ne devrais pas la ramener chez elle. Vous croyez que vous pourriez lui épargner cette épreuve ?

Je fixais ses yeux dénués de profondeur, ravi par les ravages que je provoquais dans son esprit. Était-il possible que Bella... Mme Cope déglutit bruyamment avant de pépier :

— Et toi, Edward, tu as aussi besoin d'un mot d'excuse ?

— Non. J'ai Mme Goff, elle comprendra.

J'étais redevenu indifférent à la secrétaire, tout entier occupé à réfléchir à la nouvelle éventualité qui m'était apparue. Mouais. J'aurais aimé croire que Bella n'était pas insensible à mes charmes, à l'instar des autres humaines, mais depuis quand réagissait-elle comme n'importe quelle mortelle ?

— Bon, dit Mme Cope, c'est d'accord. Tu te sens mieux, Bella ?

L'interpellée acquiesça avec une langueur un brin forcée.

— Tu es en état de marcher ou il faut que je te porte ? lui demandai-je, amusé par la nullité de son jeu.

J'étais sûr qu'elle déclinerait mon offre – pour ne pas dévoiler ses faiblesses.

— Je me débrouillerai.

En plein dans le mille ! Encore une fois.

Elle se leva, hésita comme si elle testait son équilibre. Je lui tins la porte, et elle sortit dans le brouillard chargé de pluie. Les paupières closes, elle tendit son visage au ciel, un sourire timide aux lèvres. À quoi pensait-elle ? Son attitude avait quelque chose de décalé, et je compris vite ce qui me gênait. Les humaines normales n'allaient pas ainsi à la rencontre de la bruine, elles se maquillaient, même sous des latitudes aussi humides que les nôtres.

Bella ne se maquillait jamais. Ce n'était pas nécessaire. L'industrie cosmétique gagnait des milliards de dollars chaque année grâce à des femmes qui aspiraient à avoir une peau identique à la sienne.

— Ça vaudrait presque le coup d'être malade, ne serait-ce que pour manquer la gym, dit-elle avec un sourire. Merci.

— De rien, répondis-je, le regard lointain, en me demandant comment prolonger notre tête-à-tête.

— Tu viendras ? Samedi ?

Elle paraissait presque l'espérer, ce qui atténua ma jalousie. C'était moi qu'elle voulait près d'elle, pas Mike Newton. J'aurais aimé pouvoir accepter. Malheureusement, j'avais de nombreux paramètres à prendre en considération. Pour commencer, il était prévu que le soleil brille, ce jour-là.

— Où allez-vous, exactement ? m'enquis-je.

J'avais essayé d'adopter une certaine nonchalance, comme si la réponse m'importait peu. Mike avait mentionné la *mer*, et il était difficile d'y éviter le soleil. Emmett serait contrarié que je change nos propres plans, mais j'étais prêt à tout pour être avec elle.

— À La Push. First Beach, pour être exacte.

Dans ce cas, c'était impossible. Je maîtrisai ma déception et lui adressai un sourire crispé.

— Je ne crois pas avoir été invité.

— Qu'est-ce que je suis en train de faire ? soupira-t-elle, déjà résignée.

— Soyons sympa avec ce pauvre Mike, toi et moi. Ne le provoquons pas plus que nécessaire. Nous ne voudrions pas qu'il morde.

Je songeai à mordre moi-même le *pauvre Mike*, image qui m'enchanta.

— Maudit Mike, lâcha-t-elle avec dédain.

Je souris. Sur ce, elle s'éloigna. Sans réfléchir, j'attrapai son coupe-vent et la tirai sèchement en arrière.

— Où crois-tu aller comme ça ? demandai-je.

J'étais offensé, presque furieux, qu'elle s'en aille. Je n'avais pas eu ma dose.

— Ben… à la maison, répondit-elle, décontenancée.

— J'ai promis de te ramener saine et sauve chez toi. Tu t'imagines que je vais te laisser conduire dans cet état ?

Je savais qu'elle n'apprécierait pas mon allusion à sa faiblesse, mais il fallait que je m'entraîne avant le voyage à Seattle, que je vérifie si j'étais capable de supporter sa proximité dans un habitacle exigu. Ce court trajet était l'occasion idéale.

— Quel état ? se rebella-t-elle. Et ma voiture ?

— Alice te la déposera après les cours.

Je la remorquai vers mon propre véhicule avec prudence, dans la mesure où marcher *droit devant* semblait déjà assez difficile comme ça pour elle.

— Lâche-moi !

Elle se débattit, manqua de tomber. Je tendis la main pour la rattraper, mais elle se rétablit d'elle-même. Il était mal de ma part de chercher des occasions de la toucher. Réflexion qui me fit repenser aux réactions de Mme Cope. Je décidai de garder ce dossier pour plus tard, parce qu'il exigeait que j'y réfléchisse avec soin.

Je lâchai Bella comme elle me l'avait demandé… et le regrettai aussitôt. Trébuchant, elle s'affala contre la portière passager de la Volvo. À l'avenir, il faudrait que je sois plus prudent, que je tienne mieux compte de ses problèmes d'équilibre.

— Quelle *délicatesse* ! fulmina-t-elle.

Elle avait raison. Mon comportement laissait pour le moins à désirer. Allait-elle me dire non, là ?

— C'est ouvert, l'informai-je.

Je m'installai au volant. Rigide, elle n'avait pas bronché. Alors que la pluie avait forci et que, je le savais, elle n'aimait ni le froid ni l'humidité. L'eau trempait ses cheveux épais qui en étaient presque noirs.

— Je suis parfaitement capable de rentrer chez moi toute seule !

Bien sûr qu'elle l'était. Sauf que j'aspirais à sa compagnie comme je n'avais jamais aspiré à rien d'autre. Ce désir n'était pas aussi impérieux et exigeant que la soif ; différent, il m'infligeait une souffrance différente.

Elle frissonna, et je baissai la fenêtre automatique.

— Monte, Bella.

Elle plissa les yeux, et je supputai qu'elle était en train de calculer les chances qu'elle avait de se sauver.

— Je te jure que je te traînerai là-bas par la tignasse s'il le faut, plaisantai-je.

Histoire de vérifier si j'avais deviné juste. À en juger par sa mine consternée, c'était le cas. Menton en l'air, elle ouvrit la portière avec raideur et s'installa. Ses cheveux dégoulinaient sur le cuir du siège, et ses chaussures trempées chuintaient.

— Tout cela est inutile, grogna-t-elle.

À mon avis, elle était plus embarrassée que furieuse. Mon attitude était-elle à ce point décalée ? J'avais *l'impression* de la taquiner, de me comporter comme l'ado énamouré moyen, mais était-il possible que je me trompe ? Avait-elle le sentiment que je lui forçais la main ? Elle était en droit de le croire, me rendis-je compte.

Je n'avais pas les ficelles. Je ne savais pas la courtiser comme un homme moderne normal de 2005. J'avais appris les us et coutumes de mon époque, quand j'avais été humain. Grâce à mon don particulier, j'avais découvert comment les gens d'aujourd'hui pensaient et agissaient. Malheureusement, dès que j'essayais d'adopter des pratiques contemporaines et décontractées, je me plantais. Sans doute parce que je n'étais ni normal, ni moderne, ni humain. Ce n'était pas la peine que j'espère de l'aide auprès des membres de ma famille, puisque aucun d'eux n'avait jamais flirté normalement. Sans même parler de leur modernité et de leur humanité.

Rosalie et Emmett, c'était le cliché du coup de foudre. Ils ne s'étaient jamais interrogés sur ce qu'ils représentaient l'un pour l'autre. Dès l'instant où Rosalie avait vu Emmett, elle avait été attirée par l'innocence et l'honnêteté dont sa vie avait été dépouillée, et elle l'avait désiré. Dès l'instant où lui l'avait vue, il l'avait érigée en déesse, qu'il vénérait depuis. Ils avaient échappé aux tourments de la première conversation maladroite et pleine de doutes, aux charbons ardents de l'attente d'un « oui » ou d'un « non ».

L'union d'Alice et Jasper avait été encore plus originale. Durant les vingt-huit années qui avaient précédé leur rencontre, Alice avait su qu'elle aimerait Jasper. Elle avait vu leur futur commun pour des décennies, des siècles à venir. Quant à lui, il avait senti toutes les émotions de ce moment qu'elle avait tant attendu, la pureté, la certitude et l'intensité de son amour, et il n'avait pu qu'en être renversé. Il avait dû avoir l'impression d'être englouti par un raz de marée.

Carlisle et Esmé avaient connu une expérience un petit peu plus banale. Elle l'avait aimé, à sa plus grande surprise à lui, pendant très longtemps, et ça ne devait rien à la magie ou à la mystique. Jeune fille, elle avait croisé Carlisle et, séduite par sa bonté, sa vivacité et sa beauté surnaturelle, s'était prise d'une affection qui l'avait poursuivie toute son existence d'humaine. La vie n'avait pas été tendre avec elle, et il n'était guère surprenant que le souvenir précieux de cet homme gentil n'ait jamais été supplanté dans son cœur. Après les affres de sa transformation incandescente, elle s'était réveillée sous l'œil attentif de son rêve préservé depuis tant d'années. Depuis, elle lui était entièrement dévouée.

Fort de son expérience avec moi, Carlisle avait guetté prudemment sa réaction imprévisible. Il s'était attendu à ce qu'elle soit sous le choc de sa mutation traumatisée par la souffrance, horrifiée par ce qu'elle était devenue – comme moi. Il avait cru devoir expliquer et se justifier, apaiser et se repentir. Il savait qu'il y avait de fortes chances pour qu'elle ait préféré mourir, pour qu'elle le méprise d'avoir opéré un choix à son insu et sans son consentement. Aussi, il n'avait pas été préparé à ce qu'elle accepte aussitôt d'adopter ce mode de vie – ou plutôt, de se joindre à lui.

Avant ça, il ne s'était jamais considéré comme digne d'être aimé. Ça lui semblait contraire à ce qu'il était – un vampire, un monstre. La connaissance qu'il avait acquise en me transformant et m'éduquant avait modifié son regard sur Esmé et sur lui-même.

Par ailleurs, et plus important encore, choisir de sauver quelqu'un n'était pas rien. Aucun être sain d'esprit ne prenait ce genre de décision à la légère. Avec moi, Carlisle avait éprouvé des dizaines d'émotions qui me lieraient à lui avant même mon réveil. De la responsabilité, de l'angoisse, de la tendresse, de la pitié, de l'espoir, de la compassion… L'acte engendrait une sorte de sens de la propriété que j'ignorais personnellement, que je n'avais perçu qu'à travers ses pensées et celles de Rosalie. Avant même que je connaisse son nom, il s'était senti comme mon père, et c'était sans effort, d'instinct, que j'avais endossé le rôle du fils, même si j'avais tendance à estimer que ça tenait plus à sa personnalité qu'au fait qu'il m'avait converti.

Que ce soit pour ces raisons ou parce que Carlisle et Esmé étaient simplement faits l'un pour l'autre… je ne le saurais jamais, en dépit de mon ouïe exceptionnelle. Elle l'aimait, et il n'avait pas tardé à s'apercevoir qu'il pouvait l'aimer en retour. Il ne lui avait pas fallu beaucoup de temps pour que sa surprise se change en émerveillement, en intérêt, en idylle. Un bonheur éternel.

Quelques minutes de gêne facilement oubliée, apaisée à l'aide d'un peu de télépathie. Rien d'aussi pénible que ce que je vivais avec Bella. Aucun d'eux n'avait été aussi inepte et tâtonnant que moi.

Ces réflexions sur des compagnonnages moins compliqués m'avaient pris moins d'une seconde. Bella venait de refermer la portière. Je m'empressai d'allumer le chauffage pour qu'elle soit à l'aise et baissai le son de la stéréo au niveau d'un simple fond musical. Je me dirigeai vers la sortie du parking tout en surveillant ma voisine du coin de l'œil. Elle boudait. Tout à coup, elle regarda la radio avec intérêt et se dérida.

— *Clair de Lune* ? s'exclama-t-elle.

Elle aimait donc la musique classique ?

— Tu connais Debussy ? demandai-je.

— Pas bien. Ma mère est une fan de classique. Je ne reconnais que mes morceaux préférés.

— C'est également l'un de mes favoris.

Je méditai cette information tout en observant la pluie. Nous avions donc un point commun ! Moi qui avais commencé à croire que tout nous opposait. À présent plus détendue, elle aussi contemplait la pluie, sans la voir. Je profitai de sa distraction pour essayer de respirer.

J'inhalai avec prudence par le nez.

Puissant.

Mes doigts se crispèrent autour du volant. L'humidité rendait son parfum encore plus envoûtant, aussi impossible que ça paraisse. La langue me démangeait de la goûter.

Le monstre répugnant n'était pas mort. Il rongeait juste son frein.

Je tentai de ravaler le feu de ma gorge. En vain. Je cédai à la colère. Le temps en compagnie de la fille m'était compté. J'avais déjà dû recourir à de telles extrémités pour décrocher ce quart d'heure supplémentaire ! Je respirai une nouvelle fois, luttai pour museler ma réaction. Il *fallait* que je sois plus fort que ça !

Comment me serais-je comporté si je n'avais pas été le méchant de l'histoire ? Quelle était la meilleure façon de mettre à profit ce moment ?

En en apprenant plus à son sujet.

— De quoi ta mère a l'air ? m'enquis-je.

— Elle me ressemble beaucoup, en plus jolie.

Je sourcillai, perplexe.

— Je tiens pas mal de Charlie, poursuivit-elle. Elle est plus extravertie, plus courageuse que moi…

Plus extravertie, d'accord. Plus courageuse, en revanche ? J'en doutais.

— … Irresponsable, un peu excentrique. Sa cuisine est imprévisible. Je l'adore.

Sa voix avait pris des accents mélancoliques. Elle plissa le front. Elle s'exprimait plus comme un parent que comme un enfant, ainsi que je l'avais déjà remarqué.

Je me garai devant chez elle en me demandant un peu trop tard si j'étais censé savoir où elle habitait. Mais bon, vu que son père était un personnage public de notre petite ville, ça n'éveillerait pas de soupçons.

— Quel âge as-tu, Bella ?

Elle devait être plus vieille que ses camarades. Elle avait peut-être commencé l'école plus tard, ou alors, elle avait redoublé. Ce qui était peu probable, au regard de son intelligence.

— Dix-sept ans.

— Tu fais plus.

Elle s'esclaffa.

— Qu'est-ce qu'il y a de drôle ?

— Ma mère passe son temps à répéter que j'avais trente-cinq ans à ma naissance et que je suis un peu plus dans la force de l'âge chaque année.

Elle eut un nouveau rire, accompagné d'un soupir cette fois.

— Il faut bien que quelqu'un soit adulte, ajouta-t-elle.

Voilà qui clarifiait pas mal les choses. Pas étonnant que la fille ait cette maturité dès lors que la mère était irresponsable. Elle avait été obligée de grandir vite, de prendre en main leur existence. Ça expliquait qu'elle n'aime pas qu'on s'occupe d'elle : ça, c'était son boulot.

— Toi non plus, tu n'as pas beaucoup l'allure d'un lycéen, enchaîna-t-elle, me tirant de ma rêverie.

Je grimaçai. Pour chaque élément que je découvrais à son sujet, de son côté elle en percevait trop à mon propos. Je changeai de sujet :

— Pourquoi ta mère a-t-elle épousé Phil ?

Elle marqua une brève hésitation.

— Elle… elle n'est pas très mûre, pour son âge. Je crois que Phil lui donne l'impression d'être plus jeune. Et puis, elle est folle de lui.

Elle secoua la tête avec indulgence.

— Tu approuves ?

— Quelle importance ? Je veux qu'elle soit heureuse… et il est ce dont elle a envie.

Un tel altruisme m'aurait choqué s'il n'avait pas correspondu à ce que j'avais appris d'elle.

— C'est très généreux… Je me demande…

— Oui ?

— Pousserait-elle la courtoisie à te rendre la pareille ? Quel que soit le garçon que tu choisisses ?

Ma question était stupide, et je n'avais pas réussi à conserver un ton décontracté. Fallait-il que je sois idiot pour seulement envisager qu'un parent approuve *ma* présence auprès de sa fille. Et pour espérer que Bella me choisisse.

— Je... je crois, balbutia-t-elle.

Sans doute à cause de la façon dont mon regard fouillait le sien. Avait-elle peur ? Je repensai à Mme Cope. Quels étaient les autres indicateurs ? Des yeux écarquillés pouvaient signifier la crainte ou l'attirance. Des cils qui papillonnaient, en revanche, semblaient exclure la première. Bella avait la bouche entrouverte...

— Mais c'est elle la mère, après tout, se ressaisit-elle. C'est un peu différent.

— Alors, pas un type trop effrayant, j'imagine, ironisai-je.

— Qu'entends-tu par là ? plaisanta-t-elle. Des piercings sur toute la figure et une collection de tatouages ?

— C'est une des définitions possibles du mot.

Pas très menaçante, à mon avis.

— Quelle est la tienne ?

Elle posait toujours les mauvaises questions. À moins que ce soient les bonnes, au contraire. En tout cas, c'étaient celles auxquelles je ne tenais pas à répondre.

— Penses-tu que *je* pourrais passer pour effrayant ? m'enquis-je avec un petit sourire forcé.

Elle réfléchit un instant avant de lâcher d'une voix très sérieuse :

— Euh... oui. Si tu le voulais.

— As-tu peur de moi, là, maintenant ? insistai-je avec gravité moi aussi.

— Non, riposta-t-elle sans hésiter.

Mon sourire s'élargit. Je n'étais pas certain qu'elle me dise toute la vérité, mais elle ne me mentait pas non plus. Au moins, elle n'avait pas assez la frousse pour se sauver. Comment réagirait-elle si je lui avouais qu'elle discutait avec un vampire ? Une idée qui me fit aussitôt tressaillir.

— Et toi, vas-tu me parler de ta famille ? Elle doit être bien plus intéressante que la mienne.

Plus terrifiante, pour sûr.

— Que veux-tu savoir ? demandai-je avec circonspection.

— Les Cullen t'ont adopté ?

— Oui.

— Qu'est-il arrivé à tes parents ? insista-t-elle d'une toute petite voix, après une courte pause.

Ça allait. Je n'étais même pas obligé de lui raconter des salades.

— Ils sont morts il y a des années.

— Désolée.

Visiblement, elle se tracassait de m'avoir bouleversé. Elle se *souciait* de *moi*. Quelle drôle de sensation, même si ce genre de préoccupation était assez banale.

— Je ne m'en souviens pas bien, la rassurai-je. Carlisle et Esmé les ont remplacés depuis si longtemps.

— Et tu les aimes, devina-t-elle.

— Oui. Je doute qu'il y ait meilleures personnes au monde.

— Tu as beaucoup de chance.

— J'en suis conscient.

Sur ce point, je ne pouvais nier que la chance m'avait souri, en effet.

— Et ton frère et ta sœur ?

Si elle continuait dans cette voie, j'allais devoir lui mentir. Je jetai un coup d'œil à la pendule du tableau de bord. Je fus abattu de constater que mon temps imparti était écoulé, mais soulagé aussi. J'avais très mal, et je redoutais que l'incendie dans ma gorge devienne trop ardent et prenne le dessus.

— Mon frère et ma sœur, sans parler de Jasper et Rosalie, vont être furieux si je les fais languir sous l'averse.

— Désolée. Il faut que tu y ailles.

Elle ne bougea pas. Elle non plus n'avait pas envie que notre entretien s'achève. Je tentai de me persuader que la douleur n'était pas si atroce. Non, je devais me montrer raisonnable.

— De ton côté, tu préfères sûrement récupérer ta camionnette avant que le Chef Swan rentre, histoire de ne pas avoir à mentionner le petit incident de tout à l'heure.

Je rigolai en me souvenant de sa gêne quand je l'avais prise dans mes bras.

— Je suis sûre qu'il est déjà au courant. Il n'y a pas de place pour les secrets, à Forks.

Elle avait mentionné notre bourgade avec un dégoût évident. Pas de secrets ? J'éclatai de rire.

— Amuse-toi bien à la mer… joli temps pour bronzer.

Je regardai la pluie battante, sachant qu'elle ne durerait pas et souhaitant encore plus férocement que d'habitude qu'elle le fasse. Ma foi, que Bella profite de son samedi. Son bonheur était devenu ce qu'il y avait de plus important à mes yeux. Plus que le mien.

— Je te vois, demain ?

L'inquiétude de sa voix me plut, et je regrettai beaucoup de la décevoir.

— Non. Emmett et moi avons décidé de nous octroyer un week-end précoce.

Je m'en voulais d'avoir organisé l'événement. Il m'était possible d'y renoncer. Malheureusement, à ce stade, je ne chasserais jamais trop. Par ailleurs, les miens se bilaient assez comme ça, inutile d'en rajouter en révélant à quel point j'étais obsédé maintenant. Je ne savais toujours pas exactement quelle folie s'était emparée de moi la nuit précédente. Il fallait vraiment que je trouve comment museler mes élans. Mettre un peu de distance m'aiderait peut-être.

— Qu'est-ce que vous avez prévu ? lança-t-elle, pas très ravie par mon annonce.

Mon plaisir et ma douleur en furent ravivés.

— Une randonnée du côté des Goat Rocks, au sud du mont Rainier.

Emmett avait hâte d'ouvrir la chasse à l'ours.

— Ah bon. Profites-en bien.

Son manque d'enthousiasme m'enchanta. Tout en la contemplant, je commençai à ressentir la peine d'un au revoir, ne serait-ce que temporaire. Elle était si douce, si vulnérable. Ne plus la surveiller semblait bien téméraire. N'importe quoi pouvait se produire. Et pourtant… Le pire qui était susceptible de lui arriver, c'était d'être avec moi, non ?

— Accepterais-tu de me rendre service, ce week-end ? lui demandai-je avec sérieux.

Malgré sa perplexité, elle opina.

Légèreté.

— Ne le prends pas mal, continuai-je, mais j'ai l'impression que tu es de ces gens qui attirent les accidents comme un aimant. Alors… tâche de ne pas tomber à l'eau ni de te faire écraser par quoi que ce soit, d'accord ?

Je la gratifiai d'un petit sourire triste en espérant qu'elle distingue le chagrin qu'exprimaient mes yeux. Comme j'aurais aimé qu'elle ne soit pas plus en sécurité loin de moi, en dépit des dangers qui la guettaient ailleurs !

Sauve-toi, Bella, fuis-moi ! Je t'aime trop. Ce n'est bon ni pour toi ni pour moi.

Je constatai que je l'avais offensée avec ma demande. Encore une fois, mes taquineries tombaient à plat.

— On verra ! marmonna-t-elle en me toisant.

Elle bondit sous la pluie et claqua la portière de toutes ses forces.

Tout en m'éloignant, j'enroulai mes doigts autour de la clé que je venais de faucher dans sa poche de veste et en humai longuement le parfum.

7

MÉLODIE

AU LYCÉE, JE DUS PATIENTER, LES COURS N'ÉTANT PAS TERMINÉS. Tant mieux, car il fallait que je réfléchisse, et j'avais besoin de ce moment de solitude.

L'odeur de la fille s'attardait dans l'habitacle. Je n'ouvris pas les vitres, de façon à me laisser assaillir, à essayer de m'accoutumer à cet incendie volontaire de ma gorge.

L'attirance.

Pas un concept facile à appréhender. Il avait tant d'aspects, de sens et de niveaux différents. Il différait de l'amour, tout en y étant étroitement lié.

J'ignorais si Bella était attirée par moi. (Son silence mental continuerait-il à être de plus en plus frustrant jusqu'à ce que je devienne fou ou finirais-je par atteindre un plateau ?)

Je comparai ses réactions physiques à celles des autres, la secrétaire ou Jessica Stanley, mais ça ne donna rien de bien concluant. Des signes identiques – changement de rythme cardiaque et respiratoire – pouvaient aussi aisément trahir le choc, l'anxiété ou la peur que l'intérêt. Il était clair que les femmes, et certains hommes, confrontés à moi, avaient manifesté leur appréhension. Il était peu probable que Bella nourrisse à mon égard les mêmes pensées lascives que Jessica avant elle. Après tout, elle avait senti que quelque chose clochait chez moi, même si elle ne savait pas précisément quoi. Au contact de ma peau glacée, elle avait vivement retiré sa main.

Et pourtant… ces fantasmes qui m'avaient fait horreur, je me les rappelai en mettant Bella à la place de Jessica.

Je me mis à haleter, le feu me brûla la gorge de haut en bas.

Si ç'avait été *Bella* qui m'avait imaginé enlaçant son corps fragile ? La serrant contre mon torse et plaçant ma main en coupe sous son menton ? Repoussant le lourd rideau de ses cheveux qui cachait son visage rougissant ? Caressant du bout des doigts les contours de ses lèvres pulpeuses ? Me penchant vers elle afin de sentir la tiédeur de son haleine sur ma bouche ? M'inclinant de plus en plus…

Je m'arrachai brutalement à ces rêveries. Je savais, comme j'avais su avec Jessica, comment ça se terminerait si je me rapprochais trop.

Souhaitais-je que Bella soit attirée par moi, comme une femme l'est par un homme ?

C'était la mauvaise question. La bonne était : *devais*-je souhaiter que Bella s'intéresse à moi de cette façon ? La réponse était non. Parce que je n'étais pas un humain, parce que le jeu n'aurait pas été équitable.

J'aspirais de toutes mes forces à être un homme normal afin d'avoir le droit de l'enlacer sans risquer de la tuer. Afin de pouvoir dérouler le fil de mes propres fantaisies qui ne s'achèveraient pas dans un bain de sang – le sien, tachant mes mains et luisant dans mes yeux.

La poursuivre de mes attentions était indéfendable. Quelle relation étais-je en mesure de lui offrir si j'étais incapable de la toucher sans danger ?

Je me pris la tête entre les mains.

La situation était d'autant plus confuse que je ne m'étais jamais senti aussi humain qu'en ce moment, y compris quand je *l'avais été*, pour peu que mes souvenirs soient exacts. À cette époque, je ne songeais qu'à devenir soldat et à me couvrir de gloire. La Grande Guerre avait fait rage durant l'essentiel de mon adolescence, et seuls neuf mois me séparaient de mes dix-huit ans lorsque la grippe espagnole avait frappé. De cette existence de mortel, il ne me restait plus que quelques images floues qui perdaient en réalité à chaque nouvelle décennie. C'était ma mère que je me rappelais le mieux, et une vieille douleur se réveillait quand j'évoquais ses traits. Elle avait détesté, je m'en souvenais vaguement, l'avenir vers lequel je me précipitais avec enthousiasme et avait prié tous les soirs, à l'heure des grâces, pour que ce « conflit abominable » cesse. J'avais oublié tout autre désir que j'avais pu éprouver. À l'exception de l'amour maternel, je n'en avais connu aucun qui m'ait donné envie de rester chez moi.

Voilà pourquoi tout ceci était nouveau pour moi. Je manquais de références, de points de comparaison.

Si la source de mon amour pour Bella avait été pure, les eaux en étaient désormais troubles. Je souhaitais ardemment pouvoir la toucher. La réciproque était-elle vraie ?

J'essayai de me persuader que ça n'avait pas d'importance.

Je contemplai mes mains blanches. Je haïssais leur dureté, leur froideur, leur puissance.

La portière passager s'ouvrit, et je sursautai.

Ha ! Je t'ai eu par surprise. Une première, se réjouit mentalement Emmett en s'asseyant près de moi.

— Je te parie que la mère Goff croit que tu te cames, vu ton comportement étrange de ces derniers temps. Où étais-tu passé ?

— J'étais à mes bonnes œuvres.

Quoi ?

— Je m'occupais de malades, ce genre de trucs, rigolai-je.

Mes mots le déroutèrent encore plus, puis il huma l'air ambiant.

— Oh ! Encore la fille ?

Je me renfrognai.

Ça devient bizarre.

— Ne m'en parle pas.

— Miam, commenta-t-il après avoir inhalé une seconde fois. Elle dégage un sacré parfum, hein ?

J'émis un feulement avant même d'avoir entendu la fin de sa phrase. L'instinct.

— Du calme, frérot. Moi, je dis ça, je dis rien.

Les autres nous rejoignirent. Repérant tout de suite l'odeur, Rosalie me fusilla du regard. Sa colère ne passait décidément pas. J'aurais aimé savoir quel était son vrai problème, mais son cerveau ne m'envoyait que des insultes.

La réaction de Jasper me déplut également. Comme Emmett, il n'était pas insensible aux fragrances de Bella. Bien qu'elles provoquent chez eux un intérêt mille fois moins fort que chez moi, j'étais furieux que son sang les allèche ainsi. Jasper se contrôlait si mal.

Sautillant jusqu'à moi, Alice tendit la main pour que je lui remette la clé de la camionnette de Bella.

— J'ai juste vu que j'en étais, dit-elle, aussi cryptique que d'habitude. Il faudra que tu m'expliques pourquoi.

— Ça ne signifie pas que…

— Je sais, je sais. Je patienterai. Ça ne sera plus long.

En soupirant, je lui donnai la clé.

Je la suivis jusque chez Bella. La pluie dégringolait avec le vacarme d'un million de petits marteaux, et les oreilles humaines de Bella pourraient ne pas percevoir le grondement du moteur de la Chevrolet. J'inspectai sa fenêtre, mais elle ne s'y montra pas. Elle était peut-être absente. Je ne captai aucune pensée.

Que je ne sois pas en mesure de l'entendre, ne serait-ce que pour vérifier qu'elle était heureuse ou, au moins, qu'elle allait bien, me chagrina.

Alice monta derrière, et nous partîmes en trombe. Les routes étant désertes, le trajet jusqu'à la maison ne prit que quelques minutes. Une fois à l'intérieur, chacun alla vaquer à ses occupations.

Emmett et Jasper étaient au beau milieu d'une partie d'échecs compliquée qu'ils jouaient sur huit plateaux différents étalés le long du mur en verre du salon en suivant les règles complexes qu'ils avaient élaborées. Ils refusaient que je joue avec eux ; il n'y avait plus qu'Alice pour m'accepter comme partenaire.

Cette dernière s'installa dans une alcôve voisine, devant son ordinateur, qui ne tarda pas à ronronner. Elle travaillait au projet d'une robe pour Rosalie, laquelle, ce jour-là, ne se planta pas derrière elle pour lui donner des ordres concernant la coupe et la couleur, tandis qu'Alice tripotait l'écran. Rosalie choisit de s'affaler sur le divan et entreprit de zapper comme une dingue devant la télévision. Elle se demandait si elle allait ou non se rendre au garage afin de régler, une fois de plus, la mécanique de sa BMW.

À l'étage, Esmé fredonnait devant des plans. Elle passait son temps à dessiner de nouvelles maisons. Celle-ci serait peut-être notre prochain foyer, ou le suivant.

Alice passa la tête derrière le mur de l'alcôve et, de ses seules lèvres, transmit à Jasper les quelques mouvements à venir que méditait Emmett (assis par terre, il lui tournait le dos). Impassible, Jasper lui prit son cavalier préféré.

Quant à moi, pour la première fois depuis tellement longtemps que j'en eus honte, je m'assis au magnifique piano à queue qui trônait juste à côté du hall d'entrée. Je fis courir doucement mes doigts sur le clavier. L'instrument était toujours parfaitement accordé.

En haut, Esmé cessa de crayonner, l'oreille tendue.

Je jouai les premières notes de la mélodie qui s'était imposée à moi dans la voiture et constatai avec plaisir que le résultat était encore mieux que ce que j'avais imaginé.

Edward se remet à la musique, pensa ma mère, ravie. Un sourire aux lèvres, elle se leva de sa table de dessin et gagna sans bruit le sommet de l'escalier.

J'ajoutai une basse, sur laquelle je laissai le chant se développer.

Avec un soupir satisfait, Esmé s'assit sur la première marche et s'appuya à la rambarde. *Une nouvelle chanson. Ça faisait si longtemps. Comme elle est jolie.*

La mélodie changea de direction, et je la suivis docilement.

Edward compose un morceau ? songea Rosalie. La colère lui serra les mâchoires. Elle se relâcha un instant, ce qui me permit de découvrir toute sa rancœur dissimulée, pourquoi elle m'en voulait autant et pourquoi la perspective de tuer Isabella Swan ne l'avait pas perturbée plus que ça.

Comme toujours en ce qui la concernait, c'était affaire de vanité.

J'interrompis brusquement mon jeu, et un bref éclat de rire m'échappa, que je n'eus pas le temps de retenir. Je plaquai vivement mes paumes sur ma bouche. Rosalie pivota vers moi pour me fusiller des yeux, aussi furieuse que mortifiée. Emmett et Jasper se retournèrent eux aussi. Je perçus la confusion d'Esmé qui descendit en un clin d'œil au rez-de-chaussée et s'interposa entre ma sœur et moi.

— Continue, Edward, me dit-elle après une seconde tendue.

J'obtempérai, évitant de regarder Rosalie et m'efforçant avec difficulté de ne pas afficher un immense sourire. Elle se leva et quitta la pièce, plus furibonde que gênée. Mais gênée quand même.

Un mot, et je t'abats comme un chien.

J'étouffai un nouvel éclat de rire.

— Qu'est-ce qu'il y a, Rose ? l'appela Emmett.

Elle ne s'arrêta pas. Raide comme un piquet, elle s'engouffra dans le garage et se glissa sous sa voiture comme si elle s'enterrait.

— Pourquoi réagit-elle ainsi ? me demanda Esmé.

— Aucune idée, mentis-je.

Emmett poussa un grognement agacé. J'avais de nouveau cessé de jouer.

— Reprends, Edward, m'invita ma mère.

Je lui obéis, et elle se posta derrière moi, mains sur mes épaules. La mélodie était irrésistible, quoique incomplète. Je tentai un interlude qui ne me convainquit pas.

— C'est ravissant, commenta Esmé. Tu as un titre ?

— Pas encore.

— Ce morceau a-t-il une histoire ? insista-t-elle, un sourire dans la voix.

Elle tirait toujours beaucoup de plaisir à ma musique, et je regrettai d'avoir si longtemps délaissé le piano. Ç'avait été égoïste de ma part.

— J'imagine que… c'est une sorte de berceuse.

Juste à cet instant, je trouvai le bon interlude. Prenant vie, il me mena sans mal au mouvement suivant.

— Une berceuse, répéta Esmé.

Cette pièce avait effectivement une histoire. Lorsque je m'en rendis compte, les éléments se mirent en place sans aucune difficulté. L'histoire était celle d'une fille qui dormait dans un lit étroit, ses épais cheveux sombres étalés comme des algues sur l'oreiller.

Cessant d'aider Jasper à tricher, Alice vint s'asseoir sur le tabouret près de moi. De sa voix claire comme un carillon, elle esquissa un déchant deux octaves plus haut.

— Pas mal, murmurai-je. Que dis-tu de ça ?

J'ajoutai son fredon aux harmoniques. Mes mains couraient sur tout le clavier pour rassembler les pièces du puzzle. Je modifiai légèrement sa proposition, nouvelle orientation qu'elle saisit tout de suite et à laquelle elle adapta son chant.

— Oui, commentai-je. C'est extra.

Esmé serra mon épaule. Grâce à la voix d'Alice qui survolait la mélodie et l'emportait ailleurs, j'entrevoyais la conclusion. Je devinais où la chanson devait s'achever, car ma dormeuse était parfaite telle quelle, car tout changement serait une erreur, un triste gâchis. De plus en plus lente, de plus en plus douce, la berceuse dériva vers sa fin. Alice baissa la voix à l'unisson, son timbre se fit solennel et n'aurait pas dépareillé sous les voûtes sonores d'une cathédrale, dans la lueur des cierges.

Je jouai la dernière note et baissai la tête.

Esmé caressa mes cheveux. *Tout se passera bien, Edward. Ça va s'arranger. Tu* mérites *d'être heureux, mon fils. Le destin te doit bien ça.*

— Merci, soufflai-je.

J'aurais voulu y croire. Croire aussi que mon bonheur était celui qui importait.

L'amour n'est pas toujours livré tout emballé.

J'eus un rire sans joie.

Plus que n'importe qui sur terre, tu es celui qui est sans doute le mieux armé pour affronter ce difficile dilemme. Tu es le meilleur et le plus brillant d'entre nous.

Je soupirai. C'est ce que toute mère pensait de son rejeton.

Esmé était transportée par l'idée que mon cœur ait été touché, enfin, elle qui avait cru que j'étais voué à rester seul. Et tant pis si ça débouchait sur une catastrophe.

Ses réflexions prirent un tour qui m'étonna. *Si cette petite est intelligente, elle ne pourra que t'aimer.* Elle sourit. *Je n'imagine pas d'ailleurs qu'on puisse être assez bête pour ne pas voir quel beau parti tu es.*

— Arrête, maman, tu vas me faire rougir, plaisantai-je.

Aussi improbables soient ses projections, elles me rassérénaient.

Alice s'esclaffa et se mit à jouer la partie haute de *Heart and Soul.* En souriant, je l'accompagnai de la main gauche, puis lui fis le plaisir d'exécuter *Chopsticks.* Elle rigola avant de soupirer :

— J'aimerais beaucoup savoir pourquoi tu te fichais de Rosalie, mais je vois que tu refuseras.

— Exact.

Elle me donna une pichenette sur l'oreille.

— Sois gentille, Alice, la gronda Esmé. Edward se comporte en gentleman.

— Mais j'ai vraiment envie de savoir !

Le ton pleurnichard de ma sœur provoqua ma gaieté.

— Tiens, Esmé, dis-je ensuite.

Sur ce, je me lançai dans le morceau qu'elle préférait, un hommage à l'amour qui les liait, elle et Carlisle, depuis tant d'années et dont j'avais eu le privilège d'être témoin.

— Merci, mon chéri.

De nouveau, elle serra mon épaule.

La musique m'était si familière que je n'avais pas besoin de me concentrer. Je songeai à Rosalie, qui continuait, pour ainsi dire, de se tortiller d'humiliation dans le garage. Je souris. J'avoue que j'avais un peu de peine pour elle, puisque je venais moi-même de découvrir la puissance de la jalousie. Une émotion pitoyable. La sienne était bien sûr mille fois plus mesquine que la mienne. Elle frôlait l'envie la plus crapoteuse.

Dans quelle mesure la vie et la personnalité de Rosalie auraient-elles été affectées si elle n'avait pas eu l'habitude d'être la reine du bal ? Aurait-elle été plus heureuse, moins égocentrique, plus compassionnelle si sa beauté n'avait pas été systématiquement son atout le plus fort ? S'interroger ne menait sans doute à rien, puisque c'était ainsi, et qu'elle avait toujours été et serait toujours la plus belle. Même humaine, elle avait vécu sous les projecteurs de sa propre splendeur. Non que ça lui ait déplu, au contraire. Elle s'était régalée par-dessus tout de l'admiration qu'elle provoquait. Ça n'avait pas changé quand elle avait perdu sa mortalité.

À partir de là, il n'était pas étonnant qu'elle se soit vexée quand, dès le début, j'avais refusé de vénérer sa grâce, ce qu'elle attendait de la part de tous les hommes. Elle prenait ce besoin pour un dû. Ce n'était pas qu'elle m'ait désiré, pas du tout. Mais que moi, je ne la désire pas, l'avait profondément affectée.

C'était différent avec Jasper et Carlisle, car tous deux étaient déjà épris d'une autre. Moi, en revanche, j'étais libre d'attache et restais pourtant indifférent.

J'avais cru ce vieux contentieux enterré, qu'elle était passée à autre chose. Ç'avait été le cas en effet… jusqu'au jour où j'avais enfin trouvé un être dont la beauté m'émouvait comme la sienne n'avait pas su le faire. Logique. J'aurais dû deviner que ça l'irriterait. Je l'aurais sûrement deviné, d'ailleurs, si je n'avais pas été aussi préoccupé.

Elle était partie du principe, puisque ses charmes me laissaient froid, qu'aucune femme au monde ne saurait me séduire. Depuis l'instant où j'avais sauvé Bella, elle avait été furieuse, ayant subodoré avec son intuition de compétitrice rusée l'intérêt dont j'étais alors complètement inconscient. Je l'avais mortellement offensée en lui préférant une humaine insignifiante.

Je réprimai un autre rire.

Néanmoins, la vision qu'elle avait de Bella me tracassait. Elle la jugeait *quelconque*. Comment pouvait-elle ? Ça m'échappait. Sûrement un effet de sa jalousie.

— Oh ! s'exclama soudain Alice. Devine un peu, Jasper !

Je captai aussitôt ce qu'elle venait de voir, et mes mains se figèrent au-dessus du clavier.

— Quoi ? demanda son compagnon.

— Peter et Charlotte nous rendront visite la semaine prochaine ! Ils profitent de ce qu'ils sont dans le coin. N'est-ce pas génial ?

— Qu'as-tu, Edward ? s'inquiéta Esmé en sentant la tension dans mes épaules.

— Peter et Charlotte comptent venir à *Forks* ? sifflai-je à Alice.

— Du calme, répondit-elle en levant les yeux au ciel. Ce ne serait pas la première fois.

Je serrai les dents. Ça le serait depuis que Bella y avait emménagé. Or je n'étais pas le seul que son arôme délicieux attirait. Alice fronça les sourcils en voyant mon expression.

— Ils ne chassent jamais ici. Tu le sais.

Celui qui s'apparentait le plus à un frère pour Jasper ainsi que sa compagne menue différaient de nous ; ils se nourrissaient de façon traditionnelle. On ne pouvait pas se fier à eux avec Bella dans les parages.

— Quand exactement ? demandai-je.

Une moue mécontente aux lèvres, Alice me renseigna. *Lundi matin. Personne ne s'en prendra à Bella.*

— Non, en effet, répliquai-je en lui tournant le dos. Tu es prêt, Emmett ?

— Je pensais plutôt partir demain aux aurores.

— On devra être rentrés avant samedi minuit. À toi de décider quand tu juges bon d'y aller.

— OK. Laisse-moi le temps de dire au revoir à Rose d'abord.

— Pas de souci.

Vu l'humeur de cette dernière, les adieux seraient brefs.

Tu as vraiment perdu les pédales, Edward, songea-t-il en quittant la pièce.

— Il faut croire que oui.

— Rejoue-moi ton nouveau morceau, me pria Esmé.

— Si tu veux, acceptai-je.

J'hésitais pourtant à emboîter le pas à la mélodie jusqu'à sa fin inéluctable, cette conclusion qui m'emplissait d'une douleur inconnue. Au bout d'un moment de réflexion, je tirai de ma poche le bouchon de bouteille et le posai sur le pupitre vide. Ce petit souvenir d'elle me soulagea un peu.

Avec un hochement de tête qui n'était destiné qu'à moi, je me lançai.

Si Esmé et Alice échangèrent un regard, aucune ne posa de question.

***

— On ne t'a jamais appris qu'il ne fallait pas jouer avec sa nourriture ? lançai-je à Emmett.

— Oh, salut Edward ! me hurla-t-il, hilare, en agitant le bras.

L'ours en profita pour ratisser de ses grosses pattes le torse de mon frère. Les griffes acérées déchirèrent son T-shirt avant de glisser en crissant sur sa peau comme une craie sur un tableau. Les oreilles écorchées par le bruit aigu, la bête gronda.

Hé ! Flûte ! C'était un cadeau de Rose ! Emmett poussa un rugissement à l'adresse de sa proie furibarde.

En soupirant, je m'assis sur le rocher le plus proche. Ça risquait de durer.

Je me trompais, cependant. Emmett en avait presque terminé. Il laissa l'ours lui asséner un autre coup de patte en plein visage, s'esclaffa quand le choc fit tituber en arrière son adversaire. L'animal hurla, il lui répondit de même sans cesser de rire. Puis il se rua sur la bête qui, debout sur ses pattes arrière le dépassait d'une bonne tête, et tous deux roulèrent au sol, arrachant au passage un épicéa adulte. Les grognements du plantigrade s'interrompirent sur un gargouillis.

Quelques minutes plus tard, Emmett trotta jusqu'à moi. Son T-shirt était en lambeaux, ensanglanté, collant de sève et couvert de poils. Ses cheveux ne valaient guère mieux. Il arborait un immense sourire.

— C'était un costaud, celui-là. J'ai presque senti quelque chose quand il m'a griffé.

— Tu n'es qu'un bébé, Emmett.

Il contempla ma chemise blanche immaculée.

— Tu n'as pas réussi à choper ton puma ?

— Bien sûr que si. Sauf que moi, je ne mange pas comme un cochon.

Il éclata de son rire tonitruant.

— J'aimerais qu'ils soient plus forts. Ce serait plus drôle.

— Tu n'es pas obligé de te battre avec tes repas, tu sais ?

— Oui, mais avec qui je me battrais, alors ? Alice et toi trichez, Rose a toujours peur d'être décoiffée, et Esmé devient dingue quand Jasper et moi y allons de bon cœur.

— La vie est dure, hein ?

Toujours hilare, il adopta une posture d'attaque.

— Allez, Edward, coupe-moi ton truc une minute et bats-toi à la loyale.

— Ce truc ne se coupe pas.

— Je me demande comment cette nana s'y prend pour t'empêcher de lire en elle. Elle accepterait peut-être de me refiler quelques tuyaux.

— Tu ne t'approches pas d'elle ! grommelai-je, toute ma bonne humeur envolée.

— Ouh, c'est qu'on est chatouilleux !

Je soupirai de nouveau. Emmett s'assit à mon côté.

— Désolé, s'excusa-t-il. Je sais que ce n'est pas marrant pour toi, en ce moment. J'essaie de ne pas être trop con, mais comme c'est plus ou moins ma nature…

Il attendit que je rie à sa blague, grimaça. *Tu es obligé d'être sérieux tout le temps ? Qu'est-ce qui te turlupine encore ?*

— Je pense à elle. Enfin, je me bile pour elle, plutôt.

— Il n'y a pourtant pas de quoi, puisque *tu* es *ici*, se marra-t-il bruyamment.

Si, une fois encore, j'ignorai sa plaisanterie, je répondis à sa question :

— Tu n'as jamais réfléchi à l'incroyable fragilité des mortels ? À tout ce qui est susceptible de leur arriver ?

— Pas vraiment, non. Mais je vois ce que tu veux dire. J'ai eu mal avec mon premier ours, tu te souviens ?

La mention des ours ajouta un élément à ma liste déjà très longue de peurs.

— Il ne manquerait plus que l'un d'eux s'aventure en ville. Avec la chance de Bella, il l'attaquerait direct.

— Tu es cinglé, rigola-t-il. Tu t'en rends compte, au moins ?

— Imagine une seconde que Rosalie soit humaine. Et qu'elle tombe sur un ours… qu'elle soit renversée par une voiture… frappée par la *foudre*… qu'elle tombe dans l'escalier… ou malade… Qu'elle attrape une *saleté* de virus !

Les mots s'échappaient de ma bouche avec la force d'un déluge. C'était un soulagement. Ils avaient suppuré en moi tout le week-end.

— Incendies, tremblements de terre, tornades ! J'en passe et des meilleures ! Depuis quand n'as-tu pas regardé le JT ? Tu as *vu* tout ce qui les menace ? Cambriolages, homicides…

Je fus soudain en proie à une telle furie à l'idée qu'un autre *humain* puisse s'en prendre à elle que je grinçai des dents et cessai de respirer.

— Du calme, frérot ! Elle vit à Forks, je te signale. Le pire qui puisse lui arriver, c'est qu'il lui pleuve dessus.

Il haussa les épaules.

— Sauf qu'elle a la poisse, Emmett. Je te le jure. La preuve, parmi tous les endroits au monde où s'installer, elle choisit Forks, où habitent des *vampires*.

— Oui, sauf qu'on est végétariens. C'est plutôt de la veine, ça, non ?

— Avec son parfum ? Non, c'est de la déveine. Une sérieuse déveine, vu l'effet que *me* fait son odeur.

De nouveau, je toisai mes mains avec détestation.

— OK, mais tu sais te dominer comme personne, à part Carlisle. Encore de la chance.

— Et le fourgon ?

— Ce n'était qu'un accident.

— Tu l'aurais vu foncer droit sur elle, Em. Deux fois de suite. À croire qu'elle l'avait aimanté.

— Tu étais là pour la sauver. De la veine, je te dis !

— Ah ouais ? Qu'un *vampire* tombe *amoureux* d'une humaine, tu appelles ça de la veine, toi ?

Il réfléchit quelques instants, songea à la fille, la jugea sans intérêt. *Franchement, je ne pige pas qu'elle t'attire.*

— Eh bien moi, je suis insensible aux charmes de Rosalie. *Franchement*, elle est tellement caractérielle ! Aucun joli minois au monde ne mérite qu'on s'embête avec ça.

Il rigola.

— J'imagine que tu ne me diras pas…

— J'ignore quel est son problème, Emmett, mentis-je avec un grand sourire.

J'eus le temps de lire ses intentions et de m'y préparer. Il essaya de me pousser de mon rocher. Une grande fissure s'ouvrit entre nous dans un fracas énorme.

— Tricheur ! gronda-t-il.

Je guettai une seconde tentative, mais il pensait déjà à autre chose. À Bella, mais cette fois toute blanche et les yeux écarlates.

— Non, protestai-je d'une voix étranglée.

— Ça apaiserait tes inquiétudes quant à sa mortalité, non ? Et tu n'aurais plus envie de la tuer non plus. Ce serait la meilleure solution, tu ne crois pas ?

— Pour qui ? Moi ? Elle ?

— Toi, admit-il sans se démonter, tant ça lui paraissait évident.

— Mauvaise réponse, dis-je avec un rire sans joie.

— Ça ne m'a pas trop gêné, perso.

— Rosalie, si.

Il poussa un soupir. Lui et moi savions que Rosalie aurait fait n'importe quoi, qu'elle aurait renoncé à tout pour redevenir humaine. À tout, y compris Emmett.

— C'est vrai, acquiesça-t-il doucement.

— Je ne peux pas… je ne devrais pas… Je refuse de bousiller la vie de Bella. Tu n'agirais pas pareil, s'il s'agissait de Rosalie ?

Il médita un moment. *Tu… tu l'aimes vraiment ?*

— Tu n'imagines pas à quel point, Em. Comme ça, du jour au lendemain, elle est ma raison d'être. Sans elle, je ne vois même plus l'intérêt de vivre.

Pourtant, tu ne comptes pas la transformer. Elle n'est pas éternelle, tu sais ?

Oui.

Et, comme tu l'as souligné, elle est fragile.

— Oh que oui !

Emmett manquait de tact, les conversations délicates n'étaient pas son fort. Il hésitait à poursuivre, ne tenant pas à m'offenser. *Est-ce que tu peux la toucher, au moins ? Si tu* l'aimes… *tu dois forcément avoir envie de… ben, de la* toucher *?* Lui et Rosalie entretenaient une liaison extrêmement sensuelle, et il avait du mal à envisager une relation amoureuse privée de cet aspect.

— Je ne veux même pas y penser, Emmett, soupirai-je.

La vache ! Alors, c'est quoi la solution ?

— Je ne sais pas, chuchotai-je. Je cherche comment… comment m'éloigner d'elle. Je n'arrive pas à concevoir l'idée d'une séparation.

Soudain, je me dis avec une certaine satisfaction qu'il était *mieux* que je reste, en perspective de la venue de Peter et Charlotte. Elle serait plus en sécurité ici avec moi que sans, pour l'instant. Je serais son improbable protecteur. Aussitôt, l'anxiété m'envahit, et j'eus hâte de partir afin de jouer mon rôle le plus longtemps possible. Emmett le sentit.

À quoi tu penses, là ?

— À regagner Forks en vitesse pour vérifier qu'elle va bien, admis-je, penaud. Je ne suis pas sûr de tenir jusqu'à la nuit de samedi à dimanche.

— Des clous ! Tu ne rentres pas avant ce qui était prévu. Laisse Rosalie se calmer un peu. S'il te plaît ! Fais-le pour moi.

— OK, je vais essayer, acceptai-je sans beaucoup de conviction.

Emmett tapota le mobile qui était dans ma poche.

— Alice nous contacterait, si tes bouffées d'angoisse étaient fondées. Cette fille a sur elle un effet aussi bizarre que sur toi.

Il avait raison.

— D'accord, mais c'est dimanche matin dernier carat.

— On n'a aucune raison de se précipiter, il va faire beau. D'après Alice, on ne pourra pas retourner au bahut avant mercredi.

Je secouai la tête avec entêtement.

— Peter et Charlotte savent se tenir.

— Ça m'est égal. Avec sa chance, Bella va aller se balader dans la forêt au mauvais moment, et…

Je tressaillis.

— Je serai à la maison dimanche au plus tard.

Tu es dingo, songea Emmett.

***

Bella dormait d'un sommeil paisible quand, tôt le lundi matin, j'escaladai sa fenêtre. J'avais apporté de l'huile pour graisser l'encadrement – rendant les armes devant ce démon-là –, et le battant glissa sans heurt.

Rien qu'à la façon dont ses cheveux, en ordre, encadraient son visage, je devinai qu'elle avait eu une nuit moins agitée que lors de ma dernière visite. Elle avait les mains pliées sous une joue, comme un petit enfant, et sa bouche était entrouverte. J'entendis son souffle aller et venir lentement entre ses lèvres.

Me retrouver ici, la revoir me procura un soulagement immense. Je compris que je n'étais jamais vraiment à l'aise lorsque j'étais loin d'elle. Rien ne collait, quand j'étais loin d'elle.

Même si rien n'était idéal non plus quand j'étais près d'elle. Je soupirai puis inhalai une goulée d'air qui m'incendia la gorge. Je n'avais pas éprouvé cette soif brûlante depuis trop longtemps, et la privation de la douleur et de la tentation en aggravait la sensation. Au point que je n'osai m'agenouiller devant la pile de livres au pied du lit pour en déchiffrer les titres. Malgré mon envie de découvrir quelles histoires hantaient son cerveau, j'avais trop peur de ma soif, trop peur qu'un pas n'en entraîne un autre, puis un troisième.

Ses lèvres semblaient très douces et tièdes. Je m'imaginai les toucher du bout de l'index, les effleurer…

Exactement le genre d'erreur que je ne devais pas commettre.

Mes yeux balayèrent son visage, en quête de changements – les humains n'arrêtaient pas de changer –, et je ne voulais rien louper. Elle me parut… fatiguée. Comme si elle n'avait pas assez dormi pendant le week-end. Avait-elle fait la fête ?

J'eus un rire muet et ironique devant les réactions que cette perspective provoquait en moi. En quoi cela me regardait-il ? Elle avait le droit de sortir si elle en avait envie. Elle ne m'appartenait pas.

Non. Elle n'était pas mienne, et ça m'attristait.

L'une de ses mains s'agita, et je remarquai sur sa paume des égratignures peu profondes, pas encore cicatrisées. S'était-elle blessée ? Bien qu'il soit évident qu'elle n'avait rien de grave, j'en fus perturbé. À en juger par les marques, elle avait dû simplement trébucher. Rien de plus.

Je me réconfortai en songeant que je n'aurais pas à m'interroger sur ces petits mystères jusqu'à la fin des temps. Nous étions *amis*, maintenant, du moins nous tentions de l'être. Il m'était désormais possible de l'interroger à propos de son week-end – la journée à la mer, les activités tardives qui l'avaient autant fatiguée. Je pouvais lui demander ce qui était arrivé à ses mains. Je pourrais aussi rire un peu quand elle confirmerait mon hypothèse.

J'eus un sourire tendre en me disant qu'elle était capable d'être tombée à l'eau. S'était-elle amusée, là-bas ? Avait-elle pensé à moi ? Lui avais-je manqué comme elle m'avait manqué, même si c'était avec une ampleur mille fois moindre ?

Je tentai de me la représenter sur la plage ensoleillée. Ça ne donna pas grand-chose, cependant, car je n'avais jamais mis les pieds à First Beach, n'en avais vu que des photos.

Les raisons pour lesquelles je ne connaissais pas cette jolie crique à deux pas de chez moi me remplirent d'un certain malaise. Bella avait passé la journée à La Push, un endroit qui, par traité, m'était interdit. Un endroit où une poignée de vieillards se souvenaient des légendes concernant les Cullen. Ils se les rappelaient, ils y croyaient. Un endroit où notre secret n'en était pas un.

Je secouai la tête. Je n'avais pas à m'inquiéter. Les Quileute étaient eux aussi liés par notre accord. Même si Bella avait rencontré l'un de ces vieux sages, il n'était pas autorisé à lui révéler quoi que ce soit. D'ailleurs, pourquoi le sujet aurait-il été abordé ? Non, les Quileute étaient peut-être la *seule* chose dont je n'avais pas à me soucier.

Le soleil se leva, et je me renfrognai. Je n'allais pas être en mesure de satisfaire ma curiosité durant les prochains jours. Pourquoi avait-il décidé de briller juste maintenant ?

Avec un soupir, je m'esquivai par la fenêtre avant qu'il fasse trop clair pour qu'on m'aperçoive. Je comptais m'attarder dans les bois afin de la regarder partir au lycée mais, une fois dans les arbres, j'eus la surprise de humer son odeur qui imprégnait encore un sentier étroit.

Je m'empressai de la suivre, de plus en plus alarmé au fur et à mesure que je m'enfonçais dans la forêt dense. Qu'est-ce que Bella était venue fabriquer *ici* ? Sa trace s'arrêtait net au milieu de nulle part. Elle s'était éloignée de quelques pas du chemin, s'était enfoncée dans les fougères, avait touché le tronc d'un arbre brisé. Elle s'y était peut-être assise.

Je le fis également et regardai alentour. À part la végétation, il n'y avait rien à voir. La pluie avait effacé son empreinte olfactive qui n'avait pas eu le temps de s'imprimer dans le tronc.

C'était étrange et, contrairement aux autres sujets qui piquaient ma curiosité, je ne pourrais pas aborder celui-ci au cours d'une conversation à bâtons rompus. *Il se trouve, Bella, que j'ai flairé ta trace dans les bois après t'avoir observée en train de dormir, dans ta chambre*… L'entrée en matière idéale !

Je ne saurais jamais ce qui l'avait poussée ici, à quoi elle avait pensé. Je grinçai des dents tant j'étais frustré. Pire, ça ressemblait au scénario que j'avais dépeint à Emmett : Bella s'aventurant dans les bois, où n'importe quelle créature douée d'un odorat exceptionnel la sentirait.

Je gémis. Ce n'était pas tant qu'elle avait la poisse. Elle *flirtait* avec.

Enfin, pour l'instant, elle avait un protecteur. J'allais la surveiller et lui épargner le danger tant que ça me serait légitimement possible.

Tout à coup, je me pris à souhaiter que Peter et Charlotte prolongent leur séjour.

8

FANTÔME

Je ne vis guère les invités de Jasper pendant les deux jours ensoleillés qu'ils passèrent à Forks. Je ne rentrais à la maison que pour épargner des inquiétudes à Esmé. À part ça, mon existence ressembla plus à celle d'un spectre qu'à celle d'un vampire. Je rôdai, invisible dans l'ombre, où je pouvais suivre celle que j'aimais et qui m'obsédait, la voir et l'entendre à travers les esprits des humains assez chanceux pour être en mesure de marcher avec elle au soleil, sa main frôlant parfois la leur par inadvertance. Elle ne réagissait jamais à leur contact, leur peau était tiède comme la sienne.

C'était la première fois que l'école buissonnière me pesait autant. Mais comme la météo qui m'y contraignait semblait rendre Bella heureuse, je ne m'en plaignais pas trop.

Le lundi matin, j'espionnai une conversation qui aurait pu démolir mon assurance et rendre le temps passé loin d'elle vraiment horrible. La façon dont elle se termina, cependant, me rasséréna beaucoup.

Mike Newton força un peu mon respect en montrant une audace que je ne lui soupçonnais pas. Au lieu de simplement renoncer et d'aller se cacher pour panser ses blessures, il avait l'intention de retenter le coup. Bella arriva tôt au lycée et, apparemment désireuse de profiter du soleil tant qu'il durerait, alla s'asseoir sur un des bancs rarement utilisés de l'aire de pique-nique en attendant la cloche. La lumière rebondissait sur ses cheveux, les colorant çà et là d'auburn. Ce détail m'avait jusqu'à présent échappé.

Mike la découvrit en train – encore une fois – de gribouiller dans un cahier. Il n'en crut pas sa chance. Il me fut pénible d'assister à la scène de loin, cantonné à l'ombre des bois. Bella l'accueillit avec une joie qui l'exalta et me déprima.

Elle m'aime bien. Sinon, elle ne sourirait pas comme ça. Je parie qu'elle aurait voulu m'accompagner au bal. Je me demande ce qui peut bien l'appeler à Seattle.

Lui aussi nota les nouvelles nuances de sa chevelure.

— Je ne l'avais encore jamais remarqué, mais tes cheveux ont des reflets roux.

Il prit entre ses doigts une de ses mèches folles, et je déracinai accidentellement le jeune épicéa sur lequel j'avais posé une main.

— Seulement quand il y a du soleil, répondit-elle.

À ma plus grande satisfaction, elle recula lorsqu'il replaça la boucle derrière son oreille. Il perdit une minute à bavarder de tout et de rien, le temps de rassembler son courage. Elle lui parla d'un devoir à rendre le mercredi. Le sien était terminé, je le devinai à son expression un tantinet satisfaite. Lui l'avait carrément oublié, ce qui allait sacrément empiéter sur ses loisirs. Il finit par se lancer – mes dents étaient si serrées qu'elles auraient pulvérisé du granit – mais, même alors, il ne réussit pas à être direct.

— Je comptais t'inviter à sortir.

— Oh.

Qu'est-ce que ça signifie « oh » ? Qu'elle va dire oui ? Sauf que... je n'ai pas vraiment posé la question.

Il avala sa salive.

— Tu sais, on pourrait aller dîner quelque part... Je bosserai après.

Crétin. Ça non plus, ce n'était pas une question.

— Mike...

L'angoisse et la rage que m'inspirait la jalousie n'avaient cédé en rien en puissance par rapport à la semaine d'avant. L'envie me rongeait de foncer sur le campus à une vitesse invisible pour l'homme afin d'arracher Bella à ce garçon que je détestais tant que je l'aurais volontiers tué rien que par plaisir.

Allait-elle lui dire oui ?

— Je ne crois pas que ce serait une très bonne idée.

Je me détendis et recommençai à respirer.

Seattle n'était donc qu'un prétexte. J'aurais mieux fait de me taire. Qu'est-ce qui m'a pris ? Je suis sûr que c'est à cause de Cullen, cette erreur de la nature.

— Pourquoi ? insista-t-il, boudeur.

— Parce que… et si jamais tu répètes ce que je vais te dire, je jure que je t'étranglerai avec joie…

Une menace de mort de sa part ? J'éclatai de rire, si fort qu'un geai effrayé s'envola en criaillant.

— À mon avis, ce serait blessant envers Jessica, termina-t-elle.

— Jessica ?

Quoi ? Mais… Oh ! OK. Faut croire que… euh. Les pensées du gars avaient perdu toute cohérence.

— Franchement, Mike, tu es *aveugle*, ou quoi ?

J'étais bien d'accord avec elle. Même si elle n'aurait pas dû s'attendre à ce que ses pairs soient aussi perspicaces qu'elle, là, la réalité crevait les yeux. Vu le mal qu'il avait eu à aborder Bella, Mike croyait-il que ce serait aussi difficile avec Jessica ? Sa cécité devait venir de son égoïsme. Quant à Bella, elle était si altruiste qu'elle voyait tout.

Jessica. Ça alors ! Waouh ! La vache !

— Oh ! réussit-il à souffler, médusé.

Bella en profita pour décamper.

— Il est l'heure d'aller en cours, et je ne peux pas me permettre d'arriver en retard une nouvelle fois.

À partir de ce moment, je ne pus plus compter sur Mike pour l'observer. Même s'il aurait préféré être élu par celle-ci, il songeait à Jessica, flatté qu'elle le trouve séduisant. *Elle est assez chouette, j'imagine. Pas mal foutue, des nichons plus gros que ceux de Bella. Après tout, un tiens vaut mieux que…* Il s'éloigna, la tête pleine de fantasmes aussi dégoûtants que ceux que lui avait inspirés Bella. Mais, cette fois, j'en étais moins enragé qu'agacé. Ce type ne méritait aucune des deux filles qu'il considérait comme presque interchangeables. Je décidai de ne plus sonder son esprit, dorénavant.

Bella disparue, je m'enroulai autour du tronc frais d'un gros arbousier et sautillai de cerveau en cerveau afin de la garder dans ma ligne de mire, toujours heureux de tomber sur celui d'Angela Weber. J'aurais aimé pouvoir la remercier d'être aussi gentille. Je me sentais mieux à l'idée que Bella ait une amie digne de ce nom.

À force de l'observer sous tous les angles, je m'aperçus que quelque chose la tracassait. Ayant cru que le soleil suffirait à la mettre de bonne humeur, j'en fus surpris. À la cafétéria, elle regarda plusieurs fois la table vide des Cullen, ce qui m'enchanta. Peut-être que je lui manquais ?

Elle avait prévu une sortie avec certaines autres filles après les cours – je m'étais organisé en conséquence –, mais le projet fut annulé quand Mike proposa à Jessica le rancard auquel il avait invité Bella le matin. Aussi, je me rendis directement chez elle, non sans avoir mené une brève inspection de la forêt, afin de vérifier qu'aucune créature menaçante n'y avait rôdé. Bien que je sache que Jasper avait averti son ancien frère d'armes d'éviter la ville – à cause de ma folie et du danger que je représentais –, je ne souhaitais courir aucun risque. Peter et Charlotte n'avaient nullement l'intention de déclencher les hostilités avec mon clan, mais les intentions sont souvent sujettes à changement de dernière minute.

Bon, d'accord, j'en faisais trop, j'en étais conscient.

Comme si elle avait deviné que je l'épiais, comme si elle compatissait avec la souffrance que je ressentais quand je ne la voyais pas, Bella sortit dans le jardin une heure après son retour du lycée, un livre à la main et un plaid sous le bras. Sans bruit, j'escaladai la cime de l'arbre le plus proche.

Elle déplia sa couverture sur la pelouse humide, s'allongea sur le ventre et, en se tortillant pour trouver une position confortable, ouvrit le volume usé qu'elle avait visiblement souvent consulté. Je lus par-dessus son épaule.

Ah ! Encore un classique. *Raison et Sentiments.* Elle aimait Jane Austen.

Le soleil et le grand air affectaient son odeur, la rendaient plus sucrée. Le désir enflamma ma gorge, et la douleur repartit à la hausse – je m'étais tenu trop longtemps loin d'elle. Je pris un moment pour contrôler ma réaction physique en m'obligeant à respirer par le nez.

Elle lisait vite, croisant et décroisant ses jambes levées. Connaissant le livre, je m'abstins de lire avec elle, préférant observer la façon dont le soleil et la brise jouaient dans ses cheveux. Soudain, elle se raidit, et sa main se figea à hauteur d'une phrase, au début du troisième chapitre : « et peut-être, en dépit de toutes les considérations de politesse ou d'affection maternelle de la part de la première, les deux dames eussent-elles trouvé impossible de vivre ensemble aussi longtemps… »

Elle sauta tout une section du roman d'un geste agacé, comme si quelque chose dans ces mots l'avait mise en colère. Quoi donc ? L'histoire commençait à peine, exposant le premier conflit entre belle-mère et bru. On présentait le héros principal, Edward Ferrars, on chantait les louanges d'Elinor Dashwood. Mentalement, je parcourus les chapitres précédents, cherchant une quelconque source de vexation dans la prose si policée d'Austen. Qu'est-ce qui pouvait bien avoir irrité Bella ?

Elle s'arrêta sur la page de titre de *Mansfield Park*. Il s'agissait donc d'un recueil réunissant plusieurs œuvres. Elle n'en lut que quelques pages, cependant (cette fois, je suivais). Mme Norris exposait le risque qu'encourrait la famille Bertram si ses héritiers, Tom et Edmund, ne faisaient pas la connaissance de leur cousine Fanny avant qu'ils soient à l'âge adulte, lorsque Bella grinça des dents et referma vivement le volume.

Inspirant profondément comme si elle essayait de se calmer, elle écarta le livre et roula sur le dos. Elle remonta ses manches afin d'offrir sa peau aux rayons du soleil.

Pourquoi avait-elle réagi ainsi à une histoire qu'elle semblait pourtant connaître ? Encore un mystère. Je soupirai.

Elle cessa de bouger, sauf une fois pour repousser ses cheveux en haut de sa tête et les étaler en éventail sur la couverture comme une vague noisette. Puis elle fut complètement immobile. Nimbée de soleil, elle incarnait la sérénité. La paix qui lui avait fait défaut tout à l'heure semblait l'envelopper à présent. Sa respiration se ralentit. Au bout de quelques minutes, ses lèvres tremblotèrent. Elle marmonnait en dormant.

Une bouffée de culpabilité déclencha une sorte de malaise en moi. Si ma surveillance n'était pas très correcte, elle n'était pas aussi condamnable que mes activités nocturnes. D'un point de vue juridique, elle ne relevait pas de l'effraction – l'arbre sur lequel j'étais perché poussait sur le terrain voisin – ni de rien qui soit criminel. Pourtant, je savais que, dès la nuit tombée, je continuerais à mal agir.

D'ailleurs, une partie de moi désirait entrer illégalement dans ce jardin. Sauter à terre en silence et m'approcher de la flaque lumineuse dans laquelle elle reposait. Rien que pour être à son côté, pour entendre les mots qu'elle murmurait, comme si elle me les soufflait. Ce ne fut pas ma moralité douteuse qui me retint, mais la peur du soleil. Il était déjà assez pénible que ma peau de pierre soit inhumaine lorsque j'étais à l'ombre ; je ne tenais pas à voir les effets du plein soleil dessus, alors que je me tenais tout près de Bella. Ce qui nous séparait était suffisamment insurmontable et douloureux pour que je n'ajoute pas cette image à ma mémoire. Je serais d'un grotesque achevé. Je n'imaginais que trop bien sa terreur si elle ouvrait les yeux et me découvrait planté là.

— Mmm, gémit-elle.

Je me renfonçai dans la pénombre de l'arbre.

— Mmm.

Je ne craignais pas de l'avoir réveillée. Sa voix n'était qu'un chuchotis lourd de tristesse.

— Edmund. Aah !

Edmund ? Je repensai à l'endroit où elle avait interrompu sa lecture, lors de la toute première mention d'Edmund Bertram. Ha ! Je m'assombris. Ce n'était pas de moi qu'elle rêvait. La haine que j'éprouvais à mon encontre revint en force. Bella me préférait des personnages de fiction. Si ça se trouve, ç'avait toujours été le cas, et ses songes n'avaient porté que sur Hugh Grant en lavallière. Ma vanité en prit un sacré coup.

Ensuite, elle ne dit plus rien d'intelligible. L'après-midi s'écoula, et je l'observai en me sentant de nouveau impuissant, tandis que le soleil baissait dans le ciel, et que les ombres s'étiraient dans la direction de la belle endormie. J'aurais voulu les repousser, mais l'obscurité était inévitable, bien sûr, et elle l'engloutit sans coup férir. Privée de lumière, sa peau était trop pâle, spectrale ; ses cheveux avaient foncé, presque noirs, par contraste avec son visage.

La regarder m'effrayait, comme quand les visions d'Alice se réalisaient. Son cœur qui battait fort et régulièrement, bruit qui empêchait que ce moment ait des allures de cauchemar, était mon seul réconfort.

Je fus soulagé quand son père rentra.

Je ne perçus pas grand-chose de lui lorsqu'il descendit la rue qui menait à leur maison. Un vague agacement… une contrariété passée liée à son travail. Une sorte de hâte empreinte de faim – j'imagine qu'il lui tardait de dîner. Ses pensées restaient cependant si ténues et retenues que je n'obtins rien de très certain, juste une idée générale.

Je me demandai comment s'exprimait l'esprit de la mère de Bella, quel mélange génétique avait réussi à donner un être aussi particulier qu'elle.

Elle se réveilla en sursaut et s'assit quand elle entendit les pneus de la voiture paternelle rouler sur les briques de l'allée. Un peu perdue, elle contempla les alentours, s'aperçut que la lumière avait disparu. Ses yeux effleurèrent les ombres où je me cachais avant de se détourner rapidement.

— Charlie ? appela-t-elle à voix basse sans cesser d'examiner les bosquets qui entouraient le petit jardin.

Son père claqua la portière, et elle regarda dans cette direction. Puis elle se leva vivement, rassembla ses affaires et rentra, non sans avoir jeté un dernier coup d'œil vers les bois.

Je m'installai dans un arbre plus proche de la fenêtre qui flanquait la cuisine exiguë et assistai à la soirée des Swan. Comparer les paroles de Charlie à ses réflexions étouffées fut intéressant. Son amour et son souci de sa fille unique étaient d'une puissance presque écrasante ; pourtant, il s'exprimait de façon laconique et décontractée. La plupart du temps, ces deux-là semblaient vivre dans un silence de bonne compagnie.

J'entendis Bella évoquer sa sortie du lendemain soir à Port Angeles avec Jessica et Angela, ce qui me permit d'affiner ma stratégie. Jasper n'avait pas interdit Port Angeles à Peter et Charlotte. Bien que je sache qu'ils s'étaient nourris peu auparavant et qu'ils n'avaient pas l'intention de chasser près de chez nous, je décidai de rester aux aguets, par mesure de précaution. Après tout, il traînait toujours un représentant de mon espèce quelque part. Sans parler de tous les dangers humains auxquels je n'avais guère prêté attention, jusqu'à récemment.

Lorsque Bella s'inquiéta de ce que son père mangerait en son absence, je souris. Ma théorie s'avérait : ici aussi, elle était celle qui prenait soin du parent.

Sur ce, je m'en allai, sachant contre toute morale que je reviendrais cette nuit. Mais je ne violerais pas son intimité comme le premier voyeur venu. Je serais là pour la protéger, pas pour la reluquer comme Mike Newton l'aurait sans doute fait s'il avait été assez agile pour se déplacer à travers les frondaisons. Je ne serais pas grossier.

Notre maison était vide quand j'y arrivai. Ça me convenait très bien, car ça m'évitait les réflexions incertaines ou désobligeantes sur ma santé mentale. Emmett avait laissé un mot sur le poteau central de l'escalier.

Partie de foot au champ Rainier – viens ! STP ?

Je gribouillai un « désolé » sous sa prière. C'était mieux ainsi, les équipes étaient de force égale, sans moi.

Je m'offris une très brève partie de chasse, me contentant de créatures petites et douces qui n'avaient pas aussi bon goût que les prédateurs, me changeai, puis regagnai la ville en courant.

Bella ne dormait pas bien, cette nuit-là. Elle s'agitait sous les couvertures, les traits tantôt soucieux, tantôt mélancoliques. Je m'interrogeai sur le cauchemar qui la perturbait avant de me rendre compte que je ne tenais pas forcément à savoir.

Lorsqu'elle parla, ce fut surtout pour dénigrer Forks d'une voix lugubre. Je n'eus qu'une occasion d'espérer qu'elle rêvait de moi, quand elle marmonna « Reviens » puis ouvrit sa paume en une prière muette.

Le lendemain au lycée, *dernier* jour où le soleil me garderait prisonnier, ressembla en tous points au précédent, sinon que Bella me sembla plus morose. Allait-elle renoncer à ses plans pour lesquels elle n'avait pas l'air d'humeur ? La connaissant, elle ferait sans doute passer le plaisir de ses amies avant le sien, cependant. Elle portait une blouse bleu foncé qui mettait en valeur sa peau aux reflets crémeux.

À la fin des cours, Jessica accepta de servir de chauffeur aux deux autres.

Je retournai à la maison récupérer ma voiture. J'y trouvai Peter et Charlotte, et décidai de laisser une longueur d'avance aux filles. De toute façon, les suivre en respectant les limites de vitesse – notion abominable ! – aurait été un calvaire.

Tout le monde était réuni dans l'immense salon si clair. Nos invités ne manquèrent pas de noter ma distraction quand je leur souhaitai tardivement la bienvenue – j'embrassai la joue de Charlotte, serrai la main de Peter – et présentai sans grand enthousiasme mes excuses pour mon absence. Je fus incapable de suffisamment me concentrer pour participer à la conversation et, dès que je pus m'esquiver sans passer pour un rustaud, je me faufilai jusqu'au piano et me mis à jouer doucement.

Quel être étrange, songeait la blonde Charlotte, aussi menue qu'Alice. *Il était pourtant si naturel et agréable, lors de notre dernière visite.*

Comme d'ordinaire, les pensées de Peter étaient raccord avec les siennes. *Ce doit être les animaux. Le manque de sang humain finit par rendre fou.*

Ses cheveux étaient presque aussi clairs que ceux de sa compagne, presque aussi longs aussi. Ils se ressemblaient beaucoup, sauf pour la taille, car il était grand comme Emmett. Un joli couple.

Pourquoi s'est-il donné la peine de rentrer à la maison ? ronchonnait Rosalie.

Ah, Edward ! Je déteste le voir se torturer ainsi. La joie d'Esmé était gâchée par son inquiétude. Elle n'avait pas tort de se biler, d'ailleurs. L'histoire d'amour qu'elle envisageait pour moi était en train de dangereusement dériver vers la catastrophe. Chaque nouvelle minute nous en rapprochait de façon inéluctable.

Amuse-toi bien ce soir à Port Angeles ! me souhaita gaiement Alice. *Dis-moi juste quand j'aurai le droit de parler à Bella.*

Tu es nul, grognait Emmett. *Je n'arrive pas à croire que tu aies loupé le match d'hier rien que pour regarder une nana pioncer.*

À part Esmé, tout le monde cessa bien vite de penser à moi, et je pris soin de continuer à jouer tout doucement pour ne pas attirer l'attention. Je les oubliai d'ailleurs peu à peu, au fur et à mesure que je laissai la musique dissiper mes angoisses – perdre la fille de vue en générait toujours. Je ne revins à la réalité de la conversation qu'au moment où les adieux se faisaient plus définitifs.

— Si vous revoyez Maria, dit Jasper avec circonspection, dites-lui que je lui souhaite tout le bien possible.

Maria était le vampire qui l'avait créé, dans la seconde moitié du XIXe siècle, de même que Peter, plus tard, dans les années 1940. À l'époque où nous vivions à Calgary, elle avait surgi, en quête de Jasper. Une visite assez mouvementée, qui nous avait obligés à déménager en vitesse. Jasper l'avait poliment priée de garder ses distances à l'avenir.

— Je ne pense pas que nous la recroiserons de sitôt, s'esclaffa Peter.

Maria était indubitablement dangereuse, et ces deux-là ne s'appréciaient guère. Il est vrai qu'il avait contribué pour une grande part à la défection de Jasper, le chouchou de Maria depuis toujours. Elle considérait qu'avoir jadis envisagé de le liquider n'était qu'un détail de second ordre.

— Mais je n'y manquerai pas si ça arrive, termina Peter.

Des poignées de main s'échangeaient, le départ était proche. Je cessai de jouer, la mélodie s'éteignant sur une fin décevante, et sautai sur mes pieds.

— Charlotte, Peter, les saluai-je avec un hochement du menton.

— Nous avons été ravis de te revoir, Edward, me dit la première, guère convaincue.

Son compagnon se contenta de me retourner mon signe de tête.

Dingo, pensa Emmett.

Idiot ! m'insulta Rosalie.

Pauvre chéri, me plaignit Esmé.

Ils filent tout droit vers Seattle, me confia Alice, grondeuse. *Ils n'approcheront pas de Port Angeles.*

Pour prouver ses dires, elle me montra sa vision. Je feignis de ne pas l'avoir entendue. Inutile d'en rajouter à mes piètres excuses.

Une fois dans ma voiture, je me détendis. Le ronronnement puissant du moteur – Rosalie l'avait boosté l'an passé, à un moment où elle m'en voulait moins – m'apaisait. Ce fut une délivrance que rouler, savoir que je me rapprochais de Bella à chaque kilomètre que mes roues avalaient.

9

PORT ANGELES

Il faisait trop clair pour que je m'aventure au centre-ville quand je parvins à destination. Le soleil était encore haut dans le ciel et, bien que mes vitres teintées soient assez sombres pour me protéger, il aurait été stupide que je m'expose à un risque inutile. À un risque inutile *supplémentaire*, plus précisément.

Combien de fois n'avais-je pas jugé avec condescendance Emmett pour ses actes irréfléchis et Jasper pour son manque de discipline ! Or voilà que j'enfreignais les règles avec une désinvolture débridée en comparaison de laquelle leurs écarts de conduite n'étaient que broutilles. Dire que j'avais été le garçon raisonnable !

Je poussai un soupir.

J'étais certain de pouvoir repérer de loin les pensées de Jessica, plus bruyantes que celles d'Angela. La première me mènerait à la seconde. Lorsque les ombres s'allongeraient, je n'aurais plus qu'à me rapprocher. Je me garai aux abords de la ville, dans un chemin peu fréquenté envahi par la végétation.

Je savais grosso modo où chercher, car il n'y avait pas tant de boutiques où faire l'emplette de robes de bal. Je ne tardai pas à dénicher Jessica, qui tournoyait devant un miroir à trois faces. Je distinguai Bella à la périphérie de son champ de vision, donnant son avis sur la longue tenue noire que son amie essayait.

Bella a l'air furax. Ha, ha ! Angela avait raison, Tyler s'est monté le bourrichon. Je n'arrive pas à piger pourquoi elle est aussi mécontente. Après tout, elle a déjà une solution de remplacement pour le bal de promo. Et si Mike s'ennuyait avec moi à la soirée ? S'il ne me réinvitait pas ? S'il me préférait Bella ? Est-ce qu'il la trouve plus jolie que moi ? Et elle, est-ce qu'elle se croit plus jolie que moi ?

— *À mon avis, la bleue te va mieux. Elle fait ressortir la couleur de tes yeux.*

Jessica gratifia Bella d'un sourire faux, tout en la regardant avec suspicion.

Elle le pense vraiment ou espère-t-elle que je ressemblerai à un boudin, samedi soir ?

Déjà las des élucubrations de Jessica, je tâtonnai du côté d'Angela. Comme elle était en train de se changer, je m'éclipsai en vitesse.

Après tout, Bella ne risquait pas grand-chose dans un grand magasin. J'allais les laisser à leurs achats, reprendrais contact quand elles en auraient terminé. La nuit tomberait bientôt. Déjà, des nuages sombres s'accumulaient, en provenance de l'ouest. Je n'en apercevais que des pans à travers les feuilles des arbres, mais il était évident qu'ils précipiteraient le crépuscule. J'en fus heureux, aspirai plus que jamais à leur protection grisâtre. Demain, il me serait possible de retourner au lycée, de m'asseoir près de Bella, de monopoliser son attention à la cafétéria. De lui poser toutes les questions qui me turlupinaient.

Ainsi, elle était fâchée contre Tyler et ses prétentions. Lorsqu'il lui avait parlé du bal de fin d'année, j'avais lu dans son esprit qu'il était sérieux, qu'il considérait sa demande comme acquise d'avance. Me rappelant l'expression incrédule et scandalisée de Bella cet après-midi-là, je m'esclaffai. Comment réagirait-elle le moment venu ? Il était probable qu'elle prétendrait avoir oublié, qu'elle afficherait l'indifférence pour qu'il renonce. Ça promettait d'être une scène intéressante.

Le temps s'écoula lentement. Je me branchais sur Jessica à intervalles réguliers, sans m'attarder cependant. Je découvris au passage où elles avaient l'intention de dîner. L'obscurité serait là, à cette heure… je pouvais me retrouver par hasard dans le même restaurant. J'effleurai mon portable dans ma poche, avec l'idée de proposer à Alice de se joindre à nous. Elle sauterait sur l'occasion, ravie. Le problème, c'est qu'elle voudrait s'entretenir avec Bella, et je n'étais pas sûr de souhaiter que cette dernière fréquente mon monde plus que de raison. Un seul vampire, n'était-ce pas une source d'ennuis suffisante ?

De nouveau, je scannai l'esprit de Jessica. Elle interrogeait Angela sur les bijoux qu'elle porterait.

— *Je devrais peut-être leur rapporter ce collier. J'en ai un à la maison qui ferait l'affaire et j'ai déjà dépensé plus que ce que j'avais prévu.*

Ma mère va péter un plomb. J'ai déconné, là.

— *Ça ne me gêne pas de retourner là-bas. Mais est-ce que Bella saura où nous retrouver ?*

Pardon ? Bella n'était plus avec elles ? Je fouillai le cerveau de Jessica, puis celui d'Angela. Debout devant une rangée de vitrines, elles rebroussaient chemin. Aucune trace de Bella.

On s'en fout, de Bella, songea la première avec impatience.

— *T'inquiète, répondit-elle. On a largement le temps de foncer à la boutique avant d'aller au restau. Et puis, j'ai cru comprendre qu'elle avait envie d'être seule.*

J'eus un bref aperçu de la librairie où, d'après Jessica, Bella s'était rendue.

— *Dépêchons, alors, dit Angela.*

Je ne tiens pas à ce que Bella pense qu'on l'a larguée. Elle a été super gentille avec moi, dans la voiture. Même si elle m'a semblé déprimée toute la journée. Est-ce à cause d'Edward Cullen ? Je parie que c'est pour ça qu'elle n'a pas arrêté de nous interroger sur sa famille.

Je me reprochai ma distraction. Qu'est-ce que j'avais loupé ? Bella se baladait toute seule et elle avait posé des questions à mon sujet ? Malheureusement, Angela avait reporté son attention sur Jessica qui bavassait à propos de cet imbécile de Mike, et je n'en tirai plus rien.

J'examinai le ciel. Les nuages allaient bientôt cacher le soleil. Si je restais sur le côté ouest des rues, que les immeubles plongeaient dans l'ombre… La boule au ventre, je m'insérai dans la circulation fluide afin de gagner le centre. Je n'avais pas anticipé – j'aurais *dû* – que Bella quitterait ses amies, et je n'avais aucun moyen de la localiser.

Connaissant bien Port Angeles, je filai droit à la librairie entraperçue dans le cerveau de Jessica, croisant les doigts pour que ma quête soit rapide, sans y croire toutefois. Depuis quand Bella me facilitait-elle la tâche ?

Ça ne loupa pas. Dans la boutique exiguë déserte, seule une femme vêtue de manière anachronique se tenait derrière le comptoir. Ça ne ressemblait pas au genre d'endroit qu'aurait fréquenté Bella, trop New Age pour une fille aussi rationnelle. Y était-elle seulement entrée ?

Je me garai dans un coin ombragé. Une allée conduisait directement à l'auvent de la librairie. C'était une erreur de m'aventurer dehors alors que le soleil brillait encore. Et si une voiture passait au mauvais moment et reflétait un de ses rayons sur moi ?

Sauf que c'était ma seule façon de retrouver Bella !

Je sortis en prenant soin de rester dans la pénombre et gagnai le magasin à grands pas, repérant un soupçon de l'odeur de Bella dans l'air. Que sur le trottoir, malheureusement. Il n'y avait aucune trace olfactive d'elle à l'intérieur.

— Bonsoir ! me lança la vendeuse. Puis-je vous…

J'étais déjà reparti. Je suivis le parfum aussi loin que je le pus sans m'exposer à la lumière. Je m'arrêtai net là où la frontière entre jour et nuit coupait la rue en deux. Je me sentis prisonnier, impuissant. J'en fus réduit à me dire qu'elle avait traversé, en direction du sud, même s'il n'y avait pas grand-chose dans ces quartiers. S'était-elle égarée ? Ça lui aurait drôlement ressemblé.

Remontant en voiture, j'écumai lentement les rues. Je m'arrêtai à plusieurs reprises, ne humai son arôme qu'une fois, dans un endroit qui me laissa perplexe. Où diable essayait-elle d'aller ?

Je fis plusieurs allers-retours entre la librairie et le restaurant en espérant tomber sur elle. Déjà attablées, Jessica et Angela se demandaient si elles devaient commander ou attendre. Jessica, naturellement, défendait la première option.

Je me mis à papillonner d'inconnus en inconnus. Quelqu'un l'avait forcément croisée quelque part. Plus le temps passait, plus je cédais à l'anxiété. Je n'avais pas envisagé à quel point il serait difficile de la localiser dès lors que je la perdrais de vue et qu'elle sortirait de ses sentiers battus.

Les nuages s'amoncelaient à l'horizon. D'ici quelques minutes, je serais en mesure de la traquer à pied. Ça irait plus vite. Seule la lumière m'empêchait d'agir en toute liberté et efficacement. Un peu de patience, et j'aurais l'avantage sur le monde humain.

Un esprit, un autre. Que des pensées insignifiantes.

... je crois que le bébé a encore une otite...

C'était 640 ou 604... ?

Il est encore à la bourre. Je devrais lui dire...

Ah ! La voilà !

Soudain, son visage m'apparut. Enfin ! Quelqu'un l'avait vue !

Mon soulagement ne dura qu'un quart de seconde, car je lus plus avant ce à quoi songeait l'homme qui jubilait devant elle, blottie dans l'obscurité, hésitante. Ce parfait inconnu avait des réflexions qui, elles, ne m'étaient pas inconnues. J'avais chassé ce genre de type, autrefois.

— NON ! hurlai-je.

Des grognements inintelligibles m'échappèrent. J'enfonçai l'accélérateur. Pour aller où ?

Si j'avais repéré en gros l'endroit d'où émanaient les pensées, je n'avais rien d'assez précis. Un indice... Il devait bien y avoir quelque chose, une plaque de rue, une devanture de magasin, un détail dans le champ de vision de l'homme qui trahirait son emplacement exact. Hélas, Bella se rencognait dans l'ombre, et lui ne reluquait que la terreur qui émanait d'elle, et dont il se repaissait.

Dans la mémoire du mortel, ce visage se confondait avec d'autres, plus anciens. Elle n'était pas sa première victime.

Le fracas de mes feulements ébranlait l'habitacle, sans me déconcentrer cependant.

Le mur derrière elle était aveugle. Un quartier industriel, donc, loin de celui, plus peuplé, où elles avaient fait leurs courses. Je pris un virage sur les chapeaux de roue, évitai de justesse un véhicule, et fonçai en priant pour être sur le bon chemin. Le chauffeur que j'avais effrayé klaxonna, j'étais déjà loin.

Regarde-la trembler ! L'agresseur ricanait, excité par la peur qu'il inspirait.

— *Fichez-moi la paix, dit-elle.*

Elle ne criait pas, s'exprimait d'une voix basse et calme.

— *Sois pas comme ça, chérie !*

Un rire graveleux résonna alentour, et elle tressaillit. Le bruit irrita l'homme – *Ta gueule, Jeff !* –, même s'il se régala de la voir sursauter. Encouragé, il se mit à imaginer les suppliques de sa proie…

Avant d'entendre le rire, je ne m'étais pas rendu compte qu'ils étaient plusieurs. Je scannai les environs, traquant désespérément un indice. Le type avança en pliant et dépliant ses doigts. Les esprits de sa bande ne nourrissaient pas d'idées aussi immondes que les siennes. Tous ces hommes étaient en état d'ébriété et ne se doutaient pas jusqu'où comptait aller celui qu'ils appelaient Lanny. Ils le suivaient aveuglément. Il leur avait promis qu'ils s'amuseraient un brin…

Craignant d'être surpris en train de harceler une fille, l'un d'eux jeta un coup d'œil nerveux dans la rue et me fournit le renseignement dont j'avais besoin. Je reconnus le carrefour vers lequel il s'était tourné.

Je grillai un feu rouge, me glissai entre deux voitures, accompagné par un concert d'avertisseurs.

Dans ma poche, mon téléphone vibra. Je l'ignorai.

Lanny se rapprochait lentement, faisant durer le plaisir, tirant sur la corde de la terreur qui l'excitait tant. Il guettait le moment où elle hurlerait, se préparait à le savourer. Au lieu de quoi, Bella serra les mâchoires et se redressa. L'homme fut surpris, il s'était attendu à ce qu'elle s'enfuie. Surpris et un peu déçu. Il aimait pourchasser ses victimes, adorait l'adrénaline engendrée par la traque.

Courageuse, la gosse. Ça n'en sera que mieux, si elle résiste.

J'étais à un pâté de maisons d'eux. Bien qu'il distingue le rugissement de mon moteur, l'agresseur n'en tint pas compte, trop concentré sur Bella.

On verrait comment il appréciait la partie de chasse quand *il* en deviendrait le gibier. On verrait ce qu'il pensait de *mes* méthodes. Je triais déjà parmi toutes les horreurs dont j'avais été jadis acteur et témoin, en quête de la plus douloureuse des mises à mort. Je n'avais jamais torturé ceux que j'avais éliminés, quand bien même ils le méritaient, mais ce Lanny, c'était autre chose. Il allait souffrir. Se tordre de douleur. Si ses comparses auraient droit à une fin rapide, lui me supplierait longtemps de l'achever avant que je m'y résolve.

Il se tenait sur la chaussée, la traversait pour atteindre Bella.

Je tournai en dérapant à l'intersection. Les phares de la Volvo illuminèrent la scène et figèrent sur place les gars. J'aurais pu écraser leur chef, qui s'écarta vivement, mais ça aurait été un châtiment trop doux.

J'effectuai un tête-à-queue de façon à ce que la voiture soit dans la bonne direction, et la portière passager du côté de Bella. Je l'ouvris, elle accourait déjà vers moi.

— Grimpe ! lui lançai-je.

C'est quoi, ce bordel ?

Elle n'est pas seule. Je savais que c'était une mauvaise idée !

Je crois que je vais dégueuler.

Bella sauta sur le siège sans hésiter et claqua la portière. Puis elle me dévisagea avec une expression de confiance que je n'avais jamais vue sur un visage humain. Alors, tous mes projets de vengeance s'effondrèrent.

En moins d'une seconde, je compris que je ne pouvais pas la laisser seule dans la voiture pendant que je réglai le sort des quatre hommes. Qu'est-ce que j'allais lui dire, au demeurant ? De ne pas regarder ? Ha ! Comme si elle avait eu l'habitude de m'obéir !

Et si je les entraînais hors de sa vue ? Il était improbable qu'un autre psychopathe s'en prenne à elle ce soir pendant que j'étais occupé ailleurs, mais il avait été tout aussi improbable qu'il y en ait eu un en premier lieu. Et pourtant. C'était la preuve par neuf que je ne divaguais pas, et que cette fille était un aimant à ennuis. Si je n'étais pas là pour la mettre en danger moi-même, on pouvait être certain qu'un autre s'en chargerait.

Elle ne se rendit pas compte de mes hésitations car, dans un même mouvement, j'accélérai, plantant là ses agresseurs, à une telle vitesse qu'ils nous suivirent des yeux avec un ahurissement sans pareil.

Je n'eus même pas le plaisir d'écrabouiller Lanny, Bella en aurait été par trop effrayée.

Je souhaitais tellement liquider ce pauvre type que mes oreilles bourdonnaient, que ma vue se floutait, et qu'une saveur amère avait envahi ma langue, plus puissante que ma soif brûlante. Mon corps était tendu comme un arc sous l'effet de ce désir impérieux, de ce besoin absolu. Il *fallait* que je le tue. Je le dépècerais lentement, petit bout par petit bout, arrachant sa peau à ses muscles, ces derniers à ses os.

Sauf que la fille – la seule qui compte – agrippait son siège des deux mains tout en me couvant d'un regard serein et confiant. Ma vengeance devrait attendre.

— Attache ta ceinture ! lui ordonnai-je d'une voix rendue rauque par la haine et la soif de sang.

Pas l'habituelle soif de sang. Je m'étais engagé depuis longtemps à ne plus m'abreuver aux humains. Ce n'était pas ce Lanny qui allait changer ça. Pour ce qui le concernait, il ne s'agissait que de représailles.

Elle obtempéra. Le clic la fit légèrement sursauter, mais elle ne flancha pas, tandis que je roulais à tombeau ouvert, au mépris du code de la route. Je devinais le poids de ses yeux sur moi. Elle semblait d'une décontraction étonnante, insensée après la mésaventure qu'elle venait de vivre.

— Ça va ? croassa-t-elle.

Elle me demandait si j'allais bien, *moi* ?

Allais-je bien, d'ailleurs ?

— Non, répondis-je, fou de rage.

Je la ramenai sur le chemin déserté où j'avais patienté tout à l'heure, exerçant une surveillance des plus minables. L'obscurité était désormais totale, sous les arbres.

Ma fureur inouïe me pétrifiait, mes mains de glace aspiraient à broyer son agresseur, à le réduire en poussière si infime qu'on n'identifierait jamais son cadavre.

Mais ça aurait impliqué que je l'abandonne seule en pleine nuit.

Des scènes de ma période chasseresse défilaient dans ma tête, images que j'aurais aimé oublier, pourtant. Surtout maintenant, où mon envie de tuer était plus forte que jamais. Cet abominable Lanny n'était pas le pire représentant de son espèce, même si, en termes de forces du mal, il était difficile d'établir un ordre au mérite. Il n'empêche, j'avais assisté au plus affreux, et il ne méritait pas ce titre.

La plupart des types que j'avais traqués du temps où je m'étais érigé en justicier avaient éprouvé des remords, avaient craint, du moins, d'être attrapés. Beaucoup s'étaient tournés vers les drogues ou l'alcool pour apaiser leurs inquiétudes. D'autres avaient compartimenté, vivant deux existences différentes, une de lumière et une d'ombre.

Mais pour le cas le plus aberrant que j'avais croisé, le remords n'existait pas.

Jamais encore je n'avais vu un être adhérer à son abjection avec autant d'ardeur. Elle le *ravissait.* Il était absolument enchanté par le monde qu'il avait créé, un monde de victimes impuissantes aux hurlements épouvantés. Il n'aspirait qu'à infliger la souffrance, et il était devenu très doué pour l'inventer, la prolonger.

Moi qui étais entièrement dévoué à ma cause, à la justification de mes instincts sanguinaires, j'avais vacillé. Donner une mort rapide à cet homme m'avait paru lui offrir une échappatoire trop facile. Jamais autant qu'en cet instant je ne m'étais approché si près des limites que je m'étais imposées. J'avais cependant réussi à le liquider aussi vite que les autres.

Ç'aurait peut-être été différent si deux de ses victimes ne s'étaient pas trouvées dans cette cave des horreurs où je l'avais traqué. Deux jeunes femmes déjà mal en point. J'avais eu beau les transporter à l'hôpital aussi vivement que possible, seule l'une d'elles avait survécu.

Je n'avais pas eu le temps de boire le sang de ce monstre. Tant pis. Ceux qui méritaient de mourir pullulaient.

À l'instar de ce Lanny. Lui aussi était un démon, pas aussi horrible que celui que je venais de me remémorer cependant. Pourquoi alors me paraissait-il juste, impératif, qu'il souffre ?

Mais d'abord...

— Bella ? demandai-je entre mes dents.

— Oui ?

Sa voix était rauque, elle se gratta la gorge.

— Tu n'as rien ?

C'était vraiment ce qui importait avant tout. Le châtiment était secondaire. J'en étais conscient, même si mon corps empli de haine m'empêchait de réfléchir clairement.

— Non, répondit-elle d'un ton encore feutré – la frayeur sans doute.

Non, je ne pourrais pas la quitter. Même si elle n'avait pas été constamment exposée à des dangers exaspérants – un sale tour que l'univers me jouait –, même si j'avais pu m'assurer qu'elle ne risquerait rien en mon absence, je ne pourrais pas la laisser seule dans le noir.

Elle avait dû avoir si peur.

Pourtant, je n'étais pas en mesure de la réconforter – encore aurait-il fallu que je sache comment m'y prendre, ce qui n'était pas le cas. Elle devinait la violence que j'irradiais, il était impossible qu'elle ne la sente pas. Si je ne bridais pas les envies de massacre qui bouillonnaient en moi, j'allais la terroriser encore plus qu'elle ne l'était déjà.

Je devais me changer les idées.

— Distrais-moi, s'il te plaît.

— Pardon ?

J'eus à peine la force de me contrôler pour lui expliquer. Les mots me manquaient. Je dis les premiers qui me venaient à l'esprit :

— Parle-moi, dis n'importe quoi, même des bêtises, jusqu'à ce que je me calme.

Pas top, sauf que je n'avais rien trouvé de mieux, dans mon état d'agitation. Je restais avec elle uniquement parce qu'elle avait besoin de moi. J'entendais les réflexions de son agresseur, sa déception et sa colère. Je savais où le trouver. Je fermai les yeux en regrettant de ne pas l'ignorer.

Elle hésitait, soit parce que ma requête la désarçonnait, soit parce que je l'avais offensée.

— Demain avant les cours, j'écrase Tyler Crowley ?

Le ton était interrogatif. Mais elle avait tapé juste en sortant une phrase inattendue. Comme toujours avec elle, sa vindicte était discordante, comique. Si je n'avais pas été aussi avide de tuer, j'en aurais ri.

— Pourquoi ? aboyai-je pour l'obliger à poursuivre.

— Il raconte à tout le monde que je serai sa cavalière au bal de fin d'année, répondit-elle, scandalisée. Soit il est marteau, soit il continue à essayer de se racheter pour avoir failli me tuer quand… bref, tu es au courant. Visiblement, il croit que le bal est le bon moyen pour ça. Du coup, j'ai pensé que si je mettais sa vie en danger, nous serions à égalité, et qu'il cesserait de s'excuser. Je n'ai pas besoin d'ennemis, et Lauren se calmera peut-être s'il me fiche la paix. Sauf que je vais sans doute devoir bousiller sa Sentra. Et s'il n'a plus de voiture, il ne pourra accompagner personne au bal de fin d'année, et…

Il était encourageant de constater qu'elle se trompait parfois. L'assiduité de Tyler ne devait rien à l'accident. Elle semblait ne pas se rendre compte de l'effet qu'elle produisait sur les garçons du lycée. Et sur moi ?

En tout cas, ça fonctionnait. Sa logique déroutante était fascinante. Je commençais à mieux me maîtriser, à voir au-delà de la vengeance.

— J'en ai entendu parler, la relançai-je.

— Quoi ? s'exclama-t-elle, incrédule, avant d'enchaîner, tout à sa colère : Bon sang, si j'arrive à le paralyser de la tête aux pieds, il n'ira pas au bal non plus.

J'aurais aimé la prier de continuer avec ses menaces de mort et de blessures physiques sans qu'elle me prenne pour un dingue. Elle n'aurait pu choisir meilleure façon de m'apaiser. Ses mots – pour ce qui la concernait, ils n'étaient que du vent – constituaient une piqûre de rappel qui m'était nécessaire en cet instant.

En soupirant, je rouvris les yeux.

— Ça va mieux ? s'enquit-elle timidement.

— Ce n'est pas terrible.

Si j'étais plus calme, en effet, je ne me sentais pas tellement mieux, car je venais de me rendre compte que je ne pourrais tuer ce monstre de Lanny. La seule chose que je voulais plus que commettre un crime parfaitement justifié, c'était cette fille.

Même si c'était impossible, le simple rêve que ça le devienne m'interdisait de céder à ma folie meurtrière.

Bella méritait mieux qu'un assassin.

J'avais consacré plus de soixante-dix ans à tout faire pour ne pas en être un. Pour autant, ces efforts ne me rendraient jamais digne de la fille assise à côté de moi. Ça ne m'empêchait pas de me dire que si je retournais ne serait-ce qu'une fois à mon existence de jadis, je mettrais mon rêve définitivement hors de portée. Même si je ne buvais pas le sang de ma victime, même si je n'arborais pas la preuve de mon geste dans mes yeux écarlates, ne percevrait-elle pas la différence ?

J'essayais de bien me comporter, pour elle. Même si mon but était inaccessible, je ne supportais pas l'idée d'abandonner le combat.

— Qu'est-ce qu'il y a ? chuchota-t-elle.

Sa fragrance qui emplissait mes narines me rappela pourquoi j'étais indigne d'elle. Malgré tout, malgré l'amour que j'éprouvais pour elle… elle continuait de me donner l'eau à la bouche.

J'allais lui répondre le plus honnêtement possible. C'était bien le moins.

— Parfois, j'ai du mal à contrôler mes humeurs, Bella…

Je contemplai la nuit noire, souhaitant à la fois qu'elle détecte la monstruosité que mes paroles sous-entendaient et qu'elle ne la détecte pas. Surtout ça, d'ailleurs. Qu'elle ne la devine pas. *Sauve-toi, Bella, fuis-moi. Reste, Bella, reste.*

— Sauf qu'il ne servirait à *rien* que je retourne là-bas pour régler leur compte à ces…

À cette seule idée, je faillis descendre de la voiture. J'inhalai longuement la brûlure de son odeur.

— Enfin, j'essaie de m'en convaincre, conclus-je.

— Oh.

Elle n'ajouta pas un mot. Qu'avait-elle saisi ? Je lui jetai un coup d'œil furtif, son expression était indéchiffrable. À cause du choc, peut-être. Au moins, elle ne hurlait pas de terreur. Pas encore.

Quand elle rompit le silence, ce fut d'une voix calme qui me désarçonna. Était-elle vraiment sous le choc ? Le traumatisme attendait-il au contraire pour la frapper ?

— Jessica et Angela vont s'inquiéter. J'étais censée les retrouver.

Voulait-elle s'éloigner de moi ou s'inquiétait-elle seulement d'inquiéter ses amies ?

Sans répondre, je démarrai et la ramenai en ville. Plus je me rapprochais du centre, plus j'eus du mal à m'en tenir à mes bonnes résolutions. J'étais si proche de *lui*. Si mon rêve n'était qu'un rêve, puisque je n'aurais jamais droit d'être avec la fille ou de la mériter, quel sens cela avait-il d'épargner cet homme ? N'avais-je pas droit à ça, au moins ?

Non. Je ne craquerais pas. Pas tout de suite. Je tenais trop à elle pour rendre les armes.

Nous fûmes au restaurant avant que j'aie le temps de mettre de l'ordre dans mes idées. Jessica et Angela avaient fini de dîner et, à présent, toutes les deux se faisaient vraiment du souci pour Bella. Elles sortaient de l'établissement, prêtes à la chercher dans les rues obscures.

Pas une bonne idée.

— Comment savais-tu où…

La question en suspens de Bella interrompit mes réflexions. Je venais de commettre une nouvelle gaffe, en ayant oublié de lui demander dans quel restaurant elle avait rendez-vous. Toutefois, au lieu d'insister, elle se borna à secouer la tête avec un demi-sourire.

Qu'est-ce que ça signifiait ?

Mais bon, ce n'était pas le moment de m'interroger sur l'aisance avec laquelle elle acceptait que je sache des choses que je n'aurais pas dû savoir. J'ouvris ma portière.

— Où vas-tu ? s'étonna-t-elle.

Et d'une, je te tiens à l'œil. Et de deux, je m'interdis de rester seul ce soir.

— Je t'emmène dîner.

Ça promettait d'être intéressant. Dire que j'avais songé à inviter Alice pour l'amener comme par hasard dans le même établissement que Bella. Or voici que j'étais en train de vivre un presque-rancard avec cette dernière ! Même si ça ne comptait pas vraiment, car je ne lui donnais pas l'occasion de refuser.

Au lieu de me permettre de lui tenir sa portière – il me fut encore plus pénible que d'habitude de devoir me déplacer à une vitesse anodine –, elle était déjà à moitié sortie de la voiture toute seule. J'attendis qu'elle me rejoigne sur le trottoir. Ses copines s'éloignaient.

— Va prévenir Jessica et Angela avant que je doive les sauver elles aussi, lui ordonnai-je. Je ne suis pas certain que j'arriverai à me retenir si je tombe une nouvelle fois sur tes potes.

Je ne pensais pas être assez fort pour ça, en effet.

Elle frémit, se ressaisit cependant et héla les filles. Ces dernières se retournèrent, et elle agita le bras à leur intention.

Bella ! Dieu soit loué, elle n'a rien ! songea Angela.

Pas trop tôt, grommela pour sa part Jessica. Néanmoins, elle était soulagée elle aussi que Bella ne se soit ni égarée ni blessée. Elle remonta un peu dans mon estime.

Elles rebroussèrent chemin en vitesse avant de stopper net, ahuries en me découvrant près de Bella.

Nom d'un chien ! J'y crois pas ! pensa Jessica.

Edward ? Est-ce qu'elle est partie de son côté pour le retrouver ? Mais si elle savait qu'il était ici, pourquoi a-t-elle posé des questions sur l'absence des Cullen au lycée ? L'esprit d'Angela me montra un aperçu du visage embarrassé de Bella au moment où elle l'avait cuisinée. *Non,* conclut Angela, *elle ne pouvait pas savoir.*

Chez Jessica, la surprise le cédait aux soupçons. *Bella m'a fait des cachotteries.*

— Où étais-tu passée ? lui lança-t-elle, peu amène.

— Je me suis perdue, admit l'interpellée d'une voix remarquablement calme. Et puis j'ai rencontré Edward, ajouta-t-elle en me désignant.

Comme s'il n'était rien arrivé de plus. Le choc, forcément.

— Ça vous dérange, si je me joins à vous ? demandai-je.

Par pure politesse – j'avais vu qu'elles avaient terminé.

Qu'est-ce qu'il est craquant ! se dit Jessica, un peu paumée.

Dommage qu'on ait déjà mangé, songea de son côté Angela, guère plus cohérente. *Parce que... la vache ! Oh, la vache !*

Pourquoi n'avais-je pas cet effet sur Bella, hein ?

— Euh... bien sûr que non, finit par marmotter Jessica.

— En fait, Bella, nous avons dîné en t'attendant, confessa Angela.

Tu ne pouvais pas la fermer ? gémit mentalement Jessica.

— C'est très bien comme ça, répondit Bella. Je n'ai pas faim.

Haussement d'épaules décontracté. Le choc, forcément le choc.

— Je crois que tu devrais manger un morceau, objectai-je.

Il fallait qu'elle recharge ses batteries en sucre, même si son sang était assez sucré comme ça pour mes papilles. Mais elle allait enfin mesurer l'horreur de ce qu'elle avait vécu ce soir, et un estomac vide ne l'aiderait pas à encaisser le coup. D'autant, l'expérience me l'avait appris, qu'elle s'évanouissait facilement.

Si ses amies rentraient directement à Forks, elles ne courraient aucun danger. D'ailleurs, elles n'attiraient pas les ennuis avec la même désinvolture que Bella.

Et puis, je souhaitais être seul avec cette dernière, à condition que ce soit réciproque.

— Ça vous ennuie si je ramène Bella plus tard ? m'empressai-je de suggérer aux filles. Comme ça, vous n'aurez pas à attendre qu'elle ait fini son repas.

— Euh... non, répondit Jessica.

Elle scruta Bella avec intensité, guettant son assentiment. *Elle tient sûrement à se le garder pour elle toute seule. Comment le lui reprocher ?*

À cet instant, l'intéressée lui adressa un clin d'œil.

Un clin d'œil ? Bella ?

— D'accord, décida Angela, pressée de nous laisser seuls si telle était la volonté de Bella (et ça semblait l'être). À demain, Bella… Edward.

Elle eut du mal à prononcer mon prénom d'un air décontracté. Prenant Jessica par le bras, elle la força à la suivre.

Je lui revaudrais ça d'une façon ou d'une autre.

Leur voiture était garée dans la flaque de lumière d'un réverbère. Bella les regarda s'y installer, sa petite ride soucieuse au front – cela signifiait-il qu'elle avait *conscience* de ce qu'elle avait risqué plus tôt ? Jessica démarra en agitant la main, et Bella lui retourna le geste. Ce ne fut qu'après qu'elles eurent disparu, qu'elle inspira profondément et se tourna vers moi.

— Franchement, je n'ai pas faim, répéta-t-elle.

Pourquoi avait-elle attendu le départ de ses amies pour insister sur ce point ? Avait-elle réellement envie d'être seule avec moi, même après avoir été témoin de ma rage sanguinaire ? Que ce soit le cas ou pas, elle allait manger, parole de Cullen.

— Fais-moi plaisir, dis-je.

J'ouvris la porte du restaurant devant elle, patientai. En soupirant, elle se résigna à entrer.

Ensemble, nous nous dirigeâmes vers l'estrade où trônait la propriétaire. Bella paraissait parfaitement maîtresse d'elle-même. J'aurais voulu effleurer sa main, son front, vérifier sa température, mais ma peau froide l'aurait révulsée, comme l'autre fois.

Omondieu ! Omondieu ! Les pensées bruyantes de la tenancière interrompirent mes réflexions.

Apparemment, ce soir, je faisais tourner toutes les têtes. M'en rendais-je compte uniquement parce que je désirais ardemment que Bella me voie comme toutes ces femmes ? Bien que je sache combien nous semblions séduisants pour nos proies naturelles, je n'y avais prêté que peu d'attention, jusqu'à présent. D'ordinaire la peur se manifestait tout de suite après l'attirance, sauf quand l'habitude l'atténuait, comme pour Shelly Cope et Jessica Stanley.

— Nous sommes deux, annonçai-je en constatant que la patronne avait perdu sa langue.

Cette voix ! Quel régal !

— Euh... Bienvenue à *La Bella Italia*. Suivez-moi, je vous prie.

Elle cogitait. *Elle doit être sa cousine. Pas sa sœur, ils n'ont rien en commun. Mais de la famille, c'est clair. Ce gars ne peut pas sortir avec* ça.

Les humains avaient une bien pauvre vision du monde. Comment cette femme à l'esprit étroit réussissait-elle à trouver mes appâts physiques – mes pièges – si captivants tout en passant à côté de la perfection de ma compagne ?

En tout cas, inutile d'encourager cette petite, se disait la dame en nous conduisant à une table pour quatre située dans la partie la plus bondée de l'établissement. *Est-ce que je tente le coup de donner mon numéro au garçon devant elle ?*

Je tirai un billet de ma poche arrière. Les gens étaient toujours plus serviables, lorsqu'il y avait de l'argent à la clé.

Bella commençait déjà à s'asseoir sans protester. Quand je secouai le menton, elle hésita et inclina la tête sur le côté, intriguée. Elle allait avoir de quoi s'étonner, ce soir. Quoi qu'il en soit, des convives alentour n'étaient pas le décor idéal à la conversation que je projetais.

— Vous n'avez rien de plus intime ? demandai-je à notre hôtesse.

Elle sursauta, surprise, puis referma les doigts autour de la coupure et acquiesça.

— Bien sûr.

Elle nous emmena de l'autre côté d'un paravent, non sans jeter un coup d'œil au billet. *Cinquante dollars pour une meilleure table ? Friqué, par-dessus le marché. Logique. Je parie que sa veste vaut plus que mon dernier salaire. Flûte ! Pourquoi veut-il de l'intimité avec* celle-là ? Elle nous proposa une alcôve. Personne ne nous y verrait ; personne ne pourrait observer les réactions de Bella à mes paroles. J'ignorais ce qu'elle attendrait de moi ce soir. J'ignorais aussi ce que je lui donnerais.

Qu'avait-elle deviné ? Quelle explication plausible avait-elle inventée aux événements de tout à l'heure ?

— Ça vous va ? demanda la propriétaire.

— Parfait, répondis-je.

Légèrement agacé par son mépris pour Bella, je lui décochai un sourire éclatant et dévoilai mes dents. Ça lui apprendrait.

Oups !

— Euh… la serveuse sera là dans une minute.

Ce type est incroyable. J'espère qu'elle va disparaître… et si j'écrivais mon numéro sur son assiette avec de la sauce marinara ? Elle s'éloigna en chancelant. Bizarrement, elle n'avait toujours pas peur. Je me souvins des moqueries d'Emmett, quelques semaines auparavant à la cafétéria : « Moi, je te lui aurais flanqué une frousse de tous les diables ! »

Étais-je en train de perdre la main ?

— Tu devrais arrêter de faire ça aux gens, me reprocha soudain Bella. Ce n'est pas du jeu.

Elle me couvait d'un œil critique. Que voulait-elle dire ? Je n'avais même pas réussi à effrayer cette femme.

— Faire quoi ?

— Les éblouir ainsi. À l'heure qu'il est, elle est en train de suffoquer dans les cuisines.

Hum. Elle n'était pas loin de la vérité. La tenancière confiait à une employée l'impression que je lui avais faite. Elle avait du mal à s'en remettre. Mon silence eut le don d'énerver Bella :

— Oh, s'il te plaît. Tu es quand même conscient de l'effet que tu produis !

— J'éblouis les gens, moi ? répétai-je.

Drôle de façon de formuler la chose. Même si, ce soir, c'était plutôt juste. Pourquoi fallait-il qu'elle…

— Tu n'as pas remarqué ? poursuivait Bella, toujours aussi agacée. Tu crois donc que tout le monde obtient ce qu'il veut aussi facilement que toi ?

— Est-ce que je t'éblouis ?

La question m'avait échappé. Elle répondit sans me laisser le temps de la regretter, cependant :

— Fréquemment.

Sur ce, elle rosit.

Je l'éblouissais !

Un espoir comme je ne me souvenais pas d'en avoir déjà ressenti gonfla mon cœur silencieux.

— Bonjour ! lança quelqu'un.

C'était la serveuse. Ses réflexions étaient plus sonores et plus explicites que celles de sa patronne mais, au lieu de l'écouter, je me focalisai sur Bella, observai son sang qui lui remontait jusqu'aux pommettes, remarquant au passage que c'était moins l'incendie de ma gorge que je notais désormais que la façon dont ça illuminait son visage, mettant en valeur son teint pâle.

La serveuse attendait une réponse de ma part. Ah, oui. Les boissons. Comme je continuais à fixer Bella, la fille se tourna de mauvaise grâce vers elle.

— Un Coca, dit-elle comme si elle cherchait mon approbation.

— Mettez-en deux, renchéris-je aussitôt.

La soif – normale, humaine – trahissait l'état de choc. Autant m'arranger pour qu'elle ait autant de sucre que possible dans l'organisme. Même si elle semblait en pleine forme. Mieux que ça. Radieuse.

— Quoi ? me lança-t-elle, agacée.

Parce qu'elle ne comprenait pas pourquoi je la dévisageais ainsi, sans doute. L'employée s'était éloignée, constatai-je vaguement.

— Comment vas-tu ? m'enquis-je.

— Bien, répondit-elle, désarçonnée.

— Tu ne te sens pas étourdie, nauséeuse, glacée… ?

Son étonnement augmenta.

— Je devrais ?

— Je guette les effets du contrecoup.

Je la gratifiai d'un petit sourire, prêt à ce qu'elle nie. Elle n'aimait pas qu'on veille sur elle. Il lui fallut un moment pour réagir. Elle avait le regard un tantinet perdu. Ça arrivait parfois, quand je lui souriais. Était-elle... éblouie ? J'aurais adoré y croire.

— Je ne crois pas qu'il aura lieu, finit-elle par dire, un peu essoufflée. J'ai toujours été très douée pour réprimer les choses déplaisantes.

Cela signifiait-il qu'elle avait beaucoup d'expérience en la matière ? Sa vie était-elle toujours aussi dangereuse ?

— Quand bien même, je serai plus à l'aise lorsque tu auras avalé quelque chose.

La serveuse revint avec les boissons et un panier de gressins qu'elle posa devant moi avant de me demander si j'avais choisi tout en essayant de croiser mon regard. Je lui indiquai de s'occuper de Bella d'abord, et coupai le son de ses réflexions. C'était une femme vulgaire.

— Euh... hésita Bella en lisant rapidement le menu. Les raviolis aux champignons.

— Et monsieur ? s'empressa de m'interpeller la serveuse.

— Rien pour moi, merci.

Bella eut une petite moue contrariée. Elle avait dû se rendre compte que je ne mangeais jamais. Puisqu'elle remarquait toujours tout. Et moi, j'oubliais toute prudence en sa présence.

— Bois, lui ordonnai-je quand nous fûmes de nouveau seuls.

Je fus surpris qu'elle obéisse sans protester. Elle vida son verre d'une traite, et je poussai le mien dans sa direction en fronçant les sourcils. Soif ou choc ? Elle avala une gorgée et frissonna.

— Tu as froid ?

— C'est le Coca.

Mais elle réprima un second tremblement, et ses lèvres frémirent comme si elle allait se mettre à claquer des dents. Son joli haut paraissait trop fin pour être efficace. Il collait à sa peau, presque aussi fragile que celle-ci.

— Tu n'as pas pris de veste ?

— Si.

Elle regarda autour d'elle, perplexe.

— Oh, je l'ai oubliée dans la voiture de Jessica.

Je retirai la mienne, en espérant que la froideur de mon corps qui l'imprégnait ne gâcherait pas ma galanterie. J'aurais préféré lui offrir un vêtement plus chaud. Elle fixa celui-ci en rougissant. À quoi pensait-elle ? Je lui tendis ma veste par-dessus la table, et elle l'enfila aussitôt, fut secouée par un autre tremblement.

Oui, décidément, il aurait été agréable de lui apporter un peu de chaleur.

— Merci, me dit-elle.

Elle inspira et entreprit de remonter les manches trop longues. Inspira encore. La soirée virait-elle enfin à la détente ? Bella n'était pas plus pâle que d'habitude. Sa peau était toute d'ivoire et de roses, par contraste avec le bleu de sa blouse.

— Cette couleur sied à merveille à ton teint, la complimentai-je en toute honnêteté.

Malgré sa bonne mine, je ne voulais pas tenter le sort. Je poussai les gressins vers elle.

— Je t'assure que je ne suis pas sous le choc, objecta-t-elle, ayant deviné mes intentions.

— Tu devrais. N'importe quel être normalement constitué le serait. Tu n'as même pas l'air ébranlée.

Je la fixai avec désapprobation, fâché qu'elle ne soit pas normale, me demandant tout de suite après si je souhaitais qu'elle le soit.

— Je me sens très en sécurité avec toi.

Ses yeux trahissaient une confiance dont j'étais indigne. Malheureusement, ses instincts étaient faux, elle pensait à l'envers. Elle ne savait pas reconnaître le danger, à la différence des autres mortels. Elle réagissait à contre-courant. Au lieu de s'enfuir, elle s'attardait, attirée par ce qui aurait dû l'épouvanter.

Comment allais-je pouvoir la protéger de moi quand *ni elle ni moi* ne le souhaitions ?

— Cela devient plus compliqué que je ne l'avais prévu, marmonnai-je.

Elle médita mes paroles. Quelle serait sa conclusion ? S'emparant d'un gressin, elle se mit à le grignoter sans y prêter attention. Au bout d'un moment, elle inclina la tête sur le côté, pensive.

— D'habitude, tu es de meilleure humeur, quand tes yeux sont aussi clairs, lança-t-elle d'une voix décontractée.

Cette observation, lâchée l'air de rien, m'abasourdit.

— Pardon ?

— Je me suis aperçue que plus tes yeux étaient sombres, plus tu étais maussade. D'ailleurs, j'ai une théorie à ce sujet.

Elle avait donc échafaudé des hypothèses. Pas étonnant. L'effroi me saisit. S'était-elle approchée de la vérité ?

— Encore une ? maugréai-je.

Elle acquiesça en croquant avec nonchalance son gressin, comme si elle n'était pas en train de discuter de la nature d'un démon avec le démon en personne.

— J'espère que tu seras plus créative, cette fois, mentis-je (je priais au contraire pour qu'elle se trompe, qu'elle soit à des kilomètres de la réalité). À moins que tu ne l'aies empruntée à d'autres BD ?

— Non. Mais ce n'est pas moi qui l'ai trouvée, admit-elle.

— Et ? sifflai-je entre mes dents.

Si elle avait été sur le point de paniquer, elle ne se serait pas exprimée avec autant de calme, n'est-ce pas ? Elle hésita en se mordillant la lèvre. À cet instant, la serveuse surgit et déposa son assiette devant elle avant de me demander si je n'avais pas changé d'avis. Je répondis que non, mais commandai un nouveau Coca – elle n'avait pas remarqué les verres vides.

— Alors, cette théorie ? repris-je dès que nous fûmes seuls.

— Je t'en parlerai dans la voiture, objecta Bella à voix basse. (Ah, ça n'augurait rien de bon si elle préférait parler sans témoins.) Seulement si…

— Des conditions ? répliquai-je, si anxieux que j'en grommelais presque.

— C'est que j'ai quelques questions, bien sûr.

— Bien sûr, opinai-je d'un ton sec.

Ses interrogations devraient suffire à m'indiquer ce qu'elle avait en tête. Mais comment y répondrais-je ? À coup de mensonges plausibles ? Jouerais-je au contraire la carte de la vérité, ce qui l'éloignerait définitivement de moi ? À moins que, incapable de me décider, je me taise ?

L'employée revint avec les boissons et repartit.

— Très bien. Vas-y ! lançai-je, mâchoires serrées.

— Que fais-tu à Port Angeles ?

Venant d'elle, c'était trop simple. Ça ne m'apprenait rien, alors que ma réponse, pour peu que je sois honnête, en trahirait trop. Qu'elle se dévoile la première.

— Question suivante.

— Mais c'est la plus facile !

— Suivante, répétai-je.

L'esquive la mit en colère. Évitant de me regarder, elle contempla son dîner, piqua un de ses raviolis et mâcha avec une lenteur délibérée en réfléchissant. Soudain, une étrange comparaison me traversa l'esprit : j'eus l'impression de voir Perséphone manger ses graines de grenade, se condamnant ainsi aux Enfers. Et moi, étais-je Hadès qui convoitait le printemps, le dérobait, le condamnait à une nuit éternelle ? Je tentai d'effacer cette image peu flatteuse. Elle fit passer sa bouchée de nourriture avec une gorgée de Coca et releva la tête.

— Très bien, dit-elle, les yeux plissés par le soupçon, admettons, et ce n'est qu'une hypothèse, que… quelqu'un sache lire dans les pensées des gens… à quelques exceptions près.

Ç'aurait pu être pire.

Et ça expliquait le demi-sourire dans la voiture. Elle était douée. Personne n'avait jamais rien suspecté, jusqu'à maintenant. À part Carlisle, ce qui ne lui avait pas été très compliqué à l'époque, car j'avais eu tendance à réagir à ses pensées sans qu'il les ait formulées. Il avait compris le phénomène avant moi.

Bref, la question n'était pas si terrible. Même si Bella avait clairement subodoré que j'étais hors norme, on n'était pas dans l'horreur. Après tout, la télépathie n'était pas une caractéristique première des vampires. Je décidai de jouer le jeu.

— À *une* exception près, rectifiai-je.

Elle ravala un sourire ravi.

— Comment ça marche ? continua-t-elle. Quelles sont les limites ? Comment ce… quelqu'un… parviendrait-il à deviner où une personne se trouve à un moment précis ? Comment saurait-il qu'elle a des ennuis ?

— Théoriquement ?

— Oui.

Elle était dévorée par la curiosité.

— Eh bien, si ce… quelqu'un…

— Appelons-le Joe.

Son enthousiasme m'arracha un sourire à mon tour. Était-elle donc si persuadée que la vérité était une bonne chose ? Si mes secrets avaient été agréables, pourquoi les lui aurais-je tus ?

— Va pour Joe, concédai-je. Si Joe avait été plus attentif, le timing n'aurait pas été aussi serré. (Je secouai la tête et réprimai un frisson.) Il n'y a que toi pour t'attirer des problèmes dans une aussi petite ville. Tu aurais ruiné leurs statistiques sur la délinquance pour dix ans, tu sais.

— Nous parlons d'un cas hypothétique, protesta-t-elle en se renfrognant.

Cette fois, son irritation me fit carrément rire. Ses lèvres, sa peau… Elles avaient l'air si douces. J'aurais aimé en vérifier le velouté. Mais impossible, puisque mon contact la dégoûtait.

— En effet, admis-je, revenant à notre conversation pour ne pas déprimer. T'appellerons-nous Jane ?

Elle se pencha vers moi, toute colère oubliée.

— Comment as-tu su ? insista-t-elle d'une voix feutrée, intense.

Devais-je avouer ? Si oui, dans quelles proportions ?

J'étais tenté. Je voulais être digne de la foi que je lisais dans ses yeux.

— Tu peux avoir confiance en moi, murmura-t-elle comme si *elle* avait déchiffré mon esprit.

Elle tendit la main pour effleurer mes doigts croisés devant moi sur la table vide. Je les retirai aussitôt, peu désireux d'assister à la répugnance que ne manquerait pas de lui inspirer ma peau glaciale. Elle n'insista pas.

J'étais certain de pouvoir lui confier mes secrets sans qu'elle les trahisse. Elle suivait un code d'honneur, elle n'était que bonté. En revanche, je ne pouvais pas être sûr qu'elle n'en serait pas horrifiée. Il *fallait* qu'elle le soit. La réalité *était* horrible.

— Je ne suis pas sûr d'avoir encore le choix, chuchotai-je.

Je me souvenais de m'être moqué d'elle en lui reprochant d'être « particulièrement inattentive ». Sauf erreur de ma part, je l'avais vexée. Je pouvais au moins réparer cette injustice.

— Je me suis trompé, poursuivis-je. Tu es beaucoup plus observatrice que je ne le pensais.

Sans parler de toutes les autres qualités dont je la parais.

— Et moi qui croyais que tu avais toujours raison.

— Avant, oui.

Avant, j'avais toujours su où j'allais. Avant, je n'avais jamais douté de mes actes. À présent, tout n'était que chaos et tumulte. Je l'assumerais, cependant. Si ça signifiait que je pouvais être auprès d'elle.

— J'ai commis une deuxième erreur à ton sujet, enchaînai-je. Ce ne sont pas les accidents que tu attires, cette classification est encore trop réduite : ce sont les ennuis. Dès qu'un danger surgit dans un rayon de quinze kilomètres, il est invariablement pour toi.

Pour quelle raison ? Qu'avait-elle fait pour mériter ça ?

— Et tu te places toi-même dans cette catégorie ? demanda-t-elle d'un air grave.

Plus que les autres, cette question exigeait que je sois franc.

— Assurément.

De nouveau, elle plissa les yeux, mais pas sous l'effet de la suspicion, cette fois, sous celui d'une étonnante compassion. Ses lèvres s'étirèrent sur ce sourire spécifique que je ne lui avais vu adresser qu'aux êtres en détresse. D'un geste délibérément lent, elle me tendit sa main. Je reculai les miennes d'un centimètre. Décidée à me toucher, elle continua d'avancer la sienne. Je retins mon souffle, pas à cause de son odeur, parce qu'une soudaine tension s'était emparée de moi. J'avais peur. Révulsée par ma peau, elle allait se sauver.

Du bout des doigts tièdes, elle caressa le dos de ma main. La sensation fut unique. Presque un pur plaisir. S'il n'y avait pas eu cette peur, s'entend. Toujours incapable de respirer, je l'observai qui effleurait la pierre froide de mon épiderme. Son sourire soucieux laissa la place à une expression plus chaleureuse, enjouée.

— Merci, me dit-elle. Cela fait deux fois, désormais.

Ses doigts légers s'attardaient, comme s'ils appréciaient le contact.

— Essayons d'éviter une troisième occasion, répondis-je le plus sereinement possible.

Elle fronça les sourcils, opina cependant. Je lui retirai mes mains, les dissimulai sous la table. Aussi délicieuse soit la sensation, je n'avais pas envie que la magie de sa tolérance se transforme en rejet.

À défaut de son cerveau, je sondai son regard. Il en émanait une foi et un émerveillement palpables. Ce fut là que je compris que je *souhaitais* répondre à ses questions. Non parce que je le lui devais, mais parce que j'aspirais à sa confiance.

Je voulais qu'elle me *connaisse*.

— Je t'ai suivie à Port Angeles, dis-je.

Les mots se mirent à sortir à toute vitesse, trop vite, hors de contrôle. J'étais conscient du risque que je prenais, du danger que représentait la vérité. Son calme apparent pouvait à tout moment exploser en crise d'hystérie. Paradoxalement, cette éventualité accéléra mon débit.

— C'est la première fois que je m'évertue à garder une personne en vie, enchaînai-je, ce qui est beaucoup plus difficile que je le supposais. Sans doute parce qu'il s'agit de toi. Les gens ordinaires, eux, ont l'air de traverser l'existence sans collectionner les catastrophes.

Je m'interrompis, la dévisageai. Son sourire s'élargit encore, la profondeur de ses prunelles sombres sembla s'accentuer.

Je venais de lui avouer que je la traquais, et elle souriait !

— As-tu jamais songé que les Parques avaient jugé que mon heure était venue, cette première fois, avec le fourgon, et que tu avais influé sur le destin ? me demanda-t-elle.

— Ce n'était pas la première fois, soufflai-je.

Je baissai les yeux sur la nappe bordeaux, me voûtai sous le poids de la honte. Les barrières étaient tombées, la vérité continuait de se déverser sans vergogne.

— La première fois, ç'a été quand je t'ai rencontrée, précisai-je.

Rien de plus exact. J'avais été suspendu au-dessus de son existence, telle une épée de Damoclès, comme si le destin, pour reprendre son mot, l'avait ordonné. Comme si elle avait été vouée à la mort par un sort cruel et injuste, qui s'acharnait sur elle en me mettant, bras armé malgré moi, sur sa route. Il était facile de se représenter cette destinée sous les traits d'une vielle sorcière jalouse et horrible, d'une harpie vengeresse.

J'aurais aimé que quelque chose ou quelqu'un soit derrière ça afin d'avoir un ennemi concret à affronter. Quelque chose, n'importe quoi que je puisse détruire pour que Bella soit en sécurité.

Cette dernière gardait le silence, elle respirait plus vite.

Je relevai la tête vers elle, certain de déceler cette frayeur que j'avais tant redoutée. Ne venais-je pas de reconnaître que j'avais été tout proche de la tuer ? Plus proche que le fourgon qui avait pourtant bien failli l'écraser ? Or son visage restait serein, son regard n'était que compassion.

— Tu te souviens ? insistai-je.

— Oui, répondit-elle avec une calme conscience de la situation.

Elle savait. Elle savait que j'avais rêvé de l'assassiner. Pourquoi ne hurlait-elle pas ?

— Et pourtant, tu es là, assise avec moi, dis-je pour la mettre face à ses contradictions.

— Et pourtant, je suis là… à cause de toi. Parce que tu as réussi à me trouver. J'ignore toujours comment, d'ailleurs…

Reprise par son insatiable curiosité, elle avait abruptement changé de sujet. De mon côté, je tentai de nouveau et sans beaucoup d'espoir, de percer l'armure qui défendait ses pensées. Je ne la comprenais pas. Comment réussissait-elle à passer à autre chose avec cette réalité violente qui planait au-dessus de nous ? Or elle patientait, à l'affût. Son teint, naturellement pâle, ne cessait de m'inquiéter. Elle n'avait presque pas touché à son assiette. Si je continuais à lui en révéler trop, elle ne se remettrait pas du choc. Je formulai mes conditions :

— Tu manges, j'explique.

Elle soupesa ma proposition en moins d'une seconde, puis avala un ravioli avec un empressement qui démentait son calme apparent. Ma réponse lui importait plus qu'elle ne le montrait.

— Ça a été plus difficile que prévu de te suivre à la trace. D'habitude, ça ne me pose pas autant de problème. Il suffit que j'aie déjà lu dans l'esprit de la personne.

Je l'observai attentivement. Deviner était une chose, entendre confirmer ses hypothèses en était une autre. Immobile, elle n'exprimait rien. Je guettai son affolement en serrant les dents. Elle se contenta cependant de cligner des paupières et d'enfourner une nouvelle bouchée. Elle avait hâte que je poursuive.

— Je gardai l'œil sur Jessica, révélai-je en surveillant l'effet de chaque mot. Un peu distraitement, je l'avoue. Comme je te l'ai dit, seule toi pouvais te fourrer dans les ennuis à Port Angeles...

Je pris un malin plaisir à souligner ce détail. Savait-elle que les autres humains ne frôlaient pas la mort aussi souvent qu'elle ou croyait-elle que ce qui lui arrivait était normal ?

— Bref, je n'ai pas tout de suite compris que tu étais partie de ton côté. Quand je me suis aperçu que tu n'étais plus avec elle, je t'ai cherchée dans la librairie qui flottait dans sa tête. J'ai tout de suite deviné que tu n'y avais pas mis les pieds et que tu t'étais dirigée vers le sud... Je savais aussi que tu serais bientôt obligée de revenir sur tes pas. Donc, je t'ai attendue en scannant au hasard les esprits des gens alentour afin de déceler si quelqu'un t'avait remarquée, ce qui m'aurait renseigné sur l'endroit où tu pouvais être. Je n'avais aucune raison de m'inquiéter... Pourtant, j'étais étrangement anxieux...

Me remémorant ma panique, je sentis mon souffle s'accélérer. Le parfum de Bella m'incendiait la gorge, et j'en fus heureux. Tant que je souffrais, elle restait en vie.

Tant que je brûlais, elle était en sécurité.

— J'ai tourné en voiture dans le quartier, aux aguets. (Comprenait-elle ce que recouvrait l'expression ? Mon récit devait être un peu confus.) Le jour se couchait et je m'apprêtais à continuer à pied quand...

Le souvenir resurgit, aussi clair et vivace que si je revivais l'instant, et les mêmes envies de meurtre me submergèrent, pétrifiant mon corps dans une gangue de glace. Je voulais que cet homme meure. Il aurait *dû* mourir. Mâchoire crispée, je m'efforçai de rester assis. J'étais encore indispensable à Bella, rien d'autre ne comptait.

— Et ensuite ? souffla-t-elle en écarquillant ses grands yeux.

— J'ai perçu ce qu'ils préparaient, grondai-je, incapable de maîtriser ma voix. J'ai distingué ton visage dans leurs esprits.

Je savais où trouver Lanny. Ses sombres pensées se déversaient dans la nuit, m'attiraient vers elles. Je me cachai le visage, conscient qu'il révélait ce que j'étais – un chasseur, un tueur. Sous mes paupières fermées, j'invoquai l'image de Bella afin de recouvrer mon calme. Son ossature délicate, le fin fourreau de sa peau blanche. Elle était trop vulnérable pour ce monde. Elle avait *besoin* d'un protecteur. Or, par quelque défaillance du destin, j'étais ce qui s'en rapprochait le plus.

J'essayai de lui expliquer la violence de ma réaction :

— Ça a été très dur… tu ne peux pas imaginer à quel point, de me contenter de t'emporter en les laissant… vivre. J'aurais pu te ramener à Jessica et Angela et m'en aller, mais j'avais peur, une fois seul, de ne pas résister à mon envie de les pourchasser.

Pour la seconde fois, je confessais mes intentions criminelles. Celles-là, au moins, étaient défendables.

Elle ne broncha pas tandis que je m'efforçais de me contrôler. J'écoutai son cœur. Heurté au début, son rythme finit par s'apaiser. Sa respiration recouvra sa lente régularité.

J'avais atteint mes limites. Il fallait que je rentre à la maison avant de…

Éliminerais-je ce monstre ? Redeviendrais-je un meurtrier alors qu'elle avait foi en moi ? Avais-je les moyens de m'empêcher de passer à l'acte ?

Elle avait promis de me confier sa dernière théorie dès que nous serions seuls. Tenais-je à l'entendre ? J'étais tenté, mais je craignais que la récompense à ma curiosité soit pire que mon ignorance.

Et puis, elle devait avoir son comptant de vérité pour ce soir.

Je la regardai. Si elle avait blêmi, elle tenait le coup.

— On rentre ? lui proposai-je.

— Quand tu veux, répondit-elle en choisissant ses mots, comme si un simple « oui » ne suffisait pas à exprimer ce qu'elle souhaitait dire.

Frustrant.

Ayant entendu Bella alors qu'elle traînassait derrière le paravent en se demandant ce qu'elle pouvait bien m'offrir d'autre, la serveuse revint. J'aurais volontiers levé les yeux au ciel devant certaines de ses idées.

— Tout s'est bien passé ? s'enquit-elle auprès de moi.

— Oui, merci. La note, s'il vous plaît, lâchai-je sans la regarder.

L'employée se mit à haleter un peu, momentanément éblouie – pour reprendre la formule de Bella – par ma voix. J'eus une brusque révélation en percevant la façon dont mes intonations résonnaient dans l'esprit de cette mortelle sans intérêt, et je compris pourquoi j'avais tant de succès auprès des dames aujourd'hui, pourquoi elles n'éprouvaient pas la peur habituelle.

C'était à cause de Bella. À force de vouloir la protéger de moi-même, de paraître moins effrayant, d'être *humain*, je m'étais adouci. J'avais si bien dissimulé l'abomination qui couvait en moi que les gens ne distinguaient plus que ma beauté. Je me tournai vers la serveuse et attendis qu'elle se ressaisisse. La situation, maintenant que je l'avais saisie, me semblait amusante.

— Oh, oui, bien sûr, balbutia-t-elle.

Elle me tendit l'étui dans lequel se trouvait la note, de même que la carte sur laquelle elle avait écrit son nom et son numéro de téléphone.

Oui, je m'amusais bien.

J'avais préparé un billet et lui rendis aussitôt l'étui afin qu'elle ne guette pas un coup de fil que je ne passerais jamais.

— Gardez la monnaie, précisai-je en espérant que l'ampleur du pourboire compenserait sa déception.

Je me levai, et Bella se dépêcha de m'imiter. J'aurais aimé lui prendre la main, mais je songeai que ce serait sans doute trop en demander. Je remerciai l'employée tout en couvant ma compagne des yeux. Elle aussi avait l'air de s'amuser.

Dehors, je m'arrangeai pour me tenir aussi près que possible de Bella. Assez près pour que la chaleur qui émanait d'elle me soit perceptible. Je lui tins la portière de la voiture, et elle s'y installa avec un léger soupir. Avait-elle des regrets ? Si oui, lesquels ? Je m'apprêtais à lui poser la question quand elle baissa soudain la tête, embarrassée. Ça attisa ma curiosité, tout en m'incitant à ne pas insister. Je fis le tour de la Volvo et m'assis au volant.

Dans le silence, je mis le contact et tournai le chauffage à fond. La météo clémente avait brusquement pris fin. L'habitacle glacé devait être inconfortable pour Bella. Un mince sourire aux lèvres, elle se blottit dans ma veste.

Retardant la conversation au maximum, j'attendis que les voyants lumineux du tableau de bord s'estompent. L'obscurité me donna l'impression d'être seul au monde avec elle.

Était-ce raisonnable ? La voiture paraissait très petite. Le parfum de Bella tournoyait et forcissait dans le courant d'air chaud craché par la ventilation. On aurait dit qu'une troisième entité, indépendante, occupait l'espace exigu. Une entité qui exigeait qu'on fasse cas de sa présence.

Pour ce qui me concernait, elle avait gagné, même si l'incendie était tolérable. Il était un prix à payer acceptable pour tout ce que j'avais reçu au cours de ce dîner, plus que ce que j'aurais été en droit d'espérer. Bella était toujours à côté de moi, consentante. Je lui devais bien ça en retour. Une offrande à brûler sur l'autel d'une divinité.

Si, dorénavant, j'étais capable de me contenter de ça – me consumer et rien d'autre. Malheureusement, j'avais le venin à la bouche et les muscles tendus comme pour une partie de chasse.

Il fallait que je repousse ces pensées. Or j'avais sous la main de quoi m'en distraire.

— Et maintenant, à ton tour, dis-je, ma crainte de sa réaction allégeant un peu le feu qui me dévorait.

10

THÉORIE

— Tu m'autorises une dernière petite question ? m'implora-t-elle au lieu de répondre à mon exigence.

À cran, je craignais le pire. Pourtant, comme j'étais tenté de faire durer ce moment. De l'avoir avec moi et de son plein gré encore quelques instants. Pris entre ces deux feux, je soupirai.

— Une seule alors, finis-je par céder.

Elle hésita comme si elle réfléchissait soigneusement à ce qu'elle allait me demander.

— Comment as-tu deviné que je n'étais pas entrée dans la librairie mais que j'étais partie vers le sud ?

Je me concentrai sur le pare-brise. Encore une interrogation qui ne révélerait rien d'elle mais trop de moi.

— Je croyais que nous étions d'accord pour être francs, râla-t-elle, déçue.

De la part d'une fille qui, volontairement ou non, se montrait toujours si évasive à son propre sujet, c'était assez ironique. Elle souhaitait que je sois franc ? Je le serais. De toute façon, cette conversation allait forcément mal se terminer.

— Tu l'auras voulu, bougonnai-je. Je t'ai *flairée*.

Je l'aurais volontiers regardée si je n'avais redouté son expression. J'écoutai donc sa respiration, qui s'emballa avant de ralentir à un rythme normal. Lorsqu'elle reprit la parole, ce fut d'une voix étonnamment ferme.

— Tu n'as toujours pas répondu à ma première question.

Cette fois, je me tournai vers elle. Elle essayait de gagner du temps, elle aussi.

— Laquelle ? grognai-je.

— Comment tu arrives à lire dans les pensées des autres. Ça marche avec tout le monde ? N'importe où ? Tu t'y prends de quelle façon ? Est-ce que tes frères et sœurs…

Elle s'interrompit, rougissante.

— Ça fait beaucoup de questions, tout ça.

Elle s'entêta à me fixer, dans l'attente. Ma foi, pourquoi pas ? Elle avait déjà deviné la plupart des réponses qu'elle cherchait, et ce sujet était moins sensible que celui qui menaçait.

— Non. Je suis le seul. Ça ne réussit pas toujours, et je dois être assez près des gens. Plus la « voix » m'est familière, plus je la capte de loin. Mais dans un rayon de quelques kilomètres seulement.

Je songeai à la meilleure façon de décrire le phénomène, à une comparaison qui l'aiderait à comprendre.

— C'est un peu comme si tu étais dans un grand hall bondé où tout le monde parlerait en même temps, poursuivis-je. Je ne perçois qu'un bourdonnement, un brouhaha, jusqu'à ce que je me focalise sur une voix. Alors, ce que pense la personne devient clair. En général, j'évite l'exercice, parce qu'il est assez perturbant. Et puis, il est tellement plus facile de paraître… normal (je fronçai les sourcils) en répondant aux paroles de quelqu'un plutôt qu'à ses réflexions.

— À ton avis, pourquoi est-ce que tu ne m'entends pas, moi ?

Là encore, je dis la vérité.

— Je n'en sais rien. J'imagine que ton esprit ne fonctionne pas de la même manière que celui des autres. Disons que tu émettrais sur ondes courtes alors que je serais branché sur les grandes.

Aussitôt, je me dis que ma nouvelle comparaison n'allait pas lui plaire, et je souris à l'idée de sa réaction. Je ne fus pas déçu.

— Mon esprit est détraqué, c'est ça ? s'insurgea-t-elle. Je suis dingue ?

On était repartis pour l'ironie.

— C'est moi qui décrypte les cerveaux des autres, et c'est toi qui te crois folle ! m'esclaffai-je.

Si elle était douée pour saisir les détails, elle se trompait complètement quand on en venait aux grandes lignes. Son instinct lui faisait toujours défaut.

— Ne t'inquiète pas, il s'agit juste d'une théorie, la rassurai-je en voyant qu'elle se mordillait la lèvre, et que se petite ride s'était creusée.

À propos de théorie, il y en avait une plus importante à aborder. J'avais hâte d'en être débarrassé. Chaque minute qui s'égrenait me donnait l'impression d'un sursis.

— Ce qui nous ramène à toi, terminai-je.

Elle soupira sans cesser de se mordre la lèvre (elle allait finir par se faire mal) puis plongea son regard dans le mien.

— Franchise, franchise, la narguai-je.

Elle baissa la tête, en proie à un dilemme. Tout à coup, elle se raidit et écarquilla les yeux. Pour la première fois de la soirée, un éclat apeuré traversa son visage.

— Nom d'un chien ! hurla-t-elle.

Je m'affolai. Qu'avait-elle vu ? Comment m'étais-je débrouillé pour l'effrayer ainsi ?

— Moins vite !

— Qu'y a-t-il ? demandai-je, incapable de comprendre d'où lui venait sa terreur.

— Tu roules à cent soixante kilomètres-heure ! brailla-t-elle.

Elle jeta un coup d'œil dehors, sursauta en découvrant les arbres sombres qui défilaient à toute allure. Un détail, encore et toujours, et elle piaillait de terreur. Je levai les yeux au ciel.

— Du calme, Bella !

— Tu veux notre mort ou quoi ?

— Pas de panique !

Elle inspira à fond.

— Tu as une urgence ? s'enquit-elle d'un ton un peu moins hystérique.

— J'aime bien conduire vite.

Je me tournai vers elle, son expression choquée m'amusa.

— Regarde où tu vas !

— Je n'ai jamais eu d'accident, Bella. Ni d'amende. J'ai un radar intégré.

Je me tapotai le front en rigolant. Pouvoir plaisanter avec elle en cet instant était d'une absurdité qui rendait la situation encore plus comique.

— Très drôle, répliqua-t-elle, d'un ton plus apeuré que furieux. Charlie est flic, je te signale. On m'a appris à respecter les lois. Je sais bien que si jamais tu enroulais ta Volvo autour d'un arbre, tu t'en sortirais sans une égratignure...

— Probablement, admis-je avec un nouveau rire, dénué d'humour cette fois. Mais pas toi.

Oui, en cas d'accident, elle et moi ne serions pas à égalité. Elle avait raison d'avoir la frousse, même si j'étais habile au volant. Je levai le pied avec un gros soupir.

— Contente ?

— Presque, ronchonna-t-elle après avoir consulté le compteur.

C'était encore trop rapide à son goût ?

— Je déteste rouler lentement, maugréai-je en ralentissant encore.

— Parce que tu trouves ça lent ?

— J'en ai assez de tes commentaires ! me fâchai-je. Raconte-moi ta théorie, plutôt.

Elle avait esquivé la question à combien de reprises, depuis le début de la conversation ? Trois, quatre ? Ses déductions étaient-elles si affreuses qu'elle se sentait obligée de les fuir ? Moi, j'avais besoin de savoir. Tout de suite. Elle recommença à se manger les lèvres, afficha une expression qui ressemblait à du chagrin. Dominant mon impatience, parce que je ne voulais pas la bouleverser, j'adoucis ma voix :

— Je ne rirai pas, promis-je en espérant que seule sa gêne la retenait de parler.

— J'ai plus peur de ta colère.

— C'est si délirant que ça ? répondis-je en m'efforçant de garder un ton nonchalant.

— Pas mal, oui.

Elle baissa les yeux, refusant de me regarder. Les secondes s'écoulèrent.

— Vas-y, l'encourageai-je.

— Je ne sais pas trop par quoi commencer, avoua-t-elle d'une toute petite voix.

— Par le début… (Je me rappelai ses paroles d'avant le dîner.) Tu m'as dit que tu n'avais pas inventé ta théorie toute seule.

— Non.

Je réfléchis à ce qui avait pu l'inspirer.

— Qu'est-ce qui t'a mis sur cette voie ? Un livre ? Un film ?

Je regrettai de ne pas avoir profité de son absence pour examiner la bibliothèque de sa chambre. J'ignorai si Bram Stoker ou Anne Rice figuraient dans sa pile de vieux bouquins.

— Non. Ça s'est passé samedi, au bord de la mer.

Je ne m'attendais pas à ça. Les ragots locaux ne s'étaient jamais aventurés dans des supputations trop bizarres ou précises. Avais-je loupé une rumeur ? Me lançant un coup d'œil en douce, Bella remarqua ma surprise.

— Je suis tombée sur un vieil ami de la famille. Jacob Black. Son père et Charlie se connaissent depuis que je suis petite.

Jacob Black… sans m'être familier, ce nom m'évoquait quelque chose… Des temps anciens. Les yeux rivés sur le pare-brise, je fouillai dans ma mémoire.

— Son père est un des Anciens de la tribu des Quileute.

Jacob Black. *Ephraïm Black.* Un descendant, sans doute.

Ça ne pouvait être pire.

Elle savait.

Je réfléchis à toutes les conséquences que ça impliquait, tandis que la voiture filait sur les lacets de la route. J'étais pétrifié par l'angoisse, mon corps ne bougeait plus, sauf pour effectuer les petits mouvements automatiques nécessaires à la conduite.

Elle savait.

Mais alors... Si elle avait appris la vérité le samedi, elle l'avait gardée par-devers elle toute la soirée...

— Nous nous sommes promenés, et il m'a raconté quelques-unes de leurs vieilles légendes, histoire de me faire peur. L'une d'elles...

Elle s'interrompit, même si ses scrupules n'avaient plus de raisons d'être. Je devinais ce qu'elle allait ajouter. Le seul mystère qui subsistait, c'était ce qu'elle fichait avec moi en cet instant.

— Continue, l'encourageai-je.

— Elle portait sur les vampires.

L'entendre prononcer le mot fut pire que de découvrir qu'elle savait. Je tressaillis avant de me reprendre.

— Et tu as aussitôt songé à moi ? demandai-je.

— Non. C'est lui qui... a mentionné ta famille.

Qu'un descendant d'Ephraïm ait enfreint le traité que lui-même s'était engagé à respecter ! Quelle ironie ! Un petit-fils, un arrière-petit-fils peut-être. À quand cela remontait-il ? Soixante-dix ans ? J'aurais dû me douter que les vieillards qui *croyaient* à ces légendes n'étaient pas une menace. Non, le danger que nous soyons découverts venait des jeunes générations, de ceux qui avaient été avertis mais qui se moquaient de ces vieux contes de bonne femme.

J'allais sûrement devoir me résoudre à massacrer cette petite tribu côtière sans défense. Ephraïm et sa meute de protecteurs étaient morts depuis belle lurette.

— Il estime que ce sont des superstitions idiotes, précisa soudain Bella avec des intonations inquiètes, comme si, encore une fois, *elle* était capable de lire dans *mes* pensées. Apparemment, il n'escomptait pas que je les prendrais au sérieux.

Du coin de l'œil, je constatai qu'elle se tordait les mains.

— C'est ma faute, en fait, précisa-t-elle au bout d'une minute, avant de baisser la tête, l'air honteux. Je l'ai amené à m'en parler, exprès.

— Pourquoi ?

Je n'avais pas trop de mal à rester serein. Le pire était passé. Tant que nous discutions des détails de cette révélation, nous n'abordions pas le sujet épineux de ses répercussions.

— Lauren a fait une allusion à toi. Pour me provoquer.

Une grimace lui échappa. Une provocation ? À cause de moi ? Étonnant.

— Et un Indien plus âgé a rétorqué que ta famille ne mettait pas les pieds dans la réserve. Sa phrase paraissait être à double sens, alors j'ai réussi à isoler Jacob et je l'ai manipulé.

Elle s'affaissa un peu plus dans son siège, et j'eus l'impression qu'elle se sentait… coupable. Me détournant, j'eus un rire bref et sec. Coupable, elle ? Qu'avait-elle donc commis d'atroce pour mériter ce blâme ?

— Comment t'y es-tu prise ?

— Je l'ai dragué. Enfin, j'ai essayé. Ça a fonctionné au-delà de mes espérances, d'ailleurs.

À sa voix incrédule, je compris qu'elle n'en revenait toujours pas. J'en étais réduit à imaginer, vu l'attirance qu'elle exerçait en toute inconscience sur l'ensemble de la gent masculine, ce que ça devait donner quand elle s'y frottait en toute conscience. J'eus brusquement de la peine pour l'innocent qui avait subi de plein fouet la puissance de sa séduction. En même temps, je regrettai de ne pas avoir entendu les réactions du garçon, de ne pas avoir assisté à cette mise à mort.

— J'aurais voulu voir ça, ricanai-je. Et tu oses m'accuser d'éblouir les gens. Pauvre Jacob Black !

Je n'étais pas aussi furieux que je l'aurais cru contre celui qui risquait de nous trahir. Il n'avait été qu'un pion. Comment s'attendre à ce que quelqu'un refuse à cette fille ce qu'elle voulait ?

Non, je n'avais que compassion pour lui, dont la paix de l'âme devait être depuis fort perturbée.

Sentant la chaleur du fard qu'elle piquait, je me tournai vers elle. Silencieuse, elle regardait par la vitre. Il était temps de revenir à notre histoire d'horreur.

— Et ensuite ?

— J'ai fait des recherches sur l'Internet.

Ah, ce sens pratique !

— Et ça t'a convaincue ?

— Non. Rien ne correspond. La plupart de ce que j'ai trouvé était stupide. Et après…

Elle se tut, je l'entendis serrer les dents.

— Quoi ?

Qu'avait-elle déniché ? Quel sens avait-elle donné à ce cauchemar ?

— J'ai décidé que ça n'avait pas d'importance, chuchota-t-elle au bout d'un moment.

Sous le choc, mon esprit s'arrêta durant une demi-seconde. Puis tout se mit en place. Pourquoi elle avait renvoyé ses amies ce soir au lieu de se sauver avec elles. Pourquoi elle était montée dans ma voiture au lieu de s'enfuir en appelant la police à grands cris. Elle avait de mauvaises réactions – toujours. Elle attirait le danger à elle. Elle l'invitait.

— *Pardon ?* sifflai-je.

J'étais furieux. Comment allais-je protéger une fille qui était si… si… si décidée à ne pas être protégée ?

— Non, murmura-t-elle avec une étonnante tendresse. Ce que tu es n'a pas d'importance.

Elle était franchement impossible !

— Que je sois un monstre inhumain te serait égal ?

— Oui.

Je commençais à soupçonner qu'il lui manquait une case.

Je devrais être en mesure de me débrouiller pour qu'elle reçoive les meilleurs soins… Carlisle aurait les relations qui nous permettraient de décrocher des rendez-vous auprès des plus grandes sommités médicales, des psys les plus brillants. Il était peut-être concevable de réparer ce qui clochait chez elle, ce qui lui permettait de rester assise sans paniquer, toute contente même, à côté d'un vampire. Je m'occuperais de dénicher un bel établissement, bien sûr, et je lui rendrais visite autant qu'on me le permettrait.

— Tu es en colère, soupira-t-elle. J'aurais mieux fait de me taire.

Comme si cacher son déséquilibre mental aurait aidé !

— Non. Je préfère connaître ton opinion, même si elle me met en rogne.

— Je me serais donc trompée une fois de plus ? se rebiffa-t-elle soudain.

— Ce n'est pas ça, fulminai-je. C'est ton attitude si désinvolte.

— Alors, j'ai raison ? hoqueta-t-elle.

— Parce que ça aurait de l'importance, hein ? contrai-je d'un ton cinglant.

Elle respira un bon coup.

— Pas vraiment, reconnut-elle, plus calme. Mais je suis curieuse.

« Pas vraiment. » Ça n'avait *pas vraiment* d'importance. Elle s'en fichait. Elle savait que j'étais inhumain, que j'étais un monstre, mais ça lui était égal. En parallèle de mes inquiétudes sur sa santé mentale, une minuscule bulle d'espoir gonflait en moi. J'essayai de l'écraser.

— Curieuse de quoi ?

Le secret avait été éventé. Les détails étaient secondaires, dorénavant.

— Quel âge as-tu ?

— Dix-sept ans, répondis-je aussitôt, rôdé par l'habitude.

— Et… depuis combien de temps ? insista-t-elle, un brin condescendante.

— Un bon moment, admis-je en retenant un sourire.

Elle laissa tomber et, soudain aux anges, m'adressa un sourire radieux. Qui s'élargit quand je la regardai, toujours inquiet pour son éventuelle folie. Je sourcillai.

— Ne rigole pas, mais comment se fait-il que tu sortes en plein jour ? continua-t-elle.

Je ris malgré son avertissement. Il était clair que ses recherches avaient donné les résultats habituels.

— C'est un mythe.

— Le soleil qui vous réduit en cendres ?

— Mythe.

— Vous dormez dans des cercueils ?

— Mythe.

Durant des décennies, le sommeil n'avait pas été un des éléments de ma vie. Jusqu'à ces dernières nuits, lorsque j'avais observé Bella en train de rêver.

— Je ne dors pas, précisai-je.

Il y eut un silence, puis :

— Pas du tout ?

— Jamais.

Je croisai son regard pénétrant, surpris, compassionnel et, tout à coup, l'absence de sommeil se rappela cruellement à moi. J'aurais tant voulu dormir, non pas pour m'abandonner à l'amnésie ou échapper à l'ennui, mais pour rêver. Si je parvenais à l'état d'inconscience, j'accéderais peut-être pendant quelques heures à un monde onirique où elle et moi pourrions être ensemble. Elle rêvait de moi. J'aspirais à rêver d'elle.

Elle me dévisageait avec une intensité si inquisitrice que je me détournai.

Je n'étais pas en mesure de rêver d'elle. Elle n'aurait pas dû rêver de moi.

— Tu as oublié le plus important, lui dis-je.

Le cœur muet dans mon torse de pierre me sembla plus dur et plus froid que jamais. Il fallait que je l'oblige à comprendre. Elle devrait finir par admettre que ce sujet *avait* de l'importance, plus que toutes les autres considérations. Comme l'amour que je lui portais.

— Quoi ? s'étonna-t-elle, prise au dépourvu.

— Mon régime alimentaire, lâchai-je en redoublant de sécheresse.

— Oh, ça… marmonna-t-elle sur un ton que je ne réussis pas à interpréter.

— Oui, ça. Tu n'as pas envie de savoir si je bois du sang ?

Elle sursauta. Enfin.

— Jacob a dit quelque chose à ce propos.

— Et qu'a dit Jacob ?

— Que vous ne… chassiez plus les humains. Que ta famille n'était pas censée représenter un danger parce qu'elle se nourrissait seulement d'animaux.

— Il a dit que nous n'étions pas dangereux ? ricanai-je.

— Pas exactement. Juste que vous n'étiez pas censés l'être. Même si les Quileute ne veulent pas de vous sur leur territoire, des fois que…

Je fixai la route, les idées embrouillées, la gorge en feu.

— Alors, il a raison ? insista-t-elle aussi calme que si elle avait annoncé la météo du jour. Vous ne chassez plus les humains ?

— Les Quileute ont bonne mémoire, murmurai-je.

Elle acquiesça, se plongea dans ses réflexions.

— Ne te réjouis pas trop vite, me dépêchai-je de préciser. Ils ont raison de garder leurs distances. Nous restons une menace.

— Comment ça ?

Logique qu'elle ne pige pas. Comment la convaincre ?

— Nous faisons des efforts. D'ordinaire, nous sommes très doués pour tout ce que nous entreprenons. Il arrive cependant que nous commettions des erreurs. Ainsi, quand je m'autorise à rester seul avec toi.

Son odeur régnait toujours en maître dans la voiture. Je m'y habituais, je parvenais presque à l'ignorer, mais il était indéniable que mon corps la désirait pour des buts inavouables. Le venin m'emplissait la bouche. Je déglutis.

— C'est une erreur ?

Il y avait de la tristesse dans sa voix, et j'en fus désarmé. Elle tenait à ma compagnie. Malgré tout, elle souhaitait ma présence. L'espoir se manifesta de nouveau, je le repoussai.

— Une erreur redoutable.

C'était la vérité. Comme j'aurais souhaité que cette dernière cesse d'être aussi essentielle !

Elle garda le silence. Sa respiration était plus heurtée, mais pas sous l'effet de la peur, apparemment.

— Dis-m'en plus, lança-t-elle, sur un ton soudain plein de détresse.

L'examinant avec soin, j'eus l'impression qu'elle souffrait. Qu'avais-je encore fait ?

— Que veux-tu savoir ?

Je me creusais la cervelle pour l'empêcher de souffrir. Il ne fallait pas qu'elle souffre. Je n'avais pas le droit de la laisser souffrir.

— Pourquoi vous chassez les animaux plutôt que les hommes, par exemple.

N'était-ce pas évident ? À moins que, ça non plus, ça ne compte pas à ses yeux.

— Je ne *veux pas* être un monstre, marmonnai-je.

— Pourtant, les animaux ne sont qu'un pis-aller…

Je cherchai une explication qui soit limpide.

— C'est une comparaison un peu hasardeuse, mais disons que ce serait comme vivre de tofu et de lait de soja pour toi. Nous nous traitons parfois de végétariens en guise de petite plaisanterie familiale. Notre régime ne comble jamais vraiment notre faim – notre soif, plutôt, même s'il nous donne la force de résister. En général. Il arrive que ce soit dur, cependant.

— C'est très difficile pour toi, en ce moment ?

Je soupirai. Il avait fallu qu'elle pose la question à laquelle je ne tenais pas à répondre, évidemment.

— Oui, reconnus-je.

Cette fois, sa réaction – respiration et rythme cardiaque normaux – ne me surprit pas, je l'attendais, même. Elle m'échappa, cependant. Pourquoi n'avait-elle pas peur ?

— Alors que tu n'as même pas faim, affirma-t-elle avec une confiance absolue.

— Qu'en sais-tu ?

— Tes yeux. J'ai remarqué que les gens, les hommes surtout, étaient plus bougons quand ils étaient affamés.

Sa désinvolture et l'emploi du mot « bougon », un euphémisme pour le moins, m'amusèrent. Même si, comme d'habitude, elle n'avait pas tort.

— Très observatrice, hein ? rigolai-je.

Elle eut un petit sourire, puis sa ride réapparut, signe qu'elle réfléchissait.

— Tu étais parti chasser, ce week-end avec Emmett ? me demanda-t-elle quand je me fus calmé.

Son naturel était aussi captivant qu'agaçant. Arrivait-elle vraiment à encaisser tout ça sans sourciller ? J'étais plus choqué qu'elle, visiblement.

— Oui.

Je ne comptais pas développer sauf que, brusquement, je cédai au même élan qu'au restaurant : je tenais à ce qu'elle me connaisse. J'enchaînai donc :

— Je n'en avais pas envie, mais c'était nécessaire. Il m'est un peu plus aisé de te fréquenter quand je n'ai pas soif.

— Pourquoi ne voulais-tu pas y aller ?

J'inspirai un bon coup et me tournai vers elle. L'honnêteté, ici, relevait d'une difficulté différente.

— Ça me rend... anxieux... (Là encore, je me sentis obligé de préciser.)... d'être loin de toi. Je ne plaisantais pas, jeudi dernier, lorsque je t'ai priée de ne pas tomber à l'eau ou d'éviter de te faire écraser. J'avais la tête ailleurs tant je m'inquiétais pour toi.

Et après ce qui s'est passé ce soir, je suis surpris que tu sois sortie indemne de ces deux jours. Enfin, presque indemne.

— Comment ça ?

— Les égratignures sur tes mains.

Elle soupira et sa bouche s'affaissa.

— Je suis tombée, avoua-t-elle.

— J'ai eu cette impression, acquiesçai-je sans réussir à retenir un sourire. Mais bon, avec toi, ça aurait pu être pire. Et ça m'a torturé tout le temps où j'étais loin de toi. Ces trois jours m'ont paru une éternité. J'ai vraiment tapé sur le système d'Emmett.

Pour être exact, c'était toujours d'actualité. J'énervais encore mon frère… toute la famille. Sauf Alice.

— Trois jours ? Tu n'es pas rentré aujourd'hui ?

Je ne compris pas le tranchant soudain de sa voix.

— Non, dimanche.

— Alors, pourquoi n'étais-tu pas au lycée ?

Son irritation me désarçonna. Elle n'eut pas l'air de s'apercevoir que sa question nous renvoyait aux mythes.

— Tu m'as demandé si je craignais de sortir au grand jour, et je t'ai répondu que non. Néanmoins, mieux vaut que j'évite le plein soleil. Du moins, en public.

— Pourquoi ? répéta-t-elle, toute colère envolée, tête inclinée sur le côté.

Je n'étais pas certain de trouver une comparaison parlante, sur ce coup-là. J'éludai.

— Je te montrerai, un jour.

Tout de suite, je me demandai si je tiendrais ou non ma promesse. La phrase m'était venue spontanément, mais je ne pensais pas être capable d'assumer. De toute façon, ce n'était pas un souci majeur. Je ne savais pas si je pourrais me permettre de la revoir après cette soirée. L'aimais-je assez pour la quitter ?

— Tu aurais pu m'appeler, dit-elle.

Quelle drôle d'idée !

— Il n'y avait pas de raison. Je savais que tu allais bien.

— Certes, mais moi, j'ignorais où tu étais. Je…

Elle s'interrompit, examina ses mains.

— Oui ?

— Je n'ai pas aimé, admit-elle timidement et en rougissant. Ne pas te voir. Moi aussi, je suis anxieuse quand tu n'es pas là.

Tu es content *de toi ?* m'engueulai-je intérieurement. Ça m'apprendrait à espérer. J'étais perplexe, enchanté, horrifié – horrifié surtout – de constater que mes attentes les plus folles étaient fondées. C'était pour ça qu'elle se moquait que je sois un monstre. Pour ça aussi que je me fichais des règles. Pour ça que le bien et le mal n'étaient plus des critères essentiels. Pour ça que mes priorités étaient descendues d'un barreau sur l'échelle afin de laisser la place du haut à cette fille.

Qui s'était attachée à moi.

Ce qu'elle éprouvait n'était sûrement rien, comparé à mon amour pour elle – mortelle, elle était susceptible d'évoluer. Elle n'était pas figée, sans perspective de guérison. Il n'empêche, elle tenait suffisamment à moi pour risquer sa vie en étant assise en ma compagnie dans cette voiture. De son plein gré.

Suffisamment pour qu'elle ait mal si j'agissais comme il faut et m'en allais.

Qu'y avait-il désormais que je puisse faire sans qu'elle souffre ?

Chaque mot que nous prononcions était une graine de grenade supplémentaire. Mon étrange vision à propos de Perséphone, tout à l'heure au restaurant, se révélait plus adéquate que je ne l'avais cru sur le moment.

J'aurais dû rester au loin. J'avais eu tort de revenir à Forks, où je ne pouvais que nuire à Bella.

Cela m'empêcherait-il de rester et d'aggraver la situation ?

Ce que je ressentais en cet instant, alors que la chaleur de sa peau effleurait la mienne…

Non ! Rien ne m'arrêterait !

— Ah, ronchonnai-je pour moi-même, ça ne va pas du tout.

— Qu'est-ce qu'il y a ? s'inquiéta-t-elle devant ma réaction, tout de suite prête à en endosser la responsabilité.

— Tu ne comprends donc pas, Bella ? Que je me rende malheureux est une chose, mais je refuse de t'impliquer. Je ne veux plus t'entendre dire pareilles balivernes.

C'était la vérité, c'était un mensonge. La part la plus égoïste de moi s'enthousiasmait à l'idée qu'elle me désire autant que je la désirais.

— C'est malsain, dangereux, ajoutai-je. Je pourrais te faire du mal, Bella, il faut que tu en aies conscience.

— Je m'en fiche ! protesta-t-elle, avec une moue entêtée et boudeuse.

— Je suis sérieux.

J'avais presque grondé tant je me débattais si désespérément avec moi-même, souhaitant qu'elle entende mes mises en garde tout en regrettant de devoir les formuler.

— Moi aussi. Je te le répète, je me moque de ce que tu es. Il est trop tard, de toute façon.

Trop tard ? Durant une interminable seconde, le monde devint d'un noir et blanc sinistre, tandis que, dans ma mémoire, les ombres s'allongeaient sur la pelouse ensoleillée en direction de la silhouette endormie de Bella. Inéluctables, irrépressibles, elles avalaient ses couleurs et la plongeaient dans les ténèbres des Enfers.

Trop tard ? La vision d'Alice s'imposa à moi, celle où Bella rivait sur moi ses prunelles écarlates impassibles. Il n'était pas concevable qu'elle ne me haïsse pas pour cet avenir. Pour lui avoir tout dérobé.

Il était impossible qu'il soit trop tard.

— Tais-toi ! fulminai-je.

Se mordant de nouveau la bouche, les poings serrés, haletante, elle était tournée vers sa vitre.

— À quoi penses-tu ? lui demandai-je.

Il fallait que je sache. Elle secoua la tête sans me regarder. Je distinguai un éclat pareil à un cristal sur sa joue.

— Tu pleures ?

Horrible ! Je l'avais fait pleurer ! Je l'avais blessée à ce point !

D'un revers de main, elle essuya ses larmes.

— Absolument pas, mentit-elle en hoquetant.

Un réflexe depuis longtemps oublié me poussa à tendre une main vers elle, et je me sentis humain comme jamais. Puis je me souvins que je ne l'étais pas. Je suspendis mon geste.

— Je suis désolé, marmonnai-je.

Comment m'excuser ? Comment exprimer mes regrets pour toutes les erreurs que j'avais commises ? Pour mon inlassable égoïsme ? Comment m'excuser de ce qu'elle avait eu le malheur de provoquer mon premier, tragique et ultime amour ? De ce qui ne dépendait pas de moi, avoir été choisi par le destin pour être son exécuteur ?

J'inspirai profondément en m'efforçant d'ignorer l'incendie de ma gorge et de me ressaisir.

J'avais envie de changer de sujet, de penser à autre chose. Par chance, la curiosité de la fille ne faiblissait pas.

— Dis-moi… commençai-je.

— Oui ? dit-elle d'une voix encore pleine de larmes.

— Qu'avais-tu en tête, ce soir, juste avant que j'arrive ? Je n'ai pas bien compris ton expression. Tu n'avais pas l'air tellement effrayée. Plutôt très concentrée.

— Je m'efforçais de me rappeler comment on liquide un agresseur, les techniques d'autodéfense. Je m'apprêtais à lui enfoncer le nez dans le cerveau.

Son calme l'avait désertée avant qu'elle en soit à la fin de son explication. Sa voix s'était chargée de haine. Une haine authentique. Sa colère n'était plus amusante, là. Je revoyais sa silhouette frêle – du verre tendu de soie – dominée par les monstres humains aux poings comme des battoirs qui l'auraient agressée. À mon tour, je fus submergé par la fureur.

— Quoi ? m'emportai-je. Tu voulais te battre ? Au lieu de t'enfuir ?

Quels instincts désastreux !

— Je me casse la figure dès que j'essaye de courir, reconnut-elle, penaude.

— Tu n'as pas songé à appeler au secours ?

— J'allais le faire.

Je secouai la tête avec incrédulité.

— Tu avais raison, râlai-je, te garder en vie est un vrai défi lancé au destin.

Elle soupira, jeta un coup d'œil dehors, revint à moi.

— Je te vois demain ? s'enquit-elle sans crier gare.

Tant qu'à aller en enfer, autant profiter du voyage.

— Oui, j'ai un devoir à rendre.

Je lui souris, ça me fit du bien. Elle n'était pas la seule à avoir de mauvais réflexes.

— Je te garde une place à la cantine, ajoutai-je.

Son cœur battit un peu plus vite, et le mien sembla se réchauffer, bien qu'il soit mort.

Je me garai devant chez son père. Elle ne broncha pas.

— Me *jures*-tu d'être là demain ? insista-t-elle.

— Oui.

Comment expliquer que mal agir me remplisse d'une telle joie ? Je débloquais sûrement. Satisfaite, elle opina puis commença à se débarrasser de ma veste.

— Garde-la, tu en auras besoin, m'empressai-je de lui dire.

Je souhaitais qu'elle conserve un souvenir de moi. Une sorte de symbole, comme l'était le bouchon de bouteille que j'avais récupéré sur le piano et fourré dans ma poche. Elle me la rendit quand même avec un sourire triste.

— Je ne veux pas devoir expliquer ça à Charlie.

Tu m'étonnes. Je souris.

— Ah, j'avais oublié.

La main sur la poignée de la portière, elle hésita, aussi peu désireuse de partir que moi de la laisser filer. De la savoir sans protecteur, ne serait-ce qu'un moment… Peter et Charlotte étaient sans doute très loin déjà, au-delà de Seattle. Mais il y en avait d'autres.

— Bella ? dis-je, ébahi par le plaisir que me procurait le seul fait de prononcer son nom.

— Oui ?

— Promets-moi quelque chose à ton tour.

— Oui ?

Aussitôt après, elle plissa les yeux, comme si elle regrettait d'avoir cédé aussi facilement.

— Ne t'aventure pas dans les bois toute seule.

Cet avertissement allait-il déclencher l'objection qui couvait dans son regard ? Elle sursauta, surprise.

— Pourquoi ?

Je scrutai l'obscurité traîtresse d'un air mauvais. L'absence de lumière ne m'handicapait pas, mais c'était aussi le cas de n'importe quel chasseur.

— Disons que je ne suis pas la créature la plus dangereuse des environs. C'est tout.

Elle frissonna, se remit rapidement cependant et alla jusqu'à me sourire quand elle répondit :

— D'accord.

Son haleine caressa mon visage, si douce. J'aurais pu rester ici toute la nuit, mais elle avait besoin de dormir. Les désirs contradictoires qui me déchiraient – la souhaiter auprès de moi, lui souhaiter le meilleur – continuaient de faire rage, et les forces paraissaient égales. C'était inextricable. Je soupirai.

— À demain.

Je la reverrais bien plus tôt, évidemment. Elle, devrait attendre le jour suivant pour *me* voir.

— À demain, acquiesça-t-elle en ouvrant sa portière.

Son départ m'était insupportable. Je me penchai, aspirant à la retenir.

— Bella ?

Elle se retourna, s'étonna de découvrir mon visage aussi près du sien. J'étais subjugué. La tiédeur qui émanait d'elle par vagues m'effleurait. J'aurais presque pu sentir la soie de sa peau. Son cœur s'affola, ses lèvres s'écartèrent.

— Dors bien, soufflai-je.

Je me redressai sur mon siège avant que mes élans, qu'il s'agisse de ma soif familière ou de la faim toute nouvelle que j'éprouvais soudain, ne m'incitent à lui faire du mal. Elle resta immobile un instant, les yeux écarquillés de stupeur. Éblouie, sans doute.

Je l'étais aussi.

Elle se reprit, bien qu'encore déconcertée, et s'extirpa de la voiture, si maladroite qu'elle s'emmêla les pieds et dut se raccrocher à la carrosserie.

Je ris. Trop doucement pour qu'elle l'entende.

J'attendis qu'elle titube jusqu'à la flaque de lumière que dessinait la lampe au-dessus de la porte d'entrée. Elle était en sécurité. Pour le moment. De toute façon, je reviendrais vite m'en assurer.

Je m'éloignai le long de la rue obscure, devinant qu'elle me suivait des yeux. Une sensation à laquelle je n'étais pas habitué. D'ordinaire, et juste si j'en avais envie, je pouvais me *regarder* à travers les yeux d'autrui. Cette sensation nouvelle et intangible que quelqu'un d'autre m'observait était étonnamment plaisante. Parce qu'elle m'était offerte par elle.

Je roulai sans but particulier, agité par les millions d'idées qui se bousculaient dans mon crâne. Longtemps j'écumai la ville au hasard, songeant à Bella et à l'incroyable soulagement que je ressentais, maintenant qu'elle connaissait la vérité. Je n'avais plus à craindre qu'elle découvre ce que j'étais. Elle le savait et s'en fichait. Même si c'était évidemment mauvais pour elle, c'était formidablement libérateur pour moi.

Je pensai surtout à l'amour partagé. Il était impossible qu'elle éprouve celui que j'avais pour elle, si accablant, dévorateur et dévastateur qu'il aurait sûrement réduit en miettes son corps frêle. Mais elle tenait à moi, assez pour dominer sa peur instinctive.

Assez pour souhaiter ma présence. Or être avec elle était le grand bonheur qu'il m'ait été donné de vivre.

Pendant un moment – j'étais seul et, une fois n'est pas coutume, je ne faisais de mal à personne –, je m'autorisai à savourer ce bonheur sans m'appesantir sur le tragique. À simplement m'émerveiller qu'elle m'apprécie. À simplement exulter d'avoir réussi à gagner son affection. À simplement m'imaginer assis à côté d'elle le lendemain, écoutant sa voix et gagnant ses sourires.

Je me les repassai mentalement, les lèvres pleines dont la commissure remontait, l'ombre de fossette qui creusait son menton pointu, le regard chocolat qui se réchauffait et fondait. Ses doigts avaient laissé une empreinte si tiède sur ma main ce soir. J'imaginai l'émotion que j'aurais à toucher, sur ses méplats, sa peau délicate, soyeuse, palpitante, frêle… Du verre tendu de soie… Terrifiante vulnérabilité.

Je ne m'aperçus que trop tard où mes réflexions me conduisaient. Alors que je méditais sur son abominable fragilité, d'autres images s'imposèrent à moi : Bella rencognée dans l'ombre, blême de frayeur, la mâchoire pourtant déterminée, le regard concentré, le corps mince prêt à frapper les silhouettes massives qui la cernaient, cauchemardesques dans l'obscurité ambiante.

— Ah ! gémis-je.

La haine qui couvait en moi et que j'avais à tort crue oubliée dans les transports de l'amour explosa en un braiser incandescent.

J'étais seul. Bella ne risquait rien, chez elle. Durant un instant, je fus très heureux que son père soit Charlie Swan, chef de la police locale, armé et entraîné. Ça devait compter pour quelque chose, lui fournir un peu de protection.

Elle ne risquait rien. Il ne me faudrait guère de temps pour détruire celui qui avait voulu s'en prendre à elle.

Non. Elle valait mieux que ça. Je n'avais pas le droit de lui coller une mort sur le dos.

Certes… mais les autres filles ?

Jessica et Angela, elles aussi, étaient sûrement en sécurité dans leur lit.

Sauf qu'un prédateur rôdait dans les rues de Port Angeles. Un monstre parmi les hommes. Cela en faisait-il le problème des humains ? Il était très rare que nous interférions dans les affaires des mortels, à part Carlisle qui passait son temps à soigner et sauver des existences. Pour nous autres, notre penchant pour le sang constituait un sérieux obstacle à un rapprochement. Par ailleurs, il nous fallait compter avec nos lointains gardiens, les Volturi, les forces de police vampiriques *de facto*. Les Cullen avaient adopté un mode de vie trop différent du leur. Résultat, attirer leur attention à cause de quelque prouesse superhéroïque mal préparée aurait été très dangereux pour notre clan.

Non, c'était aux hommes, pas à nous, de régler le problème que posait ce Lanny. Malgré mes envies de meurtre, passer à l'acte n'aurait pas été judicieux, j'en étais bien conscient. En même temps, le laisser libre de commettre de nouvelles agressions n'était pas plus judicieux. La patronne blonde du restaurant, la serveuse que je n'avais pas vraiment regardée. Toutes deux m'avaient agacé pour des vétilles, ça ne signifiait pas qu'elles devaient être en danger.

Je pris la direction du nord, à toute vitesse maintenant que j'avais un but. Dès lors que j'étais confronté à un dilemme qui me dépassait et aussi concret que celui-ci, je savais vers qui me tourner pour obtenir de l'aide.

Assise sur le perron, Alice m'attendait. Au lieu de me rendre au garage, je stoppai la voiture devant la maison.

— Carlisle est dans son bureau, m'informa ma sœur sans que j'aie besoin de l'interroger.

— Merci.

Je lui ébouriffai les cheveux en grimpant les marches.

Merci de m'avoir rappelée, ironisa-t-elle.

— Oh !

Je m'arrêtai pour consulter mon portable.

— Pardon. Je n'ai même pas vérifié qui me téléphonait. J'étais… occupé.

— Je sais, oui. Désolée. Le temps que la vision m'apparaisse, tu étais déjà en route.

— Il s'en est fallu de peu, murmurai-je.

Désolée, répéta-t-elle, honteuse.

Il me fut facile d'être généreux, puisque Bella ne risquait plus rien.

— Ne t'excuse pas. Tu ne peux pas tout prédire. Personne ne s'attend à ce que tu sois omnisciente.

— Merci.

— J'ai failli t'inviter à dîner, ce soir. Tu l'as vu avant que je change d'avis ?

— Non, j'ai raté ça aussi, répondit-elle avec bonne humeur. Dommage, je serais venue avec joie.

Jasper réfléchit à un cadeau pour fêter l'anniversaire de notre rencontre. Il s'efforce de ne rien décider de concret, mais j'ai une assez bonne idée de ce qu'il a en tête.

Elle éclata de rire.

— Tu n'es qu'une effrontée !

— Pas faux.

Pinçant les lèvres, elle me dévisagea avec un soupçon de reproche. *J'ai été plus attentive, ensuite. Vas-tu leur dire qu'elle sait ?*

— Oui, soupirai-je. Pas maintenant.

Je te promets de tenir ma langue. Rends-moi service. Attends que je sois absente pour mettre au courant Rosalie.

Je tressaillis.

— Entendu.

Bella a plutôt bien encaissé, non ?

— Trop bien.

Elle sourit. *Ne la sous-estime pas.*

Je m'efforçai de bloquer l'image détestable d'Alice et Bella meilleures amies du monde. Je poussai un gros soupir impatient.

J'avais hâte de m'attaquer à la suite de cette soirée. Hâte d'en terminer. Même si j'étais réticent à quitter Forks.

— Alice…

Elle vit ce que je m'apprêtais à lui demander.

Tout ira bien. Je guette de plus près, maintenant. Elle a vraiment besoin qu'on la veille H 24, hein ?

— Au moins.

— De toute façon, tu seras bientôt auprès d'elle.

J'inspirai longuement. Ces mots étaient splendides.

— Vas-y, me poussa Alice. Règle ça pour pouvoir te rendre là où tu le souhaites tant.

J'acquiesçai et montai chez Carlisle. Il attendait ma visite, le regard fixé sur la porte plutôt que sur l'épais volume posé devant lui.

— J'ai entendu Alice te dire où j'étais, m'annonça-t-il avec un sourire.

Je fus soulagé de le voir, avec toute l'empathie et l'intelligence de ses yeux. Il saurait me conseiller.

— J'ai besoin d'aide.

— Tout ce que tu voudras, Edward.

— Alice t'a-t-elle raconté ce qui était arrivé à Bella ce soir ?

— Presque *arrivé*, rectifia-t-il.

— Oui, presque. J'ai un problème, Carlisle. Je… j'ai… j'ai très envie de… de le tuer.

À partir de là, je m'exprimai plus librement, avec passion.

— Très, très envie. J'ai conscience que ce serait mal, puisqu'il ne s'agirait que de vengeance, pas de justice. Seule la colère me guide, je suis partial. Pour autant, il n'est pas bien non plus qu'un violeur et meurtrier en série se balade en toute impunité dans Port Angeles ! Je n'y connais personne, mais je ne peux pas laisser quelqu'un d'autre être sa victime. Toutes ces femmes… ce n'est pas juste.

Le grand sourire qu'il m'adressa stoppa net ma tirade.

Elle te fait beaucoup de bien, n'est-ce pas ? Tant de compassion, tant de maîtrise. Impressionnant.

— Je ne suis pas venu chercher des compliments, Carlisle.

— Bien sûr, mais ne me reproche pas d'exprimer ce que je pense.

Il sourit de nouveau. *Je vais m'en occuper. Sois tranquille. Personne ne sera plus victime de lui.*

Je lus ce qu'il planifiait dans son cerveau. Si ce n'était pas exactement ce que je désirais – ma brutalité notamment n'était pas satisfaite –, je compris que c'était la bonne façon d'agir.

— Je vais te montrer où le débusquer, dis-je.

— Allons-y.

Il s'empara de sa sacoche noire au passage. J'aurais préféré une méthode de sédation plus expéditive – un crâne défoncé, par exemple –, mais j'avais décidé de ne pas m'en mêler.

Nous prîmes ma voiture. Toujours sur les marches, Alice nous salua joyeusement de la main. Elle avait consulté le futur. Nous ne nous heurterions à aucune difficulté.

La route sombre étant déserte, le trajet fut très court. Je n'allumai pas mes phares pour éviter d'attirer l'attention. Je souris en pensant à la réaction qu'aurait eue Bella devant la vitesse à laquelle je roulais. Plus tôt, lorsqu'elle avait contesté ma conduite, j'avais déjà ralenti de beaucoup par rapport à mes habitudes, histoire de prolonger mon tête-à-tête avec elle.

Carlisle pensait à elle lui aussi.

Je n'avais pas anticipé qu'elle aurait une si heureuse influence sur lui. Plutôt inattendu. Peut-être est-ce un signe du destin. Peut-être que cette rencontre cache un objectif plus noble. Sauf que…

Il s'imagina Bella avec une peau blanche comme la glace et des prunelles rouge vif et sursauta.

Oui. On était d'accord. *Sauf que.* Quel bien pouvait-il y avoir à détruire une créature aussi belle et pure ?

Ma joie s'était volatilisée, soudain, et je me renfrognai.

Edward mérite d'être heureux. Plus que quiconque ! L'intensité des réflexions de mon père me désarçonna. *Il y a forcément une solution.*

J'aurais aimé partager ses espoirs. Malheureusement, il n'y avait rien de noble derrière ce qui arrivait à Bella. Juste un mauvais sort, une harpie laide et amère qui ne supportait pas qu'elle ait la vie dont elle était si digne.

Je ne m'attardai pas à Port Angeles, me contentant de déposer Carlisle devant le bar de quartier où le malfaisant Lanny noyait sa déconvenue avec ses potes. Deux d'entre eux étaient déjà ivres morts. Mon père constata combien il m'était difficile d'être aussi près du monstre, de percevoir ses pensées et ses souvenirs, ceux concernant Bella se mélangeant à ceux d'autres filles moins fortunées pour lesquelles personne ne pouvait plus rien.

Le souffle court, j'agrippai le volant.

Vas-y, Edward, me conseilla tendrement Carlisle. *Je règle ça. Retourne auprès de Bella.*

C'était exactement les bons mots à me dire. Ce prénom était le seul susceptible de m'arracher à ma transe.

Laissant la Volvo à mon père, je regagnai Forks en courant à travers la forêt endormie. Ça me prit moins de temps qu'en voiture. Quelques minutes plus tard, j'escaladai le mur de sa maison et me glissai par sa fenêtre.

Je poussai un petit soupir soulagé. Tout était en ordre. Bella rêvait, en sécurité dans son lit, ses cheveux humides éparpillés sur l'oreiller.

Contrairement aux autres nuits, elle était roulée en boule et emmitouflée dans la couverture. Elle avait froid, j'imagine. D'ailleurs, elle frissonna et ses lèvres tremblèrent avant que j'aie rejoint ma place habituelle.

Après un bref moment de réflexion, je sortis dans le couloir et explorai la maison pour la première fois.

Les ronflements de Charlie étaient sonores et réguliers. Je réussis presque à saisir un morceau de son rêve. Le bruit d'un torrent, une attente patiente… une partie de pêche ?

Au sommet de l'escalier, je découvris un placard à l'allure prometteuse. Je l'ouvris, y dénichai en effet ce que je cherchais. Je choisis la couverture la plus épaisse et la rapportai dans la chambre. Je la rangerais avant de m'en aller, ils n'y verraient que du feu.

Retenant ma respiration, j'étalai avec soin ma trouvaille sur Bella, qui ne réagit même pas à ce surcroît de poids. Je m'installai alors dans le rocking-chair.

Tout en attendant anxieusement qu'elle se réchauffe, je songeai à Carlisle, me demandai où il était à présent. Tout s'était bien passé, puisque Alice l'avait vu.

Je soupirai. Mon père avait trop d'estime pour moi. J'aurais aimé être tel qu'il me considérait. Ce gars-là, celui qui méritait d'être heureux, était en droit d'espérer qu'un jour il serait à la hauteur de cette fille endormie. Comme les choses auraient été différentes, si j'avais pu être cet Edward !

Et si je ne le pouvais pas, il y avait forcément dans l'univers un balancier capable de neutraliser mon côté obscur. N'était-il pas logique qu'il y ait un bien aussi puissant que le mal ? J'avais mis sur le compte du destin déguisé en sorcière les malheurs terrifiants et improbables qui ne cessaient de s'abattre sur Bella – moi d'abord, puis le fourgon, le démon toxique de ce soir. Puisque le destin était aussi puissant, ne devait-il pas exister une force équivalente capable de le contrecarrer ?

Une personne comme Bella devait avoir un protecteur, un ange gardien. Elle le valait. Or, visiblement, elle n'en avait aucun. J'aurais adoré croire qu'une entité veillait sur elle, ne serait-ce qu'un peu, mais lorsque je m'efforçais de me représenter ce champion, je m'apercevais à quel point je me leurrais. Quel dieu lare pouvait avoir autorisé Bella à s'installer *ici* ? À croiser mon chemin, alors qu'elle était d'une essence que je n'étais pas en mesure d'ignorer ? Un parfum ridiculement puissant exigeant mon attention, un esprit mutique enflammant ma curiosité, une beauté sereine attirant mon regard, une âme bienveillante déclenchant ma sidération. Ajoutons à ça que je ne la révulsais pas, parce qu'elle n'avait aucun instinct de survie, sans parler, bien sûr, de son effroyable tendance à se trouver au mauvais endroit au mauvais moment.

Autant de preuves irréfutables – les anges gardiens étaient une légende. Personne n'en aurait eu plus besoin ou n'en aurait été plus digne que Bella, sauf que celui qui avait permis notre rencontre devait être tellement irresponsable, irréfléchi... insensé qu'on était forcé d'en conclure qu'il n'appartenait pas au clan du bien. Je préférais encore que la harpie détestable soit réelle, plutôt que ces créatures célestes d'une inefficacité révoltante. Au moins, la laide destinée, j'étais en mesure de me battre contre elle.

Or, je me battrais. Je continuerais de me battre. Quelle que soit la nature de la force qui tenait tant à abîmer Bella, elle devrait d'abord passer par moi. Non, Bella n'avait pas d'ange gardien, mais je m'engageais à tout faire pour compenser cette absence.

Un vampire gardien – quelle blague !

Au bout d'une demi-heure environ, elle se détendit. Sa respiration s'approfondit, elle se mit à murmurer. J'eus un sourire satisfait. Ce n'était pas grand-chose mais, cette nuit, elle dormirait mieux grâce à moi.

— Edward, souffla-t-elle.

Elle sourit également.

Décidant d'oublier le tragique pour l'instant, je recommençai à savourer mon bonheur.

11

INTERROGATIONS

Ce fut CNN qui annonça la nouvelle en premier.

Je fus content de l'apprendre avant de partir au lycée. Je m'inquiétais de découvrir la façon dont les humains rendraient compte du fait divers et l'ampleur de l'intérêt que provoquerait ce dernier. Par chance, la journée était chargée en événements. Il y avait eu un tremblement de terre en Amérique du Sud et un enlèvement politique au Moyen-Orient. Résultat, le sujet n'eut droit qu'à quelques secondes et phrases ainsi qu'à une photo de mauvaise qualité.

« Orlando Calderas Wallace, assassin présumé recherché au Texas et en Oklahoma a été appréhendé à Portland, dans l'Oregon, suite à un renseignement anonyme. Wallace a été découvert inconscient tôt ce matin dans une rue à deux pas du commissariat de police. À cette heure, les autorités ne sont pas en mesure de nous dire s'il sera extradé vers Houston ou Oklahoma City afin d'y être jugé pour meurtre. »

Le cliché, une photo anthropométrique, était flou. Dessus, l'homme portait la barbe. Même si elle le voyait, Bella ne le reconnaîtrait pas. Enfin, je l'espérais. Inutile d'en rajouter à sa frayeur.

— La couverture médiatique sera légère par ici, me confia Alice. Portland est trop loin pour passionner les locaux. Carlisle a eu une bonne idée en emmenant ce type hors de l'État.

J'acquiesçai. De toute façon, Bella regardait peu la télévision, et Charlie juste les chaînes de sport.

J'avais agi au mieux. Ce mortel répugnant ne chasserait plus, et je n'avais pas tué. Pas récemment, du moins. J'avais eu raison de faire confiance à mon père, même si je regrettais que le misérable s'en soit tiré aussi aisément. Je me pris à souhaiter qu'il soit envoyé au Texas, où la peine de mort était si populaire.

Non. Ça n'importait plus. J'allais tourner la page et me consacrer à l'essentiel.

J'avais quitté la chambre de Bella moins d'une heure plus tôt et je mourais déjà d'envie de la retrouver.

— Alice, ça t'embête si…

— Rosalie nous emmènera, me coupa-t-elle en riant. Elle prétendra être furieuse, mais sera ravie d'avoir l'occasion de frimer à bord de sa bagnole.

— On se voit au lycée, dis-je avec un grand sourire.

Elle soupira, et ma bonne humeur s'envola. *Je sais, je sais, pas maintenant. J'attendrai que tu sois prêt à ce que je rencontre Bella. Mais sache que ce n'est pas de l'égoïsme de ma part. Elle va m'aimer.*

Je filai sans répondre. Il était possible d'envisager la situation différemment. Bella aurait-elle *envie* de se rapprocher d'Alice ? D'avoir un vampire pour amie ?

La connaissant, ce détail ne la tracasserait sans doute pas.

Je fronçai les sourcils. Entre ce qu'elle voulait et ce qui était bien pour elle, il y avait de la marge.

Un léger malaise s'empara de moi lorsque je me garai devant chez elle. L'adage humain prétend que demain est un autre jour, qu'on appréhende les choses d'un œil neuf après une nuit de sommeil. Bella risquait-elle de ne plus me considérer comme la veille, en ce petit matin blême et brouillardeux ? Lui apparaîtrais-je plus sinistre, ou moins, que dans l'obscurité de la nuit ? La vérité avait-elle fait son chemin dans sa tête pendant qu'elle dormait ? Aurait-elle enfin peur ?

Ses rêves avaient été paisibles, cependant. Quand elle avait murmuré mon prénom, à plusieurs reprises, elle avait souri. Plus d'une fois, elle m'avait supplié de rester. Cela se serait-il volatilisé aujourd'hui ?

Je patientai nerveusement, à l'affût des bruits en provenance de la maison. Les pas précipités et maladroits dans l'escalier, le crissement d'une feuille de papier alu arrachée au rouleau, le tintement du contenu du réfrigérateur quand elle en claqua la porte. Apparemment, elle se dépêchait. Elle était donc pressée de se rendre au lycée ? Reprenant espoir, je souris.

Je jetai un coup d'œil à la pendule du tableau de bord. Vu la vitesse limitée de sa camionnette délabrée, elle était effectivement un peu en retard.

Elle se précipita dehors, son sac de bouquins glissant de son épaule, ses cheveux entortillés en un nœud désordonné qui commençait à se déliter sur la nuque. L'épais pull vert qu'elle portait ne suffisait pas à la protéger de la brume, et elle courba ses frêles épaules sous l'assaut du froid.

Le vêtement, trop long et trop large, ne la mettait pas en valeur. Il masquait sa silhouette mince et noyait ses courbes comme un sac informe. Ça me plut presque autant que si, pour mon plus grand plaisir, elle s'était habillée d'un haut aussi joli que la blouse bleue d'hier. Le tissu avait moulé son corps de façon extrêmement séduisante, l'encolure assez échancrée pour me permettre d'entrapercevoir ses clavicules magnifiques s'enroulant autour du creux de sa gorge. Ce bleu avait flotté comme de l'eau sur son corps aux arrondis subtils.

Mais comme il était mieux, indispensable même, que j'évite de trop y penser, je fus heureux qu'elle soit engoncée dans ce pull peu flatteur. Je ne pouvais pas me permettre de commettre d'erreurs, et c'en aurait été une monumentale de m'attarder sur les idées que ses lèvres… sa peau… sa silhouette… m'inspiraient. Autant d'idées qui ne m'avaient pas effleuré pendant cent ans. Malheureusement, je n'avais pas le droit de songer à la toucher, c'était impossible.

Je l'aurais brisée.

Elle se détourna de la porte avec tant de précipitation qu'elle faillit se cogner dans ma voiture. Elle s'arrêta net, les genoux rigides comme ceux d'un poulain effrayé. Son sac glissa le long de son bras, et elle écarquilla les yeux en reconnaissant la Volvo.

Sans prendre la peine de me déplacer à une allure humaine, je descendis et lui ouvris la portière passager. J'avais décidé de ne plus la leurrer, d'être moi-même, quand nous serions seuls en tout cas.

Elle me regarda, interloquée que j'aie surgi du brouillard comme un diable de sa boîte. Puis l'étonnement laissa la place à autre chose, et toutes mes craintes – et mes espoirs – que ses sentiments à mon égard aient changé pendant la nuit s'envolèrent. Tendresse, curiosité, fascination : tout cela se mélangeait dans les profondeurs translucides de ses prunelles.

— Je t'emmène ? demandai-je.

Contrairement à hier soir, je lui laissais le choix. Dorénavant, ce serait toujours à elle de décider.

— Oui, merci, murmura-t-elle.

Sur ce, elle monta à bord sans hésiter. Ne cesserais-je donc jamais de m'émerveiller d'être celui à qui elle disait oui ? Dans ma hâte de la rejoindre, je contournai la voiture aussi vite que possible. Ma brusque réapparition ne sembla pas la choquer. La joie que j'éprouvais quand elle était assise à côté de moi était sans précédent. J'avais beau apprécier la compagnie et l'amour des miens ainsi que les multiples sources de plaisir et de distraction que m'offrait mon univers, je n'avais jamais été aussi heureux. Même si je savais que ce n'était pas bien, que ça finirait forcément mal, je n'arrivais pas à ne pas sourire en sa présence. Pas longtemps, du moins.

Ma veste était posée sur l'appuie-tête de son siège (il ne m'échappa pas qu'elle l'avait remarquée). C'était mon excuse, il m'en fallait bien une, pour débarquer chez elle sans y avoir été invité. Le temps était frisquet, elle n'avait pas son coupe-vent. Mon geste pouvait passer pour chevaleresque.

— Je t'ai apporté la veste. Je ne voudrais pas que tu tombes malade.

— Je ne suis pas si fragile, protesta-t-elle.

Elle fixait mon torse plutôt que mon visage, comme si elle craignait de croiser mon regard. Néanmoins, elle enfila ma veste, et je n'eus pas à tenter de l'amadouer ou de la supplier.

— Ah bon ? marmonnai-je.

J'accélérai en direction du lycée. Elle contemplait les rues. Je ne réussis à tolérer ce silence que pendant quelques secondes. J'avais besoin qu'elle me dévoile ce qu'elle avait dans la tête, ce matin. Nos relations avaient tellement évolué, depuis le dernier lever de soleil.

— Alors, pas de questions, aujourd'hui ? lançai-je d'un ton léger.

Elle sourit, apparemment contente que j'aie abordé le sujet.

— Mes questions te dérangent, répliqua-t-elle cependant.

— Pas autant que tes réactions, répondis-je honnêtement en lui retournant son sourire.

— Pourquoi ? s'offusqua-t-elle. Je réagis mal ?

— Non, et c'est là le problème. Tu prends tout de façon tellement détendue… (Pas un cri d'horreur jusqu'à présent. Comment était-ce possible ?) Ce n'est pas normal. Ça me pousse à m'interroger sur ce que tu penses vraiment.

Tout ce qu'elle faisait ou pas m'y incitait, bien sûr.

— Je ne te cache jamais ce que je pense.

— Il t'arrive d'éluder.

De nouveau, elle se mordilla la lèvre, un tic inconscient quand elle était sous tension.

— Pas tant que ça, objecta-t-elle.

Cette seule phrase suffit à embraser ma curiosité. Que me cachait-elle volontairement ?

— Assez pour me rendre dingue.

— Il est préférable que tu ne saches pas, chuchota-t-elle après une brève hésitation.

Je dus réfléchir et me repasser notre conversation de la veille mot pour mot avant de comprendre. Il me fallut autant de concentration, peut-être, parce que je n'imaginais rien qu'elle puisse ne pas vouloir partager avec moi. Puis, à cause de la tristesse de sa voix, identique à celle d'hier soir, je me souvins. À un moment donné, je lui avais interdit d'exprimer ses pensées. « Tais-toi », avais-je fulminé, déclenchant ses larmes…

Était-ce ce qu'elle me dissimulait ? L'intensité de ses sentiments pour moi ? Son indifférence à ma monstruosité, sa conviction qu'il était trop tard pour qu'elle change d'avis ?

Je ne dis rien. Ma joie et mon chagrin mêlés étaient trop intenses pour que je les formule, leur lutte intestine trop violente pour que j'exprime des paroles cohérentes. Le silence retomba, seulement rompu par les battements réguliers de son cœur.

— Où sont tes frères et sœurs ? me demanda-t-elle soudain.

J'inhalai et, pour la première fois ce jour-là, remarquai l'odeur qui régnait dans l'habitacle et la douleur qui l'accompagnait. Je m'accoutumais, ce qui me ravit.

— Ils ont pris la voiture de Rosalie, expliquai-je en m'obligeant à me détendre.

Je me garai juste à côté dudit véhicule, et étouffai un sourire quand Bella ouvrit des yeux ronds.

— Un peu ostentatoire, non ? ironisai-je.

— Eh ben dis donc ! souffla-t-elle. Avec un tel engin, c'est à se demander pourquoi elle se trimballe avec toi ?

Si Rosalie avait été objective envers Bella – ce qui n'arriverait sans doute jamais –, elle aurait adoré sa réaction.

— Parce qu'il en met plein la vue. Nous nous *efforçons* de nous fondre dans la masse.

La contradiction inhérente à ma propre voiture lui échappait, bien sûr. Ce n'était pas par hasard que nous utilisions le plus souvent la Volvo, réputée pour sa sécurité, ce dont aucun vampire n'avait besoin en matière d'auto. Peu nombreux étaient ceux qui remarquaient que le modèle était une édition sport rare, sans parler des modifications que nous y avions apportées.

— C'est raté ! s'esclaffa-t-elle.

L'insouciance de son rire réchauffa mon cœur froid.

— Pourquoi Rosalie a-t-elle décidé de venir de façon aussi ostentatoire aujourd'hui ? poursuivit-elle.

— Tu ne t'es pas aperçue que j'enfreignais les règles ?

Ma réponse, vaguement menaçante, fut – évidemment – accueillie par un sourire. Une fois dehors, je m'arrangeai pour marcher le plus près possible d'elle, guettant tout signe de dégoût éventuel. À deux reprises, sa main effleura la mienne, mais elle la retira vivement. *Comme si* elle avait eu envie de me toucher. Je respirai plus vite.

— Pourquoi avez-vous des voitures pareilles si vous cherchez à passer inaperçus ? me demanda-t-elle.

— C'est un péché mignon, reconnus-je. Nous aimons tous la vitesse.

— Ça, j'avais compris, ronchonna-t-elle sans voir mon sourire espiègle.

Non ! Je rêve *! Comment Bella a-t-elle réussi son coup ?*

Les réflexions ahuries de Jessica interrompirent les miennes. Elle patientait à l'abri de la pluie sous l'auvent de la cafétéria, le coupe-vent de Bella sur le bras, les yeux écarquillés par la stupeur. En remarquant sa présence et son expression, Bella rougit légèrement.

— Salut, Jess ! lui lança-t-elle. Merci d'y avoir songé.

L'autre lui tendit son vêtement sans mot dire.

— Bonjour, Jessica, dis-je, ayant décidé d'être poli avec les amis de Bella, authentiques ou non.

Waouh !

Si l'interpellée ouvrit des yeux encore plus grands, elle ne recula pas, ni ne tressaillit, contrairement à mes attentes. Malgré son attirance pour moi, elle avait toujours gardé une saine distance de sécurité inconsciente, à l'instar de tous ceux que nous fascinions.

Je trouvai étrange et amusant… un peu gênant aussi, je l'avoue, de constater à quel point, au contact de Bella, je m'étais adouci. Plus personne n'avait peur de moi, apparemment. Si Emmett l'apprenait, il en rirait pendant le prochain siècle.

— Euh… salut, balbutia Jessica en jetant un regard lourd de sens à son amie. Je te vois en maths.

Et tu as intérêt à cracher le morceau. J'exige de tout savoir. En détail. Bon Dieu, Edward CULLEN !

— C'est ça, à plus, acquiesça Bella avec une moue.

Jessica s'éloigna vers son premier cours, non sans se retourner à plusieurs reprises pour nous reluquer. Son esprit divaguait. *Tout, je veux tout. Pas d'omissions. Leur rencontre d'hier, était-elle prévue ? Est-ce qu'ils sortent ensemble ? Depuis quand ? Comment s'est-elle débrouillée pour garder ça secret ? Et pourquoi le cacher ? Impossible que ce soit juste une toquade. Elle doit être sacrément mordue. Je compte bien le découvrir. Est-ce qu'ils se sont déjà embrassés ? Nom d'un chien…* Ses pensées cédèrent la place à des fantasmes informulés qui me firent grimacer, et pas seulement parce qu'elle s'y voyait à la place de Bella.

Ça ne se passerait pas comme ça. Et pourtant… J'aurais voulu… Je m'interdis de me l'avouer à moi-même. Quels mauvais tours risquait de prendre mon désir de Bella ? Lequel finirait par la tuer ? Secouant la tête, je m'efforçai de recouvrer ma légèreté.

— Qu'est-ce que tu vas lui dire ? demandai-je à Bella.

— Hé ! protesta-t-elle à voix basse. Je croyais que tu n'arrivais pas à lire dans mes pensées.

— Ce n'est pas le cas.

Je la dévisageai avec surprise. Ah, nous avions dû songer à la même chose au même moment.

— Mais, enchaînai-je, je décrypte les siennes, et je peux t'affirmer qu'elle a l'intention de te cuisiner.

Avec un gémissement, elle fit glisser ma veste de ses épaules. D'abord, je ne compris pas qu'elle avait l'intention de me la rendre – jamais je ne la lui aurais demandée, j'aurais préféré qu'elle la garde en gage de ce qui nous unissait –, si bien que je tardai à lui offrir mon aide. Elle me tendit le vêtement, enfila son coupe-vent à la place.

— Alors, insistai-je, que vas-tu lui dire ?

— Donne-moi donc un coup de main. Qu'attend-elle de moi ?

En souriant, je secouai la tête. Je tenais à ce qu'elle me révèle d'elle-même ses pensées.

— Ce ne serait pas du jeu.

— Parce que refuser de partager ce que tu sais, c'est du jeu ? se récria-t-elle.

J'avais oublié qu'elle n'appréciait pas qu'il y ait deux poids deux mesures.

— Elle désire apprendre si nous sortons secrètement ensemble, soufflai-je lentement. Et ce que tu ressens pour moi.

Elle arqua les sourcils avec ingénuité.

— Zut ! Comment pourrais-je qualifier notre relation ?

— Voyons...

Comme toujours, elle essayait de m'amener à en révéler plus qu'elle. Je réfléchis. Une mèche folle que le brouillard rendait humide tombait sur son épaule et s'enroulait là où sa clavicule était cachée par son pull ridicule. Elle attira mon regard, qui courut sur d'autres formes dissimulées. Je m'en saisis en veillant à ne pas toucher sa peau – le matin était assez froid pour que je n'en rajoute pas avec mon contact – et la remis en place dans son chignon vague pour ne plus me laisser distraire. Me souvenant que Mike Newton avait effleuré ses cheveux, je serrai les mâchoires. Elle s'était reculée, alors. Rien de tel avec moi. Le sang afflua à ses joues, et son rythme cardiaque s'emballa. Je retins un sourire.

— J'imagine que tu pourrais répondre par l'affirmative à sa première question... Si ça ne te dérange pas, naturellement. (Privilégier ses choix, systématiquement.) Ce sera plus facile que toute autre explication.

— Ça ne me dérange pas du tout, chuchota-t-elle, le cœur encore battant.

— Quant à la deuxième… eh bien, disons que je tâcherai de l'écouter pour en connaître la teneur.

Cette fois, je ne pus qu'afficher ma satisfaction, même si je réussis à ne pas éclater de rire devant son expression choquée. Ça lui apprendrait. Je tournai rapidement les talons pour éviter de nouvelles questions. J'avais beaucoup de mal à ne pas céder à ses exigences, quelles qu'elles soient. Mais là, je voulais entendre *ses* pensées, pas les miennes.

— On se voit au déjeuner, lançai-je par-dessus mon épaule.

Bon prétexte pour constater qu'elle continuait à me fixer, bouche bée. Je m'éloignai, hilare, vaguement conscient des cerveaux alentour, partagés entre étonnement et curiosité, des yeux qui faisaient la navette entre Bella et moi. Je ne m'en préoccupais pas, j'avais des difficultés à me concentrer. Comme pour me déplacer à une allure acceptable à travers l'herbe détrempée. J'avais envie de courir, si vite que je disparaîtrais, que je m'envolerais. D'ailleurs, une part de moi volait déjà.

J'entrai en classe et enfilai ma veste, laissant la fragrance divine m'envelopper. Autant me consumer maintenant, me désensibiliser, pour qu'il me soit plus aisé d'ignorer l'arôme plus tard, lorsque je la rejoindrais à la cantine.

C'était une bonne chose que les profs aient renoncé à m'interroger. Sinon, ce matin-là, ils m'auraient pris en flagrant délit d'impréparation et de mutisme. Seul mon corps était présent, mon esprit s'évadait partout ailleurs.

Il va de soi que je surveillais Bella, un réflexe devenu aussi naturel que respirer, un automatisme dont j'étais presque inconscient. J'espionnai son échange avec un Mike Newton fort démoralisé. Elle se dépêcha d'orienter la conversation sur Jessica. J'eus un sourire si large que mon voisin de droite, Rob Sawyer, sursauta et s'enfonça plus avant dans son siège pour s'écarter de moi.

Pff ! Flippant, le mec.

Comme quoi j'effrayais encore un peu.

Je m'intéressais aussi de loin à Jessica, qui était en train d'affiner l'interrogatoire auquel elle comptait soumettre Bella. J'avais hâte qu'arrive leur prochain cours commun. J'étais dix fois plus curieux et anxieux que cette petite humaine en soif de ragots tout frais.

Enfin, j'écoutais Angela Weber. Je n'avais pas oublié la gratitude que j'éprouvais envers elle, d'abord pour sa gentillesse envers Bella, ensuite pour le service qu'elle m'avait rendu la veille au soir. Toute la matinée, j'attendis qu'elle exprime un désir. Je me dis que ce ne serait pas compliqué. Comme tous ses pairs mortels, elle devait convoiter une babiole ou un joujou. Plusieurs, sans doute. Je m'arrangerais pour qu'on la livre de façon anonyme, et nous serions quittes.

Hélas, elle se révéla aussi peu accommodante avec ses pensées que Bella. Pour une adolescente, elle était étrangement contente de son sort. Heureuse. D'où, peut-être, son inhabituelle bonté. Elle faisait partie des rares qui avaient ce qu'ils voulaient et voulaient ce qu'ils avaient. Quand elle ne se focalisait pas sur les profs ou ses notes, elle songeait à ses petits frères jumeaux qu'elle avait l'intention d'emmener à la plage ce week-end, anticipait leur joie avec un plaisir presque maternel. Elle devait souvent s'en occuper, n'en éprouvait aucune amertume cependant, ce qui était chouette.

Mais pas très utile pour moi.

Elle avait forcément envie de quelque chose. Il faudrait que je reste aux aguets. Ça attendrait, car le cours de maths de Bella et Jessica commençait.

Je me rendis en littérature dans un état second. Déjà installée à son pupitre, Jessica tapait du pied avec impatience en attendant Bella. À l'inverse, une fois à mon bureau, je me pétrifiai comme une statue, m'obligeant à bouger çà et là pour entretenir la mascarade. Ce ne fut pas facile, tant j'étais axé sur Jessica. Je croisai les doigts pour qu'elle soit à l'écoute et s'efforce de déchiffrer le visage de Bella à ma place.

Son agitation s'intensifia quand cette dernière entra.

Elle a l'air… morose. Pourquoi ? Si ça se trouve, il ne se passe rien entre elle et Edward Cullen. Ce serait décevant. Sauf que… il serait libre. Si jamais il souhaite sortir avec quelqu'un, je suis prête à me sacrifier.

Bella n'était pas morose, elle était réticente. Elle s'inquiétait, sachant que je ne louperais rien de leur échange.

— *Donne-moi tous les détails !* exigea la curieuse.

Bella n'avait même pas encore retiré son coupe-vent. Elle se déplaçait avec une lenteur délibérée, essayait de gagner du temps.

Qu'est-ce qu'elle a à traînasser comme ça ? Dépêche, j'ai trop hâte !

— *Que veux-tu savoir ?*

— *Ce qu'il s'est passé hier soir.*

— *Il m'a invitée à dîner, puis il m'a ramenée à la maison.*

Et après ? Allez, il y a forcément autre chose. De toute façon, elle me ment. J'en suis sûre. Oh, elle finira par parler, foi de Jess !

— *Comment se fait-il que tu sois rentrée aussi tôt chez toi ?*

Bella leva les yeux au ciel devant autant de suspicion.

— *Il conduit comme un dingue. J'étais terrifiée.*

Elle eut un sourire en coin, et je m'esclaffai, interrompant M. Mason. Je tentai de dissimuler mon hilarité en quinte de toux, ne trompai personne, cependant. Le prof m'adressa un coup d'œil irrité, je ne cherchai même pas à lire ses pensées. J'étais trop intéressé par celles de Jessica.

Zut ! Ça semble vrai. Pourquoi m'oblige-t-elle à lui tirer les vers du nez ? Moi, à sa place, je frimerais à mort.

— *C'était un rendez-vous ? Tu lui avais dit de nous retrouver là-bas ?*

L'étonnement sincère qu'afficha Bella la déçut.

— *Non ! J'ai été très surprise de le rencontrer.*

De quoi ? Elle ne me dit pas tout, là.

— *Mais il est quand même passé te chercher ce matin, non ?*

— *Oui. Mais ça aussi, c'était une surprise. Il avait remarqué que j'avais oublié mon coupe-vent, hier soir.*

Pff ! Pas terrible. La déception de Jessica allait grandissante. De mon côté, j'étais agacé par ses questions. Je voulais du neuf. Pourvu que son mécontentement ne l'empêche pas d'aborder les sujets que je guettais.

— *Vous comptez vous revoir ?*

— *Il a offert de m'accompagner à Seattle samedi. Il estime que ma camionnette ne tiendra pas le coup. Est-ce que ça compte ?*

Hum. Pas de doute, il se met drôlement en quatre pour… ben, pour veiller sur elle. Il a sûrement le béguin, même si ce n'est pas réciproque. Comment est-ce POSSIBLE ? Bella est folle.

— *Oui,* répondit-elle.

— *Alors, oui,* conclut Bella.

— *Wouah ! Edward Cullen !*

Qu'elle l'apprécie ou pas, cette virée est un sacré scoop.

— *Je sais,* soupira Bella.

Son ton sembla encourager la pipelette. *Elle a l'air de piger. Enfin !* Mais l'analysait-elle correctement ? J'aurais préféré qu'elle l'interroge au lieu de tirer ses propres conclusions. Soudain, elle se souvint qu'elle avait une question essentielle.

— *Attends ! Est-ce qu'il t'a embrassée ?*

Par pitié, dis oui ! Et raconte-moi chaque seconde de ces baisers !

— *Non,* marmonna Bella en baissant les yeux sur ses mains. *Ce n'est pas comme ça, entre nous.*

Flûte ! J'aurais bien aimé… Ha ! Elle aussi, apparemment.

Je fronçai les sourcils. Bella semblait contrariée. Sûrement pas parce qu'elle était désappointée, contrairement à ce que croyait son amie. Elle ne pouvait pas désirer ça. Pas quand elle savait. Elle ne pouvait pas vouloir être aussi proche de mes *dents.* Après tout, elle pensait sans doute que j'avais des crocs. Je réprimai un frisson.

— *Et tu crois que samedi… ?* insista Jessica.

— *J'en doute,* répondit Bella, de plus en plus mécontente.

Elle en a envie, c'est clair. Ça craint pour elle.

Était-ce parce que j'assistais à la scène par le biais de la perception de Jessica ? Quoi qu'il en soit, j'eus l'impression qu'elle avait raison. Durant une demi-seconde, je me pris à imaginer l'inenvisageable, l'effet que produirait sur moi un baiser échangé avec Bella. Mes lèvres sur les siennes, la pierre froide sur la soie tiède et consentante.

Puis elle mourrait.

Je secouai la tête en grimaçant, me reconcentrai.

— *De quoi avez-vous parlé ?*

Lui as-tu seulement parlé, d'ailleurs, ou a-t-il dû, comme moi, te soutirer la moindre information ?

J'eus un petit sourire chagrin. Jessica avait tapé dans le mille.

— *J'ai oublié ! De tas de choses. De la disserte d'anglais, un peu.*

Très peu. Mon sourire s'élargit.

À d'autres !

— *Je t'en prie, Bella ! Sois plus précise.*

L'interpellée réfléchit.

— *Euh, d'accord... Tiens, écoute ça. Tu aurais vu comment la serveuse l'a dragué, c'était trop. Sauf qu'il ne l'a même pas regardée.*

Bizarre qu'elle lui raconte ce qui, à mes yeux, n'était qu'une vétille. Je m'étonnai même qu'elle s'en soit aperçue.

Intéressant.

— *C'est bon signe. Elle était jolie ?*

Tiens donc ! Jessica voyait là quelque chose d'intéressant.

— *Très. Et dans les dix-neuf, vingt ans.*

Un instant, la curieuse fut distraite par un souvenir de sa soirée avec Mike. Ce dernier s'était montré un peu trop amical avec la serveuse qu'elle-même trouvait quelconque. Étouffant son irritation, elle balaya l'image et revint à sa quête.

— *Encore mieux. C'est que tu l'attires.*

— *Je* crois, admit Bella d'une voix lente (au bord de ma chaise, je m'étais de nouveau rigidifié), *mais c'est difficile à dire. Il est tellement mystérieux.*

Apparemment, je n'avais pas été aussi transparent et hors de contrôle que je le croyais. Il n'empêche, observatrice comme elle l'était… Comment se débrouillait-elle pour ne pas voir que je l'aimais ? Me repassant notre conversation, je fus presque surpris de me rendre compte que je n'avais pas formulé mes sentiments à voix haute. Ils avaient pourtant été le sous-texte de tout notre échange.

En même temps, pas simple de rester assise à taper la discute avec ce mannequin.

— *Tu es drôlement courageuse d'accepter d'être seule avec lui.*

— *Pourquoi ?* s'exclama Bella, ahurie.

Drôle de réaction. Qu'entend-elle dans mes paroles ?

— *Il est si… (quel est le bon mot ?) intimidant. Je ne saurais pas quoi lui dire, moi.*

Je n'ai même pas réussi à répondre, quand il m'a saluée ce matin. Il m'a sûrement prise pour une débile.

— *J'avoue qu'il m'arrive d'être incohérente en sa présence,* reconnut Bella avec un sourire.

Elle s'efforçait sans doute de réconforter Jessica, en présence de laquelle elle était toujours et étonnamment sûre d'elle.

— *Il faut admettre qu'il est tellement craquant,* soupira la pipelette.

Bella se ferma et lui adressa un regard aussi agacé que quand elle était confrontée à une injustice. L'autre ne comprit pas ce changement d'attitude.

— *Il a d'autres qualités,* aboya Bella.

Ah ! On y arrive enfin !

— *Ah bon ? Lesquelles ?*

Bella se mordilla les lèvres.

— *Je ne sais pas trop… disons que toute cette beauté cache une personnalité vraiment* extraordinaire.

Se détournant de sa voisine, elle parut se perdre dans une lointaine contemplation. Ça me rappela les fois où Carlisle et

Esmé chantaient mes louanges avec un enthousiasme dont j'étais indigne. L'émotion fut similaire, mais plus intense, dévoratrice.

Ne raconte pas d'âneries ! Il n'existe rien de plus canon que ce visage. Ou alors, son corps. Bon sang !

— *Non !* rigola Jessica.

Bella l'ignora, les yeux fixés droit devant elle.

N'importe quelle nana normalement constituée jubilerait. Et si j'étais plus simple ? Plus directe ? Ha, ha ! Comme si je m'adressais à une élève de maternelle ?

— *Il te plaît, hein ?*

— *Oui,* avoua Bella sans la regarder.

— *Pour de vrai, non ?*

— *Oui.*

Non mais, tu as vu comme elle rougit !

— *Il te plaît comment ? Un peu, beaucoup, à la folie ?*

La salle de littérature aurait pu exploser que je ne m'en serais pas aperçu. Bella était écarlate, à présent, et je crus presque sentir la chaleur qui émanait d'elle.

— *Trop,* murmura Bella. *Plus que je ne lui plais. Et je ne vais pas réussir à changer ça.*

Ah, zut ! Qu'est-ce qu'il me veut encore, Varner ?

— *Euh, pardon, monsieur Varner ? Quel nombre ?*

Je fus soulagé que l'interrogatoire soit interrompu. J'avais besoin de me remettre.

À quoi pouvait bien penser la fille, maintenant ? « Plus que je ne lui plais » ? Comment en était-elle arrivée à cette conclusion ? « Et je ne vais pas réussir à changer ça » ? C'était censé signifier quoi ? Malgré mes efforts, je ne pigeais pas. Sa logique était irrationnelle. Rien n'était jamais acquis, avec elle. Les évidences, les choses sensées finissaient toujours par être déformées et comprises à l'envers par son cerveau bizarre.

Grinçant des dents, je toisai la pendule. Comment quelques minutes réussissaient-elles à paraître interminables à un immortel ? Quand avais-je perdu tout recul ?

Je ne desserrai pas les mâchoires jusqu'à la fin du cours de M. Varner, plus attentif aux maths qu'à la littérature que j'étais supposé étudier. Les deux filles ne se reparlèrent pas, même si Jessica coula plusieurs regards en douce à Bella, non sans remarquer qu'elle s'était de nouveau empourprée sans raison apparente.

Il me tardait de gagner la cafétéria.

J'ignorais si Jessica réussirait à m'obtenir d'autres réponses à la fin de l'heure, mais Bella fut la plus rapide et se tourna vers elle dès la sonnerie.

— *En anglais, Mike m'a demandé si tu avais parlé de votre soirée de lundi,* dit-elle avec un sourire en coin.

L'attaque est la meilleure défense, une stratégie que je n'eus aucun mal à identifier.

— *Tu plaisantes !* s'exclama joyeusement Jessica, prise au dépourvu, sans son habituelle narquoiserie. *Qu'est-ce que tu as répondu ?*

C'était fichu. Je n'obtiendrais rien de plus d'elle aujourd'hui. Bella ricanait, l'air de penser la même chose. Comme si elle avait remporté ce round.

Elle ferait moins la maligne pendant le déjeuner.

Alice et moi subîmes le cours de gym avec l'apathie qui était la nôtre sitôt que nous étions forcés de participer à des activités physiques impliquant des mortels. Ma sœur était évidemment ma partenaire, aucun humain n'acceptant de s'associer à nous. C'était la première séance de badminton. Avec un soupir las, je renvoyai lentement le volant de l'autre côté du filet. Lauren Mallory, de l'équipe adverse, le rata. Faisant tourner sa raquette comme un bâton de majorette, les yeux fixés sur le plafond, Alice se rapprocha du filet. Lauren recula.

Tous les Cullen détestaient la gym. Surtout Emmett, qui considérait les jeux de lancer comme un affront à sa philosophie personnelle. Ce jour-là, j'étais presque aussi irrité que lui. Par chance, je réussis à ne pas exploser d'impatience, car Clapp, le prof, y mit fin en avance. J'éprouvai à son égard une reconnaissance ridicule pour avoir sauté son petit déjeuner – tentative de régime toute récente – et pour la faim qui le poussait à décamper en vitesse pour aller se goberger d'un repas roboratif. Il s'y mettrait sérieusement demain, se promit-il.

Sa décision me permit d'aller chercher Bella à son cours.

Amuse-toi bien, pensa Alice qui partait retrouver Jasper. *Plus que quelques jours. J'imagine que tu refuseras de la saluer de ma part ?*

Exaspéré, je secouai la tête. Les voyantes étaient-elles toutes aussi suffisantes ?

Pour info, il va faire beau dans toute la région, ce week-end. Des fois que tu doives modifier tes plans.

Je m'éloignai en soupirant. Suffisante, mais drôlement pratique.

Adossé au mur près de la porte, j'attendis. J'étais assez proche pour entendre la voix de Jessica de l'autre côté des briques aussi clairement que ses réflexions.

— Tu ne déjeunes pas avec nous, aujourd'hui, hein ?

Elle est tout… émoustillée. Je te parie qu'elle m'a caché des tonnes *de trucs.*

— Je ne crois pas, non.

Comment ça ? Ne lui avais-je pas promis de manger avec elle ?

Elles sortirent de la salle et firent des yeux ronds en me voyant. Malheureusement, je ne captai que Jessica.

Cool. Wouah ! En tout cas, c'est sûr, elle ne dit pas tout.

— À plus, Bella !

Cette dernière s'approcha de moi et s'arrêta, hésitante. Ses pommettes étaient roses. Je la connaissais assez bien désormais pour savoir que ses réticences ne devaient rien à la frayeur. Il s'agissait plutôt de l'abîme qu'elle s'était imaginé séparer ses sentiments des miens. « Plus que je lui plais. » Absurde.

— Salut ! lui dis-je, un brin agacé.

— Salut, répondit-elle en s'empourprant de plus belle.

Comme elle ne paraissait pas vouloir ajouter quoi que ce soit, c'est en silence que je l'entraînai vers la cafétéria. La veste avait fonctionné, son odeur ne m'assaillait pas autant que d'ordinaire, la douleur que je ressentais déjà était juste un peu plus intense. Je la tolérais avec bien plus d'aisance que ce que j'aurais cru il y a peu.

Dans la queue au self, Bella s'agita, tripotant la fermeture Éclair de son coupe-vent et se trémoussant nerveusement sur ses pieds. Elle me jeta nombre de coups d'œil, mais baissa la tête, comme embarrassée, chaque fois qu'elle risquait de croiser mon regard. Était-ce parce que nous étions le centre d'intérêt de tant de lycéens ? Il était possible qu'elle entende les chuchotements sonores – les rumeurs étaient aussi verbales que mentales, aujourd'hui.

À moins qu'elle ait deviné, devant mon expression, que j'allais lui réclamer des explications.

Elle n'ouvrit la bouche qu'au moment où je lui préparais un plateau. Ignorant ce qu'elle aimait, je pris un peu de tout.

— Qu'est-ce que tu fais ? souffla-t-elle. Ce n'est pas pour moi, tout ça ?

Je secouai la tête en me dirigeant vers la caisse.

— Non. La moitié m'est destinée, bien sûr.

Elle arqua un sourcil dubitatif, ne protesta plus cependant. Je payai puis l'escortai à la table où nous avions déjeuné ensemble, la semaine précédente. Ça semblait remonter à bien plus loin, maintenant que tout avait changé. Elle s'assit face à moi, je poussai le plateau dans sa direction.

— Sers-toi, l'encourageai-je.

Elle s'empara d'une pomme qu'elle fit tourner entre ses doigts, l'air songeur.

— Je serais curieuse de savoir…

Comme c'était étonnant !

— … comment tu réagirais si quelqu'un te mettait au défi de manger, lâcha-t-elle.

— La curiosité est un vilain défaut, me plaignis-je.

Mais bon, ce ne serait pas la première fois que j'avalais quelque chose. La mascarade l'exigeait. Certes, c'était désagréable. La toisant, j'attrapai le mets le plus proche de moi et mordis dedans. N'ayant pas regardé ce dont il s'agissait, je fus incapable d'en identifier la nature. C'était aussi gluant, indigeste et répugnant que n'importe quelle nourriture humaine. Je m'empressai de mâcher et de déglutir en retenant une grimace. La bouchée descendit lentement au fond de ma gorge. Très déplaisant. Je soupirai en songeant que, plus tard, il me faudrait l'expulser de là. Beurk !

Bella me contemplait, choquée. Impressionnée. Je faillis lever les yeux au ciel. Il n'était en rien surprenant que nous ayons appris à feindre ainsi.

— Si quelqu'un te mettait au défi de manger de la terre, le ferais-tu ? lui lançai-je.

Elle plissa le nez.

— C'est déjà arrivé. Ce n'était pas si terrible.

— J'aurais dû m'y attendre, m'esclaffai-je.

Comment a-t-il osé ? Sale crétin égoïste ! Comment a-t-il pu nous faire ça ? Le cri mental strident de Rosalie perturba ma bonne humeur.

— Relax, Rose, souffla Emmett, de l'autre côté de la cantine.

Un bras autour des épaules de sa compagne, il la serrait contre lui. La maîtrisait.

Désolée, Edward, s'excusa Alice. *Elle a deviné que Bella en savait trop… et ça aurait été pire si je ne lui avais pas dit la vérité tout de suite. Crois-moi.*

Je tressaillis devant l'image qui suivit, me montrant ce qui se serait produit si j'avais confié à Rosalie que Bella était au courant quand nous aurions été seuls à la maison, là où elle n'aurait pas été contrainte de jouer la comédie. Si elle ne se calmait pas d'ici la fin des cours, j'allais devoir planquer mon Aston-Martin hors des frontières de l'État. La vision de ma voiture préférée broyée et incendiée me navrait, même si j'étais conscient d'avoir mérité ce châtiment.

Jasper n'était guère plus heureux que Rosalie.

Je gérerais ça à un autre moment. Je disposais de peu de temps avec Bella, pas question de le gâcher.

Bella et Edward s'entendent comme larrons en foire. Cette fois, ce furent les pensées de Jessica qui me parvinrent, mais j'en fus plutôt content. *Attitude physique encourageante. Je donnerai mon avis à Bella tout à l'heure. Il se penche vers elle exactement comme il le ferait s'il était intéressé. Il en a tout l'air, d'ailleurs. Qu'est-ce qu'il est canon ! Miam !* Elle soupira. Je croisai son regard, et elle se détourna vivement en se tassant sur sa chaise. *Hum. Mieux vaut s'en tenir à Mike. Jouer la réalité, oublier les fantasmes.*

Bien que tout cela se soit déroulé en un éclair, Bella avait noté que j'avais dérivé.

— Jessica examine le moindre de mes gestes, me justifiai-je. Elle te détaillera le tout plus tard.

Rosalie continuait à exprimer sa fureur outragée, monologue intérieur acide quasi ininterrompu, sauf quand elle fouillait sa mémoire en quête de nouvelles insultes à me lancer. J'étouffai sa voix, bien décidé à me consacrer entièrement à Bella.

Je lui tendis l'assiette dans laquelle j'avais pioché – de la pizza, m'aperçus-je –, tout en réfléchissant à la meilleure façon de commencer. Je me répétai ses paroles – « Plus que je ne lui plais. Et je ne vais pas réussir à changer ça. » –, et mon agacement resurgit. Elle mordit dans la part de pizza. Sa confiance ne laissait pas de me surprendre. Certes, elle ne pouvait savoir que j'étais venimeux, même si partager ma nourriture n'aurait eu aucun effet toxique sur elle. Néanmoins, je m'attendais à ce qu'elle me traite différemment. Comme une créature autre. Or, elle ne le faisait jamais.

J'allais attaquer en douceur.

— Ainsi, la serveuse était jolie, hein ?

— Tu ne t'en es pas aperçu ? répondit-elle en arquant de nouveau les sourcils.

Comme si une femme, quelle qu'elle soit, était en mesure de détourner mon attention d'elle. Absurde, encore et toujours.

— Non. J'étais distrait par autre chose.

— La pauvre.

Elle sourit, preuve qu'elle appréciait mon indifférence envers l'employée. Ce que je pouvais comprendre. Combien de fois avais-je rêvé de tabasser Mike Newton, en cours de biologie ?

Il n'empêche, elle ne pouvait décemment pas croire que ses sentiments humains, fruits de dix-sept petites années de vie mortelle, étaient susceptibles d'être plus forts que le boulet de canon émotionnel qui m'avait démoli après un siècle de vide affectif.

— Une des choses que tu as dites à Jessica me… perturbe.

Je n'avais pas réussi à rester décontracté jusqu'au bout de ma phrase. Elle fut aussitôt sur la défensive.

— Je ne suis pas étonnée que certains détails t'aient déplu. Ça t'apprendra à écouter aux portes.

— Je t'avais prévenue.

— Et moi, je t'avais prévenu qu'il était préférable que tu ne saches pas tout ce que j'ai dans la tête.

Ah, elle me renvoyait au moment où je l'avais fait pleurer.

— Certes, reconnus-je d'un ton rendu chagrin par les remords. Sauf que tu as tort. Je tiens vraiment à connaître tes pensées, toutes sans exception. C'est juste que… il y a des choses que tu ne devrais pas penser.

D'autres demi-mensonges. Je savais que je n'aurais *pas* dû désirer son affection. Sauf que, bien sûr, j'y aspirais.

— Tu coupes les cheveux en quatre, ronchonna-t-elle.

— Laissons tomber, ce n'est pas ce qui importe pour le moment.

— Qu'est-ce que c'est, alors ?

Elle s'inclina vers moi, une paume enroulée autour de son cou. Ce geste attira mon œil. Comme sa peau devait être douce… *Concentre-toi*, m'ordonnai-je.

— Tu crois sérieusement être plus attachée à moi que moi à toi ?

La question, ainsi formulée, me sembla d'un ridicule consommé. Bella se figea un instant, arrêta même de respirer. Puis elle détourna vivement la tête en clignant des paupières. Le souffle lui revint, sous la forme d'une exclamation étouffée :

— Tu recommences.

— Quoi ?

— À m'éblouir, avoua-t-elle en me regardant, sur ses gardes.

— Oh. Désolé.

Je ne sus trop comment prendre ça. Même si j'étais ravi de *pouvoir* encore l'éblouir, ça ne faisait pas progresser la conversation.

— Ce n'est pas ta faute, soupira-t-elle. Tu ne peux pas t'en empêcher.

— Bon, tu réponds à ma question ?

— Oui.

Rien de plus.

— Oui tu réponds ou oui tu estimes tenir plus à moi que l'inverse ? m'énervai-je.

— Oui, je suis plus attirée par toi que tu ne l'es par moi, murmura-t-elle d'une voix teintée de morosité.

Tête basse, elle rougit. Inconsciemment, ses dents agacèrent ses lèvres. Soudain, je me rendis compte à quel point il avait été difficile pour elle de reconnaître ce fait, car elle y croyait dur comme fer. Je ne valais pas mieux que ce froussard de Mike, en l'obligeant à m'avouer ses sentiments avant de lui confier les miens. Que j'aie eu l'impression d'avoir été très clair n'y changeait rien, puisqu'elle ne m'avait pas entendu. J'étais inexcusable.

— Tu as tort, lui assurai-je avec toute la tendresse dont j'étais capable.

— Tu n'en sais rien, souffla-t-elle en me regardant avec des yeux qui ne dévoilaient rien.

— Qu'est-ce qui te fait penser ça ?

J'avais déduit qu'elle sous-estimait l'ampleur de ma passion parce qu'elle me savait incapable de déchiffrer son cerveau. En vérité, c'était elle qui sous-estimait énormément la *mienne*. Elle me fixa en plissant le front et en torturant sa bouche. Pour la millionième fois, je regrettai de ne pas être en mesure de *l'entendre*.

Je m'apprêtais à la supplier quand elle m'intima le silence d'un doigt levé :

— Laisse-moi réfléchir.

Tant qu'elle s'efforçait d'organiser ses idées, je saurais être patient.

Du moins, je ferais comme si.

Elle pressa ses paumes l'une contre l'autre, entrecroisant ses doigts minces, les examinant comme s'ils appartenaient à une autre.

— Disons que, sans même parler de certains signes évidents, il me semble parfois… je ne suis pas sûre de ce que j'avance, je ne lis pas dans les esprits des autres, *moi*, mais bon, j'ai l'impression que, derrière chacune de tes paroles, il y a un message caché. Qui est que tu essaies de couper les ponts.

Elle s'en était donc aperçue. Saisissait-elle que je ne restais que par faiblesse et égoïsme ? Et cela me rabaissait-il à ses yeux ?

— Bien vu…

Horrifié, je constatai que la tristesse déformait aussitôt ses traits. Je m'empressai de poursuivre :

— Mais c'est exactement là que tu te trompes. Car…

Je m'interrompis en me rappelant les premiers termes de son explication. Bien que je n'en saisisse pas le sens, ils me turlupinaient.

— Qu'entends-tu par « signes évidents » ? repris-je.

— Il suffit de me regarder…

Je ne faisais que ça.

— Je suis d'une banalité effarante. Enfin, sauf quand il s'agit de passer à côté de la mort ou d'être si maladroite que ça frôle le handicap. Comparée à toi…

Elle eut un geste dans ma direction, comme si elle soulignait une évidence telle qu'il n'était pas besoin de la formuler. Elle se trouvait quelconque ? Me jugeait mieux qu'elle ? Sur quels critères ? Ceux d'esprits étroits d'humaines aveugles comme Jessica ou Mme Cope ? Par quel miracle lui échappait-il qu'elle était la plus belle… la plus exquise… Les mots n'y suffisaient pas. Elle se mésestimait complètement.

— Tu ne te vois pas de façon très claire, tu sais. Je reconnais que tu es irrécupérable pour ce qui est de te fourrer dans les ennuis…

J'eus un rire amer, car le mauvais sort qui la pourchassait était tout sauf comique. Sa gaucherie, en revanche, était amusante. Émouvante. Me croirait-elle si je lui disais qu'elle était aussi belle d'apparence que de caractère ? Il serait sans doute plus efficace d'enfoncer le clou.

— … mais tu es apparemment restée hermétique aux réactions de tous les types de ce lycée le jour de ton arrivée.

Ah, leurs réflexions enthousiastes, pleines d'espoir, empressées ! La vitesse à laquelle elles s'étaient transformées en fantasmes irréalistes. Irréalistes, car elle ne désirait aucun de ces garçons.

C'était à moi qu'elle avait dit oui.

Je devais afficher un sourire extrêmement suffisant.

— Tu mens, marmonna-t-elle, abasourdie.

— Fais-moi confiance, ne serait-ce qu'une fois. Tu es tout sauf ordinaire.

Elle n'était pas habituée aux compliments. S'empourprant, elle changea de sujet.

— En tout cas, ce n'est pas moi qui cherche à rompre les liens.

— Ça me donne raison, justement ! me récriai-je. C'est moi qui tiens le plus à toi, parce que si j'arrivais à m'éloigner de toi…

Serais-je assez généreux pour agir comme il faut ? Au désespoir, je secouai la tête. Il allait falloir que j'aie ce courage. Elle méritait de vivre. Et pas comme dans la vision d'Alice.

— ... si partir était la solution...

Ça l'était, n'est-ce pas ? Bella et moi, ça n'avait pas lieu d'être. Elle n'avait rien fait pour qu'on la condamne à mes Enfers.

— ... je serais prêt à souffrir pour t'éviter de souffrir... de mourir.

Je prononçai ces derniers mots en priant pour qu'ils soient vrais.

— Ne crois-tu pas que j'en ferais autant à ta place ? se hérissa-t-elle en me toisant.

Si furieuse, si douce et frêle. Elle était incapable d'infliger la moindre souffrance à quiconque.

— Tu ne seras jamais à ma place, objectai-je, de nouveau déprimé par l'abîme qui nous séparait.

L'inquiétude remplaça la colère dans ses prunelles, et la petite ride réapparut. Quelque chose clochait réellement dans l'univers pour que cette fille si bien et si fragile n'ait pas droit à un ange gardien.

Ma foi, ricanai-je intérieurement, *elle a au moins un vampire gardien.* J'adorais ce prétexte qui me permettait de rester.

— Hélas, enchaînai-je avec un sourire, te sauver la vie commence à ressembler à une occupation à temps plein qui exige ma présence permanente à tes côtés.

— Personne n'a essayé de me tuer, aujourd'hui, répondit-elle avec gaieté.

Avant de se refermer sur elle-même, pensive, le regard indéchiffrable.

— Pas encore, dis-je d'un ton pince-sans-rire.

— Certes.

Qu'elle l'admette m'étonna, je m'étais attendu à ce qu'elle nie avoir besoin d'un protecteur.

À l'autre extrémité de la cantine, Rosalie s'échauffait de plus en plus.

Désolée, pensa Alice qui avait dû me voir grimacer.

Ce qui me rappela que j'avais du pain sur la planche.

— J'ai une autre question, lançai-je.

— Je t'écoute.

— Tu as vraiment besoin d'aller à Seattle ce week-end ou est-ce seulement une excuse pour éconduire tes admirateurs ?

— Je te signale que je ne t'ai toujours pas pardonné le coup de Tyler, se renfrogna-t-elle. C'est ta faute, s'il s'est convaincu que je serai sa cavalière au bal de fin d'année.

— Oh, il aurait bien trouvé le moyen de t'inviter sans mon intervention. J'avais juste envie d'observer ta réaction.

Je m'esclaffai en me souvenant de son expression atterrée. Elle avait été moins horrifiée quand je lui avais confié mon abominable passé.

— Si moi, je t'avais proposé de m'accompagner à la soirée, m'aurais-tu évincé ? m'enquis-je.

— Sans doute pas, mais j'aurais annulé plus tard en prétextant un coup de froid ou une cheville tordue.

Étrange.

— Pourquoi donc ?

Elle secoua la tête, comme déçue par mon incompréhension.

— Tu as beau ne m'avoir jamais vue en cours de gym, tu peux deviner tout seul.

Ah.

— Est-ce une allusion au fait que tu es incapable de marcher sur une surface parfaitement plane sans trébucher ?

— En effet.

— Ça ne serait pas un problème. Tout est dans le cavalier.

Durant une fraction de seconde, je fus captivé à l'idée de la tenir entre mes bras, à un bal où elle porterait une jolie robe arachnéenne au lieu de son pull immonde. Je gardais un souvenir très clair de son corps sous le mien, quand je l'avais écartée de devant le fourgon. La sensation éprouvée alors avait été plus puissante que mon affolement ou ma peur. Elle était si douce, si tiède, s'était idéalement encastrée dans ma propre silhouette de pierre. M'arrachant à mes réflexions, j'enchaînai rapidement pour l'empêcher d'objecter à ma dernière affirmation (ses intentions étaient évidentes).

— Réponds-moi. Es-tu décidée à te rendre à Seattle ou accepterais-tu que nous fassions autre chose ?

Ma manœuvre était perfide. Je lui donnais le choix sans lui laisser le loisir d'être loin de moi ce jour-là. Pas très élégant de ma part. En même temps, la veille, je m'étais engagé à lui montrer quelque chose. De façon trop décontractée et impulsive, mais bon… Si je voulais gagner la confiance qu'elle m'avait accordée alors que j'en étais indigne, il fallait que je tienne mes promesses. En dépit de la terreur que celle-ci m'inspirait.

Le soleil brillerait ce samedi. Ce serait l'occasion de me dévoiler dans toute ma réalité, pour peu que j'aie le courage d'endurer sa répulsion horrifiée. Je connaissais l'endroit idéal où m'exposer à ce danger.

— Je suis ouverte à toutes les propositions. Néanmoins, je voudrais que tu m'accordes une faveur.

Ce n'était pas un « non » franc et massif. Qu'allait-elle me demander ?

— Oui ?

— Tu me laisseras conduire ?

C'était quoi, ce sens de l'humour ?

— En quel honneur ?

— D'abord et surtout parce que, quand j'ai averti Charlie que j'irais à Seattle, il m'a spécifiquement demandé si j'y allais seule et que, à l'époque, j'ai répondu oui puisque c'était le cas. S'il me réinterrogeait aujourd'hui, je ne lui mentirais pas, bien que je n'envisage pas cette éventualité. Laisser ma camionnette devant la maison risque juste de ramener le sujet sur le tapis, ce qui est inutile. Deuxièmement, ta conduite me terrorise.

Je levai les yeux au ciel.

— Parmi tout ce qui, en moi, mériterait de t'effrayer, la seule chose dont tu t'inquiètes, c'est ma manière de tenir un volant.

Franchement, son cerveau fonctionnait à l'envers. Je secouai la tête, dégoûté. Pourquoi diable n'avait-elle pas peur à bon escient ? Et pourquoi ne le souhaitais-je pas ? Je ne fus plus en mesure de conserver sa légèreté à notre échange.

— Tu tiens à cacher à ton père que tu passes ta journée en ma compagnie ? m'enquis-je d'une voix sombre, pressentant sa réponse et les bonnes raisons qui la motiveraient.

— Avec Charlie, en dire un peu c'est toujours en dire trop, affirma-t-elle, catégorique. Où comptes-tu m'emmener, de toute façon ?

— Il fera beau, murmurai-je avec lenteur, en luttant contre mes hésitations et mes réticences. (À quel point regretterais-je mon choix ?) Donc j'éviterai de me montrer en public… Mais toi, tu pourrais rester avec moi, si tu veux.

Elle saisit tout de suite l'importance de l'enjeu, et ce fut avec des yeux brillants d'enthousiasme qu'elle s'exclama :

— Et tu me montreras ce à quoi tu as fait allusion ? À propos du soleil.

Il était possible que, comme tant de fois auparavant, sa réaction soit à l'opposé de celle que je redoutais. Cette éventualité me fit sourire, et je m'efforçai de revenir à une atmosphère plus détendue.

— Oui. En même temps (elle n'avait pas encore accepté), si tu… as peur d'être seule avec moi, je préférerais que tu n'ailles pas à Seattle sans escorte. Je tremble à la perspective des dangers qui t'attendent dans une ville de cette taille.

Vexée, elle pinça les lèvres.

— Phoenix est trois fois plus vaste que Seattle, rien qu'en nombre d'habitants. Et elle s'étend…

Je coupai court à ses justifications.

— Sauf que les Parques n'ont visiblement jamais entendu parler de Phoenix. Je serais plus rassuré si je te gardais à l'œil.

Les moments passés en sa compagnie ne dureraient jamais assez à mon goût. Il était mal de ma part de réfléchir ainsi. La notion ne durée ne nous concernait pas. Les secondes qui s'égrenaient comptaient encore plus qu'avant. Chacune la modifiait, alors que j'y étais imperméable. Physiquement, du moins.

— Tu as de la chance, être seule avec toi ne me rebute pas.

Parce qu'elle avait de mauvais instincts.

— Tu devrais quand même prévenir Charlie, soupirai-je.

— Pourquoi diable ? se rebiffa-t-elle, consternée.

Je la fusillai du regard, même si, comme d'ordinaire, c'était contre moi que j'étais en colère.

— Histoire de me donner une bonne raison de te ramener vivante ! ripostai-je.

Comme j'aurais préféré avoir une réponse différente à lui servir ! Mais elle me devait bien ça : me fournir un témoin qui me contraindrait à me maîtriser. Elle déglutit bruyamment et me fixa. Que voyait-elle ?

— Je prends le risque, finit-elle par dire.

Pff ! Est-ce que mettre sa vie en danger lui donnait de délicieux frissons ? Aspirait-elle à ressentir des élans d'adrénaline ?

Tu vas la boucler ? Le hurlement mental de Rosalie brisa mes réflexions. Je vis ce qu'elle pensait de la conversation qui se déroulait et de ce que Bella savait désormais. Machinalement, je jetai un coup d'œil à ma sœur, qui fulminait, et me rendis compte que je m'en moquais. Qu'elle détruise ma voiture, si bon lui semblait, ce n'était qu'un jouet.

— Changeons de sujet, suggéra soudain Bella.

Je revins à elle, me demandai comment elle arrivait à ignorer ce qui comptait vraiment. Ne distinguait-elle donc pas le monstre en moi, à l'inverse de Rosalie, à qui il sautait aux yeux ?

— De quoi veux-tu parler ?

Elle inspecta les alentours, comme si elle s'assurait que personne ne nous entendait. Elle envisageait sûrement de me poser une question renvoyant aux mythes. Un instant, son regard se figea, et elle se raidit, puis elle se tourna de nouveau vers moi.

— Pourquoi avoir choisi les Goat Rocks, ce week-end ? Charlie prétend que ce n'est pas un endroit où randonner à cause des ours.

Complètement à côté de la plaque. J'arquai un sourcil.

— Tu veux dire que tu… des ours ! hoqueta-t-elle.

Je l'observai digérer la nouvelle d'un air narquois. Ce renseignement allait-il la pousser à me prendre au sérieux ? À *enfin* me prendre au sérieux ?

C'est ça, vas-y, déballe tout ! Ce n'est pas comme si nous avions des règles ! Je m'efforçai de chasser les pensées rageuses de Rosalie.

— Tu devrais savoir que la saison n'est pas encore ouverte, répliqua sévèrement Bella, qui s'était ressaisie.

— Et si tu avais lu les textes de loi avec soin, tu aurais constaté que cela ne concerne que la chasse avec des armes.

De nouveau, elle encaissa mal.

— Des ours, répéta-t-elle, bouche bée.

Son ton était cependant moins choqué que curieux.

— Emmett préfère les grizzlis.

Un éclair de stupeur traversa son regard, mais s'éteignit vite.

— Mouais, lâcha-t-elle.

Elle mordit dans la pizza puis avala une gorgée de Coca.

— Et toi, quel est ton mets favori ? demanda-t-elle ensuite.

J'imagine que j'aurais dû m'attendre à un truc de ce genre, ce qui n'était pas le cas.

— Le puma, rétorquai-je sans prendre de gants.

— Ah, commenta-t-elle d'une voix neutre.

Son cœur battait avec régularité, à croire que nous étions en train de parler de notre restaurant de prédilection. Très bien. Puisqu'elle jouait la désinvolture…

— Naturellement, ajoutai-je sur un ton détaché, clinique, nous veillons à ne pas perturber l'environnement en pratiquant une chasse abusive. Nous essayons de nous cantonner à des endroits où la population de prédateurs est trop abondante, quitte à nous déplacer fort loin. Il y a certes abondance de cerfs et d'élans dans les parages, et ils conviendraient très bien, mais où seraient l'intérêt et l'amusement ?

Elle m'écoutait avec un intérêt poli, comme si j'étais un guide de musée décrivant un tableau. Je souris malgré moi.

— Où, en effet ? murmura-t-elle en avalant un autre morceau de pizza.

— Emmett adore le début du printemps. Les ours sortent tout juste d'hibernation et n'en sont que plus irritables.

Soixante-dix ans après, il ne s'était toujours pas remis d'avoir perdu sa première bagarre.

— Quoi de plus drôle qu'un grizzly furieux ? acquiesça Bella, solennelle.

Là encore, un rire m'échappa devant sa sérénité illogique. Elle jouait la comédie.

— Allez, dis-moi ce que tu penses vraiment. Je t'en prie.

— J'essaie seulement de vous imaginer, répondit-elle, sa petite ride entre les sourcils ayant réapparu. Ça me dépasse. Comment faites-vous, sans armes ?

— Oh, mais nous en avons, lui dis-je en dévoilant mes dents (contrairement à ce que j'attendais, elle ne flancha pas, se borna à me fixer, parfaitement immobile). Simplement, pas de celles qui sont prises en compte lors de l'élaboration des textes de loi. Tu as déjà vu un ours attaquer à la télévision ? Ça donne une assez bonne idée d'Emmett en pleine action.

Elle jeta un coup d'œil à la table du clan et frissonna. Enfin ! Puis je ricanai, car j'aurais souhaité en partie qu'elle reste ignorante de ces détails. Elle reposa sur moi ses grandes prunelles sombres.

— Ressembles-tu à un ours, toi aussi ? s'enquit-elle en chuchotant presque.

— À un puma plutôt, la renseignai-je en essayant de retrouver un ton détaché. Du moins c'est ce qu'affirment les autres. Nos préférences sont peut-être révélatrices de nos comportements.

Elle eut un sourire timide, puis inclina la tête, dévorée par sa curiosité naturelle.

— Est-ce une chose à laquelle j'aurai droit d'assister ?

Une image très claire me traversa l'esprit – son cadavre exsangue inerte entre mes bras –, comme si c'était moi et non Alice qui avait eu cette vision. La prescience n'était cependant pas nécessaire pour deviner comment se terminerait cette horreur.

— Certainement pas ! aboyai-je.

Elle recula, choquée, effrayée par mon accès de rage. De mon côté, je m'adossai à ma chaise, désireux d'agrandir l'espace qui nous séparait. Décidément, elle ne pigerait jamais. Elle ne lèverait pas le petit doigt pour m'aider à l'épargner.

— Trop dur à supporter pour moi ? insista-t-elle sur un ton égal, bien que son cœur batte la chamade.

— Si ce n'était que ça, je t'emmènerais dès ce soir, lançai-je entre mes dents. Tu as vraiment *besoin* d'une bonne dose de frousse. Rien ne te serait plus salutaire.

— Alors pourquoi pas ? poursuivit-elle sans se démonter.

Je la toisai d'un air mauvais, guettant le moment où sa peur surgirait. Personnellement, j'avais peur. Mais ses yeux restaient curieux et impatients, sans plus. Elle attendait une réponse, refusait de renoncer.

Notre heure était terminée, cependant.

— Plus tard, grondai-je en sautant sur mes pieds. Nous allons manquer le début des cours.

Désorientée, elle inspecta les alentours, à croire qu'elle avait oublié que nous étions à la cafétéria. À croire même qu'elle avait oublié que nous étions au lycée, et non seuls dans quelque endroit intime. J'étais sur la même longueur d'onde. En sa compagnie, j'avais du mal à me souvenir du reste du monde.

Elle se leva à son tour, tangua un instant, attrapa son sac et le passa à son épaule.

— Plus tard, répéta-t-elle.

Le pli de sa bouche m'indiqua à quel point elle était déterminée à ne pas en rester là.

12

COMPLICATIONS

Bella et moi nous rendîmes en biologie sans échanger un mot. Nous passâmes devant Angela Weber, qui discutait d'un devoir avec un camarade de son cours de maths. Machinalement, je sondai son esprit, prêt à une nouvelle déception. J'eus toutefois la surprise d'y découvrir un désir.

Angela aspirait bien à une chose. Malheureusement, pas de ces babioles qu'on offre dans un papier cadeau. Son rêve inaccessible m'apporta un étrange réconfort. Je ressentis une sorte de lien de parenté avec elle. La mortelle pleine de bonté et moi ne formâmes plus qu'un durant une seconde. Je trouvai une étonnante consolation à constater que je n'étais pas le seul à vivre des amours tragiques. Le chagrin n'épargnait personne.

Mais, aussitôt après, je cédai à une irritation démesurée. Celles d'Angela n'avaient *pas* à être tragiques. Elle était humaine, lui aussi, et le fossé qui les séparait, insurmontable pour elle, était d'un ridicule consommé, comparé à ma situation. Angela n'avait *aucune* raison d'avoir le cœur brisé. Quel gaspillage de tristesse ! Pourquoi cette histoire-là au moins ne terminerait-elle pas bien ?

Je tenais à lui faire un cadeau ? Eh bien, j'allais lui donner ce qu'elle convoitait. Vu ce que je savais de la nature humaine, ce ne serait sans doute même pas compliqué. Je criblai la conscience de son interlocuteur et objet de son affection, m'aperçus qu'il n'avait pas d'objections, qu'il était juste paralysé par le même obstacle qu'elle.

Je n'avais qu'à semer la graine.

Le plan se forma sans peine, le script s'en écrivant de lui-même, sans effort. J'allais avoir besoin de l'aide d'Emmett. Là résiderait l'unique vraie difficulté. Il était beaucoup plus simple de manipuler les mortels que les immortels.

Mon plan me plut. Mon présent à Angela s'avéra une diversion bienvenue à mes propres soucis. Si seulement ces derniers avaient été aussi aisés à résoudre !

Ce fut de meilleure humeur que je pris place à côté de Bella. Je devais peut-être me montrer plus optimiste. Si ça se trouve, il existait une solution à nos soucis qui m'échappait, à l'instar d'Angela qui n'avait pas détecté la sienne, pourtant évidente. C'était peu probable… Mais pourquoi perdre mon temps à me désespérer ? D'autant que j'en manquais. Chaque seconde comptait, avec Bella.

M. Banner entra en tirant un chariot chargé d'une télévision et d'un magnétoscope d'un autre âge. Il comptait expédier une partie du programme qui ne l'intéressait pas spécialement, les maladies génétiques, en nous montrant un film au cours des trois prochains cours. Bien que *Lorenzo* ne soit pas une œuvre très joyeuse, la salle se réjouit. Pas de notes à prendre, pas d'interro en vue. Les humains exultaient.

Personnellement, ça me fut égal, vu que je n'avais l'intention de prêter attention qu'à Bella.

Je n'écartai pas ma chaise de la sienne pour pouvoir respirer sans malaise. Au contraire, je restai près d'elle, comme le premier mortel venu. Plus près que quand nous étions dans ma voiture, suffisamment près pour que mon côté gauche soit nimbé par la chaleur émanant de sa peau.

Ce fut une drôle d'expérience, à la fois plaisante et éprouvante, préférable cependant à celle qui consistait à être assis face à elle. C'était plus que ce à quoi j'étais habitué ; pourtant, je me rendis vite compte que ce n'était pas assez. J'étais frustré. Cette proximité m'incitait à en vouloir toujours plus.

Je lui avais reproché d'être un aimant à danger. Rien n'était plus vrai, en cet instant. *J'incarnais* le danger, or à chaque centimètre en moins que je me permettais d'ôter entre nous deux, sa force d'attraction forcissait.

M. Banner éteignit les lumières.

La différence qui en résulta me parut bizarre, dans la mesure où l'obscurité n'affectait en rien ma vision. Je continuais de voir, comme en plein jour, le moindre détail clair et net. Alors, pourquoi cette brusque décharge électrique dans l'air ? Tint-elle à ce que je savais être l'unique créature alentour à y voir ? À ce que Bella et moi étions invisibles aux autres ? Comme si nous avions été seuls, rien que nous deux cachés dans une pièce sombre, assis tout près l'un de l'autre.

D'elle-même, ma main glissa vers la sienne. Juste la toucher, attraper ses doigts. Serait-ce une erreur si terrible ? Si ma peau la révulsait, elle n'aurait qu'à reculer.

Je me ressaisis, croisai étroitement mes bras sur ma poitrine et serrai les poings. Pas d'erreurs, m'étais-je juré. Il suffirait que je lui prenne la main pour en vouloir davantage – un autre contact insignifiant, un autre mouvement dans sa direction. Je le devinais. Une nouvelle sorte de désir naissait en moi, qui menaçait de supplanter ma maîtrise de soi.

Pas d'erreurs.

De son côté, Bella s'enlaça dans ses bras et serra les poings. Comme moi.

À quoi penses-tu ? Les mots me brûlaient la langue. Malheureusement, le silence était trop intense pour permettre une conversation, même chuchotée.

Le film commença, perçant l'obscurité d'éclats lumineux. Bella me jeta un coup d'œil. Remarquant ma rigidité identique à la sienne, elle sourit. Ses lèvres s'entrouvrirent, et ses yeux parurent pleins d'invitations chaleureuses.

Ou alors, je prenais mes rêves pour la réalité.

Je lui souris à mon tour. Sa respiration eut un raté, et elle s'empressa de détourner la tête.

Ça ne fit qu'empirer les choses. Bien que j'ignore ses réflexions, je fus certain que j'avais eu raison de croire qu'elle *souhaitait* que je la touche. Elle ressentait cette attirance dangereuse tout autant que moi. La tension électrique bourdonnait entre nous. De toute l'heure, elle ne broncha pas, conservant son maintien figé comme moi le mien. Par moments, elle regardait dans ma direction, et le courant m'envoyait une soudaine décharge.

Le temps passa, lentement et pourtant trop vite. Rien de neuf. J'aurais pu rester ainsi pendant des jours, juste pour profiter à fond des émotions que j'éprouvais. Je me disputais avec moi-même une bonne dizaine de fois durant ces minutes, le rationnel s'opposant à la passion.

M. Banner finit par rallumer. Sous l'éclat des néons, la salle retrouva sa normalité. En soupirant, Bella s'étira et se dégourdit les doigts. Pareille position pendant aussi longtemps avait dû être inconfortable pour elle. Pour moi, c'était plus facile, l'immobilité me venant naturellement. J'étouffai un rire devant son expression soulagée.

— Voilà qui était intéressant, dis-je.

— Hum.

Bien qu'il soit évident qu'elle avait compris l'allusion, elle ne commenta pas. Que n'aurais-je donné pour pouvoir entendre ses pensées *en cet instant* ! Je poussai un soupir. Mes regrets, aussi nombreux soient-ils, n'y changeraient rien.

— On y va ?

Avec une grimace, elle se leva, maladroite, les mains en avant comme pour amortir une chute éventuelle. Je pouvais lui proposer de l'aide, la soutenir par le coude. Ça ne constituerait pas une faute affreuse, si ?

Pas d'erreurs.

Sur le chemin du gymnase, elle garda le silence. Sa ride entre les sourcils était creusée, signe qu'elle était plongée dans ses pensées. Moi aussi, je réfléchissais.

Effleurer sa peau ne la tuerait pas, avançait mon côté égoïste. J'étais capable de modérer la pression de ma main. Ce n'était pas très difficile. Mon sens du toucher était plus développé que celui des humains, je pouvais jongler avec une dizaine de verres en cristal sans en casser un seul, caresser une bulle de savon sans qu'elle explose. À condition de me contrôler de très près.

Bella ressemblait à une bulle de savon : délicate, éphémère. *Temporaire.*

Combien de temps serais-je en mesure de justifier ma présence dans sa vie ? Quel délai m'était-il imparti ? Aurais-je droit à une autre chance, identique à celle-ci, à ce moment, à cette seconde ? Elle ne serait pas toujours à portée de mes bras.

À l'entrée du gymnase, Bella se tourna vers moi. Ses prunelles s'écarquillèrent quand elle vit mon expression. Elle ne moufta pas. Je contemplai mon reflet dans ses yeux, discernai le conflit qui ravageait les miens. Mon visage se modifia lorsque mon bon côté perdit la bataille.

Je levai le bras sans y songer. Aussi doucement que si Bella avait été taillée dans le verre le plus fin, que si elle avait été fragile comme une bulle, je promenai mes doigts sur sa joue. Celle-ci s'échauffa à mon toucher, et je sentis les pulsations du sang sous la peau fine.

Assez ! m'ordonnai-je, alors que ma paume mourait d'envie de se plaquer sur ce visage. *Assez !*

J'eus du mal à m'écarter, à ne pas me rapprocher davantage. Mille idées me vinrent à l'esprit, mille façons de la caresser. Dessiner le contour de ses lèvres du bout de mes doigts. Enrouler ma paume en coupe autour de son menton. Lui retirer sa barrette et laisser ses cheveux couler sur ma main. Enlacer sa taille, sentir son corps contre le mien.

Assez !

Je me forçai à tourner les talons, raide et réticent, puis je m'éloignai vivement, en courant presque, non sans autoriser mon esprit à s'attarder auprès d'elle. Je captai les réflexions de Mike Newton – les plus bruyantes – tandis qu'il la regardait passer devant lui, ignorante de sa présence, les yeux dans le vague et les pommettes rosies. Furieux, il m'agonit d'insultes. Malgré moi, je souris.

Ma main picotait. J'eus beau la déplier et la replier, les aiguilles ne disparurent pas.

Je ne l'avais pas blessée. Il n'empêche, la toucher avait été une erreur.

La sensation avait été celle de braises qui couvent, comme si une version édulcorée de ma soif incandescente s'était répandue dans tout mon corps. La prochaine fois que j'aurais l'occasion d'être aussi proche d'elle, parviendrais-je à ne pas établir de contact ? Et si non, serais-je capable de m'arrêter à ça ?

Plus d'erreurs. Je m'en tiendrais là. *Profite du souvenir, Edward,* m'enjoignis-je, morose, *et garde tes mains dans tes poches à l'avenir.* C'était ça, ou je m'obligeais à partir… d'une manière ou d'une autre. Parce que je n'avais pas le droit à une telle proximité si je continuais à faire des bêtises.

Inspirant un bon coup, je tentai de mettre de l'ordre dans mes idées.

Emmett me rattrapa devant le bâtiment de littérature.

— Salut, Edward !

Il a l'air mieux. Bizarre, mais mieux. Heureux.

— Salut, Em.

Heureux ? Je n'en étais pas très loin, sans doute, en dépit du bazar dans ma tête.

Bravo pour ta discrétion, frérot. Rose va t'arracher la langue.

— Désolé de t'avoir collé ça sur les bras, soupirai-je. Tu m'en veux ?

— Non, Rose s'en remettra. Et puis, c'était couru d'avance. *Avec ce qu'Alice voit venir…*

Je n'avais pas envie d'y songer maintenant. Mâchoires serrées, je contemplai le campus. En quête d'une distraction, je repérai Ben Cheney qui, devant nous, entrait en cours d'espagnol. Ah, je tenais ma chance d'offrir son cadeau à Angela Weber.

— Une seconde, dis-je à Emmett en m'arrêtant et en le retenant par le bras.

Quoi ?

— Je sais que je ne le mérite pas, mais tu me rendrais service ?

— Lequel ?

À demi-voix et à une vitesse incompréhensible pour des oreilles humaines, je lui exposai ce que j'attendais de lui. Quand j'eus terminé, il me contempla d'un regard aussi vide que son cerveau.

— Alors, insistai-je, tu vas m'aider ?

Il lui fallut une minute pour répondre :

— Mais *pourquoi* ?

— Allons, Emmett, *pourquoi pas* ?

Qui es-tu ? Où est passé mon frère ?

— Ce n'est pas toi qui passes ton temps à te plaindre qu'on s'ennuie au lycée ? Je te propose un truc un peu différent, pour une fois. Considère ça comme une expérience. Sur la nature humaine.

Il m'observa encore un instant avant de céder en haussant les épaules.

— Tu as raison, c'est *différent*. D'accord, comme tu voudras.

Je lui adressai un grand sourire. Sachant qu'il me donnerait un coup de main, je me sentais plus partant que jamais. Rosalie avait beau être une peste, je lui serais toujours redevable d'avoir choisi Emmett. Il n'existait pas meilleur frangin au monde.

Il n'eut pas besoin de répéter son texte, dont je lui soufflai les grandes orientations sur le trajet jusqu'en classe. Déjà assis à sa place derrière moi, Ben était en train de rassembler les feuilles du devoir à rendre. Emmett et moi nous installâmes et l'imitâmes. Les conversations murmurées ne s'étaient pas encore éteintes. La salle attendait que Mme Goff demande le silence. Peu pressée, elle corrigeait les interrogations écrites du cours précédent.

— Alors, me lança Emmett plus fort que nécessaire, tu t'es décidé à proposer un rancard à Angela Weber ?

Dans la rangée de derrière, les bruissements de papier cessèrent net. Ben se figea, à l'écoute de notre échange. *Angela ? J'ai bien entendu ?* J'avais son attention, extra.

— Non, répondis-je en secouant lentement la tête, l'air d'avoir des regrets.

— Pourquoi donc ? improvisa Emmett. Tu n'as pas le courage ?

— Non, marmonnai-je. Il paraît qu'elle s'intéresse à un autre gars.

Edward Cullen voudrait sortir avec Angela ? Mais... non. Ça ne me plaît pas. Pas question qu'il l'approche. Il... Ce n'est pas le type qu'il lui faut. Il est... dangereux. Je n'avais pas anticipé le chevaleresque protecteur de cette réaction. Je m'étais plutôt attendu à de la jalousie. Mais bon, ça me convenait tout aussi bien.

— Ne me dis pas que ça te retient ! se moqua Emmett avec dédain. Tu as peur de ne pas être à la hauteur de ton rival ?

Il improvisait toujours. Je le toisai, rebondis sur ce qu'il m'avait fourni.

— Écoute, je crois qu'elle est accro à ce Ben. Je n'ai pas de temps à perdre à la convaincre. Après tout, ça ne manque pas de nanas, dans le coin.

Dans notre dos, on s'agita.

— Qui c'est, ce mec ? demanda Emmett en revenant au script.

— D'après ma partenaire de labo, il s'appelle Cheney. Je ne vois pas trop qui c'est.

Je retins un sourire. Seul un Cullen hautain pouvait se targuer de ne pas connaître tous les élèves de ce minuscule établissement. Ben était sous le choc. *Moi ? Face à Edward Cullen ? Mais pourquoi* moi *?*

— Edward, murmura Emmett avec un signe du menton vers le garçon, il est juste derrière toi.

Il s'était débrouillé pour que n'importe quel mortel puisse lire sur ses lèvres.

— Oh ! soufflai-je.

Pivotant sur mon siège, je jetai un coup d'œil à l'intéressé. Pendant une seconde, ses prunelles noires semblèrent effrayées, derrière ses lunettes. Puis il se redressa, carra les épaules et soutint mon évaluation visiblement peu flatteuse. Il tendit le menton, et sa peau brun doré s'assombrit sous l'effet de la colère.

— Pff ! lâchai-je avec arrogance avant de me retourner.

Il se croit supérieur à moi. Angela n'est pas de son avis. Je lui montrerai, moi...

Excellent.

— Mais tu ne m'as pas dit qu'elle irait au bal avec Yorkie ? me relança Emmett.

Il avait pris soin de prononcer le nom avec le même mépris que tout un chacun, la balourdise d'Éric ne jouant en sa faveur auprès de personne.

— Bah, ça s'est décidé en groupe, expliquai-je (je tenais à ce que Ben soit au courant). Angela est timide. Si ce Ben... Jamais elle ne ferait le premier pas avec un garçon.

— Tu aimes les nanas timides, répliqua mon frère en improvisant de nouveau.

Les filles discrètes. Genre... voyons... Bella Swan, peut-être ?

— Exact, rigolai-je. Quoi qu'il en soit, Angela va peut-être se lasser d'attendre. Si ça se trouve, je l'inviterai au bal de fin d'année.

Des clous ! pensa Ben en se raidissant. *Quelle importance si elle est plus grande que moi ? Si ça lui est égal, alors à moi aussi. C'est la fille la plus sympa, la plus futée et la plus jolie de ce bahut... et je lui plais.*

Ce Ben était chouette. Il avait l'air malin et bienveillant. Digne même d'une Angela Weber.

Mme Goff se leva. Sous la table, je levai le pouce à l'intention d'Emmett. *Je l'avoue, c'était plutôt marrant,* me renvoya-t-il. J'eus un sourire intérieur, content d'avoir aidé au progrès d'amours naissantes. Je ne doutais pas que Ben s'enhardirait. Angela recevrait son cadeau anonyme. J'avais payé ma dette. Que les mortels étaient sots de laisser une différence de taille de quinze centimètres entraver leur bonheur !

Grâce à mon succès, j'avais retrouvé ma bonne humeur. Me calant dans ma chaise, je m'apprêtai à me divertir un brin. Comme l'avait souligné Bella au déjeuner, je n'avais jamais assisté à l'un de ses cours d'éducation physique.

Les pensées de Mike furent les plus faciles à repérer, au milieu du babil qui résonnait dans tout le gymnase. Ces dernières semaines, son esprit m'était devenu beaucoup trop familier. Avec un soupir, je me résignai à l'utiliser comme vecteur. Au moins, j'étais sûr qu'il s'intéresserait à Bella. Je m'immisçai juste à temps pour l'entendre lui proposer d'être partenaires de badminton. Intérieurement, il envisageait d'autres types d'associations, et je me rembrunis sérieusement. Je fus obligé de me rappeler que l'assassiner ne m'était toujours pas permis.

— *Merci, Mike. Tu n'es pas obligé, tu sais.*

— *Ne t'inquiète pas, j'esquiverai quand il le faudra.*

Elle lui sourit, et des images de multiples accidents l'impliquant défilèrent dans la tête du garçon.

Il commença par jouer seul, tandis que Bella se cantonnait au fond du court, tenant sa raquette avec précaution, comme si celle-ci était susceptible d'exploser si elle l'agitait avec trop de vigueur. Puis Clapp ordonna à Mike d'associer Bella. *Oups !* songea-t-il, alors qu'elle approchait en soupirant.

Très sûre d'elle, Jennifer Ford servit, expédiant le volant droit sur Bella. Cette dernière tituba vers sa cible, la rata d'un bon peu, et Mike dut courir pour tenter de sauver la volée. Sous mes yeux alarmés, la raquette de Bella rebondit sur le filet, la frappa en plein front, lui échappa de la main et retomba lourdement sur le bras de son partenaire.

Ouille ! Ouille ! Je vais avoir un sacré bleu.

Bella se palpait le front, et j'eus du mal à rester à ma place et à ne pas filer à sa rescousse. De toute façon, qu'aurais-je pu faire pour soulager sa douleur ? D'ailleurs, ça ne semblait pas trop grave. J'hésitai cependant.

— *Désolé, Newton,* s'esclaffa le prof.

Cette fille porte la poisse comme personne. La vraie cata, comme partenaire.

Sur ce, il leur tourna délibérément le dos pour observer un autre match. Ce qui permit à Bella de reprendre son rôle de spectatrice. *Aïe,* pensa de nouveau Mike en se massant le bras.

— *Ça va ?* demanda-t-il à Bella.

— *Oui, et toi ?* marmonna-t-elle, penaude.

— *Je m'en remettrai. Je ne voudrais pas avoir l'air d'un bébé, mais ça fait un mal de chien.*

Il fit tourner son bras en grimaçant.

— *Je vais rester en arrière,* suggéra-t-elle.

Apparemment, elle souffrait moins qu'elle n'était embarrassée. Mike avait dû encaisser le plus gros. Je *l'espérais.* En tout cas, elle ne jouerait plus, c'était déjà ça de gagné. Elle cacha sa raquette dans son dos avec une telle expression de remords sur le visage que je fus obligé de feindre de tousser pour dissimuler mon hilarité.

Qu'est-ce qu'il y a de si drôle ? voulut savoir Emmett.

— Je te raconterai tout à l'heure.

Bella ne se risqua plus sur le court, Mike disputa seul sa partie, avec la bénédiction du prof.

L'interro qui terminait mon cours d'espagnol fut un jeu d'enfant, et Mme Goff me libéra en avance. Je traversai le campus, à la recherche de Mike. Il avait décidé de confronter Bella à mon sujet.

Jessica est sûre qu'ils sortent ensemble. Pourquoi ? Pourquoi a-t-il fallu qu'il la choisisse ? Il était à côté de la plaque. C'était *elle* qui m'avait choisi.

— *Alors,* dit-il.

— *Alors quoi ?*

— *Toi et Cullen ?*

Toi et cette erreur de la nature. Ma foi, si être riche compte autant à tes yeux… Je grinçai des dents devant pareille abjection.

— *Ce ne sont pas tes affaires, Mike.*

Oh, on est sur la défensive ? Donc, c'est vrai. Merde.

— *Je n'aime pas ça.*

— *Personne ne te le demande.*

Comment fait-elle pour ne pas voir que ce type est une bête de foire ? Lui et toute sa famille, d'ailleurs. Cette façon qu'il a de la mater. Ça me flanque les jetons.

— *Il te regarde comme si… comme si tu étais une friandise.*

Je me raidis, guettant la réponse de Bella. Rouge comme une pivoine, elle pinçait les lèvres comme si elle se retenait de respirer. Soudain, elle laissa échapper un petit rire.

En plus, elle se fiche de moi. Génial ! Boudeur, Mike s'éloigna vers les vestiaires pour se changer.

M'adossant au mur du gymnase, je tentai de recouvrer mes esprits. Comment avait-elle pu prendre à la rigolade l'accusation de Mike – si précise que je commençais à m'inquiéter que Forks ait éventé notre secret ? Pourquoi tournait-elle en ridicule la suggestion que je puisse la tuer, alors qu'elle le savait pertinemment ?

Qu'est-ce qui *clochait*, chez elle ?

Son sens de l'humour la portait-il au morbide ? Même si ça ne correspondait pas à l'idée que je me faisais de sa personnalité, je n'en avais aucune idée. Ou alors, ma théorie sur l'ange gardien en dessous de tout s'avérait sur un point : elle ne connaissait pas la peur. Il y avait un mot pour ça : le courage. D'aucuns auraient peut-être parlé d'idiotie, mais elle était intelligente. En tout cas, était-ce cette ignorance de la peur qui la mettait dans autant de situations dangereuses ? Elle aurait sans doute toujours besoin de moi à son côté.

Cette perspective me ragaillardit.

Si j'arrivais à me discipliner, à me rendre inoffensif, j'aurais alors le droit de rester auprès d'elle, non ?

Elle sortit du gymnase, les épaules voûtées, se mordillant la lèvre, signe d'anxiété. Toutefois, dès qu'elle croisa mon regard, elle se détendit, et un immense sourire étira ses lèvres. Toute pleine d'une étrange sérénité, elle approcha sans hésiter, ne s'arrêtant que lorsqu'elle fut suffisamment près pour que sa chaleur me submerge comme une déferlante.

— Salut ! souffla-t-elle.

Encore une fois, le bonheur que je ressentis en cet instant fut sans égal.

— Salut ! Comment ça s'est passé ? ne pus-je m'empêcher de la taquiner, tant j'étais radieux.

— Très bien, se renfrogna-t-elle.

Piètre menteuse !

— Ah bon ?

Je m'inquiétais toujours pour sa tête. Avait-elle mal ? J'allais insister, lorsque les réflexions de Mike résonnèrent, si violentes que j'en restai coi. *Je le* hais. *Je voudrais qu'il meure. J'espère que sa belle bagnole basculera dans un ravin. Pourquoi s'est-il senti obligé de s'intéresser à elle ? Au lieu de s'en tenir aux nanas de son espèce ? Celle des monstres ?*

— Qu'y a-t-il ? me demanda Bella.

Je revins à elle, qui regardait Mike s'éloigner. À son tour, elle me dévisagea.

— Newton me tape sur le système, avouai-je.

Sa mâchoire se décrocha, toute bonne humeur envolée. Soit elle avait oublié que j'étais en mesure d'assister par télépathie à son calamiteux cours de gym, soit elle avait espéré que je m'en abstiendrais.

— Ne me dis pas que tu nous as espionnés ! se récria-t-elle.

— Comment va ta tête ?

— Je te déteste !

Me plantant là, elle fila sur le parking. Elle s'était empourprée sous l'effet de la honte. Je lui emboîtai le pas en croisant les doigts pour que sa colère retombe vite. En général, elle était prompte à me pardonner.

— C'est ta faute, me défendis-je. C'est toi qui as mentionné que je ne t'avais jamais vue en sport. Ça a éveillé ma curiosité.

Sourcils froncés, elle ne releva pas. Soudain, elle stoppa net. Elle venait de découvrir un groupe d'élèves, de sexe masculin pour l'essentiel, agglutinés autour de mon emplacement.

Je me demande à combien ça monte, une bagnole pareille.

Regarde-moi les palettes de la boîte SMG au volant.

Pas mal, les grilles d'aération extérieure !

C'est là que je regrette de ne pas avoir soixante mille boules...

Tout cela expliquait pourquoi il valait mieux que Rosalie utilise sa voiture hors de la ville.

Je me frayai un chemin jusqu'à ma Volvo, au milieu de cette bande de garçons envieux. Après une brève hésitation, Bella me suivit.

— Ostentatoire, bougonnai-je.

— Qu'est-ce que c'est comme voiture ?

— Une M3.

— Pardon ?

— Une BMW !

Après avoir levé les yeux au ciel, je manœuvrai en essayant de n'écraser personne. Pour ça, je dus fixer quelques-uns des curieux réticents bien en face. Un quart de seconde de ce régime suffit à les convaincre.

— Tu es toujours en colère ? demandai-je à Bella, qui s'était déridée.

— Et comment !

Je soupirai. J'aurais sans doute mieux fait de ne pas aborder le sujet. Enfin, je devais pouvoir tenter de corriger le tir.

— Me pardonneras-tu si je m'excuse ?

— Peut-être... répondit-elle au bout d'un moment. Si tu es sincère. *Et* si tu me promets de ne jamais recommencer.

Ça, c'était hors de question. Mais comme je ne voulais pas lui mentir... Il y avait peut-être une autre solution.

— Et si j'étais sincère *et* que j'étais d'accord pour te laisser conduire samedi ? contrai-je.

Je frissonnai intérieurement face à cette perspective. La ride resurgit pendant qu'elle soupesait ma nouvelle offre.

— Marché conclu, finit-elle par accepter.

Et maintenant, mes excuses. Si je n'avais encore jamais essayé d'éblouir *volontairement* Bella, le moment me paraissait idéal pour ça. Tout en m'éloignant du lycée, je plongeai mes yeux dans les siens en espérant que je m'y prenais bien.

— Dans ce cas, murmurai-je de mon ton le plus persuasif, je suis sincèrement désolé et je te prie de m'excuser.

Son cœur battit plus fort et plus vite. Ses prunelles s'ouvrirent, immenses, sidérées. J'eus un petit sourire satisfait. Apparemment, j'avais réussi. Certes, de mon côté, j'avais du mal à me détacher de son regard. Éblouissement mutuel. Heureusement que j'avais mémorisé le trajet.

— Et je serai sur le seuil de ta maison samedi matin à l'aube, ajoutai-je, histoire de sceller notre accord.

Elle cligna des paupières et secoua la tête comme pour s'éclaircir les idées.

— Euh, une Volvo inconnue garée dans notre allée risque de soulever un problème avec Charlie.

Ah, comme elle en savait peu à mon propos.

— Je n'avais pas l'intention de venir avec.

— Comment...

— Ne t'occupe pas de ça, l'interrompis-je pour éviter une nouvelle salve de questions. Je serai là, sans voiture.

Elle parut sur le point d'insister puis se ravisa.

— Sommes-nous « plus tard » ? demanda-t-elle, me ramenant à notre discussion inachevée du déjeuner.

J'aurais dû ne pas la couper, à l'instant. Cette question-là était des plus rébarbatives.

— Je suppose que oui, admis-je de mauvaise grâce.

Je me garai devant chez elle, tendu à l'idée de devoir lui expliquer… sans rendre ma monstrueuse nature trop évidente, sans l'effrayer de nouveau. Quoique… Avais-je tort de vouloir minimiser mon côté obscur ? Bella patientait avec le même masque d'intérêt poli que celui qu'elle avait affiché à la cantine. Si j'avais été moins anxieux, son calme ridicule m'aurait amusé.

— Tu n'as pas renoncé à savoir pourquoi tu es interdite de parties de chasse, n'est-ce pas ? repris-je.

— En réalité, c'est surtout ta réaction à cette perspective qui m'intéresse.

— Je t'ai fait peur ? insistai-je, persuadé qu'elle allait nier.

— Non.

Le mensonge était grossier. Je ne réussis pas à dissimuler mon sourire.

— Pardonne-moi si c'est le cas. C'est juste l'idée de t'imaginer là-bas…

Mon sourire s'était effacé.

— Ce serait si terrible que ça ?

Insoutenable. Bella, tellement vulnérable dans l'obscurité déserte ; moi, hors de contrôle. J'effaçai l'image de mon cerveau.

— Oh que oui, admis-je.

— Parce que… ?

Prenant une grande inspiration, je me concentrai un instant sur ma soif brûlante. La sentir, la gérer, la dominer. Plus jamais elle n'aurait barre sur moi – je le voulais plus que tout. Je *cesserais* d'être dangereux pour Bella. J'inspectai les nuages bienvenus sans les voir, en souhaitant réussir à croire que ma détermination ferait la différence si, un jour, je repérai le parfum de la fille alors que j'étais en train de me nourrir.

— Quand nous chassons, nos sens l'emportent sur notre raison, marmonnai-je en pesant chacun de mes mots. Et nous… dirigent. Surtout l'odorat. Si tu te trouvais dans les parages à ce moment-là…

Torturé par ce qui se passerait sûrement – pas peut-être –, je secouai la tête à mon tour. J'écoutai son cœur qui tressautait, me tournai vers elle, fébrile. Son visage était calme, ses yeux graves. Un soupçon de ce qui me sembla être de l'inquiétude lui pinçait la bouche. De quoi s'inquiétait-elle ? De sa propre sécurité ? Pouvais-je enfin espérer que je lui avais dressé un tableau clair et net de la réalité ? Je continuai à l'observer pour tenter de donner une signification sûre à son expression ambiguë.

Elle soutint mon regard. Au bout d'un moment, ses yeux s'arrondirent, et ses pupilles se dilatèrent, alors que la lumière n'avait pas changé.

Ma respiration s'accéléra et, tout à coup, le silence qui régnait dans l'habitacle parut bourdonner, exactement comme ce qui s'était passé dans la salle obscure de sciences nat cet après-midi-là. Une décharge électrique se produisit entre nous et, brièvement, mon désir de la toucher fut encore plus violent que les exigences de ma soif.

Ce courant me donnait l'impression d'avoir retrouvé un pouls. Mon corps en était secoué. Comme si j'étais humain. Plus que tout au monde, j'aspirais à goûter ses lèvres tièdes sur les miennes. Pendant une seconde, je luttai pour avoir la force, la maîtrise de coller ma bouche aussi près de sa peau.

Elle inhala en hoquetant, et ce n'est qu'à cet instant que je me rendis compte qu'elle avait cessé de respirer lorsque mon souffle s'était accéléré.

Je fermai les yeux pour essayer de rompre le courant entre nous.

Plus d'erreurs.

L'existence de Bella reposait sur mille processus chimiques à l'équilibre délicat et trop aisément perturbable : le déploiement rythmique de ses poumons, ce flux d'oxygène signifiait la vie et la mort, pour elle. La cadence papillonnante de son cœur fragile était susceptible d'être interrompue par une multitude d'accidents idiots, de maladies… par moi.

À mon avis, aucun membre de ma famille – à l'exception d'Emmett, peut-être – n'aurait hésité, si on lui avait offert la possibilité de revenir en arrière, d'échanger son éternité contre sa mortalité de jadis. Rosalie et moi, Carlisle aussi, serions volontiers montés sur le bûcher pour ça. Nous aurions accepté de brûler autant de jours ou de siècles qu'il aurait été nécessaire. Pour la plupart, les membres de notre espèce plaçaient l'immortalité au-dessus de tout. Certains humains en rêvaient, cherchaient dans des endroits ténébreux ceux qui pourraient leur offrir ce cadeau empoisonné.

Pas nous. Pas mon clan. Nous aurions été prêts à tout pour redevenir humains. Mais aucun, même Rosalie, n'avait aussi désespérément que moi en ce moment souhaité un retour au passé.

Rouvrant les paupières, je fixai les rayures et imperfections minuscules du pare-brise, comme si le verre abîmé avait renfermé une solution. L'électricité ne s'était pas estompée, et je devais me concentrer pour garder mes mains sur le volant.

— Bella, je crois qu'il vaudrait mieux que tu t'en ailles.

Sans protester, elle ouvrit sa portière, descendit, la claqua derrière elle. Avait-elle pressenti l'éventualité d'une catastrophe aussi clairement que moi ? Avait-elle aussi mal de partir que moi de la regarder partir ? Ma seule consolation était que je la reverrais bientôt. Plus tôt qu'elle me reverrait, moi. En souriant, je baissai ma vitre et me penchai dehors pour lui parler une dernière fois. Maintenant que sa chaleur avait déserté l'habitacle, le risque était moindre.

Elle se retourna, curieuse de ce que je souhaitais. Toujours aussi curieuse, alors que j'avais éclairci la presque totalité de ses interrogations. Ma propre curiosité, elle, n'avait pas été rassasiée.

— Hé, Bella !

— Oui ?

— Demain, c'est mon tour.

— Ton tour de quoi ?

— De poser des questions.

Le lendemain, quand nous serions dans des lieux plus sûrs et entourés de témoins, j'obtiendrais mes réponses. Je m'en réjouis à l'avance, puis me détournai, car elle n'avait pas bougé. Bien qu'elle soit à l'extérieur de la voiture, l'écho de la tension électrique chantait dans l'air. J'avais envie de sortir moi aussi, de la raccompagner jusqu'à sa porte, un prétexte pour rester.

Plus d'erreurs. J'enfonçai l'accélérateur, soupirai quand elle eut disparu dans mon rétroviseur. J'avais l'impression de toujours courir vers Bella ou de la fuir sans jamais me poser. J'allais devoir trouver un point d'ancrage si nous voulions avoir un peu la paix.

***

En apparence, ma maison était calme et silencieuse lorsque je roulai jusqu'au garage. Je décelai cependant l'agitation – à la fois verbale et mentale – qui régnait à l'intérieur. Je jetai un coup d'œil mélancolique à ma voiture préférée – toujours intacte – avant de sortir affronter la magnifique gardienne du temple. Elle ne me laissa même pas le temps d'effectuer le court trajet jusqu'à la maison.

Rosalie jaillit sur le perron dès que mes pas furent audibles. Elle se planta au pied des marches, les lèvres retroussées sur les dents. Je m'arrêtai à vingt mètres, adoptai une posture pacifique. J'étais conscient de mériter ce qui allait suivre.

— Je suis désolé, Rose, m'excusai-je avant qu'elle se soit décidée à m'agresser.

J'aurais sans doute peu l'occasion d'en dire davantage. Elle carra les épaules, tendit le menton. *Comment as-tu pu être aussi stupide ?* Lentement, Emmett vint se placer derrière elle. Si elle m'attaquait, il s'interposerait. Non pour me protéger. Pour l'empêcher de me provoquer jusqu'à ce que je craque et riposte.

— Je suis désolé, répétai-je.

L'absence d'ironie dans ma voix et ma capitulation immédiate la surprirent. Elle était cependant trop furieuse pour accepter des excuses tout de suite.

Tu es content de toi ?

— Non, répondis-je d'un ton assez malheureux pour qu'elle me croie.

Pourquoi as-tu agi ainsi, alors ? Pourquoi lui as-tu dit ? Parce qu'elle te le demandait ? Si les mots en eux-mêmes n'avaient rien d'acerbe, le ton était acide et agressif. Par ailleurs flottait dans son esprit le visage de Bella, caricaturé, loin de celui que j'aimais. La détestation que j'inspirais à Rosalie en ce moment était sans commune mesure avec la haine qu'elle éprouvait à l'encontre de Bella. Elle essayait de se convaincre que son animosité était justifiée et ne devait qu'à mon mauvais comportement, que Bella nous posait un problème seulement parce qu'elle représentait une menace pour nous. Elle en savait trop, la règle avait été enfreinte.

Je n'étais pas dupe, cependant. Le jugement de Rosalie était biaisé par sa jalousie. Cette dernière était à présent moins motivée par le fait que j'avais trouvé Bella plus captivante qu'elle, mais par celui que Bella avait tout ce dont elle-même était démunie : elle était humaine, elle avait le choix. Rose se scandalisait que cette mortelle ose mettre ça en péril, qu'elle flirte avec les ténèbres alors qu'elle avait d'autres options. Elle aurait même été prête à échanger son physique avec celui de Bella, qu'elle jugeait pourtant ordinaire, si elle avait pu récupérer son humanité.

Bien qu'elle s'efforce de ne pas penser à ça en attendant ma réponse, elle n'arrivait pas à entièrement me dissimuler ses réflexions.

— Pourquoi ? répéta-t-elle à voix haute, face à mon silence et pour m'empêcher de la déchiffrer. Pourquoi lui as-tu dit ?

— Je m'étonne même que tu l'aies fait, intervint Emmett avant moi. Tu prononces rarement le mot. Tu ne l'aimes pas beaucoup.

Il songea, à ce propos, que Rosalie et moi nous ressemblions en évitant d'utiliser le terme qui recouvrait notre non-existence. Lui n'avait pas ces pudeurs. Qu'aurais-je ressenti si j'avais été à la place de mon frère, aussi pragmatique et dénué de regrets que lui ? Si j'avais su accepter aussi aisément et avancer ?

Tant Rose que moi aurions été plus heureux si nous avions été capables de suivre son exemple.

Maintenant que je voyais avec clarté ce qui nous unissait, ma sœur et moi, j'avais plus de facilité à lui pardonner les flèches empoisonnées dont elle me transperçait.

— Tu n'as pas tort, dis-je à Emmett. Je crois que je n'aurais pas été capable d'employer le mot.

Il inclina la tête. Je sentis que le coup portait sur le reste du clan, exceptée Alice, restée à l'intérieur de la maison.

— *Comment*, alors ? siffla Rosalie en arquant les sourcils.

— Ne t'énerve pas, répondis-je sans grand espoir d'être écouté. L'infraction n'avait rien d'intentionnel. Nous aurions dû l'anticiper, d'ailleurs.

— Qu'est-ce que tu racontes ?

— Bella est amie avec l'arrière-petit-fils d'Ephraïm Black.

Sous l'effet de l'étonnement, Rosalie se figea. Emmett fut également pris au dépourvu. Comme moi, ils ne s'étaient pas attendus à ça. Carlisle apparut sur le seuil. L'affaire dépassait à présent le simple règlement de comptes entre Rose et moi.

— Edward ? me demanda-t-il.

— Nous aurions dû nous en douter, Carlisle. Il était évident que les anciens souhaiteraient avertir les jeunes générations, quand nous sommes revenus. Il était évident aussi que ces dernières ne prendraient pas les légendes au sérieux. Le garçon qu'a interrogé Bella ne croyait pas une seconde à l'histoire insensée qu'il lui a dévoilée.

La réaction de Carlisle ne m'inquiétait pas, je le connaissais trop bien. En revanche, je tendais l'oreille vers la chambre d'Alice, en quête des pensées de Jasper.

— Tu as raison, acquiesça mon père avec un soupir. Il était normal que ça se passe ainsi. Nous n'avons pas eu de chance que l'auditrice du descendant d'Ephraïm ait été si avertie.

Les phrases de Carlisle inquiétèrent Jasper, mais il songeait plus à fuir en compagnie d'Alice qu'à réduire au silence les Quileute. De son côté, Alice voyait ce qu'il tramait pour leur avenir et s'apprêtait à réfuter ses arguments. Elle n'avait l'intention de partir nulle part.

— Ce n'est pas une question de chance, gronda Rosalie entre ses dents. Si la fille est au courant, c'est la faute d'Edward.

— Exact, m'empressai-je d'opiner. Je suis responsable. Et *désolé*.

Je t'en prie, cesse de jouer les pénitents, me rétorqua-t-elle mentalement.

— Je ne joue pas, répondis-je. Je suis conscient de mes erreurs. J'ai flanqué une fichue pagaille.

— Alice t'a prévenu que je comptais brûler ta bagnole, hein ?

J'eus un sourire mitigé.

— Plus ou moins, oui. Je le mérite. Si ça peut te soulager, ne te gêne pas.

Elle m'observa longuement tout en imaginant la chose afin de vérifier si je bluffais ou pas.

— Ce n'est qu'un jouet, Rose, insistai-je en haussant les épaules.

— Tu as changé, grogna-t-elle.

— Je sais.

Virevoltant sur ses pieds, elle fonça au garage. C'était elle qui bluffait, toutefois. L'exercice n'avait pas de sens s'il ne m'atteignait pas. De toute la famille, elle était la seule à adorer les voitures autant que moi. La mienne était trop belle pour qu'on la vandalise sans raison valable.

— Je suppose que tu refuses toujours de me révéler ce qu'il y a entre vous, hein ? marmonna Emmett en suivant du regard sa compagne.

— Je ne vois pas de quoi tu parles, répondis-je en prenant l'air innocent.

Levant les yeux au ciel, il partit rejoindre sa belle. Pivotant vers Carlisle, je prononçai le nom de Jasper sans émettre un son. Il hocha la tête. *Oui, j'imagine. Je vais m'entretenir avec lui.*

— Il t'attend, lança Alice en surgissant dehors.

Carlisle lui adressa un sourire un peu ironique. Nous avions beau nous être habitués à Alice autant que faire se peut, elle nous troublait souvent. Notre père lui tapota le crâne en passant devant elle.

Je m'assis sur la plus haute marche, elle s'installa à mon côté, et nous écoutâmes la conversation qui se déroulait à l'étage. Ma sœur était détendue, elle savait comment ça se terminerait. Elle me le montra, au demeurant, et je me relaxai à mon tour. Le conflit s'acheva sans même avoir débuté. Jasper admirait Carlisle autant que nous autres, et il était toujours prêt à se ranger à son avis… tant qu'Alice ne courait aucun risque. Je me rendis compte que je saisissais mieux son attitude, maintenant, m'étonnai aussi d'avoir si peu compris avant Bella. Auprès d'elle, j'avais changé plus que je n'aurais pensé pouvoir le faire, tout en demeurant le même.

13

NOUVELLE COMPLICATION

Cette nuit-là, lorsque je retournai dans la chambre de Bella, je n'éprouvai pas ma culpabilité habituelle. J'aurais dû, mais ça semblait une bonne piste, la seule. J'y allais pour m'incendier la gorge au maximum. Pour m'entraîner à ignorer son parfum. C'était possible. Je refusais que cet obstacle nous sépare.

Plus facile à dire qu'à faire. Même si c'était indispensable. Pratiquer, accueillir la douleur, la privilégier en tant que réaction, chasser définitivement le désir.

Les rêves de Bella étaient agités. Je l'étais tout autant à la regarder gigoter et chuchoter mon prénom à l'envi. L'attirance physique, l'alchimie qui s'était produite dans la salle de biologie obscurcie étaient encore plus fortes dans cette chambre ténébreuse. Bien qu'elle ignore ma présence, Bella paraissait les sentir également.

Elle se réveilla à plusieurs reprises. La première fois, elle n'ouvrit pas les yeux et se contenta d'enfouir sa tête dans l'oreiller en gémissant. Un coup de pot pour moi, que je ne mis pas à profit cependant pour filer, comme il l'aurait fallu. Je tentai le sort en m'asseyant dans le coin le plus éloigné et noir de la pièce, en espérant que sa vision d'humaine ne saurait me distinguer.

Elle ne me repéra pas, en effet, y compris quand elle se leva et se rendit à la salle de bains pour y boire un verre d'eau. Elle se déplaçait avec colère, irritée peut-être par son insomnie.

J'aurais aimé être en mesure de l'aider, comme ça s'était passé lorsque j'étais allé chercher la couverture dans le placard du palier. Malheureusement, je ne pus que rester là à la contempler en brûlant, impuissant. Je fus soulagé lorsqu'elle sombra enfin dans un sommeil sans rêves.

J'étais dans les arbres, quand le ciel vira du noir au gris. Je retenais mon souffle pour garder en moi son odeur, cette fois. Je ne voulais pas que l'air pur du matin efface la souffrance de ma gorge.

J'espionnai le petit déjeuner en compagnie de Charlie, me heurtant de nouveau aux réflexions informulées de ce dernier. Un exercice fascinant : je devinai ce qui le poussait à prononcer tel ou tel mot, je *sentais* presque ses intentions, mais celles-ci ne se traduisaient pas en phrases complètes, contrairement aux pensées des autres mortels. Je me pris à regretter que ses parents soient décédés, car il aurait été intéressant de vérifier plus avant cette caractéristique génétique.

Néanmoins, le mélange de ses supputations muettes et des paroles qu'il lâcha me permirent d'établir en gros son état d'esprit ce matin-là. Il s'inquiétait pour Bella, tant pour son intégrité physique que pour son moral. Il se bilait aussi par rapport au voyage à Seattle, comme moi, mais à un degré d'hystérie moindre. Il est vrai que, contrairement à moi, il n'était pas au courant du nombre de catastrophes que sa fille avait frôlées ces derniers temps.

Elle lui répondait en choisissant ses mots avec beaucoup de soin, sans lui mentir cependant. Il était clair qu'elle n'avait pas l'intention de lui révéler qu'elle avait modifié ses projets. Ni de lui parler de moi.

Charlie était également contrarié qu'elle ne se rende pas au bal du samedi. N'était-elle pas déçue ? Avait-elle l'impression d'être exclue ? Les garçons du lycée se montraient-ils cruels envers elle ? Il était désarmé. Certes, elle n'avait pas *l'air* déprimée, mais il la soupçonnait de lui cacher toute vexation dont elle aurait pu être victime. Il décida de contacter sa mère dans la journée afin d'avoir son avis.

Enfin, c'est ce que je *déduisis* à partir du peu d'éléments qu'il me donnait. Il était possible que je me trompe.

Je récupérai ma voiture quand il partit. Dès qu'il eut bifurqué au coin de la rue, je me garai dans l'allée. Les rideaux de la chambre de Bella bougèrent, puis je l'entendis dégringoler l'escalier.

Au lieu d'aller lui ouvrir la portière, comme la courtoisie l'aurait exigé, je restai assis. C'est qu'il me semblait plus important d'observer. Vu qu'elle n'agissait jamais comme je m'y attendais, j'avais besoin, pour anticiper correctement, de l'étudier, d'assimiler ses mouvements quand elle était livrée à elle-même, de deviner à l'avance ses intentions. Elle marqua un temps d'arrêt devant la voiture, puis s'y installa avec un petit sourire qui me sembla presque timide.

Ce jour-là, elle avait mis un haut à col roulé brun foncé. Sans être étroit, il moulait ses formes, et le pull moche me manqua – il était plus sûr.

Moi qui étais censé analyser ses réactions, je fus soudain submergé par la mienne. Comment réussissais-je à être aussi serein avec tout ce qui nous menaçait ? Quoi qu'il en soit, sa présence était un antidote à la douleur et à l'anxiété. J'inspirai profondément par le nez – certaines souffrances perduraient – et souris.

— Bonjour. Comment vas-tu, aujourd'hui ?

Le manque de sommeil se lisait sur son visage, dont la peau translucide ne cachait rien. Mais elle ne se plaindrait pas, je le savais.

— Bien, merci, mentit-elle avec un nouveau sourire.

— Tu parais fatiguée, pourtant.

Dans un geste qui paraissait habituel, elle baissa la tête et secoua ses cheveux, dissimulant sa joue gauche.

— Je n'ai pas dormi.

— Moi non plus, plaisantai-je.

Elle éclata de rire, et je me nourris de sa joie.

— J'ai quand même dû dormir un peu plus que toi.

— J'en suis persuadé.

À travers le rideau de sa chevelure, elle me lança un regard illuminé par un éclat que je connaissais bien, celui de la curiosité.

— Alors, à quoi as-tu consacré ta nuit ?

Je ris doucement, heureux de ne pas avoir à lui mentir.

— Bien tenté, mais c'est à mon tour de poser des questions, je te rappelle.

La ride entre ses sourcils se creusa.

— Oh, j'avais oublié. Que veux-tu savoir ?

Son ton était légèrement sceptique, comme si elle n'arrivait pas à croire que je lui porte un véritable intérêt. Visiblement, elle n'avait pas la moindre idée de l'intensité de ma propre curiosité. Il y avait tant de choses que j'ignorais, cependant. Je décidai de commencer en douceur.

— Quelle est ta couleur préférée ?

— Ça varie selon les jours, répondit-elle en levant les yeux au ciel, toujours pas convaincue de mon intérêt.

— Quelle est ta couleur préférée aujourd'hui ?

— Le marron, sans doute, dit-elle après une seconde de réflexion.

— Ah bon ? lâchai-je, sarcastique, car je croyais qu'elle se moquait de moi.

— Oui !

Elle était sur la défensive, soudain, ce dont j'aurais dû me douter, tant elle détestait les préjugés.

— C'est une couleur chaude. Elle me *manque*. Tout ce qui est censé être brun, les troncs, les rochers, la boue, est couvert de mousse verte, ici.

Je la dévisageai. Elle n'avait pas tort. Et, à force de plonger dans ses prunelles, je m'aperçus que le marron était ma couleur préférée à moi aussi. Je n'en voyais pas de plus belle.

— Tu as raison, le brun est chaud.

Elle rosit et, inconsciemment, se rencogna derrière ses cheveux. Prudemment, prêt à encaisser une rebuffade, je les repoussai sur son épaule afin d'avoir droit au spectacle de son visage. Sa seule réaction fut un léger accroissement de son rythme cardiaque.

Sur le parking du lycée, je me garai à côté de mon emplacement habituel, lequel m'avait été piqué par Rosalie.

— Qu'as-tu comme musique en ce moment dans ton lecteur de CD ? demandai-je en retirant les clés du contact.

Ne m'étant pas autorisé à m'approcher aussi près d'elle pendant qu'elle dormait, j'ignorais ce qu'elle écoutait, ce qui m'agaçait. La tête penchée sur le côté, elle chercha dans sa mémoire.

— J'y suis ! Linkin Park. *Hybrid Theory*.

Tiens donc ? Je sortis le CD en question de son compartiment tout en essayant de comprendre ce qu'il signifiait pour elle. Il ne paraissait pas correspondre aux humeurs que je lui connaissais, mais j'en savais si peu.

— Tu préfères ça à Debussy ? m'étonnai-je.

Elle contempla la jaquette avec une expression qui m'échappa.

— Quelle est ta chanson favorite ?

— Mmm, réfléchit-elle sans cesser de regarder l'album. *With You*, sans doute.

Je m'en repassai rapidement les paroles dans la tête.

— Pourquoi celle-là ?

— Je ne sais pas trop, sourit-elle en haussant les épaules.

Pas très utile.

— Ton film préféré ?

— Je ne suis pas certaine de réussir à n'en choisir qu'un, répondit-elle au bout d'un moment.

— Tes films préférés, alors ?

Hochant la tête, elle descendit de la voiture.

— *Orgueil et Préjugés*, c'est clair, la version de six heures avec Colin Firth. *Sueurs froides. Monthy Python : Sacré Graal !* Il y en a d'autres, mais je sèche, là.

— Tu me diras quand ça te reviendra, suggérai-je en l'accompagnant à son cours de littérature. Et pendant que tu y réfléchis, quel est ton parfum de prédilection ?

— La lavande. À moins que ce soit… le linge propre.

Elle avait regardé droit devant elle quand, tout à coup, elle promena ses yeux sur moi et rougit un peu.

— Rien d'autre ? insistai-je en m'interrogeant sur le sens de ce tapissage.

— Non. Juste ça.

Bien que je ne saisisse pas pour quelle raison elle aurait censuré sa réponse à une question aussi simple, je fus sûr que c'était le cas.

— Ton bonbon préféré ?

— Réglisse noire et tout ce qui est acidulé.

Les mots avaient fusé, et je souris. Nous étions devant sa classe. Elle hésita. Je n'avais pas plus envie qu'elle que nous nous séparions.

— Si tu devais voyager, où irais-tu en premier lieu ?

Je fus certain que ce ne serait pas au Comic Con. Inclinant de nouveau la tête, elle réfléchit. Dans la salle, M. Mason s'éclaircissait la voix. Elle allait rater le début du cours.

— Penses-y, intervins-je, tu me le diras au déjeuner.

Radieuse, elle attrapa la poignée de la porte puis se retourna pour me dévisager. Son sourire se fana, et elle plissa le nez. J'aurais pu lui demander à quoi elle songeait, mais ça l'aurait d'autant retardée et fourrée dans de possibles ennuis. Au demeurant, je croyais l'avoir deviné. À en juger par ce que je ressentis quand la porte se ferma entre nous, du moins.

Je me forçai à lui adresser un signe d'encouragement. Elle fila. M. Mason commençait.

Je m'empressai de rejoindre mon propre cours, conscient que, encore une fois, je passerais ma journée coupé du monde environnant. Malheureusement, personne n'adressa la parole à Bella ce matin-là, et j'en fus pour mes frais. Je n'obtins que quelques aperçus d'elle çà et là fixant le vide d'un air distrait. Le temps me parut bien long jusqu'à ce que je puisse enfin la voir de mes propres yeux. À la fin de son cours de maths, j'étais en place avant qu'elle sorte. Les élèves nous reluquèrent en s'interrogeant, elle n'y prêta aucune attention et vint directement à moi avec un grand sourire.

— *La Belle et la Bête*, m'annonça-t-elle. *L'Empire contre-attaque*. Je sais que ce sont les chouchous de tout le monde, mais…

— À juste titre, acquiesçai-je.

Nous nous éloignâmes d'un même pas. Déjà, il m'était naturel de marcher plus lentement et de me pencher pour être plus proche d'elle.

— As-tu réfléchi au voyage ?

— Oui… répondit-elle. L'Île-du-Prince-Edouard. À cause de *Anne, la maison aux pignons verts*. Et New York. Je ne suis jamais allée dans une grande ville qui soit presque uniquement verticale. Je n'en connais que des très vastes, comme Los Angeles. Et Phoenix. J'aimerais essayer de héler un taxi, précisa-t-elle en riant. Et ensuite, si c'est possible, l'Angleterre. Pour découvrir ce que j'en ai lu dans des livres.

C'était là une perche tendue à mes autres questions, mais je voulais d'abord en finir avec celle-ci.

— De tous les lieux que tu as visités, lesquels ont tes faveurs ?

— Mmm. La jetée de Santa Monica m'a plu. D'après ma mère, Monterrey est mieux, sauf qu'on n'est jamais allées aussi loin. En général, on restait en Arizona. On n'avait pas trop de temps pour voyager, et elle refusait de le gaspiller en conduisant pendant des heures. Elle appréciait les endroits prétendument hantés. Jerome, The Domes, toutes ces villes fantômes, en gros. On n'y a jamais repéré aucun esprit, ma faute selon elle, mon scepticisme les faisait fuir.

Nouveau rire.

— Elle adore les festivals Renaissance. On assiste à celui de Gold Canyon tous les ans… Enfin, j'ai loupé celui de cette année. Une fois, on a vu les chevaux sauvages de Salt River. C'était top.

— Quel est l'endroit le plus éloigné de chez toi où tu es allée ? demandai-je en commençant à m'inquiéter.

— C'est ici, je suppose. En tout cas, c'est le plus au nord de Phoenix. Le plus à l'est, ça a été Albuquerque, mais j'étais si jeune que je ne m'en souviens pas. Le plus à l'ouest serait sans doute la plage de La Push.

Soudain, elle se tut. Se remémorait-elle sa virée là-bas, ce qu'elle y avait appris ? Nous faisions la queue au comptoir, et elle choisit rapidement ce qu'elle souhaitait manger plutôt que de me laisser acheter un peu de tout. Elle se dépêcha aussi de payer son repas.

— Tu n'es jamais sortie du pays ? insistai-je, une fois à notre table vacante.

Les autres élèves s'interdisaient-ils de s'y installer parce que je l'avais élue comme mienne ?

— Pas encore, dit-elle d'un ton joyeux.

Bien qu'elle n'ait que dix-sept ans, ce qui n'était pas vieux pour avoir exploré le monde, je fus surpris. Et me sentis coupable. Elle en connaissait si peu, elle n'avait expérimenté qu'une infime partie de ce que la vie avait à offrir. Il était impossible qu'elle sache précisément ce qu'elle tenait à découvrir.

— *Bienvenue à Gattaca*, lâcha-t-elle soudain en mordant pensivement dans une pomme. Il est super. Tu l'as vu ?

Elle ne s'était pas aperçue de mon changement d'humeur.

— Oui. J'ai bien aimé.

— Et toi, c'est quoi ton film préféré ?

— Ce n'est pas toi qui poses les questions, rigolai-je en secouant la tête.

— Sauf que c'est franchement rasoir. Et puis, tu dois avoir épuisé ton stock.

— C'est mon jour, et je ne m'ennuie pas un instant.

Elle pinça les lèvres, comme si elle avait de nouveau envie d'exprimer ses doutes quant à mon degré d'intérêt pour elle, puis elle afficha une sorte d'amusement, à croire qu'elle était prête à me passer mon caprice malgré son incrédulité. C'était effectivement *mon* jour.

— Parle-moi de livres, à présent.

— Là, tu ne peux pas me demander de n'en choisir qu'un, se récria-t-elle.

— D'accord. Mentionne tous ceux que tu aimes.

— Hum, par quoi commencer ? *Les Filles du docteur March.* Le premier gros bouquin que j'ai lu. Je le relis d'ailleurs presque chaque année. Tout Jane Austen, même si je ne suis pas très fan d'*Emma*.

Je savais, pour Austen, après l'avoir épiée dans son jardin.

— Pourquoi ?

— Pff ! Elle est tellement prétentieuse !

Je ris, et elle poursuivit d'elle-même.

— *Jane Eyre.* Celui-là aussi, je le relis régulièrement. Le personnage est l'héroïne parfaite, à mes yeux. D'ailleurs, j'adore les œuvres des sœurs Brontë. *Ne tirez pas sur l'oiseau moqueur*, bien sûr. *Fahrenheit 451*. Toute la série du *Monde de Narnia*, mais surtout *L'Odyssée du passeur d'aurore*. *Autant en emporte le vent.* Douglas Adams, David Eddings, Orson Scott Card et Robin McKinley. J'ai mentionné L.M. Montgomery ?

— Je m'en doutais, à cause de tes rêves de voyage.

Elle opina, puis sembla partagée.

— Tu es sûr d'en vouloir encore ? Je suis intarissable.

— Oui, la rassurai-je.

— Alors, en vrac, sans ordre de préférence. Ma mère a tout une collection de Zane Gray, dont certains ne sont pas mal du tout. Shakespeare, essentiellement les comédies. Tu vois, c'est le bazar. Euh, tout Agatha Christie. Les livres sur les dragons d'Anne McCaffrey… Et à propos de grands dragons, *Les Griffes et les Crocs* de Jo Walton. *Princess Bride*, mille fois meilleur que l'adaptation cinématographique…

Elle s'interrompit, tapota sa bouche de l'index.

— Il y en a des millions, reprit-elle d'une voix agacée. Je sèche encore.

— Ça ira pour l'instant.

Elle avait exploré la fiction plus que la réalité. J'étais d'ailleurs surpris qu'elle ait cité un livre que je n'avais pas lu. Il allait falloir que je me procure un exemplaire des *Griffes et les Crocs*. Je décelais en elle des éléments de ces ouvrages, des personnages qui avaient façonné son univers. Un peu de Jane Eyre, un brin de Scout Finch et de Jo March, un soupçon d'Elinor Dashwood et de Lucy Pevensie. J'étais certain que je trouverais d'autres références au fur et à mesure que je la connaîtrais mieux.

C'était comme faire un puzzle de plusieurs centaines de milliers de pièces, sans image pour me guider. Chronophage, avec de nombreuses fausses pistes, mais je finirais par reconstituer le portrait complet.

— *Quelque part dans le temps*, lança-t-elle, m'arrachant à mes réflexions. J'adore ce film, je ne comprends pas que je n'y aie pas pensé tout de suite.

Moi, je ne l'appréciais pas beaucoup. L'idée que deux amants ne puissent être réunis qu'au paradis, après leur mort, me hérissait le poil. Je changeai de sujet.

— Parlons musique, maintenant.

Elle déglutit et s'empourpra.

— Quoi ?

— C'est que… je ne suis pas très branchée musique. Le CD de Linkin Park était un cadeau de Phil. Il essaie de me mettre au goût du jour.

— Et avant lui, qu'est-ce que tu écoutais ?

— Juste ce que contenait la discothèque de ma mère, soupira-t-elle avec un geste impuissant.

— Du classique ?

— Parfois, oui.

— Et le reste du temps ?

— Simon and Garfunkel. Neil Diamond. Joni Mitchell. John Denver. Ce genre de trucs. Comme moi, ma mère est fidèle à sa propre mère. Pendant les longs trajets en voiture, elle n'hésitait pas à chanter sur les titres.

Tout à coup, elle eut un sourire immense, et sa fossette asymétrique réapparut.

— Tu te souviens de notre conversation sur ce qui est censé effrayer ? s'esclaffa-t-elle. Qui n'a pas entendu ma mère et moi tenter d'atteindre les notes les plus aiguës du *Fantôme de l'Opéra* ignore ce que c'est que la peur.

Je joignis mes rires aux siens, même si je regrettai de ne pas avoir assisté au spectacle. Je l'imaginai sur une vaste route lumineuse au milieu du désert, vitres baissées, le soleil faisant ressortir ses reflets roux. J'aurais aimé savoir à quoi ressemblait sa mère, et même quel modèle elle conduisait pour avoir une image plus précise de ma fantaisie. J'avais envie d'être avec elle, de l'écouter chanter faux et de la voir sourire.

— Programme TV préféré ?

— Je regarde peu la télé.

Craignait-elle de me lasser avec des détails aussi futiles ? Une salve de questions sans conséquence la détendrait peut-être.

— Coca ou Pepsi ?

— Dr. Pepper.

— Glace préférée ?

— Vanille avec morceaux de cookie.

— Pizza ?

— Au fromage. Banal mais vrai.

— Équipe de foot américain ?

— Euh… je passe ?

— De basket ?

— Je ne suis pas calée en sport.

— Ballet ou opéra ?

— Ballet, je pense. Je ne suis jamais allée à l'opéra.

La liste que je dressais n'était pas seulement destinée à mieux la cerner, j'en étais conscient. Elle me permettait aussi d'apprendre ce qui serait susceptible de lui plaire. Quels cadeaux lui offrir, les endroits où l'emmener, vétilles et choses plus essentielles. Certes, il était extrêmement présomptueux de ma part de rêver avoir un jour ce genre de place dans son existence, et pourtant…

— Ta pierre précieuse favorite ?

— La topaze, dit-elle, catégorique.

Aussitôt après, elle plissa les paupières et rougit. La même réaction que quand je l'avais interrogée sur les parfums. Si j'avais laissé passer, la première fois, je décidai de creuser, sachant que ma curiosité insatisfaite à propos des fragrances me tourmenterait assez comme ça.

— Pourquoi as-tu l'air aussi… embarrassée ?

Je n'étais pas très sûr que ce soit de la gêne.

— Ce n'est rien, marmonna-t-elle en secouant la tête et en fixant ses mains.

— J'aimerais comprendre.

Elle eut un nouveau geste de dénégation, ne se redressa pas.

— S'il te plaît, Bella ?

— Question suivante.

Évidemment, je mourais d'envie de savoir, maintenant. Quelle frustration !

— Dis-moi !

D'une voix trop rude, impolie. J'eus honte. Elle ne me regardait toujours pas, jouait avec une mèche de ses cheveux. Elle finit par céder, cependant.

— C'est la couleur de tes yeux aujourd'hui, avoua-t-elle. Si tu me reposais la question dans deux semaines, j'imagine que j'opterais pour l'onyx.

Exactement comme ma couleur préférée était désormais un brun chocolat chaleureux.

Ses épaules s'étaient affaissées, c'était la même posture que la veille, lorsque je lui avais demandé si elle tenait plus à moi que l'inverse, et qu'elle avait hésité à répondre. Je venais de la pousser dans des retranchements identiques, l'obligeant à confirmer l'intérêt qu'elle me portait sans lui donner en échange l'assurance du contraire. Maudissant ma curiosité, je repris mon interrogatoire. Ma fascination évidente pour le moindre aspect de sa personnalité l'aiderait peut-être à saisir l'ampleur de mon obsession pour elle.

— Quelles sont tes fleurs préférées ?

— Hum. Le dahlia pour sa forme, la lavande et le lilas pour leur parfum.

— Tu ne regardes pas le sport à la télé, mais as-tu déjà joué dans une équipe ?

— En cours de gym seulement, quand je n'avais pas le choix.

— Ta mère ne t'a jamais inscrite au foot ?

— Ma mère apprécie d'avoir ses week-ends libres pour partir à l'aventure. J'ai été scout pendant un moment, elle m'a aussi fait prendre des cours de danse, ce qui a été une très grave erreur.

Elle arqua les sourcils comme pour me mettre au défi d'en douter.

— Elle pensait que ce serait pratique, car le studio était juste assez près de chez nous pour que j'y aille à pied. Vu les résultats catastrophiques, elle aurait mieux fait de s'abstenir.

— Catastrophique ? À ce point ?

— Si j'avais le numéro de téléphone de Mme Kamenev, elle te le confirmerait.

Soudain, elle releva la tête. Autour de nous, tout le monde rassemblait ses affaires. Comment le temps avait-il pu s'écouler aussi vite ? Elle quitta sa chaise, je l'imitai et posai sa vaisselle sale sur son plateau pendant qu'elle ramassait son sac. Elle voulut me prendre le plateau.

— Je m'en charge, objectai-je.

Elle poussa un petit soupir exaspéré. Elle n'appréciait toujours pas qu'on s'occupe d'elle.

Nous nous rendîmes en biologie. Incapable de me concentrer sur les questions qui me restaient, je me demandais si la même tension, le même désir, le même courant électrique allaient se produire aujourd'hui, comme la veille. Ça ne loupa pas. Sitôt les lumières éteintes, le phénomène se répéta, aussi écrasant. J'eus beau m'écarter d'elle, ça n'aida en rien.

Ma part égoïste s'entêtait à prétendre que lui prendre la main ne serait pas un drame, allait jusqu'à suggérer que ce serait une bonne façon de tester sa réaction, de découvrir si j'étais condamné à retrouver ma solitude. Je fis de mon mieux pour ne pas écouter cette facette de moi.

Bella aussi avait du mal, c'était évident. Penchée en avant, le menton sur ses bras croisés, elle agrippait le rebord de la paillasse avec une telle force que ses jointures avaient blanchi. Contre quelle tentation luttait-elle aujourd'hui ? En tout cas, elle ne jeta pas un coup d'œil dans ma direction. Pas un seul.

Tant d'éléments d'elle me restaient inaccessibles. J'avais tant d'interrogations impossibles à formuler.

Me rendant compte que mon corps s'était incliné vers elle, je me redressai.

Lorsqu'on ralluma, Bella poussa un soupir que, s'il avait fallu que je l'identifie, j'aurais qualifié de « soulagé ». Mais de quoi était-elle soulagée ?

Je l'accompagnai à son cours suivant, menant le même combat que le jour précédent.

S'arrêtant à la porte, elle posa sur moi ses grands yeux limpides. Y lus-je de l'espoir ou de la confusion ? Une invitation ou un avertissement ? Que diable voulait-elle ?

Ce n'est qu'une question, pensai-je, tandis que ma paume se soulevait d'elle-même. *Une question d'un autre genre.* Raide, sans respirer, je laissai le dos de ma main effleurer sa joue de la tempe au menton. Comme hier, sa peau s'échauffa à mon contact, et son cœur battit plus vite. Inclinant à peine la tête, elle accueillit ma caresse.

Une réponse d'un autre genre.

De nouveau, je partis d'un pas rapide, conscient que ma maîtrise de soi était compromise. Mes doigts picotaient.

Emmett était déjà là lorsque j'arrivai en espagnol. Ben Cheney également. Ils ne furent pas les seuls à remarquer mon entrée. La curiosité était générale, les esprits mêlaient le nom de Bella au mien et spéculaient ferme.

Ben était le seul mortel à ne pas songer à Bella. S'il se hérissa un peu en me voyant, il n'émana de lui aucune agressivité. Il avait abordé Angela et organisé un rendez-vous pour le week-end. Elle l'avait accueilli avec chaleur, et il était au nirvana. Bien qu'il continue de se méfier de mes intentions, il savait que j'avais facilité son accès actuel au bonheur. Tant que je resterais loin d'Angela, il n'aurait pas de problème avec moi. Il ressentait même un soupçon de gratitude, alors que, là encore, il ignorait avoir atteint l'objectif que j'avais visé. Ce garçon intelligent monta dans mon estime.

Bella avait cours de gym mais, à l'instar du précédent, elle n'y participa pas. Chaque fois que Mike se tournait vers elle, elle avait le regard perdu dans le lointain, visiblement ailleurs. Il devina que rien de ce qu'il avait à lui dire ne serait toléré.

J'imagine que je n'ai jamais vraiment eu ma chance, pensait-il, mi-résigné, mi-boudeur. *Comment ça a bien pu arriver ? Du jour au lendemain. Je suppose que quand Cullen veut quelque chose, il l'obtient très vite.* Comme les images qui suivirent, celles des idées qu'il se faisait de ce que j'avais *obtenu*, étaient repoussantes, je cessai de l'écouter.

Sa façon d'envisager les choses, comme si Bella n'avait pas son mot à dire, me déplaisait souverainement. Car c'était elle qui avait choisi, n'est-ce pas ? Si elle m'avait prié de la laisser tranquille, j'aurais fait demi-tour. Elle avait souhaité que je reste, alors autant que maintenant.

Mes réflexions me ramenèrent en cours d'espagnol, où je scannai la voix qui m'était la plus familière. Mais comme je songeais encore à Bella, je crus d'abord avoir mal entendu. Puis mes dents crissèrent, si violemment que même les humains les plus proches le perçurent. Un gars regarda d'ailleurs dans ma direction.

Oups ! s'exclama mentalement Emmett.

Les poings serrés, je m'exhortai à ne pas bouger.

Désolé, j'essayais de ne pas y penser.

Un coup d'œil à la pendule m'apprit qu'il me restait un quart d'heure avant que je puisse lui casser la figure.

Ce n'était pas mal intentionné. Hé, j'ai pris ton parti, je te signale ! Franchement, c'est juste Jasper et Rosalie qui sont assez bêtes pour parier contre Alice. Je suis sûr de gagner les doigts dans le nez.

L'enjeu était de savoir si Bella survivrait ou non à ce week-end.

Plus que quatorze minutes et demie.

Parfaitement conscient de ce que signifiait mon immobilité, Emmett se tortilla sur sa chaise. *Allons, Ed. Tu te doutes bien que ce n'était pas sérieux. Et puis, la fille importe à peine. Tu es mieux placé que moi pour savoir ce qu'a Rose. Un contentieux entre vous, j'imagine. Elle est encore furax, et elle n'admettrait pour rien au monde que, en réalité, elle est de ton côté.*

Il lui accordait toujours le bénéfice du doute, et j'avais beau reconnaître que je faisais tout l'inverse – *jamais* le bénéfice du doute pour Rosalie –, il se trompait sur ce coup-là, à mon avis. Elle serait ravie que j'échoue. Elle se réjouirait que les mauvais choix de Bella se terminent par ce qu'elle considérait être une juste récompense. Ce qui ne l'empêcherait pas de continuer de la jalouser quand son âme s'envolerait pour l'au-delà, quel qu'il soit.

Quant à Jazz, ce n'est pas un scoop, il en a marre d'être le maillon faible du clan. Tu es trop doué pour te contrôler, ce qui finit par devenir agaçant. Carlisle n'est pas comme toi. Admets-le, tu as un peu la grosse tête.

Treize minutes.

Pour Emmett et Jasper, je m'étais fourré tout seul comme un grand dans des sables mouvants. Que je réussisse ou pas à m'en sortir, ça constituait juste une énième anecdote à ajouter à mon histoire, au bout du compte. Bella n'entrait pas dans l'équation. Elle n'était qu'un marqueur dans le pari qu'ils avaient fait.

Ne le prends pas perso.

Parce qu'il y avait une autre façon de le prendre ? Douze minutes et demie.

Tu veux que je me retire ? D'accord.

En soupirant, je me détendis. À quoi bon attiser ma colère ? Pourquoi les blâmer s'ils ne pigeaient rien ? Comment auraient-ils pu ?

Tout cela était insignifiant. Irritant, certes, mais… me serais-je comporté très différemment d'eux si c'était ma vie qui avait été chamboulée ? S'il ne s'était pas agi de Bella ?

Et puis, je n'avais pas le temps de me battre avec Emmett maintenant. J'irais attendre Bella à la sortie du gymnase. J'avais encore des tas de pièces de mon puzzle à découvrir.

Quand je filai, dès la première sonnerie, sans prêter attention à Emmett, je perçus son soulagement.

Bella apparut, m'adressa un grand sourire, et j'éprouvai la même délivrance que le matin dans la voiture. Mes doutes et mes tourments semblèrent cesser de peser sur mes épaules. Ils restaient des plus réels, certes, mais leur poids était bien plus facile à porter quand je la voyais.

— Parlons de chez toi, dis-je alors que nous traversions le parking. Qu'est-ce qui te manque de là-bas ?

— Euh… Chez moi ? Tu penses à Phoenix ou à ici ?

— Les deux.

Elle me dévisagea, l'air de se demander si j'étais sérieux.

— Je t'en prie, la suppliai-je en lui tenant la portière.

Elle grimpa à bord sans renoncer à son expression dubitative. Mais quand je la rejoignis et que nous fûmes de nouveau seuls, elle se relaxa.

— Tu es déjà allé à Phoenix ?

— Non, répondis-je en souriant.

— Ah oui, bien sûr. Le soleil.

Elle médita quelques instants avant d'ajouter :

— Il te pose un problème ?

— On va dire ça.

Je ne comptais pas développer. C'était un phénomène auquel il fallait assister pour le comprendre. Par ailleurs, Phoenix était un tout petit trop près des territoires que les clans agressifs du Sud revendiquaient, mais ce n'était pas non plus une histoire que j'avais l'intention de lui raconter.

Bella attendait.

— Alors, la poussai-je, parle-moi de cet endroit que je ne connais pas.

— La ville est horizontale, commença-t-elle après réflexion, avec des immeubles qui n'ont pas plus d'un ou deux étages. Il y a quelques petits gratte-ciel au centre, mais j'en habitais assez loin. Phoenix est gigantesque, tu peux rouler dans ses faubourgs toute une journée. Beaucoup de stuc, de tuiles et de gravier. Pas comme ici, où tout est mou et spongieux. Là-bas, tout est dur et plein d'épines.

— Mais ça te plaît.

— Oui, opina-t-elle en riant. C'est si… ouvert. Tout ce ciel. Ce que nous appelons des montagnes ne sont que des collines. Dures et épineuses. La vallée, en revanche, est une espèce de coupe immense et peu profonde qu'on dirait constamment baignée de soleil.

Des mains, elle mima la chose.

— Comparées à celles d'ici, les plantes ressemblent à des œuvres d'art moderne. Que des angles et des arêtes. Et des épines.

Nouvel accès de joie.

— Elles aussi sont ouvertes. Les feuilles, quand il y en a, sont rares et plumeuses. Elles ne cachent rien. Le soleil les traverse avec allégresse.

J'arrêtai la voiture devant sa maison, à ma place habituelle.

— Il arrive qu'il pleuve, poursuivit-elle. C'est très différent de Forks. Plus excitant. Tonnerre, foudre, crues subites – rien à voir avec la bruine permanente d'ici. En plus, la pluie a une meilleure odeur. À cause des créosotiers.

Je connaissais ces arbustes persistants du désert. J'en avais contemplé à travers la fenêtre d'une voiture, une nuit que je traversais le sud de la Californie. Pas terribles, à mon avis.

— Je n'en ai jamais senti, admis-je.

— Il faut qu'il pleuve.

— À quoi ressemble leur parfum ?

— Doux et amer en même temps, expliqua-t-elle après y avoir pensé. Un peu comme de la résine ou un médicament. Ma description n'est pas flatteuse. C'est une odeur de *fraîcheur*, de désert tout propre. Pas très utile, hein ?

Elle rit.

— Au contraire. Qu'ai-je raté d'autre, en Arizona ?

— Les saguaros. Mais ça, je suis certaine que tu en a vu en photo.

J'opinai.

— Ils sont plus hauts qu'ils en ont l'air, en réalité. Ça surprend toujours les nouveaux arrivants. Tu as déjà vécu dans une région peuplée de cigales ?

— Oui. Nous avons habité un temps à La Nouvelle-Orléans.

— Alors, tu connais. Un été, j'ai travaillé dans une jardinerie. Leurs stridulations me rendaient dingue, une craie sur un tableau.

— Quoi d'autre ?

— Mmm. Les couleurs sont différentes. Les montagnes, les collines, sont surtout volcaniques. La roche est violette, souvent. Assez sombre pour retenir la chaleur. Comme le bitume. L'été, on peut faire frire un œuf sur le trottoir, ce n'est pas une légende urbaine. Il y a aussi plein de vert, à cause des terrains de golf. Beaucoup de gens entretiennent également des gazons, ce qui est absurde, à mon avis. Quoi qu'il en soit, les contrastes des couleurs sont magnifiques.

— Dans quel endroit préférais-tu passer ton temps ?

— La bibliothèque. Si tu ne me considères pas déjà comme une grosse nullarde, en voici la preuve. Je crois avoir lu tous les ouvrages de fiction de l'antenne qui était près de chez moi. Quand j'ai eu mon permis, le premier endroit où je suis allée, ç'a été la bibliothèque du centre-ville. Je pourrais vivre là-bas.

— Un autre endroit ?

— L'été, on allait à la piscine de Cactus Park. Ma mère m'avait payé des leçons de natation avant même que je sache marcher. Les journaux évoquant toujours des noyades de gamins, elle flippait. L'hiver, c'était Roadrunner Park. Il n'est pas très grand, mais il y a un lac. Quand j'étais gosse, on y faisait voguer des bateaux en papier. Rien de très excitant, comme je me tue à te le répéter...

— Je trouve ça merveilleux. Je n'ai pas beaucoup de souvenirs de mon enfance.

Son sourire s'effaça, et elle fronça les sourcils.

— Ça doit être difficile. Et étrange.

Je haussai les épaules.

— Je ne connais rien d'autre. Pas de quoi s'inquiéter.

Elle rumina ces mots pendant un long moment de silence. Je supportai ce dernier aussi longtemps que possible, puis lui demandai :

— À quoi penses-tu ?

Son sourire était plus sombre, à présent.

— J'ai plein d'interrogations, mais je sais que...

Nous le dîmes d'une même voix :

— Aujourd'hui est mon jour.

— Aujourd'hui est ton jour.

Nous rîmes avec un bel ensemble, et je songeai qu'il était bizarrement facile d'être avec elle. Juste assez près, le danger comme très lointain. Je m'amusais tant que j'en oubliais presque la douleur de ma gorge, alors qu'elle était tenace. Simplement, elle était moins intéressante que Bella.

— Alors, je t'ai bien vendu Phoenix ? s'enquit-elle après une nouvelle pause.

— Je crois que j'ai encore besoin d'arguments.

— Il pousse là-bas une espèce d'acacia dont j'ignore le nom. Comme tous les arbres, il est épineux et a l'air à moitié mort.

Son visage devint mélancolique.

— Mais au printemps, enchaîna-t-elle, il se couvre de fleurs duveteuses jaunes qui ressemblent à des pompons.

Elle fit mine de tenir un bouton entre son pouce et son index.

— Leur parfum est… incroyable. Unique. Très léger, délicat. Tu le respires soudain dans la brise, puis il s'évapore. J'aurais dû l'inclure dans mes odeurs préférées. J'aimerais bien qu'on en fasse une bougie, quelque chose.

Elle changea brusquement de sujet.

— Il y a aussi les couchers de soleil. Ils sont formidables. Sérieux, tu n'en verras jamais de tels ici. Mais, même en plein jour, l'essentiel, c'est le *ciel*. Il n'est pas bleu comme celui de Forks, quand il daigne se dégager, s'entend. Des fois, il est presque blanc. Et partout.

Elle en souligna l'immensité en arquant ses mains au-dessus de sa tête.

— On a tellement plus de ciel, là-bas. Dès que tu t'éloignes un peu de la ville, tu distingues des millions d'étoiles. Tu devrais vraiment aller contempler ça.

— Tu trouves ça beau.

— Oui. Ce n'est peut-être pas le cas de tout le monde, je suppose.

Elle s'interrompit de nouveau, pensive et, sentant qu'elle n'en avait pas terminé, je la laissai réfléchir tout son soûl.

— C'est comme… le minimalisme, reprit-elle. Un endroit honnête, qui ne dissimule rien.

Je songeai à tout ce qui, ici, lui était caché, me demandai si ces mots suggéraient qu'elle était consciente des ténèbres invisibles qui l'environnaient. Mais c'est sans juger qu'elle plongea ses yeux dans les miens. Elle n'ajouta rien et, à sa façon de rentrer le menton, je me dis qu'elle estimait peut-être en avoir trop dit.

— Ça te manque sûrement beaucoup, insistai-je.

Son expression ne s'assombrit pas autant que ce à quoi je m'attendais.

— Au début, oui, admit-elle.

— Et maintenant ?

— J'ai dû m'habituer.

Elle eut un sourire qui m'amena à croire qu'elle était plus que simplement résignée aux bois et à la pluie.

— Parle-moi de ta maison de Phoenix.

— Oh, elle n'a rien d'exceptionnel, répondit-elle en haussant les épaules. Façade en stuc et toit de tuiles. De plain-pied, trois chambres, deux salles de bains. La mienne est ce que je regrette le plus. En partager une avec Charlie n'est pas facile. Le jardin n'est que cactus et gravier. La déco est vintage, années soixante-dix, lambris en bois, lino, grosse moquette, placards en Formica jaune moutarde dans la cuisine, la totale. Ma mère n'est pas une fanatique de la rénovation. D'après elle, les vieux machins ont du caractère.

— Et ta chambre ?

Son expression me poussa à me demander si une blague m'échappait.

— Maintenant ou avant ?

— Maintenant.

— Je crois qu'elle l'a transformée en studio de yoga. Mes affaires sont au garage.

— Mais comment ça se passera quand tu y retourneras ? m'étonnai-je.

— Bah, j'imagine qu'on y casera un lit.

— Tu n'as pas parlé d'une troisième chambre ?

— Ma mère y a installé son atelier. Une intervention divine serait nécessaire pour y fourrer un lit.

Elle rit de bon cœur. J'avais cru qu'elle souhaiterait passer du temps avec sa mère, mais elle évoquait Phoenix comme s'il s'agissait d'une époque révolue. Je m'efforçai de dissimuler mon soulagement.

— À quoi ressemblait ta chambre, lorsque tu vivais là-bas ?

Elle rosit.

— Euh… c'était le bazar. Je ne suis pas très ordonnée.

— Raconte.

De nouveau, elle me contempla comme si je plaisantais. Quand je soutins son regard, elle se résigna et entreprit de me décrire les lieux, les mimant avec les mains.

— Elle n'est pas grande. Étroite. Un lit double contre le mur orienté au sud, une commode à l'opposé, sous la fenêtre, et peu d'espace entre les deux. J'avais un petit dressing, ce qui aurait été cool si je l'avais suffisamment rangé pour y entrer. Ma chambre, ici, est plus vaste et un peu moins bordélique. Mais juste parce que je ne l'occupe pas depuis assez longtemps.

Je restai de marbre, ne tenant pas à lui révéler que je connaissais bien l'endroit. Je cachais aussi ma surprise que son antre de Phoenix ait été encore plus en pagaille que celui de Forks.

— Et…

Elle me regarda pour voir si j'en voulais plus, et je l'encourageai d'un signe du menton.

— Le ventilateur au plafond est cassé, seule la lampe fonctionne, alors j'en ai un gros très bruyant sur la commode. Une vraie soufflerie. En même temps, c'est mieux pour dormir que la pluie, dont le clapotis n'est pas assez *constant*.

L'allusion à la pluie m'amena à contempler le ciel, et je fus choqué de constater que la pénombre était déjà là. Le temps avait tendance à se déformer et à se compresser quand j'étais avec elle. Ça m'échappait. Comment était-il possible que celui qui nous était imparti touche déjà à sa fin ?

Elle ne comprit pas mon air soudain préoccupé.

— Tu as terminé ? me lança-t-elle, avec espoir.

— Loin de là, mais ton père va bientôt rentrer.

— Charlie ! s'exclama-t-elle comme si elle avait oublié son existence. Il est tard ?

Elle consulta la pendule du tableau de bord, tandis que j'observais les nuages. Bien qu'épais, on devinait l'emplacement du soleil, derrière.

— C'est le crépuscule, murmurai-je.

L'heure où les vampires sortaient jouer, quand nous ne redoutions pas qu'une éclaircie brutale nous attire des ennuis, lorsque nous pouvions profiter des ultimes rais de lumière sans craindre de nous exposer. Bella me dévisageait avec curiosité, comme si elle en avait perçu plus dans mon ton que dans mes paroles.

— C'est le moment de la journée le plus sûr pour nous, lui expliquai-je en essayant de ne pas être trop mélancolique. Le plus agréable, le plus triste aussi, en quelque sorte… la fin d'un autre jour, le retour de la nuit. L'obscurité est tellement prévisible, tu ne trouves pas ?

Tant d'années nocturnes…

— J'aime la nuit, décréta-t-elle, toujours originale. Sans elle, nous ne verrions pas les étoiles. Bien qu'ici ce ne soit guère facile, maugréa-t-elle.

Je m'esclaffai. Elle ne s'était pas encore totalement adaptée à Forks. Repensant aux étoiles à Phoenix, je me demandai si elles ressemblaient à celles en Alaska, si étincelantes et si *proches*. J'aurais aimé pouvoir l'emmener là-bas cette nuit pour que nous puissions les comparer, mais elle avait une vie à mener.

— Charlie sera ici dans quelques minutes, repris-je.

Je percevais d'infimes bribes de son esprit, à deux kilomètres de là. Il rentrait sans se presser en pensant à sa fille.

— Donc, conclus-je, à moins que tu ne tiennes à lui révéler que tu passeras ton samedi avec moi…

Je comprenais les multiples raisons qu'elle avait de taire notre lien à son père. Il n'empêche, j'aurais aimé que… Pas seulement parce que j'avais besoin de tous les encouragements possibles pour ne pas la blesser, pas seulement non plus parce que je croyais que la menace qui pesait sur ma famille m'aiderait à dominer mon démon. J'aurais cependant apprécié qu'elle *souhaite* me présenter à Charlie ; qu'elle ait envie que je fasse partie de sa vie normale.

— Non merci, s'empressa-t-elle de répondre.

Encore un rêve inaccessible. Comme tant d'autres. Elle rassembla ses affaires, prête à partir.

— Demain, c'est mon tour, hein ? me lança-t-elle, les yeux brillants d'impatience.

— Certainement pas ! Je n'en ai pas terminé avec toi !

— Qu'y a-t-il de plus à savoir ? bougonna-t-elle.

— Je te le dirai demain.

Charlie approchait. Me penchant par-dessus elle pour lui ouvrir la portière, je sentis son cœur se mettre à battre plus fort et irrégulièrement. Nos regards se croisèrent et, de nouveau, je lus dans le sien une *sorte* d'invitation. Avais-je le droit de caresser son visage, rien qu'une dernière fois ?

C'est alors que je me figeai, main sur la poignée.

Une autre voiture s'apprêtait à bifurquer vers nous. Pas celle de Charlie. Comme il était encore à deux rues de là, je n'avais guère prêté l'oreille aux réflexions environnantes, je les avais attribuées aux résidents des maisons alentour.

Un mot retint mon attention, cependant.

Vampires.

Le gamin ne devrait pas courir de danger. Il n'y a aucune raison de tomber sur des vampires ici, même si nous sommes en territoire neutre. J'espère avoir eu raison de l'amener en ville.

Improbable…

— Aïe ! marmonnai-je.

— Que se passe-t-il ? s'inquiéta aussitôt Bella.

Je ne pouvais rien faire pour l'instant. Quelle déveine !

— Des complications, dis-je.

Le véhicule s'engagea dans la rue et roula droit jusque chez Charlie. Lorsque ses phares nous illuminèrent, je captai l'esprit jeune et enthousiaste du second mortel à bord de la vieille Ford Tempo.

Wouah ! Une S60R ? Je n'en avais encore jamais vu en vrai. Cool ! Qui peut bien conduire un engin pareil, par ici ? Diffuseur avant customisé… pneus semi-slick. Ce truc doit déménager. Il faut que je jette un œil aux échappements.

Un tout autre jour, j'aurais écouté avec plaisir cet intérêt d'un type qui s'y connaissait. Là, je zappai les réflexions de l'adolescent, ouvris largement la portière de Bella puis me redressai en vitesse, tout entier aux phares qui se rapprochaient, aux aguets.

— Charlie est au carrefour, l'avertis-je.

Elle se dépêcha de sortir sous la pluie, n'eut cependant pas le temps d'entrer dans la maison avant que les intrus ne nous voient ensemble. Elle claqua la portière, resta plantée là, hésitante.

La Ford se gara juste devant ma Volvo, phares contre phares.

Alors, les pensées du vieil homme se mirent à hurler sous l'effet de la stupeur et de l'effroi.

Un sang-froid ! Un vampire ! Un Cullen !

Les yeux rivés sur le pare-brise, je croisai son regard.

Je n'aurais su lui trouver une ressemblance quelconque avec son grand-père, puisque je n'avais jamais vu Ephraïm de son vivant. Mais j'étais sûr d'avoir affaire à Billy Black et à son fils Jacob.

Comme pour confirmer mes déductions, le garçon se pencha avec un sourire.

Oh, c'est Bella !

Tout au fond de moi, je notai que, comme je l'avais imaginé, elle avait provoqué de sacrés dégâts sentimentaux lors de sa journée à La Push. Je restai toutefois concentré sur le père, l'homme qui savait. Il avait eu raison de qualifier ce territoire de neutre. J'avais autant le droit que lui de m'y trouver, ce dont il était parfaitement conscient, vu la manière dont son visage furieux et apeuré se ferma, et dont ses mâchoires se crispèrent.

Que fiche-t-il ici ? Que dois-je faire ?

Depuis deux années que nous vivions à Forks, aucune victime n'avait été à déplorer. Pourtant, il n'aurait pas affiché de révulsion plus violente si nous avions massacré une personne par jour. Je le toisai. Machinalement, en réponse à son hostilité, mes lèvres se retroussèrent sur mes dents.

Il n'aurait pas été judicieux de le provoquer, cependant. Carlisle n'apprécierait pas que je commette un geste susceptible d'inquiéter le vieux bonhomme. Je ne pouvais qu'espérer qu'il respectait mieux que son fils le secret nous unissant.

Je démarrai en trombe. Le gamin apprécia le chuintement des pneus – limite illégaux – sur le bitume humide. Il se retourna pour inspecter mes pots d'échappement, tandis que je filais.

Quand je bifurquai au premier virage, je croisai Charlie qui, par réflexe, ralentit avec un sourcillement tout professionnel face à la vitesse à laquelle je roulais. Il poursuivit son chemin et je perçus, clair et net, l'étonnement étouffé de ses réflexions lorsqu'il reconnut la voiture garée devant sa maison. Il oublia aussitôt mon bolide argenté.

Je me garai deux rues plus loin, discrètement, à la lisière de la forêt, entre deux terrains assez distants l'un de l'autre. En quelques secondes, trempé comme une soupe, j'étais perché dans le même épicéa donnant sur le jardin de Charlie que le jour où j'avais épié Bella lisant au soleil.

J'eus du mal à capter Charlie, mais ne détectai rien d'inquiétant dans ses pensées peu lisibles, juste un certain enthousiasme – il devait être content de voir ses visiteurs. Aucune parole risquant de le bouleverser n'avait été prononcée… pour l'instant.

Le cerveau de Billy était agité par un tourbillon de questions quand Charlie le salua et l'invita à entrer. Pour autant que je pouvais en juger, il n'avait pris encore aucune décision. Je fus heureux de percevoir des allusions mentales au traité : avec un peu de chance, ça lui lierait la langue.

Bella s'enfuit à la cuisine, suivie par l'adolescent, dont toutes les pensées montraient à quel point il était amouraché. Pour autant, il n'était pas pénible de l'écouter, contrairement à Mike Newton et aux autres admirateurs de Bella. L'esprit de Jacob Black avait quelque chose de très… charmant. Il était pur et ouvert. Un peu comme celui d'Angela, mais en moins réservé. Je fus soudain tout à fait désolé que ce garçon soit né dans le camp ennemi du mien. Il avait un mental rare, dans lequel il était agréable de fouiller. Presque reposant.

Au salon, Charlie avait remarqué l'air préoccupé de Billy. Il ne lui posa aucune question, toutefois. Une espèce de tension régnait entre eux, due à un ancien désaccord.

Jacob interrogea Bella à mon propos. Il s'esclaffa en apprenant mon nom.

— Voilà qui explique bien des choses ! Je trouvais mon père bizarre, aussi.

— C'est vrai qu'il n'aime pas beaucoup les Cullen, admit Bella avec une innocence forcée.

— Vieillard superstitieux, marmonna le gamin.

Oui, décidément, nous aurions dû anticiper le tour que prendraient les choses. Les jeunes membres de la tribu considéraient leur histoire comme un ramassis de légendes gênantes et drôles, d'autant plus amusantes d'ailleurs que les anciens les prenaient au sérieux.

Bella et Jacob rejoignirent leurs pères dans le salon. Bella ne cessa d'observer Billy, qui regardait la télévision avec Charlie. Comme moi, elle guettait apparemment une allusion.

Il n'en fit aucune. Les Black partirent tôt. C'était un jour de semaine. Je les suivis à pied jusqu'à la frontière de leur territoire, juste pour m'assurer que Billy n'ordonnait pas à son fils de retourner en ville. Ses pensées restaient confuses. Il invoquait le nom de gens que je ne connaissais pas, avec qui il avait l'intention de discuter ce soir. Malgré son affolement, il savait ce que diraient les autres anciens. Si avoir croisé un vampire l'avait déstabilisé, ça ne changeait rien au traité.

Lorsqu'ils dépassèrent le point à partir duquel je n'étais plus en mesure de sonder leurs réflexions, j'étais à peu près certain qu'il n'y avait pas de nouveau danger à l'horizon. Billy se conformerait aux lois. Il n'avait pas le choix. Si nous rompions la trêve, les vieillards n'y pourraient rien. Ils avaient perdu leurs dents. Si *eux* la rompaient… ma foi, nous étions encore plus puissants que jadis. Sept au lieu de cinq. Voilà qui les amèneraient à y réfléchir à deux fois.

Même si Carlisle n'accepterait jamais que nous fassions respecter le traité par la menace. Au lieu de retourner directement chez Bella, je décidai de passer à l'hôpital, où il était de nuit.

Je repérai ses réflexions aux urgences. Il y examinait un chauffeur routier d'Olympia, qui s'était salement entaillé la main. Dans le hall, je reconnus Jenny Hancock à la réception, pendue au téléphone avec sa fille adolescente. Elle réagit à peine quand je passai devant elle en la saluant du bras.

Peu désireux de déranger Carlisle, je franchis un rideau et continuai jusqu'à son bureau. Il identifierait le bruit de mes pas – et l'absence de pouls – ainsi que mon odeur. Il devinerait que je souhaitais lui parler, mais que rien ne pressait.

Il ne tarda pas à me rejoindre.

— Edward ? Tout va bien ?

— Oui, je voulais juste t'informer immédiatement. Billy Black m'a surpris devant chez Bella ce soir. Il n'a rien dit à Charlie, mais…

— Hum.

Nous sommes ici depuis si longtemps qu'il serait dommage que les tensions se réveillent.

— Ce n'est sans doute rien. Simplement, il n'était pas préparé à se retrouver à deux mètres d'un sang-froid. Ses compères le calmeront. De toute façon, qu'est-ce qu'ils y peuvent, hein ?

Mon père plissa le front. Tu ne devrais pas envisager les choses ainsi.

— Bien qu'ils aient perdu leurs protecteurs, nous ne sommes pas une menace.

— Non, bien sûr que non.

Il secoua la tête tout en réfléchissant à la meilleure façon d'agir. Il ne semblait pas y en avoir, sauf d'ignorer cette malheureuse rencontre. J'étais déjà parvenu à la même conclusion.

— Comptes-tu… bientôt rentrer à la maison ? me demanda-t-il sans crier gare.

Aussitôt, j'eus honte.

— Esmé m'en veut-elle beaucoup ?

— Elle ne t'en veut pas, elle te veut.

Elle s'inquiète. Tu lui manques.

J'acquiesçai en soupirant. Bella ne risquerait – sans doute – rien, bien au chaud chez elle, si je m'absentais quelques heures.

— Je vais monter à la maison maintenant.

— Merci, fils.

***

Je passai la soirée avec ma mère, la laissant être aux petits soins pour moi. Elle m'obligea à enfiler des vêtements secs, plus pour protéger les parquets qu'elle avait eu tant de mal à finir que pour autre chose. Mes frères et sœurs avaient décampé, à sa requête devinai-je. Carlisle avait dû l'avertir. Je fus heureux du calme. Ensemble, nous nous installâmes au piano et discutâmes pendant que je jouais.

— *Comment* vas-tu, Edward ?

Ce fut sa première question, lourde d'inquiétude.

— Je… Je ne sais pas trop, répondis-je franchement. Il y a des hauts et des bas.

Elle écouta la musique un instant, effleurant une touche çà et là pour les harmonies.

Elle te fait souffrir. Je secouai la tête.

— Je me fais souffrir tout seul. Ce n'est pas sa faute.

Ni la tienne.

— Je suis ce que je suis.

Et tu n'y es pour rien.

— Est-ce un reproche à l'encontre de Carlisle ? me moquai-je sans humour.

Non. Et toi ?

— Non.

Alors pourquoi t'en veux-tu ? Je n'avais pas de réponse à ça. Je ne tenais pas du tout rigueur à Carlisle de m'avoir transformé, et pourtant… Était-il nécessaire que quelqu'un endosse le blâme ? Ce quelqu'un était-il moi ? *Je déteste te voir souffrir.*

— Il n'y a pas que de la souffrance.

Pour l'instant.

Cette fille… elle te rend heureux ?

— Oui, soupirai-je. Vraiment. Quand je ne me l'interdis pas.

— Alors, tout va bien, commenta-t-elle, apparemment soulagée.

Je tordis le nez.

— Tu crois ça ?

En silence, elle analysa mes paroles, convoqua Alice, se remémora ses visions. Elle était au courant du pari, mécontente contre Jasper et Rose. *Comment le prendra-t-il, si elle meurt ?* Je sursautai, griffai les touches.

— Désolée, s'empressa-t-elle de s'excuser, je ne voulais pas…

Je secouai la tête, et elle se tut. Je contemplai mes mains froides, anguleuses, inhumaines.

— Je ne sais pas comment… chuchotai-je. Comment je surmonterai ça. Je ne vois rien… Rien au-delà de ça.

Elle m'enlaça fermement.

— Ça n'arrivera pas. J'en suis certaine.

— J'aimerais en être aussi sûr que toi.

Je regardai ses mains, si semblables aux miennes et pourtant si différentes. J'étais incapable de les détester comme je détestais les miennes. Si elles étaient de pierre, elles n'avaient rien de… monstrueux. C'étaient des mains maternelles, aimantes et douces.

Je suis convaincue. Tu ne lui feras pas de mal.

— J'en conclus que tu t'es rangée dans le camp d'Alice et Emmett ?

Délaçant ses doigts, elle me donna une petite tape sur l'épaule.

— Il n'y a pas de quoi plaisanter.

— En effet.

Mais quand Jasper et Rosalie auront perdu, je ne me fâcherai pas si Emmett remue un peu le couteau dans la plaie.

— Compte sur lui pour ne pas te décevoir.

Et tu ne me décevras pas non plus, Edward. Oh, comme je t'aime, mon fils ! Lorsque les difficultés auront été réglées… je serai très heureuse, tu sais. Je crois que cette petite me plaira beaucoup. Je la dévisageai, sourcils arqués. *Tu n'aurais pas la cruauté de ne pas me le présenter, n'est-ce pas ?*

— Voilà du Alice dans le texte.

— Je ne comprends pas que tu t'entêtes à contrarier ta sœur. Il serait plus facile d'accepter l'inéluctable.

Je plissai le front, me remis à jouer cependant.

— Tu as raison, dis-je au bout d'un moment. Je ne lui ferai pas de mal.

Bien sûr que non.

Elle garda ses bras autour de ma taille, et je finis par poser ma tête sur la sienne. En soupirant, elle resserra son étreinte, ce qui me donna une vague impression de redevenir un enfant. Comme je l'avais confié à Bella, je n'avais pas de souvenirs concrets de cette période de ma vie. Mais cette étreinte réveillait une sorte d'émotion. Ma première mère avait dû me tenir de la même façon, j'en avais sûrement été réconforté.

Mon morceau achevé, je me redressai.

Tu vas chez elle ?

— Oui.

Mais que fais-tu, toute la nuit ? Je souris.

— Je réfléchis, je me consume et j'écoute.

— Je n'apprécie pas que ça te soit douloureux, murmura-t-elle en effleurant ma gorge.

— Franchement, ce n'est pas le plus dur.

Qu'est-ce qui est le plus dur ? Je méditai cette question pendant une minute. Des tas de réponses s'imposaient, l'une plus spécialement, toutefois.

— Que… que je ne puisse pas être humain avec elle. Que la seule solution acceptable soit impossible.

Son front se rida.

— Tout ira bien, Esmé.

Il m'était si facile de lui mentir. J'étais le seul à pouvoir le faire, dans cette maison.

Oui, ça va s'arranger. Cette fille ne saurait être entre de meilleures mains.

Si je partis d'un nouveau rire sans joie, j'étais bien décidé à tenter de donner raison à ma mère.

14

RAPPROCHEMENT

La nuit de Bella fut calme. La mienne aussi. Malgré la douleur, je me sentais plus serein que je l'avais été chez moi, enlacé par ma mère. Comme souvent, Bella marmonna mon prénom dans son sommeil, en souriant.

Au petit déjeuner, Charlie souligna sa bonne humeur, et j'en fus content. À défaut de mieux, je la rendais heureuse également.

Ce vendredi-là, elle grimpa sans hésiter dans ma voiture, joyeuse et apparemment aussi avide de me retrouver que je l'étais de la revoir.

— Tu as bien dormi ?

— Comme un loir. Et toi, ta nuit ?

— Agréable.

Elle pinça les lèvres.

— Ai-je le droit de te demander à quoi tu l'as consacrée ?

Je n'osais imaginer les proportions qu'aurait prises mon intérêt si j'avais été inconscient et loin d'elle pendant huit heures. Je n'étais toutefois pas prêt à répondre à sa question, en admettant que ça arrive à l'avenir.

— Non. Aujourd'hui est encore *mon* jour.

— Je crois t'avoir déjà tout raconté, soupira-t-elle en levant les yeux au ciel.

— Dis-m'en plus sur ta mère.

L'un de mes sujets de prédilection, parce que c'était aussi l'un des siens.

— D'accord. Hum, je la qualifierais de… sauvage ? Pas comme un tigre, plutôt comme un moineau ou une biche. Elle a du mal avec les cages, tu vois le genre ? Ma grand-mère qui, au passage, était parfaitement normale et ne comprenait pas d'où sa fille sortait, avait l'habitude de la traiter de feu follet. J'ai l'impression que, adolescente, elle n'a pas été un cadeau. Elle ne reste jamais longtemps en place. Sa vie de nomade avec Phil… Je ne crois pas l'avoir déjà vue aussi ravie. À sa décharge, elle s'est beaucoup démenée pour moi. En changeant souvent de boulot, en organisant des virées le week-end. De mon côté, je tâchais de la décharger des corvées domestiques. J'imagine que ça va être pareil avec Phil. J'ai un peu l'impression d'être une… mauvaise fille. Parce que je suis un peu soulagée, tu sais ?

Elle retourna ses paumes en affichant une mine contrite.

— Elle n'est plus obligée de s'enraciner quelque part à cause de moi, c'est un fardeau de moins. Et puis il y a Charlie. J'ignorais qu'il avait besoin de moi, or c'est le cas. Cette maison est trop vide, quand il est seul.

Je hochai pensivement la tête, tout en analysant cette mine d'informations. J'aurais aimé rencontrer cette femme qui avait eu une telle influence sur Bella. Même si, quelque part, j'aurais préféré que celle-ci ait une enfance plus traditionnelle, qu'elle ait l'occasion d'être l'enfant, pas le parent. Sauf que, alors, elle n'aurait pas été la même. De plus, elle paraissait ne nourrir aucune rancœur. Elle appréciait de s'occuper des autres, de leur être nécessaire. Peut-être était-ce là que résidait le secret de son attirance pour moi. Elle m'était plus indispensable qu'à quiconque.

Je la quittai devant sa classe, et la matinée s'écoula comme les précédentes. Alice et moi endurâmes notre cours de gym avec un stoïcisme remarquable. Je surveillais Bella à travers les yeux de Jessica Stanley et, comme elle, constatai que Bella semblait totalement absente.

Je ne pige pas pourquoi elle refuse d'en discuter. Il faut croire qu'elle se le garde pour elle toute seule. À moins qu'elle ait dit la vérité, et qu'il n'y ait rien entre eux. Jessica se rappela les dénégations de Bella – « Ce n'est pas comme ça entre nous » – quand elle lui avait demandé, le mercredi matin, si nous nous étions embrassés, et qu'elle avait conclu que Bella était déçue. *Quelle torture ce doit être ! Tu as le droit de regarder mais pas de toucher.*

Je sursautai. De la torture ? Le mot était évidemment exagéré, mais était-il possible que Bella en souffre, ne serait-ce qu'un tout petit peu ? Sans doute pas, non, puisqu'elle savait qui j'étais. Je fronçai les sourcils. Croisant le regard interrogateur d'Alice, je secouai la tête.

Elle a l'air plutôt radieuse, continuait de penser Jessica, qui observait Bella en train de fixer les fenêtres à claire-voie. *Elle a dû me mentir. Ou alors, il y a eu du nouveau.*

Oh ! La soudaine exclamation d'Alice qui s'était figée sur place m'alerta. Je découvris en elle l'image de la cafétéria dans un futur proche et… *Eh bien, ce n'est pas trop tôt !* Sur ce, elle sourit, aux anges. L'avenir se précisa. Alice se tenait debout derrière moi, à la cantine, ce midi, face à Bella. De très brèves présentations. Le début de leur amitié proprement dite n'était pas encore fixé. Plusieurs facteurs entraient en jeu. Ça ne tarderait pas, cependant.

Je poussai un soupir et renvoyai distraitement le volant par-dessus le filet. Ma volée fut meilleure que si je m'étais concentré, et je marquai un point, à l'instant où le prof sifflait la fin du cours. Alice filait déjà vers la porte. Je lui emboîtai le pas.

Arrête de faire le bébé. Ce n'est pas grand-chose. Et puis, j'ai vu que tu ne m'en empêcherais pas.

— Pas question en effet que ça prenne de plus amples proportions, râlai-je en secouant la tête.

— Je sais être patiente. J'y irai mollo.

Je levai les yeux au ciel.

C'était toujours une délivrance lorsque je retrouvais Bella en personne, au lieu de me contenter des points de vue d'autrui. Il n'empêche, ce fut avec les supputations de Jessica que je la guettai à la sortie de sa classe. Elle m'adressa un grand sourire chaleureux, et j'en déduisis moi aussi qu'elle était très heureuse. Il fallait que j'arrête de me tourmenter avec notre impossible destin, alors qu'elle s'en fichait comme d'une guigne.

J'avais une série de questions que je n'avais pas encore osé aborder. Les interrogations de Jessica qui me hantaient encore eurent cependant raison de mes réticences. Nous étions assis à ce qui était devenu notre table habituelle, et elle picorait la nourriture que je lui avais achetée – j'avais été plus rapide qu'elle, aujourd'hui.

— Raconte-moi ton premier rendez-vous amoureux, lui dis-je.

Elle écarquilla ses grands yeux, rougit, hésita.

— Tu refuses d'en parler ?

— C'est juste que... Je ne sais pas trop ce qui compte ou pas.

— Vise large.

Le regard rivé sur le plafond, elle réfléchit, lèvres pincées.

— Dans ce cas, ce doit être avec Mike... marmonna-t-elle. Un autre, se dépêcha-t-elle de préciser, en voyant que je tordais le nez. Mon partenaire de quadrille en sixième. Il m'a conviée à sa fête d'anniversaire, une séance de ciné. Le deuxième de la série des *Petits Champions*. Je suis la seule à avoir répondu présent. Après coup, les autres ont prétendu que c'était un rancard. Je ne sais pas qui a lancé la rumeur.

Elle sourit. Ayant vu les photos de famille chez son père, j'avais une assez bonne idée de ce à quoi ressemblait Bella à onze ans. Apparemment, à l'époque, les choses n'étaient guère différentes d'aujourd'hui.

— Tu places la barre un peu bas, là, commentai-je.

— Tu m'as dit de viser large, rigola-t-elle.

— Continue.

Elle se creusa la tête, la bouche pensive.

— Des copines devaient aller à la patinoire avec des garçons. Elles avaient besoin de moi pour qu'on soit à nombre égal de part et d'autre. Si j'avais su que je terminerais avec Reed Merchant, j'aurais refusé. D'autant que j'ai vite compris que le patin à glace n'était pas une bonne idée. Je n'ai récolté que quelques petits bobos et, cerise sur le gâteau, j'ai terminé la soirée à lire, au snack.

Elle eut un sourire presque radieux.

— Et si on passait à un vrai rancard ?

— Genre un type qui me propose de sortir seuls ensemble quelque part ?

— Ça me paraît une définition correcte du mot.

— Dans ce cas, désolée, je n'ai rien en magasin, répondit-elle avec la même jubilation triomphante.

— Comment ça ? maugréai-je. Personne ne t'a invitée à une soirée en tête-à-tête avant que tu vives ici ?

— Je ne me rends pas bien compte. Était-ce des rendez-vous amoureux ou juste des moments entre amis ? De toute façon, ça n'avait pas beaucoup d'importance, parce que je n'avais le temps ni pour les uns, ni pour les autres. Ça a fini par se savoir, et plus aucun garçon ne m'a approchée.

— Tu étais vraiment occupée ou tu t'inventais des excuses comme tu le fais ici ?

— Je l'étais ! protesta-t-elle, vaguement offensée. Tenir une maison est chronophage. J'avais aussi un petit boulot à temps partiel et les cours. Si je veux aller à la fac, je vais avoir besoin d'une bourse complète, et…

— Une seconde, l'interrompis-je. Avant de changer de sujet, j'aimerais qu'on en finisse avec celui-ci. Si tu n'avais pas été aussi prise, aurais-tu volontiers accepté l'une de ces invitations ?

— Pas franchement, non, répondit-elle en inclinant la tête. Ou alors, juste histoire de sortir. Ces gars n'étaient pas très passionnants.

— Et les autres ? Ceux qui ne te proposaient rien ?

— Je ne m'y intéressais pas des masses.

Ses yeux étaient sincères.

— Personne ne t'a jamais attirée ? insistai-je en plissant les paupières.

— Pas à Phoenix.

Nous nous dévisageâmes pendant que je digérais la nouvelle : de la même manière qu'elle était mon premier amour, j'étais sa première… toquade. Cette concordance me procura un étrange plaisir doublé d'un certain trouble – elle débutait sa vie passionnelle d'une façon tordue, malsaine. Par ailleurs, il n'y aurait jamais qu'elle, pour moi. Un cœur humain ne fonctionnait pas ainsi.

— Je sais que ce n'est pas mon jour… reprit-elle.

— Exact.

— Oh, sois sympa, je viens de te déballer le néant absolu et gênant de mes histoires romantiques.

— J'en suis au même point que toi, la rassurai-je. À l'exception des virées à la patinoire et des fêtes d'anniversaire bidon. Moi non plus, je ne me suis intéressé à personne jusqu'à maintenant.

Elle accueillit cette vérité avec scepticisme. J'avais, comme elle, refusé des offres, même si elles avaient été un peu différentes, m'avouai-je en songeant à la moue boudeuse de Tanya.

— Quelle université vises-tu ? réattaquai-je.

Elle se secoua, comme pour s'adapter à ce nouveau tournant de la conversation.

— Euh… Je pensais à celle d'Arizona. Ç'aurait été pratique, car j'aurais vécu à la maison, mais avec ma mère qui voyage, j'imagine que les possibilités sont plus larges, maintenant. Il faudra que je me contente d'un établissement public. Même avec une bourse, ce ne sera pas évident. Quand j'ai emménagé ici, j'ai été contente que ce ne soit pas trop près de l'université d'État de Washington. Je veux bien que ce soit pratique, mais il y a des limites.

— Serais-tu en train de dénigrer notre magnifique équipe des Cougars ?

— Je n'ai rien contre eux, c'est la météo.

— Si le prix n'était pas un obstacle, si tu pouvais choisir, où irais-tu ?

Pendant qu'elle méditait la question, je tentai d'imaginer un futur où je pourrais rester auprès d'elle. Bella à vingt, vingt-deux, vingt-quatre ans… Combien de temps lui faudrait-il pour paraître plus vieille que moi, figé dans mes dix-sept ans ? Tant qu'elle irait bien, tant qu'elle serait humaine et heureuse, j'accepterais cette échéance. Du moment que j'arrivais à ne plus être un danger pour elle, que j'étais capable de lui apporter quelque bien, que je parvenais à m'inscrire dans ce bonheur à chaque seconde du délai qu'elle m'accorderait.

Une fois encore, je me demandai si j'en serais capable – être avec elle sans avoir une influence néfaste sur son existence. La conserver dans le printemps de Perséphone, lui éviter mes Enfers.

Mes lieux de prédilection ne lui conviendraient pas, c'était une évidence. Tant qu'elle voudrait de moi, je la suivrais partout. Ça impliquerait de nombreuses journées barbantes de confinement, mais c'était un prix dérisoire à payer, un élément négligeable.

— Il faudrait que je cherche, répondit-elle. La plupart des bons établissements sont situés dans des régions enneigées. Tu crois qu'il y en a de bien, à Hawaï ? ajouta-t-elle en rigolant.

— J'en suis sûr. Et après les études ?

Il était vital que je sache quels étaient *ses* plans. Pour ne pas les contrarier. Pour être en mesure de façonner au mieux cet improbable avenir.

— Un boulot impliquant des livres. Je me suis toujours vue enseigner, comme ma mère. Enfin, pas tout à fait comme elle. À un niveau universitaire, plutôt, dans une modeste fac locale. Des cours de littérature optionnels, par exemple, pour que les inscrits soient vraiment motivés.

— C'est une vocation ancienne ?

— Plus ou moins. À une époque, j'aurais bien travaillé comme éditrice. Mais il est plus facile de décrocher un poste dans l'enseignement. Il faut être pragmatique.

Tous ses rêves avaient les ailes coupées, loin de ceux qu'était censée nourrir une adolescente prête à conquérir le monde. Sans doute parce qu'elle avait été confrontée trop jeune aux tristes réalités de la vie.

Mordant dans son bagel, elle le mâchonna pensivement. Réfléchissait-elle à son futur ? M'y voyait-elle ?

Mon esprit dériva vers le lendemain. La perspective de passer *toute* une journée en sa compagnie aurait dû m'enthousiasmer. Malheureusement, j'étais fixé sur le moment où elle me découvrirait tel que j'étais, où je n'aurais plus le loisir de me cacher derrière ma façade humaine. Je tentai d'imaginer l'événement et, bien que je me trompe plus souvent qu'à mon tour quand j'essayais de prédire ses réactions, j'en conclus qu'elle ne pourrait en avoir que deux. En dehors de la répugnance, la terreur serait la seule éventualité.

J'aurais aimé croire à une troisième possibilité. Que, comme si souvent jusqu'à présent, elle me pardonne ce que j'étais. Qu'elle m'accepte malgré tout. Sauf que c'était inconcevable.

Aurais-je le cran de tenir ma promesse ? Serais-je capable de me supporter si je lui dissimulais ça ?

Je me remémorai la première fois où j'avais vu Carlisle en plein soleil. Bien que je sois encore très jeune et encore obsédé par le sang, le spectacle m'avait fasciné comme peu de choses l'avaient fait. J'avais beau avoir une confiance absolue en mon père, j'avais beau avoir commencé à l'aimer, j'avais eu peur. Le phénomène était trop ahurissant, trop extraordinaire. D'instinct, j'avais adopté une position défensive, et il lui avait fallu de longues minutes de pensées apaisantes et rassurantes pour dompter ma frayeur. Il avait fini par me persuader de le rejoindre dans la lumière, afin que je vérifie par moi-même que le procédé était inoffensif.

Je me souvins de mon image sous l'éclat étincelant de ce matin-là. Je venais, pour la première fois, de comprendre que j'étais inhumain, que je n'avais plus rien en commun avec le mortel que j'avais été.

Il n'aurait pas été bien que je cache ça à Bella. Ç'aurait été un mensonge par omission.

J'essayai de nous visualiser ensemble dans la clairière, si je n'avais pas été un monstre. L'endroit était splendide et paisible. Comme j'aurais aimé qu'elle l'apprécie en ma compagnie !

Edward. Une pensée d'Alice, teintée d'une urgence presque paniquée. Je me pétrifiai.

Je fus happé par l'une de ses visions, me retrouvai dans une grande flaque de soleil aveuglant. Je fus désorienté, car je venais de m'imaginer avec Bella dans ce même lieu, la jolie prairie que personne ne fréquentait à part moi. Aussi, j'hésitai d'abord à définir si j'assistais à ce qu'Alice avait en tête ou à ce que j'avais en tête.

Il y avait cependant une différence. Nous étions dans le futur. Des arcs-en-ciel sur le visage, Bella me contemplait avec un regard insondable. Ainsi, j'avais eu le courage.

C'est le même endroit. L'esprit d'Alice était empli d'une terreur qui ne correspondait pas à l'image idyllique que dessinait son cerveau. De la tension, j'aurais compris, mais cette révulsion ? Que voulait-elle dire par « le même endroit » ?

C'est alors que je vis et saisis.

Edward ! protesta ma sœur. *J'aime Bella, Edward !*

Pas comme je l'aimais, moi. Sa prédiction était grotesque. Fausse. Ma sœur s'aveuglait en discernant des improbabilités. Des mensonges.

Il ne s'était pas écoulé la moitié d'une seconde. Bella continuait à manger son bagel en réfléchissant à un mystère que je ne connaîtrais jamais. Elle n'avait pas remarqué l'éclat effrayé qui avait traversé mes traits.

Ce n'était qu'une vision désuète. Sans plus d'actualité. Tout avait changé. *Il faut qu'on parle, Edward.* Nous n'avions rien à nous dire. Je secouai imperceptiblement le menton, à l'insu de Bella. Alice ne désarmait pas. Elle me renvoya l'image insupportable.

Je l'aime, Edward. Je t'interdis de faire comme si ce n'était pas vrai. Nous allons partir et régler ça. Je te donne jusqu'à la fin du déjeuner. Invente une excuse... Oh !

La vision bénigne qu'elle avait eue ce matin en gym – celle où je la présentais à Bella – interrompit la salve d'ordres dont elle m'abreuvait. Je devinai que ça allait se produire maintenant. Fallait-il en conclure que sa précédente évocation, si offensante, invalide, dépassée était le catalyseur manquant ? Je serrai les dents.

Très bien, nous discuterions. Je sacrifierais mon après-midi avec Bella pour démontrer à Alice à quel point elle se trompait. En vérité, je savais que je ne serais pas en paix tant que je n'aurais pas réussi à le lui prouver que, cette fois, elle était à côté de la plaque.

Elle vit le futur se modifier à mesure que je changeais d'avis.

Merci.

Perdre les précieux instants qui me restaient me désespéra avec une étonnante violence, au regard du tournant vital que venait de prendre ma journée. Ça n'aurait pas dû autant importer. Après tout, il ne s'agissait que d'une poignée de minutes. Histoire de ne pas les gâcher, je chassai de mon esprit les horreurs qu'Alice y avait plantées.

— Nous aurions dû prendre ta voiture, annonçai-je en m'efforçant de cacher ma déception.

Elle me dévisagea, déglutit.

— Pourquoi ?

— Je pars avec Alice après le déjeuner.

— Oh, murmura-t-elle en se fermant. Ce n'est pas grave, je rentrerai à pied.

— C'est exclu, objectai-je. (Croyait-elle vraiment que j'étais du genre à l'abandonner comme ça ?) Nous irons chercher ta camionnette et la laisserons sur le parking.

— Je n'ai pas les clés sur moi, soupira-t-elle comme si c'était là un obstacle insurmontable. Je t'assure, ça m'est égal de marcher.

— Ta voiture sera là, et la clé sur le contact. À moins que tu craignes qu'on te la vole.

Le vacarme de son moteur valait tous les antivols au monde. L'idée du fracas, plus bruyant qu'une alarme, m'arracha un rire un peu faux.

— D'accord.

Elle avait la bouche pincée et le regard opaque. Doutait-elle de mes aptitudes particulières ? Je m'efforçai d'afficher un sourire confiant – j'étais absolument certain de pouvoir ramener sa voiture au lycée – mais j'étais trop tendu. Elle ne s'en aperçut pas. J'eus l'impression qu'elle tâchait elle aussi de digérer sa déception.

— Où allez-vous ? finit-elle par demander.

Alice m'envoya la réponse.

— Chasser.

Ma voix s'était assombrie. J'aurais de toute façon trouvé le temps de me nourrir, une nécessité aussi agaçante que honteuse. Mais je ne mentirais pas à Bella.

— Si je dois passer une journée seul avec toi, je préfère prendre un maximum de précautions.

J'observai ses prunelles. Distinguait-elle ma peur dans les miennes ? Les prédictions d'Alice réduisaient à néant mon calme.

— Tu peux toujours annuler, tu sais.

Va-t'en, s'il te plaît. Sans te retourner.

En pâlissant, elle baissa la tête. Allait-elle enfin m'écouter ? Si elle m'ordonnait de ne plus l'importuner, là, maintenant, la vision d'Alice serait nulle et non avenue. Je me savais la force de lui obéir, si c'était elle qui le formulait. Mon cœur menaçait de se déchirer en deux.

— Non, murmura-t-elle.

Mon cœur menaça cette fois de se briser de façon encore plus atroce.

— J'en suis incapable, ajouta-t-elle.

— Malheureusement, c'est sans doute vrai.

Il était possible en effet qu'elle soit aussi accro que moi. Elle se pencha vers moi, les yeux plissés par ce qui ressemblait à de l'inquiétude.

— À quelle heure seras-tu là, demain ?

J'inspirai profondément, essayai de me ressaisir, d'écarter mes mauvais pressentiments, de parler d'un ton léger.

— Tout dépend… c'est samedi, tu ne veux pas faire la grasse matinée ?

— Non, répondit-elle aussitôt.

Son empressement m'amusa.

— Comme d'habitude, alors. Charlie sera là ?

— Non, rigola-t-elle, il part à la pêche.

Ça la réjouissait apparemment autant que son attitude m'irritait. Pourquoi était-elle si déterminée à se mettre à ma merci, entièrement, à la merci du pire qui couvait en moi ?

— Et si tu ne reviens pas, marmonnai-je, que va-t-il penser ?

— Aucune idée, dit-elle avec décontraction. Il sait que j'avais projeté des lessives. Il se dira que je suis tombée dans le lave-linge.

Je la fusillai du regard, jugeant son humour des plus déplacés. Elle me toisa un instant, puis se détendit et changea de sujet.

— Que chasserez-vous, ce soir ?

Comme c'était étrange. D'un côté, elle donnait l'impression de ne pas du tout mesurer le danger et, de l'autre, elle prenait avec un calme ahurissant l'un des aspects les plus laids de ma nature.

— Ce que nous trouverons dans le Parc régional. Nous n'avons pas l'intention d'aller très loin.

— Pourquoi y vas-tu avec Alice ?

Cette dernière était tout ouïe.

— Elle est celle qui… me soutient le plus, expliquai-je, sourcils froncés.

J'aurais volontiers employé d'autres mots qui auraient ravi l'intéressée, mais Bella n'aurait pas compris.

— Et les autres ? chuchota-t-elle, sa curiosité cédant la place à l'anxiété. Comment réagissent-ils ?

Elle aurait été horrifiée si elle avait su qu'ils étaient en mesure de percevoir son murmure. Cette question appelait de multiples réponses. Je choisis la moins effrayante.

— Avec scepticisme, pour la plupart.

C'était le moins que l'on puisse dire. Bella jeta un coup d'œil à l'autre bout de la cantine, où étaient assis les miens. Avertis par Alice, ils regardaient tous ailleurs.

— Ils ne m'aiment pas, devina-t-elle.

— Ce n'est pas ça, objectai-je précipitamment.

Ha ! ricana Rosalie.

— Ils ne comprennent pas pourquoi je ne te fiche pas la paix, poursuivis-je en l'ignorant.

Pas faux.

— Ça alors, moi non plus, figure-toi !

Je repensai à sa conclusion ridicule selon laquelle je tenais moins à elle qu'elle à moi. J'avais pourtant cru être clair à ce propos. Je secouai la tête.

— Je te l'ai déjà dit, tu n'as aucune conscience de qui tu es. Tu ne ressembles à personne. Tu me fascines.

Elle parut incrédule. Il fallait sans doute que je sois plus spécifique. Je lui souris. Malgré mes préoccupations, je tenais à ce qu'elle comprenne.

— Avec mes talents… particuliers, murmurai-je en effleurant mon front avec deux doigts, j'ai une capacité hors du commun à saisir la nature humaine. Les gens sont prévisibles. Mais toi… tes réactions sont déconcertantes. Tu m'intrigues.

Elle se détourna, l'air mécontent. Il était clair qu'elle ne me croyait pas.

— Ce n'est qu'une partie du problème, enchaînai-je rapidement, en cherchant son regard. La plus facile à expliquer. Il y en a une autre cependant… pas aussi aisée à décrire…

Qu'as-tu à me *mater comme ça, espèce de sale petit laideron ?* Bella blêmit, comme subjuguée par le coin de la cafétéria qu'elle contemplait. Je me tournai afin de lancer un coup d'œil menaçant à Rosalie. Retroussant les lèvres, je sifflai doucement dans sa direction. *C'est elle qui a commencé*, bouda ma sœur.

Bella ouvrait des yeux ronds.

— Désolé, m'excusai-je en vitesse. Elle est inquiète, rien de plus.

Devoir défendre Rosalie m'agaçait prodigieusement, mais c'était la première explication qui m'était venue. Et puis, le *véritable* problème était à l'origine de son hostilité.

— C'est que... ce ne serait pas dangereux uniquement pour moi si, après m'avoir fréquenté de façon aussi ostensible, tu...

Horrifié et honteux, je ne pus poursuivre et contemplai mes mains de monstre.

— Je ?

— Les choses se terminaient... mal.

Je cachai mon visage dans mes paumes. Je ne voulais pas voir sa réaction au moment où elle saisirait enfin, où mes paroles feraient mouche. Depuis le début, j'avais essayé de gagner sa confiance, et voilà que j'avais dû lui préciser que je n'en étais pas digne.

Il était juste qu'elle soit prévenue, cependant. L'heure avait sonné où elle allait s'éloigner. Tant mieux. Mon rejet initial et instinctif de la peur d'Alice s'estompait. Il m'était impossible de jurer à Bella que je n'étais pas une menace pour elle.

— Tu dois absolument partir maintenant ?

Lentement, je relevai la tête. Ses traits étaient sereins. Sa petite ride indiquait de la peine, mais pas de peur. C'était la même confiance absolue que celle qu'elle avait montrée à Port Angeles quand elle avait bondi à bord de ma voiture. Elle continuait à avoir foi en moi, alors que je ne le méritais pas.

— Oui, répondis-je.

Elle fronça les sourcils. Au lieu d'être soulagée par mon départ, elle en était attristée. J'aurais voulu effacer du bout du doigt ce creux entre ses sourcils, qu'elle retrouve sa bonne humeur. Je me forçai à lui adresser un grand sourire.

— C'est mieux ainsi. Il reste encore un quart d'heure de ce maudit film à visionner en biologie, et je ne crois pas que j'arriverai à le supporter.

C'était assez vrai. J'aurais sûrement commis de nouvelles erreurs. Elle me sourit en retour, et je ne doutai pas qu'elle avait compris au moins en partie ce que je cherchais à lui dire.

Soudain, elle sursauta. Dans mon dos, j'entendis les pas d'Alice. Sans surprise, puisque j'avais vu venir cet instant.

— Alice, la saluai-je.

Son sourire enjoué se reflétait dans les prunelles de Bella.

— Edward, me répondit-elle en adoptant le même ton que moi.

Je m'en tins à mon script, aussi concis que possible, avec des gestes réticents, sans lâcher Bella des yeux.

— Alice, Bella ; Bella, Alice.

— Salut ! Ravie de te rencontrer *enfin*, lança cette dernière.

Si l'accent qu'elle avait mis sur « enfin » était subtil, il ne m'en irrita pas moins. Je la toisai.

— Bonjour, murmura timidement Bella.

Je ne tirerai pas sur la corde, me promit ma sœur.

— Tu es prêt ? me demanda-t-elle à voix haute.

Comme si elle ne savait pas à quoi s'en tenir.

— Presque. Je te retrouve à la voiture.

Je te laisse tranquille. Merci.

Bella la suivit du regard, les commissures des lèvres légèrement affaissées. Quand Alice eut disparu, elle se tourna vers moi.

— Aurais-je dû lui souhaiter de bien s'amuser ou ça aurait été déplacé ? s'enquit-elle.

— Non, ça aurait convenu, rigolai-je.

— Amuse-toi bien, alors, souffla-t-elle, un brin mélancolique.

— J'y compte bien. (C'était faux. Elle me manquerait trop.) Quant à toi, tâche de rester en vie.

Le nombre de fois où j'avais été contraint de me séparer d'elle ne changeait rien à l'affolement qui s'emparait de moi dès que je la croyais en insécurité.

— À Forks ? marmonne-t-elle. Quel défi !

— Pour toi, c'en est un. Promets !

— Je promets de rester en vie, maugréa-t-elle avec un vrai sourire cependant. Je m'occuperai de la lessive ce soir, voilà qui devrait ne pas être trop dangereux.

— Ne tombe pas dedans, rétorquai-je, contrarié qu'elle ait remis ça sur le tapis.

— Je ferai mon possible, se moqua-t-elle après avoir vainement essayé de garder son sérieux.

J'avais du mal à partir. Je me levai, elle aussi.

— À demain, soupira-t-elle.

— Ça te semble si loin que ça ?

À moi également. Étrange. Elle hocha la tête, lugubre.

— Je serai là à l'heure, jurai-je.

Alice avait raison sur au moins un point – je n'avais pas fini de commettre des erreurs. De nouveau, ce fut plus fort que moi, et je me penchai par-dessus la table afin de caresser sa joue. Puis je filai avant de faire d'autres bêtises.

Ma sœur m'attendait dans la voiture.

— Alice…

Chaque chose en son temps. Nous avons un service à rendre, n'est-ce pas ?

Des images de la maison de Charlie défilèrent dans son esprit. Des crochets dans la cuisine où suspendre les clés. Moi dans la chambre de Bella, examinant le dessus de sa commode et de son bureau. Alice traversant le salon en reniflant une piste. Alice encore, dans une petite lingerie, triomphante, une clé à la main.

J'effectuai rapidement le trajet. J'aurais été capable de dénicher la clé, le métal était une trace facile à suivre, surtout avec les empreintes de Bella dessus, mais la méthode d'Alice était plus rapide. Les images s'affinèrent. Ma sœur entrerait seule par la porte principale. Elle songeait à une dizaine d'endroits différents où cacher une clé de secours, puis localisait cette dernière sous l'avant-toit du perron.

Sur place, elle ne mit que quelques instants à dérouler son scénario préétabli. Après avoir verrouillé la poignée mais avoir laissé le loquet débloqué, tels qu'elle les avait trouvés, elle monta à bord de la camionnette, qui démarra dans un fracas de tonnerre. Personne n'était chez lui pour l'entendre.

Le chemin jusqu'au lycée fut plus long, ralenti par les faibles performances de la Chevrolet. Comment Bella supportait-elle ça ? Certes, elle n'aimait pas la vitesse. Alice se gara sur l'emplacement vide de la Volvo et coupa le contact. Je contemplai le mammouth rouillé. S'il avait survécu au fourgon de Tyler, avec à peine quelques égratignures, il était évidemment dépourvu d'airbags et de structure déformante. Je sentis mon inquiétude monter.

Ma sœur s'installa près de moi. *Tiens*, pensa-t-elle en me tendant un bout de papier et un stylo.

— J'admets que tu as ton utilité, lui dis-je en m'en emparant.

Tu ne survivrais pas, sans moi.

Je rédigeai une simple phrase que je courus poser sur le siège conducteur du pick-up. J'avais bien conscience qu'une note n'avait aucun pouvoir, mais j'espérais que celle-ci lui rappellerait sa promesse. Mon anxiété baissa d'un tout petit cran.

15

PROBABILITÉS

— À NOUS DEUX, ALICE, DIS-JE EN CLAQUANT MA PORTIÈRE.

Elle soupira. *Je suis désolée, je préférerais ne pas avoir à...*

— Ce n'est pas *réel*, la coupai-je en accélérant pour quitter le parking. (Inutile de réfléchir à la route, je la connaissais par cœur.) Ce n'est qu'une vision obsolète. Elle remonte à avant. Avant tout. Avant que je découvre que je l'aimais.

Une image atroce resurgit dans sa tête, m'infligeant l'abominable éventualité avec laquelle je me torturais depuis des semaines, celle qu'elle avait eue le jour où j'avais écarté Bella de la trajectoire du fourgon. Le corps tordu, blanc, inerte entre mes bras... une entaille irrégulière aux contours bleuâtres défigurant son cou brisé... son sang rougissant mes lèvres et mes yeux.

Cette vision provoqua un feulement rageur, réflexe machinal à la souffrance qui me dévorait.

Alice se figea, sur ses gardes. « C'est le même endroit. » Voilà ce qui lui était apparu au déjeuner. D'où sa révulsion dont la raison m'avait d'abord échappé. Je n'avais prêté attention qu'à l'élément central, épouvantable et déjà insupportable de la scène. Alice, elle, avait examiné ses révélations pendant bien plus longtemps que moi. Elle savait les observer en évacuant tout sentiment, rester impartiale, les regarder sans flancher.

C'est comme ça qu'elle avait pu s'intéresser aux détails... au paysage, entre autres.

Le tableau repoussant avait pour décor la même clairière que celle où je projetais d'emmener Bella.

— Elle ne peut *pas* être valable. Tu n'as pas *vu*, tu t'es juste souvenue.

Elle secoua lentement la tête.

— On ira ailleurs.

Dans son esprit, l'arrière-plan tournoyait comme les prismes d'un kaléidoscope, tantôt sombre, tantôt lumineux. Le premier plan, lui, restait inchangé. Je tressaillis, m'efforçai de le repousser, de m'aveugler.

— Je vais annuler, grommelai-je. Elle m'a déjà pardonné des promesses non tenues.

La vision vacilla avant de recouvrer sa stabilité et sa netteté.

Son sang a une telle emprise sur toi, Edward. Au fur et à mesure que tu te rapproches...

— Je vais remettre des distances.

— Je ne crois pas que ça fonctionnera. Tu as déjà essayé.

— Je m'en irai.

Percevant ma douleur, elle tressaillit, et son mental se modifia encore. Si les saisons changeaient, les principaux personnages restaient les mêmes.

— C'est toujours pareil, Edward.

— Comment ça ? grondai-je.

— Si tu pars, tu reviendras, expliqua-t-elle, implacable.

— Non. Je peux tenir. Je le sais.

— Tu en es incapable, assena-t-elle avec calme. Peut-être que... si tu étais le seul à souffrir...

Une série d'images futures défilèrent dans sa tête. Le visage de Bella sous tous les angles, dans une atmosphère grise, sans soleil. Elle avait les joues creuses, de grands cernes, le regard vide. On aurait pu la croire sans vie, mais ça n'aurait été qu'une métaphore, contrairement aux visions précédentes.

— Que se passe-t-il ? Pourquoi est-elle comme ça ?

— Parce que tu l'as quittée. Elle le supporte mal.

Je détestais qu'Alice mélange le passé et le présent, comme si ce qu'elle voyait était en train de se produire.

— C'est mieux que mourir.

— Tu es vraiment sûr que tu accepterais qu'elle soit dans cet état ? Que tu ne rappliquerais pas pour veiller sur elle ? Qu'en la découvrant ainsi, tu te retiendrais de l'aborder ?

Au fur et à mesure qu'elle posait ses questions, les réponses apparaissaient dans son cerveau. J'épiais dans l'ombre. Je me glissais dans la chambre de Bella. Je l'observais souffrir pendant un cauchemar, roulée en boule, les bras serrés sur sa poitrine, haletant dans son sommeil. Pleine de compassion, Alice étreignit ses genoux.

Elle avait raison, bien sûr. Il suffit que je ressente un vague écho de la douleur que j'éprouverais alors, au moment de ce qu'elle me montrait, pour deviner que je reviendrais, histoire de m'assurer que Bella allait bien. Et quand je verrais ça… je la réveillerais. Je n'aurais pas la force de supporter qu'elle ait si mal.

Les avenirs se réalignèrent pour former la même vision inévitable, un peu retardée cependant.

— J'aurais dû rester en Alaska, soufflai-je.

Et si je n'avais jamais appris à l'aimer ? Si j'avais ignoré ce que je loupais ? Alice secoua la tête. *Des choses me sont apparues, pendant ton absence…* J'attendis qu'elle me les montre. Or, elle se concentrait sur mon visage pour ne rien me dévoiler, justement.

— Quoi ? Qu'as-tu vu ?

Rien d'agréable. Ses yeux étaient tristes. *Si tu n'étais pas revenu à temps, si tu n'étais pas tombé amoureux d'elle, tu aurais fini par rentrer quand même. Pour… la traquer.*

Elle continuait de me dissimuler les images, mais je n'en avais pas besoin. Je me reculai si brusquement que je faillis perdre le contrôle de la voiture. Enfonçant le frein, je me rangeai sur le bas-côté. Mes pneus dévastèrent les fougères et expédièrent des bris de mousse sur la route.

La pensée avait couvé dès le début, quand je n'avais pas encore réussi à brider le monstre. Je n'avais eu aucune garantie que je ne chasserais pas Bella, où qu'elle se réfugie.

— Donne-moi du solide ! explosai-je, et Alice se tassa sur elle-même. Montre-moi un autre chemin, dis-moi comment rester à l'écart, où aller !

Une nouvelle prédiction remplaça la première. Je hoquetai de soulagement en constatant que celle-ci était dénuée d'horreur. Pourtant, elle ne valait guère mieux : Alice et Bella, bras dessus dessous, toutes les deux blanches comme le marbre et dures comme le diamant. Une graine de grenade de trop, et Bella serait vouée à vivre aux Enfers avec moi. Sans possibilité de retour. Le printemps, le soleil, la famille – tout lui serait dérobé.

C'est du 60-40, en gros. Peut-être même du 65-35. Les probabilités que tu ne la tues pas sont encourageantes.

— Quoi qu'il arrive, elle meurt, chuchotai-je. Son cœur cessera de battre par ma faute.

— Ce n'est pas exactement ce que je voulais dire. Plutôt qu'elle a un avenir au-delà de la clairière… même si, d'abord, elle doit en passer par là. Métaphoriquement parlant, si tu me suis.

Ses pensées… ce fut difficile à décrire… Elles *s'élargirent*, comme si elle songeait à tout en même temps, et je distinguai une pelote de fils, tous constitués d'une longue série de clichés figés, chacun représentant un futur, tous piégés dans un inextricable nœud gordien.

— Je ne comprends pas.

Toutes les voies qui s'ouvrent à elle ont la même destination, toutes sont liées les unes aux autres. Que cette destination soit la prairie ou n'importe quel endroit, Bella est ligotée à cet instant décisif. Que tu décides, ou qu'elle décide. Certains fils se poursuivent, d'autres…

— Tais-toi ! m'étranglai-je.

Tu n'y couperas pas, Edward. Tu vas être obligé d'affronter ça. En sachant que les deux issues sont possibles.

— Comment je la sauve ? Dis-le-moi !

— Je l'ignore. À toi de trouver comment démêler le bon fil. Je ne vois pas la forme exacte qu'il prendra, mais viendra un moment – ce sera un test, une épreuve. De cela je suis sûre. Pour autant je ne suis pas en mesure de t'aider. Seuls vous deux pourrez choisir, le moment venu.

Je grinçai des dents.

Je t'aime, tu le sais, alors écoute-moi. Reculer ne servira à rien. Emmène-la dans ta clairière, Edward, et, pour moi, pour toi surtout, ramène-la.

J'enfouis mon visage dans mes paumes. J'avais la nausée, tel un humain entamé par la maladie.

— Tu veux de bonnes nouvelles ? me demanda gentiment Alice.

Je la toisai, elle me gratifia d'un sourire timide. *Sérieux.*

— OK, vas-y.

— J'ai entraperçu une troisième voie, Edward. Si tu parviens à surmonter la crise, il y a une issue.

— Une issue ? répétai-je d'une voix atone.

— C'est parcellaire, mais regarde.

Nouvelle image. Floue. Un trio dans le salon encombré de Charlie. Moi sur le vieux canapé, un bras nonchalant autour des épaules de Bella, assise à mon côté. Par terre, Alice, appuyée familièrement à l'un des genoux de Bella. Si Alice et moi étions les mêmes, Bella avait changé, elle. Sa peau restait douce et translucide, les joues roses respirant la santé. Ses yeux étaient toujours chaleureux, bruns, humains. Pourtant, elle était différente. Je compris peu à peu pourquoi.

Elle avait cessé d'être une jeune fille pour se transformer en femme. Ses jambes s'étaient allongées, comme si elle avait grandi de quelques centimètres, son corps s'était subtilement arrondi, dotant sa frêle silhouette de courbes nouvelles. Ses cheveux avaient foncé, devenant presque noirs, à croire qu'elle n'avait guère passé de temps au soleil au fil des années écoulées – trois ou quatre, pas plus. Il n'empêche, elle était encore mortelle.

Un mélange de joie et de chagrin me submergea. Humaine, elle vieillissait. C'était là l'unique et inconcevable futur que je supporterais, le seul qui ne la dépouillerait ni de sa vie, ni de l'au-delà, celui qui me la ravirait au bout du compte, aussi sûrement que le jour suit la nuit.

— Ce n'est toujours pas très probable, mais je me suis dit que tu aimerais savoir que c'était une éventualité. Elle est là, pour peu que vous deux surmontiez l'épreuve.

— Merci, Alice, chuchotai-je.

Remettant le contact, je repris la route, doublant un minivan qui se traînait. Machinalement, j'accélérai.

Naturellement, enchaîna Alice en continuant de penser au trio incertain du salon, *cette image est la tienne. Ses envies à elle n'y figurent pas.*

— Comment ça ?

— T'a-t-il traversé l'esprit que Bella ne souhaitait pas forcément te perdre ? Qu'elle ne se contenterait peut-être pas d'une courte existence de mortelle ?

— N'importe quoi ! Personne ne choisirait de…

— Inutile de discutailler maintenant. Démêle d'abord l'écheveau.

— Merci, Alice, répétai-je, ironique cette fois.

Elle éclata d'un rire nerveux, semblable au trille d'un oiseau. Elle était aussi tendue que moi et presque aussi horrifiée par ses visions.

— Je sais que tu l'aimes également, murmurai-je.

Ce n'est pas pareil.

— En effet.

Après tout, elle avait Jasper, son centre du monde à portée de main, plus indestructible que la plupart d'entre nous. Elle ne lui avait apporté que paix et bonheur, n'avait pas de problème de conscience quant à l'âme de son compagnon.

Je t'aime. Tu en es capable.

J'aurais voulu la croire, mais je savais distinguer les mots qu'elle prononçait avec une certitude absolue de ceux qui n'étaient que l'expression d'une banale espérance.

Le trajet jusqu'à la lisière du Parc national d'Olympic se termina en silence. Je me garai dans un endroit discret. Alice ne broncha pas, elle avait deviné que j'avais besoin de récupérer.

Les yeux fermés, mes doigts appuyant fort sur mes tempes, je tâchai de ne pas l'écouter, de ne rien entendre, de me concentrer à fond pour trouver une solution, pour me décider.

D'après ma sœur, il me faudrait arrêter un choix. J'aurais volontiers hurlé à tout vent que j'avais d'ores et déjà arbitré, que c'était réglé. Malheureusement, j'avais beau avoir l'impression que toutes les fibres de mon corps n'aspiraient qu'à préserver Bella, j'étais conscient que le monstre survivait en moi.

Comment l'éliminer ? Comment le réduire au silence pour l'éternité ?

Certes, il se tenait tranquille, là. Il se planquait. Il économisait ses forces pour le combat à venir.

Pendant quelques minutes, j'envisageai sérieusement d'en finir avec moi-même. C'était la seule façon de tuer le démon. Comment m'y prendrais-je, cependant ? Au début de sa vie, Carlisle avait épuisé tous les modes de suicide possibles et imaginables. Malgré sa détermination, il avait échoué. Je ne réussirais pas mieux, seul.

N'importe quel membre de mon clan aurait été capable de s'en charger pour moi, mais aucun n'accepterait, malgré mes supplications. Y compris Rosalie qui, à n'en pas douter, prétendrait être suffisamment en colère pour m'achever, fanfaronnerait et me menacerait la prochaine fois que je la verrais. Bien qu'il lui arrive de me haïr, elle m'aimait aussi. Je savais que, si les rôles avaient été inversés, j'aurais agi comme eux. Jamais je ne pourrais faire de mal à l'un des miens, même s'il souffrait le martyre, même s'il le réclamait à cor et à cri.

Il y avait les autres. Les amis de Carlisle refuseraient, bien sûr. Par loyauté. Il existait également un endroit doté d'assez de puissance pour achever le monstre en un clin d'œil, mais m'y rendre mettrait Bella en danger. Bien que je n'aie pas été celui qui lui avait dit la vérité à mon sujet, elle était au courant de choses qu'elle n'avait pas le droit de connaître. Rien qui soit susceptible d'attirer sur elle l'attention des mauvaises personnes, sauf si j'agissais bêtement, en filant en Italie, par exemple.

Dommage que les Quileute soient aujourd'hui privés de crocs. Trois générations plus tôt, il m'aurait suffi de marcher jusqu'à La Push. Inutile d'y songer à présent.

Ces différentes manières de liquider le démon étaient donc exclues.

Alice paraissait convaincue qu'il me fallait aller de l'avant, affronter le destin sans flancher. Je ne voyais pas en quoi c'était la chose à faire, si je risquais de tuer Bella au passage. Je tressaillis. L'idée était si douloureuse, que je ne voyais pas comment le monstre réussirait à passer par-dessus mon aversion pour l'emporter sur moi. Il ne trahissait rien, attendant son heure en silence.

Je soupirai. Avais-je d'autre choix que ce que suggérait Alice ? Était-ce du courage quand on vous forçait la main ? Non, à mon avis.

Il semblait que je n'avais plus qu'à m'agripper de toutes mes forces à ma décision. Je vaincrais mon démon. Je ne toucherais pas à un cheveu de Bella. Je ferais la meilleure chose qu'il m'était donné de faire. Je serais celui qu'elle avait besoin que je sois.

Tout à coup, ça ne me parut plus aussi insurmontable. Bien sûr que j'en étais capable. Je serais l'Edward que voulait Bella, celui qui lui était nécessaire. Je m'emparerais de ce seul avenir acceptable à mes yeux et le contraindrais à devenir réalité. Pour Bella. Bien sûr que j'en étais capable, du moment que c'était pour elle.

Ma résolution semblait plus arrêtée. Plus claire. Soulevant les paupières, je regardai Alice.

— Ah, dit-elle, ça m'a l'air mieux.

Dans sa tête, l'écheveau continuait de m'apparaître, pareil à un labyrinthe infiniment déroutant, mais elle y voyait mieux que moi.

— 70-30, diagnostiqua-t-elle. Quoi que tu aies à l'esprit, poursuis dans cette voie.

Accepter le futur immédiat était peut-être la clé. Le confronter. Sans sous-estimer le mal qui couvait en moi. Me préparer. M'accrocher.

Et à propos de préparation, j'étais en mesure de régler le plus simple. Nous étions ici pour ça.

M'ayant vu agir avant que je passe à l'acte, Alice bondit de la voiture et partit à toutes jambes. Je n'eus même pas le temps d'ouvrir ma portière. Vaguement amusé, j'eus un mince sourire. Elle courait moins vite que moi. C'est pour ça qu'elle trichait toujours.

Je m'élançai à sa poursuite.

Par ici, pensa-t-elle lorsque je l'eus presque rattrapée. Elle traquait un gibier. J'eus beau repérer la trace de plusieurs proies, elle les ignora, en quête d'un autre gibier. Bien que je ne sache pas ce qu'elle voulait exactement, je la suivis sans hésiter. Elle s'enfonça dans les bois, vers le sud, délaissant plusieurs hardes de biches. Je captai ses pensées qui nous projetaient dans différents coins du Parc, tous familiers. Elle dériva à l'est, revint en direction du nord. Que diable cherchait-elle ?

Soudain, son esprit se concentra sur un mouvement furtif dans les buissons et un pelage fauve.

— Merci, Alice, mais…

Chut ! Je chasse.

Je levai les yeux au ciel, continuai cependant de la filer. Elle me faisait un cadeau. Elle ne savait pas à quel point ça m'indifférait. Je m'étais tellement forcé à me goberger, ces derniers temps, que je ne croyais pas pouvoir différencier un puma d'un lièvre. Je ne tardai pas à distinguer son objectif, sur lequel elle était focalisée.

Dès que les déplacements de l'animal devinrent audibles, elle me laissa prendre la tête.

— Franchement, ce n'est pas bien. La population de cougars dans le Parc...

Oh, lâche-toi un peu ! s'exaspéra-t-elle.

Il n'avait jamais servi à grand-chose de résister à Alice. Haussant les épaules, je passai devant elle. J'avais repéré l'odeur de la proie, à présent, et il me fut facile de changer de *modus operandi* – laisser ma soif de sang me guider. Cesser de réfléchir, devenir le prédateur suprême, me détendit. J'entendis Alice s'éloigner vers l'est, en quête de son propre dîner.

L'animal ne m'avait pas encore détecté. Lui aussi chassait, lui aussi se dirigeait à l'est. Grâce à moi, une autre bête s'en sortirait, aujourd'hui. Je lui tombai dessus en un clin d'œil. Contrairement à Emmett, je ne jugeais pas nécessaire d'offrir à l'adversaire une chance de lutter. Et d'une, son sort était scellé d'avance, et de deux, il était plus humain d'agir vite. Je brisai le cou du puma avant de le vider de son sang. N'étant pas très assoiffé, je n'en retirai qu'une maigre satisfaction. Une fois encore, c'était du gavage.

Quand j'eus terminé, je traquai la piste d'Alice, au nord. Elle avait déniché une biche endormie sur un lit de branchages. Ses méthodes de chasse s'apparentaient plus aux miennes qu'à celles d'Emmett. À mon avis, la bête ne s'était même pas réveillée.

— Merci, lui lançai-je par courtoisie.

De rien. Il y a un troupeau plus grand à l'ouest. Se relevant, elle ouvrit la voie. Ravalant un soupir, je lui emboîtai le pas. Une seconde proie chacun nous suffit. J'avais trop mangé, avais l'impression d'être liquéfié de l'intérieur, une sensation déplaisante. En revanche, je fus surpris qu'Alice s'arrête là.

— Ça ne me gêne pas de continuer, lui confiai-je.

Elle m'avait peut-être vu rester assis à poliment l'attendre.

— Je compte ressortir demain avec Jasper.

— Ne vient-il pas de...

— J'ai décidé qu'il avait besoin d'être un peu plus prêt, sourit-elle.

Une nouvelle possibilité.

Une image se dessina. Notre maison, Esmé et Carlisle patientant avec nervosité dans le salon, la porte qui s'ouvrait sur moi et, me tenant la main… Alice s'esclaffa, tandis que j'essayais de me ressaisir.

— Comment ça ? balbutiai-je. Quand ?

— Bientôt. Dimanche, peut-être.

— *Ce* dimanche ?

Oui. Après-demain.

Dans cette vision, Bella incarnait la perfection – humaine, en bonne santé, souriant à mes parents. Elle portait la blouse bleue qui rehaussait son teint.

Quant au comment, je ne sais pas trop. Ce n'est qu'une éventualité, mais je tiens à ce que Jasper soit préparé.

Les yeux dorés, Jasper apparaissait au pied de l'escalier, adressait un signe de tête à Bella.

— Ce… ça fait partie de l'écheveau ?

C'est l'un des fils.

De nouveau, les longs entrelacements de possibles se dévidèrent dans son esprit. Beaucoup convergeaient vers demain… trop peu émergeaient de l'autre côté.

— J'en suis à combien ?

Elle fit la moue. *75-25 ?* Ce n'était pas une affirmation, et l'estimation était généreuse. Je me recroquevillai sur moi-même. *Allons ! Tu serais prêt à parier. Je l'ai bien fait, moi.* Aussitôt, mes lèvres se retroussèrent sur mes dents.

— Oh, je t'en prie ! Comme si j'allais me priver de pareille occasion. Il ne s'agit pas uniquement de Bella. Je suis à peu près certaine qu'elle ne risque rien. L'idée, c'est de donner une leçon de respect à Rosalie et Jasper.

— Tu n'es pas omnisciente.

— Je n'en suis pas très loin.

Je n'étais pas d'humeur à plaisanter.

— Si tu l'étais, tu me dirais comment démêler ce sac de nœuds.

Tu le découvriras tout seul, Edward. Je n'en doute pas.

Si seulement j'avais pu avoir une telle assurance.

***

Seuls nos parents étaient à la maison quand nous rentrâmes. Emmett avait dû prévenir les autres qu'il valait mieux pour eux qu'ils décampent. Ça m'était égal, je n'avais pas l'énergie de m'intéresser à leurs jeux idiots. Alice s'éclipsa, en quête de Jasper. J'accueillis avec reconnaissance la diminution des conversations mentales qui m'aida à me concentrer.

Carlisle attendait au pied des marches, l'esprit plein des mêmes questions auxquelles j'avais supplié Alice de répondre. Difficile d'ignorer ses réflexions. Je ne tenais pas à admettre devant lui les multiples faiblesses qui m'empêchaient de partir avant d'avoir commis davantage de dégâts. Je ne voulais pas qu'il soit au courant de l'horreur qui se serait produite si je n'étais pas revenu à Forks à temps, qu'il découvre les profondeurs dans lesquelles mon monstre aurait plongé.

Je passai devant lui avec un infime signe du menton. Il en comprit le sens. Je connaissais ses craintes, et je n'avais pas de solution à y apporter. Il hocha la tête à son tour, non sans soupirer. Il me suivit dans l'escalier, plus lentement, alla rejoindre Esmé dans son bureau. Ils n'échangèrent pas une parole, et je m'efforçai de ne pas capter ce qu'elle pensait alors qu'elle analysait l'expression de Carlisle – inquiétude et chagrin.

Lui mieux que quiconque, y compris Alice, comprenait ce que mon don m'infligeait, les incessants bavardages qui martelaient mon crâne. Après tout, c'était lui qui vivait depuis le plus longtemps en ma compagnie. Aussi, sans un mot, il entraîna Esmé vers la grande baie vitrée que nous utilisions souvent pour sortir.

En quelques secondes, ils furent assez loin pour que je ne perçoive plus rien. Le silence. Enfin. Le seul fracas qui agitait mon crâne à présent, je ne le devais qu'à moi.

Je bougeai d'abord lentement, à une vitesse presque humaine, tandis que je me douchais pour effacer tous les résidus de la forêt de ma peau et de mes cheveux. Comme un peu plus tôt dans la voiture, je me sentais abîmé, dégradé, comme si j'avais perdu mes forces. C'était dans la tête, bien sûr. Il aurait fallu un miracle, un cadeau, pour que mon extraordinaire puissance disparaisse vraiment. Pour que je m'affaiblisse jusqu'à être inoffensif.

J'avais presque oublié ma première peur – bien vaniteuse –, celle qui verrait Bella reculer de dégoût lorsque je lui révélerais mon moi authentique sous la lumière du soleil. Je me reprochai vivement d'avoir gaspillé ne serait-ce qu'un instant à me consacrer à ce souci égoïste. Néanmoins, pendant que je cherchais des vêtements propres, je n'eus d'autre choix que d'y repenser. Non parce que sa réaction, négative, importait, mais parce que j'avais une promesse à tenir.

J'étais d'une totale indifférence envers mes tenues. Alice se chargeait de remplir mes placards avec diverses pièces qui semblaient toutes s'accorder. L'objectif premier était de nous permettre de nous fondre dans la masse – adopter les tendances du moment, minimiser notre pâleur et dissimuler un maximum de peau sans paraître pour autant scandaleusement hors saison. Alice avait tendance à repousser à l'extrême les limites de ces contraintes, révulsée par l'éventualité que nous passions inaperçus. Le choix de ses vêtements et des nôtres relevait d'une forme d'expression artistique. Notre peau était cachée, notre lividité n'était jamais soulignée par le contraste de couleurs trop profondes, et nous étions on ne peut plus à la pointe de la mode. Mais nous ne nous fondions *pas* dans la masse. C'était un petit plaisir sans conséquence, comme les voitures que nous conduisions.

Goûts visionnaires d'Alice mis à part, mes habits étaient destinés, à défaut d'autre chose, à me couvrir au maximum. Si je tenais à me révéler entièrement à Bella, j'allais devoir lui montrer plus que mes mains. Moins je serais exposé, plus elle cloisonnerait ma maladie. Elle avait *besoin* de me voir tel que j'étais. Je me souvins d'une chemisette suspendue dans les tréfonds de mon placard, que je n'avais jamais mise.

Cette fringue était une anomalie. En général, Alice ne prenait jamais ce qu'elle ne nous *voyait* pas porter, et elle respectait strictement les règles. Je me remémorai cet après-midi, deux ans auparavant, où j'avais découvert la chemisette au milieu d'un tas de nouveautés, exilée derrière les autres, comme si Alice s'était rendu compte qu'elle n'allait pas du tout.

— Pourquoi m'as-tu acheté ce truc ? lui avais-je demandé.

Elle avait haussé les épaules. *Sais pas. Elle m'a paru bien, sur le mannequin.* Ses pensées étaient limpides, et elle semblait aussi étonnée que moi par cette acquisition irréfléchie. Pourtant, elle ne m'avait pas autorisé à la jeter. *Qui sait ? Tu la porteras peut-être un jour.*

Je m'en emparai avec une vague angoisse, une sorte de froid dans le dos, comme si j'avais pu éprouver ce genre de sensation. Les mystérieuses prédictions de ma sœur étendaient leurs tentacules si loin dans le futur qu'elle-même ne saisissait pas toujours pourquoi elle faisait telle ou telle chose. Ainsi, elle avait perçu, des années avant que Bella s'installe à Forks, que j'allais devoir affronter cette épreuve des plus bizarres.

Si ça se trouve, elle était *vraiment* omnisciente.

Je me glissai dans la pièce de coton blanc, perturbé par l'aspect de mes bras nus dans le miroir de la porte. Je la boutonnai, soupirai, la déboutonnai. Si montrer ma peau était le but du jeu, je n'étais pas obligé d'être aussi voyant dès le début. J'attrapai un pull beige clair et l'enfilai par-dessus. Aussi bien protégé qu'à l'ordinaire, je me sentis tout de suite plus à l'aise. Seul le col de la chemisette dépassait de l'encolure ras-du-cou. À la réflexion, je garderais peut-être le pull. Trop en montrer n'était sans doute pas la bonne façon d'agir.

Je bougeais plus vite, à présent. Entre toutes les craintes et résolutions qui peuplaient mon esprit, il était presque comique que ma peur la plus forte, celle qui depuis peu dictait tous mes actes, soit encore capable de me contrôler aussi facilement : je n'avais pas vu Bella depuis des heures. Était-elle en sécurité ? Il était étrange que je sois toujours en mesure de m'inquiéter des millions de dangers qui n'émanaient pas de moi. Aucun d'eux n'était aussi mortel que moi, et pourtant, pourtant, pourtant… Si jamais ?

J'avais prévu de passer la nuit dans l'odeur de Bella, un rite plus nécessaire que jamais, et j'avais hâte d'y être. J'arrivai trop tôt. Évidemment, tout allait bien. Bella n'avait pas terminé ses lessives. J'entendais les bruits sourds et le clapotis de la machine mal équilibrée, je humais le parfum de l'adoucissant qui s'échappait du sèche-linge. J'eus vaguement envie de sourire en me rappelant sa blague à la cantine, mais mon sens de l'humour n'était pas à la hauteur de l'affolement qui montait en moi. Dans le salon, Charlie regardait la rediffusion d'un match. Son esprit muet paraissait serein, endormi. Je fus certain que Bella n'avait pas changé d'avis, qu'elle ne lui avait pas révélé ses vrais plans pour le samedi.

Malgré mon agitation, la soirée détendue, simple, banale et calme des Swan eut le don de m'apaiser. Je me perchai dans mon arbre habituel et me laissai bercer.

Je me surpris à jalouser le père de Bella. Sa vie n'était pas compliquée. Aucun fardeau conséquent ne pesait sur sa conscience. Le lendemain ne serait pour lui qu'un jour normal, ponctué d'un passe-temps familier, agréable, espéré.

Mais le surlendemain ?

Il n'avait pas le pouvoir de prédire ce que serait son surlendemain. L'avais-je, moi ?

De la salle de bains me parvint le bruit du sèche-cheveux. Je m'étonnai. En général, Bella ne prenait pas cette peine. D'après ce que j'avais pu voir lors de mes inexcusables tours de veille nocturnes, elle s'assoupissait avec les cheveux humides. Pourquoi ce changement ? La seule explication possible, c'était qu'elle voulait avoir l'air jolie au matin. Et comme elle avait rendez-vous avec moi, c'était pour moi qu'elle se faisait belle.

Je pouvais me tromper. Si j'avais raison, cependant… Comme c'était exaspérant ! Comme c'était adorable ! Alors que son existence n'avait jamais été autant menacée, alors que j'incarnais cette menace, elle s'entêtait à se soucier de me plaire.

Elle mit plus de temps que d'habitude à éteindre. Auparavant, je perçus un remue-ménage en provenance de sa chambre. Curieux, toujours trop curieux, j'eus l'impression de devoir patienter des heures avant d'être certain qu'elle avait sombré.

Une fois à l'intérieur, je constatai que j'aurais pu écourter mon attente. Son sommeil était plus tranquille que d'ordinaire, cette nuit-là, sa chevelure dessinait une auréole ordonnée sur son oreiller, ses bras étaient étendus le long de son corps. Profondément endormie, elle murmurait à peine.

Je découvris sans mal la source du tumulte. Des vêtements jonchaient toutes les surfaces, y compris le bout du lit, sous ses pieds nus. J'éprouvai de nouveau l'allégresse et le chagrin contradictoires que m'inspirait le mal qu'elle se donnait pour que je la trouve attirante.

Je comparai ce mélange de douleur et d'exaltation à ce que j'avais ressenti avant Bella. Alors, j'avais été blasé, désabusé, comme si j'avais expérimenté toutes les émotions au monde. Quelle bêtise ! J'avais à peine goûté à la coupe que la vie avait à offrir. Ce n'était qu'aujourd'hui que j'avais conscience de tout ce à côté de quoi j'étais passé et de tout ce qu'il me restait à apprendre. Sans doute plus de souffrances que de satisfactions. Mais la joie était si douce et puissante que je ne me serais jamais pardonné d'en louper la moindre seconde.

À songer au néant de mon existence avant Bella, je finis par me remémorer une nuit à laquelle je n'avais pas pensé depuis longtemps.

C'était en décembre 1919. Plus d'une année s'était écoulée depuis que Carlisle m'avait transformé. Mes yeux avaient perdu leur éclat cramoisi au profit d'un ambre velouté, même si leur conserver cette couleur était une source de tension permanente. Carlisle m'avait isolé autant que possible durant ces premiers mois turbulents. Au bout de presque un an, je m'étais persuadé que ma folie s'était estompée, ce que Carlisle avait accepté sans protester. Il s'apprêtait à me présenter à la société humaine.

Au début, ce ne fut qu'une soirée çà et là. Rassasiés au mieux, nous déambulions dans la rue principale de quelque bourgade, une fois le soleil sagement couché derrière la ligne d'horizon. Je fus surpris de constater à quel point nous nous intégrions aux mortels. Leurs visages étaient pourtant si différents des nôtres : leur vilaine peau terne, leur corps pauvrement bâti, rond et flasque, leurs chairs grêlées et pommelées. Leurs yeux chassieux, croyais-je, devaient être aveugles ou tout comme pour estimer que nous appartenions à l'espèce. Il me fallut plusieurs années pour m'habituer.

Lors de ces escapades, j'étais si occupé à contrôler mes instincts de tueur que j'assimilais à peine à une langue la cacophonie mentale qui m'assaillait sans répit. Pour moi, elle n'était que bruit. Au fur et à mesure qu'il me devint plus facile d'ignorer ma soif, les réflexions alentour se firent plus claires et plus compliquées à repousser. Le danger que représentait le premier défi fut supplanté par l'irritation que me procurait le second.

Je réussis ces tests initiaux, non sans mal, mais à la perfection. L'étape suivante consisterait à vivre parmi les humains pendant tout une semaine. Carlisle choisit le port animé de Saint-Jean, dans le Nouveau-Brunswick, y réserva dans une modeste auberge en bardeaux, près des docks ouest. À part notre très vieux logeur, les seules personnes que nous croisions étaient des marins et des dockers.

L'épreuve n'était pas aisée. J'étais cerné par les mortels et le parfum de leur sang. Je sentais leurs mains qui avaient touché les tissus de notre chambre, je humais les effluves de leur transpiration à travers nos fenêtres. Chacune de mes inspirations en était contaminée.

Mais, malgré ma jeunesse, j'étais obstiné et déterminé à l'emporter. Je savais l'estime que Carlisle avait pour mes progrès fulgurants, et lui plaire était à présent ma motivation première. Même lors de ma relative quarantaine des débuts, j'avais suffisamment entendu de pensées humaines pour avoir compris que mon mentor était exceptionnel. Il méritait pleinement mon idolâtrie.

Bien qu'il ait tenté de me le cacher – il lui était quasiment impossible de garder un secret –, j'avais découvert le plan de fuite qu'il avait échafaudé, au cas où j'aurais craqué. L'impression accablante d'être environné partout par l'odeur du sang était compensée par l'existence d'une échappatoire pratique, les eaux glacées du port. Nous ne logions qu'à quelques rues des profondeurs opaques et grises. Si la tentation menaçait de triompher, Carlisle m'inciterait à fuir.

Il croyait cependant que je serais capable de tenir, que j'étais trop doué, trop fort, trop *intelligent* pour céder à l'appel de mes désirs les plus vils. Ses louanges muettes, il n'avait sans doute pas manqué d'en constater l'effet sur moi. Elles me rendaient suffisant, mais avaient le mérite de me façonner en l'homme qu'il m'imaginait devenir, tant j'étais décidé à mériter l'approbation qui m'était déjà acquise.

Carlisle savait se montrer astucieux.

Et attentionné.

C'était mon deuxième Noël en tant qu'immortel, même si c'était la première fois que j'étais en mesure d'apprécier le changement des saisons, ayant été, l'année précédente, trop tourmenté par la frénésie caractéristique des nouveau-nés pour remarquer quoi que ce soit. Par-devers lui, Carlisle s'inquiétait de ce que j'allais manquer des fêtes : la famille et les amis, les traditions qui illuminaient ces jours à la météo lugubre. Il aurait dû se rassurer.

Les guirlandes et les bougies, la musique et les réunions… rien de tout ça ne semblait me concerner, et j'observais les festivités avec un œil étonnamment distant.

Vers le milieu de notre séjour, il m'envoya un soir me promener seul. C'était inédit. Prenant mon examen avec beaucoup de sérieux, je m'appliquai à paraître le plus humain possible, m'emmitouflant dans les couches de vêtements pour faire croire que je souffrais du froid. Je me déplaçai avec une lenteur délibérée, à l'affût de toute éventuelle tentation. Je croisai plusieurs hommes qui rentraient chez eux après leur journée de travail sur les docks. Aucun ne m'adressa la parole, même si je ne m'écartai pas pour éviter tout contact. Je songeais à mon avenir, quand je serais aussi maître de moi et en paix que Carlisle, j'imaginais des centaines de déambulations comme celle-ci. Mon créateur avait mis sa vie entre parenthèses pour s'occuper de moi, et je souhaitais ardemment devenir un atout pour lui plutôt qu'un fardeau.

C'est assez fier de moi que je rentrai à notre chambre en secouant la neige qui recouvrait ma casquette en lainage. Carlisle devait être sur des charbons ardents, et j'avais hâte de lui rendre compte. Je n'avais eu aucun mal à me frotter aux mortels avec ma seule volonté pour arme, et j'adoptai une nonchalance de façade à mon arrivée, humant l'odeur de résine qui régnait dans la pièce avec un peu de retard.

Je m'étais apprêté à épater Carlisle avec mon succès, lui m'avait réservé une surprise.

Il avait empilé les lits dans un coin et repoussé le secrétaire branlant près de la porte afin de ménager une place à un sapin assez haut pour effleurer le plafond. Les aiguilles de l'arbre étaient humides, saupoudrées çà et là de neige fondue sous l'effet des chandelles qu'il avait installées au bout de chaque branche. Toutes étaient allumées et projetaient des reflets jaunes et chaleureux sur les joues lisses de Carlisle, qui m'accueillit avec un grand sourire.

Joyeux Noël, Edward !

Un peu gêné, je me rendis compte que mon expédition en solo n'avait été qu'une ruse. Puis l'allégresse l'emporta de nouveau : Carlisle avait suffisamment confiance en moi pour m'envoyer accomplir un faux défi, dans le seul but de me faire une surprise.

— Merci, Carlisle, m'empressai-je de répondre. Joyeux Noël à toi aussi.

Honnêtement, je ne savais trop comment prendre son geste. Il me semblait... puéril. Comme si mon existence humaine n'avait été qu'un stade larvaire que j'avais abandonné, ainsi que ses pièges, depuis longtemps, et que, maintenant, il me fallait y retourner, ramper dans sa boue alors que j'étais doté d'ailes. Je me sentais trop vieux pour ce genre de chose et, en même temps, j'étais ému que mon mentor ait tenté de me rendre, ne serait-ce que momentanément, les amusements de ma vie passée.

— J'ai du pop-corn, m'annonça-t-il. Et je me suis dit que tu aimerais finir de décorer le sapin.

Je lus dans sa tête combien ce réveillon improvisé était important pour lui. Je sondai, et ce n'était pas la première fois, les profondeurs de la culpabilité qu'il ressentait de m'avoir entraîné dans cette vie. Il tenait à me donner un maximum de petits plaisirs humains, et je n'étais pas assez gâté pour lui refuser ce plaisir-là.

— Bien sûr, répondis-je. Ça ne me prendra pas longtemps, cette année, j'imagine.

Il rit avant d'aller ranimer les braises dans l'âtre.

Il ne me fut pas compliqué de m'adapter au repos de ce qu'il considérait comme une fête de famille, aussi restreinte et particulière soit cette dernière. Malgré cette facilité, s'attardait en moi l'impression de ne pas faire partie du monde au jeu duquel je me prêtais. Je me demandai si, avec le temps, je finirais par m'installer dans l'existence qu'avait inventée Carlisle, ou si je me sentirais toujours étranger. Étais-je un vampire plus authentique

que lui ? Une créature trop dépendante du sang pour épouser sa sensibilité plus humaine ?

Viendrait un jour où mes interrogations seraient résolues. J'étais encore plus nouveau-né que je le pensais, à l'époque de notre séjour canadien, et tout me devint plus facile avec l'âge. Mon sentiment d'extranéité s'estompa, et je me rendis compte que j'avais ma place dans le mode de vie de Carlisle.

Néanmoins, à ce moment-là, mes inquiétudes me rendaient plus sensibles à l'opinion d'autrui qu'il ne l'aurait fallu.

Le lendemain, nous croisâmes des amies. Une sorte de bal des débutantes pour moi, en quelque sorte.

Il était minuit passé. Nous avions quitté la ville et nous étions aventurés dans les collines au nord, en quête d'un lieu isolé, afin que j'y chasse. Je me tenais la bride haute, surveillant de près mes instincts qui ne demandaient qu'à m'échapper et à me guider jusqu'à une proie qui étancherait ma soif. Nous devions prendre garde à nous écarter de la population. Dès que j'aurais libéré mes sens, je n'aurais pas la force de me détourner de l'odeur du sang humain.

Ça devrait être bon, acquiesça Carlisle, qui ralentit pour me laisser mener la traque. Nous allions peut-être tomber sur des loups, eux aussi sortis dans la neige épaisse pour se nourrir. Plus vraisemblablement, avec ce mauvais temps, nous serions contraints de les débusquer de leurs tanières.

J'ouvris la porte à mes inclinations, ce qui fut une véritable délivrance, comme si je détendais un muscle trop longtemps bandé. D'abord, je ne flairai que la poudreuse et les branches nues des arbres à feuilles caduques. Je fus soulagé de ne humer aucun mortel, de n'éprouver ni désir ni douleur. Nous courions sans bruit dans la forêt dense.

Soudain, je repérai une trace à la fois familière et étrangère. Sucrée et limpide, plus pure que la neige fraîche. Elle avait une luminosité qui n'appartenait qu'à deux arômes de ma connaissance : celui de Carlisle et le mien. À part ça, c'était une fragrance que je n'avais jamais rencontrée. Je m'arrêtai net. Carlisle, qui venait de sentir l'odeur, se figea près de moi. Durant une fraction de seconde, je captai son anxiété. Qui se mua en sérénité, dès qu'il eut identifié le parfum.

Ah, Siobhan, j'ignorais qu'elle se trouvait de ce côté de la planète.

Je lui jetai un coup d'œil inquisiteur, pas certain de pouvoir parler à haute voix. Malgré son calme, j'étais mal à l'aise. La nouveauté m'avait pris au dépourvu.

De vieux amis, me rassura-t-il. *Ma foi, il est temps que tu te frottes à d'autres membres de notre espèce. Viens, cherchons-les.*

En dépit de son apparence flegmatique, je perçus derrière ses pensées une inquiétude étouffée. Pour la première fois, je me demandai pourquoi nous n'avions encore jamais eu de contacts avec nos pairs. Carlisle m'avait appris que nous n'étions pas si rares. Il avait donc dû me tenir à l'écart délibérément. Pourquoi ? Il ne pouvait plus redouter de m'exposer au danger, à présent que j'étais immortel. Il avait donc d'autres raisons. Mais lesquelles ?

La piste, toute fraîche, était constituée de deux fragrances distinctes. J'interrogeai Carlisle du regard.

Siobhan et Maggie. Où est passé Liam ? Ils forment un clan. En général, ils voyagent tous les trois ensemble.

Un clan. Je connaissais le mot, mais je l'avais assimilé aux groupes plus vastes et militarisés qui dominaient dans les leçons d'histoire que m'avait dispensées Carlisle. Les Volturi, les Roumains, les Égyptiens. Si cette Siobhan pouvait en former un à trois, cela signifiait-il que le mot s'appliquait à tous ceux de notre espèce ? Il me semblait inadapté à mon père et à moi. Trop… froid. Ou alors, je le comprenais mal.

Nous mîmes plusieurs heures à rattraper notre gibier qui, lui aussi, courait, nous entraînant de plus en plus loin dans les vastes plaines enneigées et désertes. Tant mieux d'ailleurs, car si nous nous étions rapprochés d'habitations humaines, Carlisle m'aurait prié de l'attendre. Traquer à l'aide de mon odorat ne différait guère de chasser, et j'étais conscient que je n'aurais pas résisté si j'avais croisé la trace d'un mortel.

Quand nous fûmes assez près pour que je perçoive le bruit des pas de nos semblables, qui ne se donnaient pas la peine d'être discrètes et paraissaient se moquer d'être suivies, Carlisle appela à haute voix :

— Siobhan !

Il y eut un instant de silence, puis elles revinrent vers nous à grands bonds avec une assurance qui me mit sur mes gardes, malgré la tranquillité de Carlisle. Bien que je ne l'aie jamais vu se tromper, je me tapis machinalement sur le sol.

Du calme, Edward. Il est toujours difficile de rencontrer un prédateur aussi puissant que soi. Mais tu n'as aucune raison de t'inquiéter, là. J'ai toute confiance en elle.

— Oui, oui, murmurai-je en me redressant, sans pour autant me détendre.

C'était peut-être pour ça qu'il ne m'avait pas présenté à ses connaissances. Il était également possible que l'instinct d'autodéfense soit trop fort lorsqu'on était sous l'emprise de la fougue des nouveau-nés. Je raffermis mon contrôle de mes muscles rigides. Pas question de décevoir mon mentor.

— C'est toi, Carlisle ? lança une voix claire et grave comme la cloche d'une église.

D'abord, seul un vampire émergea de sous les arbres couverts de neige. Jamais encore je n'avais vu une femme aussi imposante. Plus grande que mon père et moi, avec des épaules carrées et des membres trapus. Pourtant, elle n'avait rien de masculin. Elle était même incroyablement féminine, d'une sensualité agressive et puissante. Il était évident que, cette nuit, elle n'avait pas l'intention de passer pour humaine. Elle portait une robe en coton sans manches toute simple avec une chaîne en argent ouvragé en guise de ceinture.

La dernière fois que j'avais regardé une femme de cette *façon* remontait à ma vie d'avant, et j'avais du mal à décider où poser mes yeux. Je me concentrai sur son visage qui, à l'instar de son corps, était intensément féminin. Ses lèvres ourlées étaient pulpeuses, ses prunelles écarlates immenses et bordées par des cils plus épais que les aiguilles des pins environnants. Ses cheveux noirs luisants étaient empilés en chignon sur le haut de sa tête à l'aide de deux baguettes enfoncées dedans à la diable.

J'éprouvai un étrange soulagement à découvrir un visage semblable à celui de Carlisle, parfait, lisse, dépourvu de la lourdeur adipeuse propre aux humains. Sa symétrie était apaisante.

Une demi-seconde plus tard, le second vampire apparut de derrière la grande femme. C'était, moins remarquable, une jeune fille, à peine plus qu'une enfant. Si Siobhan était excessive en tout, Maggie incarnait l'image du *manque*. Sous sa robe informe et sombre, elle avait l'air d'un sac d'os, ses yeux méfiants lui mangeaient le visage qui, à l'instar de sa compagne, ne présentait aucun défaut. Elle n'avait en abondance que sa chevelure, une tignasse de boucles rousses qui paraissaient emmêlées à jamais.

La première sauta vers Carlisle, et j'eus besoin d'en appeler à toute ma maîtrise de soi pour ne pas m'interposer. D'ailleurs, ça n'aurait été qu'une *tentative*, vu la musculature de la dame, constatation qui me doucha. Si ça se trouve, en m'isolant, Carlisle avait aussi protégé mon ego.

Elle l'enlaça. Ses grandes dents étaient dévoilées, mais seulement dans ce qui paraissait être un sourire amical. Lui enserrant la taille, Carlisle éclata de rire.

— Siobhan ! Ça fait une paie !

Elle le relâcha, garda cependant ses paumes sur ses épaules.

— Où te cachais-tu, Carlisle ? Je commençais à croire qu'il t'était arrivé quelque chose de fâcheux.

Sa voix, un alto énergique, était presque aussi grave que celle de mon père, avec des inflexions de docker irlandais transformées en tonalités magiques.

Les réflexions de Carlisle s'adressèrent à moi, succession rapide d'instantanés de notre dernière année. Au même instant, Siobhan posa brièvement son regard sur moi.

— J'ai été pas mal occupé, répondit mon père.

Je ne cherchais qu'à capter les pensées de son interlocutrice, cependant.

Un nouveau-né ou tout comme… et ses yeux. Bizarres, mais différents de ceux de Carlisle. Ambre plutôt qu'or. Joli garçon. Je me demande où il l'a trouvé.

Elle recula d'un pas.

— Je me montre impolie, dit-elle. Je n'ai jamais rencontré ton compagnon.

— Permets-moi de vous présenter. Siobhan, voici Edward, mon fils. Edward, voici Siobhan qui, comme tu l'auras deviné, est une vieille amie. Et voici Maggie.

La fillette inclina la tête, mais pas en signe de salut. Ses fins sourcils se froncèrent, comme si elle se concentrait sur une énigme.

Son fils ? sursauta Siobhan. *Ainsi, après toutes ces années, il a décidé de se* créer *un condisciple. Intéressant. Pourquoi maintenant ? Le gamin doit avoir quelque chose de spécial.*

Il dit vrai, pensa Maggie au même moment. *Mais il manque une information, Carlisle la cache.* Elle opina, comme si elle approuvait ses propres réflexions puis regarda sa comparse, qui continuait de me dévisager.

— Ravie de te rencontrer, Edward, me lança-t-elle.

Elle me tendit la main, ses yeux rivés sur mes iris, s'efforçant d'en déterminer la couleur exacte. Je ne connaissais qu'une façon de réagir à ce genre de présentation. Je frôlai le dos de sa main de mes lèvres, notant au passage la texture de sa peau, pareille à du verre.

— Tout le plaisir est pour moi, répondis-je.

Charmant. Laissant retomber son bras, elle m'adressa un grand sourire. *Très mignon. J'aimerais savoir quel est le don qui a séduit Carlisle chez lui.* Son interrogation m'interloqua, je ne compris qu'en entendant le mot « don » ce qu'elle avait eu en tête en parlant de « quelque chose de spécial ». J'avais toutefois assez d'entraînement pour dissimuler ma réaction à ses prunelles curieuses.

Elle ne se trompait pas, j'avais un talent, en effet. Sauf que Carlisle avait été réellement étonné en découvrant ce dont j'étais capable. D'ailleurs, c'était ce même talent qui m'avait permis de constater sa sincérité. Il ne m'avait pas menti, n'avait pas esquivé quand il avait répondu à mes propres pourquoi. Il se sentait très seul, ma mère l'avait supplié de me sauver la vie. Mon visage avait dû trahir quelque qualité que je n'étais pas certain d'incarner.

Je songeai encore à ce qu'avait deviné Siobhan, le vrai comme le faux, lorsqu'elle se tourna vers Carlisle, ses pensées s'attardant encore sur moi.

Pauvre gosse. Carlisle lui a sûrement imposé ses étranges habitudes. Ce qui explique la bizarrerie de ses yeux. Quel dommage d'être privé du plus grand plaisir de la vie !

Sur l'instant, cette dernière supputation ne me troubla pas autant que celle concernant mon don. Plus tard – leur conversation dura toute la nuit –, quand nous nous retrouvâmes seuls, j'abordai le sujet avec Carlisle. Il me raconta l'histoire de son amie, évoqua sa fascination pour les Volturi, sa curiosité pour les vampires dotés de pouvoirs occultes, et sa découverte d'une enfant étrange qui paraissait en savoir plus qu'il était humainement possible. Siobhan avait transformé Maggie, non parce qu'elle avait envie d'une compagne ou parce qu'elle se souciait de la fillette qui, en d'autres circonstances lui aurait tenu lieu de dîner, mais parce qu'elle souhaitait avoir un talent dans son clan. C'était une vision du monde différente de celle de Carlisle, moins humaine. Il n'avait pas informé son amie de mon propre don (d'où l'attitude de Maggie lors des présentations, ses aptitudes l'ayant amenée à deviner qu'il ne disait pas tout), car il ignorait comment elle aurait réagi en apprenant qu'il avait récupéré un trésor aussi rare et précieux sans même l'avoir cherché, puisque mes qualités n'avaient relevé que d'une coïncidence extraordinaire. Elles faisaient partie de moi, Carlisle ne souhaitait pas plus m'en priver qu'il aurait voulu changer la couleur de mes cheveux ou le timbre de ma voix. Par ailleurs, il n'avait jamais envisagé de les utiliser à son profit.

Ces révélations me tracassèrent çà et là, de moins en moins au fil du temps. Je devins plus à l'aise avec le monde des mortels, et Carlisle reprit son métier de chirurgien. En son absence, j'étudiai, parmi d'innombrables matières, la médecine, mais uniquement dans les livres, jamais à l'hôpital. Trois ans après, Carlisle trouva Esmé, et nous vécûmes une période de réclusion, afin qu'elle s'habitue à sa nouvelle existence. J'étais alors très occupé à apprendre, à rencontrer nos pairs, et ce ne fut que quelques années plus tard que les paroles pleines de pitié de Siobhan commencèrent à me troubler.

« Pauvre gosse… Quel dommage d'être privé du plus grand plaisir de la vie ! »

Contrairement à ses autres conjectures, si faciles à ignorer puisque j'avais l'honnêteté mentale de Carlisle pour m'en démontrer l'erreur, celle-ci s'envenima. Finalement, les mots « plus grand plaisir de la vie » m'amenèrent à me séparer de Carlisle et Esmé. En quête de cette terre de promesses, je multipliai les meurtres, persuadé dans mon arrogance que mon don me permettrait de faire plus de bien que de mal.

Ma première expérience du sang humain fut fracassante. J'eus l'impression que mon corps était enfin rassasié. Je me sentis *bien*. Plus vivant que jamais. Bien que ce sang ne soit pas de la meilleure qualité (ma victime était saturée de drogues amères), il donna à ma nourriture ordinaire un goût d'eau sale. Il n'empêche, mon esprit n'adhéra pas entièrement à la satisfaction physique éprouvée. Je n'arrivai pas à oublier ce que Carlisle aurait eu à redire de mes choix.

Je partis du principe que mes scrupules s'estomperaient. Je dénichai des voyous qui, à défaut de leurs mains, avaient su garder leur corps propre, découvris les plaisirs d'un sang plus goûteux. Je tenais le compte des vies que je sauvais dans cette mission de juge, de juré et d'exécuteur. Même s'il n'y en avait qu'une pour chaque meurtre, la prochaine victime sur la liste de mes proies, n'était-ce pas mieux que de laisser ces prédateurs humains continuer à assassiner ?

Il se passa des années avant que je renonce. Je ne saisis jamais vraiment pourquoi le sang bu n'était pas pour moi ce pinacle de l'existence que vantait Siobhan, pourquoi Carlisle et Esmé me manquaient plus que je ne jouissais de ma liberté, pourquoi le poids de ces morts s'accumulait au point de devenir un insoutenable fardeau. Après mon retour chez mes parents, pendant mon combat pour réapprendre la discipline que j'avais jetée aux orties, j'en vins à la conclusion que, si Siobhan ne connaissait rien de meilleur que l'appel du sang, j'étais, moi, né pour autre chose de mieux.

En cet instant, ces mots qui m'avaient jadis hanté et guidé, resurgissaient avec violence.

« Plus grand plaisir de la vie. »

Je ne doutais plus. J'en avais compris le sens. Je savais à présent que le plus grand plaisir de *ma* vie était cette fille fragile, courageuse, tiède, perspicace qui dormait si paisiblement à côté de moi. Bella. Le plus grand plaisir et la plus grande joie que l'existence avait à me donner. La plus grande souffrance aussi, lorsque je la perdrais.

Mon mobile vibra dans la poche de ma chemise. Après avoir vérifié l'identité de l'appelant, je le portai à mon oreille.

— Je sais que tu ne peux pas parler, me dit Alice, mais je tenais à ce que tu sois au courant. Tu en es à 80-20. Quoi que tu sois en train de faire, continue !

Elle raccrocha. Je ne pouvais bien sûr pas avoir une confiance totale en ses paroles assurées, puisque je n'étais pas en mesure de déchiffrer son esprit. Elle en était consciente, il était possible qu'elle m'ait menti. Je repris néanmoins courage.

Ce que je faisais, c'était me délecter, me noyer, me complaire dans mon amour pour Bella. Il ne me serait pas très difficile de continuer.

16

NŒUD GORDIEN

Bella dormit jusqu'au matin, si profondément que j'en fus perturbé.

Depuis le jour où j'avais repéré son odeur, qui semblait remonter à très loin maintenant, j'avais été impuissant à empêcher mon esprit de tanguer d'un extrême à l'autre de minute en minute. Cette nuit-là, ce fut pire. Le poids du danger imminent me propulsait à un pic de stress comme je n'en avais pas connu en un siècle.

Bella, elle, dormait, les membres relâchés, le front lisse, les commissures des lèvres retroussées, le souffle régulier comme un métronome. De toutes mes veilles, c'était la première où elle se montrait aussi sereine. Qu'est-ce que ça signifiait ? Une seule chose : qu'elle ne comprenait pas. Malgré mes avertissements, elle ne croyait toujours pas à ma dangerosité. Elle avait une trop grande confiance en moi, elle avait tort.

Elle ne broncha pas quand son père vint jeter un coup d'œil sur elle. Il était tôt, le soleil ne s'était pas encore levé. Je ne bougeai pas non plus, certain d'être invisible dans mon coin. Les pensées voilées de Charlie étaient empreintes de regrets, de culpabilité. Rien de très sérieux, sinon qu'il la laissait encore seule. Il hésita même, puis le sens du devoir – ses projets, ses amis, la virée promise – l'emporta. Du moins, je l'analysai ainsi.

C'est dans un tintamarre ahurissant qu'il alla chercher ses affaires de pêche dans le placard ménagé sous l'escalier. Bella ne réagit pas, ses paupières s'agitèrent à peine.

Charlie parti, je m'éclipsai à mon tour, bien qu'il me coûte de quitter la paix de la chambre. La sérénité de son sommeil avait fini par me calmer. J'aspirai une ultime goulée de feu, accueillant la douleur comme on berce, en attendant d'être en mesure de la renouveler.

Dès qu'elle se réveilla, le tumulte recommença. La tranquillité qu'elle avait trouvée dans ses rêves semblait s'être évaporée à la lumière du matin. Le bruit de ses mouvements indiquait qu'elle se dépêchait et, à plusieurs reprises, elle tira les rideaux – pour me chercher, d'après moi. Ça me rendit impatient de la rejoindre, mais nous étions convenus d'une heure, et je ne voulais pas interrompre prématurément ses préparatifs. J'avais fini les miens, bien qu'ils me paraissent incomplets. Serais-je jamais prêt pour une telle épreuve ?

J'aurais aimé pouvoir me réjouir – une journée entière en sa compagnie, des réponses à toutes mes interrogations, sa chaleur contagieuse. Mais j'aurais aussi aimé pouvoir tourner les talons et m'enfuir dans la direction opposée. Être assez fort pour courir jusqu'à l'autre bout de la terre et m'y cantonner, de façon à ne plus représenter un péril pour elle. Malheureusement, je n'oubliais pas la vision d'Alice, où une Bella accablée de chagrin déambulait comme un zombie, et je savais que je n'aurais pas ce courage.

J'avais réussi à me mettre dans une humeur de chien lorsque je dégringolai des frondaisons et traversai la pelouse. J'essayai d'effacer ma morosité, en vain, comme si j'ignorais à présent comment me composer un visage.

Conscient qu'elle me guettait, je frappai discrètement et l'entendis dévaler les dernières marches de l'escalier. Elle fonça jusqu'à la porte, se débattit un long moment avec le verrou, mais finit par ouvrir le battant à la volée, l'envoyant rebondir contre le mur. Croisant mon regard, elle s'apaisa aussitôt et m'adressa un sourire dans lequel je retrouvai la sérénité de la nuit qu'elle venait de passer. Du coup, ma mélancolie s'envola. J'inhalai, remplaçant la brûlure éculée par une neuve. La souffrance fut beaucoup moins puissante que la joie d'être avec elle.

Une vague curiosité me poussa à examiner sa tenue. Pour laquelle avait-elle opté ? Je la reconnus au premier coup d'œil. Maintenant que j'y repensais, le pull avait été posé en évidence sur son vieil ordinateur, une chemise blanche dessous, un jean à côté. Gilet brun clair, col blanc, pantalon bleu… Je n'eus pas besoin de m'inspecter pour savoir que nous étions vêtus dans des teintes et un style presque identiques.

Je ris. Encore un point commun.

— Bonjour !

— Qu'est-ce qui cloche ?

La question appelait des milliers de réponses et, durant une seconde, je fus déstabilisé. Puis voyant qu'elle s'inspectait, j'en conclus qu'elle croyait que je me moquais d'elle.

— Nous sommes habillés pareil ! la rassurai-je.

Je m'esclaffai de nouveau, tandis qu'elle nous observait l'un et l'autre avec étonnement. Un étonnement qui se transforma vite en froncement de sourcils. Pourquoi ? La coïncidence était juste amusante, à mon avis. Avait-elle eu une raison particulière de choisir ces vêtements, une raison de se fâcher quand j'avais ri ? Et comment l'interroger là-dessus sans passer pour bizarre ? Je ne pouvais qu'en conclure qu'elle s'était habillée ainsi pour des motivations différentes des miennes.

Ces dernières et ce qu'elles auguraient me firent frissonner. Je ne reculerais pas, cependant. Je refusais de me cacher d'elle. Elle était digne de tout connaître de moi.

Son sourire, presque triomphant, réapparut quand nous gagnâmes sa camionnette. Je n'avais pas l'intention de revenir sur ma promesse, même si elle ne m'enchantait pas. J'étais irrationnel.

Elle se déplaçait tous les jours à bord de cette monstruosité, et il ne lui était rien arrivé de mal. Certes, les malheurs avaient tendance à se produire quand j'étais là pour en être le témoin horrifié. Quoi qu'il en soit, mon expression l'amena à croire que notre arrangement me contrariait.

— On a passé un accord, fanfaronna-t-elle en se penchant de derrière le volant pour m'ouvrir la portière passager.

J'aurais adoré que mes soucis soient aussi insignifiants.

Le moteur délabré rugit, agitant la carrosserie avec une telle vigueur que je craignis que nous perdions des pièces en route.

— Où va-t-on ? hurla-t-elle pour couvrir le vacarme.

Elle passa la marche arrière et se retourna.

— Mets ta ceinture, lui ordonnai-je. J'ai déjà la frousse.

Me foudroyant du regard, elle obéit et soupira.

— Où va-t-on ? répéta-t-elle.

— Prends la 101 en direction du nord.

Les yeux rivés sur le pare-brise, elle traversa la ville à une allure exaspérante. Comptait-elle accélérer quand nous serions dans la rue principale ? Malheureusement, elle continua de se traîner à cinq kilomètres-heure en dessous de la limite autorisée. À l'est, le soleil était encore bas et légèrement voilé. D'après Alice, il resplendirait d'ici midi. Je me demandai si, à ce rythme, je serais à temps en sécurité sous les arbres avant que la lumière me touche.

— Tu as l'intention de quitter Forks avant la nuit ? l'apostrophai-je.

Je me doutais qu'elle réagirait mal à cette insulte envers son pick-up. Ça ne rata pas.

— Cette bagnole est assez vieille pour avoir appartenu à ton grand-père. Un peu de respect.

Elle poussa le moteur, cependant. Nous roulions à présent à deux kilomètres-heure au-dessus de la limite. Je fus un peu soulagé quand nous sortîmes enfin du centre-ville. Bientôt, il y eut davantage de forêt que de civilisation alentour. La Chevrolet avançait avec la discrétion d'un marteau-piqueur défonçant du granit. Les yeux de Bella restaient rivés sur la route. J'avais envie de lui parler, de lui demander à quoi elle pensait, mais je préférai ne pas la distraire. Sa concentration avait quelque chose de presque forcené.

— Tourne à droite sur la 110, lui indiquai-je.

Hochant la tête, elle ralentit comme une limace pour exécuter la manœuvre.

— Maintenant, on continue jusqu'à ce que la chaussée disparaisse, enchaînai-je.

— Et qu'y a-t-il après la chaussée ?

Des bois déserts. Une absence totale de témoins. Un monstre.

— Un sentier.

— On part en balade ? s'inquiéta-t-elle d'une voix aiguë.

Son inquiétude m'embêta. Je n'avais pas songé que... Le trajet était court, et le chemin aussi facile que celui qui serpentait derrière chez elle.

— Ça te pose un problème ?

Où l'emmener ailleurs ? Je n'avais pas de plan de remplacement.

— Non, s'empressa-t-elle de répondre, d'un ton toutefois anxieux.

— Détends-toi, rien qu'une petite dizaine de kilomètres, et nous ne sommes pas pressés.

Prenant conscience de la brièveté de la distance, j'aurais bien aimé avoir un délai, en vérité. La ride entre les sourcils avait resurgi, et elle se mordait les lèvres.

— À quoi penses-tu ?

Souhaitait-elle renoncer ? Avait-elle changé d'avis ? Regrettait-elle de m'avoir ouvert ce matin ?

— Je me demandais juste où nous allions, répondit-elle en s'efforçant de jouer la décontraction, en vain.

— C'est un endroit où j'aime me rendre quand il fait beau.

Je jetai un coup d'œil dehors, elle aussi. Les nuages n'étaient plus qu'un voile très fin, ils disparaîtraient bientôt. Que croyait-elle voir lorsque le soleil effleurerait ma peau ? Quelle image s'était-elle dessinée pour s'expliquer cette balade ?

— Charlie m'a assuré que la journée serait chaude.

Je m'imaginai son père au bord de la rivière, profitant de la météo clémente. Il ignorait être à un tournant de sa vie, laquelle risquait d'être détruite par un cauchemar à l'affût, tout proche, prêt à engloutir son monde.

— Lui as-tu avoué ce que tu manigançais ? demandai-je sans trop d'espoir.

— Non, sourit-elle.

J'aurais préféré qu'elle ne soit pas aussi enjouée. Heureusement, il restait un témoin, une voix qui parlerait en sa faveur si elle ne revenait pas.

— Jessica croit toujours que nous allons ensemble à Seattle, au moins ?

— Non plus, lâcha-t-elle, très contente d'elle-même. Je lui ai raconté que tu avais annulé – ce qui est vrai, d'ailleurs.

Hein ? Je n'avais pas perçu cette information. Ç'avait dû arriver pendant que je chassais avec Alice. Bella avait couvert mes traces comme si elle *cherchait* à m'épargner une accusation de meurtre.

— Alors, personne ne sait que tu es avec moi ?

Ma sécheresse la fit tressaillir, mais elle releva le menton et eut un sourire contraint.

— Pas forcément… Car j'imagine que tu as prévenu Alice ?

— Bravo, Bella ! J'ai vraiment l'impression d'être soutenu !

J'avais dû lutter pour ne pas exploser. À part son sourire qui se fana, rien n'indiqua qu'elle m'avait entendu.

— Es-tu si déprimée par Forks que tu veuilles te suicider ?

— Je croyais que ça risquait de t'attirer des ennuis… qu'on nous voie ensemble.

Je n'avais pas oublié cet échange. Comment avait-elle pu l'analyser de façon aussi erronée ? Je ne lui avais pas dit ça pour qu'elle essaie de se vulnérabiliser encore *plus*, mais pour qu'elle s'enfuie.

— Tu t'inquiètes des soucis que *je* pourrais avoir si *toi*, tu ne rentrais pas chez toi ? C'est le bouquet !

J'avais choisi scrupuleusement mes mots afin de souligner avec clarté le ridicule de son attitude. Sans quitter la route des yeux, elle opina.

— Comment te débrouilles-tu pour ne pas *voir* que je suis le mal incarné ?

J'avais grommelé, trop furieux pour que mes paroles lui soient intelligibles. De toute façon, le lui répéter ne servait à rien. Il fallait que je lui montre. Elle semblait nerveuse, mais d'une façon nouvelle. Elle me jetait *presque* des regards en douce sans non plus se détourner de la route. Elle était effrayée par ma colère, pas comme il l'aurait fallu, cependant. Sa seule inquiétude était de m'avoir fâché. Je n'avais pas besoin de déchiffrer son esprit pour reconnaître ses mauvaises habitudes.

Comme toujours, je ne lui en voulais pas vraiment. Je m'en voulais à moi. Oui, elle réagissait systématiquement de travers, mais de manière logique, au bout du compte. Parce qu'elle était trop gentille. Elle m'accordait une estime que je ne méritais pas, se souciait de mes émotions comme si elles avaient eu de l'importance. C'était sa bonté qui la mettait en danger. Sa vertu et mes vices, deux opposés qui nous liaient.

Nous avions atteint le cul-de-sac. Bella se gara sur le bas-côté boueux et coupa le contact. Le brusque silence fut presque choquant après le tintamarre qui nous avait cassé les oreilles si longtemps. Détachant sa ceinture, elle se glissa au bas de la camionnette sans s'occuper de moi. Me tournant le dos, elle retira son pull avec difficulté et en noua les manches autour de sa taille. J'eus la surprise de découvrir que sa chemise était identique à la mienne : en sus d'être blanche, elle était sans manches. Je n'en avais jamais vu autant d'elle. Malgré ma fascination, je ressentis surtout de l'inquiétude. Tout ce qui était susceptible de troubler ma concentration était une source de danger.

Je poussai un soupir. Je n'avais pas envie de relever le défi. Pour des tas de raisons, de vie et de mort, même si, en cet instant, c'était surtout sa réaction, sa révulsion en me *voyant* enfin qui constituait ma plus grande crainte.

Je l'affronterais sans flancher. Je ferais semblant d'être courageux, d'être au-dessus de cette peur égoïste, et tant pis si ce n'était qu'une mascarade.

Je retirai mon propre gilet, avec l'impression d'être terriblement visible. À part aux miens, je ne montrais pas souvent autant de ma peau. Mâchoire crispée, je descendis de voiture, y abandonnant mon pull pour ne pas être tenté. Je contemplai les arbres. Si je marchais au milieu d'eux, j'aurais peut-être l'impression d'être moins exposé. Je devinai qu'elle me regardait, mais fus trop lâche pour me retourner. Je me bornai à jeter un coup d'œil par-dessus mon épaule.

— Par ici, dis-je.

Encore une fois trop vite et trop sèchement. Il fallait que je domine mon angoisse. J'avançai lentement.

— Mais le chemin ?

Sa voix était une octave plus haut que d'habitude. Je la vis contourner le pick-up pour me rejoindre. Elle était nerveuse. Comme elle avait de multiples raisons d'avoir peur, je ne sus définir ce qui la déstabilisait. J'essayai d'adopter un ton léger et drôle, comme une personne normale. Histoire d'apaiser ses appréhensions, à défaut des miennes.

— Je n'ai jamais dit que nous l'emprunterions.

— Ah bon ?

Son exclamation laissait à penser qu'on venait de la priver de la dernière bouée de sauvetage d'un bateau en détresse. Carrant les épaules, un sourire faux aux lèvres, je lui fis face.

— Je ne te laisserai pas te perdre, va ! promis-je.

Ce fut pire que ce à quoi je m'étais attendu. Elle ouvrit la bouche en grand, comme un personnage de sitcom pendant que des rires en conserve résonnent derrière. Avec un petit sursaut, elle balaya des yeux ma peau nue. Ce n'était encore rien, pourtant. Juste de la peau. Très pâle, certes, et tendue de manière légèrement inhumaine sur ma musculature inhumaine. Si elle réagissait comme ça alors que j'étais à l'ombre…

Son visage se ferma. À croire que mon découragement s'était transféré à elle, et qu'elle accusait le poids de mes cent ans d'abattement. C'était peut-être mieux comme ça. Elle en avait sûrement assez vu.

— Tu préfères rentrer ?

Si elle exprimait son désir de me quitter, de partir maintenant, je ne l'en empêcherais pas. Je la regarderais disparaître et endurerais mon chagrin. J'ignorais encore comment, mais je trouverais bien.

— Non ! s'écria-t-elle à toute vitesse, tandis qu'un éclair insondable traversait ses prunelles.

Sans hésiter, elle vint vers moi, si proche que je n'aurais qu'à me pencher pour que mon bras effleure le sien. Que devais-je comprendre ?

— Qu'y a-t-il, alors ?

Une sorte de tristesse imprégnait ses yeux, en contradiction avec son comportement. Voulait-elle me larguer ou pas ?

— Je ne suis pas très bonne marcheuse, marmonna-t-elle. Il va falloir que tu sois très patient.

C'était un mensonge gentil, même si je ne la crus pas vraiment. Elle semblait soucieuse qu'il n'y ait pas de chemin au sens conventionnel du terme, mais ça ne suffisait pas à expliquer son chagrin. M'inclinant, je lui adressai mon sourire le plus tendre afin d'en obtenir un en retour. Je détestai les ombres que la mélancolie dessinait autour du pli de sa bouche et sous ses yeux.

— J'en suis capable, assurai-je d'un ton badin. Même si ça exige beaucoup d'efforts.

Ça ne me valut qu'un demi-sourire.

— Tu vas rentrer chez toi, lui jurai-je.

Elle avait peut-être l'impression de ne pas avoir d'autre choix que d'affronter l'épreuve du feu, qu'elle me le devait, en quelque sorte. Elle ne me devait rien. Elle était libre de partir si tel était son désir. Sa réponse me déstabilisa. Au lieu de sauter sur l'occasion pour partir, elle se vexa, et c'est d'un ton acide qu'elle lâcha :

— Si tu veux que je crapahute dix bornes dans la jungle avant le coucher du soleil, tu ferais mieux d'avancer.

Je la dévisageai avec stupeur, attendant la suite, attendant qu'elle m'explique en quoi je l'avais offensée, mais elle se borna à plisser les paupières et à relever le menton d'un air de défi. Désarmé, je lui fis signe d'une main en soulevant une branche gênante de l'autre. Elle passa dessous et gifla d'un coup sec un rameau qui barrait son chemin.

***

La tâche se révéla plus facile dans les bois. À moins que j'aie juste eu besoin d'un moment pour digérer sa réaction première. J'ouvrais la voie, écartant le feuillage devant elle. En général, elle gardait les yeux fixés sur le sol, non parce qu'elle cherchait à m'éviter, mais parce qu'elle se méfiait du terrain. L'ayant vue à plusieurs reprises toiser les racines qu'elle enjambait, je compris soudain les raisons de sa nervosité. Gauche comme elle l'était, elle ne pouvait être à l'aise dans ces sous-bois. Pour autant, sa tristesse de tout à l'heure puis sa colère ne s'expliquaient pas.

La traversée de la forêt fut plus aisée que ce que j'avais craint. Bien que nous soyons seuls, sans témoin, aucun danger ne flottait dans l'air. Même lors des quelques occasions où nous fûmes confrontés à un obstacle – un tronc renversé, une saillie rocheuse trop haute – et où l'instinct me poussa à l'aider, il ne me fut pas plus compliqué de la toucher qu'au lycée. « Pas compliqué » n'étaient pas les bons mots, d'ailleurs. Ce fut aussi délicieux et enthousiasmant que les fois précédentes. Lorsque je la soulevai doucement, son cœur battit à coups redoublés. J'imagine que le mien aurait fait pareil s'il avait été vivant.

Ce sentiment de sécurité, réelle ou relative, devait sûrement à ce que je savais que le drame ne se produirait pas ici. Alice ne m'avait pas vu tuer Bella en plein bois. Si seulement j'avais pu effacer cette image ! Certes, ignorer l'avenir et ne pas m'y préparer aurait fort bien pu nous conduire droit à la mort de Bella. J'étais prisonnier d'un cercle vicieux sans échappatoire possible.

Je regrettai de ne pas pouvoir ralentir mon cerveau, une sensation souvent éprouvée et depuis toujours. L'obliger à réfléchir à la vitesse d'un esprit humain, ne serait-ce qu'un jour, une heure, pour m'éviter de sans cesse ressasser les mêmes problèmes insolubles.

— Quelle a été ta fête d'anniversaire préférée ? lui demandai-je soudain, en mal de diversion.

Sa bouche se tordit, dessinant une moue partagée entre l'ironie et le renfrognement.

— Qu'est-ce qu'il y a ? me défendis-je. Ce n'est pas mon jour de poser des questions ?

Elle éclata de rire, et sa main parut balayer l'argument.

— Non, ce n'est pas ça. Je n'ai rien à dire, c'est tout. Je ne suis pas une grande adepte de ce genre d'événement.

— Hum… Bizarre.

Je n'avais jamais croisé d'ado qui pense ainsi.

— C'est une source de tension, poursuivit-elle avec un haussement des épaules. Les cadeaux, par exemple. Imagine qu'ils ne te plaisent pas. Tu es obligé de mentir dès le début pour ne vexer personne, or tu es sous le feu des regards de tous.

— Ta mère n'est pas très douée pour les cadeaux ? devinai-je.

Elle afficha un sourire énigmatique. Il était clair qu'elle se refusait à dénigrer sa mère, mais qu'elle avait été blessée. Nous continuâmes en silence sur environ huit cents mètres. J'espérais qu'elle développerait ou m'interrogerait, ce qui me donnerait un indice sur ce à quoi elle pensait, mais elle garda les yeux vrillés sur le sol, concentrée. Je fis une nouvelle tentative.

— Qui a été ton enseignant favori, à l'école élémentaire ?

— Mme Hepmanik, répondit-elle sans hésiter. En CE1. Elle m'autorisait à lire en cours.

— Un modèle, donc, ris-je.

— Et toi ?

— J'ai oublié, je te rappelle.

— C'est vrai, désolée ! Je ne…

— Inutile de t'excuser.

Il me fallut cinq cents mètres supplémentaires pour trouver une question qu'elle ne pourrait pas me renvoyer.

— Chiens ou chats ?

— Euh… Les chats, peut-être ? À la fois câlins et indépendants ?

— Tu n'as jamais eu de chien ?

— Je n'ai jamais rien eu. Ma mère prétend être allergique.

Une phrase étonnamment dubitative.

— Tu ne la crois pas ?

Elle observa une pause, rechignant de nouveau à être déloyale.

— Eh bien, je l'ai surprise à caresser beaucoup de chiens appartenant aux autres.

— Je me demande bien pourquoi.

Elle partit d'un rire franc, totalement dénué de rancœur.

— J'ai mis des plombes à la convaincre de me laisser avoir un poisson. J'avais fini par comprendre qu'elle ne voulait pas d'animal par crainte d'être coincée à la maison. Je t'ai dit qu'elle adorait partir en week-end, visiter un bled ou un endroit historique qu'elle ne connaissait pas encore. Je lui ai parlé de ces pastilles lyophilisées qui permettent de nourrir les poissons pendant plus d'une semaine, et elle a cédé. Renée supporte à peine un boulet, j'en étais un, énorme, pour la vie. Pas question qu'elle s'en colle un second au pied.

Je ne trahis rien. Sa perspicacité – qui, j'en étais certain, lui avait permis de me déchiffrer aisément – assombrissait mon interprétation de son passé. Son besoin de prendre soin des autres tenait-il moins à ce que sa mère avait été indigente qu'à sa propre impression de devoir gagner sa place ? Qu'elle ait pu se sentir non désirée ou dans la nécessité de prouver sa valeur me fâchait. Un drôle de désir s'empara de moi – la servir sur un plateau d'argent d'une manière socialement acceptable pour lui montrer que sa seule existence suffisait amplement.

N'ayant pas remarqué que j'essayais de me contrôler, elle continua gaiement :

— Il est sans doute louable que nous n'ayons pas tenté plus gros que les poissons rouges. Je n'étais pas une très bonne maîtresse. Pensant avoir trop nourri le premier, j'ai mis le deuxième au régime, avec un résultat identique. Quant au troisième, il était super bizarre…

Elle me contempla avec une stupeur authentique.

— Il n'arrêtait pas de sauter hors de son bocal. Un jour, je ne l'ai pas ramassé à temps. Trois d'affilée… Voilà qui fait de moi une tueuse en série, je suppose.

Je ne pus m'empêcher de m'esclaffer. Ça ne la vexa pas, et elle rit de bon cœur elle aussi. Nous nous calmions quand la lumière changea. Le soleil promis par Alice était arrivé au-dessus de l'épaisse canopée. Aussitôt, je cédai à une fébrilité anxieuse. J'étais conscient que ce trac – je ne trouvais pas mieux pour le qualifier – était ridicule. Quelle importance si Bella me jugeait répugnant et me repoussait ? Ce serait bien, très bien, même. C'était le plus petit malheur qui pouvait m'arriver aujourd'hui. La vanité, la fragilité de l'ego étaient-elles si puissantes ? Je n'avais jamais cru à leur pouvoir sur moi, je n'allais pas commencer. Me tourmenter pour cette révélation m'évitait de me tourmenter pour d'autres choses. Le rejet qui suivrait le dégoût, par exemple. Elle me quitterait, et je n'aurais pas le droit de m'y opposer. Sa frayeur serait-elle si violente qu'elle refuserait que je la raccompagne à son véhicule ? Il faudrait toutefois que je la ramène en sécurité jusqu'à la route. Après, elle pourrait s'en aller seule.

Bien que mon corps donne l'impression de pouvoir se disloquer sous l'effet du chagrin intrinsèque à cette éventualité, j'étais tourmenté par une image encore pire – celle du test imminent entrevu par Alice… C'était inimaginable. Comment y survivrais-je ? Comment me débrouillerais-je pour ne *pas* y survivre ?

Nous étions tout près.

Bella remarqua la clarté plus vive quand nous passâmes dans un coin moins feuillu.

— On est bientôt arrivés ? demanda-t-elle avec un sourcillement moqueur.

— Presque, répondis-je sur un ton aussi enjoué. Tu vois la lueur, là-bas ?

Elle plissa les paupières, sa ride apparut avec sa concentration.

— Euh… non.

— C'est sans doute un peu trop loin pour *tes* yeux.

— Alors, il serait temps que j'aille chez l'ophtalmo.

Le silence parut s'appesantir au fur et à mesure que nous avancions. Je devinai l'instant où ma compagne repéra l'entrée de la clairière. Elle sourit sans s'en rendre compte, allongea le pas. Elle ne scrutait plus le sol, tout entière focalisée sur les rayons du soleil. Son empressement ne fit qu'accroître mes réticences. Encore un peu de temps. Juste une heure ou deux… Et si on s'arrêtait ici ? Me pardonnerait-elle une dérobade ?

Sauf que reculer n'avait pas de sens. Alice avait prédit que ça se produirait tôt ou tard. Esquiver ne faciliterait rien.

Bella marchait en tête, à présent. Sans hésiter, elle écarta la barrière de fougères et émergea dans la prairie.

J'aurais aimé voir son visage. L'endroit devait être très beau, par une journée pareille. Je humai l'odeur des fleurs des champs, plus sucrée sous la chaleur, je captai le clapotis du ruisseau, à l'autre bout du pré. Les insectes bourdonnaient, les oiseaux pépiaient et jacassaient – très loin. Ma présence chassait toute forme de vie.

Bella avança presque religieusement dans la lumière dorée qui jetait des reflets roux dans ses cheveux et faisait resplendir sa peau. Ses mains caressaient les fleurs les plus hautes. Perséphone me revint en mémoire. Elle était le printemps incarné.

J'aurais pu l'observer ainsi pendant des heures, voire l'éternité, mais c'était sans doute trop espérer que prier pour que la splendeur des lieux l'amène à oublier le monstre tapi dans l'ombre. Les yeux écarquillés par l'étonnement, un sourire émerveillé aux lèvres, elle se retourna et me regarda. Dans l'expectative. Quand je ne bougeai pas, elle vint à pas lents vers moi. Levant un bras, elle me tendit une main encourageante.

Je regrettais tant de ne pas être humain, en cet instant, que j'en fus presque paralysé.

Malheureusement, je ne l'étais pas, et l'heure avait sonné de montrer une discipline de fer. Je brandis ma paume en signe d'avertissement. Elle comprit, ne céda pas à la peur pour autant. Baissant le bras, elle attendit sur place. Curieuse.

J'avalai une profonde goulée d'air ambiant, éprouvai pour la première fois depuis des heures la brûlure du parfum de Bella.

Malgré ma confiance en Alice, je ne voyais pas trop comment cette histoire allait pouvoir se poursuivre. Elle se finirait forcément ici, n'est-ce pas ? Bella me découvrirait tel que j'étais, et elle réagirait comme elle aurait dû le faire dès le début : elle serait terrifiée, dégoûtée, horrifiée, révulsée… et me quitterait.

Bien que j'aie l'impression de n'avoir jamais affronté un défi aussi difficile, je me forçai à lever un pied et à propulser mon poids en avant.

J'affronterais ceci sans flancher.

Avec tout ça… Sa première réaction me serait intolérable. En dépit de sa gentillesse, elle ne parviendrait pas à dissimuler son choc et son aversion. J'allais lui laisser le temps de se ressaisir.

Fermant les yeux, j'avançai dans la flaque de soleil.

17

CONFESSIONS

Si je sentis la chaleur sur ma peau, je fus content de ne pas assister au phénomène. Je ne tenais pas à me voir. Durant le quart de seconde le plus long de mon existence, il ne se passa rien. Puis Bella hurla :

— *Edward !*

J'ouvris les yeux, m'attendant à ce qu'elle s'enfuie loin de ce que je venais de lui révéler. Au lieu de quoi, elle fonçait dans ma direction, bouche bée sous l'effet du désarroi. Les bras tendus vers moi, elle titubait et trébuchait. Son expression n'était pas de frayeur, elle était de désespoir. Je ne compris pas ce qui lui arrivait.

Quelles que soient ses intentions, je ne pouvais pas la laisser me rentrer dedans. Il fallait qu'elle garde ses distances. Je brandis une paume. Elle ralentit, chancela sur place, anxieuse. En distinguant mon reflet dans ses prunelles, je crus saisir les raisons de son étrange réaction – je ressemblais à un homme en feu. J'avais eu beau tordre le cou aux légendes qu'elle m'avait servies, elle devait s'y être accrochée inconsciemment.

Parce qu'elle était inquiète. Comme si elle avait plus peur *pour* le monstre que *de* lui.

Elle avança d'un pas, hésita lorsque j'en fis un demi en arrière.

— Est-ce que c'est douloureux ? souffla-t-elle.

Je ne m'étais pas trompé. Elle ne redoutait rien pour ce qui la concernait.

— Non, murmurai-je.

Elle se rapprocha de nouveau, avec prudence. Je baissai le bras.

Je ne la rebutais pas.

Elle inclina la tête sur le côté, plissa les paupières puis écarquilla les yeux. Malgré la distance nous séparant, je voyais les prismes éclatants que ma peau réfractait sur la sienne. Petit à petit, elle me contourna en veillant à rester à l'écart. Totalement immobile, je sentis son regard sur moi quand elle disparut de ma vue. Sa respiration et son cœur avaient adopté une cadence plus rapide que d'habitude. Elle resurgit sur ma droite et revint se planter devant moi, une ombre de sourire sur les lèvres.

Comment pouvait-elle ?

Elle s'approcha jusqu'à se trouver à vingt-cinq centimètres. Elle avait porté sa main à hauteur de sa poitrine, semblait hésiter à la tendre pour me toucher. Le soleil qui rebondissait sur ma peau virevoltait autour d'elle.

— Edward, répéta-t-elle, émerveillée.

— As-tu enfin peur ? chuchotai-je.

— *Non !* se récria-t-elle, comme si ma question la déroutait, la heurtait.

Je scrutai ses prunelles, réessayai de déchiffrer son esprit. Sans me quitter des yeux, très lentement, elle déplia le bras. Elle s'attendait peut-être à ce que je l'arrête. Je m'en abstins. Ses doigts tièdes effleurèrent mon poignet, et elle observa intensément les jeux de la lumière entre nos peaux.

— À quoi penses-tu ? demandai-je à mi-voix.

En cet instant, ce mystère était plus que jamais douloureux. Secouant légèrement la tête, elle sembla avoir du mal à s'exprimer.

— Je…

Elle plongea son regard dans le mien.

— Je ne savais pas…

Elle inspira profondément.

— Je n'ai rien vu d'aussi beau de ma vie. Je n'imaginais pas qu'il puisse exister une telle splendeur.

Je la dévisageai, sous le choc.

Je flamboyais sous l'effet du symptôme le plus flagrant de ma maladie. Au soleil, j'étais encore moins humain que le reste du temps, et elle me trouvait… magnifique ! Automatiquement, ma main voulut s'emparer de la sienne. Je la forçai à reprendre sa place le long de ma jambe, je m'interdis de toucher Bella.

— C'est pourtant très étrange, objectai-je.

Elle comprenait forcément que le phénomène était un aspect de mon essence monstrueuse.

— Extraordinaire, rectifia-t-elle.

— Mon manque évident d'humanité ne te dégoûte pas ?

Bien que je sois désormais à peu près certain de sa réponse, je n'en revenais toujours pas.

— Du tout, assura-t-elle avec un demi-sourire.

— Il devrait.

— On surestime beaucoup l'humanité, à mon avis, dit-elle, et son sourire s'agrandit.

Retirant prudemment mon poignet de ses doigts, je le cachai dans mon dos. Elle prenait l'humanité trop à la légère. Les abysses dans lesquels vous plongeait sa perte lui échappaient.

Elle avança d'un autre demi-pas, si près que la chaleur de son corps devint plus prononcée que celle du soleil. Elle leva la tête vers moi, et la lumière dora sa gorge, le jeu des ombres faisant ressortir la circulation sanguine dans l'artère juste derrière sa mâchoire. Je réagis immédiatement – venin à la bouche, tension des muscles, éparpillement des pensées.

Comme le naturel resurgissait vite ! Nous étions sur la scène des visions depuis à peine quelques minutes. Cessant de respirer, je reculai vivement et brandis de nouveau une main en signe d'avertissement. Elle n'essaya pas de me suivre.

— Je suis désolée, souffla-t-elle.

Son ton avait monté sur la fin de la phrase, la transformant en question. Elle ignorait de quoi elle s'excusait. Sur mes gardes, je dénouai mes poumons et pris une petite goulée d'air. Son parfum n'était pas plus douloureux que d'ordinaire, ni accablant, contrairement à ce que j'avais plus ou moins craint.

— J'ai besoin de temps, me justifiai-je.

— D'accord, acquiesça-t-elle sans élever la voix.

La contournant à lentes enjambées délibérées, j'allai me poster au milieu de la clairière, où je m'assis sur un carré d'herbe en bloquant mes muscles. Respirant avec soin, j'écoutai ses pas hésitants, tandis qu'elle couvrait la distance nous séparant et s'installait à mon côté. Je humai sa fragrance.

— Ça va ? demanda-t-elle d'un ton mal assuré.

— Oui. Laisse-moi juste… me concentrer.

La confusion et l'inquiétude agrandissaient ses yeux. Ne tenant pas à m'expliquer, je fermai les miens. Pas par lâcheté. Pas *uniquement*, du moins. Il fallait vraiment que je me concentre. Je m'attachai à son odeur, au bruit du sang qui courait dans son cœur. Seuls mes poumons étaient autorisés à bouger. Tout le reste de mon corps était prisonnier d'une rigidité totale.

C'était le cœur de *Bella*, me rappelai-je, cependant que mon organisme réagissait à ces stimuli. La vie de Bella.

D'ordinaire, je faisais extrêmement attention à ne pas penser à son sang. S'il m'était impossible d'en ignorer l'arôme, j'arrivais à ne pas m'attarder sur sa fluidité, ses mouvements, sa chaleur liquide. Mais là, je lui permis d'inonder mon cerveau, de submerger mon corps, d'attaquer ma maîtrise de soi. Il jaillissait et battait et gargouillait. Il dévalait le long des artères, il ruisselait dans les veines. Il brûlait d'une chaleur dont le ressac assaillait ma peau nue, malgré l'éloignement relatif. Il incendiait ma langue et torturait ma gorge.

Captif de moi-même, je m'observai. Une infime part de mon esprit réussissait à rester détaché, à résister à l'assaut. J'entrepris d'analyser mes moindres réactions avec minutie, de calculer la force nécessaire à les juguler, à soupeser la volonté dont je disposais pour y parvenir. Le résultat était ric-rac, mais j'estimais que ma détermination l'emportait sur ma bestialité. Tout juste.

Était-ce l'écheveau dont avait parlé Alice ? Il me paraissait y manquer quelque chose.

De son côté, Bella était presque aussi immobile que moi, plongée dans ses propres réflexions. Mesurait-elle l'ampleur du tumulte qui m'agitait ? Comment s'expliquait-elle cette mise à l'écart étrange et mutique ? En tout cas, elle restait calme.

Le temps parut ralentir pour adopter le rythme de sa circulation sanguine. Les gazouillis lointains des oiseaux se firent somnolents. Le gargouillis du torrent devint languide. Je finis par me détendre, cessai même de saliver.

Deux mille trois cent soixante-quatre battements de son cœur plus tard, j'eus l'impression de me contrôler mieux que ces derniers jours. Comme l'avait prédit Alice, affronter la situation était la solution. Étais-je prêt ? Comment m'en assurer ? Aurais-je jamais cette certitude, d'ailleurs ?

Et puis, comment romprais-je ce long silence que je nous avais imposé ? S'il commençait à me sembler embarrassant, il devait l'être pour elle depuis un bon moment.

Me dénouant, je m'allongeai, une main sous la nuque. Décontracté. Feindre l'émotion était une vieille habitude. Si je mimais la relaxation, elle y croirait peut-être. Elle se borna à pousser un petit soupir.

J'attendis qu'elle parle, mais elle ne pipa mot, absorbée par ses pensées secrètes, assise seule dans un endroit reculé en compagnie d'un démon qui reflétait le soleil en un million de prismes. Je la sentais m'observer, n'étais plus persuadé qu'elle était révulsée. Le poids imaginaire de son regard, maintenant que je le savais admiratif de ma beauté envers et contre tout, avait ravivé le courant électrique que j'avais éprouvé dans l'obscurité, imitation de la vie courant dans mes veines.

Je me perdis dans les rythmes de son corps, bruit, chaleur et parfum se mélangeant, et découvris que j'étais encore capable de maîtriser mes désirs inhumains, même avec cette énergie fantôme qui se déplaçait sous ma peau. Ça requérait cependant toute mon attention. Cette attente mutique allait inévitablement se terminer, et Bella fourmillerait de questions encore plus précises que les précédentes. Je lui devais mille explications différentes. Serais-je capable de les lui donner d'un seul coup, cependant ?

Je décidai de jongler avec plusieurs exercices pendant que je continuais de m'accorder au flux et reflux de son sang. Un bon moyen de vérifier si je pouvais me permettre d'être distrait.

Je commençai par rassembler les informations nécessaires. Je triangulai la position de tous les volatiles que j'entendais et, grâce à leur chant, en identifiai l'espèce et le genre. J'analysai les clapotis du ruisseau révélateurs de la vie qui y grouillait, et après avoir assimilé la masse d'eau à la taille des poissons, déterminai la variété la plus susceptible de frayer dans les parages. Je classai les insectes alentour – contrairement aux autres créatures, ils ignoraient les vampires comme s'il s'était agi de rochers – en fonction de la vitesse à laquelle ils battaient des ailes et la hauteur de leur vol ou de l'infime cliquetis de leurs pattes sur le sol.

J'ajoutai une opération à mes classifications. S'il y avait en cet instant quatre mille neuf cent treize insectes dans la clairière qui mesurait approximativement mille vingt-cinq mètres carrés, combien y en avait-il en moyenne au mètre carré dans le Parc national d'Olympic d'une surface totale de trois mille sept cents kilomètres carrés ? En comptant que la population des insectes diminuait de un pour cent tous les trois mètres d'élévation ? Invoquant mentalement une carte topographique des lieux, je m'attaquai à mes calculs.

En parallèle, je dressai la liste des chansons que j'avais le moins entendues depuis un siècle que j'existais, ne sélectionnant que celles qui n'avaient qu'une occurrence. Des airs que j'avais saisis en passant devant la porte ouverte d'un bar, des berceuses purement familiales ânonnées par des enfants au berceau alors que j'écumais la nuit, des essais abandonnés d'étudiants musiciens travaillant sur un projet scénique dans le bâtiment voisin du mien à l'université. J'en débitai rapidement les paroles, traquant les raisons de leur échec.

Son sang continuait de pulser, sa chaleur de se répandre, et moi de brûler. Mais je me dominais. Je n'avais pas relâché mon emprise. Je contrôlais. Limite.

— Tu as dit quelque chose ? chuchota-t-elle.

— Je… je me fredonnais des chansons, avouai-je.

Je ne savais pas trop comment expliquer ce que j'étais en train de faire. Elle n'insista pas. Je devinais que le silence allait s'achever, et je ne le redoutais pas. J'étais de plus en plus à l'aise, je me sentais fort et maître de moi. Il était possible que j'aie démêlé l'écheveau, que nous l'ayons franchi, et que les visions encourageantes d'Alice soient sur le point de se réaliser.

Quand la respiration de Bella se modifia, indiquant que le cours de ses réflexions changeait, je fus plus intrigué qu'anxieux. Je m'attendais à une question, au lieu de quoi j'entendis un froissement d'herbe. Elle s'inclina vers moi, et le bruit de son pouls se rapprocha.

Un doigt léger et tiède frôla le dos de ma main. Malgré la tendresse du geste, ma peau réagit de façon électrique. Une brûlure, différente de celle de ma gorge et encore plus gênante pour ma concentration. Je calai dans mes calculs et chansons, orientai toute mon attention sur Bella, bien que son cœur batte avec des bruits mouillés à trente centimètres de mes oreilles.

J'ouvris les paupières, avide de découvrir son visage et de deviner ses pensées. Je ne fus pas déçu. Les yeux de nouveau empreints d'émerveillement, elle souriait. Elle croisa mon regard, sourit d'autant plus, et je lui répondis de même.

— Je ne t'effraie pas ?

Elle ne s'était pas sauvée. Elle voulait être ici, avec moi.

— Pas plus que d'habitude, ironisa-t-elle.

S'inclinant encore, elle posa sa paume entière sur mon avant-bras et descendis jusqu'au poignet en effectuant de lentes caresses. Sa peau contre la mienne paraissait d'une chaleur fébrile. Malgré les trémulations infimes qui agitaient ses doigts, elle n'avait pas peur. Mes paupières se refermèrent, tandis que je m'efforçais de me contenir. Le courant électrique me secouait comme un séisme jusqu'aux tréfonds de mon corps.

— Je t'embête ? s'enquit-elle en interrompant ses gestes.

— Non, m'empressai-je de répondre. Tu n'imagines pas les sensations que tu me procures.

Je voulais qu'elle sache ce que j'éprouvais. Moi non plus, je n'aurais pas pu imaginer ça, avant cet instant. C'était au-delà du plaisir. Ses doigts remontèrent à la saignée de mon coude, suivant le réseau de mes veines. Elle se déplaça, et son autre main tira doucement la mienne. Je compris qu'elle souhaitait que je la retourne. Mais, sitôt que j'obtempérai, elle se figea en étouffant un petit cri. Un coup d'œil me permit de déceler mon erreur : j'avais bougé avec la rapidité d'un vampire.

— Désolé, marmonnai-je, bien que je me rende compte que ce n'était pas grave, et qu'elle s'était remise de sa surprise sans cesser de sourire. J'ai tendance à me laisser aller à ma vraie nature, avec toi.

Sur ce, je refermai les yeux afin de me concentrer entièrement sur le contact de sa peau contre la mienne. Elle souleva mon poignet, et j'accompagnai son mouvement, conscient que, seule, elle n'y serait pas arrivée – je pesais un peu plus lourd que ce que les apparences laissaient à croire. Elle hissa ma main jusqu'à son visage, son haleine effleura ma paume. Je l'aidai à la tourner de ci, de là, me fiant à la pression de ses doigts pour deviner l'orientation qu'elle voulait lui donner. J'ouvris les paupières, la vis m'examiner avec soin, des éclats aux couleurs de l'arc-en-ciel dansant sur ses traits. La ride était réapparue. Qu'est-ce qui la troublait ?

— Dis-moi à quoi tu penses, murmurai-je (perçut-elle la supplique ?). L'ignorer est si étrange.

Elle tordit légèrement la bouche, arqua un sourcil.

— Je te signale que c'est notre lot commun, à nous autres.

« Nous autres ». La grande famille de l'humanité dont j'étais exclu. Les siens, son espèce.

— Votre existence est dure, lâchai-je, sans réussir à adopter un ton amusé. Dis-moi, insistai-je.

— Je songeais que j'aurais aimé savoir ce que *toi* tu pensais...

— Et ?

— Je songeais que j'aurais aimé croire en ta réalité, reprit-elle d'une voix si basse qu'un mortel aurait eu du mal à l'entendre. Et ne pas avoir peur.

La douleur me poignarda. Je m'étais trompé, je l'avais bel et bien effrayée. Évidemment.

— Je ne veux pas que tu aies peur.

Une excuse autant que des regrets. Son sourire presque espiègle me désarçonna.

— Pour être exacte, la peur en elle-même ne me préoccupe pas tant que ça. Bien qu'elle ne soit pas négligeable.

Comment parvenait-elle à en plaisanter ? Qu'est-ce que ça signifiait ? Je me redressai un peu, trop curieux pour feindre la nonchalance.

— Que crains-tu ?

Je me rendis compte de la proximité de nos visages. Ses lèvres m'effleuraient sans plus sourire, entrouvertes. Elle inhala, les paupières mi-closes. S'inclina encore, comme pour se repaître de mon odeur, le menton relevé, la gorge offerte, la jugulaire exposée.

Je réagis.

Le venin inonda ma bouche, ma main libre attrapa d'elle-même la sienne, mes mâchoires s'écartèrent.

Alors, je m'arrachai à elle. Mes jambes, que la folie n'avait pas encore contaminées, me propulsèrent à l'extrémité opposée de la clairière. Si vite que je n'eus pas le temps de me détacher en douceur de son emprise et lui repris brutalement ma paume. Dès que je fus accroupi à l'ombre des arbres, ma première pensée fut pour ses mains, et je poussai un soupir soulagé en constatant qu'elles étaient toujours attachées à ses bras.

Mon soulagement fut tout de suite remplacé par le dégoût de moi-même. La haine. La révulsion. Toutes les émotions que j'avais redouté de découvrir dans son regard, mais multipliées par cent ans d'existence et la certitude que je les méritais amplement. Moi le monstre, le cauchemar, le destructeur de vies, le mutilateur de rêves – des siens comme des miens.

Si j'avais été quelqu'un de mieux, si j'avais été plus fort, ce moment aurait pu être celui de notre premier baiser au lieu d'une passe avec la mort.

Venais-je de rater l'épreuve ? Tout espoir était-il perdu ?

Ses yeux étaient vitreux, leur blanc immense autour de ses iris sombres. Elle cilla et se ressaisit, me chercha et me trouva. Longtemps, nous nous dévisageâmes. Sa lèvre inférieure tremblota, elle ouvrit la bouche. J'attendis, tendu, ses récriminations, son ordre hurlé de ne plus jamais m'approcher d'elle.

— Excuse-moi, souffla-t-elle presque silencieusement.

Bien sûr.

Je fus obligé de respirer à fond avec de réussir à répondre, d'une voix aussi douce que possible.

— Donne-moi juste un moment.

Elle se rassit, le blanc de ses yeux encore bien visible. De nouveau, j'inhalai profondément. Son parfum voletait encore jusqu'à moi, et j'alimentai ma brûlure, mais sans plus. Je me sentais… comme d'habitude en sa présence. Le démon ne montrait aucun signe de vouloir émerger, ni dans mon esprit ni dans mon corps. Pouvoir aussi facilement craquer… Ça me donnait envie de déraciner les arbres en braillant. Si j'étais incapable d'anticiper la bascule, si je ne repérais pas le détonateur, comment parviendrais-je à la protéger de moi-même ?

J'imaginai les encouragements d'Alice. Je ne l'avais *pas* blessée. Il ne s'était *rien* passé. Mais si elle avait vu que je ne céderais à mon monstre uniquement dans le futur, elle ignorait ce que je venais de ressentir. Perdre le contrôle, être plus faible que mes pires instincts, ne pas arriver à m'arrêter.

Tu t'es arrêté, pourtant. Voici ce qu'elle objecterait. Elle ne savait pas à quel point c'était *insuffisant.*

Le cœur battant deux fois plus vite que la normale, Bella ne me quittait pas des yeux. Son rythme cardiaque était trop élevé, ça n'était pas sain. J'aurais voulu attraper sa main, lui dire que tout allait bien, qu'elle n'avait rien, qu'elle était en sécurité, qu'elle n'avait pas à s'inquiéter – ça n'aurait été qu'un tissu de mensonges.

Je me sentais toujours... normal. Du moins, selon le sens qu'avait pris l'adjectif ces derniers mois. Maître de moi. Exactement comme je l'avais été à l'instant, quand mon assurance avait failli la tuer.

Lentement, je revins vers elle, hésitant. En même temps, il aurait été bizarre de lui présenter mes excuses en criant depuis la lisière. Me méfiant de moi, je m'assis quelques pas plus loin d'elle que précédemment. Assez près pour faire la conversation, c'est tout.

— *Désolé*, dis-je en tâchant de mettre tous mes regrets dans le mot.

Bella cilla, puis écarquilla de nouveau les yeux. La chamade de son cœur était trop rapide. Son expression hébétée ne s'était pas modifiée, à croire que lui parler ne servait à rien, qu'elle ne saisissait pas. Bien que je sache que c'était une mauvaise idée, je m'adonnai à ma mauvaise habitude d'alléger la situation, tant je voulais effacer le choc sous lequel elle était.

— Comprendrais-tu si je te disais n'être qu'un homme ?

Elle opina, une seule fois, et avec un peu de retard. Elle essaya de sourire à ma piètre tentative de blague, en vain. Elle n'en parut que plus peinée et – enfin – effrayée.

J'avais déjà lu la crainte sur ses traits, mais m'étais toujours vite rassuré. En chacune de ces occurrences, j'avais vaguement espéré qu'elle réaliserait que je ne valais pas la peine du risque énorme qu'elle courait, et elle avait infirmé mes souhaits. C'est qu'elle n'avait jamais eu peur de *moi.*

Jusqu'à maintenant.

L'odeur de cette peur, acidulée et métallique, saturait l'air.

C'était exactement ce que j'avais attendu. Ce que je m'étais persuadé de vouloir. Qu'elle s'en aille. Qu'elle s'enfuie et me laisse me consumer dans ma solitude. Les battements de son pouls étaient assourdissants. J'en aurais ri et pleuré à la fois. J'étais en train d'obtenir ce à quoi j'avais tant aspiré.

Tout ça parce qu'elle s'était un peu trop rapprochée. Suffisamment pour respirer mon arôme, qu'elle avait trouvé plaisant, comme elle trouvait mon visage séduisant et mes autres pièges captivants. Le moindre de mes aspects l'incitait à céder à mon appel, j'avais été façonné pour ça.

— Je suis le meilleur prédateur au monde, n'est-ce pas ? murmurai-je sans plus chercher à dissimuler mon amertume. Tout en moi t'attire – ma voix, mes traits, mon odeur.

J'étais trop bien armé. À quoi bon mes charmes et mes appâts ? Pourquoi ne pouvais-je pas être aussi repoussant d'apparence que de nature ?

— Comme si j'avais besoin de ça !

Je ne me dominais plus, différemment cependant. Mon amour, mes espoirs et mes désirs se délitaient, mille siècles de chagrin s'étendaient devant moi, *je ne voulais plus faire semblant*. Puisque le bonheur m'était interdit parce que j'étais un monstre, autant l'être pleinement.

Je sautai sur mes pieds, et courant aussi vite que son cœur, fis deux fois le tour de la clairière en me demandant si elle voyait seulement ce que je lui montrais. Je m'arrêtai net à l'endroit où je m'étais réfugié un peu plus tôt.

— Tu ne pourrais pas m'échapper ! m'exclamai-je sans me donner la peine d'adopter une voix gentille.

Je m'esclaffai en imaginant la scène grotesque, les échos de mon rire rebondirent durement dans les arbres environnants. La capture suivrait la chasse.

La branche la plus basse d'un vieil épicéa était à portée de main. Je l'arrachai sans effort dans une volée d'éclats de bois martyrisés. Je la soupesai – dans les cent vingt kilos. Pas assez pour l'emporter contre la ciguë qui poussait de l'autre côté de la prairie, mais suffisamment pour provoquer des dégâts. Je la lançai sur un nœud du tronc de ma cible situé à environ dix mètres au-dessus du sol. Je tapai en plein dans le mille, et l'extrémité la plus grosse de mon javelot improvisé explosa dans un bruit assourdissant, se désintégrant en copeaux qui dégringolèrent sur les fougères avec un sifflement ténu. Des fissures apparurent au niveau du nœud, s'étirant dans toutes les directions, et la ciguë trembla sur sa base, jusqu'aux racines. L'avais-je mortellement blessée ? Je ne le découvrirais que dans quelques mois. Avec un peu de chance, elle s'en remettrait. Il aurait été dommage d'abîmer la perfection des lieux.

Le geste m'avait coûté si peu, il n'avait exigé qu'une infime partie de mes forces. Et pourtant, une telle violence, un tel saccage.

En deux pas, je rejoignis Bella, la dominant de toute ma taille, à un bras de distance.

— Tu ne pourrais pas me résister.

Ma rancœur avait disparu. Si mon accès de colère n'avait pas entamé mon énergie, il m'avait vidé de mon ire. De son côté, elle n'avait pas bronché. À présent, elle semblait paralysée, ses yeux ouverts comme figés. Longtemps, nous nous dévisageâmes. Je m'en voulais encore, mais avec une sorte de lassitude. C'était sans issue. J'étais ce que j'étais.

Elle fut la première à se mouvoir. À peine. Ses mains étaient retombées mollement sur ses genoux quand je m'étais arraché à elle. Elle déplia l'une d'elles, tendit les doigts vers moi. C'était sans doute inconscient de sa part, mais étrangement similaire à la fois où, dans son sommeil, elle avait gémi « Reviens » et essayé d'attraper *quelque chose*. Je me souvenais d'avoir espéré qu'elle rêve de moi, alors.

Ç'avait été la nuit précédant l'expédition à Port Angeles, la veille de celle où j'avais découvert qu'elle savait ce que j'étais. Si j'avais été au courant de ce que lui avait raconté Jacob Black, je n'aurais jamais pensé qu'elle pouvait rêver de moi, à moins que ce soit dans un cauchemar. Sauf qu'elle se fichait de ce qu'elle avait appris.

Son regard exprimait encore la terreur – évidemment. Teintée cependant d'une forme de supplique. Était-il concevable qu'elle souhaite désormais que je vienne à elle ? Et si oui, devais-je m'y résoudre ?

Sa tristesse était ma plus grande faiblesse, comme me l'avait montré Alice. Je détestais la voir souffrir. Savoir que je méritais son effroi me brisait, mais son chagrin m'était plus *intolérable* encore. Il me rendait incapable de prendre les bonnes décisions.

— N'aie pas peur, chuchotai-je d'une voix implorante. Je te promets… (Non, le mot n'était pas assez fort.) Je te *jure* de ne jamais te faire de mal.

Lentement, je me rapprochai d'elle en veillant à n'avoir aucun geste qu'elle n'ait le temps d'anticiper. Je m'assis avec des mouvements délibérément mesurés, retrouvant ma place du début. Je me voûtai un peu pour que nos yeux soient au même niveau. La cadence de son cœur avait retrouvé une vitesse normale, ses paupières étaient détendues. Comme si ma proximité l'apaisait.

— S'il te plaît, pardonne-moi, la suppliai-je. Je sais me contrôler. Tu m'as pris au dépourvu, c'est tout. Je vais être sage, maintenant.

Quelle excuse minable. Elle provoqua pourtant une ombre de sourire. Et, en bon imbécile, je retombai dans ma routine du plaisantin immature.

— Je n'ai pas soif, aujourd'hui.

J'y allai même d'un petit coup d'œil complice. On aurait dit que j'avais treize ans, pas cent quatre. Elle rit cependant. D'un rire un brin heurté et mal assuré, mais joyeux et soulagé. Son regard se réchauffa, ses épaules se relaxèrent, et elle rouvrit les mains. Il parut si approprié de placer ma paume dans la sienne. Ça n'aurait pas dû, ça le fut.

— Ça va aller ?

Elle contempla nos mains, me jeta un coup d'œil, baissa de nouveau la tête. Du bout du doigt, elle se remit à suivre les lignes de ma paume, comme avant mon coup de folie. Puis elle me regarda, et un sourire étira ses lèvres, jusqu'à ce que sa fossette apparaisse, un sourire dénué de jugement et de regrets. Je lui en retournai un, comme si ce n'était que maintenant que j'étais en mesure d'apprécier la beauté de cet endroit. Le soleil, les fleurs et l'air étincelant étaient soudain là pour moi, gais et miséricordieux. La gratitude gonfla mon cœur de pierre.

Le soulagement, la confusion, le plaisir et la culpabilité me remémorèrent je jour où j'étais rentré chez moi, il y avait si longtemps de ça.

À l'époque non plus, je n'avais pas été prêt. J'aurais souhaité que mes yeux aient recouvré leur teinte dorée avant que Carlisle me voie, mais ils étaient encore d'un orangé étrange, d'un ambré qui tirait sur le rouge. J'avais du mal à me remettre à mon ancien régime alimentaire. Ça n'avait pas été aussi compliqué, avant. Je craignais de ne pas réussir à continuer sans l'aide de mon père, de retomber dans mes vieux travers.

La preuve si évidente dans mes prunelles m'inquiétait. À quel pire devais-je m'attendre ? Carlisle me chasserait-il ? Lui serait-il pénible de me regarder et de découvrir quelle déception j'étais devenu ? M'imposerait-il une pénitence ? Je l'accepterais, quelle qu'elle soit. Mes efforts pour m'améliorer l'émouvraient-ils ou ne verrait-il que mon échec ?

Il me fut aisé de les localiser, ils n'avaient pas bougé de l'endroit où je les avais abandonnés. Pour faciliter mon retour ?

Leur maison était la seule, dans ces lieux d'altitude sauvages. Le soleil se reflétant sur les carreaux alors que je montais, je n'avais pu discerner s'il y avait quelqu'un ou pas. Au lieu d'emprunter le raccourci à travers les bois, je venais à eux par un grand champ enneigé où, même auréolé de l'éclat du jour, je serais aisément repérable. J'avançai lentement, préférant éviter de courir pour ne pas les alarmer.

Ce fut Esmé qui m'aperçut en premier.

— Edward ! l'entendis-je crier, alors que j'étais à encore plus d'un kilomètre.

En moins d'une seconde, sa silhouette jaillit d'une porte latérale et traversa en courant les rochers qui encerclaient la saillie sur laquelle s'élevait la maison, un tourbillon de cristaux blancs dans son sillage.

Edward ! Il est revenu !

Ce n'était pas l'état d'esprit auquel je m'étais attendu, mais elle n'avait pas encore vu mes yeux.

Edward ? Est-ce possible ?

Mon père la suivit, la rattrapant à grandes enjambées. Ses pensées ne reflétaient qu'un espoir insensé. Aucun jugement. Pas encore.

— Edward ! me héla ma mère avec des accents de joie discernables.

Soudain, elle me sautait dessus, les doigts crochetés autour de ma nuque, embrassant mes joues à maintes reprises. *Je t'en supplie, ne repars plus.* L'instant d'après, les bras de Carlisle nous étreignaient tous les deux. *Merci. Merci d'être revenu parmi nous.* Ses réflexions étaient on ne peut plus sincères.

— Carlisle… Esmé… Je suis désolé. Je suis tellement…

— Chut ! souffla Esmé.

Enfouissant sa tête dans le creux de mon cou, elle huma mon odeur. *Mon garçon.* Je croisai le regard de mon créateur en ouvrant grand les yeux. Sans rien lui cacher. Tout entier à sa joie, il me dévisagea. Bien qu'il ait deviné ce que signifiait la couleur de mes iris, son plaisir était intact. *Tu n'as pas à t'excuser.*

Lentement, presque incrédule devant autant de simplicité, je les enlaçai à mon tour.

C'était la même acceptation imméritée que je ressentais à présent. J'avais du mal à admettre que mon attitude répréhensible, à la fois involontaire et volontaire, soit soudain derrière nous. Le pardon de Bella dissipa les ténèbres.

— Où en étions-nous, avant que je me comporte aussi mal ?

Je me rappelais où moi, j'étais. À quelques centimètres seulement de sa bouche entrouverte, fasciné par le mystère de son cerveau.

— Très franchement, j'ai oublié, répondit-elle en clignant des paupières.

C'était normal. J'inhalai du feu et le recrachai en regrettant d'être hermétique à sa brûlure.

— Je crois que nous parlions de ce qui provoquait ta peur, en dehors des raisons évidentes.

La frayeur primaire avait sûrement chassé les autres de sa mémoire.

— Ah oui, acquiesça-t-elle cependant avec un sourire en baissant de nouveau les yeux sur ma paume.

Rien de plus.

— Alors ? insistai-je.

Au lieu de me regarder, elle recommença à tracer des dessins sur ma peau. J'essayai d'en saisir l'ordre, espérant une image ou des lettres – v.a.t.e.n.e.d.w.a.r.d.s.i.l.t.e.p.l.a.î.t. –, sans résultat. Juste des mystères supplémentaires. Et encore une question à laquelle elle ne répondrait jamais. En même temps, je n'étais pas digne qu'elle me réponde.

— La patience n'est pas mon fort, soupirai-je.

Cette fois, elle me contempla sans ciller. Nous restâmes ainsi un moment, et je m'étonnai de l'intensité de son regard. J'eus l'impression qu'elle me déchiffrait avec plus de facilité que je la déchiffrais, moi.

— J'ai peur, commença-t-elle (et je me réjouis en comprenant qu'elle finissait par me répondre), parce que, pour des raisons évidentes, je ne peux pas rester avec toi.

Elle avait de nouveau incliné la tête quand elle avait prononcé le mot « rester ». Une fois n'est pas coutume, ce qu'elle disait m'était parfaitement intelligible. Ce « rester » ne concernait pas l'instant présent dans la clairière ensoleillée, ni l'après-midi, ni la semaine. Elle lui avait donné le sens que j'aurais voulu lui donner également si j'avais osé l'exprimer. Rester pour toujours. Pour l'éternité.

— Or, ajouta-t-elle, j'ai peur d'en avoir envie de manière déraisonnable.

Je songeai à toutes les implications que supposaient ses paroles, si je la forçais à rester pour l'éternité. À tous les sacrifices qu'elle endurerait, à tous les deuils de ce qu'elle perdrait, à tous les regrets cuisants, à tous les regards fixes douloureux et dénués de larmes.

— Oui, convins-je avec difficulté, malgré la souffrance née de ce que je venais d'imaginer. Désirer ma compagnie est effectivement effrayant. Et vraiment pas dans ton intérêt.

La compagnie de mon moi égoïste.

Elle fronça les sourcils, comme si elle n'appréciait pas plus que moi mon aveu.

C'était un sentier dangereux. Hadès et la grenade. De combien de graines toxiques l'avais-je déjà infectée ? Assez pour qu'Alice l'ait vue souffrir de mon absence. Même s'il semblait que j'étais moi aussi contaminé. Captif. Accro sans possible rémission. J'étais incapable d'envisager de la quitter. Comment y survivrais-je ? Alice m'avait montré l'angoisse blême de Bella si je partais, mais comment me verrait-elle, moi, si elle prenait la peine de me chercher dans cet avenir-là ? À mon avis, je ne serais qu'une ombre brisée, errante, vide. J'exprimai l'idée à voix haute, plus pour moi-même, cependant.

— J'aurais dû m'éloigner depuis longtemps. Il faudrait que je parte, là, tout de suite. Hélas, je ne suis pas certain d'en avoir la force.

Si elle continuait de contempler nos mains, elle s'empourpra toutefois.

— Je ne veux pas que tu t'en ailles, marmonna-t-elle.

Elle me *souhaitait* auprès d'elle. Je résistai à mon contentement, à la capitulation vers laquelle il m'entraînait. Avais-je même mon mot à dire, ou le choix lui revenait-il entièrement ? Resterais-je jusqu'à ce qu'elle m'ordonne de m'en aller ? Sa phrase « Je ne veux pas que tu t'en ailles » paraissait se répéter dans la brise.

— Voilà exactement pourquoi je devrais m'y résoudre. (Après tout, plus nous passerions de temps ensemble, plus la rupture serait dure.) Ne t'inquiète pas, va. Je suis égoïste. Moi aussi, je désire trop ta compagnie pour être raisonnable.

— J'en suis heureuse.

Elle avait sorti ça avec simplicité, comme une évidence. Comme si n'importe quelle fille aurait été ravie que son monstre de prédilection soit trop égoïste pour penser d'abord à elle. Ma colère se ranima, uniquement contre moi. J'ôtai ma main des siennes avec raideur.

— C'est mal ! assénai-je. Ce n'est pas seulement ta compagnie que je désire. Ne l'oublie jamais. Rappelle-toi que je représente un danger sans égal pour toi, que je suis *la* menace absolue.

Elle me couva d'un regard inquisiteur, sans plus aucune trace de frayeur.

— Je ne suis pas certaine de te comprendre, répondit-elle en inclinant la tête.

Son ton, analytique, me renvoya à la conversation que nous avions eue à la cafétéria, au sujet de la chasse. À croire qu'elle rassemblait des informations pour un exposé. Un qui l'intéressait particulièrement, mais qui n'en restait pas moins un simple exercice académique. Je ne pus m'empêcher de sourire, et mon courroux s'évapora aussi vite qu'il avait resurgi. Pourquoi perdre mon temps avec, alors que tant d'émotions agréables s'offraient à moi ?

— Comment t'expliquer… murmurai-je.

Il était logique qu'elle ne saisisse pas mes allusions. Je m'étais bien gardé d'être trop explicite lorsque j'avais évoqué ma réaction à son odeur. Normal, ce n'était pas joli-joli. J'en éprouvais même une grande honte. Sans parler de l'horreur que ça suggérait.

— … sans t'affoler ?

Elle déplia ses doigts, me les tendis. Incapable de résister, je remis doucement ma paume dans la sienne. L'empressement avec lequel elle resserra ses doigts autour des miens contribua à m'apaiser. J'étais sur le point de tout lui révéler, la vérité bouillonnait en moi, prête à jaillir. Je n'avais pourtant pas la moindre idée de sa réaction, malgré la générosité dont elle faisait toujours preuve à mon égard. Je savourai ce moment d'acceptation, conscient qu'il était susceptible de s'interrompre brutalement.

— Cette impression de chaleur est étonnamment agréable, soupirai-je.

Elle observa avec un sourire fasciné nos mains entrelacées. Il n'y avait pas trente-six solutions. J'allais devoir être d'un réalisme obscène. Tourner autour du pot ne servirait qu'à l'égarer encore plus, or il était indispensable qu'elle soit au courant de tout. J'inspirai un bon coup.

— Bon, tu sais que les gens n'ont pas les mêmes goûts. Certains aiment la glace au chocolat, d'autres préfèrent la fraise.

Pff ! Formulé ainsi, ce début en douceur était pire que ce que j'avais espéré. Bella acquiesça avec politesse, sans rien trahir de particulier. Il allait peut-être falloir une minute pour qu'elle percute.

— Désolé pour cette comparaison malheureuse, je n'ai pas trouvé mieux.

Elle se fendit d'un nouveau sourire affectueux plein d'humour qui dévoila sa fossette et me donna le sentiment que nous étions ensemble dans ce même bateau ridicule, non en tant qu'adversaires, mais en tant que coéquipiers, travaillant de concert afin de trouver une issue. Rien n'aurait pu me faire plus plaisir, à part l'impossible, bien sûr – que je sois en mesure de redevenir humain. Je lui souris également, conscient cependant de n'être ni aussi authentique ni aussi innocent qu'elle. Ses mains se crispèrent autour de la mienne, m'enjoignant de poursuivre. J'enchaînai donc lentement, cherchant des comparaisons parlantes, devinant que je n'étais guère brillant.

— Tu vois, chacun a une odeur particulière, une essence personnelle. Si tu enfermais un alcoolique repenti dans une pièce pleine de bière frelatée, il réussirait à résister. Mais supposons que tu remplaces la bière éventée par un verre d'un excellent et rarissime cognac, que tu remplisses la pièce de ce seul et puissant arôme de vieux brandy, comment crois-tu qu'il se débrouillerait ?

N'étais-je pas en train de donner une image un peu trop sympathique de moi-même ? De décrire une pauvre victime plutôt qu'un véritable méchant ? Elle planta ses yeux dans les miens et, automatiquement, je tentai de déchiffrer son cerveau, avec l'impression qu'elle faisait pareil de son côté. Songeant à ce que je venais de dire, je me demandai si mon association avait été assez *claire*.

— La métaphore est sûrement mal choisie. Il n'est peut-être pas si difficile de résister au cognac. J'aurais dû prendre un héroïnomane.

Elle sourit de nouveau, moins largement mais avec espièglerie.

— Serais-tu en train de me suggérer que je suis une dose d'héroïne ?

Je faillis éclater de rire tant j'étais désarçonné. Elle avait agi comme j'essayais toujours d'agir – plaisanter, instiller un peu de légèreté dans nos conversations, désamorcer la tension. Sauf qu'*elle* avait réussi.

— Exactement.

Voilà qui était sûrement un aveu abominable, pourtant je fus soulagé. Grâce à elle, à son soutien, à son ouverture d'esprit. Qu'elle soit en mesure de pardonner *autant* me donnait le vertige. Comment s'y prenait-elle ? Quoi qu'il en soit, elle s'était reconnectée en mode recherches.

— Cela arrive-t-il souvent ? demanda-t-elle en penchant la tête, curieuse.

Malgré mon aptitude exceptionnelle à lire les pensées d'autrui, j'avais des difficultés à trouver les bonnes comparaisons. Je n'éprouvais pas les émotions de la personne que j'épiais, je ne connaissais que les réflexions qu'elles lui inspiraient.

Mon interprétation de la soif différait légèrement de celle du reste de mon clan. Je l'appréhendais comme un incendie. Jasper lui aussi évoquait la sienne comme une brûlure, mais celle d'un acide chimique saturant plutôt que de flammes. Pour Rosalie, c'était une épouvantable sécheresse, un manque déchirant, pas une force extérieure. Emmett avait tendance à ressentir la même chose qu'elle, ce qui était sans doute naturel, puisqu'elle avait été la première et presque la plus fréquente influence de sa seconde vie.

Si j'étais au courant des fois où les autres avaient eu des difficultés à résister ou avaient carrément cédé, je ne pouvais connaître avec précision l'ampleur de la tentation qui avait été la leur. Une déduction logique était en revanche possible, en fonction de leur niveau standard de contrôle, technique aléatoire, mais qui devrait satisfaire la curiosité de Bella.

Malheureusement, c'était aborder de nouvelles horreurs, et je ne fus pas en mesure de soutenir son regard lorsque je me décidai à lui répondre. À la place, je suivis la course du soleil, qui se rapprochait de la cime des arbres. Toute seconde enfuie me blessait plus que jamais. Ces instants avec elle étaient définitivement perdus, et j'aurais préféré les consacrer à des sujets moins affreux.

— J'en ai parlé à mes frères. Pour Jasper, vous êtes interchangeables. Il est le membre le plus récent de notre famille, et son sevrage relève du combat. Il n'a pas encore eu le temps de se sensibiliser aux différentes odeurs et saveurs.

Je sursautai en me rendant compte trop tard où mes divagations m'avaient amené.

— Navré, me dépêchai-je d'ajouter.

— Ce n'est rien, objecta-t-elle avec un petit reniflement agacé. Écoute, ne te soucie pas de me choquer ou de m'effrayer. C'est votre mode de fonctionnement, et je peux le comprendre, m'y efforcer du moins. Explique les choses comme elles te viennent.

Je m'incitai au calme. Je devais accepter que, par miracle, Bella soit en mesure de connaître mes facettes les plus noires sans pour autant piailler de terreur. Qu'elle ne me détesterait pas à cause d'elles. Si elle était assez forte pour entendre ces monstruosités, il fallait que je le sois pour les lui décrire. De nouveau, je me tournai vers le soleil, conscient du délai qui s'amenuisait au fil de sa lente descente.

— Merci. Bref, repris-je lentement, Jasper n'est pas sûr d'avoir rencontré quelqu'un qui soit aussi… attirant que tu l'es pour moi. Emmett, qui est, si je puis dire, dans le bain depuis plus longtemps m'a compris, lui. Il m'a avoué que ça lui était arrivé deux fois, dont une de manière très puissante.

Je me résolus à revenir à elle. Les yeux légèrement plissés, elle était concentrée.

— Et à toi ?

C'était facile.

— Jamais.

Elle médita le mot pendant un long moment. J'aurais aimé savoir ce qu'il signifiait pour elle.

— Comment a réagi Emmett ? demanda-t-elle, plus détendue.

À croire que je lui racontais un conte de fées, que le bien triomphait toujours malgré les embûches sur la route, et que rien de vraiment mal ou de définitivement cruel n'était censé se produire.

Comment lui parler de ces deux victimes innocentes ? De ces humains qui avaient nourri des espoirs et des peurs, qui avaient eu des familles et des amis aimants, êtres imparfaits qui avaient été en droit de s'améliorer ou d'essayer en tout cas. Un homme et une femme dont le nom était désormais inscrit sur de modestes stèles dans quelque cimetière obscur.

Aurait-elle une meilleure ou une pire opinion des Cullen si je lui révélais que Carlisle avait exigé notre présence à leur enterrement ? Pas qu'à ces deux-là, d'ailleurs, à tous ceux des malheureux que nos erreurs et égarements avaient tués. Étions-nous un tout petit peu moins damnés parce que nous avions écouté ceux qui les connaissaient le mieux évoquer leur trop brève existence ? Parce que nous avions été témoins des cris et de la douleur ? L'aide financière anonyme que nous avions veillé à fournir pour éviter d'ajouter la misère au chagrin semblait vulgaire, avec le recul. Une si maigre compensation.

— Je crois deviner, finit-elle par murmurer, renonçant à une réponse de ma part.

Elle était mélancolique, à présent. Condamnait-elle Emmett alors qu'elle m'absolvait de tout ? Ses crimes, il y en avait eu bien plus de deux, étaient moins nombreux que les miens. J'étais peiné qu'elle le juge mal. Ces deux victimes seraient-elles l'écueil sur lequel elle buterait ?

— Même le plus fort d'entre nous a le droit à l'erreur, non ? chuchotai-je faiblement.

Cela aussi était-il pardonnable ?

Peut-être pas.

Elle tressaillit et s'écarta de moi. D'à peine deux centimètres, mais ils me parurent un mètre. Elle tordit la bouche.

— Que veux-tu ? Mon consentement ?

Sa sécheresse frôlait le sarcasme.

Ainsi, nous avions atteint ses limites. Je l'avais trouvée extrêmement généreuse et clémente, trop prompte à la miséricorde, même. En réalité, elle avait juste sous-estimé ma dépravation. Malgré tous mes avertissements, elle avait dû croire que je n'avais jamais été que tenté. Que j'avais toujours opéré le bon choix, comme à Port Angeles, où j'avais fui le massacre.

Ce même soir, je lui avais pourtant dit que mon clan, malgré ses efforts, fautait parfois. Ne s'était-elle pas aperçue que je confessais des meurtres ? Pas étonnant alors qu'elle ait accepté aussi facilement le reste. Elle s'était convaincue que j'étais toujours fort, que je n'avais sur ma conscience que quelques incidents évités de justesse. Ce n'était pas sa faute. Je n'avais pas explicitement reconnu avoir assassiné. Je n'avais pas mentionné le nombre de mes victimes.

Tandis que je partais en spirale, elle s'était radoucie. Je m'efforçai de trouver comment faire mes adieux de façon à ce qu'elle comprenne combien je l'aimais tout en lui assurant que cet amour ne la menaçait pas.

— Est-ce à dire qu'il n'y a pas d'autre solution ? s'enquit-elle sans acrimonie aucune.

En une fraction de seconde, je me repassai notre dernier échange et me rendis compte que j'avais mal interprété sa réaction. Quand je lui avais demandé pardon pour nos péchés passés, elle avait cru que j'excusais un meurtre futur et imminent. Que j'avais l'intention de…

— Non, non ! me récriai-je (je dus me battre pour ralentir mon débit tant j'avais hâte qu'elle m'entende). Il y en a d'autres, bien sûr. Il est évident que je ne…

Vais pas te tuer. Il me fut impossible de terminer ma phrase. Ces mots, qui signifiaient sa disparition, m'étaient une torture. Je plongeai mes yeux dans les siens pour tenter de transmettre ce que je n'étais pas en mesure de formuler.

— Nous deux, repris-je, c'est différent. Pour Emmett, il s'agissait… d'étrangers, croisés au hasard. C'était il y a longtemps, et il n'était pas aussi… entraîné ni aussi prudent qu'aujourd'hui.

Réfléchissant à mes paroles, elle devina ce que j'avais tu.

— Donc, si nous nous étions rencontrés… dans une allée sombre, je ne sais pas…

Ah, l'amère vérité !

— J'ai été contraint de fournir un effort démesuré pour me retenir de…

Te tuer. J'eus si honte que je me détournai. Il n'empêche, il fallait lui ôter toute illusion flatteuse à mon égard.

— … au milieu de cette classe pleine d'élèves. Lorsque tu es passée près de moi, j'aurais pu détruire en une fraction de seconde tout ce que Carlisle a bâti. Si je n'avais pas eu l'habitude de lutter contre ma soif depuis… trop longtemps, j'aurais été incapable de résister.

Je revoyais la scène avec une aveuglante clarté. Une mémoire impeccable était plus une malédiction qu'un avantage. Étais-je obligé de me rappeler chaque seconde de cette heure avec une telle précision ? La peur qui avait dilaté ses pupilles, le reflet de mes traits monstrueux dedans ? La manière dont son parfum avait détruit tout ce qu'il y avait de bien en moi ?

Elle me sembla lointaine. Peut-être se remémorait-elle également.

— Tu as dû te dire que j'étais possédé.

Elle ne nia pas.

— Je n'ai pas compris cette haine immédiate, souffla-t-elle d'une voix fragile.

Son intuition ne l'avait pas trompée, sur le moment. Elle avait deviné que je la détestais. Presque autant que je la désirais.

— C'était comme si tu étais une sorte de démon surgi de mon Enfer personnel pour me détruire. (Il m'était douloureux de revivre cette émotion, de me souvenir que je l'avais envisagée comme *proie*.) L'arôme de ta peau… j'ai cru devenir fou. Durant toute cette heure, j'ai imaginé mille et un stratagèmes pour t'attirer dehors et t'avoir à moi seul. Je les ai combattus un à un en pensant aux miens, aux répercussions éventuelles. Il fallait que je m'enfuie, que je m'éloigne avant de ne pouvoir retenir les mots qui t'auraient incitée à me suivre… Tu serais venue.

Quel effet cette révélation produisait-elle sur elle ? Comment équilibrait-elle les deux facettes opposées ? Le moi meurtrier potentiel et le moi amant potentiel ? Que pensait-elle de mon assurance, de ma certitude qu'elle aurait emboîté le pas à son assassin ?

— Sans doute, acquiesça-t-elle en relevant le menton.

Nos doigts étaient toujours entrelacés, les siens presque aussi immobiles que les miens, si ce n'est le sang qui y circulait. Ressentait-elle la même peur que moi, celle qui les verrait se dénouer, celle où elle n'aurait plus ni le courage ni la miséricorde de les réunir de nouveau ?

Il m'était un peu plus aisé de me confesser si je ne la regardais pas.

— Ensuite, j'ai voulu changer mon emploi du temps afin de t'éviter, et tu étais là, dans ce petit bureau surchauffé, et ton odeur était enivrante. Là aussi, j'ai failli craquer. Il n'y avait qu'un autre humain avec nous, une femme frêle que je n'aurais eu aucun mal à liquider.

Je perçus le frisson qui descendait de son bras jusqu'à ses mains. Chacune de mes nouvelles tentatives pour m'expliquer me voyait recourir à des termes de plus en plus bouleversants. Ils étaient justes, vrais et pourtant si laids.

Mais il n'y avait plus moyen que je m'arrête, maintenant. Silencieuse et figée, elle m'écoutait déverser ce mélange de justification et de confession. Je lui confiai ma vaine tentative de fuite, et l'arrogance qui m'avait poussé à revenir ; j'avouai que c'était cette arrogance qui avait été à l'origine de nos relations, de même les tourments que m'inspiraient ses réflexions secrètes ; j'évoquai son arôme qui avait été autant une torture qu'une tentation. Je mentionnai çà et là les membres de ma famille, en me demandant si elle comprenait à quel point ils avaient influencé chacun de mes actes. Je lui racontai que l'avoir écartée du fourgon de Tyler avait modifié mon opinion, que ça m'avait forcé à voir qu'elle était plus qu'un risque et une source d'irritation.

— Et à l'hôpital ? me poussa-t-elle quand je fus à court de mots.

Elle m'observait avec compassion, avec un désir avide d'entendre la suite de l'histoire. Si sa bienveillance avait cessé de me choquer, elle resterait toujours miraculeuse à mes yeux.

J'exprimai les doutes qui m'avaient assailli après l'accident, non à cause de son sauvetage, mais à cause des conséquences pour moi et, par ricochet, pour les miens. Ce, afin qu'elle comprenne la sécheresse dont j'avais fait preuve à son encontre dans le couloir, après sa consultation. Ça nous conduisit naturellement aux diverses réactions des membres de ma famille, et je me demandai ce qu'elle pensait de l'avis de certains qui avaient souhaité la réduire définitivement au silence. Elle ne frémissait pas, ne montrait aucun signe de frayeur. Comme il devait être étrange pour elle d'apprendre tout ça, de découvrir les ténèbres entrelacées dans la lumière qu'elle avait seule connue.

Par-devers moi, je m'interrogeais, et ce n'était pas la première fois, sur le stade où j'en aurais été si, ce jour-là, je n'avais pas suivi mes instincts. Si, comme je venais de le lui décrire grotesquement, j'étais resté les bras ballants, la laissant succomber à l'accident avant de me révéler aux témoins dans toute ma monstruosité. Les Cullen auraient été obligés de fuir Forks sans tarder. J'imaginais leur attitude si l'événement avait tourné comme ça. Elle aurait été à l'opposé de ce à quoi j'avais eu droit. Rosalie et Jasper n'auraient pas été fâchés. Un tantinet suffisants, peut-être, mais ils m'auraient pardonné. À l'instar de Carlisle, même s'il aurait été extrêmement déçu. Alice aurait-elle pleuré l'amitié qu'elle n'avait pas eu l'occasion de nouer ? Seuls Emmett et Esmé auraient été les mêmes. Ma mère se serait inquiétée pour moi, mon frère aurait pris la chose avec un haussement d'épaules.

J'aurais vaguement soupçonné la catastrophe que mon comportement aurait provoquée pour ce qui me concerne. À ce moment-là déjà, après à peine quelques mots échangés, ma fascination pour Bella était puissante. Aurais-je cependant pu deviner l'ampleur de la tragédie ? Je ne le pensais pas. J'aurais certainement souffert puis aurais poursuivi ma non-existence sans me rendre compte de ce à côté de quoi j'étais passé. Sans connaître le bonheur véritable. Il m'aurait été moins ardu de la perdre à cette époque. De la même manière que j'aurais ignoré la joie de vivre, je n'aurais pas enduré les abîmes de souffrance dont je savais qu'ils existaient, aujourd'hui.

Je contemplai son adorable visage, si cher à mon cœur désormais, centre de gravité autour duquel évoluait mon univers. C'était, pour moi, le seul spectacle qui compterait jusqu'à la fin des temps.

Elle me fixait avec un émerveillement identique.

— Paradoxalement, conclus-je, tout aurait été plus facile si je nous avais exposés dès le début en cédant à mes impulsions. Il est trop tard à présent, même là, tout de suite, alors que nous sommes seuls, sans témoins.

Elle écarquilla les yeux, pas parce qu'elle était effrayée ou surprise. Elle était captivée.

— Pourquoi ? demanda-t-elle.

Une explication aussi complexe que les précédentes, qui exigeait des tas de mots que je détestais, mais aussi certains que je souhaitais lui dire.

— Isabella... Bella...

Prononcer son prénom était un plaisir pur. C'était comme un aveu. *Je suis sien.* Récupérant l'une de mes mains avec douceur, je caressai ses cheveux chauffés par le soleil. Le bonheur de ce contact tout bête, de savoir que j'étais libre de la toucher ainsi me submergea. Je repris ses doigts dans les miens.

— Je ne me supporterais plus si je le faisais. Tu ne devines pas à quel point cela m'a torturé.

Je m'en voulus de me détourner de son regard plein de compassion, mais il m'était trop dur de penser en même temps à son *autre* visage, celui de la vision d'Alice.

— T'imaginer immobile, blanche, froide... ne plus jamais te revoir rougir, ne plus jamais revoir cet éclat d'intuition allumer tes yeux quand tu pressens mes mensonges... ce serait intolérable.

Ce terme recouvrait mal l'intensité de mon angoisse. Mais bon, j'en avait fini avec l'aspect immonde, je pouvais maintenant dire ce qui me tenait à cœur depuis si longtemps. Je la fixai de nouveau, tout entier à la joie de ma confession.

— Tu es désormais l'élément le plus important de ma vie. De *toute* ma vie.

À l'instar de « intolérable » qui ne suffisait pas, ces mots n'étaient qu'un faible écho des sentiments qu'ils étaient censés traduire. Je priai pour qu'elle décèle leur inadéquation dans mes yeux. Elle avait toujours été plus douée pour déchiffrer mon esprit que moi le sien. Elle soutint un instant mon regard en rosissant, puis baissa la tête. La beauté de son teint m'enchanta, sa splendeur me suffisait.

— Tu sais ce que j'éprouve pour toi, souffla-t-elle. Je suis ici… ce qui, en gros, signifie que je préférerais mourir plutôt que de te perdre.

Je n'aurais pas cru qu'il était possible d'éprouver à la fois une telle euphorie et de tels regrets. Elle *me* voulait – l'extase. Elle risquait sa vie pour moi – l'horreur.

— Je suis une idiote, ajouta-t-elle en fronçant les sourcils.

Sa conclusion déclencha mon hilarité. D'un côté, elle n'avait pas tort. N'importe quelle espèce qui courait se jeter dans les bras de son prédateur le plus dangereux ne survivait pas longtemps. Heureusement pour elle qu'elle était exceptionnelle.

— Tu l'es, renchéris-je, moqueur.

Et j'en serais éternellement reconnaissant. Elle m'adressa un sourire taquin, et nous nous esclaffâmes tous les deux. Ce fut une telle délivrance, après mes révélations éprouvantes, que mon rire, d'abord engendré par l'humour de la situation, se transforma en l'expression d'une joie pure. Je fus sûr que c'était pareil pour elle. Nous étions dans une harmonie totale, en cet instant parfait.

Bien que ce soit impossible, nous étions faits l'un pour l'autre. Ce tableau avait tout faux – un assassin et une innocente tout proches, jouissant mutuellement de leur présence, en paix. Comme si nous avions atteint un autre monde, où les improbables devenaient réels.

Ça me rappela une toile que j'avais vue des années auparavant.

Quand nous écumions le pays en quête de villes où nous installer, Carlisle s'échappait souvent afin de visiter des églises. Ça semblait être plus fort que lui. Les structures en bois brut, sombres par manque de fenêtres dignes de ce nom, les planchers et les dossiers des bancs usés et empreints des odeurs de générations d'humains le plongeaient dans un calme pensif. Il songeait avant tout à son père et à son enfance, dont la fin violente n'était pas l'essentiel, dans ces moments-là. Il ne se remémorait que les bons souvenirs.

Lors d'une escapade de ce genre, nous tombâmes sur une vieille maison d'assemblée quaker, à une cinquantaine de kilomètres au nord de Philadelphie. C'était un modeste bâtiment, de la taille d'une ferme, aux murs de pierre et à l'aménagement intérieur spartiate. Le parquet noueux et les bancs raides étaient si rudimentaires que je fus presque choqué de découvrir un élément décoratif au mur du fond. L'intérêt de Carlisle fut également piqué, et nous examinâmes le tableau.

Pas très grand, moins d'un mètre carré, il devait être plus ancien que l'édifice religieux qui l'abritait. L'auteur manquait d'expérience, son style révélait l'amateur. Pourtant, il émanait une véritable émotion de cette pauvre image. Les animaux avaient été peints dans toute la chaleur de leur vulnérabilité et dotés d'une douloureuse tendresse. Je fus étrangement ému par la bonté suprême de cet univers qu'avait représenté l'artiste.

Un monde meilleur, pensa Carlisle.

Le genre de monde où ce que j'étais en train de vivre était possible. La douloureuse tendresse d'alors s'imposa de nouveau à moi.

— Et le lion s'éprit de l'agneau… murmurai-je.

Durant une seconde, ses prunelles grandes ouvertes me furent accessibles, puis elle rougit et baissa la tête. Elle prit le temps d'apaiser sa respiration, et son sourire malicieux réapparut.

— Quel imbécile, cet agneau ! plaisanta-t-elle.

— Quel fou, ce lion… Quel masochiste… répliquai-je.

Même si je n'étais pas certain que ce soit exact. Certes, je provoquais ma propre souffrance et m'en délectais, mais la douleur était le prix à payer, et la récompense la supplantait largement. Le prix m'importait peu, j'étais prêt à payer dix fois plus cher.

— Pourquoi… souffla-t-elle, hésitante.

— Oui ? l'encourageai-je d'un sourire, avide de découvrir ce qu'elle pensait.

— Dis-moi pourquoi tu t'es enfui devant moi, dit-elle, et sa petite ride commença à se manifester.

Sa question fut comme un coup à l'estomac. Pourquoi tenait-elle à rediscuter de cet épisode détestable ?

— Je viens de te l'expliquer.

— Non, insista-t-elle d'une voix très sérieuse, en secouant la tête, le front plissé. Je voudrais savoir ce que j'ai fait de mal. Il va falloir que je sois sur mes gardes, dorénavant. Mieux vaut donc que j'apprenne tout de suite les gestes à éviter. Celui-ci, par exemple, ajouta-t-elle en caressant lentement ma main jusqu'à mon poignet, dans un sillage de feu indolore, paraît acceptable.

Comme ça lui ressemblait d'endosser la responsabilité des choses !

— Tu n'as rien fait de mal. C'était ma faute, Bella.

Elle brandit le menton, ce qui aurait été un signe d'entêtement si son regard n'avait été aussi suppliant.

— Mais je veux aider à te rendre les choses plus aisées, si c'est possible.

Je faillis d'abord lui rétorquer que ce n'était pas son problème mais le mien, qu'elle n'avait pas à s'en soucier. En même temps, je savais qu'elle s'efforçait juste de me comprendre, avec toutes mes excentricités de monstre. Si je lui répondais clairement, elle serait satisfaite. Comment m'expliquer, cependant ? J'avais tellement honte.

— Eh bien… C'était juste ta proximité. Par instinct, la majorité des humains nous évitent, révulsés par notre étrangeté… Je ne m'attendais pas à ce que tu ne te sauves pas. Et puis, il y avait l'odeur de ta gorge.

Je m'interrompis, craignant de la dégoûter. Elle pinça les lèvres, comme pour retenir un rire.

— Très bien, je la cacherai, à partir de maintenant !

D'un geste théâtral, elle rentra le menton dans sa clavicule, dans l'intention évidente d'apaiser mon anxiété. Ça fonctionna – je m'esclaffai.

— Non, vraiment, la rassurai-je, j'ai surtout été surpris.

Je posai délicatement ma paume sur son cou, goûtant l'incroyable velouté de sa peau, sa tiédeur. De mon pouce, je caressai sa mâchoire. Le courant électrique qu'elle seule savait déclencher se mit à vibrer dans tout mon corps.

— Tu vois, soufflai-je, tout va bien.

Son pouls commença à s'emballer, je le perçus sous mes doigts, comme j'entendais la course de son cœur. Le rose envahit son visage, du menton jusqu'aux cheveux. Sa réaction physique, au lieu de raviver ma soif, sembla au contraire accélérer l'éveil de mes instincts humains. Jamais je ne m'étais senti aussi vivant. Même quand je l'avais été.

— Ces rougeurs sont magnifiques, murmurai-je.

Doucement, je dégageai mon autre main et pris son visage en coupe entre mes deux paumes. Ses pupilles se dilatèrent, et son rythme cardiaque s'affola. Je brûlais d'envie de l'embrasser. Ses lèvres douces et ourlées, toujours à demi ouvertes me fascinaient. Bien que mes émotions de mortel paraissent plus fortes que le reste, je ne me faisais pas totalement confiance. J'avais besoin d'une autre épreuve. Il me semblait avoir démêlé l'écheveau d'Alice, mais je gardais l'impression que quelque chose manquait. Je compris alors ce qu'il me restait à faire.

Un geste que j'avais systématiquement écarté, auquel je m'étais refusé de penser.

— Ne bouge pas, l'avertis-je.

Elle hoqueta. Lentement, je m'inclinai vers elle, guettant dans ses yeux un signe m'indiquant qu'elle trouvait ça inopportun. Je n'en décelai aucun. Alors, je laissai tomber ma tête en la tournant afin de l'appuyer contre la base de sa gorge. La chaleur de sa vie animée par le sang se transmit à la pierre froide de mon corps. À mon contact, les pulsations de cette circulation bondirent. Je respirais avec la régularité d'une machine. J'attendis, surveillant le moindre phénomène minuscule en moi. Je patientai peut-être plus qu'il était nécessaire, mais c'était un endroit confortable.

Une fois certain qu'aucun piège ne me guettait, j'agis.

Avec des gestes très prudents et mesurés pour ne pas la surprendre ni l'effrayer, je rééquilibrai ma position. Je descendis mes mains de sa mâchoire à ses épaules, et elle frissonna. J'en perdis un instant le contrôle de mon souffle. Me reprenant, j'assurai encore une fois ma position et plaquai mon oreille sur son cœur. Les battements de ce dernier, forts au début, semblèrent me parvenir en stéréo. La terre parut être moins stable, comme si elle trémulait au rythme de son rythme cardiaque.

Un soupir m'échappa.

— Ah !

J'aurais aimé rester à jamais ainsi immergé dans le bruit de sa vie et la chaleur de sa peau. Mais l'heure de l'épreuve finale avait sonné, je voulais en finir.

Tandis que j'inhalais l'incandescence de son odeur, je m'autorisai à l'imaginer. Au lieu de fermer mon esprit, d'interrompre et de repousser mes pensées hors de ma conscience, je leur donnai le champ libre. Elles résistèrent, mais je me forçai à aller vers ce que j'avais toujours fui.

Je me représentai en train de la goûter… de la vider de son sang.

J'avais assez d'expérience pour savoir le soulagement que je retirerais à étancher mon besoin le plus bestial. Son sang avait tellement plus d'attraits que celui des autres humains que j'avais croisés que je pouvais en déduire que mon plaisir et ma délivrance n'en seraient que plus forts. Il apaiserait ma gorge douloureuse, effacerait tous ces mois d'incendie. Ce serait comme si je n'avais jamais brûlé pour elle, ma souffrance disparaîtrait entièrement.

J'avais plus de difficulté à en imaginer la saveur. Bien que je n'aie jamais bu de sang qui corresponde aussi parfaitement à mon désir, je me doutais que le sien satisferait mes envies les plus irrésistibles.

Pour la première fois depuis trois-quarts de siècle – laps de temps pendant lequel j'avais survécu sans me nourrir de mortels –, je serais totalement rassasié. Mon corps serait plein et fort. La soif mettrait des semaines à m'assaillir de nouveau.

Je ne m'épargnai aucun détail de cette séquence, jusqu'à sa fin, et m'étonnai de constater que ces tabous à présent libérés me tentaient peu. Même en évitant de songer aux inévitables conséquences – le retour de la soif, et le néant d'un monde privé d'elle –, je n'eus aucune envie de mettre en pratique mes fantaisies.

C'est là aussi que je m'aperçus qu'il n'y avait pas de monstre autonome, qu'il n'y en avait jamais eu. Dans ma volonté farouche de distinguer mon esprit de mes aspirations, j'avais – à mon habitude – personnifié cette facette de moi-même pour la dissocier de celles que je considérais constituer mon vrai *moi*. De la même façon que j'avais inventé la sorcière pour avoir un ennemi. Un mécanisme pour faire face, pas très heureux d'ailleurs. J'aurais eu meilleur temps de m'appréhender en un tout complet, avec son bien et son mal, et d'en affronter la réalité.

Je continuai de respirer avec régularité, la morsure de son arôme formant un contrepoint avec l'excédent de sensations physiques que j'éprouvais en la tenant ainsi.

Il me sembla comprendre un peu mieux ce qui m'était arrivé un peu plus tôt, lors de ma crise de colère qui nous avait tétanisés tous les deux. J'avais été si *convaincu* d'être submergé, que maintenant que je *l'étais*, ça avait des allures d'effet Pygmalion. Mon angoisse, les visions atroces qui m'avaient obsédé, les mois de doute qui avaient sapé ma confiance en moi, tout cela s'était allié pour affaiblir ma détermination, dont j'avais à présent la preuve qu'elle était *tout à fait* à la hauteur pour protéger Bella.

Même la vision cauchemardesque d'Alice s'estompait, et ses couleurs se fanaient. Sa capacité à m'ébranler s'éloignait car, c'était évident désormais, *l'avenir qu'elle avait présagé était totalement inconcevable.* Bella et moi quitterions la clairière main dans la main, et je pourrais enfin commencer à vivre.

Nous avions tranché le nœud gordien.

Je ne doutai pas qu'Alice le voyait de son côté et qu'elle s'en réjouissait.

Bien que ma position actuelle soit d'un confort sans égal, j'étais pressé que le reste de ma vie commence. Je m'écartai de Bella, caressant ses bras qui retombèrent de chaque côté de moi, plein de la simple joie de revoir son visage. Elle m'observait avec curiosité, ignorante des événements capitaux qui venaient de me chambouler.

— Ce ne sera plus aussi dur, lui promis-je, en réalisant aussitôt que mes mots ne devaient guère avoir de sens pour elle.

— Est-ce que ça l'a été ? s'enquit-elle avec une compassion qui me réchauffa jusqu'à la moelle.

— Pas autant que je l'aurais cru. Et pour toi ?

— Non, répondit-elle en me jetant un coup d'œil incrédule. Pour moi… non.

Elle s'arrangeait pour donner l'impression que l'étreinte d'un vampire était une bagatelle. Ça devait pourtant exiger plus de courage qu'elle le montrait.

— Tu me comprends, insistai-je.

Elle me gratifia d'un grand sourire de guingois, chaleureux, qui fit ressortir sa fossette. Je compris que si supporter ma proximité demandait des efforts, elle ne m'en dirait rien.

Vertigineuse. C'était le seul mot qui me venait pour décrire l'exaltation dans laquelle j'étais. Pas un adjectif que j'appliquais souvent à mes états. Mes réflexions se bousculaient. J'avais envie de les lui livrer, et qu'elle me livre les siennes. Rien de neuf ici. Mais le reste l'était. Tout avait changé.

J'attrapai sa main – sans me soumettre auparavant à un débat interne épuisant –, simplement parce que je voulais toucher sa peau. C'était la première fois que je me sentais libre d'être aussi spontané. Ces impulsions nouvelles n'avaient rien en commun avec les anciennes.

— Tiens, dis-je en plaçant sa paume sur ma joue. Tu sens comme elle s'est réchauffée ?

Elle réagit plus puissamment que ce à quoi je m'étais attendu. Ses doigts se mirent à trembler, ses yeux s'arrondirent, son sourire s'effaça, son cœur et son souffle s'emballèrent. Sans me laisser le temps d'avoir des regrets, elle se pencha vers moi et lâcha :

— Reste tranquille.

Un frisson me secoua.

Sa requête me fut aisée, et je me figeai dans l'immobilité absolue que les humains étaient incapables de copier. J'ignorais ses intentions – s'habituer à mon *absence* de circulation sanguine était peu probable –, mais j'avais hâte de les découvrir. Je fermai les yeux. Soit parce que je ne souhaitais pas la gêner en la scrutant, soit parce que je voulais me concentrer sur ce qui allait suivre.

Très lentement, elle caressa ma joue, puis ses doigts effleurèrent mes paupières et le contour de mes cernes. Son contact laissait un sillage de chaleur qui me picotait. Elle suivit le tracé de mon nez, passant ensuite à celui de mes lèvres, ses tremblements s'accentuant à cet instant.

Je me liquéfiai. Entrouvrant la bouche, je humai sa proximité.

L'un de ses doigts frôla une nouvelle fois ma lèvre inférieure avant que sa main s'éloigne. Lorsqu'elle recula, l'air nous séparant se refroidit. Rouvrant les yeux, je croisai son regard. Son visage s'était enflammé, et son pouls, précipité. J'en captai l'écho fantôme à l'intérieur de mon corps, alors qu'aucun sang n'y circulait.

Je *voulais*… tant de choses. Des choses dont je n'avais pas éprouvé le besoin de toute ma vie d'immortel avant de la rencontrer. Des choses dont j'étais certain que je ne les avais pas désirées non plus en tant que mortel. Et soudain, j'avais l'impression que certaines d'entre elles que j'avais crues impossibles étaient maintenant possibles.

Pour autant que j'étais à l'aise en sa présence en ce qui concernait la soif, je restais trop fort. Bien plus qu'elle, avec mes membres inflexibles comme l'acier. Je devrais sans cesse avoir sa fragilité à l'esprit. Il me faudrait du temps pour apprendre à me mouvoir en sa présence.

Elle me contemplait, attendant que je lui dise ce que je pensais de *ses* caresses.

— J'aimerais tant, balbutiai-je, j'aimerais tant que tu sentes la… complexité… la confusion… que j'éprouve. Que tu comprennes.

Une de ses mèches dansait dans la brise, attrapant le soleil avec des reflets roux. J'en palpai la texture puis, parce qu'il était tout près, je ne pus résister au plaisir de frôler son visage. Ses joues semblaient de velours. Elle appuya sa tête contre ma paume, sans que l'intensité de son regard baisse.

— Explique-moi, souffla-t-elle.

— Je ne pense pas y parvenir. (Par où commencer ?) Je t'ai déjà dit, d'un côté, la faim – la soif – que, déplorable créature (je lui adressai un petit sourire contrit), je ressens pour toi. Je crois que tu saisis ça, jusqu'à un certain point. Mais, comme tu n'es pas accro à une substance illégale quelconque, ton empathie ne peut être complète.

D'eux-mêmes, mes doigts agacèrent ses lèvres. Je les y autorisai. Enfin. Elles se révélèrent plus douces que je l'avais imaginé. Plus chaudes.

— D'autres faims me dévorent, cependant, poursuivis-je. Des pulsions qui m'échappent, même à moi. Qui me sont étrangères.

— Tout ça m'est beaucoup plus familier que tu ne le penses, répondit-elle, un peu sceptique.

— Je ne suis pas habitué aux émotions humaines. Est-ce toujours ainsi ?

Le courant qui chantait dans mon organisme, l'attraction magnétique qui me jetait à elle, le sentiment qu'aucune proximité ne me rassasierait jamais.

— Pour moi ? Non, c'est la première fois.

Je repris ses mains entre les miennes.

— J'ignore comment être proche de toi, l'avertis-je. Je ne suis pas sûr de le pouvoir.

Où poser les limites de sa sécurité ? Comment empêcher mon désir égoïste de les repousser ?

Elle se tortilla jusqu'à moi. Je me figeai, prudent, tandis qu'elle appuyait sa joue contre mon torse nu. En cet instant, je fus extrêmement reconnaissant à Alice d'influencer ma garde-robe. Fermant les paupières, elle poussa un soupir satisfait.

— Cela me suffit.

Incapable de refuser l'invitation et conscient que j'étais capable de ça, au moins, j'enlaçai sa taille – pour la première fois – avec beaucoup de précautions, puis embrassai le haut de sa tête en inhalant son odeur tiède. Un premier baiser, furtif, et non réciproque.

— Tu te débrouilles bien mieux que ce que tu prétends, rigola-t-elle.

— Je conserve de très vieux instincts, chuchotai-je dans ses cheveux. Ils sont peut-être enfouis très profondément, mais ils existent.

Le temps s'écoula sans que nous nous en apercevions, cependant que je la berçais, mes lèvres sur son crâne. Son cœur battait avec langueur, à présent, et son souffle était lent et régulier sur ma poitrine. Je ne me rendis compte de l'heure que quand l'ombre des arbres nous recouvrit. Privée des reflets que renvoyait ma peau, la clairière sembla soudain sombre, comme si on était le soir, et non l'après-midi. Bella poussa un nouveau soupir, gros de regrets cette fois.

— Tu dois rentrer, devinai-je.

— Je croyais que tu ne pouvais lire dans mes pensées.

Je souris et déposai un ultime baiser dérobé dans ses boucles.

— Elles me deviennent de plus en plus claires.

Nous étions restés longtemps dans ces lieux magiques, même si j'avais l'impression que ce n'avait été que quelques secondes. Bella devait avoir des besoins humains qu'elle négligeait. Songeant au long trajet de retour, j'eus une idée. Je m'écartai, avec réticence, et plaçai légèrement mes mains sur ses épaules.

— Puis-je te montrer quelque chose ? demandai-je.

— Quoi ?

Son ton était suspicieux, et je compris que le mien avait été un peu trop enthousiaste.

— Comment je me déplace dans les bois.

Elle plissa la bouche, dubitative, et sa ride se creusa, encore plus que tout à l'heure, quand j'avais failli l'attaquer. Ça m'étonna un peu. Elle était d'ordinaire si curieuse et audacieuse.

— Ne t'inquiète pas, tu n'as rien à craindre et nous serons à la camionnette drôlement plus vite.

Je la gratifiai d'un sourire encourageant. Elle réfléchit une minute avant de murmurer :

— Tu vas te transformer en chauve-souris ?

Malgré moi, j'éclatai d'un rire tonitruant. Sans vergogne. Je ne me rappelai pas avoir été aussi libre dans mes comportements. Pour être exact, je l'étais au sein de ma famille, mais ce n'était pas pareil. J'étais au nirvana, sans contraintes, chacune de mes cellules fourmillant d'une énergie nouvelle, électrique. La compagnie de Bella intensifiait toutes mes sensations.

— Celle-là, ce n'est pas la première fois qu'on me la sert.

— Tu parles ! Comme si les gens osaient.

Je bondis sur mes pieds, lui tendis la main. Elle la contempla avec réticence.

— Allez, trouillarde, grimpe sur mon dos.

Elle hésita encore un moment. Peut-être parce que ma proposition l'inquiétait, peut-être parce qu'elle ne savait pas trop comment m'aborder. La proximité physique était une grande nouveauté pour nous, toute timidité n'avait pas disparu. Décidant que c'était ça le problème, je résolus de lui faciliter la tâche. Je la soulevai, l'installai sur mon dos et arrangeai ses jambes et ses bras autour de moi. Son pouls s'affola, sa respiration se fit heurtée et, une fois en place, elle s'accrocha de toutes ses forces, la chaleur de son corps enveloppant le mien.

— Je pèse un peu plus que le sac à dos moyen, lâcha-t-elle.

Croyait-elle que je n'étais pas capable de tenir le coup ?

— Ha !

Je pris conscience, non qu'il m'était facile de porter son poids insignifiant, mais qu'elle soit littéralement enroulée autour de moi. Mon bonheur supplantait tant ma soif que cette dernière me faisait à peine souffrir. Attrapant celle de ses mains qui était nouée à mon cou, j'en humai la paume avec force. Oui, la douleur était là, bien réelle, anodine cependant. Qu'est-ce qu'était un peu de feu en comparaison de toute cette lumière ?

— De plus en plus facile, marmonnai-je.

Je partis à grandes enjambées nonchalantes en choisissant le chemin le plus facile, histoire de ne pas la secouer sur un trajet trop pentu. Ça prendrait quelques secondes supplémentaires, mais nous serions à sa camionnette en cinq minutes au lieu de plusieurs heures.

Ce fut une expérience d'allégresse inédite. J'avais toujours aimé courir, mon plaisir le plus vif depuis cent ans. Sauf qu'à partager ça avec elle, sans distance physique ou psychique, je m'aperçus que j'en retirais bien plus que la satisfaction de la course. Était-elle aussi emballée que moi ?

Un scrupule me titillait. Dès qu'elle avait paru exprimer le désir de rentrer, je m'étais hâté de lui plaire. N'aurions-nous pas dû toutefois terminer cette journée primordiale par un grand final digne de ce nom, sceller en quelque sorte notre nouvelle entente ? La bénir ? Dans mon empressement, j'avais oublié ce détail.

Il n'était pas trop tard, et l'idée m'électrisa. Un baiser. Un vrai. J'avais cru que ça ne nous serait pas permis. J'avais déploré que cette impossibilité nous fasse du mal à l'un et à l'autre. À présent, j'étais certain que c'était envisageable… et imminent. La tension rebondit à l'intérieur de mon ventre, et je me demandai pourquoi les humains avaient décidé de nommer cette sensation violente « papillons ».

Je m'arrêtai en douceur à quelques pas de sa voiture.

— Génial, hein ? m'exclamai-je, guettant sa réaction avec impatience.

Elle ne répondit pas, ses membres restèrent serrés comme un étau autour de mon cou et de ma taille. Il s'écoula plusieurs secondes. Que se passait-il ?

— Bella ?

Elle hoqueta, et je compris qu'elle avait retenu sa respiration. Je m'en voulus de ne pas l'avoir remarqué.

— J'ai besoin de m'allonger, je crois, dit-elle d'une voix faible.

— Oh, navré.

J'avais vraiment besoin de m'entraîner à *l'humain*. Je n'avais pas un instant songé qu'elle puisse souffrir du mal des transports. J'attendis qu'elle relâche sa prise, mais elle ne broncha pas.

— J'ai aussi besoin d'aide, murmura-t-elle.

Avec des mouvements lents et tendres, je dénouai ses jambes puis ses bras, avant de la basculer devant moi et de la serrer contre mon torse. Son teint verdâtre m'alarma, bien que je l'aie déjà vu. Là, c'était totalement différent. M'agenouillant, je la couchai sur un lit de fougères.

— Comment te sens-tu ?

— Nauséeuse.

— Mets ta tête entre tes genoux.

Elle obéit sans rechigner, à croire qu'elle en avait l'habitude. Je m'assis près d'elle et écoutai son souffle régulier. Je m'aperçus que j'étais en proie à une anxiété, démesurée au regard de la situation. Elle n'avait rien de grave, juste un peu mal au cœur, et pourtant… sa pâleur et son malaise m'inquiétaient plus que de raison. Peu après, elle se redressa avec précaution. Si elle restait blême, elle était moins verte. Une fine pellicule de sueur perlait à son front.

— Ce n'était pas une très bonne idée, soufflai-je, en me traitant intérieurement d'idiot.

— Au contraire, c'était une expérience très intéressante, mentit-elle avec un sourire faux.

— Ha ! maugréai-je. Tu es blanche comme un linge… Pire, même. Comme moi !

— J'aurais dû fermer les yeux.

Aussitôt, elle s'exécuta tout en inspirant longuement.

— Rappelle-t'en, la prochaine fois.

Ma tension s'amenuisait au fur et à mesure qu'elle reprenait des couleurs.

— Pardon ? protesta-t-elle d'un ton théâtral.

Je m'esclaffai devant son renfrognement affecté.

— Frimeur, ronchonna-t-elle.

Sa lèvre inférieure, ronde et pleine, se détendit, l'air incroyablement douce. J'imaginai comment elle céderait sous ma bouche, nous rapprochant encore. Roulant sur les genoux, je lui fis face. Nerveux, agité, impatient, timide. Mon désir fou d'être tout près d'elle me rappela la soif qui m'avait autrefois dominé. Comme elle, il était exigeant et impossible à ignorer. Je m'inclinai. Son souffle tiède assaillit mes narines.

— Regarde-moi, Bella.

Elle obtempéra sans se presser, m'observa à travers ses cils épais, puis releva le menton.

— En chemin, je réfléchissais…

Hum. Pas très romantique, ça.

— À la meilleure façon d'éviter les arbres, j'espère, rétorqua-t-elle en plissant les paupières.

Elle ravala un sourire, et je ris.

— Petite sotte. Courir est une deuxième nature chez moi. Je n'ai pas besoin d'y penser.

— Frimeur, répéta-t-elle en insistant sur le mot.

Nous dérivions, là. Ce qui était surprenant, vu notre proximité. Je nous remis sur les rails.

— Non, je réfléchissais à un truc que j'ai envie d'essayer.

Je pris son visage entre mes mains, veillant à lui laisser assez d'espace pour m'échapper si elle le souhaitait. Elle hoqueta et, automatiquement, avança la tête. En un huitième de seconde, je vérifiai que rien en moi ne risquait de me prendre au dépourvu. Je maîtrisai ma soif, sublimée par mes besoins physiques. Je réglai la pression dans mes mains, mes bras, mon torse penché vers elle de manière à ce que mes gestes soient légers comme le vent. Bien que je sois certain que ce n'était pas nécessaire, je retins mon souffle. On n'est jamais trop prudent, n'est-ce pas ?

Elle ferma les yeux.

Je posai mes lèvres sur les siennes.

J'avais beau avoir pensé être prêt, la combustion qui s'ensuivit me désarçonna.

Quelle étrange alchimie ! Deux bouches collées l'une à l'autre provoquaient donc plus de sensations que des doigts qui se frôlaient ? La puissance de ce simple contact en cet endroit spécifique du corps, d'une violence que je n'avais encore jamais éprouvée, dépassait mon entendement. Comme si un nouveau soleil resplendissait soudain là où nos lèvres se rencontraient, comme si j'étais rempli de sa lumière étincelante au point d'en exploser.

Je n'eus qu'une fraction de seconde pour prendre conscience de l'impact de ce baiser avant qu'il frappe Bella à son tour. Haletante, elle ouvrit la bouche, et la fièvre de son haleine incendia ma peau. Elle crocheta mon cou de ses bras, enfouit ses doigts dans mes cheveux et écrasa avec encore plus de force ses lèvres contre les miennes. Elles me semblèrent plus chaudes, comme si un sang neuf y avait afflué. Elles ne cessaient de s'écarter, m'invitaient à aller plus loin.

C'était une invitation qu'il aurait été déraisonnable d'accepter.

Le plus doucement possible, je m'empressai de repousser son visage et de le maintenir à distance du bout des doigts. Je restai immobile et tentai, sinon d'ignorer la tentation, du moins de m'en détacher. Je notai au passage le retour déplaisant de quelques-uns de mes instincts prédateurs – un excès de venin dans ma bouche, un raidissement de mes muscles –, mais ils ne furent que superficiels. Il aurait sans doute été inexact de prétendre que la raison l'emportait ; il n'empêche, j'étais loin de la passion *dévorante*. Plutôt sous l'emprise d'une flamme bien plus agréable. Ce qui ne signifiait pas pour autant qu'il ne fallait pas en modérer les élans.

Bella affichait une expression à la fois accablée et penaude.

— Houps !

Je ne pus m'empêcher de songer à ce que ses actes innocents auraient donné quelques heures auparavant.

— Comme tu dis.

Bien qu'elle ignore les progrès que j'avais accomplis ce jour-là, elle s'était comportée du début à la fin comme si j'étais pleinement maître de moi, y compris quand ça n'avait pas été le cas. Je fus soulagé d'avoir enfin l'impression de mériter sa confiance.

Elle voulut reculer, mais mes mains retenaient son visage.

— Dois-je…

— Non, c'est supportable. Une minute, s'il te plaît.

Je tenais à m'assurer que rien ne m'échappait. Mon corps se détendait déjà, et le venin se dissipait. J'avais plus de mal à nier que j'avais envie de la serrer contre moi et de regoûter à l'alchimie de notre baiser. Je recourus à mes décennies de discipline pour me contrôler.

— Et voilà, annonçai-je lorsque je fus d'un calme total.

— Supportable ? demanda-t-elle avec un petit sourire.

— Je suis plus fort que je ne le pensais, m'esclaffai-je. Ça fait plaisir de l'apprendre.

Je n'en revenais pas de m'être aussi bien dominé. Quelle progression ! Et à quelle vitesse !

— J'aimerais pouvoir en dire autant de moi-même. Navrée.

— Je te pardonne. Tu n'es qu'une humaine, après tout.

— Merci du compliment, persifla-t-elle en levant les yeux au ciel.

La lumière qui m'avait envahi au moment du baiser s'attardait. Je nageais en plein bonheur, je m'y noyais. Je m'inquiétais que mon allégresse et ma confusion me rendent irresponsable. Je devais la ramener chez elle. Mettre un terme à notre utopie ne serait pas trop difficile, car nous repartions ensemble.

Je me remis debout et lui tendis une main que, cette fois, elle accepta sans hésiter. Je la hissai sur ses pieds. Elle tituba.

— C'est encore la course ou dois-je le mettre sur le compte de mon habileté à embrasser ?

Je ris aux éclats. Elle enroula sa paume autour de mon poignet pour recouvrer l'équilibre.

— Un peu des deux, j'imagine, plaisanta-t-elle.

Son corps vacilla contre le mien, exprès, pas à cause du vertige.

— Mieux vaut que je prenne le volant, alors.

Aussitôt, elle fut bien plantée sur ses jambes et carra les épaules.

— Ça va pas la tête ?

Si elle conduisait, je devrais veiller à ce qu'elle se concentre sur la route et ne pas la distraire. Si, en revanche, c'était moi, nous aurions beaucoup plus de marge de manœuvre.

— Je conduis mieux que toi dans tes meilleurs jours. Tes réflexes sont si lents !

Je lui souris afin qu'elle voie que – pour l'essentiel – je la taquinais.

— J'en suis convaincue, mais ni mes nerfs ni ma camionnette n'y résisteront.

Je décidai de tenter le coup de l'éblouissement qu'elle m'avait reproché par le passé, même si je n'avais toujours pas bien compris de quoi il s'agissait.

— Fais-moi confiance, Bella, s'il te plaît.

Ça ne fonctionna pas. Peut-être parce qu'elle ne me regardait pas. Elle tapota sa poche, en tira ses clés, referma le poing autour, releva la tête et la secoua.

— Pas question, décréta-t-elle.

Elle me contourna pour regagner la route. J'ignore si elle était encore un peu instable ou simplement maladroite comme d'habitude, mais elle vacilla dès le deuxième pas, et je dus l'empêcher de tomber.

— Bella, chuchotai-je, en la serrant entre mes bras.

Perdant tout entrain, elle s'appuya à moi et tendit son visage vers le mien. L'embrasser sur-le-champ me sembla être une idée tout aussi formidable que déraisonnable. Je m'obligeai à pécher par excès de prudence.

— J'ai dépensé beaucoup d'énergie pour te garder en vie aujourd'hui, badinai-je. Je n'ai pas l'intention de te laisser conduire alors que tu n'arrives même pas à marcher droit. Et puis, tu t'es vue quand t'a bu ?

Citation d'une vieille publicité de sa jeunesse.

— Bu, moi ? se récria-t-elle.

— Ma seule présence t'intoxique, persiflai-je avec un sourire narquois.

— Voilà un argument que je ne peux guère réfuter, céda-t-elle en soupirant.

Elle laissa tomber ses clés dans ma paume.

— Vas-y doucement, me prévint-elle, ma voiture est une dame du troisième âge.

— Très juste.

— Et toi, me demanda-t-elle avec une moue agacée, tu n'es pas affecté par ma présence ?

Révolutionné, oui. Elle m'avait transformé, je ne me reconnaissais pas. Pour la première fois en cent ans, j'étais *heureux* d'être ce que j'étais. Ma nature de vampire, à l'exception du danger que je représentais pour elle, m'était devenue acceptable. C'était elle qui m'avait permis de vivre assez longtemps pour trouver Bella.

Si j'avais su ce qui m'attendait, si j'avais su que mon existence avançait vers quelque chose de mieux que ce que j'aurais pu imaginer, ce siècle que j'avais enduré n'aurait pas été si difficile. Contrairement à ce que j'avais cru, ça n'avait pas été des années de tuerie, mais de progrès. Je m'étais raffiné, préparé, maîtrisé pour être en mesure d'avoir *cela* à présent.

Certes, je n'étais pas encore très certain de ce nouveau moi. La violente extase qui imprégnait le moindre de mes atomes ne paraissait pas viable à long terme. Il n'empêche, je ne voulais pas redevenir l'ancien Edward. Celui qui avait été incomplet, mal fini, comme s'il lui avait manqué une moitié de lui-même.

Il lui aurait été impossible de faire ceci : je m'inclinai et embrassai le coin de sa mâchoire, juste au-dessus de sa jugulaire. Puis je promenai mes lèvres jusqu'à son menton avant de remonter vers son oreille, sentant le velouté de sa peau tiède céder sous les assauts légers de mes baisers. Je retournai à son menton, tout près de sa bouche. Elle frissonna, me rappelant que ce qui m'apparaissait comme une chaleur sans précédent était pour elle un hiver glacial. Je la lâchai.

— Quand bien même ce serait le cas, murmurai-je à son oreille, il n'en reste pas moins que j'ai de meilleurs réflexes.

18

LA RAISON ET LA CHAIR

J'AVAIS EU RAISON D'INSISTER POUR CONDUIRE.

D'abord, bien sûr, parce qu'il y eut tout ce qu'elle n'aurait pas pu faire si elle avait été obligée de concentrer ses sens de mortelle sur la route – me tenir la main, me regarder dans les yeux, se vautrer dans sa joie, d'une façon générale. Plus encore, cependant, cette sensation d'être empli d'une lumière radieuse n'avait pas diminué d'un poil. Si elle était écrasante pour moi, je n'osais imaginer ses effets sur une morphologie humaine. Mieux valait confier le trajet à mon inhumanité.

Les nuages se déplaçaient à mesure que le crépuscule tombait. De temps en temps, un javelot d'un rouge déclinant transperçait mon visage. Je songeais à la terreur que, la veille encore, ça m'aurait inspiré. À présent, j'avais envie d'en rire. D'ailleurs, je me sentais hilare, comme si la surabondance de lumière en moi avait besoin d'un moyen de se déverser.

J'allumai la radio. À ma grande surprise, je n'obtins que du larsen. De toute façon, avec les pétarades du moteur, Bella ne devait guère écouter de musique dans sa guimbarde. Je tripotai le bouton jusqu'à ce que je tombe sur une chaîne vaguement audible. Ils passaient Johnny Ace, *Pledging My Love*. Idéal. Je me mis à fredonner. Bien que j'aie l'impression d'être gnangnan, c'était l'occasion de pouvoir lui dire ces mots : « Always and forever, I'll love only you. »

Bella ne me quittait pas des yeux avec ce sourire que je savais désormais interpréter sans risque d'erreur comme de l'émerveillement.

— Tu aimes la musique des années cinquante ? me demanda-t-elle à la fin de la chanson.

— Elle était très bonne, à l'époque. Bien meilleure que celle des deux décennies qui ont suivi. Pouah !

Il y avait eu des exceptions, certes, mais ce que diffusaient les radios n'avait pas eu ma préférence. Le disco m'avait laissé froid.

— Au moins, conclus-je, c'est redevenu supportable à partir des années quatre-vingt.

Elle pinça les lèvres un instant, et se tendit, comme si quelque chose la turlupinait.

— M'avoueras-tu jamais ton âge ? s'enquit-elle.

Ah, elle avait eu peur de m'ébranler. Je la rassurai d'un sourire.

— C'est tellement important ?

— Non, admit-elle, apparemment soulagée, mais je ne peux m'empêcher de m'interroger… Rien de tel qu'un mystère non résolu pour me donner des insomnies.

Ce fut à moi de m'inquiéter.

— J'ai peur de te bouleverser.

Mon inhumanité ne l'avait pas dégoûtée, mais quelle serait sa réaction quand elle apprendrait notre différence d'âge ? Par bien des aspects, j'avais vraiment dix-sept ans. Me verrait-elle ainsi, cependant ? Que s'était-elle imaginée ? Des millénaires, des châteaux gothiques, un accent transylvanien ? Ma foi ça existait, Carlisle en avait rencontré.

— Fais-moi un peu confiance, me défia-t-elle.

Je fouillai ses prunelles, en quête de réponses à mes interrogations. Puis je soupirai. À ce stade, après tout ce que nous avions surmonté, n'aurais-je pas dû avoir acquis un peu de courage ? Or voilà que, de nouveau, j'étais terrifié à l'idée de la terroriser. Bien sûr, je n'avais d'autre choix que d'être honnête.

— Je suis né à Chicago en 1901, avouai-je.

Je fixai le pare-brise pour qu'elle n'ait pas le sentiment d'être observée pendant qu'elle faisait le calcul, mais lui jetai un coup d'œil à la dérobée. Elle affichait une sérénité artificielle, et je devinai qu'elle s'efforçait de gérer ses émotions. Elle ne voulait pas plus exprimer sa peur que je ne cherchais à l'effrayer. Au fur et à mesure que nous nous découvrions, nos émotions avaient tendance à se refléter. L'harmonie.

— Carlisle m'a trouvé au fond d'un hôpital à l'été 1918, continuai-je. J'avais dix-sept ans et j'étais en train de mourir de la grippe espagnole.

Perdant contenance, elle étouffa un cri et écarquilla les yeux.

— Je n'en garde pas un souvenir très net. C'était il y a longtemps, et notre mémoire humaine s'estompe.

Ça ne sembla pas la réconforter, mais elle opina. Elle ne dit rien, attendant la suite. Je venais de me jurer d'être honnête, mais je me rendis compte que la franchise avait ses limites. S'il y avait des choses qu'elle devait savoir, il serait plus sage de taire certains détails. Alice avait peut-être raison. Si Bella nourrissait un sentiment un tant soit peu proche du mien en cet instant, il était possible qu'elle souhaite le prolonger. « Rester » auprès de moi, avait-elle dit dans la clairière. Je savais que j'aurais du mal à lui refuser quoi que ce soit. Je choisis mes mots avec soin.

— En revanche, je me rappelle bien ce que j'ai éprouvé quand Carlisle m'a *sauvé*. Ce n'est pas une étape qu'on oublie facilement.

— Et tes parents ?

— La maladie les avait déjà emportés. Je n'avais personne. (Ça, ce n'était pas dur à formuler, dans la mesure où cette part de mon passé ressemblait plus à un récit extérieur qu'à de véritables souvenirs.) C'est pourquoi il m'a choisi, d'ailleurs. Dans le chaos de l'épidémie, qui s'apercevrait que j'avais disparu ?

— Comment t'a-t-il… sauvé ?

Elle ne m'épargnait pas les questions difficiles. Je réfléchis à ce qu'il était essentiel que je lui taise, tournai autour du pot.

— Ça n'a pas été simple. Rares sont ceux dotés de la retenue nécessaire. Mais Carlisle a toujours été le plus humain, le plus compatissant de nous tous… À mon avis, il n'a pas d'équivalent dans l'Histoire.

Je pensai à mon père pendant un instant, doutant que mes louanges soient à la hauteur de sa valeur, puis je terminai avec ce que je considérais comme sans danger.

— Pour moi, ça a juste été très, très douloureux.

Si d'autres réminiscences susceptibles d'être elles aussi douloureuses, la perte de ma mère en particulier, étaient confuses, effacées, celle de cette souffrance-là restait d'une clarté exceptionnelle, et je tressaillis. Si, un jour, Bella me suppliait de rester auprès de moi, en pleine connaissance de ce que ça impliquait, ce souvenir serait l'aide la plus efficace pour lui dire non. La perspective qu'elle subisse cette torture me révulsait.

Bouche pincée et yeux plissés sous l'effet de la réflexion, elle digérait l'information. J'aurais aimé savoir ce à quoi elle songeait, mais me doutais que l'interroger ne me vaudrait que de nouvelles questions. Je poursuivis donc mon récit en espérant la distraire.

— Il a agi par solitude. C'est en général la raison qui préside à cette décision. J'ai été le premier membre de sa famille, même s'il a trouvé Esmé peu après. Elle était tombée d'une falaise. Ils l'ont transportée aussitôt à la morgue de l'hôpital, bien que, par miracle, son cœur batte encore.

— Il faut donc être à l'agonie pour devenir un…

Flûte ! Elle s'entêtait à parler du mécanisme. Je me dépêchai de rectifier le tir.

— Pas forcément. C'est juste Carlisle. Il n'imposerait jamais ce choix à qui aurait une autre solution. Il dit cependant que c'est plus facile quand le sang est faible.

De nouveau, je regardai la route. Je regrettais d'avoir ajouté cette dernière phrase. Flirtais-je avec le danger de lui donner les réponses qu'elle cherchait parce que je voulais en partie qu'elle sache afin de rester auprès de moi ? Je devais apprendre à tenir ma langue. À museler mon côté égoïste.

— Et Emmett et Rosalie ?

Je lui souris. Elle se rendait sûrement compte que j'étais évasif, et pourtant elle était prête à ne pas insister pour ne pas m'embarrasser.

— Rosalie a été la troisième. Ce n'est que bien plus tard que j'ai compris qu'il avait espéré qu'elle serait pour moi ce qu'Esmé était pour lui.

Il veillait à me dissimuler ses réflexions. Je me souvenais de ma répugnance lorsqu'il avait fini par se trahir. Au début, Rosalie n'avait pas été un ajout très heureux à notre famille – en vérité, elle nous avait sacrément compliqué l'existence. J'avais été horrifié de découvrir que Carlisle envisageait une relation plus intime entre elle et moi. Il aurait été cependant discourtois de partager cette information avec Bella. Guère chevaleresque.

— Mais je ne l'ai jamais considérée que comme une sœur. (Sans doute la façon la plus gentille de résumer ce chapitre.) Deux ans après, elle a ramené Emmett. Elle chassait – nous habitions les Appalaches, à l'époque – et elle est tombée sur un ours qui s'apprêtait à l'achever. Elle l'a porté sur plus de cent cinquante kilomètres pour le confier à Carlisle, parce qu'elle avait peur de… ne pas y arriver elle-même.

Nous résidions dans les faubourgs de Knoxville, pas les conditions climatiques idéales, qui nous obligeaient à rester confinés à la maison durant la journée. Ce n'était que temporaire. Carlisle effectuait des recherches à l'université de médecine du Tennessee. Il nous avait demandé quelques semaines, quelques mois, rien d'insurmontable. Nous avions accès à plusieurs bibliothèques, et la vie nocturne de La Nouvelle-Orléans n'était pas très éloignée, pour des créatures aussi rapides que nous. Rosalie, qui avait dépassé le stade de nouveau-né mais n'était pas encore à l'aise avec les mortels, refusait de se divertir, cependant. Elle broyait du noir et geignait, rejetant toute proposition d'amusement ou d'étude. Pour être honnête, elle ne se plaignait pas ouvertement. Esmé n'était pas aussi irritée que moi.

Rosalie préférait chasser en solitaire. J'étais normalement chargé de veiller sur elle, mais je ne m'opposais pas très vigoureusement à ses escapades, pour notre plus grand soulagement à tous deux. Elle savait se montrer prudente. Nous étions tous entraînés à réfréner nos instincts, hormis quand nous étions dans des lieux inhabités. Malgré ma réticence à reconnaître la moindre vertu à cette intruse importune, je devais admettre qu'elle était douée d'une maîtrise de soi remarquable. Essentiellement parce qu'elle était obstinée et, selon moi, avide de me battre à ce petit jeu.

Aussi, quand ses pas, plus vifs et lourds que d'habitude, brisèrent la quiétude de l'aube de Knoxville, et que son odeur familière nous parvint, précédée par l'arôme puissant du sang humain, tandis que son cerveau était agité de réflexions incohérentes, je ne crus *pas un instant* qu'elle avait dérapé.

Lors de la première année de sa seconde vie, avant qu'elle disparaisse pour plusieurs missions vengeresses, ses pensées l'avaient trahie sans faillir. Au courant de ses plans, j'en avais informé Carlisle. Il avait d'abord tenté de la raisonner avec douceur, l'incitant à lâcher prise, convaincu qu'elle oublierait son passé et que ses souffrances s'atténueraient. Des représailles ne lui rapporteraient pas ce qu'elle avait perdu. Mais devant son implacable fureur, il s'était résigné à lui dispenser quelques conseils de discrétion à appliquer lors de ses incursions. Ni lui ni moi n'aurions osé avancer qu'elle ne méritait pas réparation. Et tous deux estimions malgré nous que le monde ne s'en porterait que mieux, débarrassé des violeurs et meurtriers qui avaient tué Rosalie.

J'avais cru qu'elle les avait tous liquidés. Son esprit s'était depuis longtemps apaisé, il avait cessé d'être obsédé par ses envies de briser et déchirer, de mutiler et estropier. Toutefois, quand l'odeur de sang humain submergea la maison comme un raz-de-marée, j'en conclus aussitôt qu'elle avait déniché un énième complice de sa fin. Malgré ma piètre opinion d'elle, j'avais une foi inébranlable en sa capacité à ne pas faire le mal.

Mes déductions furent renversées cul par-dessus tête quand, paniquée, elle appela Carlisle au secours. Puis, sous les cris aigus de sa détresse, je perçus les battements faibles d'un cœur.

Je quittai ma chambre en vitesse et la rejoignis au salon avant même qu'elle ait fini de hurler. Carlisle était déjà sur place. Sa chevelure en désordre (ce qui ne lui ressemblait pas), sa robe préférée maculée de sang au point que l'ourlet en était cramoisi, Rosalie portait un colosse. À peine conscient, il promenait un regard déphasé sur la pièce. Des entailles régulières balafraient sa peau un peu partout, et il était évident qu'il avait plusieurs os brisés.

« Sauve-le ! hurla Rosalie à Carlisle. Je t'en supplie. »

Je t'en supplie, je t'en supplie, je t'en supplie serinait son esprit.

Je vis ce que lui coûtaient ces mots. Quand elle reprit son souffle pour réoxygéner ses poumons, elle flancha devant la proximité de l'odeur du sang frais. Détournant la tête, elle tendit ses bras chargés de l'homme. Compassionnel à sa douleur, Carlisle l'en débarrassa et le coucha avec douceur sur le tapis. Le malheureux était en trop piteux état pour gémir.

Retenant ma respiration par réflexe, j'observais, sous le choc, cet étrange tableau. J'aurais dû avoir quitté la maison depuis longtemps. Me parvenaient les pensées d'Esmé, qui se retirait précipitamment. Sitôt qu'elle avait humé le parfum, elle avait su fuir, bien qu'elle soit aussi perdue que moi.

Mon père examina le mortel. *Il est trop tard.* Il répugnait à décevoir Rosalie. Elle avait beau détester la vie qu'il lui avait donnée, elle lui demandait rarement un service. Et jamais lorsqu'elle était en proie à un tel désarroi. *Il doit être de sa famille*, songeait Carlisle. *Comment supporterais-je de la blesser une seconde fois ?*

Le costaud, à peine plus âgé que moi, me rendais-je compte maintenant que j'y regardais de plus près, ferma les paupières et émit un râle.

« Mais qu'est-ce que tu attends ? piailla Rosalie. »

Il est en train de mourir !

« Rosalie, je… »

Carlisle s'interrompit et leva ses mains ensanglantées en signe d'impuissance. Ce fut alors qu'une image surgit dans le cerveau de ma sœur, et je compris ce qu'elle voulait.

« Elle ne te demande pas de le guérir, me dépêchai-je de traduire, mais de le *sauver.* »

L'intéressée m'adressa un coup d'œil de gratitude qui, un instant, altéra ses traits comme jamais. Soudain, je me rappelai combien elle était belle.

La réponse de Carlisle ne tarda pas. *Oh !* Alors, je découvris avec précision l'ampleur de ce qu'il était prêt à faire pour Rosalie, et combien il se sentait redevable à son égard. Il délibéra à peine une seconde. Déjà agenouillé près de la silhouette détruite, il nous chassa.

« Rester ici serait dangereux », nous avertit-il en s'inclinant au-dessus du cou de l'homme.

Attrapant Rosalie par son bras rougi, je l'entraînai dehors. Elle ne résista pas. Nous filâmes à toutes jambes, ne nous arrêtant qu'au bord du fleuve Tennessee, dans lequel nous plongeâmes. C'est là, allongés dans la vase fraîche de la berge que nous eûmes notre première vraie conversation, tandis que l'eau lavait ses vêtements et sa peau.

Elle ne parla pas beaucoup, préférant me montrer comment elle était tombée sur l'humain, un parfait inconnu, à l'agonie. Quelque chose sur ce visage avait rendu sa mort intolérable à Rosalie. Les mots lui manquaient pour expliquer ses raisons. Ils lui manquaient aussi pour expliquer comment elle avait réussi à accomplir le trajet harassant sans achever elle-même l'homme. Je la vis courir sur des kilomètres, rapide comme jamais, luttant contre la douleur de sa soif. Elle revivait tout ça mentalement, l'esprit ouvert et vulnérable. Elle aussi s'efforçait de comprendre. Elle était paumée, je l'étais également.

Je ne souhaitais pas spécialement que ma famille s'agrandisse. Je ne m'étais pas beaucoup intéressé aux envies et aux besoins de ma sœur. Mais, à travers ses yeux, je compris qu'elle avait droit au bonheur. Une fois n'est pas coutume, elle et moi étions sur la même longueur d'onde.

Il nous serait impossible de rentrer avant longtemps, même si Rosalie était angoissée à l'extrême et souhaitait savoir ce qui se passait. Je la rassurai en lui disant que, s'il avait échoué, Carlisle serait venu nous en informer. Ces heures nous changèrent tous les deux. Lorsque Carlisle surgit pour nous inviter à revenir, nous étions vraiment un frère et une sœur.

Ces souvenirs de la naissance de mon amour pour Rosalie n'avaient pas duré. Bella attendait la suite de l'histoire. Je repensai à l'instant où j'avais laissé Rosalie, couverte de sang, se détournant au maximum d'Emmett. Sa posture me rappelait une image plus récente, le jour où j'avais porté Bella à l'infirmerie du lycée. Drôle de juxtaposition.

— Je commence aujourd'hui seulement à me rendre compte combien ce voyage a dû être éprouvant pour elle, conclus-je.

Nos doigts étaient entrelacés, et je les levai pour pouvoir caresser sa joue avec le dos de ma main. Dans le ciel, le dernier pan de lumière rouge avait viré au violet.

— Et pourtant, elle l'a accompli, murmura Bella, impatiente que je continue.

— Oui. Quelque chose chez Emmett lui en a donné la force.

Incroyable qu'elle ait visé si juste. Épatant qu'ils se soient aussi bien complétés, comme deux parties d'un tout. La volonté du destin ou un coup de chance astronomique ? Je n'avais jamais tranché la question.

— Ils sont ensemble depuis. Quelquefois, ils vont vivre ailleurs, en couple.

Comme j'appréciais ces interludes ! Si j'aimais les deux séparément, les deux réunis constituaient un supplice abominable, à cause de mes aptitudes mentales qui ne me cachaient rien de leur intimité.

— Sauf que plus nous prétendons être jeunes, plus il nous est aisé de nous fondre dans un environnement. Forks nous ayant semblé idéal, nous nous sommes tous inscrits au lycée. (Je ris.) J'imagine que, d'ici quelques années, nous serons bons pour célébrer une nouvelle fois leur mariage.

— Alice et Jasper ?

— Tous deux sont des créatures extrêmement rares. Ils ont développé leur conscience – comme nous l'appelons – seuls, sans avoir été guidés par quiconque. Jasper appartenait à une autre… famille (J'évitai d'employer un mot plus juste et retins un frisson en songeant à ses débuts.). *Très* différente. Dépressif, il en est parti. C'est Alice qui l'a trouvé. Comme moi, elle possède certains dons qui dépassent ceux dont notre espèce est normalement dotée.

Cette information la surprit assez pour qu'elle perde contenance.

— Ah bon ? Je croyais que tu étais le seul à pouvoir lire dans les pensées des gens ?

— Alice a d'autres talents. Elle voit. Ce qui risque d'arriver, ce qui va arriver.

Et ce qui n'arriverait pas, désormais. J'avais surmonté le pire. Il n'empêche… le flou de sa dernière vision, celle qui m'était supportable, me tracassait. L'autre, celle où Alice et Bella étaient aussi blanches et froides l'une que l'autre, avait été plus précise. Ça n'avait pas d'importance. Ça ne pouvait pas en avoir. Je l'avais emporté sur un impossible destin, je triompherais de celui-ci aussi.

— Mais c'est très subjectif, continuai-je d'une voix plus dure. Le futur n'est pas gravé dans le marbre. Les événements sont susceptibles d'évoluer au dernier moment.

Je jetai un coup d'œil à sa peau crème et abricot, comme si je cherchais à me rassurer en constatant qu'elle était comme elle devait l'être, puis me détournai lorsqu'elle croisa mon regard. Je n'étais jamais trop sûr de ce qu'elle y lisait.

— Quel genre de choses voit-elle ?

Je lui fournis des réponses certaines, des prophéties accomplies.

— Jasper, par exemple. Elle a su qu'il la cherchait avant même qu'il ne s'en doute lui-même.

Leur union avait été magique. Chaque fois que Jasper y repensait, toute la maisonnée baignait dans une rêverie béate, tant il était en mesure de projeter ses propres émotions.

— Elle a aussi vu Carlisle et notre famille. Alors, ils nous ont rejoints tous les deux.

Je n'avais pas été là, à l'époque où ils s'étaient présentés à un Carlisle extrêmement méfiant, à une Esmé effrayée et à une Rosalie hostile. C'est l'apparence de guerrier de Jasper qui les mettait sur leurs gardes, mais Alice avait su trouver les mots pour apaiser leurs angoisses. Évidemment. Elle avait réfléchi à toutes les versions possibles de ce premier contact et avait élu la meilleure. Il n'était pas anodin qu'Emmett et moi ayons été ailleurs. Elle avait préféré adoucir les choses en profitant de l'absence des deux défenseurs principaux du clan. Lorsque nous étions rentrés, quelques jours plus tard, nous avions eu du mal à croire que les nouveaux venus étaient déjà si bien installés. Nous étions sous le choc, et Emmett avait été prêt à se battre contre Jasper sitôt qu'il l'avait vu. Mais Alice s'était jetée à mon cou avant qu'un mot ait pu être échangé.

Je n'avais pas redouté une attaque. Son esprit avait été certain de moi, si sûr de *l'amour* qu'elle me portait, que j'avais pensé avoir le premier trou de mémoire de ma seconde vie. Cette petite immortelle me connaissait à la perfection, mieux que quiconque dans ma famille actuelle comme dans l'ancienne. Qui était-elle ?

Oh, Edward ! Mon frère ! Nous voici enfin réunis !

Sur ce, enserrant ma taille, mes propres bras se plaçant avec hésitation sur ses épaules, elle avait rapidement fait défiler sa vie depuis son premier souvenir jusqu'à maintenant, puis m'avait montré les moments forts de notre avenir commun. Il m'avait semblé très étrange de réaliser que, à partir de cet instant, je la connaissais moi aussi.

« Emmett, je te présente Alice, avais-je dit sans la lâcher. (L'agressivité de mon frère avait cédé la place à la confusion.) Elle fait partie de notre famille. Et voici Jasper. Tu vas beaucoup l'aimer. »

Alice, c'était tant d'anecdotes, de miracles et de phénomènes, de paradoxes et d'énigmes. Un simple résumé, concis, m'aurait pris une semaine entière. J'optai pour quelques détails techniques.

— Elle est particulièrement sensible aux non-humains. Ainsi, elle sait toujours quand d'autres individus de notre espèce approchent. Et s'ils représentent une menace.

— Et… vous êtes nombreux ? balbutia Bella, visiblement secouée.

— Non, pas tant que ça, la rassurai-je. La majorité ne parvient pas à se stabiliser. Seuls ceux qui, comme nous, ont renoncé à chasser les humains (j'arquai un sourcil et serrai sa main) sont capables de vivre avec eux pendant un certain temps. Nous ne connaissons qu'un seul autre groupe comme le nôtre, dans un petit village de l'Alaska. Nous avons vécu ensemble pendant quelque temps, mais nous étions si nombreux que nous avons fini par éveiller les soupçons.

Sans parler de Tanya, la matriarche du clan, dont les avances confinaient au harcèlement.

— Et ceux qui sont… différents de vous ?

Nous étions arrivés chez elle. La maison était vide et plongée dans le noir. Je me garai à l'emplacement habituel de Bella et coupai le contact. Le silence soudain parut très intime, dans l'obscurité.

— Des nomades pour la plupart. Nous avons tous connu ça, à un moment ou à un autre de notre existence. Comme tout, c'est une vie dont on finit par se lasser. Il arrive que nous en croisions, parce que, en général, les nôtres préfèrent le Nord.

— Pourquoi ?

Lui souriant, je la secouai doucement par l'épaule.

— Tu n'as donc rien remarqué, cet après-midi ? Tu crois que je pourrais arpenter des rues ensoleillées sans provoquer d'accidents ? Si nous avons choisi de nous établir dans la péninsule d'Olympic, un des endroits les plus humides du monde, il y a une bonne raison. Il est tellement agréable de sortir en plein jour. Tu n'imagines pas à quel point on se lasse de la nuit, passé quatre-vingt-dix ans.

— C'est de là que sont nées les légendes ? marmonna-t-elle, pensive.

— Sans doute.

En vérité, l'origine des mythes était bien identifiée, mais je ne tenais pas à développer le sujet. Les Volturi étaient très loin et très occupés à jouer la police des vampires. Il était exclu qu'ils interfèrent dans la vie de Bella, mis à part pour le folklore qu'ils avaient inventé afin de protéger l'intimité des immortels.

— Et Alice, elle vient d'une autre famille, comme Jasper ?

— Non. Ce qui représente un vrai mystère, d'ailleurs.

Elle m'avait montré ce fameux souvenir : un matin clair et ensoleillé, une légère brume qui flottait dans l'air, de hautes herbes autour d'elle, un vaste chêne abritant le trou où elle s'était réveillée. À part ça, le vide. Pas d'identité ni de raison d'être. Elle avait observé sa peau pâle qui étincelait au soleil, n'avait pas su qui elle était, ni ce qu'elle était. C'est alors que sa première vision s'était produite.

Un visage masculin, à la fois féroce et brisé, couturé mais splendide. Des yeux rouge sombre et une crinière dorée. Ce visage s'accompagnait d'une profonde conviction d'appartenance. Puis il avait prononcé un mot.

Alice.

Elle s'était rendu compte qu'il s'agissait de son prénom.

Ses visions lui avaient dit qui elle était et permis de devenir celle qu'elle était vouée à être. Elle n'avait eu que cette aide-là.

— Elle n'a aucun souvenir de sa vie d'avant. Elle ne sait pas non plus qui l'a créée. Elle s'est réveillée seule. Celui qui l'avait façonnée avait disparu, et aucun d'entre nous ne comprend ni pourquoi ni comment. Si elle n'avait pas eu son don, si elle n'avait pas vu Jasper et Carlisle, elle serait probablement devenue une vraie sauvageonne.

Bella songea à ce que je lui racontais. Ce ne devait pas être aisé de digérer tout ça. Ma famille avait également eu du mal à s'adapter. Quelle serait sa prochaine question ?

Soudain, son estomac gargouilla, et je m'aperçus qu'elle n'avait rien avalé de la journée. Ah ! Il fallait que j'apprenne à être plus attentif aux besoins des humains !

— Je t'empêche d'aller dîner, m'excusai-je.

— Ne t'inquiète pas pour moi.

— C'est la première fois que je passe autant de temps en compagnie de quelqu'un qui a besoin de se nourrir. J'avais oublié.

Piètre argument.

— Je n'ai pas envie que tu partes, répondit-elle, franche, vulnérable.

— Tu m'inviterais à entrer ?

— Ça te plairait ? s'étonna-t-elle.

— Oui, si ça ne pose pas de problème.

Estimait-elle que j'avais besoin d'une invitation officielle ? J'en souris d'abord, puis me renfrognai. De nouveau, j'allais devoir me confesser. Mais comment aborder un sujet aussi honteux ? J'y réfléchis en descendant de la camionnette et en lui ouvrant sa portière.

— Voilà qui est très humain, commenta-t-elle.

— C'est en train de revenir, aucun doute.

Nous traversâmes le jardin silencieux à une allure de mortels, comme si c'était la chose la plus naturelle qui soit. Elle me jetait des coups d'œil en souriant par-devers elle. J'attrapai en passant la clé de secours et lui ouvris la porte. Elle hésita devant le couloir obscur.

— Le verrou n'était pas tiré ?

— Si. J'ai utilisé la clé cachée sous l'avant-toit.

Je remis ladite clé à sa place pendant qu'elle allumait la lampe du porche. Quand elle se retourna, la lumière jaune dessinait des ombres dures sur son visage. Elle arqua les sourcils. Je devinai qu'elle s'efforçait d'adopter une mine sévère, mais un petit sourire retroussait ses lèvres.

— J'avais envie d'en apprendre plus sur toi, plaidai-je.

— Tu m'as espionnée ?

Bien que ce ne soit pas là matière à plaisanterie, elle avait du mal à ne pas rire.

— À quoi occuper mes nuits, sinon ?

Une mauvaise réponse, une réponse de lâche. Elle n'entendit qu'une blague, pas un aveu. Encore une fois, je trouvai étrange qu'il continue d'y avoir autant de raisons d'avoir peur, alors que le pire était désormais écarté. Ce problème ne dépendait que de moi, évidemment, de moi et de mes comportements répréhensibles.

Elle secoua la tête puis me fit signe d'entrer. Je la précédai, allumant les lampes pour qu'elle ne trébuche pas dans le noir. M'asseyant à la table de la petite cuisine, j'examinai les lieux qui m'avaient été invisibles depuis l'extérieur. La pièce, ordonnée et chaleureuse, illuminée par la peinture jaune pétant des placards, avait quelque chose de touchant dans sa vaine tentative d'imiter le soleil. Le parfum de Bella flottait partout. Ç'aurait dû m'être douloureux, or je m'aperçus que je m'en régalais. Bizarre. Masochiste.

Elle me contemplait avec une expression ambiguë, mélange de confusion et d'étonnement. À croire qu'elle se demandait si j'étais réel. Je lui souris et tendis le doigt vers le réfrigérateur. Elle s'y dirigea en rigolant. Pourvu qu'elle ait de quoi manger. Aurais-je dû lui proposer de l'emmener dîner dehors ? Sauf qu'il n'aurait pas été bien de fréquenter des inconnus. Notre nouvelle relation était encore trop unique et fragile. Tout obstacle susceptible de nous imposer le silence serait intolérable. Je la voulais pour moi seul.

Elle n'eut besoin que d'une minute pour se décider. Elle découpa une part de gratin qu'elle réchauffa au micro-ondes. Je sentis des fragrances d'origan, d'oignons, d'ail et de sauce tomate. Un plat italien. Elle resta plantée devant le four à observer l'assiette qui tournait.

Et si j'apprenais à cuisiner ? Mon incapacité à savourer les mets à la manière des mortels serait certes un souci, mais l'art semblait reposer sur la science, et j'avais confiance en moi pour identifier les arômes adéquats.

C'est que, tout à coup, j'eus la certitude que cette soirée tranquille était la première d'une longue série à venir et non un événement extraordinaire. Nous allions avoir des années pour profiter de tête-à-tête semblables. Tant d'heures... La lumière qui m'emplissait parut s'étirer et grandir au point que, de nouveau, j'eus l'impression que je risquais d'exploser.

— C'est arrivé souvent ?

J'étais si absorbé par l'image formidable de cet avenir commun, que je fus désarçonné.

— Pardon ?

— Combien de fois es-tu venu ici ? précisa-t-elle sans se retourner vers moi.

Ah, oui. L'heure avait sonné de rassembler mon courage. D'être franc, quelles que soient les conséquences. Même si, après cette journée, je ne doutai pas qu'elle me pardonnerait. Je l'espérai, du moins.

— Je te rends visite presque toutes les nuits.

Elle pivota sur elle-même et me dévisagea.

— Pourquoi ?

Franchise.

— Tu es très intéressante quand tu dors. Tu parles.

— Nom d'un chien !

Elle s'empourpra des joues à la racine des cheveux, et la cuisine se réchauffa de façon ténue. S'adossant au comptoir, elle en serra les bords à en avoir les jointures blanchies. Si, d'abord, je ne décelai en elle que la surprise, je m'attendis à d'autres émotions.

— Tu es très en colère ?

— Ça dépend ! souffla-t-elle.

Ah bon ? Qu'est-ce qui pouvait bien atténuer ma faute, la rendre moins horrible ? L'idée qu'elle réserve son jugement jusqu'à ce qu'elle sache exactement à quel point mes surveillances avaient été déplacées me révoltait. Me prenait-elle pour un voyeur dépravé ? Croyait-elle que je l'avais lorgnée en douce en attendant qu'elle se dévête ? Si ça m'avait été possible, j'en aurais eu l'estomac retourné.

La convaincrais-je si je lui parlais des tourments que m'infligeait la moindre de nos séparations ? Qui aurais-je d'ailleurs persuadé des scénarios catastrophe que j'avais fantasmés ? Ils étaient tellement tirés par les cheveux. Ce qui ne m'empêcherait pas de les réitérer si, là, je devais m'éloigner d'elle.

Les secondes s'écoulaient, le micro-ondes bipa pour annoncer qu'il avait effectué sa tâche. Bella ne broncha pas.

— De quoi ? la relançai-je.

— De ce que tu as entendu, tiens ! grogna-t-elle.

Je fus soulagé qu'elle n'ait pas songé à quelque chose de plus vil. Seul l'inquiétait ce que j'avais pu saisir de ses délires nocturnes ? Je n'aurais aucun mal à la réconforter à ce propos. *Elle* n'avait rien à se reprocher. Sautant sur mes pieds, je lui pris les mains, me réjouissant intérieurement de la facilité du geste.

— Ne t'en fais pas.

Elle avait baissé les yeux, et je me tassai sur moi-même pour que nos regards soient au même niveau. J'attendis qu'elle plonge le sien dans le mien.

— Ta mère te manque, murmurai-je, tu t'inquiètes à son sujet. Et le bruit de la pluie t'énerve. Au début, tu parlais souvent de chez toi, là-bas, c'est moins le cas, à présent. Une fois, tu as dit : « C'est trop vert ! »

Je ris pour tenter de l'amener à se dérider. Elle devait se rendre compte qu'il n'y avait pas de quoi se flageller.

— Quoi d'autre ? insista-t-elle, inquisitrice.

Sa façon de se détourner légèrement et de ne pas réussir à poser ses yeux quelque part me permit de deviner ce qui la tracassait.

— Tu as prononcé mon prénom, admis-je.

— Beaucoup ? se désola-t-elle.

— C'est combien pour toi, beaucoup ?

— Oh, non !

Elle baissa de nouveau la tête. Je l'attirai doucement à moi, et elle enfouit son visage dans mon torse. Pensait-elle que je ne m'étais pas réjoui d'entendre mon prénom sur ses lèvres ? C'était, avec celui de sa respiration et celui de son cœur, le son que je préférais.

— Ne sois pas gênée, lui soufflai-je à l'oreille. Si je savais rêver, je ne rêverais que de toi. Et je n'en aurais pas honte.

Combien de fois n'avais-je pas déploré d'en être incapable ! Avec quel désespoir j'y avais aspiré ! Maintenant, la réalité était mieux que les rêves. Je n'en aurais pas échangé la plus petite seconde contre l'inconscience du sommeil.

Elle se détendit, et un soupir heureux, presque un ronronnement, lui échappa. Était-ce possible ? Je ne serais donc pas puni pour m'être si mal conduit ? Ça ressemblait plus à une récompense qu'à la pénitence que je savais mériter.

Soudain, derrière le bruit sourd du cœur qui battait entre mes bras, je perçus l'approche d'une voiture. Les réflexions de son conducteur étaient particulièrement silencieuses. Fatiguées de la journée. Tournées vers la promesse de nourriture et de confort qu'offraient les lumières derrière les fenêtres. Je ne réussis pas à lire au-delà. Je n'avais pas envie de me séparer de Bella. Posant ma joue sur ses cheveux, j'attendis qu'elle aussi entende Charlie. Brusquement, elle se raidit.

— Est-il nécessaire que ton père sache que je suis là ?

— Je n'en suis pas certaine…

J'effleurai sa tête d'un baiser et la lâchai en soupirant.

— Une autre fois, alors…

Filant de la pièce, je me ruai dans l'escalier sombre, débouchai sur le petit palier séparant les chambres où j'avais trouvé la couverture.

— Edward ! me héla-t-elle en chuchotant.

Je ris, juste assez fort pour qu'elle devine que je n'étais pas loin.

Son père monta bruyamment les marches du perron et essuya ses bottes sur le paillasson. Il introduisit sa clé dans la serrure, grogna en constatant qu'elle n'était pas verrouillée.

— Bella ? appela-t-il en poussant la porte.

Son esprit nota tout de suite les odeurs de cuisine, et son estomac se manifesta. Je me rendis alors compte que Bella n'avait toujours pas mangé. C'était sûrement une bonne chose que Charlie nous ait interrompus. À ce rythme, j'allais la faire mourir de faim.

En même temps, j'étais un tout petit peu… triste. J'avais espéré une réponse différente lorsque je lui avais demandé si elle souhaitait que son père apprenne que j'étais là, que nous étions ensemble. Certes, elle avait de nombreux aspects à appréhender avant de me présenter à lui. À moins qu'elle ne veuille jamais lui révéler qu'un type comme moi était amoureux d'elle, ce qui était compréhensible. Plus que compréhensible, même. Par ailleurs, il aurait été gênant de le rencontrer officiellement dans l'état où j'étais habillé. Déshabillé, plutôt. Je suppose que j'aurais dû être reconnaissant à Bella de ses réticences.

— Je suis ici, lança-t-elle.

Il marmonna quelque chose, verrouilla la porte et la rejoignit de son pas lourd.

— Tu peux me préparer la même chose, s'il te plaît ? Je suis épuisé.

Je n'eus aucun mal à me représenter la scène, même sans le biais d'un esprit lisible pour la voir. Bella qui s'agitait en mâchonnant (elle avalait enfin un morceau), le réfrigérateur qui s'ouvrait et se refermait, le micro-ondes qui bourdonnait. Un liquide, trop épais pour être de l'eau, du lait sans doute, qu'on versait dans des verres. Une assiette doucement déposée sur la table en bois. Des pieds de chaise qui raclaient le lino quand Bella s'assit.

— Merci, dit Charlie.

Ils se restaurèrent sans échanger un mot pendant un moment, puis Bella rompit le silence confortable.

— Bonne journée ? s'enquit-elle, la tête ailleurs.

Je souris.

— Très. Ça mordait bien… Et toi ? Tu as réussi à faire tout ce que tu voulais ?

— Non. Il faisait trop beau pour rester enfermée.

Son ton n'était pas aussi décontracté que celui de Charlie. Elle avait du mal à lui cacher les choses.

— Oui, c'était une journée exceptionnelle, renchérit-il, apparemment inconscient de la nervosité de sa fille.

De nouveau, j'entendis une chaise crisser sur le sol.

— Tu es pressée ?

— Oui, je suis fatiguée. J'ai l'intention de me coucher tôt.

Elle gagna l'évier, l'eau se mit à couler.

— Tu as l'air tendue.

Il était donc plus perspicace que ce que j'avais cru. Ce qui ne m'aurait pas échappé si je n'avais pas eu autant de mal à déchiffrer ses pensées. Je m'y essayai cependant. Bella jetant un coup d'œil en direction du couloir. Ses joues s'empourprant. C'était tout, apparemment. Puis, soudain, une suite d'images nébuleuses, chaotiques, sans contexte. Une Impala jaune moutarde de 1917. Le gymnase du lycée de Forks décoré de papier crépon. La balancelle d'une véranda et une fille dont les cheveux clairs étaient retenus par des barrettes vert vif. Deux tabourets en vinyle rouge devant le bar chromé rutilant d'un boui-boui crapoteux. Une brune aux longues boucles marchant seule sur une plage au clair de lune.

— Vraiment ? répondit Bella d'un air faussement innocent.

Dans l'évier, une brosse frotta une surface. Charlie songeait encore à la lune.

— On est samedi soir, lâcha-t-il.

Elle ne sut trop que répondre à ça. Moi aussi, j'étais largué.

— Pas de plan pour la soirée ? finit-il par ajouter.

Du coup, il me sembla saisir le sens des images. Des souvenirs de jeunesse, peut-être ?

— Non, papa. J'ai juste envie de dormir.

— Les garçons du coin ne sont pas ton genre, hein ? renifla-t-il.

S'inquiétait-il qu'elle ne fasse pas les expériences de l'adolescence ? Qu'elle rate quelque chose ? Le doute m'envahit. Devais-je également m'en soucier ? L'empêchais-je de vivre sa vie ? Puis je me rappelai notre journée, la certitude et la *justesse* de ce qui s'était produit dans la clairière. Nous étions faits l'un pour l'autre.

— Je n'en ai pas encore repéré un seul, riposta-t-elle d'une voix un brin condescendante.

— Et ce Mike Newton ? Tu disais qu'il était sympa.

Je ne m'étais pas attendu à ça, et une bouffée de colère me poignarda. Non, pas de la colère, de la jalousie. Je ne pensais pas avoir autant détesté quelqu'un que ce garçon insignifiant.

— Ce n'est qu'un ami, papa.

Je ne réussis pas à déterminer s'il était déçu ou soulagé. Un peu des deux sans doute.

— De toute façon, tu vaux mieux qu'eux tous réunis. Tu auras tout le temps d'en chercher un à la fac.

— C'est ça, s'empressa-t-elle d'acquiescer.

Elle entreprit de monter les marches pesamment, sans doute pour jouer la fatigue, me laissant le temps nécessaire de gagner sa chambre avant elle. Au cas où Charlie l'aurait suivie. Ç'aurait drôlement contrarié les souhaits de Bella s'il m'avait trouvé sur le palier, à moitié nu, à les espionner.

— Bonne nuit, chérie, cria-t-il.

— À demain.

Elle s'était efforcée de prendre un ton épuisé. Pas terrible.

Je ne me sentais pas de m'asseoir comme d'habitude sur le rocking-chair, indétectable dans mon recoin sombre. Ç'avait été ma cachette quand je n'avais pas voulu qu'elle détecte ma présence. À l'époque où j'étais malhonnête. Je m'allongeai donc sur le lit, l'endroit le plus visible de la pièce, où il était évident que je ne cherchais pas à me dissimuler.

Je savais que son parfum allait m'engloutir. L'odeur d'assouplissant, qui suggérait une lessive récente, ne parvenait pas à supplanter son arôme. Aussi accablant soit-il, ça n'empêchait pas que je ressente un plaisir douloureux à être ainsi cerné par la preuve de son existence.

Sitôt entrée dans sa chambre, Bella cessa de traîner des pieds. Elle claqua la porte derrière elle et se précipita en catimini à la fenêtre, passant devant moi sans un coup d'œil. Elle se pencha dehors.

— Edward ? chuchota-t-elle.

Il faut croire que je n'étais pas si visible que ça. Riant doucement à ma tentative avortée d'être honnête, je répondis :

— Oui ?

Elle virevolta si brusquement qu'elle faillit perdre l'équilibre. Elle se raccrocha d'une main au rebord de la fenêtre, plaqua l'autre sur sa bouche.

— Oh ! s'étrangla-t-elle.

Elle se laissa glisser le long du mur sur le plancher, presque au ralenti. Une fois de plus, j'eus l'impression d'avoir tout faux. Au moins, là, c'était plus amusant que terrifiant.

— Désolé.

— Donne-moi une minute, répondit-elle en acquiesçant, le temps que mon cœur reparte.

Il tambourinait en effet, sous la frayeur que je venais de lui infliger. Je m'assis, en veillant à avoir des mouvements lents, délibérés, humains. Elle m'observa, un sourire en coin. Voir ses lèvres m'incita à trouver qu'elle était trop loin de moi. Je me penchai vers elle, glissai mes bras sous ses aisselles et l'aidai à s'installer à deux centimètres de moi. Voilà qui était mieux. Je posai ma main sur la sienne, heureux d'en sentir la brûlure, comme soulagé.

— Là. Comment va ton cœur ?

Il battait si fort que j'en percevais les vibrations dans l'air ambiant.

— À toi de me le dire, je suis certaine que tu l'entends mieux que moi.

Pas faux. Je ris sans bruit, tandis qu'elle souriait.

Le beau temps persistait, et les nuages laissaient filtrer un rayon de lune qui effleurait sa peau, lui donnant des allures d'émanation céleste. Comment lui apparaissais-je ? Ses yeux étaient émerveillés, comme les miens devaient l'être.

Au rez-de-chaussée, la porte s'ouvrit et se referma. À part les pensées étouffées de Charlie, le voisinage était silencieux. Où se rendait-il ? Pas loin. Un son métallique résonna, un cliquetis étouffé. Quelque chose qui ressemblait à un plan clignota dans sa tête. La camionnette. Je m'étonnai qu'il recoure à ces extrêmes pour contrarier ce qu'il supposait être les complots de sa fille.

J'étais sur le point d'en parler à celle-ci, quand elle changea soudain d'expression, tandis que ses yeux faisaient la navette entre la porte de la chambre et moi.

— M'accorderais-tu quelques instants d'humanité ?

— Mais certainement, répondis-je, amusé par son emphase.

— N'en profite pas pour filer ! m'ordonna-t-elle d'un ton sévère, sourcils froncés.

Une demande qu'il m'était aisé de satisfaire. Rien n'aurait pu me déloger d'ici.

— À vos ordres, madame, opinai-je d'une voix aussi revêche que la sienne.

En une minute, elle rassembla ses affaires et sortit. Elle ne se donna pas la peine d'étouffer le bruit de la porte, et une seconde, celle de la salle de bains, claqua à la suite. Le tout à l'adresse de Charlie, imaginai-je, histoire de lui prouver qu'elle ne s'apprêtait pas à jouer quelque mauvais tour. Il était peu probable qu'il ait deviné quel tour elle lui jouait, en effet. Quoi qu'il en soit, ses efforts furent vains, car l'intéressé ne rentra que quelques instants plus tard et, me sembla-t-il, fut surpris d'entendre le ruissellement de la douche.

En attendant Bella, j'eus enfin le loisir d'examiner sa modeste collection de livres. Je n'y trouvai rien de spécial, après toutes les questions que je lui avais posées. Je ne dénichai qu'un grand format, trop récent pour avoir été publié en poche. L'exemplaire du titre *Les Griffes et les Crocs*, celui que je n'avais jamais lu. Je n'avais d'ailleurs pas eu le temps de combler cette lacune, trop occupé par ma tâche de garde du corps démentiel auprès de Bella. Ouvrant le roman, je le commençai.

Je me rendis compte, malgré ma lecture, que Bella prenait plus de temps que d'habitude. Comme toujours, l'éventualité qu'elle ait enfin détecté en moi quelque chose de déplaisant montra le bout de son nez. Je m'efforçai de ne pas y penser. Bella avait des centaines de raisons de traînasser. Je choisis de me concentrer sur l'ouvrage. J'entrapercevais pourquoi elle l'appréciait, il était aussi étrange que charmant. Certes, n'importe quelle histoire d'amour triomphant aurait remporté mon adhésion, aujourd'hui.

En entendant la porte de la salle de bains se rouvrir, je rangeai le livre – notant que j'en étais à la page 166 – et repris ma posture de statue. J'en fus pour mes frais, cependant, car elle descendit au rez-de-chaussée.

— Bonne nuit, papa.

— Bonne nuit, Bella.

Les pensées de Charlie étaient trop brouillées pour que j'en distingue quoi que ce soit d'utile. Bella remonta à toute vitesse, sautant même des marches, sauf erreur de ma part. Elle ouvrit la porte à la volée, me cherchant dans l'obscurité avant même d'entrer, puis la referma derrière elle. Quand elle découvrit que j'étais exactement là où elle s'attendait à ce que je sois, un grand sourire étira ses lèvres.

Je rompis mon immobilité de pierre pour lui en adresser un également.

Elle hésita une seconde, non sans examiner son pyjama usé, puis croisa ses bras sur sa poitrine, comme si elle s'excusait. Je compris alors pourquoi elle avait tant tardé. Moins par peur d'un monstre que par timidité. Je n'avais pas de mal à saisir son manque d'assurance, maintenant qu'on était loin du soleil et de la magie de la clairière. J'étais dans un état proche du sien. Recourant à mes vieilles habitudes, je tentai d'apaiser son malaise en la déridant. Étudiant sa tenue, je lâchai :

— Très joli.

Elle grimaça, se relaxa cependant.

— Non, vraiment, ça te va très bien, insistai-je.

Un compliment un peu faible. Avec ses longs cheveux humides qui bouclaient comme des algues sur ses épaules et son visage nimbé par la lune, elle était mieux que bien, entre déesse et naïade.

— Merci, murmura-t-elle.

Elle revint s'asseoir près de moi, en tailleur cette fois, l'un de ses genoux touchant ma cuisse, source de chaleur bienvenue. Je désignai la porte, puis la pièce en dessous, où les réflexions de Charlie restaient confuses.

— Pourquoi ce manège ? m'enquis-je.

— Je soupçonne Charlie de croire que je vais m'éclipser en douce, répondit-elle avec un sourire moqueur.

Elle et moi avions décrypté la même chose, semblait-il. Jusqu'à quel point ?

— Oh. Pourquoi ?

— Apparemment, il m'a trouvée un peu surexcitée, dit-elle en ouvrant des yeux pleins de fausse innocence.

Entrant dans son jeu, je plaçai une paume sous son menton que je relevai doucement vers la fenêtre, comme pour mieux examiner son visage. Ce contact m'ôta la moindre envie de plaisanter.

— En fait, tu es toute rose, murmurai-je.

Sans prendre le temps de réfléchir aux conséquences, je collai ma joue à la sienne. Mes yeux se fermèrent. Je humai son parfum. Sa peau me brûlait de façon exquise.

— Ça semble… commença-t-elle d'une voix rauque, avant de s'interrompre, de se racler la gorge et de reprendre : beaucoup plus facile pour toi, maintenant, d'être en ma compagnie.

— C'est l'impression que je te donne ?

Je réfléchis à ses paroles en promenant mon nez sur l'arête de sa mâchoire. Bien que la douleur de ma gorge ne se soit pas apaisée, elle n'enlevait rien au plaisir que j'avais à toucher Bella. J'étais à la fois tout à cet instant miraculeux et conscient de mes muscles et de mes réactions physiques. Ça exigeait un peu de gymnastique mentale, mais un cerveau d'immortel pouvait se le permettre. Et ça ne gâchait pas non plus ce moment merveilleux. Soulevant ses cheveux, je plaquai mes lèvres sur l'endroit incroyablement doux placé sous son oreille.

— Beaucoup, beaucoup plus facile, haleta-t-elle.

— Mmm…

J'étais maintenant perdu dans l'exploration de son cou éclairé par la lune.

— Je me demandais…

Elle se tut lorsque mes doigts coururent sur la ligne fragile de sa clavicule et poussa un soupir étranglé.

— Oui ? l'encourageai-je.

— Comment… ça se fait… à ton avis ? balbutia-t-elle d'une voix aiguë et tremblante.

— On appelle ça la victoire de la raison sur la chair, rigolai-je.

Soudain, elle recula et je me figeai. Avais-je dépassé les bornes ? Avais-je eu un geste déplacé ? Nous nous dévisageâmes, elle avait l'air presque aussi surprise que moi. J'attendis qu'elle parle, elle se contenta de me contempler avec ses yeux grands comme l'océan. Son cœur battait si vite qu'on aurait pu croire qu'elle venait de courir un marathon. Ou qu'elle avait très peur.

— Aurais-je mal agi ?

— Non… au contraire, sourit-elle. Tu me rends folle.

— Vraiment ? insistai-je, un peu sonné.

Son pouls affolé ne trahissait pas la crainte mais le *désir*. Du coup, le courant électrique qui m'agitait s'emballa. Mon sourire dut être un peu trop triomphant.

— Tu veux aussi que je t'applaudisse ? se marra-t-elle.

Me croyait-elle aussi sûr de moi ? Ne voyait-elle pas que j'étais complètement novice en la matière ? Je maîtrisais bien des choses, grâce à mes dons surhumains, et je savais quand avoir confiance en moi. Cet instant n'en faisait pas partie.

— Je suis agréablement surpris, c'est tout, me justifiai-je. En cent et quelques années… (Je marquai une pause, amusé par son expression satisfaite, puis enchaînai puisqu'elle aimait ma franchise.), je n'aurais jamais imaginé quelque chose comme ça… rencontrer une personne avec laquelle j'aurais envie de me comporter… différemment d'avec mes frères et sœurs.

La passion passait peut-être pour sotte jusqu'à ce qu'on l'éprouve.

— Et découvrir, même si tout cela est encore nouveau pour moi, que je ne suis pas si nul… avec toi, terminai-je.

J'étais rarement à court de mots, mais ce que je vivais n'avait pas de nom tant c'était nouveau pour moi.

— Tu excelles dans tous les domaines, lâcha-t-elle sur un ton laissant entendre que c'était une telle évidence qu'elle n'aurait pas dû avoir à la formuler.

J'eus un haussement d'épaules faussement résigné, et nous rîmes de conserve, joyeux, émerveillés. Puis elle recouvra son sérieux, et sa petite ride se creusa légèrement.

— Comment ça peut déjà être aussi aisé ? persista-t-elle. Cet après-midi…

Malgré l'harmonie dans laquelle nous baignions maintenant, il était vrai que son après-midi dans la clairière et le mien avaient été différents. Il lui était forcément difficile de se représenter les changements qui s'étaient opérés en moi durant ces trois heures que nous avions passées au soleil. En dépit de notre intimité nouvelle, je ne lui avouerais pour rien au monde les raisons qui m'avaient poussé là-haut, elle n'apprendrait pas ce que je m'étais autorisé à imaginer. En soupirant, je cherchai avec soin la meilleure manière d'exprimer ce qu'il m'était possible de lui confier.

— Ça ne l'est *pas*. (Et ça ne le serait jamais, il y aurait toujours la douleur, ce qui n'était pas grave, car je demandais seulement à ce que ce soit *possible*.) C'est juste que, tout à l'heure, j'étais… indécis. (Je n'étais pas certain que ce soit le meilleur terme pour traduire ma violence, mais je n'en avais pas d'autre à l'esprit.) Désolé, je suis impardonnable de m'être comporté ainsi.

— Pardonné, objecta-t-elle avec bienveillance.

— Merci. Vois-tu, je n'étais pas sûr d'être assez fort.

J'attrapai l'une de ses mains et la posai sur ma joue, des braises sur la glace, en un geste machinal. Je fus étonné de découvrir que ça m'aidait à poursuivre.

— Et tant que subsistait la possibilité que je sois… (je humai son poignet, là où sa fragrance était la plus forte, me délectai de la souffrance) dépassé, je suis resté… sur mes gardes. Jusqu'à ce que j'aie décidé que j'en étais capable, qu'il était impossible que… que jamais je ne…

Incapable d'achever ma phrase, je la regardai et serrai ses paumes entre les miennes.

— Donc, il n'y a plus de risque ?

C'était moins une question qu'une affirmation. Du moins, elle semblait très certaine de la réponse à y apporter. J'aurais voulu chanter à tue-tête qu'elle avait raison.

— La victoire de la raison sur la chair, répétai-je.

— Dis donc, c'était drôlement facile, s'esclaffa-t-elle.

Je ris avec elle, m'unissant naturellement à son humeur exubérante.

— Parle pour toi ! la taquinai-je.

Libérant l'une de mes mains, j'effleurai son nez de mon index. J'ignore pourquoi mais, soudain, ma jovialité me parut déplacée, corrosive, et mes angoisses se remirent à tourbillonner dans mon crâne. Redevenant grave, j'émis un énième avertissement :

— Je fais des efforts. Si ça devait devenir… trop dur, je suis presque sûr que j'arriverais à partir.

Elle plissa le front, étonnamment indignée. Je n'en avais pas fini, cependant :

— Et demain ne sera pas aussi aisé. J'ai respiré ton odeur toute la journée, et j'y suis devenu moins sensible. Que je m'éloigne de toi pendant un moment, et je devrai recommencer. Mais pas à zéro, me semble-t-il.

Elle s'inclina vers moi avant de se redresser aussitôt, comme si elle se reprenait. Ça me rappela la manière dont elle avait dissimulé son menton, un peu plus tôt dans l'après-midi. *Ne jamais exposer sa gorge.*

— Alors, ne t'éloigne pas.

J'inhalai pour me calmer – et m'incendier –, m'incitai à bloquer mon affolement. Saisissait-elle que l'invitation de ses paroles correspondait à mon désir le plus cher ? Je lui souris en regrettant de ne pas être capable d'afficher sur mes traits la même bonté qu'elle, celle qui semblait lui venir si aisément.

— D'accord ! plaisantai-je. Qu'on apporte les fers, je serai ton prisonnier.

L'image déclencha mon hilarité, et j'enserrai ses fins poignets entre mes paumes. On pouvait bien m'attacher avec du fer, de l'acier, ou tout alliage plus résistant restant à découvrir, aucun ne serait capable de me retenir comme un regard de cette fragile humaine.

— Tu as l'air plus… optimiste que d'habitude.

Bien vu. Le cynique de jadis paraissait avoir été quelqu'un d'autre. Sans la lâcher, je me penchai vers elle.

— N'est-il pas censé en être ainsi ? Le bonheur des premières amours et tout le toutim. Incroyable, n'est-ce pas, cette différence entre lire quelque chose, le voir en peinture et l'expérimenter ?

— Très, acquiesça-t-elle pensivement. Le vivre est plus puissant que je ne l'aurais imaginé.

Je me remémorai la première fois où j'avais fait la distinction entre émotion directe et indirecte.

— La jalousie, par exemple. J'ai lu des dizaines de milliers de pages là-dessus, j'ai vu des acteurs la jouer dans des milliers de pièces et de films. Je croyais l'avoir plutôt bien comprise. Pourtant, elle m'a déstabilisé. Te souviens-tu du jour où Mike t'a invitée au bal ?

— Celui où tu as recommencé à m'adresser la parole, rectifia-t-elle comme si elle estimait que je donnais la priorité à ce qui n'était que secondaire.

Sauf que j'étais perdu dans le souvenir de ce qui s'était passé juste avant, ma découverte de la passion.

— J'ai été déconcerté par l'élan de colère, de furie presque, que j'ai ressenti et, d'abord, je ne l'ai pas identifié pour ce que c'était. J'ai été encore plus exaspéré que d'ordinaire de ne pas savoir ce que tu pensais ni pourquoi tu l'éconduisais. Était-ce pour préserver ton amitié avec Jessica ? Ou parce qu'il y avait quelqu'un d'autre ? Je savais que, dans un cas comme dans l'autre, je n'avais aucun droit de m'en inquiéter, et j'ai vraiment essayé de rester indifférent. Puis il y a eu l'embouteillage.

J'avais retrouvé ma bonne humeur, je ris. Elle m'adressa un regard peu amène, qui m'amusa encore plus.

— J'ai attendu, anxieux plus que de raison, d'entendre ce que tu allais leur dire, de voir tes réactions. J'admets que j'ai été très soulagé en constatant ton agacement. Pourtant, ça ne suffisait pas. Alors, cette nuit-là, pour la première fois, je suis venu ici.

Si ses joues rosirent, elle se colla à moi, avec moins de gêne que d'intensité. L'atmosphère se modifia et je chuchotai mon énième confession de la journée.

— Pendant que tu dormais, je me suis débattu pour résoudre le conflit entre ce que je savais être *bien*, moral, et ce que je *voulais*. J'avais conscience que si je continuais à t'ignorer ou que si je m'en allais pour quelques années, jusqu'à ce que toi, tu sois partie, tu finirais par dire oui à Mike ou à un type comme lui. Ça me rendait malade.

Malade, malheureux, comme si la vie perdait ses couleurs et son sens. Elle eut un geste de dénégation machinal, à croire qu'elle refusait d'envisager ce futur.

— Et c'est là que, dans ton sommeil, tu as prononcé mon nom.

À la réflexion, ces secondes semblaient avoir constitué un tournant. Malgré les doutes qui m'avaient assailli depuis, je n'avais plus eu le choix à partir du moment où elle m'avait appelé en dormant.

— Si clairement d'abord, poursuivis-je dans un souffle, que j'ai cru t'avoir réveillée. Mais tu t'es retournée dans ton lit, tu l'as marmonné une deuxième fois, puis tu as soupiré. Dans un premier temps, j'en ai été ébranlé, ahuri. Puis j'ai compris que je ne pouvais te fuir plus longtemps.

Son cœur battait plus vite, à présent.

— La jalousie, repris-je, est une chose étrange. Bien plus puissante que je ne le pensais. Et tellement irrationnelle ! Tiens, à l'instant, quand Charlie t'a questionnée sur l'exécrable Mike Newton…

Je m'interrompis, me rappelant qu'il valait sans doute mieux que je ne révèle pas ma haine du pauvre garçon.

— J'aurais dû me douter que tu nous espionnerais, grogna-t-elle.

Vu la proximité, c'était un peu inévitable.

— Comment voulais-tu qu'il en aille autrement !

— Pourtant, ça te rend jaloux, dit-elle, passant du mécontentement à l'incrédulité.

— C'est si nouveau. Tu es en train de réveiller l'humain qui est en moi, et tout paraît plus violent parce que neuf.

Un petit sourire fiérot et inattendu se dessina sur ses lèvres.

— Franchement, que devrais-je dire, moi, après avoir entendu que Rosalie, la beauté incarnée, t'était destinée ? Emmett ou pas, comment suis-je censée rivaliser avec elle ?

Elle avait parlé comme si elle abattait un atout. Comme si la jalousie était assez rationnelle pour permettre de soupeser le physique d'une troisième partie et s'en éprendre en proportion.

— Il n'y a pas de rivalité qui tienne, lui jurai-je.

Lentement, doucement, je l'attirai à moi par les poignets, jusqu'à ce que sa tête se niche dans le creux de mon cou. Sa joue enflamma ma peau.

— Je sais, marmonna-t-elle. C'est bien ça le problème.

— Rosalie est belle, certes (c'était indéniable, sauf que sa splendeur relevait de l'artificiel, du forcé, parfois plus dérangeante que séduisante), mais même si elle n'était pas ma sœur ou la compagne d'Emmett, elle n'atteindrait jamais le dixième, non, le centième de l'attirance que tu exerces sur moi. Pendant presque un siècle, j'ai fréquenté mon espèce et la tienne en croyant que je me suffisais à moi-même, sans me rendre compte de ce que je cherchais. Et sans rien trouver, parce que tu n'étais pas encore née.

Son haleine caressa mon cou quand elle murmura :

— Ça paraît tellement injuste. Moi, je n'ai pas eu à attendre. Pourquoi est-ce si simple, pour moi ?

Personne n'avait jamais eu autant de compassion pour le mal. Il n'empêche, je m'émerveillai qu'elle puisse prendre ses sacrifices avec autant de légèreté.

— Ce n'est pas faux. Il faudrait vraiment que je te complique un peu les choses.

Je fis passer ses deux mains dans l'une des miennes et, de ma paume libre, caressai ses cheveux humides. Leur douce texture donnait vraiment l'apparence des algues auxquelles je les avais comparés. J'entortillai une mèche autour de mon doigt en lui énumérant ses renoncements :

— Tu n'as qu'à risquer ta vie à chaque seconde passée avec moi, ce n'est pas grand-chose, n'est-ce pas ? Tu as juste à tourner le dos à ta nature, à ton humanité… c'est si peu payer, bien sûr.

— Très peu. Je ne me sens privée de rien.

Ce ne fut sans doute pas un hasard si l'image de Rosalie s'imposa à moi. Ces soixante-dix dernières années, elle ne m'avait pas épargné les innombrables aspects de la mortalité qu'elle pleurait.

— Pas encore.

Mon ton l'amena à tenter de reculer pour me regarder. J'allai la libérer quand un élément extérieur nous dérangea. Des doutes. Un malaise. De l'inquiétude. Ce n'était pas tellement plus clair que d'habitude, et je n'avais pas le temps de conjecturer.

— Que… commença-t-elle.

Je bougeais déjà. Elle se rattrapa au matelas, tandis que je me réfugiais dans mon coin de prédilection.

— Couche-toi !

J'avais chuchoté juste assez fort pour qu'elle m'entende. Bizarre qu'elle n'ait pas détecté les pas de Charlie dans l'escalier. À sa décharge, il essayait d'être discret. Réagissant aussitôt, elle se roula en boule sous sa couette. Charlie tournait déjà la poignée de la porte, qui s'entrebâilla en couinant. Bella inspira et expira avec application. Comme toujours, ce fut exagéré, théâtral.

Hum. Je n'obtins aucune autre réaction de son père, qui se retira alors qu'elle s'efforçait d'imiter le souffle régulier de la dormeuse. J'attendis qu'il ait rejoint sa propre chambre et que son lit ait émis des craquements pour retourner vers Bella. Toujours enroulée sur elle-même, rigide, respirant avec componction, elle devait guetter mon signal. Si Charlie l'avait observée ne serait-ce que quelques secondes, il se serait rendu compte qu'elle feignait. Elle n'était pas très douée pour tromper son monde.

Écoutant mes nouveaux et étranges instincts, qui ne m'avaient pas encore induit en erreur, je me couchai près d'elle, sous les draps et posai un bras sur sa taille.

— Tu es une très mauvaise actrice, lui dis-je sur le ton de la conversation, comme si être allongé près d'elle était une routine. Autant te prévenir, cette carrière n'est pas pour toi.

— Quel dommage ! répondit-elle sur le même ton, bien que son cœur batte la chamade.

Elle se blottit contre moi, se cala, poussa un soupir ravi. Allait-elle s'assoupir dans mon étreinte ? Peu probable, vu son rythme cardiaque. En tout cas, elle ne dit mot.

Sans crier gare, les paroles de la musique que j'avais composée pour elle s'imposèrent à moi, et je me mis à fredonner. La mélodie semblait avoir sa place ici, dans la chambre où elle m'avait été inspirée. Si elle ne commenta pas, Bella se raidit, à l'écoute.

— Veux-tu que je chante pendant que tu t'endors ? lui demandai-je.

Son petit rire me surprit.

— Ben voyons ! Comme si j'allais réussir à dormir pendant que tu es ici !

— Ce serait loin d'être une première.

— Je savais pas ! protesta-t-elle d'une voix plus dure.

J'étais heureux qu'elle s'offusque encore de mes transgressions. Je méritais d'être puni, tenu pour responsable. Pourtant, elle ne s'éloigna pas de moi. Tant qu'elle me tolérait près d'elle, aucun châtiment ne serait trop lourd.

— Puisque tu ne veux pas dormir… commençai-je.

Le sommeil était-il comme la nourriture ? La privais-je égoïstement d'un besoin vital ? Mais comment aurais-je pu partir quand elle avait exprimé l'envie que je reste ?

— Oui ?

— Que veux-tu faire ?

Me révélerait-elle qu'elle était fatiguée ou prétendrait-elle être en pleine forme ?

— Je n'en sais rien, répondit-elle au bout d'un long moment.

Je ne pus m'empêcher de me demander quelles options elle avait envisagées. Il avait été très hardi de ma part de la rejoindre dans son lit, mais ça semblait si naturel. Pour moi. Et pour elle ? Me montrais-je juste présomptueux ? Ma présence lui inspirait-elle d'autres envies, comme à moi ? Était-ce à ça qu'elle avait réfléchi si longtemps ?

— Tiens-moi au courant quand tu auras décidé.

Je me garderais d'émettre des suggestions. À elle de choisir.

Plus facile à dire qu'à faire. Encouragé par son silence, je me permis de me rapprocher, de promener mon visage sur l'arête de sa mâchoire, d'inhaler son parfum et sa tiédeur. Le feu était devenu une composante de moi à part entière, désormais, et il ne m'était pas difficile de l'oublier. Depuis le début, son parfum avait provoqué ma peur et mon désir. Là, je découvrais que la beauté de cette fragrance avait de multiples facettes que je n'avais pas été capable d'apprécier jusqu'à maintenant.

— Je croyais que tu étais insensibilisé ? murmura-t-elle.

Je recourus à ma vieille comparaison.

— Ce n'est pas parce que je résiste au vin que je n'ai pas le droit d'en humer le bouquet. Tu as une odeur très florale, un mélange de lavande et de… freesia. Très appétissant.

Elle déglutit avant de lâcher avec une nonchalance étudiée :

— C'est ça. On me le dit tous les jours !

Je ris, puis poussai un soupir. Je n'avais pas fini de regretter d'avoir employé l'adjectif « appétissant ». Mais bon, ce n'était plus aussi grave. Rien qu'une épine inconséquente par rapport à la splendeur de la rose.

— J'ai décidé, m'annonça-t-elle.

J'attendis avec impatience.

— Je veux en savoir plus sur toi.

Bof ! Pas très intéressant pour moi. Elle aurait ce qu'elle souhaitait, cependant.

— Je t'en prie, pose-moi une question.

— Pourquoi avez-vous choisi ce mode de vie ? souffla-t-elle doucement. Que vous fournissiez autant d'efforts pour combattre votre *nature* me dépasse. Attention, ça ne signifie pas que j'en suis mécontente, au contraire. Simplement, je ne vois pas pourquoi vous vous embêtez.

Je fus heureux qu'elle aborde ce sujet important. J'essayai d'être le plus explicite possible, même si les mots me manquèrent çà et là.

— C'est une bonne question, et tu n'es pas la première à me la poser. Ceux de notre espèce qui sont satisfaits de leur sort s'interrogent aussi. Mais ce n'est pas parce que nous avons été… façonnés selon un certain modèle que nous n'avons pas le droit de désirer nous élever, dépasser les frontières d'un destin qu'aucun de nous n'a voulu, essayer de retenir un maximum de notre humanité perdue.

Étais-je assez clair ? Allait-elle saisir ? Elle ne commenta ni ne bougea.

— Tu dors ? demandai-je, si doucement que je ne l'aurais pas réveillée si ç'avait été le cas.

— Non, se dépêcha-t-elle de répondre.

Silence. Il était à la fois agaçant et hilarant de constater que rien n'avait changé de ce point de vue-là. Ses pensées mutiques me rendraient toujours fou.

— C'est tout ce que tu voulais savoir ? l'encourageai-je.

— Rêve !

Bien que je ne distingue pas son visage, je devinai qu'elle souriait.

— Quoi d'autre, alors ?

— Pourquoi peux-tu lire dans les pensées des autres, toi seulement ? Et Alice prévoir le futur ?

— Nous l'ignorons, admis-je en regrettant de ne pouvoir mieux la renseigner. Carlisle a une hypothèse... Il croit que tous nous apportons nos caractéristiques humaines les plus fortes dans notre seconde vie, où elles s'amplifient, à l'instar de notre esprit et de nos sens. D'après lui, je dois avoir été très sensible aux gens qui m'entouraient. Et Alice aurait eu un don de prémonition.

— Qu'a-t-il apporté, lui ? Et les autres ?

Ça, c'était facile, notamment parce que j'y avais souvent réfléchi.

— Carlisle, sa compassion. Esmé, son aptitude à aimer passionnément, Emmett, sa force, Rosalie...

Ma foi, cette dernière avait sa beauté. Sauf que j'aurais vraiment manqué de tact en le soulignant, rapport à notre conversation précédente sur la jalousie. Si celle de Bella était un tant soit peu aussi pénible que la mienne, je ne tenais pas à la raviver.

— Sa... ténacité. À moins que tu appelles ça de l'obstination.

C'était vrai. Je rigolai en imaginant quelle humaine elle avait dû être.

— Jasper est très intéressant. Il était plutôt charismatique, dans sa première vie, capable d'influencer ses proches pour qu'ils voient les choses à sa façon. Aujourd'hui, il arrive à manipuler les émotions des gens alentour. Il calme une pièce remplie de gens en colère par exemple ou, à l'inverse, stimule une foule léthargique. C'est un don très subtil.

De nouveau, Bella garda le silence. Ça ne m'étonna pas. C'était beaucoup à digérer.

— Où tout a commencé ? finit-elle par demander. Carlisle t'a transformé, mais quelqu'un doit s'être occupé de lui avant ça, et ainsi de suite.

Là encore, je n'avais que des conjectures à lui offrir.

— Et toi, d'où viens-tu ? Évolution ? Création ? Serait-il impossible que nous ayons évolué comme les autres espèces, prédateurs et proies ? Ou…

Bien que je ne sois pas systématiquement d'accord avec la foi inébranlable de Carlisle, les réponses qu'il avait étaient aussi plausibles que d'autres. Parfois, elles paraissaient plus que probables, à cause de la fermeté de son esprit.

— Si tu doutes que ce monde a surgi de lui-même, ce qu'il m'est difficile d'accepter moi aussi, est-il si dur de croire que la même force qui a créé le délicat ange de mer et le requin, le bébé phoque et la baleine tueuse ait créé nos deux espèces en parallèle ?

— Soyons clairs, dit-elle en essayant de rester sérieuse, mais je sentis la blague se profiler. Je suis le bébé phoque, c'est ça ?

— Oui !

Je ris de nouveau, fermai les paupières et embrassai ses cheveux. Elle se trémoussa, comme si sa position était inconfortable. Je m'apprêtais à la lâcher, mais elle se rencogna contre moi. Elle respirait un peu plus profondément, à présent, et son cœur était régulier, détendu.

— Tu es prête à dormir ou tu as d'autres questions ?

— Juste un ou deux millions.

— Nous avons demain, après-demain et tous les jours qui suivront…

Dans la cuisine, cette perspective de soirées entre nous m'avait subjugué par sa force. Elle fut encore plus puissante, là, alors que nous étions blottis l'un contre l'autre dans le noir. Si elle le souhaitait, nous ne serions séparés que très peu de temps. Moins que ce que dureraient nos moments ensemble. Ressentait-elle également cette joie féroce ?

— Es-tu certain que tu ne te seras pas évanoui au matin ? Tu es un être mythique, après tout.

Elle avait adopté une voix grave, presque inquiète.

— Je ne te quitterai pas, promis-je.

C'était un vœu, un engagement solennel, et je priai pour qu'elle l'entende comme tel.

— Juste une dernière, alors…

J'attendis. Rien ne vint. Je fus décontenancé quand son pouls recommença à s'emballer, et que l'air alentour se réchauffa.

— Quoi ?

— Oublie. J'ai changé d'avis.

— Bella, tu peux demander ce que tu veux.

Elle s'entêta à garder le silence. À ce stade, je ne voyais pas quelle question pouvait l'effrayer.

— Je ne cesse d'espérer que de ne pas lire tes pensées finira par être moins frustrant, grondai-je, mais c'est de pis en pis.

— Je suis bien contente que tu n'y arrives pas. C'est déjà assez pénible que tu m'espionnes quand je divague en dormant.

Aussi soulagé sois-je qu'elle n'ait que cette objection à formuler à l'encontre du harcèlement auquel je l'avais soumise, j'avais trop envie qu'elle me révèle l'interrogation cachée qui faisait battre son cœur pour m'en préoccuper.

— S'il te plaît ? la suppliai-je.

Elle secoua la tête, et ses cheveux me chatouillèrent.

— Si tu te tais, j'en serai réduit à supposer que c'est encore pire que ça ne l'est.

Mon bluff ne l'ébranla pas et, en vérité, je n'avais pas la moindre idée de ce qu'elle s'était apprêtée à dire avant de se raviser. J'en fus réduit à réitérer ma supplique :

— Je t'en prie.

— Eh bien…

Ah, enfin ! Ou pas. Le silence retomba.

— Oui ? la poussai-je.

— Tu as dit que Rosalie et Emmett se marieraient bientôt…

Elle s'interrompit, me déroutant une fois encore. Que voulait-elle ? Que je l'invite à la cérémonie ?

— Est-ce que… ce mariage… représente la même chose que pour les humains ?

Aussi vif soit mon esprit, il me fallut une seconde pour la suivre. Pourtant, ç'aurait dû être évident. Il fallait que j'apprenne à ne pas oublier que neuf fois sur dix, d'après mon expérience du moins, son cœur ne s'affolait pas à cause d'une peur quelconque, mais sous l'effet de l'attirance. Au demeurant, en quoi ses préoccupations m'auraient-elles choqué, alors que je venais de *grimper dans son lit* ? Ma propre bêtise me fit rire.

— C'est donc *ça* que tu as en tête ?

Bien que légère en apparence, ma question abordait un sujet qui déclencha une décharge électrique en moi, et je dus me retenir de changer de position pour embrasser ses lèvres. En tout cas, mes mots étaient insuffisants, parce que sa propre question en dissimulait une seconde à venir.

— Oui, je suppose que c'est équivalent. Encore une fois, la plupart de ces désirs humains sont en nous, seulement cachés par des désirs plus puissants.

— Oh.

Elle n'insista pas. Je m'étais peut-être trompé.

— Ta curiosité avait-elle un but précis ?

Elle soupira.

— Je me demandais juste… à propos de toi et moi… un jour…

Non, j'avais vu juste. Un chagrin brutal m'oppressa. J'aurais tant aimé être en mesure de répondre différemment.

— Je ne crois pas que ce… que ça serait possible pour nous.

Comme elle avait évité de parler crûment de sexe, je m'en abstins également.

— Parce que… cette intimité serait trop difficile à supporter pour toi ?

Il m'était difficile de ne pas imaginer… Je devais me reconcentrer.

— Sans doute, admis-je avec lenteur. Mais ce n'est pas ce à quoi je pensais. Tu es si douce, si fragile. Je dois sans arrêt veiller à mes actes pour ne pas te faire du mal. Je pourrais te tuer si facilement, Bella, par accident. (Prudemment, je collai ma paume sur sa joue.) Si je me précipitais, ou si, le temps d'une seconde, mon attention se relâchait, je pourrais, en touchant ton visage, t'écraser le cerveau par mégarde. Tu ne réalises pas à quel point tu es susceptible d'être brisée. Jamais au grand jamais je n'aurai le droit de perdre le contrôle en ta présence.

Souligner cet obstacle me sembla moins honteux que confesser ma soif. Après tout, ma force était un simple élément de ma nature. Ma soif aussi, certes, mais elle prenait une intensité anormale en sa présence. Cette facette de moi me paraissait indéfendable et déshonorante. J'en étais mortifié, même maintenant que je la contrôlais.

Longtemps, elle médita mes paroles. Ces dernières avaient peut-être été un peu trop effrayantes. Mais comment s'attendre à ce qu'elle saisisse si j'édulcorais la vérité ?

— Je te fais peur ?

Une pause.

— Non, pas du tout.

Nous restâmes pensifs un moment. Mes réflexions prirent un tour qui me déplut. Bien que ce qu'elle m'ait confié de son passé laisse supposer que... Bien qu'elle ait abordé le sujet avec une grande pudeur... C'était plus fort que moi, je m'interrogeais. Or j'étais parfaitement conscient que si je ne satisfaisais pas mon intérêt, aussi déplacé soit-il, ça me gâcherait l'existence.

— Tu as éveillé ma curiosité, lâchai-je en feignant l'indifférence. As-tu déjà...

— Bien sûr que non ! répondit-elle, plus incrédule que furieuse. Je t'ai dit que je n'avais jamais éprouvé ça pour personne, même de loin.

Croyait-elle que je l'avais oublié ?

— Je sais. Mais je connais les pensées des autres. L'amour et le désir ne vont pas toujours ensemble.

— Pour moi, si. Enfin, maintenant qu'ils sont entrés dans ma vie.

Son emploi du pluriel était une sorte d'aveu. Elle m'aimait, je ne l'ignorais pas. Qu'elle m'aime *et* me désire allait nous compliquer les choses. Je décidai d'anticiper ce qu'elle ne m'avait pas encore demandé.

— Très bien. Nous avons au moins une chose en commun.

Elle eut un soupir, de contentement, me sembla-t-il.

— Tes instincts humains… Et zut ! Est-ce que tu me trouves un tout petit peu attirante de ce point de vue-là ?

Je rigolai. Qu'y avait-il en elle que je ne convoitais pas ? Son esprit, son âme, son corps, et ce dernier pas moins que les deux premiers. Je lissai ses cheveux en arrière.

— Je ne suis peut-être pas un humain, mais je suis un homme.

Un bâillement lui échappa, et je ravalai un nouveau rire.

— J'ai répondu à tes questions. Maintenant, tu devrais dormir.

— Je ne suis pas certaine d'y arriver.

— Tu veux que je m'en aille ? suggérai-je, bien malgré moi.

— Non !

Dans son indignation, elle s'était exclamée avec force, là où nous avions chuchoté toute la soirée. Aucun danger cependant, les ronflements de Charlie ne s'interrompirent même pas. M'esclaffant encore une fois, je me collai à elle. La bouche plaquée sur son oreille, je me remis à chantonner sa berceuse, si doucement que c'était à peine un souffle.

Lorsqu'elle bascula dans l'inconscience, je le sentis. Toute vigilance l'abandonna, ses muscles se détendirent jusqu'à la langueur. Sa respiration ralentit, et elle joignit les mains sur sa poitrine, presque en un geste de prière.

Je n'avais aucune envie de bouger. Jamais. Je me doutais qu'elle finirait par remuer, et qu'il me faudrait m'en aller pour ne pas gêner son sommeil mais, pour l'instant, nous vivions la perfection. Je n'étais pas encore habitué à la joie, une émotion à laquelle j'avais l'impression qu'on ne *pouvait pas* s'accoutumer. J'allais en profiter aussi longtemps que possible, conscient que, quoi qu'il arrive à l'avenir, cette seule journée paradisiaque vaudrait toutes les souffrances à venir.

— Edward, murmura Bella. Edward… je t'aime.

19

LES CULLEN

M'ARRIVERAIT-IL DE REPASSER UNE NUIT AUSSI MERVEILLEUSE que celle-ci ? J'en doutais.

Dans son sommeil, Bella me répéta encore et encore qu'elle m'aimait. Plus que les mots eux-mêmes, son ton béat me combla de bonheur. Je la rendais vraiment heureuse. Cela n'excusait-il pas tout le reste ?

Au tout petit matin, elle finit par dormir plus profondément, et je compris qu'elle ne reparlerait plus. Après avoir terminé son livre – qui était devenu l'un de mes préférés également –, je songeai à la journée à venir, à la vision d'Alice concernant la visite de Bella dans ma famille. Bien qu'elle soit très claire dans la tête de ma sœur, j'avais encore du mal à y croire. Bella le souhaiterait-elle ? Et moi ?

Je réfléchis aussi à l'amitié solide entre Alice et Bella, dont cette dernière n'avait pas la moindre idée. À présent que j'avais une meilleure certitude de l'avenir auquel j'aspirais et de la probabilité qu'il se réalise selon mes vœux, il me paraissait *cruel* de tenir ma sœur éloignée de Bella. Mais quelle opinion cette dernière allait-elle avoir d'Emmett ? Je n'étais pas sûr à cent pour cent qu'il saurait se tenir, il risquait de trouver amusant de sortir une horreur. Et si je lui promettais un truc qui lui tenait à cœur ? Un combat de lutte ? Un match de foot ? Il y avait forcément une chose qu'il accepterait. J'avais déjà vu que Jasper garderait ses distances, mais était-ce parce que Alice le lui avait conseillé ou parce que ce qu'elle avait prédit dépendait de mes actes ? Certes, Bella avait rencontré Carlisle, mais là, ce serait différent. J'étais séduit à l'idée qu'elle passe du temps avec lui. Il était le meilleur d'entre nous. Mieux le connaître la pousserait à nourrir de meilleurs sentiments envers nous tous. Quant à Esmé, elle serait aux anges de la découvrir. La perspective de son plaisir suffit presque à me décider.

En vérité, il n'y avait qu'un obstacle.

Rosalie.

Je me rendis compte qu'un entretien préalable à toute incursion de Bella à la maison s'imposait, et que, pour ça, j'allais devoir l'abandonner.

Je la contemplai, plongée dans ses rêves. Lorsqu'elle avait commencé à s'agiter, je m'étais glissé sur le parquet, près d'elle. Adossé au matelas, le bras tendu, une de ses mèches entre mes doigts. En soupirant, je me levai. Je n'avais pas le choix. Elle ne saurait pas que je l'avais quittée. Il n'empêche, elle me *manquerait*, même pour ce laps de temps aussi bref.

Je me ruai chez moi, en espérant en terminer avec mes tâches le plus vite possible.

Comme d'habitude, Alice avait rempli sa mission. L'essentiel de ce que je voulais faire relevait surtout du détail. Alice savait le plus important et, comme de bien entendu, Rosalie m'attendait sur la plus haute marche du perron. Notre sœur ne lui avait pas dit grand-chose, et elle me sembla un peu perdue quand je l'aperçus, comme si elle ignorait ce que j'allais lui annoncer. Dès qu'elle me vit, elle se renfrogna.

Quoi encore ?

— S'il te plaît, Rose, on peut discuter ?

J'aurais dû piger qu'Alice te rendait service.

— À elle-même aussi.

Rosalie se leva et épousseta son jean.

— Je t'en prie, Rose.

D'accord, d'accord ! Dis ce que tu as à dire.

— Tu viens te balader avec moi ? proposai-je en l'invitant d'un geste.

Elle pinça la bouche, opina néanmoins. Je l'entraînai de l'autre côté de la maison, sur les berges de la rivière noire comme la nuit. Nous la remontâmes en silence vers le nord, bercés par le seul clapotis de l'eau. J'avais choisi ce chemin exprès. J'espérais qu'il lui remémorerait le jour auquel j'avais pensé un peu plus tôt, celui où elle avait ramené Emmett, celui où nous avions trouvé un terrain d'entente pour la première fois.

— Est-ce qu'on peut en finir ? se plaignit-elle.

Sous son apparente irritation, je sentis sa nervosité. Craignait-elle que je lui en veuille encore pour le pari ? J'eus l'impression qu'elle avait un peu honte.

— J'ai une faveur à te demander, répondis-je. Pas facile pour toi, je le sais.

Elle fut désarçonnée. Ma gentillesse ne fit qu'exacerber sa colère, cependant. *Tu veux que je sois sympa avec l'humaine*, devina-t-elle.

— Oui. Tu n'es pas obligée de l'apprécier. Mais elle fait partie de ma vie et, par conséquent, de la tienne. J'ai conscience que tu n'y es pour rien et que ça te déplaît.

Exact.

— Tu as ramené Emmett sans ma permission, lui rappelai-je.

Ce n'était pas pareil, renifla-t-elle avec dédain.

— Plus définitif, effectivement.

Elle s'arrêta net, et je l'imitai. Elle me couva d'un regard surpris et soupçonneux. *Comment ça ? Tu n'envisages pas quelque chose de permanent ?* Cette question la préoccupait tant que je fus dérouté quand elle changea de sujet.

— Est-ce que l'arrivée d'Emmett t'a blessé ? Fait du mal d'une façon ou d'une autre ?

— Bien sûr que non. C'était un choix très sûr.

Elle renifla de nouveau, guère attendrie par mes flatteries.

— Me donnerais-tu une chance de prouver que le mien l'est aussi ? insistai-je.

Pivotant sur ses pieds, elle repartit vers le nord, se frayant un chemin à travers la forêt. *Je suis incapable de la regarder. Quand c'est le cas, je ne vois pas une personne, juste un* gâchis. En dépit de mes bonnes résolutions, ma colère se réveilla. Je ravalai un grondement et tentai de me contrôler. Un coup d'œil par-dessus son épaule avertit Rosalie de mon changement d'humeur. Elle s'arrêta de nouveau et me fit face, une expression plus douce sur le visage. *Je suis désolée, crois-moi. Je ne voulais pas paraître cruelle. C'est seulement que je… Je ne suis pas capable d'assister à ça.*

— Elle a *tout* à vivre, Edward, chuchota-t-elle avec raideur. Des tas de possibilités, qu'elle s'apprête à jeter aux orties. *Toutes.* Toutes celles dont on m'a privée. Je ne *supporte* pas d'en être témoin.

Secoué par son intensité, je la fixai. Sa jalousie m'avait agacé. S'il restait vrai qu'elle prenait sa source dans ma préférence pour Bella, cet aspect était insignifiant. Ce qu'elle avançait là était différent. Plus profond. J'eus l'impression de la comprendre pour la première fois depuis que j'avais sauvé Bella. Prudemment, je posai une main sur son bras. Je m'attendais à être rejeté, elle ne broncha pas.

— Je ne permettrai pas que ça arrive, lui promis-je sur un ton tout aussi solennel que le sien.

Elle me dévisagea un long moment, puis invoqua une image mentale de Bella. Ce fut plus une caricature que le portrait idéal qu'en traçait Alice, mais ce qu'elle avait en tête avait le mérite d'être évident : Bella avait la peau blanche et les prunelles écarlates. Le tout baignait dans une atmosphère de profonde répulsion. *Ce n'est pas ce que tu vises ?*

— Non, me récriai-je, tout aussi dégoûté qu'elle. Non, je veux qu'elle ait *tout.* Je ne la priverai de rien, Rose. Tu piges ? Je ne lui infligerai pas ça.

Ma véhémence la déstabilisa. *Mais… comment crois-tu que ça va… fonctionner ?*

Je haussai les épaules, feignis une nonchalance que j'étais loin d'éprouver.

— Combien de temps lui faudra-t-il pour se lasser d'un garçon de dix-sept ans ? Je l'intéresserais peut-être jusqu'à ce qu'elle en ait vingt-trois… vingt-cinq ? Elle finira par aller chercher ailleurs.

J'eus beau tenter de dissimuler ce que ces mots me coûtaient, elle ne fut pas dupe. *Tu te lances dans un jeu dangereux, Edward.*

— Je me débrouillerai pour survivre… quand elle m'aura quitté.

Je tressaillis, laissai retomber ma main le long de mon flanc.

— Je ne pensais pas à ça, objecta-t-elle.

Écoute, bien que tu ne sois pas mon genre, aucun humain ne peut se comparer à toi, et tu le sais.

— Un jour, avançai-je en secouant la tête, elle voudra plus que ce que je suis en mesure de lui donner. (Il y avait tant de choses que je ne pouvais pas lui donner.) Si tu avais été dans sa situation, et Emmett dans la mienne, n'aurais-tu pas désiré plus ?

Rosalie médita ma question. Elle se représenta son compagnon tel qu'il était aujourd'hui, sourire charmeur et bras tendus vers elle, se revit humaine, jolie mais moins exceptionnelle que maintenant, allant à sa rencontre avant de s'imaginer lui tournant le dos. Rien de tout ça ne parut lui plaire. *Sauf que moi, je sais ce que j'ai perdu*, songea-t-elle, sombre. *Je doute qu'elle envisagera ça comme ça.*

— Je vais passer pour une vieille de quatre-vingts balais, poursuivit-elle à voix haute et avec un petit sourire, plus légère soudain, mais les mômes d'aujourd'hui… Ils ne sont que dans l'instant présent, ils ne se projettent pas à cinq ans, encore moins à cinquante. Que feras-tu si elle te demande de la transformer ?

— Je lui démontrerai à quel point c'est mal, je lui expliquerai tout ce à quoi elle devra renoncer.

Et quand elle te suppliera ?

J'hésitai, hanté par la vision d'Alice où une Bella aux joues creuses était recroquevillée sur elle, noyée dans sa souffrance. Et si c'était ma présence, et non mon absence, qui provoquait ce chagrin ? J'essayai de la voir toute pleine de l'amertume de Rosalie.

— Je refuserai.

Percevant ma détermination d'airain, Rosalie acquiesça. *Je continue d'estimer que c'est trop risqué. Je ne suis pas sûre que tu auras cette force.* Elle commença à rebrousser chemin d'un pas lent, et je la suivis.

— Tu n'as pas eu la vie que tu souhaitais, repris-je, mais durant les soixante-dix ans qui se sont écoulés, en as-tu eu au moins cinq de pur bonheur ?

Ses souvenirs les meilleurs défilèrent rapidement dans sa tête, tous liés à la présence d'Emmett, même si je devinai que, par simple obstination, elle refusait de tomber d'accord avec moi. J'eus un mince sourire.

— Dix, peut-être ?

Elle garda le silence.

— Accorde-m'en cinq, Rose, chuchotai-je. Je sais que ça n'ira pas au-delà. Permets-moi d'être heureux tant que le bonheur est possible. Sois ma sœur. Et si tu es incapable d'aimer mon choix comme j'aime le tien, peux-tu au moins faire semblant de le tolérer ?

Mes mots, pourtant gentils, semblèrent la frapper comme un sac de briques. Ses épaules se raidirent. *Je ne sais pas ce que je peux faire ou non. Voir tout ce que je désire… hors de ma portée. C'est trop douloureux.*

J'étais conscient que ce serait difficile pour elle. Toutefois, je l'étais aussi que son chagrin et ses regrets n'équivaudraient en rien à ma propre angoisse. Elle reprendrait sa vie, avec Emmett pour la réconforter. Moi, en revanche… je perdrais tout.

— Essaieras-tu au moins ? demandai-je d'un ton plus sévère.

Elle ralentit, baissa les yeux, finit par se voûter, résignée. *Je peux essayer, oui.*

— Il est possible que… Alice a vu Bella venir à la maison aujourd'hui.

Elle me toisa, de nouveau furieuse. *J'ai besoin de plus de temps.*

— Prends-en autant qu'il t'en faudra, acceptai-je en levant les mains en signe de reddition.

Son regard était redevenu soupçonneux, ça me rendit triste et las. Elle n'était peut-être pas assez forte. Semblant deviner ce que je pensais, elle s'enfuit. Je la laissai partir.

Les autres furent plus conciliants. Jasper accéda sans peine à ma requête, et Esmé rosit de joie et d'impatience. Je n'approchai même pas Emmett, puisqu'il serait au côté de Rosalie, très loin d'ici sans doute.

Ma foi, j'avais obtenu une promesse de Rose, c'était un début.

Je pris une seconde pour me changer. Bien que la chemisette achetée par Alice il y a si longtemps ne m'ait pas apporté les tourments que j'avais redoutés – qu'elle m'ait même procuré des plaisirs que je n'avais pas anticipés –, je continuais de la trouver de mauvais goût. Je préférais mes vêtements habituels.

En ressortant, je croisai Alice qui était appuyée à l'un des piliers de la véranda, non loin des marches où m'avait attendu Rosalie. Elle arborait un sourire très satisfait d'elle-même. *Tout semble prêt pour la visite de Bella. Exactement comme je l'avais prédit.* Je faillis souligner que sa vision actuelle était comme les autres, susceptible de changer à tout moment. À quoi bon, cependant ?

— Tu ne tiens pas compte des désirs de Bella, me contentai-je de lui rappeler.

Elle leva les yeux au ciel. *T'a-t-elle jamais dit non ?* Intéressant.

— Alice, je…

À toi de voir, m'interrompit-elle, sachant déjà ce que j'allais lui répondre. Elle convoqua l'image des rubans entremêlés de l'avenir de Bella. Certains étaient solides, d'autres intangibles, d'autres encore s'évaporaient dans la brume. Plus ordonnés à présent, ils avaient cessé de former un nœud inextricable, et je constatai avec soulagement que les plus cauchemardesques avaient entièrement disparu. Mais, dans le plus résistant de tous, Bella aux prunelles écarlates et à la peau adamantine occupait encore une place de choix. Le futur que je cherchais appartenait, lui, aux fils les plus nébuleux et périphériques. Bella à vingt ans, à vingt-cinq. Clichés furtifs aux contours flous. Alice enserra ses genoux dans ses bras. Elle n'avait pas besoin de ses dons pour distinguer la frustration dans mes yeux.

— Ça n'arrivera pas, grondai-je.

Lui as-tu jamais dit non ?

Je la foudroyai du regard en descendant le perron, puis décampai à toutes jambes.

Quelques instants plus tard, j'étais de retour dans la chambre de Bella. Oubliant Alice, je me laissai envahir par le calme de son sommeil. Apparemment, elle n'avait pas bougé depuis mon départ. Pourtant, mon absence, même brève, avait modifié les choses. Je me sentais de nouveau… incertain. Au lieu de m'asseoir sur le lit près d'elle, je regagnai le vieux rocking-chair. Je ne tenais pas à paraître présomptueux.

Charlie se leva peu après, avant que les premières lueurs de l'aube aient commencé à illuminer le ciel. Je fus à peu près sûr, grâce à ses réflexions joyeuses bien que troubles, à sa tendance aussi à se conformer à sa routine, qu'il avait l'intention de repartir à la pêche. Ça ne loupa pas. Après un coup d'œil à sa fille, qui dormait de façon plus convaincante que lors de l'inspection de la veille, il se rendit au rez-de-chaussée à pas de loup et entreprit de fourrager sous l'escalier, en quête de son matériel. Il quitta la maison à l'instant où les nuages se paraient d'une faible luminosité grise. J'entendis le grincement du capot rouillé de la Chevrolet.

Charlie rebranchait les câbles de la batterie qu'il avait déconnectés hier soir. Pas un souci insurmontable à résoudre, mais il avait dû se dire que, dans l'obscurité, Bella ne se donnerait pas la peine de réparer l'engin. Où avait-il cru qu'elle irait en douce ?

Il chargea ses cannes et son attirail dans le coffre de sa voiture de patrouille et s'éloigna. Retournant à ma place, j'attendis que Bella se réveille.

Moins d'une heure plus tard, quand le soleil fut assez haut derrière les épais nuages, elle finit par remuer. Elle mit l'un de ses bras sur son visage, comme pour se protéger de la lumière, gémit et roula sur le flanc, plaça l'oreiller sur sa tête.

— Oh ! s'exclama-t-elle tout à coup.

Elle s'assit brutalement, faillit retomber dans son élan, regarda autour d'elle comme si elle cherchait quelque chose. Je ne l'avais encore jamais vue au réveil. Sa chevelure était-elle toujours aussi en bataille ou en étais-je responsable ?

— Tes cheveux ressemblent à un nid de corneilles… mais ça me plaît bien.

Elle se tourna vers moi, aussitôt soulagée.

— Edward ! Tu es resté !

Encore engourdie par sa longue nuit, elle se leva avec difficulté et vint se jeter dans mes bras. Mes craintes de me montrer présomptueux me parurent bien sottes.

— Évidemment !

Son cœur battait, sans doute parce qu'elle était passée directement du sommeil à la précipitation, et je lui frottai les épaules en espérant l'apaiser. Elle nicha sa tête dans le creux de mon cou.

— J'étais sûre qu'il s'agissait d'un rêve, chuchota-t-elle.

— Tu n'as pas assez d'imagination pour ça, la taquinai-je.

Bien que je ne me souvienne pas d'avoir rêvé moi-même, j'avais espionné assez de cerveaux humains pour avoir compris que c'était un processus ni très cohérent ni très détaillé. Soudain, Bella se redressa, j'écartai les mains, et elle se remit debout d'un bond.

— Bon sang ! Charlie ! hoqueta-t-elle.

— Il est parti il y a une heure. Après avoir rebranché les fils de ta batterie, suis-je obligé de préciser. J'avoue être déçu. Cela seul suffirait donc à t'empêcher de filer ?

Se balançant sur la plante de ses pieds, le regard faisant la navette entre la porte et moi, elle hésita. Quelques secondes s'écoulèrent.

— D'habitude, tu es plus vive que ça, le matin, remarquai-je.

En vérité, je n'en savais rien, car je ne la voyais qu'après qu'elle avait eu le temps de se réveiller. Ce que je voulais, c'était qu'elle me contredise – ce qui ne manquait jamais – et m'explique ce qui motivait son indécision. J'ouvris les bras pour lui indiquer qu'elle était plus que bienvenue si elle souhaitait revenir à moi. Elle fit un pas, puis se ravisa en fronçant les sourcils.

— J'ai besoin d'une nouvelle minute d'humanité, dit-elle.

Bien sûr. J'étais certain d'être en mesure de m'améliorer dans ce domaine.

— J'attendrai donc.

Elle m'avait demandé de rester auprès d'elle, je le ferais jusqu'à ce qu'elle m'ordonne de partir.

Elle fut rapide. Elle était pressée, aujourd'hui. J'entendis des claquements de portes et de placards, les crissements de sa brosse passée sans ménagement dans ses cheveux – j'en frémis.

Quand elle me rejoignit, deux taches roses coloraient ses joues, et ses yeux pétillaient d'enthousiasme et d'impatience. Néanmoins, elle approcha de moi plus prudemment et s'arrêta à quelques centimètres de mes genoux. Sans s'en rendre compte, elle se tordait les mains avec nervosité. J'en déduisis qu'elle avait retrouvé sa timidité naturelle, qu'elle éprouvait la même chose que moi à mon retour, tout à l'heure. Ce qui, j'en étais convaincu à présent pour moi aussi, était inutile.

Je l'étreignis tendrement, et elle se blottit contre moi en enroulant ses jambes autour des miennes.

— Enfin là, soufflai-je.

Elle poussa un soupir satisfait et promena ses doigts avec lenteur sur mon bras droit, de haut en bas et retour, tandis que je nous berçai au rythme de sa respiration. Sa main grimpa jusqu'à mon épaule, stoppa au niveau de mon col. Elle recula et me dévisagea d'un air consterné.

— Tu as osé me quitter ?

— Je ne pouvais décemment pas garder les vêtements d'hier ! rigolai-je. Qu'auraient pensé les voisins ?

Elle n'en fut que plus mécontente. Ne tenant pas à lui révéler le genre de mission que je m'étais donnée, je recourus à un subterfuge dont je ne doutais pas qu'il fonctionnerait.

— Tu étais profondément endormie. Je n'ai rien loupé. Tu avais déjà parlé.

Comme prévu, elle gémit :

— Qu'ai-je dit ?

Il me fut impossible de continuer à badiner, et ce fut avec une joie incommensurable que je répondis la vérité :

— Que tu m'aimais.

Baissant les yeux, elle cacha son visage dans mon torse.

— Ce n'est pas un scoop, murmura-t-elle, son haleine réchauffant le tissu de ma chemise.

— C'était plaisant à entendre quand même.

— Je t'aime.

Je ne me lassais pas de ces mots. Là, ils me subjuguèrent, parce qu'elle avait choisi de les prononcer en sachant que je l'écoutais. De mon côté, j'en cherchais des plus parlants encore, susceptibles de décrire avec précision ce qu'elle était devenue pour moi. Il n'y avait plus rien en moi qui ne tourne pas autour d'elle. Notre première conversation me revint à l'esprit, à l'époque où je pensais sincèrement ne pas avoir de véritable existence. Ce n'était plus le cas.

— Tu es ma vie, désormais, chuchotai-je.

Malgré la couche nuageuse qui dissimulait le soleil, la chambre rayonna d'une lumière dorée. L'air sembla plus pur que la normale. Enlacés, nous nous balançâmes lentement, savourant la perfection de l'instant.

Comme je me l'étais répété souvent ces dernières vingt-quatre heures, je savais que s'il me fallait bouger de nouveau, ça ne me coûterait pas. À la façon dont son corps était soudé au mien, je songeai que c'était sûrement pareil pour elle. Mais j'avais des responsabilités. Je devais maîtriser mon allégresse débridée et me montrer pratique. Je resserrai mon étreinte une seconde, puis me forçai à la lâcher.

— C'est l'heure du petit déjeuner, annonçai-je.

Elle hésita, peut-être aussi réticente que moi à ce que nous nous détachions l'un de l'autre, puis elle s'écarta et me regarda. Les yeux arrondis par la terreur, la bouche ouverte, elle porta ses mains à sa gorge. Je fus tellement horrifié par sa frayeur que je ne compris pas ce qui se passait. Mes sens se mirent en état d'alerte, cherchant comme des tentacules ce qui nous menaçait. Avant que j'aie eu le temps de me précipiter avec elle à la fenêtre pour nous enfuir, elle afficha un sourire rusé, et je saisis la plaisanterie.

— Je blague, rigola-t-elle. Toi qui prétendais que je ne savais pas jouer la comédie.

Il me fallut une demi-seconde pour me remettre. Le soulagement me coupait les jambes, le choc m'avait ébranlé.

— Ce n'était pas drôle, râlai-je.

— Ça l'était, et tu le sais.

Je ne pus m'empêcher de sourire. Si ses canulars vampiriques devaient devenir réguliers, je les accepterais. Pour elle.

— Faut-il que je reformule ? C'est l'heure du petit déjeuner pour les humains.

— Très bien, dit-elle, toujours aussi gaie.

Si j'étais d'accord pour endurer un avenir plein de mauvaises plaisanteries, je n'étais pas prêt à lui pardonner celle-là. Je bougeai, prudent mais vif comme l'éclair. La basculant cul par-dessus tête sur mon épaule, en espérant la secouer autant qu'elle m'avait secoué, sans pour autant l'effrayer, je filai de la pièce.

— Hé ! protesta-t-elle.

Je ralentis un peu dans l'escalier.

— Wouah ! souffla-t-elle lorsque je la redressai et l'assis d'autorité sur une chaise de la cuisine.

Elle rigola, pas ébranlée pour un sou.

— Qu'y a-t-il à manger ? s'enquit-elle.

Je plissai le front. Je n'avais pas eu le loisir de réfléchir aux nourritures mortelles. Mais je savais à quoi elles ressemblaient, je devais donc réussir à improviser.

— Euh… je ne sais pas. De quoi as-tu envie ?

D'un truc simple, avec un peu de chance. Éclatant de rire devant mon désarroi, elle se leva et s'étira.

— T'inquiète ! Je suis capable de m'occuper de moi. Observe un peu comment je chasse.

La voir se déplacer dans son élément fut à la fois instructif et distrayant. Jamais elle n'avait été aussi à l'aise et sûre d'elle. Il était évident que, les yeux bandés, elle aurait trouvé ce qu'elle voulait dans cette cuisine. D'abord un bol puis, sur la pointe des pieds, une boîte de céréales. Elle virevolta pour ouvrir le réfrigérateur tout en piochant une cuiller dans un tiroir qu'elle referma d'un coup de hanche. Ce ne fut qu'après avoir préparé son repas qu'elle hésita.

— Tu veux quelque chose ? me demanda-t-elle.

— Mange, Bella ! rétorquai-je en levant les yeux au ciel.

Elle avala une portion de sa mixture répugnante, mâcha rapidement, me regarda et déglutit.

— C'est quoi le programme, aujourd'hui ? s'enquit-elle.

— Voyons…

J'avais eu l'intention de trouver le courage d'aborder le sujet, mais ç'aurait été lui mentir de répondre que je n'avais aucune idée.

— Que dirais-tu de rencontrer ma famille ?

Elle blêmit. Si elle refusait, je n'insisterais pas. Comment Alice avait-elle pu se tromper ?

— Ça t'effraie ?

Mon ton laissait entendre que je l'espérais presque. Il faut croire que j'avais guetté le moment de l'épreuve de trop.

— Oui, reconnut-elle.

Bien que j'aie lu la réponse dans ses yeux, sa voix basse et tremblante me désarçonna, dans la mesure où elle n'admettait jamais ses appréhensions. Du moins, elle n'avouait pas avoir peur de *moi*.

— Ne t'en fais pas, je te protégerai.

Je la gratifiai d'un mince sourire, sans essayer de la convaincre. Il y avait des tas de choses que nous pouvions faire qui ne l'amèneraient pas à penser qu'elle mettait sa vie en jeu. Mais je voulais qu'elle sache aussi que je m'interposerais toujours entre elle et le moindre danger, qu'il s'agisse d'un monstre ou d'une météorite. Elle secoua la tête.

— Je n'ai pas peur d'eux. J'ai peur qu'ils… ne m'apprécient pas. Ne risquent-ils pas d'être surpris que tu ramènes quelqu'un… comme moi… à la maison ? Savent-ils que je suis au courant ?

Une soudaine bouffée de colère me submergea. Peut-être parce qu'elle avait raison, en tout cas pour ce qui concernait Rosalie. Je détestais que Bella se dévalorise ainsi, à croire que c'était elle qui clochait, et non nous autres.

— Oh, on ne peut rien leur cacher, lançai-je en m'efforçant de sourire mais sans réussir à adoucir mon ton. Hier, ils pariaient sur les chances que tu avais de revenir vivante. C'était à cinq voix contre celle d'Alice. Je me demande bien pourquoi.

Je m'aperçus que je la dressais contre les miens, même s'il était normal de l'avertir. Je tentai de me calmer.

— Quoi qu'il en soit, nous n'avons pas de secret les uns pour les autres. C'est d'ailleurs à peu près impossible, entre moi qui intercepte les pensées et Alice qui devine l'avenir.

— Sans parler de Jasper, repartit-elle, mi-figue, mi-raisin, qui doit être capable de te donner l'impression qu'il serait tellement agréable et confortable de lui raconter tout ce que tu as sur le cœur.

— Tu es décidément très attentive !

— On me l'a déjà dit.

Elle se concentra, sourcils froncés, puis opina, me donnant l'impression d'accepter presque l'invitation.

— Alors, Alice m'a-t-elle vue rentrer ?

Elle s'exprimait avec détachement, comme si le sujet avait été banal et, Alice l'ayant prédite, la question close. Je m'en m'étonnai. Cette acceptation sans réserve toucha mon point le plus sensible – il m'était odieux d'imaginer que, encore maintenant, je risquais de bousiller sa vie.

— Quelque chose comme ça, marmonnai-je.

Je me détournai pour regarder par les fenêtres de derrière, ne tenant pas à ce qu'elle voie mon effarement. Je doutai de l'avoir dupée, cependant, car je sentis qu'elle me fixait. Je m'efforçai d'alléger l'ambiance que mon courroux avait provoquée et, la dévisageant de nouveau, la taquinai d'une voix aussi naturelle que possible :

— C'est bon ? demandai-je en montrant son bol. Franchement, ça n'a pas l'air très appétissant.

— Eh bien, ça ne vaut pas le grizzli irritable.

Devant ma réaction, elle s'empressa de continuer à manger. Elle réfléchissait, les yeux dans le vague. De mon côté, je faisais de même, mais nos préoccupations ne devaient pas être identiques. Contemplant le jardin, je me rappelai le jour ensoleillé où je l'avais espionnée, l'instant où l'ombre des nuages l'avait engloutie. Il m'était trop facile de retomber dans la déprime, d'analyser mes bonnes intentions et de n'y déceler que mon égoïsme. Troublé, je pivotai vers elle et la découvris qui m'observait sans crainte aucune. Comme depuis le début, elle avait foi en moi. Je respirai un bon coup. Je serais digne de cette confiance. Quand elle me regardait ainsi, rien ne m'était insurmontable.

La prophétie mineure d'Alice s'avérerait donc. Sans surprise. Dans quelle mesure Bella essayait-elle de me faire plaisir en acceptant de venir chez moi ? Très plaisir, certainement. J'avais une envie similaire en tête, mais je redoutais que, une fois encore, elle cède uniquement pour moi. Ça ne coûtait rien d'en parler.

— Tu devrais aussi me présenter à ton père.

— Il te connaît déjà, sursauta-t-elle.

— Pas comme ton petit ami.

— Pourquoi ferais-je ça ?

— Ce n'est pas la coutume ? insistai-je d'un air décontracté, bien que je sois ébranlé par ses réticences.

— Aucune idée, marmonna-t-elle d'une voix moins assurée. Ce n'est pas nécessaire. Je ne m'attends pas à ce que… Personne ne te force à jouer le jeu.

Croyait-elle vraiment que c'était une corvée que je m'infligeais ?

— Je ne joue pas, lui promis-je.

Elle contempla son bol en touillant mollement ce qui y restait. Il valait peut-être mieux que j'aille droit au but, quitte à essuyer un refus.

— Diras-tu à Charlie que je suis le garçon avec lequel tu sors, oui ou non ?

— Car c'est ce que tu es ?

Pas le rejet que j'avais craint. Il était évident que quelque chose m'échappait. Estimait-elle que Charlie ne devait pas être au courant de mon existence parce que je n'étais pas humain ou avait-elle une autre raison ?

— J'admets que c'est une acception un peu large du mot « garçon ».

— J'avais l'impression que tu étais plus que ça, avoua-t-elle dans un souffle.

Elle n'avait pas relevé la tête, s'adressait à la table. De nouveau, je fus renvoyé à notre conversation de la cafétéria, lorsqu'elle m'avait confié penser que nos sentiments n'étaient pas mutuels, que j'étais moins attaché à elle que l'inverse. Pourquoi ma demande de rencontrer son père la plongeait-elle dans cet état d'esprit ? Le problème était-il l'impermanence de l'expression

« petit ami » ? Un concept très humain et *fugace*. Qui ne recouvrait pas une seconde ce que je voulais être pour elle, mais le seul que comprendrait Charlie.

— Eh bien, je ne suis pas sûr que nous soyons obligés de lui donner les détails les plus sanglants, murmurai-je en soulevant son menton de l'index. Mais il va falloir lui expliquer pourquoi je passe autant de temps avec toi. Je ne tiens pas à ce que le Chef Swan prenne des mesures de coercition à mon encontre.

— Seras-tu là ? s'inquiéta-t-elle en ignorant ma plaisanterie. Seras-tu vraiment là ? Toujours ?

— Aussi longtemps que tu voudras de moi.

Je ne partirais que si elle m'en priait. Elle me dévisagea avec une intensité presque furieuse.

— Je ne me lasserai jamais de toi. Jamais !

Je songeai à la certitude d'Alice : *Lui as-tu jamais dit non ?*

Je songeai aux doutes de Rosalie : *Que feras-tu si elle te demande de la transformer ? Et quand elle te suppliera ?*

Cette dernière avait raison sur une chose au moins. « Jamais » ou « éternité » n'avaient pas le même sens pour Bella et pour moi. À ses yeux, ça désignait seulement une très longue durée, dont elle n'imaginait pas la fin. Une personne de dix-sept ans ne pouvait mesurer ce que signifiait d'en avoir cinquante. Alors, l'éternité ? Elle était humaine, j'étais un immortel figé dans le temps. D'ici à peine quelques années, elle se serait réinventée à de nombreuses reprises. Ses intérêts auraient changé, son horizon se serait élargi. Elle ne voudrait plus alors ce qu'elle désirait aujourd'hui.

Lentement, conscient des délais qui m'étaient impartis, je contournai la table afin de caresser son visage.

— Ça t'embête ? me demanda-t-elle en me couvant des yeux et en cherchant à comprendre.

Que lui répondre ? Je me bornai à la scruter avec l'impression de déceler les modifications infinitésimales qu'entraînait chez elle chaque battement de son cœur. Elle soutint mon regard. Que voyait-elle ? Parvenait-elle à imaginer que je resterais toujours le même ? Cela ne fit qu'intensifier mon sentiment d'urgence. Je soupirai. Nous n'avions pas de temps à perdre.

— Tu as terminé ? m'enquis-je avec un geste vers son bol vide.

— Oui, répondit-elle en se levant.

— Va t'habiller. Je t'attends ici.

Elle obtempéra en silence.

J'avais besoin d'être un peu seul. J'ignore pourquoi j'étais la proie de multiples mauvais pressentiments. Il fallait que je me reprenne. Pour profiter de la moindre seconde de bonheur qui m'était échue, d'autant plus qu'elles m'étaient comptées. J'étais conscient que mes maudits doutes et mes inlassables questionnements étaient capables de tout gâcher. Il aurait été dommage de m'apitoyer sur moi-même si nous n'avions que quelques petites années.

À l'étage, j'entendais Bella qui se débattait avec sa garde-robe. Le tumulte était moins bruyant que deux soirs auparavant, lorsqu'elle avait préparé ses vêtements pour notre escapade dans la clairière, mais il n'en était pas moins intense. Je priai pour qu'elle ne soit pas trop stressée à la perspective de rencontrer ma famille. L'amour d'Alice et d'Esmé lui était déjà acquis. Les autres ne prêteraient pas attention à sa tenue, ils ne verraient qu'une humaine assez brave pour rendre visite à un clan de vampires. Même Jasper en serait impressionné.

Lorsqu'elle redescendit, je m'étais ressaisi. Je n'avais qu'à me concentrer sur la journée à venir. Sur les douze heures à passer en compagnie de Bella. Voilà qui devait suffire à me conserver le sourire.

— Ça y est, cria-t-elle en dégringolant les marches, je suis à peu près décente.

Dans sa précipitation, elle faillit me heurter, et je la rattrapai. Elle m'adressa un immense sourire, et toutes mes incertitudes se dissipèrent. Comme je m'en étais douté, elle avait enfilé le haut bleu qu'elle avait porté à Port Angeles, mon préféré. Elle était ravissante, et j'aimais qu'elle ait noué ses cheveux en arrière – elle ne pourrait pas se cacher dessous.

— Encore une fois, tu as tout faux, me moquai-je. Tu es scandaleusement indécente. Aucune femme ne devrait avoir le droit d'être aussi tentante, c'est injuste.

Elle me repoussa afin de me dévisager.

— Comment ça, tentante ? Je peux me changer…

La veille, elle m'avait demandé si elle m'attirait en tant que femme. Ça me semblait si évident que sa question frôlait le ridicule, et pourtant, elle avait l'air de ne toujours pas s'en rendre compte.

— Tu es absurde, m'esclaffai-je.

J'embrassai son front, me laissai submerger par le contact de sa peau sous mes lèvres comme par une onde électrique qui secoua tout mon corps.

— Est-il vraiment nécessaire que je t'explique pourquoi tu me tentes ?

Lentement, je promenai mes mains le long de sa colonne vertébrale jusqu'au creux de ses reins avant de les arrêter sur ses hanches. L'idée avait été de la titiller, mais je fus happé par l'instant. Ma bouche frôla ses tempes, je m'entendis respirer à l'unisson de son cœur battant. Ses doigts tremblaient sur mon torse. Je n'eus qu'à m'incliner légèrement pour que ses lèvres, si pulpeuses et tièdes, soient à portée des miennes. Prudent, à l'affût des effets puissants de l'alchimie, je l'embrassai.

Tandis que j'étais de nouveau envahi par le courant et la lumière, je guettai sa réaction, prêt à me détacher d'elle si la situation dérapait. Elle se montra plus précautionneuse que la fois précédente en restant presque immobile. Même ses tremblements s'étaient calmés. Me mouvant avec la plus grande vigilance face aux émotions que j'éprouvais, je raffermis notre baiser, savourant leur douceur. Je ne me contrôlais pas autant que j'aurais dû. J'entrouvris les lèvres pour goûter son haleine.

À cet instant, ses jambes se dérobèrent sous elle, et elle glissa vers le sol. Je la rattrapai et la redressai, soutenant de ma main gauche sa tête qui ballottait. Les paupières closes, elle était toute blanche.

— Bella ? m'écriai-je en paniquant.

Prenant une inspiration, elle cligna. Je m'aperçus que je n'avais pas perçu son souffle depuis un moment. Trop longtemps. Elle inhala une fois encore, chercha à poser les pieds par terre.

— Tu… m'as… fait… tomber… dans les pommes.

Elle avait vraiment *cessé de respirer* pendant ce baiser. Sans doute pour me faciliter la tâche.

— Mais comment faut-il que je me comporte ? grognai-je. Hier, quand je t'ai embrassée, tu m'as carrément attaqué. Aujourd'hui, tu t'évanouis.

Elle eut un rire faible, s'étrangla à moitié en essayant d'aspirer l'oxygène nécessaire à ses poumons. Je supportais encore l'essentiel de son poids.

— Apparemment, tu vas devoir réviser ta théorie sur mon excellence dans tous les domaines, râlai-je.

— Ne te dénigre pas. Tu es trop habile, c'est ça le problème. Beaucoup, beaucoup trop habile.

— Tu ne vas pas être malade, hein ?

Ses lèvres avaient retrouvé un peu de leur rose délicat.

— Non, m'assura-t-elle. Ce n'est pas comme l'autre fois. Je crois juste que j'ai oublié de respirer.

Clairement.

— Tu n'es pas en état de sortir.

Elle avala une nouvelle goulée d'air, se redressa entre mes bras et tendit le menton avec une résolution obstinée. Son visage n'était plus aussi blême, et sa voix était plus ferme :

— Je vais bien. De toute façon, ta famille va me prendre pour une folle, alors, quelle importance ?

Je l'examinai avec soin. Son pouls était régulier, elle se tenait debout sans mon aide, ses joues rosissaient à vue d'œil, tranchant sur le bleu de sa blouse.

— J'ai un faible pour la manière dont la couleur de ce chemisier s'accorde à ta peau, dis-je.

Elle en rougit d'autant plus.

— Écoute, répondit-elle, interrompant mon examen, je m'escrime à éviter de réfléchir à ce que je suis sur le point de faire. Alors, pourrions-nous y aller, maintenant ?

— Tu t'angoisses non parce que tu vas mettre les pieds dans un nid de vampires, mais parce que tu as peur que ces vampires te rejettent, c'est ça ?

— Exactement, rigola-t-elle.

— Tu es incroyable, conclus-je en secouant le menton.

Son sourire s'élargit. Me prenant par la main, elle m'entraîna dehors. Décidant qu'il valait mieux prétendre que nous étions d'accord sur qui prendrait le volant plutôt que poser la question, je la laissai mener la marche jusqu'à sa camionnette, dont je lui ouvris vivement la portière passager. Elle ne protesta pas, ne me toisa même pas. Bon signe.

Tandis que je conduisais, elle regardait, assise bien droite, par la fenêtre. Je devinai qu'elle était nerveuse, curieuse aussi. Quand il devenait évident que nous n'allions pas nous arrêter à telle ou telle maison, elle perdait aussitôt tout intérêt pour elle et guettait la suivante. Comment s'imaginait-elle la mienne ?

Au fur et à mesure que nous nous éloignions de la ville, il me sembla qu'elle cédait à l'appréhension. À plusieurs reprises, elle me lança un coup d'œil comme sur le point de m'interroger, puis se dépêcha de se retourner dans une envolée de queue-de-cheval en constatant que je l'observais. Elle se mit à taper du pied, alors que je n'avais pas allumé la radio.

Lorsque je tournai dans le chemin de terre, elle se redressa, et ses genoux commencèrent à gigoter au rythme de ses pieds. Elle appuyait ses doigts si forts sur le cadre de la vitre que leur extrémité avait blanchi. Les lacets s'enchaînaient, et elle sourcilla. Il est vrai que la route donnait l'impression de s'enfoncer dans un lieu aussi isolé que la clairière. Sa petite ride réapparut.

Je frottai son épaule, et elle m'adressa un sourire contraint avant de contempler de nouveau le paysage.

Nous débouchâmes enfin de la forêt sur la pelouse. Le changement ne parut pas énorme, car nous étions dans l'ombre des grands cèdres.

Regarder la maison familière en essayant de la voir à travers les yeux de Bella fut bizarre. Esmé ayant très bon goût, je savais que notre résidence était objectivement superbe. Mais Bella se rendrait-elle compte qu'il s'agissait d'un édifice figé dans le temps, datant d'une autre époque, bien qu'il soit tout neuf et solide ? Comme si nous avions remonté les ans pour le trouver au lieu que ce soit lui qui vieillisse jusqu'à nous ?

— Dis donc ! souffla-t-elle.

Je coupai le contact. Le silence qui suivit renforça le sentiment d'être dans un pan différent de l'Histoire.

— Elle te plaît ?

Elle me regarda du coin de l'œil avant de se retourner vers la maison.

— Elle… ne manque pas de charme.

M'esclaffant, je tirai sur sa queue-de-cheval et descendis de voiture. En moins d'une seconde, j'ouvrais sa portière.

— Prête ?

— Pas le moins du monde, rit-elle, haletante. Allons-y.

Elle vérifia sa coiffure, en quête de mèches folles.

— Tu es magnifique, la rassurai-je.

Je l'attrapai par la main, qui était moite et moins chaude que d'habitude. J'en caressai le dos avec mon pouce, tentant de lui transmettre par ce geste que tout allait bien, et qu'elle ne risquait rien. Au moment où nous grimpions le perron, elle ralentit le pas et se mit à trembler. Hésiter ne ferait que prolonger son malaise. Je poussai la porte, sachant très exactement ce qui nous attendait de l'autre côté.

Mes parents étaient postés là où leurs pensées m'avaient indiqué qu'ils seraient et où Alice les avait vus. Ils se tenaient en retrait, de manière à laisser de l'espace à Bella. Esmé était aussi nerveuse que cette dernière, même si son agitation se trahissait par une immobilité absolue et non par la fébrilité de sa visiteuse. Carlisle avait posé une paume réconfortante dans le bas de son dos. S'il était accoutumé à fréquenter les humains en toute sérénité, Esmé était timide et s'aventurait rarement seule dans l'univers des mortels. Casanière, elle se contentait de ce que nous autres lui rapportions de ce monde.

Bella balaya des yeux la pièce. Elle restait légèrement derrière moi, comme si j'étais un bouclier. Bien que j'aie conscience de son anxiété, je me sentais détendu au cœur de mon foyer. Je lui serrai la main.

Carlisle gratifia Bella d'un sourire chaleureux, et Esmé s'empressa de l'imiter.

— Carlisle, Esmé, je vous présente Bella.

Bella avait-elle perçu la pointe de fierté dans ma voix quand j'avais prononcé son prénom ?

— Sois la bienvenue, Bella, lança Carlisle en approchant avec une lenteur délibérée, la main tendue.

Peut-être parce qu'elle le connaissait déjà, elle parut se relaxer. Sans me lâcher, elle avança d'un pas assuré et serra la paume offerte sans même grimacer sous l'effet du froid. Elle s'était habituée, évidemment.

— Ravie de vous revoir, docteur Cullen, répondit-elle.

Elle l'était, apparemment.

Quelle courageuse petite ! songea Esmé. *C'est un amour !*

— Je t'en prie, appelle-moi Carlisle.

— Entendu, acquiesça-t-elle, enchantée.

Ma mère rejoignit mon père avec la même mesure étudiée. Plaçant une main sur l'épaule de Carlisle, elle tendit l'autre à Bella, qui l'accepta sans hésiter et en souriant.

— Heureuse de te connaître, dit Esmé, avec une affection réelle.

— Merci, de même.

Malgré le conventionnel des paroles échangées, la sincérité du ton les dotait d'une profondeur autre. *Je l'adore déjà, Edward ! Merci de nous l'avoir amenée.* L'enthousiasme de ma mère me fit sourire.

— Où sont Alice et Jasper ? demandai-je.

Pour la forme seulement, car je les entendais qui patientaient au sommet de l'escalier. Alice planifiait son entrée, et ma question sembla lui donner le *la*.

— Hé, Edward ! me héla-t-elle en surgissant.

Sur ce, elle dévala les marches – pas à une allure humaine – et se rua sur Bella, stoppant à quelques centimètres d'elle à peine. Carlisle, Esmé et moi nous pétrifiâmes sous l'effet de la surprise. Bella, elle, ne broncha pas, même quand Alice lui sauta au cou pour embrasser sa joue. Je jetai un regard d'avertissement à ma sœur, mais elle ne me prêtait aucune attention, prise entre l'instant présent et mille avenirs, radieuse à l'idée de pouvoir enfin entamer son amitié. Malgré la gentillesse de ses sentiments, je ne me réjouis pas. Plus de la moitié de ses souvenirs futurs dessinaient une Bella livide, sans vie, parfaite et froide. Tout entière focalisée sur Bella, Alice ne perçut pas ma réaction.

— Tu sens très bon, lui dit-elle, je ne l'avais pas encore remarqué.

Bella rougit et nous autres détournâmes la tête, gênés. Je cherchai un moyen de détendre l'atmosphère quand, soudain, ce ne fut plus nécessaire. Je sentis la tension de Bella s'évaporer, tandis que je retrouvais mon aise. Jasper apparut alors. S'il ne se déplaçait pas à la vitesse d'Alice, il n'avait pas non plus adopté la lenteur de nos parents. Il n'avait pas besoin de jouer la comédie, tout en lui avait l'air naturel et juste.

En vérité, il en rajoutait un peu.

Je lui adressai un coup d'œil sardonique, auquel il répondit par un grand sourire. Il s'arrêta près du pilier central de l'escalier, à une distance étrange par rapport à nous mais qui, bien sûr, ne semblait pas l'être dès lors qu'il l'avait décidé.

— Bonjour, Bella, la salua-t-il.

— Bonjour, Jasper, répondit-elle avec gaieté. Je suis très contente de vous rencontrer, ajouta-t-elle à la cantonade. Vous avez une très belle maison.

— Merci, dit Esmé. Nous sommes enchantés que tu sois venue.

Elle est merveilleuse.

Bella leva la tête vers l'étage, dans l'attente, mais je savais qu'on en avait fini avec les présentations ce matin. Ma mère comprit elle aussi le sens du geste de sa visiteuse. *Je suis navrée, elle n'était pas prête. Emmett s'efforce de la calmer.* Devais-je m'excuser en lieu et place de Rosalie ? Je n'eus pas le temps de me décider, cependant, car Carlisle m'interpella mentalement.

Edward.

Je le dévisageai. Sa gravité tranchait avec l'ambiance décontractée qu'avait créée Jasper.

Alice a vu des inconnus nous rendre visite. Au rythme où ils se déplacent, ils nous auront localisés demain soir. Je tenais à te prévenir aussitôt.

J'opinai en pinçant les lèvres. Ma foi, le bon côté des choses, c'est que j'étais maintenant en mesure d'expliquer à Bella pourquoi j'allais l'enlever. Elle comprendrait. Pas Charlie. Il faudrait que je concocte le plan le plus sûr et le moins perturbant possible. Enfin, nous ferions ça à *deux*. Elle formulerait sûrement ses opinions. Je me tournai vers Alice afin d'avoir des éclaircissements visuels, mais elle ne pensait qu'à la météo.

— Tu joues ? demandait Esmé à Bella, qui admirait mon piano.

— Pas du tout. C'est un merveilleux instrument. Il est à vous ?

— Non, rit-elle. Edward ne t'a pas dit qu'il était musicien ?

Bella me toisa d'une façon étrange, comme irritée. Nourrissait-elle des préjugés que je n'avais pas encore perçus contre les pianistes ?

— Jamais, répondit-elle. Quoique j'aurais dû m'en douter, j'imagine.

Qu'entend-elle par là, Edward ? s'inquiéta Esmé. Comme si j'avais la solution ! Heureusement, son égarement fut suffisamment clair pour que Bella s'explique :

— Edward réussit tout ce qu'il entreprend, non ?

Si Carlisle parvint à dissimuler son amusement, Jasper ricana. Alice était occupée à visualiser la discussion qui aurait lieu d'ici vingt secondes, le présent échange n'avait rien de nouveau pour elle. Esmé me gratifia d'un regard de reproche tout maternel.

— J'espère que tu n'as pas fanfaronné, me morigéna-t-elle, ce n'est pas très élégant.

— Juste un peu, ripostai-je joyeusement.

Il a l'air tellement heureux. Je ne l'ai jamais vu ainsi. Quelle chance qu'il l'ait enfin trouvée !

— En réalité, il a été trop modeste, intervint Bella.

— Eh bien, joue donc pour Bella, Edward, m'encouragea Esmé.

— Tu viens juste de dire que fanfaronner était mal élevé, lui rappelai-je avec le sentiment d'avoir été trahi.

— Il y a des exceptions à la règle, me renvoya-t-elle en riant à son tour.

Si elle n'est pas encore accro, ça devrait le faire.

— J'aimerais t'écouter, insista l'intéressée.

— Affaire conclue, décréta ma mère en me poussant vers l'instrument.

Puisqu'ils le voulaient. Je n'avais pas lâché Bella, elle allait devoir m'accompagner. Après tout, c'était son idée. C'était la première fois que j'étais complexé à l'idée de jouer. Jusqu'à présent, je ne l'avais fait que pour la famille et de rares amis et, à part Esmé, la plupart d'entre eux paraissaient ne même pas s'en rendre compte. Bref, c'était nouveau. Si ma mère n'avait pas parlé de frime juste avant, je n'aurais peut-être pas eu l'impression d'une corvée.

Je m'installai sur le tabouret, entraînant Bella avec moi. Elle me sourit avec impatience. Je fronçai les sourcils à son adresse, en espérant qu'elle comprenait que je ne cédais que pour elle. Je choisis la musique d'Esmé, une mélodie joyeuse et triomphante, en harmonie avec l'atmosphère de cette journée. Du coin de l'œil, je surveillai les réactions de Bella. Discrètement, pour ne pas la gêner, même si je n'avais pas besoin de regarder le clavier.

Elle ouvrit la bouche au bout de quelques mesures.

Jasper éclata d'un nouveau rire, imité par Alice. Ma voisine se raidit mais ne se retourna pas. Paupières plissées, elle ne loupait aucun mouvement de mes doigts sur les touches.

J'entendis Alice grimper l'escalier au moment où Carlisle pensait : *Il est temps de nous retirer. N'accablons pas cette jeune fille.* Bien que déçue, Esmé emboîta le pas à Alice. Tous allaient faire comme si la matinée était normale, comme si recevoir un humain dans notre foyer n'avait rien d'exceptionnel. L'un après l'autre, ils s'éclipsèrent vers les tâches qu'ils auraient accomplies si je n'avais pas amené une mortelle à la maison.

Si Bella était entièrement focalisée sur mes mains, je devinai qu'elle avait un peu perdu de… sa ferveur. Elle plissait le front, affichait une mine que je ne saisis pas bien. Je tentai de lui remonter le moral en tournant la tête vers elle avec un clin d'œil. En général, ça la faisait sourire.

— Tu aimes ? m'enquis-je.

Elle inclina la tête, quelque chose sembla lui traverser l'esprit, et elle écarquilla les prunelles.

— C'est *toi* qui l'as écrit ? s'exclama-t-elle sur un ton bizarrement accusateur.

— Oui. C'est le préféré d'Esmé, avouai-je en m'excusant presque.

De quoi ? Aucune idée. Bella me dévisagea avec une drôle de tristesse, ferma les paupières et soupira.

— Qu'y a-t-il ? m'inquiétai-je.

Elle rouvrit les yeux et me sourit enfin, mais sans gaieté.

— À côté de toi, j'ai l'impression d'être totalement insignifiante.

Je fus abasourdi. J'avais cru que les paroles d'Esmé sur mes fanfaronnades étaient le nœud du problème. Son idée que ma musique me gagnerait définitivement le cœur de Bella se révélait totalement erronée. Comment expliquer que les talents qui me venaient si aisément à cause de ce que j'étais n'avaient aucune importance ? Qu'ils ne me rendaient ni unique ni supérieur ? Comment lui prouver que tout ce que j'avais ne suffisait pas à me rendre digne d'elle ? Et qu'elle était le but suprême que j'avais essayé d'atteindre pendant si longtemps ?

Je ne vis qu'une solution. En deux accords, je changeai de tonalité et entamai un nouveau morceau. Elle m'observait, guettait une réaction. J'attendis d'avoir joué le thème principal, en espérant qu'elle le reconnaîtrait.

— C'est toi qui as inspiré celui-ci, chuchotai-je.

Sentait-elle que la musique venait du plus profond de mon âme ? Et que, comme tout mon être, elle ne tournait plus désormais qu'autour d'elle ? Pendant quelques instants, je laissai à la mélodie exprimer ce que j'étais incapable de formuler avec des mots. Le thème se développa et quitta le mode mineur pour les harmonies plus allègres de la fin.

— Ils t'aiment bien, tu sais, repris-je pour dissiper ses craintes du matin. Esmé, surtout.

Elle avait dû s'en apercevoir d'elle-même. Elle se retourna.

— Pourquoi sont-ils partis ?

— Un moyen très discret de nous donner un peu d'intimité, je suppose.

— Eux peut-être, ronchonna-t-elle. Restent Rosalie et Emmett…

— Ne t'occupe pas de Rosalie, elle s'y fera, maugréai-je.

— Et Emmett ? persista-t-elle avec une moue sceptique.

— Oh, il pense que je suis fou, m'esclaffai-je, mais tu ne lui poses aucun problème. Et il essaie de raisonner Rosalie.

— Qu'est-ce qui l'ennuie tant que ça ? demanda-t-elle tristement.

J'inspirai et expirai lentement pour gagner du temps. Mieux valait en dire le minimum, et de la façon la plus rassurante possible.

— Rosalie est celle qui a le plus de difficultés à… vivre notre condition. Elle a du mal à accepter qu'un étranger sache la vérité. Et puis, elle est un peu jalouse.

— De moi ? se récria-t-elle comme si c'était une plaisanterie.

— Tu es humaine, dis-je en haussant les épaules. Elle regrette que ce ne soit pas également son cas.

— Oh ! s'exclama-t-elle, déstabilisée, avant de sourciller. Et Jasper ? Lui aussi, il…

L'impression de sérénité et d'aisance s'était volatilisée dès qu'il avait cessé de se concentrer sur nous. Elle devait se souvenir de la raideur avec laquelle il s'était présenté, de son refus d'approcher.

— C'est ma faute. Je t'avais expliqué qu'il était le plus récent d'entre nous. Je l'ai averti de garder ses distances, dans son propre intérêt.

J'avais beau avoir adopté un ton léger, elle frissonna.

— Esmé et Carlisle ? enchaîna-t-elle rapidement, comme pour changer de sujet.

— Ils se réjouissent pour moi. D'ailleurs, Esmé se moquerait comme d'une guigne que tu aies un troisième œil ou les pieds palmés. Elle s'est tellement inquiétée, craignant qu'un élément essentiel ait manqué à mon accomplissement ou que j'aie été trop jeune au moment de ma transformation par Carlisle… Elle nage en plein bonheur. Chaque fois que je te touche, elle s'étrangle de joie.

Bella pinça la bouche.

— Alice m'a semblé très… enthousiaste.

Je tentai de rester calme, perçus cependant ma froideur :

— Elle a une façon bien à elle d'envisager les choses.

Alors qu'elle avait été tendue pendant tout cet échange, Bella se dérida soudain.

— Que tu n'as pas l'intention de m'expliquer, hein ?

Il va de soi qu'elle n'avait pas manqué de s'apercevoir que je réagissais mal chaque fois que nous mentionnions ma sœur. Je n'avais pas été très subtil. Au moins, elle se réjouissait de m'avoir pris en défaut. J'étais certain qu'elle ignorait complètement les *raisons* de mon irritation. Pour l'instant, elle se contentait de m'informer qu'elle *savait* que je lui cachais des choses. Je ne répondis pas, et elle laissa tomber.

— Alors, qu'est-ce que t'a raconté Carlisle, tout à l'heure ? demanda-t-elle à la place.

— Tu as aussi remarqué ça, n'est-ce pas ?

Je fronçai les sourcils. Sauf que ça, il fallait que je l'en informe.

— Bien sûr.

Je repensai au frisson qu'elle avait eu quand j'avais parlé de Jasper. Bien que j'aie du mal à l'effrayer de nouveau, il était *indispensable* qu'elle ait peur.

— Il voulait m'annoncer des nouvelles, et il ignorait si j'avais ou non envie de les partager avec toi.

— Et ?

— J'y suis forcé, dans la mesure où je vais devoir être… insupportablement protecteur dans les jours ou semaines à venir, et que je ne tiens pas à ce que tu me prennes pour un tyran-né.

J'avais beau avoir essayé de minimiser l'événement, elle fut tout de suite anxieuse.

— Que se passe-t-il ?

— Rien de très inquiétant pour le moment. Alice a juste vu la prochaine arrivée de visiteurs. Ils savent que nous sommes ici et sont curieux.

— Des visiteurs ? répéta-t-elle dans un souffle.

— Oui… ils ne sont pas comme nous. Pour ce qui concerne leurs habitudes de chasse, s'entend. Ils ne viendront même pas en ville, avec un peu de chance, mais je n'ai pas l'intention de te laisser sans surveillance tant qu'ils n'auront pas déguerpi.

Elle frémit avec tant d'intensité que je sentis le tabouret bouger.

— Enfin une réaction rationnelle, marmonnai-je. Je commençais à croire que tu n'avais aucun instinct de survie.

Je repensai à toutes les horreurs me concernant qu'elle avait acceptées sans un battement de cil. Il fallait croire que seuls les *autres* vampires étaient effrayants. Ignorant mon persiflage, elle se remit à observer mes mains qui couraient de nouveau sur les touches. Au bout d'un instant, elle inspira et exhala longuement. Signe qu'elle venait de digérer un énième cauchemar vivant sans barguigner ?

Oui, visiblement, car elle examinait le salon, à présent. Je n'eus pas de mal à deviner ses pensées.

— Pas ce à quoi tu t'attendais, hein ?

— Non.

Qu'est-ce qui l'avait le plus étonnée ? Les couleurs claires, les grands espaces, le mur vitré ? Esmé avait soigneusement veillé à ce que l'endroit ne donne l'impression ni d'une forteresse ni d'un asile. Je voyais très bien ce qu'un humain avait pu s'imaginer.

— Ni cercueils, ni crânes empilés dans les coins, repris-je. Il n'y a même pas de toiles d'araignées, à ma connaissance… Quelle déception ce doit être !

— C'est tellement lumineux… tellement ouvert, dit-elle sans relever mes sarcasmes.

— C'est un endroit où nous n'avons pas besoin de nous cacher.

Concentré sur elle, j'avais laissé la musique se dérouler et revenir à son passage le plus poignant, celui où l'inéluctable vérité s'imposait – Bella était parfaite telle quelle, et toute interférence de la part de mon univers aurait entraîné une catastrophe. Il était trop tard pour sauver la mélodie, et je l'achevai comme précédemment, sur une note d'infini chagrin.

Il était si tentant, parfois, de croire que Bella et moi formions un couple idéal. J'y parvenais quand je cédais à l'impulsivité, aux élans naturels. En revanche, dès que j'y songeais rationnellement, sans que mes émotions leurrent ma logique, il me devenait évident que je ne pourrais que la blesser.

— Merci, chuchota-t-elle.

Les yeux humides, elle se dépêcha de sécher ses paupières. C'était la deuxième fois que je la voyais pleurer. La première, ç'avait été ma faute, lorsque j'avais laissé entendre que nous ne pourrions jamais être ensemble et lui avais involontairement causé de la peine. Là, c'était la musique que j'avais composée pour elle qui l'avait émue et provoqué des larmes de joie. Jusqu'à quel point saisissait-elle mes mots informulés ?

Une de ses larmes s'accrochait, brillante. Minuscule et claire partie d'elle, diamant éphémère. Poussé par un instinct étrange, je la cueillis du bout du doigt. Goutte ronde étincelante, je m'empressai de la goûter, d'absorber cet élément d'elle.

Carlisle avait consacré des années à étudier notre anatomie immortelle. La tâche, qui reposait essentiellement sur l'observation et les déductions, n'avait rien de facile. On ne disposait pas de cadavres de vampires à disséquer. D'après lui, notre système reposait sur une porosité microscopique. Bien que nous soyons en mesure d'avaler n'importe quoi, seul le sang était toléré par notre corps. Il alimentait nos muscles, nous fournissait notre énergie. Lorsque celle-ci s'épuisait, la soif nous incitait à la réapprovisionner. À part l'hémoglobine, rien ne semblait profiter à notre nature.

Je gobai la larme. Resterait-elle en moi à jamais ? Lorsque Bella m'aurait quitté, je conserverais peut-être ces atomes d'elle au fond de moi pendant toutes ces années de solitude retrouvée. Elle me scrutait. Comme je n'avais pas d'explication à donner à mon geste, je ranimai sa curiosité initiale :

— Tu veux voir le reste de la maison ?

— Pas de cercueils ?

— Aucun, promis !

En riant, je l'aidai à se lever du tabouret et l'entraînai au premier étage. Du rez-de-chaussée, elle connaissait déjà presque tout puisque, à part la cuisine inusitée et la salle à manger, l'ensemble en était visible dès l'entrée. Elle grimpa les marches sans cacher son intérêt. Rien n'échappa à son examen, ni la rambarde, ni les parquets, ni les lambris qui tapissaient le palier. À croire qu'elle révisait pour une interrogation. Je lui énumérai les propriétaires de chaque chambre devant laquelle nous passions, et elle acquiesçait comme pour mémoriser la liste. J'allais monter à l'étage suivant quand elle s'arrêta net. Je levai les yeux sur l'objet qui avait capté son attention.

— Tu as le droit de rire, dis-je. Sa présence est, en quelque sorte, ironique.

Elle ne rit pas. Son bras se tendit comme si elle voulait toucher la grande croix de bois dont l'antique et sombre patine tranchait sur le fond clair du mur. Elle retint son geste, cependant.

— Elle est sûrement très vieille, murmura-t-elle.

— Début du XVIIe, précisai-je avec désinvolture. Environ 1630.

— Pourquoi la gardez-vous ici ? demanda-t-elle en se tournant vers moi.

— Par nostalgie. Elle appartenait au père de Carlisle.

— Il collectionnait les antiquités ? lâcha-t-elle sur un ton laissant entendre qu'elle pensait se tromper.

— Non, il l'a sculptée. Elle était suspendue au-dessus du pupitre du temple où il prêchait.

Elle se remit à inspecter le crucifix, avec une telle intensité et si longtemps que je m'en inquiétai.

— Tout va bien ?

— Quel âge a Carlisle ? riposta-t-elle aussi sec.

En soupirant, je tâchai d'étouffer mon affolement habituel. Cette histoire serait-elle celle de trop ? Lorsque je répondis, ce fut en surveillant la moindre réaction sur ses traits.

— Il vient de célébrer ses trois cent soixante-deux ans.

À peu de choses près. À la demande d'Esmé, il s'était choisi un jour d'anniversaire de façon plus ou moins approximative.

— Carlisle est né à Londres dans les années 1640. Enfin, il pense. Les dates, à l'époque, n'étaient pas aussi précises que maintenant, du moins pour les gens du commun. C'était juste avant l'arrivée de Cromwell. Il était le fils unique d'un pasteur anglican, sa mère étant morte en le mettant au monde. Son père était un homme intolérant. Lorsque les protestants ont pris le pouvoir, il a persécuté avec beaucoup d'enthousiasme les catholiques et autres mécréants. Il croyait également dur comme fer à la réalité du mal. Il menait des chasses aux sorcières, aux loups-garous et… aux vampires.

Si elle avait conservé un calme apparent et comme distant pendant mon discours, elle se raidit lorsque j'utilisai le mot « vampires » et retint son souffle une seconde.

— Il a mené au bûcher pas mal d'innocents, parce que les créatures qu'il cherchait n'étaient pas si faciles à attraper, naturellement.

Les victimes de son père continuaient de hanter Carlisle. Ainsi que les meurtres auxquels il avait été malgré lui mêlé. J'étais heureux pour lui que ses souvenirs soient devenus flous et continuent de s'estomper.

Je connaissais son passé d'humain aussi bien que le mien. Je racontai à Bella sa malheureuse découverte d'un repaire de vampires londoniens, tout en me demandant ce qui lui semblait réel, dans ce conte hors de propos, situé dans un pays qu'elle n'avait pas visité et à une époque si lointaine qu'elle en ignorait le contexte.

Pourtant, elle parut fascinée par l'agression et l'infection de Carlisle qui perdait ses complices dans la bagarre. Je préférai lui épargner des détails sordides, pour éviter qu'elle s'attarde dessus. Lorsque le vieux vampire assoiffé s'était retourné contre ses poursuivants, il s'était borné à mordre mon futur père de deux coups de ses dents pleines de venin, le premier dans sa paume tendue, le second dans son biceps. Puis il avait réglé leur compte à quatre hommes avant que le reste de la foule en chasse arrive. Par la suite, Carlisle avait conclu qu'il avait espéré les saigner tous mais avait préféré se sauver plutôt que se repaître d'un festin plus généreux, se contentant de prendre ceux qu'il pouvait porter. Non parce qu'il redoutait la meute à ses trousses – cette cinquantaine de types aux armes risibles ne le menaçait pas plus qu'une nuée de papillons. Les Volturi, en revanche, se trouvaient à moins de mille cinq cents kilomètres. Ils avaient instauré leurs lois depuis un millénaire environ, alors, et leur exigence de discrétion de la part des immortels pour le bien de tous avait été universellement acceptée. L'histoire d'un des nôtres repéré en plein Londres, avec les corps de cinquante témoins exsangues pour l'attester, ne serait pas bien passée, à Volterra.

Carlisle avait eu la malchance de subir des blessures sans conséquence. La plaie de sa main était loin de tout vaisseau important, et celle de son bras avait épargné tant l'artère brachiale que la veine basilique. Ça signifiait que le venin allait se répandre très lentement, et que la transition prendrait plus de temps. Notre conversion de mortel en immortel ayant été l'épisode le plus douloureux de notre existence, une version plus longue était tout sauf idéale, et c'était peu dire.

J'avais connu la même souffrance prolongée, Carlisle ayant… manqué d'assurance lorsqu'il avait décidé de faire de moi son compagnon de route. Comme il avait vécu avec des vampires plus expérimentés, dont les Volturi, il savait qu'une morsure bien placée permettait une transmutation plus rapide. Néanmoins, il n'avait jamais croisé de pair qui soit à sa *hauteur*. Tous étaient obsédés par le sang et le pouvoir, aucun n'aspirait à une existence plus tendre et familiale comme lui. Il s'était demandé si sa lente conversion et les faibles points d'entrée de sa contamination n'étaient pas responsables de sa différence.

Aussi, à l'heure de créer son premier fils, il avait choisi d'imiter ses propres blessures. Ce qu'il s'était toujours reproché par la suite, notamment après qu'il avait découvert que la méthode de transformation n'avait aucune influence sur la personnalité et les désirs du nouveau-né.

Avec Esmé, il n'avait pas eu le temps de se poser de questions. Elle était beaucoup plus proche de la mort que je l'avais été. Il avait été nécessaire, pour la sauver, de lui instiller autant de venin que possible, au plus près du cœur de surcroît. Au total, bien plus d'efforts frénétiques qu'avec moi, or Esmé était la plus douce de nous tous.

Et Carlisle, le plus fort. Je racontai à Bella l'extraordinaire maîtrise dont il avait fait preuve lors de sa propre mutation. Je censurai des éléments, ne souhaitant pas m'appesantir sur la souffrance épouvantable qui avait été la sienne. À la réflexion, vu la curiosité qu'elle manifestait pour le processus, il aurait peut-être mieux valu le lui décrire en détail, dans l'espoir de la dissuader de vouloir en apprendre davantage.

— Quand ça a été fini, conclus-je, il a compris ce qu'il était devenu.

Perdu dans le récit familier, je n'avais toutefois pas manqué de l'observer. En gros, elle avait conservé la même expression du début à la fin, celle par laquelle, à mon avis, elle s'imaginait montrer un intérêt soutenu dénué de toute émotion superflue. Sauf que son maintien était trop raide pour ne pas éventer son stratagème. Sa curiosité était authentique, mais je tenais à découvrir ce qu'elle pensait, pas ce qu'elle voulait me faire croire qu'elle pensait.

— Comment te sens-tu ? lui demandai-je.

— Très bien, répondit-elle machinalement.

Le masque était un peu tombé, pourtant, ce qui ne m'empêcha pas de voir qu'elle désirait en savoir plus. Mon histoire n'avait pas suffi à la terroriser.

— J'imagine que tu dois avoir des tas de questions à me poser.

— Quelques-unes, rigola-t-elle, entièrement maîtresse d'elle-même et intrépide.

— Dans ce cas, viens, répondis-je en souriant, je vais te montrer.

20

CARLISLE

Nous remontâmes le couloir en direction du bureau de Carlisle. Devant la porte, j'attendis qu'il nous invite à l'intérieur.

— Entrez !

J'entraînai Bella, qui s'empressa d'inspecter la pièce, plus obscure que le reste de la maison. Mon père aimait l'acajou sombre des lambris, qui lui rappelait son foyer natal. Les prunelles de Bella balayèrent les imposantes bibliothèques. Je la connaissais assez pour deviner que ces innombrables étagères de livres étaient comme un rêve pour elle. Carlisle plaça un marque-page dans l'épais volume qu'il était en train de lire et se leva pour nous accueillir.

— Que puis-je faire pour vous ? s'enquit-il.

Il avait naturellement entendu la conversation que nous avions eue et n'ignorait pas que nous étions ici pour l'épisode suivant. Que j'aie confié son passé à Bella ne le gênait pas, pas plus qu'il ne s'étonnait que je souhaite qu'elle apprenne tout de nous.

— Je voulais montrer à Bella une partie de notre histoire, dis-je. Enfin, de ton histoire.

— Pardonnez-nous de vous déranger, s'excusa l'intéressée.

— Mais vous ne me dérangez pas du tout, la rassura-t-il. Par quoi comptes-tu commencer, Edward ?

— Le Waggoner.

Une main sur l'épaule de Bella, je la fis pivoter vers le mur que nous venions de franchir. Ce simple contact accéléra les battements de son cœur, et mon père eut un rire silencieux. *Intéressant.* Bella ouvrit de grands yeux quand elle découvrit la collection de tableaux de Carlisle. Il était facile de comprendre la surprise de qui la voyait pour la première fois. Elle comptait soixante-treize œuvres de tous formats, supports et couleurs serrées les unes contre les autres, à l'instar des pièces – uniquement rectangulaires – d'un immense puzzle mural. Bella ne savait sur laquelle s'arrêter.

Je la poussai doucement vers le début, Carlisle nous suivit. Comme sur une page de livre, le récit démarrait sur la gauche. Il s'agissait d'un modeste tableautin, monochrome, aux allures de plan. C'en était d'ailleurs un, fragment d'une huile dessinée par un cartographe amateur, l'un des très rares originaux à avoir traversé les siècles. Bella fronça les sourcils.

— Londres dans les années 1650, lui expliquai-je.

— Le Londres de ma jeunesse, précisa Carlisle, quelques pas derrière nous.

Bella tressaillit, surprise par sa proximité. Elle ne l'avait évidemment pas entendu se déplacer. Je lui serrai la main pour la réconforter. La maison était certes étrange, mais elle n'y risquait rien.

— Veux-tu raconter ? demandai-je à mon père.

Elle se retourna, guettant sa réponse.

Désolé, c'est impossible.

— Ce serait avec plaisir, mais je suis en retard, dit-il tout haut avec un sourire chaleureux. L'hôpital a téléphoné ce matin. Le docteur Snow est malade. De toute façon, tu connais les histoires aussi bien que moi.

Il sortit du bureau, et Bella pivota pour contempler de nouveau le tableau.

— Alors, que s'est-il passé, s'enquit-elle au bout d'un moment, quand il a compris ce qu'il lui était arrivé ?

Je posai les yeux sur une autre œuvre, une colonne plus loin et une rangée plus bas. La représentation lugubre d'un paysage désert sous un ciel chargé de nuages oppressants, à croire que le soleil ne brillerait plus jamais. Carlisle l'avait repérée par la fenêtre d'un petit château écossais. Elle lui avait tellement évoqué la période la plus sombre de sa vie qu'il avait tenu à la garder, malgré la douleur des souvenirs. L'existence de ces lieux dévastés lui donnait l'impression d'avoir été compris.

— Lorsqu'il a su ce qu'il était devenu, murmurai-je, il a lutté. Il a essayé de se détruire avec acharnement. Hélas, ce n'est pas aussi simple.

— Qu'a-t-il fait ? s'écria-t-elle.

Sans quitter du regard le tableau, je listai les tentatives de suicide de Carlisle.

— Il s'est jeté du haut de falaises. Il a tenté de se noyer dans l'océan… Mais il commençait sa nouvelle vie et il était très fort. Il est incroyable qu'il soit parvenu à résister… qu'il ait tenu sans se nourrir, alors qu'il était néophyte. (Je l'observai brièvement, mais elle aussi contemplait le morne paysage.) L'instinct est si puissant, au début, qu'il a tendance à l'emporter. Carlisle éprouvait cependant un tel dégoût envers lui-même qu'il a eu le courage de chercher à se tuer en se laissant mourir de faim.

— C'est donc possible ?

— Non. Il n'existe que très peu de façons de nous anéantir.

Elle voulut poser la question qui s'imposait logiquement, je me dépêchai de parler avant elle :

— Bref, la dénutrition a fini par l'épuiser. Il se tenait le plus à l'écart de la populace humaine, conscient que sa volonté s'effilochait. Des mois durant, il a évité de sortir le jour, se réfugiant dans les endroits les plus désolés, se méprisant.

Je décrivis la nuit où il avait découvert un autre mode de survie, le compromis du sang animal, sa guérison, son retour à une normalité rationnelle. Puis comment il avait gagné le continent à la nage…

— Pardon ? me coupa-t-elle.

— Les gens traversent la Manche à la nage tout le temps, Bella.

— Ah, oui. C'est juste que ça sonne drôle, pour l'époque. Continue.

— Nager ne nous est pas difficile…

— Rien ne l'est, pour vous, rétorqua-t-elle.

Amusé, j'attendis d'être certain qu'elle allait se taire. Elle plissa le front.

— Je jure de ne plus t'interrompre.

Mon sourire s'élargit à la perspective de la réaction qui suivrait :

— Parce que, techniquement, nous n'avons pas besoin de respirer.

— Vous…

— Non, non ! Tu as promis, m'esclaffai-je en posant un doigt sur ses lèvres. Tu veux entendre la fin de l'histoire, oui ou non ?

— Oui, sauf que tu ne peux pas me balancer des choses pareilles sans t'attendre à ce que je ne réagisse pas, bougonna-t-elle, son souffle caressant ma peau.

Je déplaçai ma main sur son cou.

— Bon, insista-t-elle, c'est quoi ces blagues ?

— La respiration ne nous est pas une nécessité, juste une habitude, expliquai-je en haussant les épaules.

— Et vous pouvez tenir… longtemps ?

— Indéfiniment, j'imagine. Je ne sais pas.

Mon expérience la plus longue avait été de quelques jours. Sous l'eau.

— Il est un peu inconfortable de se priver de son odorat, précisai-je.

— Inconfortable, répéta-t-elle d'une voix fragile, un chuchotis.

Elle sourcillait, paupières froncées, épaules raides. La discussion, que j'avais trouvée jusque-là divertissante, me sembla soudain bien moins amusante. Nous étions si différents, elle et moi. Bien que nous ayons appartenu à la même espèce, nous n'avions plus en commun que quelques traits superficiels. Elle devait sentir maintenant le poids de tout ce qui nous séparait. Je laissai retomber mon bras. Le contact de ma peau surnaturelle risquait de creuser encore la distance entre nous.

J'observai son trouble, me demandant si nous avions atteint la vérité de trop. Après quelques minutes, elle se détendit. Me dévisageant, ce fut une autre sorte de malaise qui parut l'envahir. Sans hésiter, elle colla ses doigts sur ma joue.

— Qu'y a-t-il ? me demanda-t-elle.

Elle s'inquiétait de nouveau pour moi. Nous n'en étions donc pas encore au « trop » que je redoutais.

— Je passe mon temps à guetter ça.

— Quoi ? s'étonna-t-elle.

J'inspirai un bon coup.

— Le moment où je t'apprendrai un détail, à moins que tu ne le remarques toi-même, qui sera trop dur à supporter, et où tu fuiras en hurlant. (Je lui adressai un sourire peu convaincant.) Je n'essaierai pas de te retenir. Je souhaite même que ça arrive, parce que je veux que tu survives. Et pourtant, j'ai envie d'être avec toi. Ces deux désirs sont incompatibles.

— Je ne m'enfuirai nulle part, décréta-t-elle en carrant les épaules et en tendant le menton.

Ses airs bravaches me déridèrent.

— On verra bien.

— Allez, poursuis, insista-t-elle, contrariée par mon ton dubitatif. Carlisle a gagné la France à la nage.

Je mesurai son humeur durant une seconde avant de me retourner vers la collection. Je tendis le doigt sur le tableau le plus ostentatoire, bigarré et criard. Il était censé reproduire le Jugement dernier, mais les protagonistes donnaient l'impression d'être, pour une moitié, en pleine orgie, et pour l'autre au milieu d'une mêlée sauvage et sanglante. Seuls les juges flottant au-dessus du pandémonium depuis des balcons en marbre affichaient un air serein.

C'était un cadeau. Carlisle n'aurait jamais acquis cette horreur de lui-même. Mais lorsque les Volturi avaient insisté pour qu'il emporte un souvenir de leur vie commune, ce n'était pas comme s'il avait eu le loisir de refuser. Il nourrissait une certaine affection pour cette pièce tapageuse et les suzerains vampiriques méprisants qu'elle dépeignait. Aussi la gardait-il au milieu de ses œuvres favorites. Les Volturi s'étaient montrés très bons envers lui, après tout. De plus, Esmé aimait le petit portrait de Carlisle caché au milieu du tapage.

Je racontai à Bella les années de mon père en Europe, pendant qu'elle s'imprégnait du tableau et de ses personnages aux toges multicolores et tourbillonnantes. Je me rendis compte que ma voix se tendait. J'avais du mal à décrire la quête de Carlisle pour réfréner sa nature et devenir une bénédiction pour l'humanité, au lieu de la parasiter, sans éprouver une nouvelle fois l'admiration terrifiée qu'inspirait son cheminement.

Si je lui avais toujours envié sa maîtrise de soi, je l'avais aussi considérée comme inimitable. J'avais choisi la paresse, l'attitude la plus facile qui consistait à le respecter sans pour autant fournir les efforts nécessaires pour lui *ressembler* un peu plus. Le cours intensif de retenue que me dispensait maintenant Bella aurait été moins risqué si j'avais mieux travaillé à m'améliorer ces soixante-dix dernières années.

Elle me regardait, à présent. Je tapotai le tableau pour la ramener sur les rails.

— C'est en Italie qu'il a découvert les autres. Ils étaient bien plus civilisés et savants que les apparitions hantant les égouts de Londres.

Elle examina la scène et, soudain, eut un petit rire choqué en reconnaissant Carlisle sous sa toge.

— Solimena s'est beaucoup inspiré des amis de Carlisle, poursuivis-je. Il les a souvent peints sous l'aspect de dieux. Aro, Marcus et Caïus. Les ténébreux protecteurs des arts.

— Que sont-ils devenus ? s'enquit-elle, son doigt hésitant au-dessus de la toile.

— Ils sont toujours là-bas. Comme ils l'ont été pendant qui sait combien de millénaires. Carlisle ne s'est pas attardé auprès d'eux, à peine quelques décennies. S'il admirait beaucoup leur érudition et leur raffinement, il supportait mal leur entêtement à vouloir le guérir de son aversion envers « son alimentation naturelle », comme ils l'appelaient. Ils ont mutuellement tenté de se convaincre, sans effet. C'est à cette époque que Carlisle a décidé de donner sa chance au Nouveau Monde. Il rêvait de contacter des créatures qui lui ressemblent. Il était extrêmement seul, vois-tu.

Je lui parlais rapidement des années qui avaient suivi, de la solitude de mon père, de ce qu'il avait résolu de faire. L'histoire devenait plus personnelle, à ce stade, et un peu répétitive, puisque Bella l'avait déjà entendue en partie : Carlisle me trouvant à l'agonie et prenant la décision qui allait changer ma vie à jamais. Une décision qui, désormais, affectait également le destin de Bella.

— Et voilà, conclus-je, la boucle est bouclée.

— Et tu n'as jamais quitté Carlisle ?

Son instinct infaillible l'avait amenée à poser la question à laquelle je souhaitais le moins répondre.

— Quasiment pas.

Une main sur sa taille, je la conduisis hors du bureau, regrettant de ne pas pouvoir au passage la guider loin de ses pensées. Pourtant elle ne lâcherait pas le morceau, j'en étais certain.

— Quasiment ? répéta-t-elle en effet.

Je poussai un soupir réticent. Mais bon, la franchise devait l'emporter sur la honte.

— Eh bien, disons que je suis passé par la phase de rébellion adolescente typique, environ dix ans après ma… naissance, ma création, appelle-la comme tu voudras. Cette vie d'abstinence ne m'emballait pas, et je reprochais à Carlisle de réfréner mon appétit. Bref, j'ai vécu seul pendant un moment.

— Et ?

Au lieu de manifester du dégoût, elle paraissait en vouloir davantage, ce qui m'étonna. Ça ne collait pas avec la réaction qu'elle avait eue dans la clairière, lorsqu'elle avait été abasourdie que je sois coupable de meurtres, une triste vérité qui ne lui avait pas traversé l'esprit. S'était-elle faite à l'idée ? Nous étions en train de gagner le second étage, mais elle n'avait d'yeux que pour moi, indifférente à son environnement.

— Cela ne te révulse pas ? lui demandai-je.

— Non, répondit-elle après un instant de réflexion.

— Pourquoi donc ?

— Parce que… ça me semble raisonnable.

Je partis d'un rire trop bruyant. Plutôt que de lui démontrer que ce n'était ni raisonnable ni pardonnable, je me lançai dans un plaidoyer.

— Depuis ma renaissance, j'ai bénéficié du privilège de savoir ce que tout le monde autour de moi pensait, humains et non-humains. C'est d'ailleurs pourquoi il m'a fallu dix ans avant de défier Carlisle – je connaissais sa parfaite sincérité, je comprenais exactement pourquoi il vivait comme il vivait.

Me serais-je détourné du droit chemin si je n'avais pas croisé Siobhan et ses semblables ? Si je ne m'étais pas rendu compte que nos pairs – nous n'avions pas encore rencontré Tanya et ses sœurs, à l'époque – jugeaient absurde la décision de Carlisle ? Si je n'avais connu que lui et n'avais pas entendu parler d'autres modes d'existence, je serais resté, à mon avis. J'étais mortifié de m'être laissé influencer par des créatures qui ne lui arrivaient pas à la cheville. J'avais jalousé leur liberté, cependant. J'avais aussi cru que je serais en mesure de ne pas chuter dans les abysses moraux où ils sombraient, puisque j'étais si *spécial.* Mon arrogance d'alors me révoltait aujourd'hui.

— Je n'ai mis que quelques années pour revenir vers lui et me ranger à sa vision des choses. J'avais cru échapper à… la dépression qui accompagne la prise de conscience. Puisque je lisais les pensées de mes proies, je pouvais après tout épargner l'innocent et ne m'attaquer qu'au bourreau. Si je pourchassais un meurtrier qui traquait une jeune fille dans une ruelle sombre, si je sauvais sa victime, c'est que je n'étais pas si diabolique.

Les humains que j'avais aidés se comptaient par centaines et, pourtant, ça ne compensait pas mes crimes. Tant de visages peuplaient mon cerveau, coupables que j'avais exécutés et innocents que j'avais sauvés.

L'un d'eux en particulier me hantait, qui mêlait en lui culpabilité et innocence.

Septembre 1930. Une année terrible. Partout, les humains luttaient pour survivre au krach boursier, à la sécheresse, aux tempêtes de sable. Les fermiers contraints de s'exiler et leurs familles submergeaient les villes qui n'avaient pas de place pour les accueillir. À ce moment-là, j'avais cru que le désespoir et la peur latents qui contaminaient les esprits m'environnant contribuaient à alimenter la mélancolie dont je commençais à souffrir, mais je pense que je savais, même alors, que ma dépression n'était due qu'à mes choix malheureux.

J'étais à Milwaukee, comme j'avais été à Chicago, Philadelphie, Detroit, Columbus, Indianapolis, Minneapolis, Montréal, Toronto, errant de ville en ville, y revenant sans cesse, nomade pour la première fois de mon existence. Je ne m'aventurais pas plus au sud, n'étant pas assez fou pour me nourrir près des armées de nouveau-nés qui y grouillaient, ni plus à l'est afin d'éviter de tomber sur Carlisle, moins par instinct de survie que par honte. Je ne restais que quelques jours dans chaque endroit, ne me mêlais pas aux mortels, sauf ceux que je chassais. En plus de quatre ans, j'avais appris à localiser les esprits que je traquais. Je connaissais les endroits qu'ils fréquentaient, et les périodes où ils s'adonnaient à leurs sombres activités. La facilité avec laquelle je les dénichais était perturbante – ils étaient si nombreux.

Ça aussi participait peut-être de ma mélancolie.

Mes proies étaient en général hermétiques à toute pitié – et à toutes les autres émotions humaines, à part l'avidité et le désir. Elles se distinguaient de leurs pairs moins dangereux par leur froideur et leur capacité de concentration. Bien sûr, la plupart d'entre elles avaient mis un certain temps pour en arriver au stade où elles s'envisageaient avant tout comme des prédateurs, le reste n'ayant aucune importance. Du coup, elles avaient derrière elles une longue liste de victimes que j'étais arrivé trop tard pour sauver. J'en étais toujours réduit à protéger la suivante.

Lorsque je traquais ces esprits, j'étais capable d'étouffer tout ce qu'il y avait de plus humain alentour. Mais ce soir-là à Milwaukee, me déplaçant sans bruit dans le noir, à pas lents devant témoins, rapidement quand j'étais seul, ce furent des réflexions d'un tout autre type qui attirèrent mon attention.

Celles d'un jeune homme pauvre qui logeait dans les bas quartiers industriels des faubourgs. Il était l'objet d'une angoisse qui avait réussi à atteindre ma conscience, bien que l'angoisse ait été un sentiment très largement partagé à l'époque. À la différence de ceux que torturaient la faim, le froid, les expulsions et les maladies, le besoin sous toutes ses formes, celui-ci n'avait peur que de lui-même.

Je ne peux pas. Je ne peux pas. Je ne peux pas faire ça. Je ne peux pas. Je ne peux pas. Tel était le mantra qu'il se répétait à l'envi. Qui toutefois ne parvenait jamais au : *Je ne le ferai pas.* Il avait beau s'accrocher à ses dénégations, il n'en complotait pas moins. Il n'avait commis aucune mauvaise action… pour l'instant. Il s'était contenté de rêver de ce à quoi il aspirait. Il s'était borné à épier la fille qui habitait l'immeuble en haut de la rue, ne l'avait pas abordée.

Je fus sidéré. Je n'avais jamais condamné à mort quelqu'un qui n'avait pas de sang sur les mains. Malheureusement, j'avais bien l'impression que cet homme n'allait pas garder les siennes propres très longtemps. Par ailleurs, sa victime potentielle n'était qu'une enfant.

Hésitant, je décidai d'attendre. Il surmonterait peut-être la tentation.

Ce dont je doutais. Ma récente observation de la nature humaine ne me rendait pas optimiste.

Il y avait dans la venelle où il habitait et où les bâtisses s'inclinaient dangereusement les unes vers les autres, une maison étroite dont le toit s'était récemment effondré. Personne ne pouvant accéder à l'étage, c'est là que je me cachai, immobile, à l'écoute plusieurs jours d'affilée. Je ne mis pas longtemps à découvrir, parmi les esprits des humains entassés dans ces masures, le visage de la fillette entrevu par un cerveau plus sain. Elle occupait une pièce avec sa mère et ses deux frères aînés. Je l'espionnai pendant une journée, ce qui ne fut pas difficile : âgée de cinq ou six ans, elle ne s'éloignait guère, et sa mère la rappelait à elle dès qu'elle disparaissait de son champ de vision. Elle se prénommait Betty.

Quand il n'écumait pas les rues en quête d'un travail, l'homme la surveillait également. S'il gardait ses distances en journée, il l'observait le soir par la croisée à la lueur de l'unique chandelle qui brûlait dans la pièce de la famille. Il notait l'heure à laquelle on soufflait la bougie, avait repéré l'emplacement du lit de l'enfant – un grabat de papier journal placé sous la fenêtre ouverte. Le temps fraîchissait, mais les odeurs de l'immeuble surpeuplé étaient déplaisantes. Personne ne fermait ses carreaux.

Je ne peux pas faire ça. Je ne peux pas. Je ne peux pas. Il se préparait malgré sa litanie. Un bout de ficelle trouvé dans le caniveau. Des chiffons arrachés une nuit à une corde à linge pour servir de bâillon. De façon assez ironique, il avait élu la maison délabrée où je me dissimulais pour entreposer son matériel. Son intention était d'amener la petite dans une cave située sous l'escalier écroulé.

Je patientais, peu désireux de punir sans preuves certaines.

Le plus dur pour l'homme, ce qui le tourmentait, c'est qu'il savait qu'il devrait la tuer après son forfait. L'idée lui répugnait, et il évitait de réfléchir à la façon d'opérer. Il finit cependant par surmonter ce scrupule. En une semaine.

J'avais très soif, à ce stade, et ses plans infiniment ressassés m'ennuyaient. Mais j'avais conscience qu'il me serait impossible de justifier ce meurtre si je ne suivais pas les règles que je m'étais imposées. Ne châtier que les coupables, que ceux qui feraient du mal aux autres si on les épargnait.

La nuit où il vint chercher sa corde et son bâillon, je fus étrangement déçu. Contre toute raison, j'avais espéré qu'il resterait innocent.

Je le suivis jusqu'à la fenêtre sous laquelle dormait la fillette. Il ne m'entendit pas. Se serait-il retourné qu'il ne m'aurait pas vu, dans l'ombre. Il ne récitait plus son mantra. Il *pouvait,* s'était-il rendu compte. Il pouvait le faire.

J'attendis qu'il ait tendu le bras et effleuré l'enfant. Je l'attrapai alors par le col et sautai deux étages plus haut, sur le toit où il atterrit avec un bruit sourd. Il était bien sûr terrifié par les doigts glacés agrippant sa gorge, dérouté par son vol plané, perdu devant ce qui se passait. Pourtant, lorsque je le retournai, il comprit. Quand il me regarda, il ne vit pas un homme ; il vit mes yeux noirs et vides, ma peau blanche de défunt, son *jugement dernier.* S'il ne se douta pas un instant de celui à qui il avait affaire, il devina juste. Il se rendit compte que j'avais sauvé la petite de ses griffes et en éprouva un immense soulagement. Contrairement aux autres, il n'était ni froid ni endurci.

Je ne l'ai pas fait, pensa-t-il quand je lui sautai dessus. Pas pour plaider sa cause. Il était heureux d'avoir été arrêté dans son délire.

De toutes mes victimes, il avait été la seule qui, à proprement parler, ait été innocente. Parce qu'il n'avait pas eu le loisir de se transformer en démon. L'empêcher d'accéder au mal avait été la bonne et unique solution.

Lorsque je réfléchissais à tous ceux que j'avais éliminés, je ne regrettais la mort d'aucun d'entre eux. Le monde ne se portait que mieux de leur disparition. Ce qui, finalement, importait peu.

Au bout du compte, le sang n'était que du sang. Il étanchait ma soif pendant plusieurs jours ou semaines, un point c'est tout. Le plaisir physique que j'en retirais était gâché par mon chagrin. Aussi têtu sois-je, force m'était d'admettre que je vivais mieux si je ne m'abreuvais pas aux hommes.

Le nombre de morts finit par devenir insupportable. Plusieurs mois après cet incident, j'abandonnai ma croisade égoïste et renonçai à trouver un sens à mes massacres.

— Avec le temps cependant, enchaînai-je en me demandant ce qu'elle avait pu lire dans mes yeux, j'ai fini par voir le monstre en moi. Rien n'effacerait jamais la dette de tant d'existences humaines volées, quelles que soient les justifications que je m'inventais. Alors, je suis retourné vers Carlisle et Esmé. Ils m'ont accueilli tel le fils prodigue. C'était plus que je ne méritais.

Je me souvins de leurs bras qui m'enlaçaient, de leur joie. Le regard que Bella posait sur moi en cet instant, je ne le méritais pas plus qu'alors. Mon plaidoyer avait dû fonctionner, aussi faibles en soient les arguments. Elle devait s'être habituée à me trouver des excuses. Sinon, elle n'aurait pas toléré ma présence.

Nous avions atteint la dernière porte du couloir.

— Ma chambre, annonçai-je en l'ouvrant.

Je guettai sa réaction. Sa curiosité s'était réveillée, et elle examina la vue sur la rivière, les étagères de CD, la chaîne stéréo, l'absence de lit, passant d'un détail à l'autre sans rien omettre. Mon antre était-il aussi intéressant à ses yeux que le sien l'avait été aux miens ? Elle s'attarda sur les tissus tendus aux murs.

— Pour l'acoustique ? demanda-t-elle.

J'acquiesçai en souriant avant d'allumer la stéréo. Le volume était bas mais, grâce aux enceintes dissimulées dans le plafond et les murs, la musique résonna comme si nous assistions à un concert dans un auditorium. Souriant également, elle inspecta l'étagère de disques la plus proche.

Il était irréel de la voir au milieu d'un endroit que je consacrais pour l'essentiel à mes retraites solitaires. Le temps que nous avions passé ensemble avait eu pour cadre le monde humain – le lycée, la ville, sa maison –, et j'avais toujours eu l'impression d'être l'intrus qui n'y avait pas sa place. Moins d'une semaine auparavant, j'aurais eu du mal à croire qu'elle serait si à l'aise et détendue dans mon univers. Elle n'avait rien d'une intruse ; elle y avait toute sa place. Comme si, jusqu'à maintenant, il avait manqué un élément à ma chambre.

Qui plus est, elle n'était ici sous aucun mauvais prétexte. Je ne lui avais pas menti, je lui avais révélé le moindre de mes péchés. Alors qu'elle était au courant de tout, elle désirait encore être dans cette pièce, seule avec moi.

— Comment les ranges-tu ? s'enquit-elle, perplexe devant ma collection de CD.

J'étais si concentré sur le plaisir de sa présence que je mis une seconde à répondre.

— Mmm ? Oh, par année. Mes préférés sont sur cette étagère-là.

Elle s'aperçut que j'étais distrait. Se retournant, elle s'efforça de comprendre pourquoi je la contemplais avec une telle intensité.

— Qu'y a-t-il ? demanda-t-elle, gênée, en portant une main à ses cheveux.

— Je m'étais préparé à… être soulagé. Que tu saches… qu'il n'y ait plus de secrets entre nous. Je ne m'attendais pas à éprouver plus. Mais *j'aime* ça. Ça me rend… heureux.

Nous partageâmes un sourire.

— Alors, je suis heureuse aussi.

Il me fut facile de deviner qu'elle disait vrai. Son regard était clair et franc. Elle avait autant de plaisir à fréquenter mon monde, que moi le sien.

Malgré tout, je ressentis un élan de malaise et repensai aux graines de grenade pour la première fois depuis un moment. Qu'elle soit là me semblait juste, mais n'était-ce qu'un aveuglement dû à mon égoïsme ? Si rien ne l'avait assez effrayée pour qu'elle me fuie, cela signifiait-il pour autant qu'elle ne *devait* pas avoir peur ? Elle avait tendance à faire preuve d'un courage dangereux pour elle.

Quoi qu'il en soit, elle avait remarqué mon changement d'humeur.

— Tu guettes toujours le moment où je vais déguerpir en braillant comme une perdue, hein ? me lança-t-elle.

Pas mal. J'opinai.

— Désolée de te décevoir, mais tu es loin d'être aussi terrifiant que tu le penses. D'ailleurs, je n'ai absolument pas peur de toi.

Elle s'était exprimée d'une voix blasée pour me sortir ce mensonge. Plutôt réussi, quand on pensait à ses piètres performances de comédienne. Je me doutais qu'elle avait essayé de plaisanter pour que je me sente moins abattu et inquiet. Bien qu'il m'arrive de regretter l'ampleur de son indulgence à mon égard, j'accueillis sa tentative avec reconnaissance et en fus ragaillardi. Au demeurant, la blague était bonne, et je ne pus m'empêcher d'embrayer sur le même mode.

— Tu aurais mieux fait de te taire, m'esclaffai-je en dévoilant un peu trop mes dents.

Ne m'avait-elle pas prié d'assister à l'une de mes chasses ? Je me tapis sur moi-même, vague parodie d'une posture d'attaque, retroussai encore plus mes lèvres et grondai doucement, presque un ronronnement. Elle recula, bien qu'elle n'affiche pas de véritable appréhension. Que je m'en prenne à elle physiquement, s'entend. En revanche, elle semblait craindre d'être le dindon de sa propre farce. Elle déglutit bruyamment.

— Tu n'oserais…

Je bondis.

Elle ne vit pas grand-chose de l'action, je me déplaçai trop vite. Traversant la pièce, je la pris entre mes bras et m'enroulai autour d'elle comme une armure de façon à ce qu'elle ne ressente pas le choc quand nous nous effondrâmes sur le canapé. Je m'étais arrangé pour atterrir sur le dos et la gardai emprisonnée entre mes bras, collée à mon torse. Elle avait l'air un peu désorientée, comme si elle ne savait plus distinguer le haut du bas. Elle voulut se redresser, je ne le lui permis pas. Elle essaya de me foudroyer des yeux, mais ils étaient si grands ouverts que ça ne fonctionna pas.

— Tu disais ? la narguai-je avec un nouveau grognement de comédie.

Elle reprit haleine.

— Que tu es le plus terrifiant de tous les monstres.

— C'est déjà mieux, rigolai-je.

Alice et Jasper montaient les marches à toute vitesse. Je captai que la première avait hâte de nous inviter à un événement quelconque et qu'elle était curieuse de découvrir l'origine des bruits de lutte qu'elle avait perçus. Ne m'ayant pas espionné, elle ne distinguait que ce qu'elle verrait en arrivant : la raison de notre mêlée appartenait déjà au passé.

Bella se débattit.

— J'ai le droit de me relever maintenant ?

Elle était encore essoufflée, et je ris. Elle avait beau dire, je lui avais vraiment flanqué la frousse.

— On peut entrer ? lança Alice depuis le couloir, à voix haute pour le bénéfice de Bella.

Je m'assis, gardant Bella sur mes genoux. Ici, il n'était pas utile de faire semblant même si, en présence de Charlie, je serais prié de garder une distance plus appropriée.

— Venez, venez ! criai-je.

Alice surgissait déjà, tandis que Jasper hésitait sur le seuil. Elle s'assit sur le tapis, hilare.

— Nous avons cru que tu t'apprêtais à manger Bella et nous sommes venus voir si tu étais prêt à partager ton déjeuner, railla-t-elle.

Bella se raidit et m'interrogea du regard. Je la rassurai d'un sourire et la serrai plus fort.

— Navré, mais je n'en ai déjà pas assez pour moi.

Jasper nous avait rejoints, incapable de résister à l'atmosphère qui régnait dans la pièce, proprement enivrante pour lui. L'ambiance était si radieuse que je compris que Bella et moi étions sur la même longueur d'onde sentimentale, sans ombre au tableau, ce dont Jasper se gobergeait. Il intervint, désireux de changer de sujet et de réguler ses émotions.

— En fait, Alice annonce une vraie tempête pour ce soir. Emmett a envie de jouer. Tu en es ?

J'hésitai, consultai Alice en silence. Elle fit défiler une suite d'images futures à une rapidité hallucinante. Sur certaines, notre équipe l'emportait ; sur d'autres, c'était celle de Rosalie. Sur la touche, Bella se régalait de ce spectacle surnaturel.

— Naturellement, tu viens avec Bella, susurra Alice, qui me connaissait suffisamment pour avoir compris les sources de mon hésitation.

Oh ! Pris au dépourvu, Jasper fut obligé de rectifier l'idée mentale qu'il s'était dessinée du match. Il n'allait pas pouvoir se détendre pour en profiter pleinement. En même temps, il avait eu un aperçu des sentiments que Bella et moi nous inspirions. C'était un marché acceptable.

— Ça te dit ? demandai-je à Bella.

— Bien sûr. Euh… quel rapport entre la météo et…

— Nous devons attendre qu'il y ait du tonnerre, pour jouer. Tu comprendras sur place.

— Il faut que je prenne un parapluie ? s'inquiéta-t-elle.

Je m'esclaffai, vite imité par mon frère et ma sœur.

— Elle en aura besoin ? s'enquit Jasper auprès de cette dernière.

Nouveau défilé de clichés, tous orientés sur l'évolution de la tempête.

— Non. L'orage restera cantonné sur la ville. Le champ devrait être sec.

— Super ! s'exclama Jasper.

Il lui tardait de passer plus de temps avec Bella et moi, et son enthousiasme nous contamina tous, le visage de Bella perdant son anxiété pour afficher l'impatience.

Cool, pensa Alice, satisfaite que son plan ait fonctionné. Elle aussi voulait s'amuser en compagnie de Bella. *Je te laisse régler les détails.*

— Allons voir si Carlisle veut jouer, décréta-t-elle en sautant sur ses pieds.

— Comme si tu ne le savais pas ! persifla Jasper en la chatouillant.

Elle s'éclipsa, il la suivit plus lentement, savourant le moindre instant de notre présence. Sur le seuil, il s'arrêta afin de refermer la porte, prétexte pour s'enivrer un peu plus.

— À quoi jouerons-nous ? s'enquit Bella aussitôt après.

— Toi, à rien. Tu te contenteras de regarder. Nous, nous allons faire une partie de base-ball.

— Les vampires aiment le base-ball ? répliqua-t-elle, dubitative.

— N'oublie pas qu'il s'agit du sport préféré des Américains, lâchai-je avec un sérieux de façade.

21

LE MATCH

Le temps passait toujours si vite ! Bientôt, Bella allait avoir besoin de manger, or nous n'avions rien de comestible à la maison. Je comptais changer ça à l'avenir. L'heure avait sonné de regagner le monde des humains. Du moment que nous étions ensemble, ça ne me pesait pas, au contraire.

Un repas, donc, quelques minutes pour me rassasier de sa proximité, puis il me faudrait la laisser. Elle souhaiterait sûrement s'entretenir seule avec son père avant de me présenter. Malheureusement, dès que je tournai dans sa rue, je compris que mes plans pour l'après-midi seraient contrariés.

Une Ford Tempo de 1987 qui avait connu des jours meilleurs était garée sur l'emplacement habituel de Charlie. Sous le maigre abri qu'offrait l'avant-toit du perron, un garçon se tenait debout derrière un homme en fauteuil roulant.

Bella rentre avant lui, pensa le vieillard. *Pas de chance.*

Chouette, c'est Bella ! Les réflexions de l'adolescent étaient beaucoup plus enthousiastes.

Il n'y avait qu'une raison à la contrariété de Billy Black, celle impliquant la violation d'un traité. La confirmation n'allait pas tarder, Billy ne m'avait pas encore repéré.

— Il a donc oublié qui l'accord protège ? sifflai-je.

Bella me jeta un regard étonné, mais j'avais sans doute parlé trop vite pour qu'elle m'ait compris. Jacob me vit juste avant son père.

Encore lui. Ils doivent sortir ensemble. Sa joie s'évapora.

NON ! cria d'abord l'esprit de Billy. *Non*, grogna-t-il ensuite.

Je captai ses craintes à demi formulées – fallait-il qu'il ordonne à son fils de fuir ? Était-il déjà trop tard ? – puis sa culpabilité. *Comment le monstre a-t-il su ?* J'avais eu raison : cette visite n'avait rien de mondain.

J'arrêtai la camionnette le long du trottoir et croisai les yeux terrifiés du vieil homme.

— Il dépasse les bornes ! dis-je.

En détachant chaque mot, dans l'espoir qu'il les lirait sur mes lèvres.

— Il est venu avertir Charlie, tu crois ? devina Bella, horrifiée.

J'acquiesçai sans cesser de fixer Billy, qui finit par baisser la tête.

— Laisse-moi gérer ça, suggéra-t-elle.

J'aurais adoré descendre de voiture, m'approcher des deux Quileute sans défense, m'incliner sur eux pour les intimider en exhibant les petits signes révélateurs de ma nature pour que Billy ait l'impression qu'ils lui hurlaient dessus, dévoiler mes dents et pousser un grondement menaçant, voir ses poils se dresser et entendre son cœur s'affoler. Sauf que c'était une mauvaise idée. Et d'une, Carlisle aurait désapprouvé ; et de deux, le garçon aurait cessé de se moquer des légendes si je lui révélais mon côté le moins humain.

— C'est sûrement plus raisonnable, acceptai-je. Mais sois prudente. L'enfant ne se doute de rien.

Un éclat de colère traversa le visage de Bella.

— Jacob est à peine plus jeune que moi !

L'emploi du mot « enfant » l'avait hérissée.

— Je sais, la taquinai-je.

Elle soupira et posa la main sur la poignée de la portière, aussi rebutée que moi par notre séparation.

— Invite-les à entrer pour que je puisse m'éclipser, enchaînai-je. Je reviendrai à la tombée de la nuit.

— Tu veux garder la voiture ?

— Je serai rendu plus vite à pied que dans cet engin !

Elle eut un rictus sans joie, se renfrogna.

— Tu n'es peut-être pas obligé de t'en aller, non ?

— Oh que si !

Je jetai un coup d'œil à Billy Black. Il s'était remis à nous reluquer, mais se détourna quand il croisa mon regard.

— Et quand tu te seras débarrassée d'eux, ajoutai-je en sentant un sourire un peu trop grand étirer ma bouche, n'oublie pas de préparer Charlie à l'idée de rencontrer ton nouveau petit ami.

— Merci du cadeau ! gémit-elle.

Bien qu'inquiète à cette perspective, elle ne se déroberait pas. Elle m'offrirait l'étiquette qui me permettrait de fréquenter son univers de mortelle.

— Je serai bientôt de retour, lui promis-je d'une voix douce.

J'observai une dernière fois les humains plantés sur le porche. Gêné, Jacob Black nourrissait des pensées peu charitables à l'encontre de son père qui l'avait traîné ici afin d'espionner Bella et son mec. Transi par la peur, Billy s'attendait à ce que je massacre tout le monde alentour, bien qu'il sache que nous n'avions attaqué personne depuis des années. C'était insultant.

C'est dans cet état d'esprit que je me penchai vers Bella pour l'embrasser. Rien que pour embêter le vieux bonhomme, je plaquai mes lèvres sur sa gorge au lieu de sa bouche. Le hurlement mental de Billy fut relégué au second plan par les battements du cœur de Bella. J'aurais voulu que ces humains irritants s'en aillent. Sauf qu'elle regardait l'ami de son père et prenait la mesure de sa détresse.

— Reviens vite, m'ordonna-t-elle.

Après une dernière œillade chagrine à mon adresse, elle sortit sous l'averse et gagna la maison d'un pas vif. Je ne bronchai pas.

— Salut, Billy ! Salut, Jacob ! lança-t-elle avec une amabilité forcée. Charlie s'est absenté pour la journée. J'espère que vous n'êtes pas là depuis trop longtemps.

— Ne t'inquiète donc pas, murmura Billy qui continuait à me surveiller. Je voulais juste lui apporter ça.

Il montra un sac en papier

— Merci, répondit-elle. Venez vous mettre au sec.

Se comportant comme si elle n'avait pas remarqué le regard perçant et inquisiteur de son invité surprise, elle déverrouilla la porte et leur fit signe d'entrer avec un sourire contraint. Elle les laissa la précéder.

— Donnez-moi ça, dit-elle à Billy en se retournant pour fermer le battant.

Ses yeux plongèrent dans les miens, puis la porte claqua. Je m'empressai de bondir dans mon arbre habituel avant qu'ils aient atteint une des fenêtres qui donnaient sur le jardin. J'avais la ferme intention d'attendre le départ des Black. Si nos relations avec la tribu devaient s'envenimer de nouveau, je tenais à savoir jusqu'où Billy était prêt à aller aujourd'hui.

— Il est à la pêche ? l'entendis-je demander. À l'endroit habituel ? Et si j'allais à sa rencontre ?

Il y a urgence. J'ignorais que c'était aussi grave. La pauvre Bella ne se rend pas compte...

— Inutile, objecta vivement celle-ci en même temps que je grinçai des dents. Il voulait essayer un nouveau coin. Je n'ai aucune idée du lieu où il se trouve.

Malgré l'obstacle des murs, son mensonge me parut flagrant. Billy ne s'y trompa pas non plus. *Que se passe-t-il ? Elle ne veut pas que je voie Charlie. Elle ne peut pas savoir pourquoi je dois l'avertir.* J'eus un aperçu de la réaction de Bella à travers lui – ses yeux étincelèrent, son menton se redressa. Elle rappela à Billy l'une de ses filles, celle qui ne venait jamais le voir. *Il faut que je parle à cette petite en tête-à-tête.*

— Jacob, va donc chercher cette photo de Rebecca que j'avais l'intention d'offrir à Charlie.

— Où est-elle ?

Les réflexions limpides et pures du garçon, moroses à présent, tournaient autour du baiser échangé dans la camionnette. Ce dernier le perturbait d'une façon très différente de celle de son père. Il avait conscience que Bella était trop âgée pour s'intéresser à lui comme il l'aurait voulu, mais d'en avoir eu la preuve le déprimait. Soudain, il renifla et grimaça. *Y a un truc qui pue.* Je me demandai ce que contenait le sachet de Bella.

— Dans le coffre, je crois. Tu n'as qu'à fouiller au milieu du bazar.

Billy et Bella attendirent sans mot dire que Jacob, épaules voûtées et regard bas, sorte. Il se rendit en traînant les pieds jusqu'à la voiture, indifférent à la pluie. En soupirant, il se mit à fourrager entre piles de vêtements et vieux outils, tout en repensant au baiser et à ce que Bella pouvait éprouver pour moi.

À l'intérieur, Bella et Billy s'affrontaient du regard.

Par quoi commencer ?

Elle lui coupa l'herbe sous le pied en tournant les talons pour se rendre dans la cuisine. Il hésita, puis la suivit. Le réfrigérateur s'ouvrit en grinçant, il y eut des bruits de papier. Bella le referma sèchement et virevolta sur elle-même pour faire face au vieil homme, qui ne manqua pas de remarquer qu'elle était sur la défensive. Ce fut elle qui rompit le silence, d'un ton tout sauf amical. Apparemment, elle jugeait inutile de jouer les innocentes.

— Charlie ne sera pas là avant un bon moment.

Elle tient sa relation secrète. Elle a sûrement de bonnes raisons. Pourtant, il faut qu'elle sache. Je devrais réussir à la prévenir sans vraiment enfreindre le traité.

— Merci encore pour le poisson, poursuivit-elle.

Elle le congédiait sans façon. Billy ne réagit pas, ce qui ne parut pas la surprendre. En soupirant, elle croisa ses bras sur sa poitrine.

— Bella, dit-il d'une voix tendue, plus grave que la normale.

Elle resta aussi immobile qu'un humain pouvait l'être, attendant la suite.

— Bella. Charlie est l'un de mes meilleurs amis.

— Oui.

— J'ai remarqué que tu passais beaucoup de temps avec ce Cullen.

Il détachait chaque terme employé, volontairement.

— Oui, répéta-t-elle sans se donner la peine de cacher son hostilité.

— Ce n'est sûrement pas mes affaires, enchaîna-t-il en négligeant son ton acerbe, mais je ne crois pas que ce soit une bonne idée.

— Vous avez raison, ce ne sont pas vos oignons.

Quelle colère !

— Tu ignores sans doute que la famille Cullen n'a pas bonne réputation dans la réserve.

Il pesait soigneusement ses mots, restait à la limite de ce que lui autorisait notre accord.

— Si, je le sais, figurez-vous ! répliqua-t-elle avec une ardeur qui tranchait sur le calme de son interlocuteur. Et je ne vois pas en quoi cette réputation est méritée. Après tout, ils ne mettent jamais les pieds sur votre territoire, non ?

Billy fut pris de court. *Elle est au courant ! Vraiment ? Comment ? Dans ce cas, pourquoi… Non. Il est impossible qu'elle connaisse tous les détails.* Le dégoût qui imprégnait ses réflexions me fit de nouveau grincer des dents.

— C'est vrai, finit-il par concéder. Tu as l'air… bien informée sur les Cullen. Plus que je ne le pensais.

— Et plus que vous, si ça se trouve.

Que lui ont-ils raconté pour qu'elle les défende ainsi ? Des mensonges, sans doute. Des contes de fées romantiques. Il est clair qu'aucun de mes arguments ne la convaincra.

— Peut-être, admit-il à regret. Charlie est-il aussi bien informé ?

— Il apprécie beaucoup les Cullen, éluda-t-elle.

Parce qu'il ne sait pas tout.

— Si ce ne sont pas mes affaires, ce sont sûrement celles de Charlie, s'entêta-t-il.

Elle le dévisagea attentivement. *Cette gamine a des allures d'avocate.*

— C'est à moi d'en juger, il me semble.

De nouveau, ils s'affrontèrent du regard. Billy poussa un soupir. *De toute façon, son père ne me croirait pas. Pas question de le fâcher encore une fois. Je vais devoir surveiller ça de près.*

— J'imagine que tu as raison.

Bella se relaxa.

— Merci, Billy, lâcha-t-elle d'une voix plus conciliante.

— Je te demande juste de bien réfléchir, Bella.

— Je vous le promets, répondit-elle trop vite.

Une pensée attira soudain mon attention. Tout entier au match qui opposait Bella et Billy, je ne m'étais guère intéressé aux vaines recherches de Jacob. *Quel crétin je suis ! C'était juste pour m'éloigner !* Consterné à l'idée que son père puisse lui faire honte et craignant, avec une pointe de culpabilité, que Bella ne révèle ce qu'il lui avait confié à propos du traité, il referma le coffre de la voiture et se rua vers la maison. Ayant entendu le bruit, Billy joua son va-tout.

— Ce que je veux dire, c'est arrête ! précisa-t-il.

Bella ne releva pas. Comme son expression s'était adoucie, le Quileute se prit à espérer qu'elle l'écouterait. Jacob entra avec fracas. Son père se tourna vers lui, me privant de la réaction de Bella.

— Il n'y a aucune photo dans cette bagnole ! râla le garçon.

— Ah bon ? marmonna Billy. J'ai dû l'oublier à la maison.

— Super ! maugréa son fils, exaspéré.

— Bella, tu diras à Charlie… que nous sommes passés.

— Aucun problème, acquiesça-t-elle d'un ton sec.

— On s'en va déjà ? s'étonna Jacob.

— Charlie rentrera tard, lui expliqua son père qui faisait rouler son fauteuil vers le couloir.

On aurait pu s'épargner de venir jusqu'ici, songea son fils. *Mon vieux devient sénile.*

— Oh ! Ben… à une autre fois, alors, Bella.

— C'est ça.

— Prends garde à toi, l'avertit Billy une dernière fois.

Elle garda le silence. Jacob aida son père à franchir le seuil et à descendre le perron. Bella les raccompagna. Elle jeta un coup d'œil à sa camionnette, salua Jacob de la main et puis referma la porte de la maison sans attendre que ses visiteurs aient fini de monter à bord de leur voiture.

J'aurais volontiers rejoint Bella afin de discuter avec elle de ce qui venait de se passer, mais j'avais une mission plus urgente. Je l'entendis qui montait l'escalier alors que je dégringolais de mon perchoir et m'enfonçais dans la forêt.

Suivre les Black à pied en plein jour ne fut pas facile. Je ne pouvais pas régler mon allure sur la leur tant qu'ils étaient sur la nationale. À l'affût des réflexions de qui aurait pu me repérer, je bondis de bosquet en bosquet. J'arrivai le premier au carrefour de La Push et pris le risque de traverser la route mouillée à toute vitesse, profitant de ce que l'unique véhicule présent se dirigeait dans la direction opposée. Une fois de l'autre côté, je trouvai aisément à me cacher. J'attendis que la Ford apparaisse et courus parallèlement à elle dans les bois sombres.

Le père et le fils ne se parlaient pas. Avais-je loupé des récriminations de la part de Jacob ? Il pensait encore au baiser et concluait avec morosité que Bella m'était *très* attachée. Billy, lui, était plongé dans l'un de ses souvenirs. Je fus surpris de constater que je le connaissais également, même si c'était d'un point de vue différent.

Il remontait à plus de deux ans et demi. Nous étions à Denali, à cette époque, simple visite de courtoisie entre deux recherches de logement plus ou moins permanent. Notre retour dans l'État de Washington ne supposait plus qu'une seule corvée. Carlisle avait décroché son poste à l'hôpital, Esmé avait acheté la maison à restaurer. Les relevés de notes bidon de mes frères et sœurs et moi-même avaient été envoyés au lycée de Forks. Restait cependant à accomplir la dernière et plus atypique étape de notre déménagement. S'il nous était arrivé de revenir dans des lieux où nous avions déjà vécu, en prenant soin de respecter un laps de temps approprié, c'était la première fois que nous étions contraints de prévenir de notre installation.

Carlisle avait entamé ses recherches sur Internet. Il avait déniché une généalogiste amatrice du nom d'Alana Young, qui travaillait près de la réserve Makah. Se faisant passer pour un fan d'histoire familiale, il lui avait demander d'enquêter sur les descendants d'Ephraïm Black susceptibles de vivre encore dans la région. C'était avec plaisir que Mme Young lui avait appris que les petit-fils et arrière-petit-fils d'Ephraïm habitaient La Push, sur la côte. Elle était toute prête à donner leur numéro de téléphone à Carlisle, persuadée qu'ils seraient ravis de retrouver leur très lointain cousin. Ayant été présent quand Carlisle avait appelé, je n'avais rien raté de son échange. C'était celui-là même que se remémorait Billy en cet instant.

Un jour des plus ordinaires. Les jumelles étaient sorties avec des amies, il n'y avait que Billy et Jacob à la maison. Le père était en train d'apprendre à son fils comment tailler un lion de mer dans du bois d'arbousier lorsque le téléphone sonna. Billy poussa son fauteuil jusqu'à la cuisine, laissant l'enfant à son œuvre. Le gamin était si concentré qu'il s'aperçut à peine du départ de son père.

— Allô ?

Pensant qu'il aurait affaire à Harry ou Charlie, Billy s'était exprimé avec bonne humeur.

— Allô, vous êtes Billy Black ?

Il n'identifia pas la voix de son interlocuteur, mais ses intonations à la fois douces et perçantes l'alertèrent.

— Oui, c'est bien moi. Vous êtes ?

— Je m'appelle Carlisle Cullen.

Un instant, Billy crut que le sol s'ouvrait devant lui et qu'il tombait en plein cauchemar. Tant ce nom que ce timbre particulier figuraient dans une légende, une histoire d'horreur. Billy avait été prévenu, préparé, mais tout ça remontait à si loin. Il n'avait jamais cru que, un jour, il serait plongé dans le monde abominable des vieux mythes.

— Mon nom vous dit-il quelque chose ?

Billy se rendit compte que la voix avait des accents très jeunes, alors qu'elle appartenait à une créature vieille de plusieurs siècles. Il dut se battre pour retrouver la sienne.

— Oui, finit-il par croasser.

Il lui sembla percevoir un faible soupir.

— Bien, dit le monstre. Ça va nous simplifier la tâche.

Billy se sentit défaillir lorsqu'il comprit ce que l'autre entendait par « tâche ». Il s'agissait du traité, et le Quileute s'efforça de se remémorer les clauses secrètes qu'il avait apprises par cœur. Puisque le démon parlait d'une tâche à accomplir, ça ne pouvait signifier qu'une chose. Il eut l'impression que son sang le désertait, et que les murs tanguaient, bien qu'il se sache en sécurité dans son fauteuil.

— Vous êtes de retour, s'étrangla-t-il.

— Oui. J'ai conscience que c'est une nouvelle… déplaisante pour vous. Mais je vous garantis que votre tribu ne risque rien. Pas plus que les gens de Forks. Nous avons modifié nos habitudes.

Billy ne sut que répondre. Il était prisonnier de l'accord passé depuis sa naissance. Il aurait voulu objecter, menacer… Malheureusement, il n'y avait rien qu'il puisse faire.

— Nous logerons en dehors de la ville, poursuivit le monstre avant d'énumérer une série de nombres.

Il fallut un moment à Billy pour comprendre qu'il s'agissait de coordonnées, longitude, latitude, etc. Il chercha à tâtons de quoi écrire, ne dénicha qu'un feutre. Pas de papier.

— Répétez, demanda-t-il d'une voix rauque.

L'autre s'exécuta, et il inscrivit les données sur son bras.

— J'ignore dans quelle mesure vous connaissez les clauses du traité…

— Sur le bout des doigts.

Les buveurs de sang disposaient d'un rayon de huit kilomètres autour de leur repaire interdit aux membres de la tribu. Si c'était peu, par rapport au territoire des Quileute, ça semblait énorme, trop énorme, sur le moment. Comment les anciens allaient-il convaincre les jeunes de respecter cette règle ? Billy songea à ses deux obstinées de filles, à son insouciant de fils. Aucun ne croyait aux légendes. Or s'ils commettaient le moindre faux pas, ils deviendraient des proies légitimes.

— Nous le savons pertinemment, continua la créature avec courtoisie. Ne vous tracassez pas. Je suis désolé pour le désarroi que notre présence vous inflige, mais nous ne ferons aucun mal aux vôtres.

Abasourdi, Billy ne répondit rien.

— Nous projetons de rester à Forks une dizaine d'années.

Billy crut que son cœur s'arrêtait. Dix ans !

— Mes enfants seront inscrits au lycée de la ville. J'ignore si ceux de la tribu…

— Non.

— Eh bien, si l'un d'eux le souhaitait, soyez certain qu'il ne courrait aucun danger.

L'homme songea aux adolescents de Forks. Comment les protéger ?

— Je vais vous donner mon numéro. Nous serions ravis d'avoir une conversation plus…

— Non, répéta Billy, plus fort cette fois.

— Je comprends. Ce qui vous convient nous convient.

Soudain, une idée affolante traversa l'esprit du Quileute. Le monstre avait évoqué ses *enfants.*

— Combien ? s'étrangla-t-il.

— Je vous demande pardon ?

— Combien êtes-vous ?

Pour la première fois, la voix si apaisante et sûre d'elle hésita.

— *Deux compagnons se sont joints à nous il y a plusieurs années. Nous sommes sept, à présent.*

Lentement, délibérément, Billy raccrocha.

Ce fut là que je dus m'arrêter. Je n'étais pas encore à la frontière établie, mais ce souvenir m'incitait à ne pas m'en rapprocher trop. Bifurquant vers le nord, je rebroussai chemin.

Les pensées de Billy ne m'avaient rien appris. J'étais à peu près sûr cependant qu'il réagirait comme la fois précédente : lorsqu'il aurait regagné le refuge de ses pénates, il réunirait ses potes. Ils ressasseraient la nouvelle, bien maigre, et en arriveraient à la même conclusion : ils étaient impuissants, et le traité était leur seule protection.

Le point de discorde serait sûrement la longue amitié liant Charlie et Billy. Ce dernier se battrait pour qu'on l'autorise à avertir le premier dans le détail. Un sang-froid avait choisi sa fille unique pour… victime, cible, repas. Je devinai sans mal comment il qualifierait notre relation. Ses amis, plus impartiaux, lui imposeraient le silence. Au demeurant, la précédente tentative de Billy pour alerter Charlie quant au danger que représentait le poste de Carlisle à l'hôpital s'était mal passée. En rajouter une couche avec des éléments de fantastique n'aiderait pas. Billy l'avait reconnu lui-même.

J'étais presque chez nous. Je comptais tenir Carlisle informé des derniers développements, je n'avais guère le choix. Là encore, j'étais sûr qu'il adopterait la même politique. Comme les Quileute, nous étions obligés de suivre à la lettre l'accord secret.

Je retraversai la nationale quand elle fut déserte. Dans le chemin qui montait chez nous, j'entendis le bruit d'un moteur familier en provenance du garage. Je stoppai net et attendis. La BMW rouge déboula au détour d'un virage et freina dans un crissement de pneus. J'adressai un petit salut de la main à Rosalie.

Si je n'avais pas peur d'abîmer ma voiture, je t'aurais écrasé, tu sais. J'opinai. Elle fit gronder l'engin. Soupira.

— Tu es au courant pour le match, j'imagine ?

Laisse-moi passer, Edward. Ses pensées me révélèrent qu'elle n'avait aucune destination précise en tête. Qu'elle voulait juste s'éloigner. *Il y aura Emmett, ça suffit, non ?*

— S'il te plaît.

Fermant les yeux, elle inspira longuement. *Je ne comprends pas pourquoi c'est si important pour toi.*

— *Tu* es importante pour moi, Rose.

Vous vous amuserez plus sans moi. Je haussai les épaules. Elle n'avait peut-être pas tort. *Je ne serai pas gentille.*

— Je ne te demande pas de l'être, rigolai-je. Juste de faire preuve d'un peu de tolérance.

Elle hésita.

— Ça ne sera pas si terrible. Et si tu me bats à plate couture, j'aurai l'air idiot.

Elle réprima un début de sourire. *À condition d'avoir Emmett et Jasper avec moi.* Elle choisissait toujours les coéquipiers les plus forts, physiquement.

— Ça marche.

Elle inspira une nouvelle fois, regrettant déjà notre accord. Puis elle tenta de s'imaginer à la place de Bella… en vain.

— Il ne se passera rien ce soir, Rose. Elle ne vient pas prendre une décision, juste assister au match. Tu n'as qu'à considérer ça comme une simple expérience.

Du genre qui risque de se terminer en explosion ? Je lui adressai un regard las, elle leva les yeux au ciel.

— Si ça ne fonctionne pas, on se réunira et on trouvera une autre solution.

Des solutions, Rosalie en avait une pléthore à suggérer, vulgaires pour la plupart. Mais elle était prête à rendre les armes. Elle essaierait, même si je compris qu'elle ne déploierait pas beaucoup d'efforts pour se montrer polie. C'était mieux que rien.

Dans ce cas, il vaut mieux que j'aille me changer. Elle passa la marche arrière et remonta vers le garage, passant de zéro à quatre-vingt-dix kilomètres-heure avant même d'avoir disparu de ma vue. J'empruntai le chemin le plus court à travers la forêt.

À l'intérieur, Emmett était en train de disputer quatre matchs de base-ball en même temps sur le grand écran. Il tourna la tête quand il entendit la BMW rentrer au garage.

— Ça ne t'aidera pas à gagner ce soir, lui lançai-je en désignant la télévision.

Tu as convaincu Rose de jouer ? Quand j'acquiesçai, un immense sourire fendit son visage. *Je te dois une faveur.*

— Vraiment ?

Il fut surpris que je lui demande quelque chose. *Oui, dis-moi.*

— Tu seras sage en présence de Bella ?

Rose traversa la pièce et fila à l'étage sans même nous regarder. *Qu'est-ce que ça sous-entend, ça ?* demanda Emmett après avoir réfléchi.

— Que tu ne lui feras pas peur rien que pour t'amuser.

— D'accord.

— Parfait.

Je suis content que tu sois de retour. Ces derniers mois lui avaient pesé, entre mes sautes d'humeur et mes absences. Je faillis m'excuser, mais je savais qu'il ne m'en voulait plus. Il ne vivait que dans l'instant présent.

— Où sont Alice et Jasper ?

Il était déjà retourné à ses jeux.

À la chasse. Jasper tient à être prêt. C'est bizarre, il avait l'air super content, pour ce soir. Plus que ce que je pensais.

— Bizarre, oui, acquiesçai-je, bien que j'en sache plus que lui sur les motivations de notre frère.

Edward ? Je t'entends goutter sur mes parquets, chéri. Change-toi et essuie-moi cette flaque, s'il te plaît.

— Désolé, Esmé !

Il ne me fallut que quelques secondes pour enfiler des vêtements secs et empêcher le sol de se déformer. Cette fois, je m'étais habillé pour Charlie, allant jusqu'à choisir une veste imperméable que je portais rarement. Je tenais à passer pour quelqu'un qui prenait la météo au sérieux, évitait le froid et la pluie. C'était ce genre de petits détails qui mettaient à l'aise les humains.

Machinalement, j'enfouis le bouchon de bouteille dans la poche de mon jean.

Tout en passant la serpillière, je songeai au bref trajet qui menait au champ où aurait lieu notre partie. Après hier, je me dis que Bella n'aurait pas spécialement envie de le parcourir sur mon dos. Certes, viendrait un moment où je devrais la porter, mais plus ce serait court, mieux ça vaudrait.

— Tu me prêtes ta Jeep ? demandai-je à Emmett en sortant.

Jolie veste, se moqua-t-il. *Ne va surtout pas la salir.* J'attendis avec une patience d'ange qu'il ait fini de ricaner.

— D'accord, mais maintenant, c'est toi qui me dois une faveur.

— J'adore être en dette auprès de toi.

Je m'éloignai, accompagné par ses éclats de rire.

Ne serait-ce que par sa taille, la Jeep était la plus voyante de nos voitures. Mais bon, il y aurait peu de circulation, avec ce qu'il tombait, et il serait difficile de distinguer qui la conduisait. Les gens croiraient que ce tank appartenait à un habitant d'une autre ville.

Ne sachant trop combien de temps il faudrait à Bella, je bifurquai dans une rue à un pâté de maisons de la sienne, histoire de ne pas arriver trop tôt. Je ne tardai pas à capter l'esprit de Charlie, en pleine indécision. Elle avait dû commencer à lui parler. J'entrevis le visage d'Emmett dans les pensées de son père. Qu'est-ce que ça signifiait ? Je me garai devant la forêt, entre deux bâtiments et coupai le moteur. J'étais assez près pour distinguer leurs voix parmi celles des voisins qu'il me fut aisé d'ignorer. J'étais si en accord avec celle de Bella, à présent, que je l'aurais repérée dans un stade bondé de supporters braillards.

— *Edward*, papa, était-elle en train de s'agacer.

— Réponds-moi, aboya son père.

Je tentai de comprendre de quoi ils discutaient.

— On peut dire ça.

— Mais tu m'as raconté hier soir que tu ne t'intéressais à aucun des garçons de la ville, se plaignit-il.

— Edward n'habite pas en ville. Écoute, ce n'est que le début. Alors, évite de me servir le discours sur les petits copains, d'accord ?

À partir de là, je réussis à raccrocher les wagons. Je voulus déchiffrer les émotions de Charlie afin de vérifier à quel point la nouvelle le perturbait, mais il était drôlement stoïque, ce soir.

— Quand passe-t-il te chercher ?

— Il sera là dans quelques minutes, répondit-elle, l'air bien plus agitée que son père.

— Où t'emmène-t-il ?

— Hé, ho ! protesta-t-elle d'un air théâtral. Ça suffit l'Inquisition espagnole ! On va jouer au base-ball avec sa famille.

Il y eut un bref silence, puis Charlie éclata de rire.

— Tu joues au base-ball, *toi* ?

— Euh… je vais surtout regarder.

— Dis donc, il doit drôlement te plaire, ce type !

Il semblait suspicieux, désormais. Des images défilèrent dans sa tête, et je compris qu'il essayait d'assembler les pièces du puzzle et de deviner depuis combien de temps durait l'idylle. Il avait l'impression que ses soupçons de la veille avaient été justifiés.

Dans un grondement de moteur, je fis demi-tour. Maintenant qu'elle avait préparé le terrain, j'avais hâte de la retrouver. Me garant derrière le pick-up, je fonçai vers la porte.

— Tu me maternes trop, bougonnait Charlie.

Je sonnai et m'empressai de mettre ma capuche. J'étais doué pour imiter les humains, mais ça me semblait plus important que jamais, là. J'entendis les pas de Charlie, suivis de près par ceux de Bella. Ses réflexions oscillaient entre anxiété et humour. À mon avis, et je pensais ne pas me tromper, il rigolait encore à l'idée de sa fille assistant de bonne grâce à un match de base-ball.

Il ouvrit la porte, les yeux au niveau de mes épaules. Il s'était attendu à un garçon plus petit. Il rectifia le tir et sursauta. J'avais assez eu droit à ce genre de comportement par le passé pour ne pas avoir besoin d'éclaircissements. Comme chez tout mortel, la proximité d'un vampire avait déclenché une montée d'adrénaline. Il aurait peur durant une fraction de seconde, puis sa raison l'emporterait, lui dictant de ne pas prêter attention aux multiples et infimes différences qui me distinguaient de la masse. Son regard finirait par ne plus voir qu'un ado normal.

J'observai le processus s'opérer. Je savais qu'il s'interrogerait plus tard sur sa drôle de réaction physique.

Soudain, Carlisle s'invita dans ses réflexions, et je devinai qu'il nous comparait. Si nous ne nous ressemblions guère, la similarité de notre teint suffisait en général aux gens pour nous associer comme père et fils. Ça ne fonctionna peut-être pas pour Charlie, car son examen parut le laisser insatisfait.

Derrière lui, Bella me lançait des coups d'œil nerveux.

— Entre, Edward, me lança-t-il.

Il recula, obligeant Bella à décamper, et m'invita d'un geste à le suivre.

— Merci, Chef Swan.

— Appelle-moi Charlie, objecta-t-il avec un sourire contraint. Donne-moi ta veste.

Je m'en débarrassai vivement.

— Merci.

— Assieds-toi, me dit-il en montrant le salon exigu.

Bella grimaça. Il était clair qu'elle aurait préféré que nous partions tout de suite. Je choisis le fauteuil, parce qu'il aurait été un peu cavalier d'opter pour le canapé, où elle aurait dû s'installer près de moi. Ou lui. Mieux valait laisser la famille ensemble pour cette première rencontre officielle. Bella n'apprécia pas, et je lui adressai un clin d'œil pendant que Charlie regardait ailleurs.

— Alors, comme ça, j'apprends que tu emmènes ma petite fille jouer au base-ball ? attaqua-t-il.

Sur ses traits, c'était l'amusement qui l'emportait.

— C'est ce qui est prévu, en effet.

— Quel exploit !

Cette fois, il avait carrément rigolé. Je l'imitai poliment.

— Bon, décréta Bella en se levant, vous avez assez ricané à mes dépens. Allons-y.

Se précipitant dans l'entrée, elle enfila son coupe-vent. Son père et moi la suivîmes. Je récupérai ma veste.

— Ne rentre pas trop tard, Bella.

— Pas de souci, Charlie, intervins-je, je la ramènerai à une heure décente.

— Attention à ma fille, hein ?

L'intéressée poussa un gémissement outré.

— Elle ne risque rien avec moi.

Prononcer ces mots se révéla plus satisfaisant que je l'aurais cru. Par ailleurs, je fus certain de leur sincérité. Bella fonça dehors. Charlie et moi partageâmes un nouveau rire, plus authentique chez moi, cette fois, puis j'emboîtai le pas à sa fille tout en le saluant de la main.

Je n'allai pas bien loin, cependant, parce que Bella s'était figée sur le perron et fixait la Jeep d'Emmett. Charlie se rapprocha afin de voir ce qui avait douché la détermination de sa fille. Il laissa échapper un petit sifflement.

— N'oubliez pas vos ceintures de sécurité, marmonna-t-il.

Galvanisée par la voix paternelle, Bella se propulsa sous la pluie battante. Je pris soin de marcher à une vitesse humaine mais, grâce à mes longues jambes, réussis à arriver le premier à la portière passager et à la lui ouvrir. Elle hésita un instant, pendant que ses yeux faisaient la navette entre le siège et le sol. En inspirant profondément, elle plia les genoux comme pour sauter à bord. Profitant de ce que Charlie ne voyait pas grand-chose depuis les marches, je la soulevai et l'installai. Elle étouffa un cri surpris. Puis je contournai la voiture tout en adressant un nouvel adieu à Charlie, qui répondit machinalement de même.

Dans l'habitacle, Bella se débattait avec sa ceinture.

— Qu'est-ce que c'est que tous ces machins ? demanda-t-elle, une boucle dans chaque main.

— Un harnais tout-terrain.

— Ah.

Elle finit par trouver une accroche, tenta de l'enclencher dans les cliquets de réception qu'elle tenait, sans résultat. Je ris devant sa mine déconfite, puis me chargeai de l'attacher. Son cœur battit plus fort que la pluie quand mes doigts effleurèrent sa gorge. Je caressai ses clavicules brièvement avant de me rasseoir, de démarrer et de m'éloigner de la maison.

— Tu as une… sacrée grosse Jeep, marmonna-t-elle, un peu craintive.

— Elle appartient à Emmett. J'ai pensé que tu n'apprécierais pas de faire tout le chemin en courant.

— Où gardez-vous cet engin ?

— Nous avons transformé une des dépendances en garage.

— Tu ne mets pas ta ceinture ? s'inquiéta-t-elle en voyant le harnais dans mon dos.

Je me bornai à lui lancer un regard appuyé. Fronçant les sourcils, elle commença à secouer la tête, s'interrompit soudain.

— *Tout* le chemin ? s'exclama-t-elle en déraillant dans les aigus. Cela signifie-t-il que nous allons devoir courir une *partie* du chemin ?

— Pas toi.

— Mais ça me rend malade, gémit-elle.

— Tu n'auras qu'à fermer les yeux, et tout ira bien.

Elle se mordit les lèvres. Voulant la rassurer, je me penchai vers elle pour l'embrasser sur le crâne. Je tressaillis. La pluie avait donné à son odeur des fragrances insoupçonnées. L'incendie de ma gorge, qui avait semblé si stable, repartit de plus belle, et un grognement m'échappa. Aussitôt, je me redressai afin de mettre un maximum de distance entre nous. Quand elle me dévisagea, perplexe, je tentai de m'expliquer :

— Tu sens tellement bon sous la pluie.

— C'est bien ou pas bien ? s'enquit-elle avec circonspection.

— Les deux, soupirai-je. Comme toujours, les deux.

Les gouttes fouettaient le pare-brise avec une violence qui évoquait la grêle, comme si elles avaient été plus solides que liquides. Je bifurquai dans le chemin qui nous mènerait aussi loin que possible en voiture dans la forêt. L'idée était de raccourcir le trajet de plusieurs kilomètres.

Bella contemplait l'extérieur, plongée dans ses pensées. Ma réponse l'avait-elle déstabilisée ? Je remarquai ensuite qu'elle s'agrippait de toutes ses forces à son siège et à la fenêtre. Je ralentis et m'obligeai à rouler avec souplesse dans les ornières et sur les pierres. J'avais l'impression que, hormis son dinosaure léthargique de camionnette, elle détestait tout mode de transport. Celui-ci, avec ses cahots, la pousserait peut-être à reconsidérer son opinion quant à la meilleure façon de se déplacer : courir.

Le sentier se terminait sur un cul-de-sac cerné d'épicéas très denses. Il y avait juste la place de manœuvrer pour repartir vers la vallée. Lorsque j'éteignis le moteur, un silence presque total nous tomba dessus. Nous avions traversé l'orage, ne flottait plus que de la brume autour de nous.

— Désolé, Bella, mais à partir d'ici, nous continuons à pied.

— Tu sais quoi ? Je crois que je vais t'attendre.

Elle avait l'air hors d'haleine. Je la dévisageai pour essayer de deviner si elle était sérieuse ou pas. Je ne sus déterminer si elle avait vraiment peur ou faisait sa mauvaise tête.

— Où est passé ton courage ? Tu n'en as pas manqué pourtant, ce matin.

— Je n'ai pas oublié notre dernière balade, objecta-t-elle avec une ombre de sourire.

Contournant la Jeep, je m'interrogeai sur cette mimique. Me taquinait-elle ? J'ouvris sa portière, elle ne bougea pas. Le harnais, sûrement. Je me dépêchai de l'en libérer.

— Je m'en occupe, protesta-t-elle, sauf que j'avais fini avant qu'elle puisse ajouter : Vas-y, toi, je te rejoins.

Je l'examinai un instant. Si elle semblait nerveuse, elle n'était pas terrifiée. Je ne voulais pas qu'elle renonce à se promener avec moi. D'abord, c'était la façon la plus simple de se déplacer. Ensuite, avant elle, j'avais adoré courir. Je tenais à partager cette passion avec elle.

Il fallait que je la persuade de réessayer.

Et si j'utilisais le coup de « l'éblouissement » ?

Je me remémorai nos relations passées. Si, au début, j'avais souvent mal interprété ses réactions, j'étais désormais plus averti. Je savais que pour peu que je la dévisage avec une certaine acuité, elle perdait tous ses moyens. Et quand je l'embrassais, elle oubliait tout – son bon sens, son instinct de survie et des choses aussi vitales que respirer.

— Oh, oh, dis-je, j'ai bien l'impression que je vais devoir falsifier ta mémoire.

Je la tirai de la Jeep et la déposai doucement sur le sol. Elle me regarda, à la fois inquiète et fébrile.

— Comment ça, falsifier ma mémoire ? répéta-t-elle en arquant les sourcils.

— Quelque chose comme ça.

Avant, c'était quand je m'étais efforcé de déchiffrer ses pensées que j'avais eu le plus d'effet sur elle. Malgré la futilité de l'exercice, je recommençai donc. Je plongeai mes yeux dans ses prunelles sombres et limpides. Plissant les paupières, je tentai de percer le silence de son esprit. En vain, évidemment. Elle cligna à quatre reprises, et sa nervosité céda la place à une sorte de… sidération.

J'étais sur la bonne voie.

Me rapprochant d'elle, je m'inclinai et appuyai mes mains sur la carrosserie, de chaque côté de sa tête. Elle recula contre la portière. Se sentait-elle oppressée ? Sans doute pas, car elle leva le menton vers moi, yeux mi-clos, bouche entrouverte, invitation parfaite au baiser. J'avançai encore.

— Et maintenant, chuchotai-je, explique-moi de quoi tu as peur exactement.

Ses paupières papillonnèrent de nouveau, elle aspira une goulée d'air. J'étais un peu dérouté par ses apnées. Aurait-il fallu que je lui rappelle de respirer de temps en temps ?

— Euh… eh bien… balbutia-t-elle, haletante, d'entrer en collision avec une branche et de mourir. De vomir partout.

Je réprimai le sourire que cette énumération m'inspirait, affichai une intensité sans nom, me penchai lentement et effleurai de mes lèvres le creux de sa gorge. Son cœur s'emballa.

— Toujours anxieuse ? soufflai-je, mon haleine caressant sa peau.

— Oui, murmura-t-elle après un moment.

Lentement, je relevai la tête, promenant mon nez et mes lèvres sur son cou, et posai ma question suivante juste sous sa mâchoire.

— Et maintenant ?

Elle avait entièrement fermé les yeux, maintenant.

— Les arbres, bégaya-t-elle, le mal des transports.

Je fis courir ma bouche sur son visage, embrassai ses paupières.

— Bella, tu ne penses tout de même pas que je heurterais un tronc, non ?

Mon ton était celui d'une légère réprimande. N'avait-elle pas affirmé que j'excellais dans tous les domaines ? Il me suffirait peut-être de questionner sa confiance en moi pour la persuader.

— Pas toi, moi.

Avec une mesure délibérée, j'embrassai sa joue, m'arrêtai juste à côté de sa bouche.

— Crois-tu que je laisserais un arbre t'attaquer ?

Ma lèvre supérieure titilla les siennes avec une douceur surnaturelle.

— Non, gémit-elle.

— Tu n'as donc aucune raison d'avoir peur, conclus-je.

— Aucune, soupira-t-elle.

Ce fut là que moi, qui essayais de la subjuguer, je rendis les armes. Mon esprit s'effaça au profit de mon corps, qui prit les commandes, comme lorsque je chassais, mes pulsions et ma soif l'emportant sur ma raison. La différence tenait à ce que mon désir était entièrement nouveau, loin de ceux que j'avais appris à domestiquer avec le temps. J'étais la proie de passions inédites que je ne maîtrisais pas encore.

Ma bouche s'écrasa trop brutalement sur la sienne, mes mains attirèrent son visage. J'aspirais à sentir sa peau contre tous les pans de la mienne. Je voulais la serrer si férocement que rien ne nous séparerait plus. Ce feu inconnu, indolore, qui ne ravageait que mon mental, s'embrasa de plus belle lorsqu'elle noua ses bras autour de ma nuque et plaqua son corps au mien. Sa chaleur et son pouls fusionnèrent avec l'incendie qui m'était propre, du torse aux cuisses. Je fus submergé par l'émotion. Ses lèvres s'ouvrirent sur les miennes, se fondirent dedans, et j'eus l'impression que la moindre de mes cellules visait à approfondir notre baiser.

Ironie du sort, ce fut mon instinct le plus primaire qui la sauva.

Quand son haleine envahit ma bouche, mes vieux réflexes – afflux du venin et tétanisation des muscles – resurgirent, choc qui suffit à me ramener sur terre. Je reculai vivement, brisant l'étreinte.

J'étais horrifié. Dans quelle mesure avais-je failli la blesser ? La *tuer* ?

Aussi nettement que je voyais son expression interloquée, j'imaginai le monde sans elle. Ça m'était arrivé si souvent déjà que je n'eus pas de mal à en goûter le néant et la douleur. Je n'y survivrais pas.

Ou alors, ce serait un monde où elle serait malheureuse. Si, dans son innocence totale, elle avait effleuré de sa langue l'une de mes dents venimeuses aiguisées comme des rasoirs…

— Nom d'un chien, Bella ! haletai-je, à peine conscient de mes paroles. Tu as juré ma mort ou quoi ?

Parce que la tuer m'aurait tué moi aussi. Ma vie était sa vie. Ma seule vie, fragile et éphémère.

— Tu es indestructible, marmonna-t-elle, les bras autour de ses genoux, hors d'haleine.

Si elle avait raison quant à ma résistance physique, elle ignorait à quel point mon existence était nouée à la sienne. Et à quel point, elle venait de frôler la mort.

J'inhalai profondément. Je ne me sentais plus en sécurité, seul avec elle.

— Ça, c'était avant que je te rencontre, râlai-je. Allez, filons avant que je ne m'autorise un geste vraiment stupide.

Je lui tendis la main, elle sembla saisir l'urgence de la situation. Elle me laissa la percher sur mon dos sans objecter. Quand elle me serra entre ses jambes et ses bras, je dus encore une fois lutter pour que mon corps ne prenne pas le dessus sur mon cerveau.

— N'oublie pas de fermer les yeux, l'avertis-je.

Elle nicha sa tête dans mon épaule.

Bien que bref, le trajet suffit pour que je me ressaisisse. Apparemment, je ne pouvais avoir confiance en mes instincts. Ce n'était pas parce que j'étais certain de me maîtriser sur un point que je ne risquais pas de craquer sur d'autres. J'allais devoir instaurer des règles pour la protéger, limiter nos contacts physiques à des formes qui n'affecteraient pas sa capacité à respirer et la mienne à réfléchir. Il était pathétique que ce second souci soit plus important que le premier.

Elle ne bougea pas durant tout le parcours. Son souffle était régulier, comme son pouls, quoique ce dernier soit un peu élevé. Elle ne broncha pas plus quand je m'arrêtai. Je lui caressai les cheveux.

— C'est fini, Bella.

Elle dénoua d'abord ses bras en avalant une grande goulée d'air, puis ses jambes crispées. Soudain, je ne sentis plus sa chaleur dans mon dos.

— Ouille !

Virevoltant sur moi-même, je découvris qu'elle s'était affalée par terre, pareille à une poupée abandonnée sur le sol. Sa surprise première se transforma rapidement en indignation, comme si elle ne savait pas comment elle avait pu tomber, mais qu'elle était certaine de devoir en blâmer quelqu'un.

J'ignore pourquoi ça me parut si drôle. Peut-être parce que j'étais à cran. Ou alors, c'était mon soulagement intense que l'incident soit maintenant derrière nous. Quoi qu'il en soit, j'avais besoin de lâcher la vapeur, et j'éclatai d'un rire inextinguible. Levant les yeux au ciel, Bella se remit debout en soupirant et essaya de nettoyer la boue qui maculait son coupe-vent. Avec de tels airs de martyre que mon hilarité redoubla. Me toisant, elle s'élança d'un pas décidé. Ravalant mes rires, je la rattrapai par la taille.

— Pas si vite, dis-je en tâchant d'adopter un ton calme. Où vas-tu ?

— Assister à une partie de base-ball, riposta-t-elle sans me regarder. Ça n'a plus l'air de beaucoup t'intéresser, mais les autres sauront sûrement s'amuser sans toi.

— Tu te trompes de chemin, l'informai-je.

Le nez pincé, elle inspira, releva son menton têtu, pivota à cent quatre-vingts degrés et partit dans la direction opposée. Mauvaise pioche. Je la retins de nouveau.

— Ne sois pas fâchée, plaidai-je, ça a été plus fort que moi. Si tu t'étais vue !

Un autre rire m'échappa, je ravalai le suivant.

— Tu estimes sans doute être le seul à avoir le droit d'être en colère, c'est ça ? répliqua-t-elle en me foudroyant des yeux.

Elle détestait qu'il y ait deux poids, deux mesures, me souvins-je.

— Je ne l'étais pas contre toi.

— À d'autres, ironisa-t-elle avant de me citer : « Bella, tu as juré ma mort ou quoi ? »

Ma belle humeur s'envola, même si je ne me fâchai pas. Ces mots formulés sous l'effet d'une émotion incontrôlable recelaient la vérité crue.

— Simple constatation, me défendis-je.

Elle essaya de se libérer de mon étreinte. Je posai une main sur sa joue pour l'obliger à me regarder.

— Tu étais furieux, insista-t-elle.

— Oui.

— Pourtant tu viens de dire…

— Que je ne l'étais pas après toi. Oh, Bella, tu ne comprends donc pas ?

Je ne riais plus du tout, à présent. Encore une fois, elle s'accusait de tout.

— Comprendre quoi ?

— Je ne t'en veux jamais. C'est une chose que je n'arrive même pas à envisager. Tu es si courageuse, confiante… aimante.

Indulgente, gentille, compassionnelle, sincère, pleine de *bonté*, essentielle… déterminante, vivifiante… J'aurais pu continuer comme ça à l'infini.

— Alors pourquoi…

« Pourquoi me cries-tu dessus si méchamment ? » Ou quelque chose dans le genre. Je pris son visage dans mes paumes et plongeai mes yeux dans les siens pour essayer d'ajouter de la force à mes paroles :

— C'est après moi que j'en ai. Cette façon que j'ai de toujours te mettre en péril. Ma seule existence représente un danger pour toi. Des fois, je me hais. Je devrais être plus fort, capable de mieux…

Elle me surprit en plaçant un doigt sur ma bouche.

— Chut !

Sur ses traits, la gentillesse avait remplacé la confusion. Ôtant sa main de mes lèvres, je la portai à ma joue.

— Je t'aime, murmurai-je. C'est une bien piètre excuse à mon comportement, mais c'est vrai.

Elle me contemplait avec une telle tendresse, une telle… admiration. Il n'y avait qu'une réponse à apporter à ce regard.

Une réponse contenue. Sans place pour les pulsions.

— Et maintenant, tâche de te tenir correctement, enchaînai-je, plus pour moi-même que pour elle.

J'effleurai sa bouche d'un baiser. Elle ne bougea pas, retenant son souffle. Je me redressai vivement pour qu'elle se remette à respirer.

— Tu as promis au Chef Swan de me ramener tôt, tu te souviens ? soupira-t-elle. On ferait mieux d'y aller.

De nouveau, elle se portait à mon secours. J'aurais tant aimé que ma faiblesse ne l'oblige pas à se montrer si forte.

— À vos ordres.

Je l'entraînai par la main. Au bout d'à peine dix mètres, nous franchîmes la lisière de la forêt et débouchâmes dans le vaste champ que ma famille surnommait « la clairière ». Un glacier avait arraché les arbres des milliers d'années auparavant, et seule une mince couche de terre recouvrait la roche nue. Un endroit bien pratique pour nos jeux.

Carlisle était en train de délimiter les bases, pendant qu'Alice et Jasper répétaient quelques nouvelles tricheries de leur invention. Il suffirait que Jasper décide à l'avance de courir dans telle ou telle direction pour qu'elle voie son choix et lance vers sa nouvelle position, sans qu'il ait besoin de lui envoyer la pensée. Ça ne leur donnerait pas un grand avantage mais, comme nous étions de force égale, tout était bon à prendre.

Esmé nous attendait, flanquée d'Emmett et Rosalie. À notre apparition, cette dernière arracha sa main à Emmett, nous tourna le dos et s'éloigna. Ma foi, elle ne s'était pas engagée à être sympa. Sa présence était déjà une énorme concession.

Elle est d'un ridicule consommé. Esmé n'était pas d'accord avec moi. Après avoir essayé d'amadouer Rose tout l'après-midi, elle était exaspérée. *Ça ira mieux dès qu'on aura commencé*, pensait Emmett. Comme moi, il était soulagé que Rose soit venue. Tous deux vinrent à notre rencontre. J'adressai un coup d'œil d'avertissement à mon frère, qui rigola. *T'inquiète, j'ai promis.* Il dévisagea Bella avec intérêt. C'était une chose d'être entouré d'humains quand on fréquentait leur monde, c'en était une autre de recevoir la visite de l'un d'eux. C'était excitant. Surtout quand la mortelle en question était, d'après lui, désormais plus ou moins des nôtres. N'ayant retiré que des avantages à l'agrandissement de la famille, il avait hâte que Bella la rejoigne.

J'aurais partagé son enthousiasme si je n'avais détecté sous sa fascination nouvelle qu'il ne doutait pas une seconde que la vision d'Alice s'accomplirait.

Je saurais me montrer patient. Ils finiraient bien par comprendre.

— Est-ce toi que nous avons entendu tout à l'heure, Edward ? s'enquit Esmé.

Elle parlait plus fort que nécessaire pour que Bella ne se sente pas laissée pour compte.

— On aurait dit un ours qui s'étrangle, ricana Emmett.

— C'était bien lui, confirma Bella avec un sourire timide.

Il lui sourit, heureux qu'elle entre dans le jeu.

— Malgré elle, Bella a été d'une drôlerie impayable, expliquai-je.

Alice accourait vers nous. J'imagine que je n'aurais pas dû m'inquiéter qu'elle se comporte avec autant de *naturel*. Elle décelait mieux que moi ce qui était susceptible d'affoler ou non Bella. Elle s'arrêta à cinquante centimètres de nous.

— Il est l'heure, annonça-t-elle avec une solennité d'oracle.

Ses paroles furent saluées par un grondement de tonnerre. Je secouai la tête.

— Sinistre, hein ? rigola Emmett.

Bella sembla surprise qu'il se soit adressé à elle, et il la gratifia d'un clin d'œil. Elle lui sourit après une très brève hésitation. *Elle me plaît*, me fit-il savoir.

— Allons-y, insista Alice en prenant la main d'Emmett.

Elle savait très précisément combien de temps nous allions pouvoir jouer en toute liberté, et elle ne voulait en perdre aucune minute. Aussi impatient qu'elle, Emmett l'entraîna en direction de Carlisle.

Tu me laisses seule un moment avec elle ? me supplia Esmé. *J'aimerais qu'elle soit à l'aise en ma présence.* Il était important pour elle que Bella la considère comme une personne et une amie, pas comme une créature à redouter. Acquiesçant, je me tournai vers Bella.

— Prête pour une petite partie ?

Je rigolai. D'après les commentaires de Charlie, cette soirée était une anomalie, pour elle. Si nous réussissions à l'amuser, ce serait déjà ça.

— Hip hip hip ! Hourra ! répondit-elle.

Son enthousiasme feint m'amusa beaucoup. Sur ce, je courus rejoindre Emmett et Alice, de façon à ce qu'Esmé ait son tête-à-tête. Bien qu'elle ne souhaite que s'entretenir avec Bella, sans lui soutirer d'information, je restai à l'affût de leur discussion, me partageant entre elles et les autres.

— Edward et moi avons déjà formé les équipes, annonça Rosalie. Emmett et Jasper sont dans la mienne.

Alice ne fut pas surprise. Le défi plut à Emmett. Jasper, qui préférait œuvrer avec Alice que contre elle, fut moins emballé. Comme moi, Carlisle était heureux que Rosalie ait accepté de participer.

De son côté, Esmé se plaignait de notre manque de fair-play, sans doute pour préparer Bella au pire.

— Pile ou face, Rose ? demanda Carlisle en brandissant une pièce.

— Elle a choisi son équipe la première, objectai-je.

Il me regarda, puis Alice, qui avait déjà vu que ce serait face.

— Rose, répéta-t-il en lançant la pièce.

— Face.

Je poussai un soupir, tandis qu'elle rigolait. Carlisle retourna la pièce sur son avant-bras.

— Face, confirma-t-il.

— OK, on batte en premier.

Carlisle hocha la tête. Alice, lui et moi gagnâmes nos positions.

Esmé était en train de parler à Bella de son bébé mort juste après la naissance, et l'intimité du sujet m'étonna. Bien qu'elle ne se soit jamais remise de cette blessure, ma mère s'exprimait d'un ton calme. Je me demandai pourquoi elle avait choisi d'évoquer ça. À moins qu'elle n'ait rien choisi du tout. Bella avait une qualité d'écoute particulière. Ne lui avais-je pas moi-même confié tous mes secrets les plus noirs ? Le jeune Jacob Black n'avait-il pas trahi un ancien traité rien que pour la divertir ? Elle devait avoir cet effet sur tout un chacun. Bien que je me sois éloigné sur le champ gauche, j'entendais clairement leur conversation.

— Ça ne vous ennuie pas, alors ? demanda Bella. Que je ne sois… pas celle qu'il lui faut.

Pauvre chérie. Ce doit être si difficile pour elle.

— Non… Tu es ce qu'il veut. Tout finira par s'arranger.

C'était sincère. Ma mère ne souhaitait que mon bonheur. Mais, à l'instar d'Emmett, elle n'envisageait qu'une solution. Je fus heureux d'être trop loin pour que Bella distingue mes traits.

Alice avait la balle. Elle attendait qu'Esmé, flanquée de Bella, ait gagné sa place d'arbitre pour grimper sur le monticule du lanceur.

— Très bien, en jeu ! cria notre mère.

Alice lança. Trop hâtif, Emmett battit avec une telle violence que le coup, qui frôla la balle, dévia celle-ci de sa trajectoire. Jasper la rattrapa à la volée avant de la renvoyer à Alice.

— C'est un strike, ça ? chuchota Bella à ma mère.

— Quand le batteur n'arrive pas à frapper, oui.

Alice relança. Emmett visa plus juste, cette fois, et je me mis à courir avant que l'impact de la batte sur la balle ne retentisse comme un coup de tonnerre. Alice avait déjà vu où son tir aboutirait et que je serais assez rapide. Franchement, Rosalie aurait dû savoir qu'il valait mieux éviter de nous associer. Nos dons rendaient le jeu un peu moins amusant, mais j'étais décidé à gagner, ce soir. Je revenais de la forêt sur le champ quand j'entendis Esmé déclarer Emmett *out*.

— Emmett frappe peut-être le plus fort, mais c'est Edward qui court le plus vite, expliqua-t-elle à Bella.

Je ris, heureux de constater que cette dernière semblait s'amuser. Malgré sa stupeur, elle souriait.

Emmett et Jasper échangèrent leur poste, bien que ce soit à Rosalie de rattraper. J'en fus irrité, dans la mesure où se tenir à dix pas de Bella ne devait pas représenter une telle épreuve. Je commençai à regretter d'avoir insisté pour qu'elle participe.

Jasper n'avait pas l'intention de me faire courir, conscient qu'il ne battait pas aussi fort qu'Emmett. Il choisit de frapper le lancer d'Alice en balle rasante en direction de Carlisle, qui n'aurait d'autre choix que de la récupérer. Il y parvint puis se rua sur la première base, en même temps que Jasper. Ça se joua à un cheveu, mais le pied de Jasper toucha la base juste avant celui de Carlisle.

— Point accordé, annonça Esmé.

Dressée sur la pointe des pieds, mains plaquées sur les oreilles, sa petite ride visible, Bella se détendit dès que les deux adversaires se relevèrent. Elle me jeta un coup d'œil et me sourit de nouveau.

Quand vint le tour de Rosalie de batter, la tension était palpable. Bien qu'elle fasse face à Alice, sur le monticule du lanceur, et que Bella soit hors de son champ de vision, elle donnait l'impression de vouloir s'écarter au maximum de l'humaine. Raide comme un piquet, elle arborait une moue dégoûtée. Je lui adressai un regard critique, auquel elle répondit par une grimace. *C'est toi qui as voulu que je vienne.*

Elle était si peu au jeu que la première balle d'Alice lui passa sous le nez pour finir dans la paume d'Emmett. Se renfrognant encore, elle s'incita à la concentration. Alice relança, et Rose frappa de justesse, expédiant la balle au-delà de la troisième base. Je filai, mais Alice l'avait déjà récupérée. Au lieu de relancer aussitôt, elle décida de rebrousser chemin et de courir vers le marbre. Jasper en était déjà à mi-chemin. Il baissa les épaules comme s'il avait l'intention de tacler Alice comme il l'avait fait avec Carlisle. Elle n'attendit pas qu'il la charge, cependant. Grâce à une manœuvre astucieuse, elle l'évita et marqua par derrière. Esmé le déclara *out*, mais Rosalie en avait profité pour gagner la seconde base, de son côté.

Je devinai leur prochaine stratégie avant même qu'Emmett et Jasper échangent une nouvelle fois leurs postes. Emmett allait frapper très loin pour permettre à Rosalie d'atteindre le marbre. Alice avait également vu la chose et, apparemment, ils étaient censés gagner. Je reculai jusqu'à la lisière, veillant à ne pas rejoindre l'endroit où la balle devait retomber d'après Alice avant qu'Emmett l'ait battée, sinon Esmé nous pénaliserait pour avoir triché. Je me tendis, prêt à démarrer en trombe, pour rattraper non la balle, mais la vision d'Alice.

Emmett frappa en hauteur plutôt qu'en longueur, sachant que la gravité était plus lente que moi. Ça fonctionna. Rosalie atteignit le marbre et je grinçai des dents.

Bella, elle, était aux anges. Elle applaudit, impressionnée par la manche. Rosalie l'ignora, elle ne la regarda même pas, préférant lever les yeux au ciel, mais je sentis qu'elle… s'adoucissait. Je m'en étonnai, même si je n'aurais pas dû, tant Rosalie adorait qu'on l'admire. Il faudrait peut-être que je lui rapporte quelques-uns des compliments que Bella avait faits sur sa beauté. Sauf qu'elle risquait de ne pas me croire. Pourtant, si elle s'était tournée vers elle en cet instant, elle aurait vu son émerveillement sincère. Ça l'aurait calmée un peu plus. Malheureusement, elle s'entêta à la snober.

Il n'empêche, j'eus une lueur d'espoir. Avec un peu de flatterie et de temps, nous la gagnerions à notre cause.

Emmett, lui, appréciait pleinement l'enthousiasme de Bella. Il la trouvait déjà plus chouette que ce à quoi je m'étais attendu, et le match lui paraissait plus drôle avec elle comme spectatrice. Or il adorait autant s'amuser que Rose être admirée.

Carlisle, Alice et moi nous repliâmes, cédant le terrain à nos adversaires. Bella m'accueillit avec un immense sourire et un regard étincelant.

— Alors, lui dis-je, qu'est-ce que tu en penses ?

— Une chose est sûre, s'esclaffa-t-elle, je ne pourrai plus jamais me contenter des matchs à la papa des championnats nationaux.

— À croire que tu as passé ta vie à ça !

— Je suis un peu déçue quand même, me nargua-t-elle.

— Pourquoi ?

Elle avait l'air tout sauf déçue.

— J'aimerais vraiment découvrir un domaine dans lequel vous n'excellez pas.

Pff ! Si Rosalie ne fut pas la seule à grogner, elle fut la plus bruyante. *Vous arrêtez de vous manger des yeux, les tourtereaux ? L'orage ne durera pas toujours.*

— C'est mon tour de frapper, annonçai-je.

Je récupérai la batte là où Emmett l'avait abandonnée et me dirigeai vers le marbre. Carlisle s'accroupit derrière moi, Alice m'indiqua où Jasper comptait lancer. J'amortis le coup.

— Froussard ! me lança Emmett en crapahutant derrière la balle qui rebondissait de façon erratique.

Rosalie m'attendait à la seconde base, mais j'y parvins largement. Elle plissa le front, je lui souris. Carlisle prit ma place sur le marbre et se mit en position. J'entendis où il avait l'intention de renvoyer, Alice me montra qu'il réussirait. Jasper expédia une balle courbe, assez lente pour que Carlisle ait le temps de donner à sa batte l'angle parfait.

Je regrettai de ne pas être en mesure de conseiller à Bella de se boucher de nouveau les oreilles. Le bruit qu'émit la batte en frappant n'aurait pu être assimilé à un coup de tonnerre. Heureusement que les mortels étaient peu soupçonneux et qu'ils se *refusaient* de croire au surnaturel.

Je partis à toutes jambes, à l'affût des bruits de Rosalie qui galopait à travers la forêt. Des fois qu'elle soit assez rapide... non. Alice vit la balle retomber avant que notre sœur la rattrape. J'arrivai au marbre avant que la balle ait fini sa course. Carlisle passait juste derrière la première base. Lorsque je stoppai net près de Bella, elle me regarda en clignant, comme si elle n'avait pas réussi à suivre ma course.

— Jasper ! appela Rosalie, depuis les bois.

Carlisle franchit la troisième base. La balle revint vers nous en sifflant à travers les arbres. L'interpellé fonça vers le marbre, mais Carlisle glissa dessus juste avant que la balle ne frappe la paume de Jasper.

— Point accordé ! cria Esmé.

— Magnifique ! nous félicita Alice.

Elle, Carlisle et moi échangeâmes des tapes dans la main. Au loin, nous entendîmes Rosalie qui grinçait des dents.

Je m'approchai de Bella, nouai mes doigts entre les siens. Elle me sourit, le nez et les joues rosis par le froid, mais les yeux pétillants.

Alice récupéra la batte et gagna le marbre en essayant d'imaginer toutes les façons possibles de frapper, mais elle ne se vit aucune chance de tromper Emmett et Jasper. Le premier se tenait près de la troisième base, conscient qu'elle n'avait pas la force physique de dépasser le jeu au champ de Rosalie. Jasper expédia une balle rapide qu'Alice renvoya sur le champ droit. Il la récupéra le premier et toucha le marbre avant Alice.

— *Out !*

Serrant une dernière fois la main de Bella, je partis rejoindre mes coéquipiers. Cette fois, j'essayai de leurrer Rosalie, mais Jasper m'envoya une balle lente qui me priva de l'élan dont j'avais besoin. Je rattrapai mais Rose me bloqua après la première base.

Puis Carlisle frappa en plein sur le sol rocheux en espérant que la balle rebondirait assez haut pour me donner le temps de faire le tour du terrain. Malheureusement, Jasper bondit et la renvoya dans le jeu trop vite. Emmett me coinça à la troisième base.

Alice s'approcha du marbre en évaluant ses chances ; les perspectives n'étaient pas encourageantes. Elle fit de son mieux, frappant de toutes ses forces dans la ligne de lancer franc droit. Jasper ne mordit pas à l'hameçon et n'essaya même pas de toucher avant d'avoir renvoyé la balle à Emmett qui était planté devant le marbre, tel un mur de brique. Ça ne me laissait pas beaucoup le choix. Malheureusement, si notre équipe au complet ne marquait pas de point, ça signifiait, selon nos règles familiales, la fin du tour de batte.

Je décidai de charger Emmett, qui en parut ravi. Je n'eus toutefois guère le temps d'agir, car Rosalie protesta :

— Esmé ! Il tente le coup du retrait forcé !

Ce qui était également contraire à nos règles. Naturellement, Emmett l'emporta, puisqu'il m'était impossible de le contourner.

— Truand ! siffla Rosalie.

— Elle a raison, approuva notre mère en me fusillant du regard. En position.

Haussant les épaules, je gagnai le champ extérieur.

Pour cette manche, l'équipe de Rose s'en sortit mieux. Elle et Jasper récupérèrent deux lancers d'Emmett, et je fus sûr qu'elle avait triché. En plein vol, la balle avait légèrement changé de direction, comme si elle avait heurté un obstacle, sauf que j'étais trop loin dans les bois pour distinguer d'où venait le projectile. Je réussis quand même à sortir Emmett. Le lancer long suivant de Rosalie fut trop bas, et Alice récupéra sans mal. Jasper réussit son tour de base, mais je stoppai le coup en flèche d'Emmett avant qu'il atteigne la forêt, et avec Carlisle, nous coinçâmes Jasper avant qu'il ne touche la troisième base.

Au fur et à mesure du match, je guettais Bella, en quête de signes de lassitude. Elle semblait au contraire complètement passionnée. Pour elle, c'était une nouveauté. Nous ne ressemblions guère à des joueurs de base-ball humains. L'orage était censé durer des heures, et Jasper et Emmett n'en auraient raté une minute pour rien au monde. D'où ma surveillance. Si elle commençait à s'ennuyer ou à avoir trop froid, je quitterais la partie. J'imaginais déjà la réaction de Rose. Bah ! Elle s'en remettrait.

Le score ne cessait de changer de camp, et nos manières se relâchèrent. Je n'osai penser à l'opinion que Bella avait de nous, en dépit des avertissements d'Esmé. Sauf que quand Rosalie me traita de « minable tricheur » parce que j'avais deviné quel arbre escalader pour récupérer sa chandelle, puis de « porc lépreux » parce que je l'avais sortie à la troisième base, Bella s'esclaffa à l'unisson d'Esmé. Si Rosalie ne fut pas la seule à agonir d'insultes ses adversaires, Carlisle ne fut pas le seul non plus à s'en *abstenir*. Je me comportai comme un gentleman, ce qui irritait Rosalie encore plus que si j'avais opté moi aussi pour les grossièretés.

Ça sentait le match nul à plein nez.

Nous en étions à notre onzième manche (elles ne duraient pas plus de quelques minutes). Nous ne les comptions pas, n'arrêtant de jouer qu'à la fin de l'orage. Carlisle était le premier à batter, Alice voyait que ça ne serait pas facile, et je regrettai que le marbre ne soit pas tenu par l'un de nous. Ça ne loupa pas. Emmett, depuis le monticule du lanceur, ne résista pas à l'envie d'envoyer une prise à Carlisle, lui donnant ainsi toute la puissance nécessaire pour la renvoyer si fort, qu'elle vola très au-delà de l'endroit où Rosalie pouvait espérer la rattraper. L'impact provoqua un bruit qui résonna sur le flanc des montagnes, plus semblable à une explosion qu'à un coup de tonnerre.

Les échos du fracas continuaient de rebondir lorsque je perçus un autre son.

— Oh !

Alice. Comme si elle venait de recevoir un uppercut dans le ventre. Un torrent d'images se déversa dans sa tête, tourbillon de futurs inintelligibles et comme sans rapport entre eux. Certaines étaient d'une blancheur aveuglante, d'autres si sombres qu'on n'y distinguait rien. Le tout dans des environnements multiples et inconnus. Il ne restait rien de l'avenir dont elle avait été si certaine jusqu'à maintenant. Un changement s'était produit, si important que notre destin avait volé en éclats. Une vague de panique nous submergea, Alice et moi. Se concentrant, elle remonta rapidement au début de ses nouvelles visions. Les flashs qui tournoyaient se canalisèrent en un instant étroit, imminent, quasi présent.

Trois inconnus. Trois vampires qui accouraient vers nous.

Je me précipitai sur Bella, envisageant de filer avec elle. Malheureusement, le futur proche nous dépeignait seuls, surpassés en nombre.

— Alice ? lança Esmé.

Jasper la rejoignit presque plus vite que moi Bella.

— Je n'ai pas vu… murmura-t-elle. Je ne savais pas.

Elle comparait ses prédictions. Les anciennes annonçaient que, demain soir, les trois étrangers approcheraient de chez nous. Je m'y étais préparé. Dans cette version-là, Bella et moi étions très loin de Forks. Sauf qu'ils avaient modifié leurs plans. Alice avança de quelques minutes dans la nouvelle chronologie. Une rencontre courtoise était possible, des présentations, une demande. Si elle comprit ce qui s'était passé, je restai focalisé sur Bella, qui figurait dans la vision, en arrière, muette.

Nous nous étions tous rassemblés autour d'Alice.

— Que se passe-t-il ? s'enquit Carlisle en posant une main sur son bras.

Elle secoua la tête, comme si elle essayait d'aligner les images de façon sensée.

— Ils ont voyagé beaucoup plus vite que je m'y attendais. Je me suis trompée sur leur trajectoire.

— Elle a changé ? l'interrogea Jasper en se penchant vers elle.

Il vivait avec elle depuis si longtemps qu'il saisissait mieux que personne, moi excepté, comment fonctionnait son don.

— Ils nous ont entendus jouer (une information que les inconnus nous livreraient lors de notre échange amical) et ils ont bifurqué.

Nous regardâmes Bella comme un seul homme.

— Quand seront-ils là ? me demanda Carlisle.

La distance ne me facilita pas la tâche. Par chance, tard un soir de tempête, les environs étaient vides d'humains. Et d'autres vampires. L'esprit de ces derniers étaient un peu plus sonore que celui des mortels, ce qui me permettait de les localiser mieux et de les capter d'un peu plus loin. Aidé par les arrière-plans des visions d'Alice, je trouvai ceux du trio, juste les pensées les plus vitales, cependant.

— Moins de cinq minutes. Ils courent. Ils veulent jouer avec nous.

Carlisle jeta un coup d'œil à Bella. *Il faut que tu la sortes d'ici.*

— Tu crois y arriver ?

Alice se concentra sur cette question. Je tentais de m'enfuir, Bella sur le dos. Cette dernière ne me ralentissait guère. C'était moins son poids que la nécessité de ne pas la blesser qui me handicapait. Il n'empêche, je n'étais pas assez rapide. La vision se modifia pour exposer le futur que j'avais vu : Bella et moi cernés, seuls, dans un rapport de forces inégal.

La perspective d'une partie de base-ball n'enchantait pas assez les trois vampires pour qu'ils se montrent négligents. D'après Alice, ils arriveraient dans la clairière de trois endroits différents, aux aguets, afin de se regrouper pour présenter un front uni. Il suffirait que l'un d'entre eux m'entende courir pour qu'ils se lancent à mes trousses.

— Non, répondis-je en secouant la tête. Pas si je la porte.

L'inquiétude secoua Carlisle.

— Et puis, ajoutai-je, la dernière chose souhaitable, c'est qu'ils flairent son odeur et se mettent en chasse.

— Combien sont-ils ? demanda Emmett à Alice.

— Trois, répondit-elle abruptement.

Il ricana, ce qui était si déplacé que je le regardai avec ahurissement.

— Trois ! fanfaronna-t-il. Qu'ils viennent donc !

Notre père réfléchissait aux options s'offrant à nous. Pourtant il n'y en avait qu'une. Emmett avait raison. À trois contre sept, il aurait été suicidaire de la part des inconnus de déclencher une bagarre. Carlisle finit par arriver à la même conclusion, même si elle ne lui plaisait pas.

— Continuons à jouer. D'après Alice, ils sont juste curieux.

La décision ayant été prise, les images se stabilisèrent, et Alice se mit à envisager les diverses évolutions possibles de notre rencontre. Apparemment, elles étaient pacifiques pour la majorité, bien qu'elles commencent toutes par une vraie tension. Dans quelques cas spécifiques, on aboutissait à une impasse. Malheureusement ces éventualités étaient moins claires. Alice ne distinguait pas ce qui était susceptible d'amorcer le conflit, il manquait un choix pour ça. Rien de précis n'annonçait une rixe.

Il restait cependant bien des choses inexpliquées. Comme ce soleil aveuglant. Ni elle ni moi ne parvenions à voir *où* il étincelait.

Bien que je sache que nous n'avions pas d'autre solution que celle décrétée par Carlisle, j'étais retourné. Comment avais-je pu laisser ça se produire ?

— Edward ? souffla Esmé.

Ont-ils soif ? Sont-ils en chasse ? Ils n'y pensaient pas, et Alice voyait leurs yeux rougis par la satiété. Je secouai la tête. *C'est déjà ça.* Ma mère était presque aussi horrifiée que moi et, comme moi, elle était révoltée à l'idée que Bella puisse courir un danger. Bien qu'elle ne soit pas du genre à se battre, ça la rendait féroce. Elle était prête à défendre Bella comme son propre enfant.

— Prends ma place, lui ordonnai-je. J'ai eu mon compte.

Elle se dépêcha d'obtempérer, sans toutefois cesser de songer à Bella.

Aucun des miens n'avait envie de s'éloigner du champ, tous tendaient l'oreille vers la forêt. À l'instar d'Esmé, Alice n'avait pas l'intention de quitter Bella. Même si ses préoccupations étaient moins maternelles, elle aussi la protégerait coûte que coûte. Leur dévotion me rasséréna un peu.

— Rabats tes cheveux, chuchotai-je à Bella.

Pas terrible comme déguisement, mais son teint était, avec les battements de son cœur et son odeur, ce qui trahissait le plus son humanité. Plus nous en dissimulerions… Aussitôt, elle dénoua sa queue-de-cheval et secoua sa tignasse devant son visage, ayant saisi qu'il lui fallait se cacher.

— Ils arrivent, hein ? murmura-t-elle d'une voix égale.

— Oui. Ne bouge surtout pas et ne t'éloigne pas de moi, je t'en prie.

J'arrangeai quelques-unes de ses mèches pour parfaire son camouflage.

— Ça ne servira à rien, commenta Alice. Je la flairerais à l'autre bout de la prairie.

— Je sais, m'énervai-je.

— Que t'a demandé Esmé ? souffla Bella.

Je faillis lui mentir, elle était assez terrifiée comme ça, mais y renonçai :

— S'ils avaient soif.

Son pouls eut un raté avant de s'emballer. Bien que vaguement conscient des joueurs sur le terrain, j'étais si tourné vers la suite des événements que je ne voyais rien de leur mascarade.

Les visions d'Alice se consolidaient. Elle partagea avec moi les chemins différents que les inconnus allaient emprunter avant de se regrouper devant nous. Je constatai avec soulagement qu'aucun ne croiserait la trace de Bella avant d'arriver à la clairière. D'où, peut-être, la cordialité, certes méfiante, de la rencontre. Bien sûr, dès qu'ils seraient là, tout pouvait changer. Je me vis défendre Bella, les autres me soutenant – enfin, Rosalie se rangeant au côté d'Emmett, le seul apparemment qu'elle souhaitait protéger. Les rares pistes indiquant un conflit étaient aussi peu substantielles qu'un filet de vapeur. Je n'en distinguais pas l'issue.

Les esprits du trio se rapprochaient, plus lisibles. Aucun ne nourrissait d'hostilité à notre encontre. La dernière de la meute, une rouquine, était anxieuse, cependant, et prête à déguerpir si nous faisions preuve d'un tant soit peu d'agressivité. Ses deux compagnons, eux, se réjouissaient du moment de détente à venir. Découvrir un clan semblait ne pas les gêner, et j'en conclus que c'étaient des nomades habitués aux mœurs du Nord.

Ils s'étaient séparés, prenant toutes les précautions nécessaires avant de s'exposer.

Si Bella n'avait pas été là, si elle avait refusé d'assister au match… j'aurais sans doute été avec elle. Carlisle m'aurait appelé pour m'avertir que les étrangers étaient en avance. J'aurais eu peur, naturellement, mais j'aurais su que je n'avais pas commis d'erreur.

Or c'était le cas, j'aurais dû anticiper l'incident. Des vampires joueurs émettaient des bruits très particuliers. Si j'avais pris le temps de réfléchir à toutes les éventualités, si je n'avais pas considéré la vision d'Alice comme parole d'évangile, si j'avais réglé ma montre, pour ainsi dire, si j'avais été circonspect et non enthousiaste…

Comment aurais-je réagi si l'événement s'était produit six mois auparavant, avant que je connaisse l'existence de Bella. J'aurais sûrement été… impassible. Sitôt que j'aurais détecté l'esprit de ces visiteurs, j'aurais été sûr qu'il n'y avait pas de quoi se biler. J'aurais même été ravi de rencontrer de nouveaux visages, de ce qu'ils auraient apporté à la routine de notre jeu.

À présent, je n'éprouvais plus que frayeur, panique et culpabilité.

— Excuse-moi, Bella, soufflai-je juste assez fort pour qu'elle m'entende, ne tenant pas à ce que les inconnus, très près maintenant, aient vent de mes paroles. C'était stupide et irresponsable de t'exposer ainsi. Je suis vraiment désolé.

Elle se contenta de me regarder, les yeux écarquillés de terreur. Soit elle respectait mon avertissement précédent, soit elle n'avait rien à me dire.

Le trio se retrouva au sud-ouest du champ. Leurs mouvements étaient audibles, désormais. Je me plaçai devant Bella et me mis à taper du pied au rythme de son cœur, en espérant leurrer le plus longtemps possible les nouveaux venus sur l'origine de ce son.

Carlisle se tourna vers le chuchotis des pas à l'approche, imité par les membres de la famille. Nous allions éviter de montrer nos dons exceptionnels, ferions comme si nous ne comptions pour nous guider que sur nos sens aiguisés de vampires.

Pétrifiés comme si nous étions façonnés dans la roche environnante, nous attendîmes.

22

LA TRAQUE

QUAND LES ÉTRANGERS ENTRÈRENT DANS LA CLAIRIÈRE, LEURS visages m'étaient si familiers que j'eus l'impression de les reconnaître plutôt que les découvrir.

Le mâle le plus petit et le plus laid prit d'abord la tête du cortège avant de se glisser derrière en une manœuvre bien rodée. Il se focalisait sur nos caractéristiques, évaluait la menace que nous étions susceptibles de représenter. Il partait du principe que plusieurs clans s'étaient réunis pour ce match. Il se méfiait particulièrement d'Emmett, dont la masse dominait Carlisle, et de moi, dont la nervosité était palpable. Il était rare qu'un vampire fasse montre d'anxiété, et tous s'interrogeaient sur la raison pour laquelle je tapais du pied.

Durant une fraction de seconde, j'eus le sentiment que quelque chose clochait, mais j'avais trop de préoccupations en tête pour avoir le temps de m'attarder dessus.

L'homme qui ouvrait maintenant la marche était grand et plus beau que la moyenne, même pour un vampire. Il respirait la confiance en soi. Sa meute ne cherchait de noises à personne. Bien que notre vaste groupe soit surpris d'être abordé, tout allait vite se calmer, il n'en doutait pas. Lui aussi avait noté l'imposante présence d'Emmett et mon anxiété, mais il s'en était vite détourné au profit de Rosalie. *A-t-elle un compagnon ? Hum... On dirait qu'ils sont tous en couple.* Il nous balaya des yeux avant de revenir sur Rose.

La femelle rousse était plus troublée que nous tous, et son corps vibrait presque sous l'effet de la tension. Elle avait du mal à ne pas reluquer Emmett. *Ils sont trop nombreux. Laurent est dingue.* Elle avait déjà recensé une centaine d'échappatoires. Pour l'instant, elle estimait que sa meilleure chance de sauvegarde était de filer vers le nord, en direction de la mer des Salish, où nous perdrions sa trace. Je ne compris pas pourquoi elle n'optait pas plutôt pour la côte Pacifique, beaucoup plus proche, mais je n'étais pas en mesure de déchiffrer ses raisons si elle ne les pensait pas.

Je me surpris à espérer que la femelle à cran se déciderait à fuir et que ses amis lui emboîteraient le pas, sauf qu'Alice n'avait rien vu de tel. La rouquine observait le plus banal de ses compagnons, attendant qu'il décampe le premier. Elle suivait le mouvement de mauvaise grâce, non sans continuer à adresser des œillades à Emmett. Les deux mâles avaient l'air eux aussi d'avoir du mal à se détacher de celui-ci très longtemps. Je l'observai ; ce soir, il paraissait plus grand que d'ordinaire, et sa rigidité immobile avait quelque chose d'inquiétant.

Pourtant, le leader, Laurent, était sûr de son fait. Si nos différents clans étaient capables de s'entendre pour disputer une partie de base-ball, alors nous accepterions le sien avec bonhomie. Tout le monde allait se calmer et jouer ensemble, ce qui lui permettrait de faire mieux connaissance avec cette blonde épatante.

Il arbora un sourire amical, ralentit et s'arrêta à quelques mètres de Carlisle. Il promena son regard sur Rosalie, Emmett, moi, puis le posa de nouveau sur notre père.

— Nous avons cru percevoir un match en cours, dit-il avec un léger accent français (même s'il réfléchissait en anglais). Je m'appelle Laurent. Je vous présente Victoria et James.

Ce voyageur urbain venu d'Europe et ses deux comparses moins sophistiqués n'avaient pas beaucoup de points communs. La manière dont il nous avait abordés irritait la femme, qui était encore consumée par l'envie de déguerpir. L'autre mâle, James, s'amusait de la confiance affichée par Laurent. La nature imprévisible de notre rencontre le divertissait, et il attendait notre réaction avec impatience. *Vic n'a pas encore mis les bouts*, songeait-il. *Il ne se passera sans doute rien.*

Carlisle adressa un sourire à Laurent, et son visage ouvert et bienveillant les désarma, y compris Victoria la froussarde. Durant un instant, ils en oublièrent Emmett.

— Carlisle, répondit-il. Voici ma famille, Emmett et Jasper, Rosalie, Esmé et Alice, Edward et Bella.

Il accompagna ses présentations d'un geste vague, évitant d'attirer l'attention sur Bella et moi. Laurent et James sursautèrent en apprenant que nous formions un seul clan, mais j'étais distrait. Car à l'instant où Carlisle avait mentionné Jasper, j'avais saisi ce qui m'avait tracassé un peu plus tôt.

Jasper, dont la peau était couturée de cicatrices, qui était grand, mince et féroce comme un lion en chasse, dans les yeux duquel luisait la brutalité des meurtres commis par le passé, aurait dû occuper la première place dans l'évaluation du trio. Il aurait été normal que son aspect guerrier oriente les négociations.

L'observant à la dérobée, je découvris avec étonnement qu'il... m'indifférait. Comme si ce vampire quelconque flanquant docilement les siens était ce qu'il y avait de moins passionnant au monde.

Quelconque ? Docile ? *Jasper ?*

Il était si concentré que, s'il avait été humain, il aurait dégouliné de sueur.

C'était la première fois que j'assistais à ce phénomène, j'avais même ignoré son existence. Jasper s'était-il entraîné à l'art du camouflage pendant ses années dans le Sud ? Il apaisait la tension des inconnus tout en s'arrangeant pour que tout un chacun le trouve des plus communs. Rien de plus rasoir que ce mâle anodin à l'arrière du groupe. Rien, sauf Alice, Esmé, et Bella qu'il entourait de cette même brume d'ennui.

Ça expliquait pourquoi aucun des trois étrangers n'avait encore compris. Les cheveux décoiffés de Bella et mes tapements de pied ridicules n'y étaient pour rien. Simplement, ils n'arrivaient pas à dépasser cette impression générale de banalité pour examiner Bella de plus près. Pour eux, elle n'était qu'un membre secondaire de la meute, pas assez spécial pour qu'on s'y intéresse.

Jasper se démenait pour protéger les plus vulnérables parmi nous. Je percevais les efforts qu'il déployait et qu'il ne pourrait pas maintenir si les choses devaient tourner à l'affrontement physique. Pour l'instant, il entourait Bella d'un système de défense extrêmement intelligent, auquel je n'aurais pas songé.

La gratitude me submergea.

Clignant des paupières, je m'intéressai de nouveau aux nomades. Sous le charme de Carlisle, ils continuaient néanmoins de se méfier de la taille impressionnante d'Emmett et de mon intensité. J'essayai d'absorber un peu de la sérénité que répandait Jasper. Malheureusement, bien qu'efficace sur les autres, je lui restai hermétique. Je me rendis compte qu'il manipulait l'atmosphère à sa guise : il voulait que je représente une menace, une distraction, parce que j'étais sur les nerfs.

Ma foi, c'était un rôle pour lequel j'étais taillé.

— Vous accepteriez d'autres joueurs ? demanda Laurent avec affabilité.

— Nous venons juste de terminer la partie, répondit Carlisle avec chaleur, mais ce sera avec plaisir. Une autre fois. Vous comptez rester longtemps dans la région ?

— En fait, nous allons dans le Nord, mais nous étions curieux de voir qui habitait les environs. Nous n'avons rencontré personne depuis si longtemps.

— Je n'en doute pas. Le coin est d'ordinaire désert, mis à part nous et les visiteurs occasionnels tels que vous.

La courtoisie amicale de Carlisle, mêlée à l'influence de Jasper, les gagnait à notre cause. Même la rouquine aux abois paraissait s'apaiser. Elle évaluait l'ambiance paisible d'une manière qui m'était étrangère. Était-elle consciente de ce que faisait Jasper ? Apparemment pas. Elle paraissait plutôt remettre en question ses instincts. James fut déçu qu'il n'y ait pas de match, et que l'animosité première se soit estompée. Il aimait l'excitation de l'inconnu. Quant à Laurent, il admirait l'élégance et l'assurance de Carlisle. Il souhaitait en apprendre davantage sur nous, par quel moyen nous dissimulions la couleur de nos yeux et pourquoi.

— Où se situe votre terrain de chasse ? s'enquit-il.

Question normale, attendue chez les nomades. Je craignis néanmoins qu'elle effraie Bella. En tout cas, cette dernière était aussi immobile et silencieuse qu'il était donné à une humaine de l'être. Les battements de son cœur, et par conséquent de mes pieds, ne s'étaient pas modifiés.

— Du massif de l'Olympus à la chaîne côtière, le renseigna Carlisle sans détromper son interlocuteur sur ce qu'il avait sous-entendu de notre régime alimentaire. Nous gardons une résidence permanente alentour. Il existe une autre colonie semblable à la nôtre près de Denali.

L'information les déstabilisa. Si Laurent se borna à marquer sa surprise, la femelle inquiète parut céder à l'affolement, et tous les efforts de Jasper furent réduits à néant pour ce qui la concernait. James, lui, fut intrigué. Voilà qui était nouveau et différent. Non seulement notre clan était énorme, mais en plus nous ne vagabondions pas. Le détour en valait peut-être la peine, finalement.

— Permanente ? répéta Laurent, ébahi. Comment y arrivez-vous ?

James fut content qu'il ait posé la question. Sa curiosité allait être assouvie sans qu'il ait besoin de se mettre en avant. Sa réserve me fit penser à celle de Jasper, et je me demandai ce qui la motivait. Elle ne collait pas avec son goût pour l'amusement. Ou alors, il avait des choses à cacher. Comme mon frère.

— Pourquoi ne pas nous accompagner à la maison pour en discuter confortablement ? proposa Carlisle. C'est une longue histoire.

Victoria sursauta, et je devinai qu'elle restait par la seule force de sa volonté. Elle se doutait de ce qu'allait répondre Laurent et, plus que jamais, elle souhaitait filer à toutes jambes. James lui adressa un regard encourageant, qui ne la réconforta en rien. Il n'empêche, elle se rangerait à son avis.

Était-il possible que tout s'arrange aussi facilement ? S'ils acceptaient l'invitation, nous n'aurions aucun mal à nous séparer, Carlisle et Emmett se chargeant de les escorter. Grâce à Jasper, ils ne découvriraient jamais ce que nous leur dissimulions.

J'inspectai la vision future d'Alice. Il me fallut pour ça transpercer le voile d'ennui déployé par Jasper qui, de son côté, essaya avec beaucoup d'énergie de me convaincre que j'avais *mieux* à faire. Alice était concentrée sur les avenirs les plus immédiats. Je fus stupéfait de constater que tous aboutissaient à une impasse. Les quelques éventualités de combat étaient devenues plus claires.

Tout ne s'arrangerait *pas* aussi facilement, donc.

L'esprit de Laurent trahissait son intérêt, il allait donner son consentement. James approuvait. Victoria redoutait un piège et s'était raidie sous l'emprise de la peur. Aucun d'eux n'avait d'intentions belliqueuses, ni cherchait à mieux cerner nos personnalités. Quel incident allait changer leur opinion ?

Une seule réponse me vint. Un facteur sûr, que nulle décision ou lubie ne pouvait changer.

La météo.

Je me préparai, conscient de mon impuissance. Sentant mon regain d'angoisse, Jasper me lança un bref regard.

— Voilà qui est très alléchant et aimable, dit Laurent. Nous sommes en chasse depuis l'Ontario et nous n'avons guère eu le temps de faire un brin de toilette.

Avec un frisson, Victoria tenta d'attirer l'attention de son compagnon, mais il l'ignora.

— Ne le prenez pas mal, s'il vous plaît, repartit Carlisle, mais nous apprécierons que vous vous reteniez d'opérer dans les parages immédiats. Nous devons éviter d'attirer les soupçons, vous comprenez.

Son ton était assuré, et je lui enviai son optimisme.

— Naturellement. Il n'est pas question d'empiéter sur votre territoire. Nous avons mangé juste après Seattle, de toute façon.

Laurent s'esclaffa, et le cœur de Bella eut un raté pour la première fois depuis l'arrivée des trois vampires. Je m'empressai d'adapter mon pied à la cadence. Les autres ne s'aperçurent de rien, visiblement.

— Nous allons vous montrer le chemin, dit Carlisle. Si vous souhaitez bien courir derrière nous…

Seuls Alice et moi savions maintenant que ça ne marcherait pas, qu'il était trop tard. Les visions de ma sœur se précipitaient et percutaient le présent.

— Emmett et Alice, accompagnez Edward et Bella pour récupérer la Jeep.

Ça se produisit à l'instant exact où il prononçait le nom de Bella.

Rien qu'un petit courant d'air, un léger coup de vent en provenance d'une nouvelle direction, faute à la queue de l'orage qui bifurquait vers l'ouest. Une brise, si douce, si implacable.

Ranimée, la fragrance de Bella voleta tout droit sous le nez des étrangers.

Si tous trois furent affectés, Laurent et Victoria cédèrent surtout à la confusion quand le parfum délicieux et comme sorti de nulle part flatta leurs narines. James, lui, se mit aussitôt en position d'attaque. Le camouflage de Jasper ne résista pas à cet instinct. Comme s'il m'avait entendu, mon frère cessa aussitôt de déployer son voile dissimulateur, sauf sur lui-même et Alice. C'était intelligent : s'il avait tenté de continuer à cacher Bella, ça n'aurait fait qu'alerter les nomades sur son don. Malgré tout, je me sentis trahi.

C'était le cadet de mes soucis, cependant. Toutes mes facultés étaient occultées par ma fureur.

Sur le point de bondir, James avait l'esprit vide, focalisé uniquement sur la chasse et ses fruits immédiats.

Je lui fournis matière à penser à autre chose.

Je m'accroupis devant Bella, prêt à me jeter sur lui, rivé sur son mental. Je rugis un avertissement à son adresse, conscient que, à ce stade, seul l'instinct de survie était susceptible de l'arrêter. Cependant, j'étais si furieux que j'espérai en partie qu'il ne tiendrait pas compte de mes menaces. Délaissant Bella, il me jaugea. Un éclair de surprise alluma son cerveau, comme s'il était… *incrédule*, comme s'il avait du mal à admettre que je me sois interposé. J'en déduisis qu'il n'avait pas l'habitude qu'on contrecarre ses plans. Il hésita, partagé entre prudence et désir. Il aurait été sot d'ignorer le clan, ce n'était pas là un duel entre lui et moi. Pourtant, il eut du mal à ne pas céder au défi que je lui lançais, hésitant entre la raison et le désir de se battre.

— Que se passe-t-il ? s'exclama Laurent.

Je ne lui prêtai aucune attention, déchiffrant les intentions de James avant qu'il bouge. Je lui barrai le chemin dès qu'il le fit. Les paupières plissées, il réévalua le danger que je représentais. *Plus rapide que je le pensais.* Trop ? Il nourrissait des soupçons, à présent. À mon égard, à celui de tous. Pourquoi n'avait-il pas remarqué la fille plus tôt ? Elle était si visible, avec sa peau abricot.

— Elle est avec nous, déclara Carlisle, toute courtoisie envolée.

James lui jeta un coup d'œil et prit de nouveau conscience de la présence massive d'Emmett. Son agacement m'étonna : au fond, il se fichait d'être précautionneux, n'aspirait qu'à une rixe. Pourtant, il chercha mentalement conseil auprès de Victoria. Laquelle était pétrifiée par la terreur.

— Vous avez apporté un casse-croûte ? s'exclama Laurent, stupéfait.

Son intervention me détourna de James, d'autant qu'il avança d'un pas, plus par réflexe que par agressivité. Ce qui ne fit aucune différence pour moi. Sans quitter des yeux James, je feulai à son adresse et retroussai mes lèvres sur mes dents. Contrairement à son compagnon, Laurent recula immédiatement. James en profita pour se déplacer de nouveau, histoire de tester ma réactivité. Encore une fois, je bloquai son mouvement avant qu'il l'ait achevé. Ce fut à son tour de dévoiler ses crocs.

— J'ai dit qu'elle était avec nous, répéta Carlisle.

Il avait presque grondé, ce que je ne l'avais jamais entendu faire.

— Mais c'est une *humaine* ! protesta Laurent.

Il n'était nullement vindicatif, plutôt abasourdi et effrayé. Il ne comprenait pas la situation, savait juste que le comportement de James risquait de signer leur mort à tous trois. Comme son comparse, il jaugea la réaction de Victoria, à croire qu'elle était la girouette sur laquelle ils réglaient leurs actes.

Ce fut Emmett qui se chargea de lui répondre. Il se rapprocha de nous, et le sol vibra sous ses pas. J'ignore si Jasper y fut pour quelque chose, ou si c'était seulement lui qui jouait son rôle de brute.

— Oui, confirma-t-il d'un ton dénué d'émotion.

Le tranchant de sa voix brisa la confrontation et glaça l'atmosphère. Pour le coup, je fus presque certain que c'était l'œuvre de Jasper. Pour autant, je ne baissai pas la garde pour m'en assurer. En tout cas, ce fut efficace. Le chasseur se releva. Je le surveillai de près, tout en gardant ma posture défensive, des fois qu'il nous joue un mauvais tour. Je m'attendais à de la colère et de la frustration. Je savais qu'il était arrogant et n'avait pas l'habitude qu'on s'oppose à lui. Devoir reculer devant un adversaire plus puissant que lui devait l'enrager.

Pas du tout, s'avéra-t-il. Une excitation étrange s'était emparée de lui. Bien qu'il continue de nous fixer, Bella et moi, il analysa les forces en présence. Sans peur ni agacement, avec au contraire un drôle de plaisir débridé. Il ne s'intéressa pas à Jasper et Alice, qu'il considérait encore comme des membres mineurs du clan. En revanche, Emmett, et sa présence physique menaçante, sembla lui inspirer une exaltation extrême.

— J'ai l'impression que nous avons beaucoup à apprendre les uns des autres, dit Laurent.

Soudain, l'euphorie inexplicable de James céda la place à la réflexion. Il se mit à planifier, à élaborer des stratégies, en appelant au souvenir d'anciennes victoires. Ce fut alors que, paniqué, je compris qu'il n'était pas qu'un simple chasseur.

— En effet, concéda Carlisle d'une voix dure.

Je mourais d'envie de découvrir ce qu'Alice voyait, mais je ne pouvais me permettre de louper un détail de ce que pensait mon ennemi. Je l'écoutai se rappeler avoir coincé ses cibles les unes derrière les autres, revivre ses poursuites les plus longues et les plus éreintantes, évoquer les obstacles qu'il avait franchis pour atteindre ses proies. Aucun de ses défis passés ne l'emballait autant que celui qu'il avait sous les yeux en cet instant, cependant. Huit… non, sept. Une famille de sept membres dont certains étaient sûrement doués de talents cachés, et une pauvre mortelle qui sentait meilleur que tous les repas qu'il avait avalés depuis un siècle.

Épatant.

Certes, il n'était pas en mesure de s'y mettre tout de suite, avec autant de défenseurs. *Attends qu'ils se séparent. Profites-en pour faire un peu de reconnaissance.*

— C'est avec plaisir que nous accepterions votre invitation, poursuivait Laurent au bénéfice de Carlisle. Il va de soi que nous ne toucherons pas à la fille. Comme j'ai dit, pas question d'empiéter sur votre territoire.

Absorbé par ses plans, James n'avait pas vraiment écouté son chef. Jusqu'à ces deux phrases, qui entamèrent autant son allégresse que sa concentration. Il se détourna de moi pour contempler Laurent avec stupeur. Ce dernier, tout entier à mon père, ne vit pas la surprise virer à la haine. *Tu oses parler pour moi ?*

La fureur palpable du chasseur me laissa deviner que cette meute ne durerait pas longtemps. Je déchiffrai sans mal la nouvelle résolution de James : il se servirait de Laurent tant que ça l'arrangerait, mais le tuerait dès qu'il ne lui serait plus utile. Cette décision ne reposait apparemment que sur la dernière remarque de son chef, je ne décelai aucun autre contentieux entre eux. J'en conclus que James avait la tête près du bonnet et qu'il était rancunier. Ça m'aiderait peut-être.

Pas une seconde, James ne songea que Victoria choisirait Laurent. Étaient-ils en couple, lui et elle ? Pourtant, son esprit ne trahissait pas de sentiment pour la rousse. Leur alliance devait dater d'avant Laurent, celui-ci était une pièce rapportée. Ce qui expliquait pourquoi James n'aurait aucun scrupule à s'en débarrasser.

— Venez, dit Carlisle, et c'était plus un ordre qu'une invitation. Jasper, Rosalie, Esmé ?

Se séparer d'Alice déplut souverainement à Jasper, d'autant que l'hostilité était latente. Sauf qu'il ne pouvait pas se disputer avec Carlisle maintenant. Il nous fallait présenter un front uni, et mon frère ne tenait pas à se faire remarquer. Carlisle n'avait pas la moindre idée de la couverture qu'avait déployée Jasper. Ce dernier décida qu'il la maintiendrait aussi longtemps que possible. En cas de bagarre, il la transformerait en embuscade. Il consulta du regard Alice, qui acquiesça. Elle était certaine de ne rien risquer. Il l'accepta à contrecœur.

Sans qu'on ait besoin de leur dire, Jasper, Esmé et Rose se regroupèrent pour masquer Bella à la vue de James. Ce dernier s'en moquait. Son désir de chasser l'avait déserté, il se contentait de préparer la suite. Emmett bougea en dernier, venant me rejoindre tout en gardant James dans sa ligne de mire.

D'un geste, Carlisle poussa les nomades à ouvrir la voie. Laurent s'empressa d'avancer, suivi par Victoria, qui songeait encore à ses diverses échappatoires. James hésita une fraction de seconde et nous dévisagea. Bella était invisible, derrière Emmett. Ce ne fut pas elle qu'il chercha, cependant, mais moi. Plantant ses yeux dans les miens, il m'adressa un sourire.

Soudain, son attention fut détournée. Jasper s'étant éloigné, Alice était devenue visible. Pour la première fois, surpris, il découvrit ses traits. Il se demanda peut-être pourquoi il n'avait pas encore pensé à la jauger, mais il ne posa aucune question et fila. Carlisle et Jasper fermèrent le rang, Esmé et Rosalie sur leurs talons.

— Allons-y, Bella, dis-je.

Il m'avait été difficile de ne pas gronder ou hurler. L'intéressée avait l'air paralysée, le regard si vide que je doutai qu'elle ait saisi mes paroles. Malheureusement, je n'avais le temps ni de la rassurer, ni de la traiter avec douceur. La priorité, dans l'immédiat, était de partir. L'attrapant par le coude, je l'entraînai dans la direction opposée à celle dans laquelle venaient de disparaître les autres. Elle chancela puis se mit à trottiner pour rester à ma hauteur. Emmett et Alice marchaient derrière nous pour la cacher, par mesure de précaution.

J'étais convaincu que James n'accompagnerait pas Laurent chez nous. Dès qu'il en aurait l'occasion, il décamperait, rebrousserait chemin pour flairer la trace de Bella. Si j'ignorais le temps que ça lui prendrait, je devais agir comme s'il était déjà en train de nous épier. Auquel cas, autant le convaincre que nous nous déplacions à la vitesse de sa proie. À mon avis, il ne s'étonnerait guère quand, dans la forêt, l'odeur humaine s'estomperait, mais si nous réussissions à lui dissimuler notre mode de transport, il serait obligé de s'arrêter pour réexaminer la situation.

Il était à présent trop loin pour que je sois en mesure de capter ses pensées. Même si je localisais grosso modo le groupe. Je n'avais d'ailleurs aucune certitude qu'il était toujours avec. Il lui suffirait d'escalader une montagne pour avoir une vue imprenable sur nos mouvements. Notre vitesse, ou plutôt son absence, m'irritait.

Ni Emmett ni Alice ne se permirent de commentaire à ce sujet. Tous deux étaient conscients de l'éventualité que James nous guette en cet instant même. Alice n'avait pas de vision claire de ses actes. Son chemin n'était pas censé croiser le nôtre, dans un futur proche s'entend. Au demeurant, elle n'avait vu les inconnus dans la clairière que parce qu'ils avaient eu l'intention d'entrer en contact avec nous. Elle avait du mal à visualiser des étrangers, à moins qu'ils soient en compagnie d'un membre de la famille. Tant qu'il ne se déciderait pas à aborder l'un de nous, James resterait, pour l'essentiel, invisible.

Nous ne mîmes que quelques minutes pour atteindre la lisière du champ, mais ça me parut être des heures. Une fois suffisamment enfoncés dans les bois, je hissai Bella sur mon dos. Elle réagit aussitôt – elle n'était donc pas trop sous le choc – en agrippant ses bras et ses jambes autour de moi avant d'enfouir de nouveau son visage dans mon épaule.

J'avais cru me sentir mieux, plus en sécurité, dès lors que je courrais, que je fuirais le danger à une vitesse acceptable. Malheureusement, l'angoisse qui paraissait me ralentir ne se dissipa pas. Le poids que j'éprouvais n'était qu'une illusion, j'en étais conscient, tandis que je volais entre les troncs aussi vite que possible sans blesser ma charge : pourtant, j'avais l'impression de ne pas avancer.

Impression qui perdura y compris quand nous fûmes à la Jeep et que, en une seconde, j'installai Bella sur la banquette arrière.

— Attache-la ! ordonnai-je à Emmett.

Il avait décidé de s'asseoir près d'elle, prêt à jouer les gardes du corps à ma place tant que je conduirais. Un rôle qui lui plaisait beaucoup. Une fois n'est pas coutume, il avait oublié ses penchants pour l'humour. Tant mieux, car je ne l'aurais pas supporté. Il était furieux, ne songeait qu'à en découdre.

À côté de moi, Alice listait sans que je le lui aie demandé les futurs qui nous attendaient désormais. Dans l'ensemble, ils se réduisaient à une route dans la nuit sans destination précise. D'autres indiquaient l'opposé, un retour à Forks, chez Bella et chez nous, même si je ne comprenais pas du tout ce qui pouvait me pousser à rebrousser chemin.

Je dévalai la piste aussi rapidement que je l'osais sans risquer de renverser la Jeep, tout en gardant le sentiment que je me traînais. Alice continuait de chercher – l'image d'un endroit plombé de soleil resurgit, une aberration, puisque ça nous obligerait à rester claquemurés. Lorsque j'atteignis enfin la route principale, je regrettai de conduire la Jeep et non ma voiture, celle de Rose ou celle de Carlisle. Le moteur du monstre n'avait pas été gonflé, mais à la guerre comme à la guerre.

J'entendais vaguement ma propre voix feuler des obscénités incompréhensibles, bien qu'elle paraisse distante, comme si je ne la contrôlais pas. C'était le seul bruit, avec le grondement du moteur, le chuintement des pneus sur l'asphalte mouillé, le souffle haletant de Bella et les battements de son cœur.

Alice voyait une chambre d'hôtel, maintenant. Ça pouvait être n'importe où, les rideaux étaient tirés.

— Où m'emmenez-vous ?

La question de Bella sembla elle aussi venir de très loin. J'étais trop absorbé par les prédictions d'Alice et pétrifié par la peur pour lui répondre. Comme si ce n'était pas à moi qu'elle s'était adressée.

— Nom de Dieu, Edward ! Où m'emmènes-tu ?

Sa voix, chevrotante la première fois, s'était durcie. Je m'arrachai aux visions tourbillonnantes d'Alice pour revenir à l'instant présent. Bella était sûrement terrifiée.

— Loin, dis-je. Il le faut.

J'avais cru que l'idée de s'éloigner lui conviendrait. Au lieu de quoi, elle se mit à hurler tout en essayant de détacher son harnais.

— Fais demi-tour tout de suite, je veux rentrer chez moi !

Comment lui expliquer qu'elle n'avait plus de chez-elle, que le chasseur méprisable le lui avait dérobé ce soir, ainsi que tant d'autres choses ? Quoi qu'il en soit, l'urgence était de l'empêcher de sauter à bas de la Jeep. Emmett s'interrogeait déjà pour savoir s'il devait intervenir. Je prononçai son nom avec dureté, et il compris. Il emprisonna les poignets de Bella entre ses poings énormes.

— Non ! protesta-t-elle. Edward ! Tu n'as pas le droit de faire ça !

Que faisais-je, d'après elle ? Croyait-elle que j'avais le choix ? Sa rage et son désespoir m'empêchaient de me concentrer. J'avais l'impression que c'était moi le méchant, et non le dangereux traqueur.

— Si, Bella, et maintenant, tiens-toi tranquille, s'il te plaît.

Il fallait que je réexamine les visions d'Alice.

— Non ! Tu dois me ramener. Charlie va appeler le FBI qui tombera sur le dos de ta famille ! Vous serez forcés de fuir, de vous cacher pour toujours !

C'était donc ça qui l'inquiétait ? J'imagine que je n'aurais pas dû m'étonner qu'elle craque devant la mauvaise menace.

— Calme-toi. Ce ne serait pas la première fois.

Nous serions obligés de repartir de zéro ? La belle affaire ! C'était un détail, à cette heure.

— Ce n'est pas une raison ! Vous n'allez pas tout gâcher à cause de moi !

Elle se débattait comme une folle, s'agitant dans tous les sens. Seules ses mains étaient immobiles entre celles d'Emmett qui la contemplait avec des yeux ronds. *Je fais quoi, moi ?* J'allais rétorquer à Bella qu'elle se trompait et conseiller à Emmett de ne pas flancher, quand Alice intervint :

— Range-toi, Edward.

Son calme ajouta à mon irritation. Elle réfléchissait aux paroles de Bella, alors que les angoisses de cette dernière étaient *ridicules*. Alice manquait de jugeotte, là. Bella ne prenait pas la mesure de la situation, elle n'en était pas capable, elle n'avait pas toutes les données. Machinalement, j'accélérai. Après tout, Alice n'avait pas toutes les données, elle non plus. Elle ne voyait pas certains détails.

— Essayons d'en discuter, insista-t-elle, toujours aussi mesurée.

— Tu ne comprends rien ! explosai-je. C'est un traqueur, Alice. Un traqueur ! Tu es aveugle ou quoi ?

Emmett réagit au mot plus violemment qu'elle. Parce que, évidemment, elle l'avait vu venir. À part dans les légendes, nous n'avions guère fréquenté les traqueurs. Les plus puissants d'entre eux servaient les Volturi, en Italie. Carlisle en connaissait un, mais comme il était tout sauf sociable, nous n'avions jamais rencontré Alistair. Pour Emmett et Alice, ces créatures avaient le don de dénicher les objets et les gens. Le concept était plus complexe, toutefois, et James en était possédé.

— Gare-toi, Edward, répéta Alice, comme si je n'avais rien dit.

La foudroyant du regard, je roulai encore plus vite.

— Edward.

Je ne vois rien de tel dans l'immédiat, pensa-t-elle, certaine de son fait. Je bouillais. J'aurais voulu lui planter dans le crâne tout ce que je savais, au lieu que ce soit l'inverse, comme d'habitude.

— Écoute-moi, Alice, j'ai lu dans ses pensées. Chasser est sa passion, son obsession, et il la veut, Alice, *elle* spécifiquement. Il s'y mettra dès ce soir.

Ma fureur ne l'ébranla pas.

— Il ne sait pas où…

— Combien de temps crois-tu qu'il lui faudra pour croiser sa trace en ville ? l'interrompis-je. Son plan était prêt avant même que Laurent ait parlé.

— Charlie ! cria Bella avec un hoquet de terreur. Vous ne pouvez pas le laisser là-bas. Vous n'avez pas le droit !

— Elle a raison, confirma Alice, toujours trop calme.

Je levai le pied malgré moi. Il était évident qu'il fallait également protéger Charlie. Malheureusement, je n'avais pas le don d'ubiquité.

— Prenons le temps d'envisager les options qui s'offrent à nous, enchaîna-t-elle.

L'image qui se dessina dans son esprit me choqua. Elle l'avait tracée à mon insu, sinon je l'en aurais empêchée, violemment, mais elle était bien là, au complet. C'était un avenir où James perdait tout intérêt pour Bella et renonçait à sa chasse. *Sans récompense à la clé, ça n'a plus de sens.*

C'était la vieille vision, remodelée. Récente. Bella y avait des yeux si rouges qu'ils luisaient, ses traits étaient acérés comme s'ils avaient été taillés dans le diamant, sa peau était plus blanche que la glace.

Le traqueur n'y figurait pas.

Elle posait sur moi son regard écarlate froid et… accusateur.

Je montai sur le bas-côté, freinant si fort que tout le monde dans l'habitacle fut durement secoué.

— Nous n'avons *pas* d'autre solution, grondai-je.

— Je n'abandonnerai pas Charlie ! piailla Bella.

— Nous devons la ramener, décréta Emmett.

— Non, objectai-je.

— Il ne fait pas le poids, face à nous, insista-t-il en me fixant dans le rétroviseur Il ne la touchera pas.

— Il attendra.

Rien ne lui plaisait autant que l'affût.

— Je sais être patient aussi, s'entêta Emmett avec un sourire sans joie.

J'étais si agacé que je m'en serais arraché les cheveux.

— Tu n'as pas vu… tu ne saisis pas. Quand il est en chasse, rien ne l'arrête. La seule issue serait de le tuer.

Mon frère me regarda comme si j'étais idiot. *Évidemment*, pensa-t-il. Ce qu'il formula avec moins de brutalité, faisant preuve d'une sensibilité rare par égards pour l'humaine fragile qu'il maintenait en place.

— C'est une possibilité à envisager, dit-il.

— La femelle aussi, poursuivis-je. Elle est sa compagne.

Comme ça ne l'affectait en rien, j'ajoutai, malgré mes doutes :

— Et si ça tourne à la bataille rangée, leur chef se joindra à eux.

— Nous sommes assez nombreux.

Comptait-il sur le soutien de Rose et d'Esmé ? Pas du tout. Il croyait être capable de régler leur compte aux deux autres à lui seul. Comme s'ils allaient l'affronter de face, sans recourir à des subterfuges !

— Il doit y avoir une autre solution, murmura Alice.

De toute façon, elle va s'imposer à nous. Autant l'accepter et mettre Bella en sécurité pour le moment. J'étais si furieux que je me fis peur. J'aurais pu m'en prendre à ma sœur, en dépit de mon amour pour elle. Je m'efforçai de lâcher un peu la pression.

— Il n'y en a pas ! lui hurlai-je au visage.

Elle ne flancha pas. *Ne sois pas débile. Il y a trop de futurs, trop de pistes qui se superposent et que je ne suis pas en mesure de démêler. L'incertitude est trop grande. Tu as raison, il n'abandonnera pas. Sauf si nous le privons de son objectif.* Elle me montra les décennies à venir, où James chassait Bella que j'essayais de lui cacher. Des milliers de pièges et de ruses. Il était clair qu'il serait plus difficile à éliminer que ce qu'imaginait Emmett.

Tant pis. Ça ne me gênait pas de rester vigilant pendant tant d'années. Pas question de troquer la vie de Bella contre un destin plus facile.

— J'ai un plan, annonça une petite voix tremblotante. Personne n'a envie de l'entendre ?

— Non, aboyai-je.

Je toisai Alice qui me toisa à son tour.

— Je t'en prie, insista Bella. Tu me ramènes…

— Non !

— Tu me ramènes, se fâcha-t-elle, je dis à mon père que je veux retourner à Phoenix, je boucle mes valises. Nous attendons que le traqueur m'épie et nous nous sauvons. Il nous suivra et fichera la paix à Charlie. Quant à lui, il ne lancera pas le FBI aux trousses de ta famille. Ensuite, tu pourras m'emmener où diable tu voudras.

Une suggestion pas entièrement irrationnelle. Elle s'offrait en sacrifice pour sauver la vie de son père et le bien-être de notre clan.

— Ce n'est pas une si mauvaise idée, marmonna Emmett.

Il doutait des aptitudes du traqueur. Il préférait aussi lui donner un os à ronger plutôt qu'être pris au dépourvu. Ça serait plus rapide. Contrairement à ses affirmations, il n'était pas très patient. De son côté, Alice réfléchissait, observant comment la proposition de Bella influençait les divers avenirs. À défaut d'autre chose, James relèverait le défi par pur plaisir.

— Ça pourrait marcher, admit-elle.

Les visions nouvelles s'empilaient sur les anciennes. Nous nous séparions, empruntant trois directions différentes et ne semant que la piste que nous souhaitions laisser. Emmett et Carlisle pourchassaient James dans la forêt, en compagnie de Rosalie parfois. À d'autres moments, c'était Emmett et Jasper. Les groupes restaient instables.

— De toute façon, ajouta-t-elle, il n'est pas question de laisser son père sans protection, tu le sais.

Cet élément-là était solide. Nous allions fournir au traqueur une diversion qui le détournerait de Charlie.

Malheureusement, dans toutes ces éventualités, James était toujours trop proche de Bella, ce qui mettait à rude épreuve mes nerfs déjà bien éprouvés.

— Trop dangereux, maugréai-je. Je ne veux pas le voir à moins de cent kilomètres d'elle.

— Nous sommes les plus forts, assura Emmett, agacé par ce qu'il prenait chez moi, faute de saisir les enjeux, pour des tentatives d'esquiver toute confrontation.

Alice entrevoyait déjà les résultats de la décision – décision qu'elle arrêtait *elle-même* tant j'étais déboussolé. Rien n'augurait d'un conflit chez Charlie. Le traqueur se contenterait d'observer et de patienter.

— Je ne pense pas qu'il attaquera, conclut-elle. Il attendra plutôt que nous relâchions notre vigilance.

— Il ne lui faudra pas longtemps pour s'apercevoir que ça n'arrivera pas.

— J'exige que tu me ramènes à la maison ! ordonna Bella d'une voix qu'elle voulait affirmée.

Malgré la brume d'affolement, de désespoir et de culpabilité dans laquelle je baignais, je m'efforçai de réfléchir. Était-il fondé que nous tendions un piège à James, plutôt que l'inverse ? *Apparemment* oui. Sauf que j'échouais à imaginer Bella dans le rôle de l'appât.

— S'il te plaît, me supplia-t-elle d'un ton lourd de chagrin.

Je me représentai le traqueur découvrant Charlie seul chez lui. *Sûrement* l'inquiétude première de Bella, dont je n'avais pas de mal à envisager la terreur. Aucun d'entre nous n'était aussi vulnérable que son père. Ma seule vulnérabilité, c'était elle. Nous devions éloigner James de Charlie, c'était une évidence. Mais si nous ne réussissions pas du premier coup, s'il ne se laissait pas leurrer, je n'insisterais pas. Nous trouverions une autre solution. Emmett pouvait veiller sur Charlie aussi longtemps qu'il le faudrait – il ne serait que trop content de tuer le traqueur seul de son côté. Le souci, c'était que, après que Jasper avait enfoncé le clou dans le champ, James refuserait de se confronter à Emmett.

— Tu pars ce soir, que le traqueur te voie ou non, annonçai-je à Bella, sans parvenir à la regarder tant j'étais abattu. Tu racontes à Charlie que tu ne supportes pas de rester une minute de plus à Forks. Ou n'importe quoi de convaincant. Prends les premières affaires qui te tombent sous la main puis grimpe dans ta camionnette. Je me fiche de ce qu'il essaiera de te dire. Je te donne quinze minutes à partir du moment où tu auras franchi le seuil. Compris ? Pas plus.

Je me décidai à lui jeter un coup d'œil dans le rétroviseur. Elle avait l'air résignée. Je redémarrai, fis demi-tour, pressé maintenant d'en finir avec la stratégie de l'appât.

— Emmett ? murmura-t-elle.

Elle lui montra ses mains emprisonnées.

— Oh, désolé, s'excusa-t-il en la libérant.

Il guetta mon objection, se détendit quand je gardai le silence.

Puisque les choses étaient arrêtées, je retournai aux visions d'Alice. Les options n'étaient guère nombreuses, et une trentaine tout au plus avaient une certaine solidité. Dans la plupart, James débarquait chez Charlie deux minutes environ après nous. Il restait loin de la maison. Dans quelques-unes, il s'en rapprochait après notre départ, mais ne s'intéressait pas une seconde à Charlie, préférant suivre notre trace.

Ensuite, les possibles s'amenuisaient. Nous allions chez nous, le traqueur nous filant d'encore plus loin, peu désireux de provoquer une rixe. La rouquine l'attendait dans les parages. Le clan Cullen se séparait. Nulle part Laurent ne se rangeait aux côtés de ses compagnons. Nous nous bornerions à former trois groupes, par conséquent. C'est là que je ne saisissais plus, parce que les équipes ne cessaient de changer. En revanche, c'était très clair après.

— Voilà comment nous allons procéder, expliquai-je. Une fois chez Charlie, si le traqueur n'est pas là, j'accompagnerai Bella à la porte. (Encore une fois, je croisai le regard de cette dernière dans le rétro.) Emmett, tu surveilleras l'arrière de la maison, et toi, Alice, la Chevrolet. Moi, je serai à l'intérieur avec elle. Dès qu'elle ressortira, vous irez expliquer la situation à Carlisle.

— Des clous ! protesta Emmett. Je ne te quitte pas d'une semelle.

Je te rappelle que tu m'es redevable. Je ne m'étonnai pas de sa réaction. Elle était sans doute à l'origine de l'instabilité des groupes.

— Réfléchis un peu, que diable ! J'ignore combien de temps je serai parti.

— Tant que nous ne saurons pas jusqu'où cette histoire va nous entraîner, je te colle au train.

Je compris qu'il ne changerait pas d'opinion. Ma foi, c'était peut-être mieux ainsi. Je n'insistai pas. À présent, Alice voyait Carlisle et Jasper chasser James.

— Si le traqueur est déjà là, continuai-je, nous ne nous arrêtons pas.

— Nous serons là-bas avant lui, intervint Alice sans hésiter.

Elle en était sûre à quatre-vingt-dix-neuf pour cent, mais je ne tenais pas à tenter le sort au cas où une version plus spécifique et moins évidente s'imposerait finalement.

— Que ferons-nous de la Jeep ? demanda-t-elle.

— Tu retourneras à la maison avec.

— Il n'en est pas question, assena-t-elle tranquillement.

La vision de notre séparation se modifia de nouveau. J'adressai un chapelet de jurons à ma sœur.

— Nous ne tiendrons pas tous dans ma camionnette, intervint Bella.

Comme si nous allions réussir à nous échapper dans ce vieux machin paresseux ! Je me mordis la langue, cependant, sachant combien elle était susceptible au sujet de sa voiture. D'ailleurs, je n'avais pas l'énergie de déclencher des disputes stériles.

— Je crois que je devrais partir seule, ajouta-t-elle.

De nouveau, je l'avais mal comprise. Elle était évidemment prête à se sacrifier pour que son père ait de trop nombreux gardes du corps.

— Je t'en prie, Bella, obéis-moi sans discuter pour une fois.

C'était une supplique, même si elle sonna comme un ordre que j'avais grondé entre mes dents.

— Charlie n'est pas idiot, objecta-t-elle. Si tu n'es pas en ville demain, il va avoir des soupçons.

Décidément, tout m'échappait, chez elle. Sa vraie raison de se mettre en danger était donc de me fournir un alibi crédible ?

— Argument irrecevable, décrétai-je d'un ton définitif. Nous nous assurerons de sa sécurité, et il n'y a que ça qui compte.

— Et James ? contra-t-elle. Il a bien compris, tout à l'heure. Il devinera que tu es avec moi, où que tu ailles.

Mon frère, ma sœur et moi nous figeâmes tant cette réflexion nous surprit, même Alice, qui avait été trop occupée à analyser les futurs pour être très attentive à la conversation présente.

— Là, elle n'a pas tort, à mon avis, dit Emmett en saisissant tout de suite la logique de Bella.

— C'est vrai, renchérit Alice.

Elle voyait que Bella avait raison : quelle que soit l'équipe à laquelle je me mêlerais, le traqueur déciderait de la filer. Ça saperait nos plans et empêcherait toute offensive de notre part. Pire encore, ça lui donnerait l'occasion d'obliger Bella à rejouer les appâts et, cette fois, les issues étaient trop nombreuses pour que nous puissions anticiper.

Mais quelle était l'alternative ? *Laisser* Bella ?

— Je reste avec elle, lâchai-je.

— Emmett ne devrait pas venir non plus, dit Bella avec calme, comme si nous avions déjà accepté sa première objection. Il en a mis plein les yeux à ce type.

— Quoi ? s'offusqua l'intéressé.

— Tu le liquideras plus facilement en étant ici, confirma Alice, coupant l'herbe sous le pied à ses arguments.

Nos équipes devenaient plus fermes, à présent. Je courais dans la forêt avec Carlisle et Emmett, puis nous changions de direction. Mais où était Bella, dans ce scénario ?

— Tu veux vraiment que j'abandonne Bella à elle-même ? m'emportai-je.

Je déchiffrai sa réponse avant qu'elle la formule. Une chambre standard dans un hôtel médiocre, Bella dormant roulée en boule,

Alice et Jasper montant la garde dans la pièce voisine, sentinelles figées.

— Bien sûr que non. Jasper et moi l'accompagnerons.

— Je reste avec elle, répétai-je, avec moins de conviction néanmoins.

Sauf qu'aucune autre solution ne s'imposait à moi. Puisque le traqueur choisirait de *me* suivre, il *fallait* que je sois loin de Bella. J'allais devoir maîtriser mon affolement et mon angoisse et me transformer à mon tour en chasseur. Je réprimai l'once de plaisir que me procura l'éventualité de détruire le vampire qui avait initié ce cauchemar. La sécurité de Bella était le seul élément important.

Celle-ci n'en avait pas terminé avec ses propositions.

— Une semaine, chuchota-t-elle.

Je la dévisageai dans le rétroviseur. Elle saisissait si peu de ce qui s'était mis en branle, ce soir.

— Quelques jours, tempéra-t-elle, l'air de croire que je m'opposais à ses délais.

En vérité, je ne pouvais que prier pour que la résolution du problème nous prenne aussi peu de temps.

— Histoire de permettre à Charlie de se rendre compte que tu ne m'as pas enlevée, poursuivit-elle, et d'entraîner James sur une fausse piste. Assure-toi qu'il a complètement perdu ma trace, puis viens me rejoindre. Par un chemin détourné, bien sûr. Après, Jasper et Alice pourront rentrer chez vous.

Je sondai la réaction d'Alice à ce plan. Pour la première fois ce soir, je fus vaguement soulagé. Ça paraissait possible. Des images nous montraient, Bella et moi, en compagnie de Jasper et Alice. L'un des scénarios supposait que nous restions cachés pendant longtemps, James m'ayant échappé. Il y avait des tas d'autres orientations qui se nouaient et se dénouaient, cependant. Dans certaines, je ramenais Bella chez elle. Le soleil éclatant se manifesta de nouveau, m'égarant complètement. Où étions-nous ?

— Et où nous retrouverions-nous ?

— À Phoenix, bien sûr.

Sauf que j'avais vu le prochain acte dans la tête d'Alice. Bella allait inventer un prétexte pour justifier son départ auprès de Charlie, et le traqueur l'entendrait.

— Non. Il devinera que c'est là que tu vas.

— Tu n'auras qu'à *t'arranger* pour qu'il pense que c'est une ruse, s'agaça-t-elle. Il saura que nous savons qu'il nous écoute. Il ne croira jamais que je compte aller là où je le prétends.

— Elle est diabolique, s'esclaffa Emmett.

— Et si ça ne marche pas ? contrai-je, moins convaincu que lui.

— Il y a des millions d'habitants, à Phoenix.

Elle était irritée. La peur minait-elle sa patience ? La mienne, oui, en tout cas.

— Il n'est pas très difficile de mettre la main sur un annuaire.

— Je n'irai *pas* chez ma mère, soupira-t-elle en levant les yeux au ciel.

— Et où ça, alors ?

— Je suis assez âgée pour me trouver un endroit où vivre.

— Nous serons avec elle, Edward, me rappela Alice, mettant un terme à nos chamailleries.

— Et que ferez-*vous* à Phoenix, hein ?

— Nous ne bougerons pas.

Même s'il n'avait pas accès aux visions d'Alice, Emmett se représentait assez bien les choses. Lui et moi dans les bois, coursant James.

— J'aime bien ce plan, dit-il.

— La ferme, toi !

— Écoute, si nous essayons d'abattre le traqueur quand elle est encore dans les parages, il y a toutes les chances que quelqu'un soit blessé. Elle, ou toi en voulant la protéger. Par contre, si nous parvenons à l'isoler…

Une image lui apparut, dans laquelle James était coincé et où lui-même s'en rapprochait. Si nous y parvenions, si nous réussissions à liquider notre adversaire assez vite, le choix s'imposait, en effet. Pourquoi alors avais-je tant de difficulté à m'y résoudre ?

J'aurais été plus rassuré si Bella avait prouvé qu'elle se souciait de sa propre sauvegarde. Qu'elle prenait la mesure de ce à quoi elle s'exposait. Qu'en risquant sa vie, elle risquait également la mienne. Oui, c'était peut-être une solution. Elle ne s'inquiétait jamais pour elle, mais toujours pour moi. Si j'arrivais à mettre en avant ma propre détresse au lieu du péril mortel qui la menaçait, se montrerait-elle plus prudente ?

J'eus beaucoup de mal à me dominer, et c'est en chuchotant que je repris la parole, par crainte de hurler.

— Bella.

Elle me fixa dans le rétroviseur, plus sur la défensive qu'apeurée.

— Si jamais il t'arrive quoi que ce soit, je te tiendrai pour personnellement responsable. Compris ?

Ses lèvres tremblaient. Était-elle enfin consciente du danger ? Elle déglutit, puis acquiesça.

— Oui.

C'était mieux que rien.

L'esprit d'Alice vagabondait dans des milliers d'endroits, mais surtout sur une autoroute accablée de soleil qu'on apercevait à travers les vitres teintées d'une voiture. Bella sur la banquette arrière, scrutant le vide devant elle, Alice à son côté avec un bras sur son épaule. Jasper qui conduisait. Je l'imaginai dans un habitacle exigu envahi par le parfum de sa passagère.

— Jasper saura se tenir ? demandai-je à Alice.

— Fais-lui un peu confiance. Il a plutôt bien réagi jusqu'à présent.

Néanmoins, elle envisagea plusieurs scénarios. Dans aucun, Jasper ne cessait de se maîtriser. Je la contemplai. Sous son apparence fragile, elle était féroce. N'importe qui, le traqueur aussi, la sous-estimerait. C'était un avantage. Il n'empêche, j'étais mal à l'aise à l'idée qu'elle soit obligée de défendre physiquement Bella.

— Et toi ? marmonnai-je.

Elle afficha un air scandalisé – pour rire : elle savait que je poserais la question. *Je te botterais les fesses les yeux bandés, mon pote !* Sur ce, elle m'adressa un long grognement guttural qui résonna dans la Jeep et affola le cœur de Bella. Je ne pus me retenir de sourire devant cette démonstration de force ridicule. Ça ne dura pas, toutefois. Comment en étions-nous arrivés là ? Comment allais-je accepter de me séparer de Bella, aussi puissants soient ses gardiens ?

Un cliché déplaisant se manifesta dans mon cerveau. Celui de l'amitié entre Alice et Bella. La première révélerait-elle à la seconde la solution à nos ennuis telle qu'elle l'avait envisagée ?

Je hochai brièvement la tête pour lui faire savoir que je l'acceptais comme protectrice de Bella.

— Garde tes opinions pour toi, crus-je cependant bon de lui préciser.

23

ADIEUX

NOUS NE DÎMES PLUS RIEN JUSQU'À LA FIN DU TRAJET QUI ME parut trop court, tant j'étais terrifié à l'idée d'arriver sur place. Nous ne tardâmes pas à nous garer devant la maison de Bella, dont chaque fenêtre, au rez-de-chaussée comme à l'étage, brillait dans la nuit. Les bruits d'un match de basket émanaient du salon. Je tendis l'oreille, à l'affût de sons inhumains dans les parages, mais le traqueur n'était apparemment pas encore sur place. Alice continuait à ne rien distinguer qui transforme cet arrêt en bagarre.

Et si nous restions ? Si Bella reprenait le cours de sa vie normale, tandis que nous nous mutions en sentinelles permanentes ? Je pouvais compter sur Emmett, Alice, Carlisle, Esmé et, j'en étais presque certain, Jasper pour me soutenir dans cette tâche. Face à autant d'yeux – et d'esprits –, James se retrouverait dans une impasse. Unir nos forces plutôt que nous diviser, était-ce une solution plus sûre ?

Mais au fur et à mesure que cette idée me venait, Alice vit que le traqueur attendrait et qu'il s'adapterait. Qu'il se lancerait, sitôt l'ennui installé, dans une guerre d'usure. Les meilleurs amis de Bella disparaissant dans la nuit, ses professeurs préférés, les collègues de Charlie, d'autres humains choisis au hasard et sans lien avec elle. Le nombre de ses victimes atteindrait des sommets qui créeraient le soupçon et nous forcerait à fuir. Sans parler de ce que ressentirait Bella face à tous ces innocents payant de leur vie sa sécurité.

Nous allions devoir nous en tenir au plan original.

Cette prise de conscience provoqua des sensations physiques que j'eus du mal à analyser. Bien que je sache pertinemment qu'aucun trou n'avait transpercé mon torse, j'eus l'impression aussi réaliste qu'agaçante du contraire. Était-ce une réaction humaine depuis longtemps oubliée et jamais éprouvée durant ma vie d'immortel, parce que je n'avais pas eu l'occasion de paniquer comme ça ?

Nous devions nous bouger. Le but était juste de donner du grain à moudre au traqueur, mais je souhaitais que Bella soit partie depuis longtemps quand il pointerait le bout de son nez.

— Il n'est pas là, dis-je à Emmett. (Alice était déjà au courant.) Allons-y.

Alice et moi descendîmes en silence de la Jeep, l'esprit aux aguets de la distance et du temps. D'après ma sœur, James déboulerait alors que nous serions encore dans la maison. Mes grincements de dents parurent tonitruants. Tout en la débarrassant de son harnais, Emmett rassura Bella d'une voix que je jugeai beaucoup trop enjouée.

— Ne t'inquiète pas, Bella, nous allons régler ça en un rien de temps.

— Alice ! sifflai-je.

Courant à la camionnette, elle se glissa sous les barres de frottement et s'accrocha au châssis, invisible, y compris aux yeux d'un vampire.

— Emmett !

Il était déjà parti à l'assaut de l'arbre planté dans le jardin de devant. Le sapin tangua sous son poids, mais il se glissa sur les branches de son voisin. Il continuerait de se déplacer ainsi pendant que nous serions à l'intérieur. C'était une manœuvre bien moins subtile que la cachette d'Alice, mais il repérerait tout ce qui approcherait et serait, à défaut d'autre chose, un moyen de dissuasion efficace.

Bella attendit que je lui ouvre la portière. Elle avait l'air pétrifiée par la terreur, et le seul mouvement qui l'agitait était ses larmes qui roulaient lentement sur ses joues. Elle reprit vie quand je lui tendis la main et m'autorisa à l'aider à débarquer de la Jeep. Je constatai avec surprise que j'avais du mal à la toucher, maintenant que je savais que j'allais devoir la quitter. La chaleur de sa peau provoqua en moi une brûlure et une douleur nouvelles. Méprisant cette souffrance, j'enlaçai sa taille en espérant lui servir de bouclier, et la propulsai vers le perron.

— Quinze minutes, lui rappelai-je.

C'était trop. J'avais hâte de fuir cet endroit ciblé.

— J'y arriverai, répondit-elle, mâchoires serrées, sur un ton plus affermi que ce à quoi je m'attendais.

Devant la porte, elle ralentit, et je m'arrêtai malgré l'urgence. Ses prunelles sombres et ardentes plongèrent dans les miennes. Elle plaqua ses mains autour de mon visage.

— Je t'aime, murmura-t-elle dans un souffle qui me fit l'effet d'un cri. Quoi qu'il arrive, je t'aimerai toujours.

— Tout se passera bien, Bella, feulai-je, ma poitrine donnant l'impression de se déchirer.

— Respecte le plan, d'accord ? insista-t-elle. Veille à la sécurité de Charlie pour moi. Il ne va pas m'aimer beaucoup, d'ici cinq minutes, et je tiens à garder une chance de m'excuser plus tard.

J'ignorais ce qu'elle entendait par là, et j'étais trop affolé pour essayer de déchiffrer son système de pensée obscur.

— Vas-y, Bella. Nous n'avons pas beaucoup de temps.

— Une dernière chose. N'écoute plus un seul des mots que je vais prononcer ce soir.

Sans me laisser le temps de comprendre sa drôle de demande, elle se dressa sur la pointe des pieds et écrasa sa bouche sur la mienne avec une violence dévastatrice – pour elle. Plus de violence que j'aurais osé en mettre si c'était moi qui lui avais donné ce baiser.

Elle se détourna, le rouge aux joues et au front. Ses larmes, qui s'étaient taries pendant notre bref échange cryptique recommencèrent à couler avec profusion. Sous mes yeux ébahis, elle leva une jambe… et ouvrit la porte d'un grand coup de pied.

— Fous-moi la paix ! s'époumona-t-elle avant de me claquer le battant au nez.

Malgré la télé qui braillait, Charlie ne put **que** l'entendre.

— Bella ? appela-t-il, inquiet.

— Toi, laisse-moi ! piailla-t-elle.

Je l'entendis grimper l'escalier, puis une seconde porte claqua. Visiblement, son silence pétrifié de tout à l'heure devait moins à la terreur qu'à des préparatifs : elle avait élaboré un scénario. Je devinai que mon rôle serait de rester invisible et muet. Son père monta derrière elle d'un pas instable et lourd. Il devait être à moitié endormi.

J'escaladai la façade et m'installai près de sa fenêtre pour voir si Charlie la suivait dans sa chambre. D'abord, je ne la distinguai pas, ce qui raviva ma panique, puis elle surgit près de son lit, chargée d'un havresac et d'une sorte de petite bourse en tricot.

Charlie tambourina à sa porte. Il essaya d'en tourner la poignée – elle avait pris le temps de s'enfermer à clé – puis recommença à la marteler du poing.

— Tu n'as rien, Bella ? cria-t-il. Que se passe-t-il ?

— Je rentre à la maison ! répondit-elle, pendant que je tirais la fenêtre et me glissais dans la pièce.

— Il t'a fait du mal ?

Je grimaçai tout en courant au placard pour aider Bella à rassembler ses affaires. Il n'avait pas tort.

— NON ! hurla Bella néanmoins.

Me rejoignant, sans montrer de surprise face à ma présence, elle me tendit son sac, dans lequel je fourrai des vêtements en m'efforçant de choisir des trucs différents – si elle n'avait que des T-shirts, elle ne se fondrait pas dans la masse. J'empochai les clés de la Chevrolet, posées sur la commode.

— Il a rompu avec toi ? demanda Charlie d'un ton neutre.

Si sa question me laissa froid, la réponse de Bella m'étonna.

— Non !

Pour moi, notre séparation aurait été le meilleur prétexte. Qu'avait-elle mijoté ?

— Que se passe-t-il ? répéta son père en recommençant à frapper au battant, de plus en plus agacé.

Elle tira sans grande efficacité sur la fermeture Éclair de son havresac.

— C'est moi qui ai rompu avec lui !

Écartant ses doigts, je me chargeai de boucler le bagage puis le soupesai. Était-il trop lourd pour elle ? Elle tendit un bras agacé, et je lui passai la sangle sur l'épaule. Puis, durant une précieuse seconde, j'appuyai mon front sur le sien.

— Je t'attends dans ta voiture, dis-je dans un murmure désespéré. Fonce !

Je la poussai vers la porte puis sautai par la fenêtre pour la précéder en bas. Tapi sur le sol, Emmett m'attendait. D'un signe du menton, il indiqua l'est. Je me concentrai sur cette direction. Le traqueur était à moins de six cents mètres. *Le costaud joue les sentinelles, ce soir. Patience.* Conclusion, il avait repéré Emmett, mais ni Alice ni moi. Pour l'instant. Partirait-il du principe que j'étais présent ou croirait-il à une embuscade ? Je regrettai l'absence de Jasper. Si nous l'avions encerclé, là, maintenant…

Edward. Un avertissement d'Alice, en réponse à mes réflexions. James était glissant comme une anguille. Nous ne pouvions baisser la garde, Bella était trop vulnérable.

— Mais qu'y a-t-il ? s'énervait Charlie, depuis le rez-de-chaussée. Je croyais que tu l'aimais bien…

Je décidai de la suite des événements. *Je m'en occupe !* Se tortillant de sous la camionnette, Alice bondit dans la Jeep. Quand elle l'eut mise au point mort, elle la poussa sans bruit hors de l'allée, tout en manœuvrant le volant avec deux doigts. Je ne tenais pas à ce que le bruit du moteur détourne Charlie du spectacle que lui offrait sa fille. Mieux valait qu'il pense que j'étais déjà loin. Emmett observa Alice puis arqua un sourcil à mon adresse. *Je lui donne un coup de main ?* Je secouai la tête.

— Charlie, lui soufflai-je du bout des lèvres. Suis à pied.

Il opina et remonta dans son arbre, d'où il serait parfaitement visible. Ça obligerait le traqueur à garder ses distances. Il ne recula pas, néanmoins. Ce qui se jouait le fascinait, et il était certain de réussir à s'enfuir en cas de poursuite inopinée. Ça me donna envie de lui démontrer le contraire, mais je ne pouvais tomber dans un piège, alors que Bella était encore toute proche.

— Je l'aime bien, hoquetait-elle en cet instant.

Elle pleurait à chaudes larmes, maintenant, et je la savais trop mauvaise actrice pour feindre. Son chagrin était palpable, dans sa voix brisée. Ça me tordit les entrailles. Il était injuste qu'elle doive faire ça. Elle payait mon impair. Ma bêtise.

— C'est tout le problème, rouspétait-elle. Mais j'en ai marre de vivre ici. Je ne tiens pas à être enfermée comme maman dans cette stupide bourgade qui suinte l'ennui ! Je ne commettrai pas la même erreur qu'elle. Je *déteste* cet endroit. Je n'y resterai pas une seconde de plus !

La réaction mentale de Charlie fut plus intense et virulente que ce à quoi je m'attendais.

J'entendis les pas pesants de Bella venir vers la porte. Je grimpai à bord de la Chevrolet, mis les clés dans le contact, puis me baissai. Emmett était tout près du perron, dans l'ombre. Il n'empêche, la distance séparant la maison du pick-up me sembla bien longue. Je me focalisai sur le traqueur, il n'avait pas bougé, à l'écoute du drame qui se déroulait.

Que comprendrait-il ? Que Bella s'apprêtait à fuir. À lui échapper. Qu'elle n'envisageait pas de revenir de sitôt. Il devait se douter qu'Emmett l'avait localisé. Que Bella était consciente qu'il était en mesure de l'entendre. N'est-ce pas ?

— Bella ! insista Charlie d'une voix pressante. Tu ne vas pas t'en aller maintenant, il fait nuit.

— Je dormirai dans la voiture si je me sens fatiguée.

Il s'imagina sa fille blottie dans l'habitacle, sur le bord d'une autoroute au milieu de nulle part, plongée dans le noir, cernée par des ombres informes et menaçantes. Un cauchemar incohérent, mais qui trouva des échos dans mon propre affolement irrationnel.

— Patiente encore une petite semaine, la supplia-t-il. Renée sera revenue, d'ici là.

Bella s'arrêta, coupée dans son élan. Il y eut un petit bruit – sa chaussure qui couinait alors qu'elle se retournait ?

— Quoi ?

Je me glissai à bas de la camionnette, hésitai. Que faire si ces mots la plongeaient dans la confusion, la retardaient ? Se rendait-elle compte que le chasseur était tout près ?

— Elle a téléphoné pendant ton absence. Ça ne marche pas fort, en Floride. Si Phil ne trouve pas de contrat d'ici la fin de la semaine, ils rentreront en Arizona. L'entraîneur des Serpents à Sonnette dit qu'ils auraient peut-être besoin d'un deuxième arrêt court.

Charlie et moi attendîmes sans oser respirer.

— J'ai une clé, marmonna-t-elle.

La poignée de la porte commença à tourner, je sautai dans sa voiture. Ses paroles avaient l'allure d'une piètre excuse. Le traqueur en conclurait qu'elles étaient fausses, destinées à tromper Charlie.

Le battant resta fermé.

— Laisse-moi partir, Charlie.

Je sentis qu'elle avait essayé de paraître en colère, mais sa tristesse noyait toutes ses autres émotions.

La porte s'ouvrit enfin. Bella émergea de la maison, son père sur les talons, la main tendue. Une main qu'elle semblait fuir. Je m'accroupis sur le plancher, tout en jetant des coups d'œil par la vitre.

— Ça n'a pas marché, point, gronda Bella sans regarder son père, qui s'était immobilisé. Je déteste vraiment, *vraiment*, Forks !

Malgré leur simplicité apparente, les mots éveillèrent une angoisse réelle chez Charlie. Son esprit était agité par un maelström. Y surnageait un visage, si semblable à celui de Bella, lui aussi maculé de larmes. Cette femme-là avait les yeux bleu clair, cependant. Bella avait soigneusement rédigé son script. Charlie resta planté là, sonné, accablé, tandis qu'elle traversait le jardin en courant maladroitement, déséquilibrée par son lourd havresac. Elle jeta celui-ci sur le plateau de la Chevrolet.

— Je t'appelle demain ! lança-t-elle à Charlie.

Encore sous le choc, il ne répondit rien. Je ne doutai plus qu'elle avait pris la mesure de la gravité de l'heure, parce que je savais qu'elle n'aurait jamais blessé quelqu'un comme ça si elle avait pu l'éviter. Surtout son père. Je l'avais mise dans une situation infernale.

Elle se précipita à l'avant de la voiture, en jetant des coups d'œil apeurés par-dessus son épaule. Pas à destination de Charlie. Tirant la portière à la volée, elle sauta derrière le volant et tourna la clé dans le contact, comme si elle savait qu'elle serait là. Le rugissement du moteur fit voler en éclats le silence nocturne. Le traqueur n'allait avoir aucun mal à la suivre.

J'effleurai le dos de sa main pour tenter de la réconforter, conscient toutefois que rien ne l'aiderait.

Dès qu'elle eut reculé dans la rue, elle laissa tomber son bras droit pour que je serre ses doigts entre les miens. Elle s'éloigna aussi vite que le lui permettait son engin. Charlie ne bougea pas du perron, mais nous disparûmes de sa vue au premier virage. Je m'installai sur le siège passager.

— Arrête-toi, dis-je.

Elle cligna des paupières, chassant ses larmes qui continuaient de couler et s'écrasaient sur sa veste de pluie. Elle dépassa la Jeep sans paraître la remarquer. Voyait-elle quoi que ce soit, d'ailleurs ? Alice poussait toujours la grosse voiture pour ne pas alerter Charlie. Elle n'eut aucun mal à nous suivre ainsi.

— Je suis capable de conduire, répliqua Bella.

Sa voix était brisée, elle avait l'air éreintée. Elle marqua à peine son étonnement lorsque je la pris sur mes genoux et me glissai doucement à sa place. Je la serrai contre moi, et elle se laissa aller, vidée.

— Tu ne retrouverais pas le chemin, me justifiai-je.

Sauf qu'elle se fichait de mes raisons, apparemment. Nous étions assez loin de chez elle, à présent (mais je captais encore les pensées figées de Charlie qui n'avait pas bougé du seuil), pour qu'Alice puisse démarrer la Jeep. Quand les phares de cette dernière illuminèrent l'habitacle de la camionnette, Bella se raidit et, le cœur battant, se retourna.

— Rien qu'Alice, la rassurai-je en étreignant sa main gauche.

— Le traqueur ? souffla-t-elle.

Alice perçut son murmure, malgré le rugissement du moteur. *Il nous file. Emmett attend qu'il se soit éloigné de là-bas.*

— Il a entendu la fin de ton numéro.

— Mais Charlie ? s'inquiéta-t-elle.

Le chasseur ne nous lâche pas, m'informa Alice. *Je ne le vois pas faire demi-tour. Em va nous rattraper.*

— James nous a suivis. Il est en train de courir derrière nous, en ce moment.

— On peut le semer ? hoqueta-t-elle, terrifiée.

— Non.

Pas avec ce stupide vieux clou de bagnole. Bella regarda par la fenêtre, bien qu'elle ne distingue sans doute rien dehors, dans l'éclat aveuglant des phares de la Jeep. Alice examinait tous les avenirs qui lui venaient concernant Charlie. Ce qui n'était pas facile, avec un humain qu'elle ne connaissait pas. Néanmoins, le traqueur et sa compagne froussarde ne semblaient pas vouloir retourner chez lui.

Emmett galopait sur la route, tout près de nous. Ses intentions me surprirent. Au lieu de pourchasser notre ennemi et de résoudre le problème rapidement et violemment, comme je m'y étais attendu, il se focalisait sur Bella. Apparemment, son rôle de garde du corps l'avait affecté, car seule la sécurité de ma passagère lui importait.

Bella déclenchait les instincts protecteurs de tout un chacun.

Emmett croyait que le traqueur nous surveillait. Il n'y avait qu'Alice et moi pour savoir qu'il restait prudemment à distance et se contentait de suivre le bruit de la camionnette dans le noir. Il ne s'exposerait pas au danger ce soir. Toutefois, mon frère tenait à lui mettre les points sur les « i » : s'il voulait attaquer Bella, il faudrait d'abord qu'il lui passe sur le corps. Sans rompre son élan, Emmett se propulsa d'un bond sur le plateau du pick-up. L'impact faillit nous faire dévier de notre trajectoire. Bella poussa un cri rauque.

— C'est Emmett, lui dis-je en plaquant une paume sur sa bouche.

Respirant par le nez, elle s'affala sur son siège. Retirant ma main, je la serrai de nouveau contre moi. Elle tremblait de tous ses membres.

— Tout ira bien, murmurai-je pour la calmer. Nous allons veiller sur toi.

J'eus le sentiment qu'elle ne m'entendait pas. Elle ne cessait de s'agiter comme une feuille, le souffle court.

— Je ne m'étais pas rendu compte que la vie de province t'ennuyait tant, enchaînai-je d'une voix normale pour essayer de la distraire. J'avais plutôt l'impression que tu t'adaptais très bien, surtout ces derniers temps. Je me suis peut-être flatté de t'avoir rendu l'existence plus passionnante.

Pas forcément très subtil de ma part, au regard des émotions que son départ provoquait, mais ce fut efficace. Elle se trémoussa et se redressa. Ignorant mon ton frivole, elle alla droit au but, baissant la tête sous l'effet de la honte.

— J'ai été dure, chuchota-t-elle. Ma mère lui a dit la même chose quand elle l'a quitté. C'était un coup bas, en quelque sorte.

Je m'en étais douté, après l'image que j'avais distinguée dans l'esprit de Charlie.

— Ne t'en fais pas, il te pardonnera, lui promis-je.

Elle me dévisagea avec gravité, espérant farouchement croire à mes paroles. Je me forçai à sourire, sans résultat.

— Tout ira bien, Bella répétai-je.

— Pas quand je serai loin de toi, chuchota-t-elle, à peine audible, en frissonnant.

Mon bras se resserra autour de sa taille, le trou dans ma poitrine s'agrandit. Elle avait raison. La séparation serait plus que pénible. Je ne savais même pas comment je tiendrais le coup. Je lui répondis le plus légèrement possible, le visage neutre.

— Nous serons réunis d'ici quelques jours.

J'aurais aimé que ce soit vrai. Malheureusement, mes mots sonnèrent comme un mensonge à mes oreilles. Alice voyait tant de futurs différents.

— C'était ton idée, ajoutai-je, ne l'oublie pas.

— Tu parles d'une idée ! renifla-t-elle. Et bien sûr, c'est moi qui l'ai eue.

Je tentai de sourire une nouvelle fois, me fis une raison quand j'échouai.

— Pourquoi a-t-il fallu que ça arrive ? gémit-elle. Pourquoi moi ?

Elle avait murmuré ces questions comme si elles étaient purement rhétoriques.

— C'est ma faute, m'accusai-je d'un ton tranchant. J'ai été idiot de t'exposer ainsi.

— Ce n'est pas ça, objecta-t-elle en me contemplant avec étonnement.

Quoi d'autre, alors ? À qui la faute, sinon à moi ?

— J'étais là, d'accord, poursuivit-elle. Ça n'a pas eu l'air de gêner les deux autres. Pourquoi James a-t-il décidé de me tuer, moi ? Il y a des gens partout, pourquoi moi ?

Une interrogation légitime, astucieuse. Qui appelait plusieurs réponses. Bella méritait qu'on lui explique les choses en détail.

— J'ai attentivement scruté son esprit, ce soir. Je ne crois pas que j'aurais pu l'éviter, à partir du moment où il t'avait vue. Tu es *en partie* responsable. (Ma voix dérailla, j'espérai qu'elle en percevait la noire ironie.) Si ton odeur n'était pas aussi succulente, il aurait laissé tomber. Quand je me suis interposé…

Me revinrent en mémoire l'incrédulité de James, son indignation à l'idée que j'ose le contrecarrer. Son arrogance, sa rage.

— Ça a aggravé les choses. Il n'a pas l'habitude d'être contrarié ; pour quoi que ce soit, d'ailleurs. Il ne s'envisage que comme prédateur, rien d'autre. Sa vie est entièrement dévouée à la traque, il n'en attend que des défis. Nous lui en avons brusquement lancé un très beau – un vaste clan de combattants aguerris tous voués à protéger un élément vulnérable. Tu n'imagines pas à quel point il est euphorique, en ce moment. C'est son jeu préféré, et nous venons de le rendre encore plus affriolant.

Quelle que soit la manière d'appréhender le problème, deux choses restaient évidentes : dès lors que j'avais amené Bella au match, il n'y avait plus eu d'autre conclusion possible ; et sans mon intervention, l'amour de la chasse de James ne se serait peut-être pas réveillé.

— D'un autre côté, marmonnai-je pour moi-même, si je n'avais pas réagi, il t'aurait attaquée tout de suite.

— Je croyais que… qu'il n'y avait qu'à toi que mon odeur faisait un tel effet ?

— C'est juste. (Ce qu'elle était pour moi, intensément, je ne l'avais encore lu dans aucun esprit humain.) Ça ne signifie pas pour autant que tu ne les tentes pas. Si tu avais *vraiment* tourné les sens du traqueur, de n'importe lequel d'entre eux d'ailleurs, comme tu m'as enivré, la bagarre aurait éclaté là-bas.

Elle frissonna.

Je songeais à présent que ça aurait été plus simple. Il était certain que la rouquine effrayée se serait enfuie, douteux que

Laurent se soit rangé au côté de James pour ce qui, de toute évidence, était un combat perdu d'avance. Même s'ils avaient fait front à trois, aucun n'en aurait réchappé. Surtout si Jasper avait orchestré une attaque surprise sous couvert de son écran de fumée, alors que leurs yeux étaient rivés sur Emmett. J'en connaissais assez sur le passé de Jasper pour deviner qu'il aurait réussi à liquider le trio tout seul. Ce qu'Emmett ne lui aurait pas permis, bien sûr.

Par ailleurs, si nous avions été un clan normal, ce qui était antinomique avec notre nombre, nous aurions sûrement déclenché les hostilités rien que pour laver l'affront. Malheureusement, nous n'étions pas normaux. Nous étions civilisés. Nous nous efforcions de mener une vie meilleure. Plus douce et plus paisible. Par respect pour notre père.

À cause de lui, nous avions hésité, ce soir. Nous avions choisi la voie de l'humain, par habitude.

Cela nous affaiblissait-il ?

Bien que l'idée me déplaise, je décidai tout de suite que nous avions eu raison d'agir ainsi. Je le sentis. Ça parlait profondément à mon état d'esprit, à celui que j'étais… à mon âme, si tant est que ça existe. À ce qui, en tout cas, régissait mon corps.

Ça n'avait plus d'importance, à présent. Si Alice était en mesure de nous donner un certain pourvoir sur le futur, nous étions aussi impuissants que les autres en ce qui concernait le passé. Nous n'avions *pas* attaqué et, maintenant, nous étions confrontés à un souci de plus grande envergure. Qui s'achèverait par une inévitable lutte.

— Il ne me reste pas d'autre solution que de le tuer, ajoutai-je. Carlisle ne va pas beaucoup aimer ça.

Il comprendrait, cependant, j'en étais sûr. Nous avions offert au traqueur la possibilité de s'en aller. Il l'avait refusée. Désormais, c'était faire mourir ou mourir.

— Comment tue-t-on un vampire ?

Bella s'était exprimée dans un souffle encore plein de larmes. Je m'en voulus de ne pas avoir anticipé sa question. Elle me regardait avec une peur nouvelle, comme si elle redoutait que la corvée lui incombe. Même si, évidemment, je n'avais aucune certitude, avec elle.

— Le seul moyen efficace est de le réduire en pièces puis de le brûler, répondis-je crûment.

— Ses compagnons se rallieront-ils à lui ?

— La femme oui. (Si elle surmontait sa frousse, s'entend.) Laurent, je ne sais pas. Ils ne sont pas très liés. Il ne voyage avec eux que pour des raisons pratiques. Le comportement de James l'a embarrassé, dans le champ.

Sans compter que le traqueur projetait de l'éliminer. J'en informerais peut-être l'intéressé ; il saurait dans quel camp se ranger.

— James et la femme… ils vont essayer de te liquider, chuchota-t-elle d'une voix lourde de chagrin.

C'est là que je compris. Comme d'ordinaire, elle paniquait pour la mauvaise raison.

— Bella, tonnai-je, je t'interdis de perdre ton temps à t'inquiéter pour moi. Ton unique préoccupation doit être de rester en vie et, je t'en supplie, de rester prudente.

— Il nous suit toujours ? s'enquit-elle sans relever ma remarque.

— Oui. Mais il n'attaquera pas la maison. Pas ce soir.

Pas tant que nous serions ensemble. Souhaitait-il justement que nous nous séparions ? Je me rappelai toutefois ce qu'avait vu Alice si je tentais de garder Bella ici. Bien que je n'apprécie pas Mike Newton, ni lui ni personne à Forks ne méritait d'être sacrifié.

Je bifurquai dans l'allée, notant au passage que je n'éprouvais aucun soulagement à rentrer chez moi. Nous n'aurions le loisir de nous détendre qu'après que le traqueur serait mort. Emmett ne s'était pas calmé. J'aurais aimé lui transmettre la localisation de James pour l'apaiser, mais il était exclu de courir le risque d'être entendu. Notre adversaire avait deviné que nous avions des dons particuliers, inutile de l'aider en lui permettant de les identifier. Je constatai que ses pensées étaient de moins en moins à ma portée, lorsque Alice intervint.

Il vient de retrouver la femelle, de l'autre côté de la rivière. Ils vont se partager la surveillance. À elle la montagne, à lui la forêt.

Malgré leur éloignement, je ne me sentis pas mieux.

Tout à son emploi de garde du corps d'un zèle outré, Emmett était aux aguets. Alors que je me garais devant le perron, il sauta à terre, ouvrit la portière de Bella et s'empara de cette dernière.

— Tout doux, lui rappelai-je à mi-voix.

Je sais.

J'aurais pu le retenir, ces précautions n'étant pas nécessaires. Quoique, à ce stade, toute précaution n'était-elle pas nécessaire ? Après tout, si je m'étais montré plus prudent dès le départ, nous n'en aurions pas été là. Et puis, bizarrement, je fus un peu rasséréné de voir Bella engoncée dans les bras colossaux de l'indestructible et massif Emmett. En moins d'une seconde, il fut à l'intérieur, flanqué d'Alice et moi.

Dans le salon, le reste de la famille faisait cercle autour de Laurent.

Ce dernier était penaud et anxieux. Sa peur redoubla quand Emmett déposa doucement Bella par terre et avança d'un pas menaçant vers lui en grondant sourdement. Laurent ne put s'empêcher de reculer. Carlisle adressa un coup d'œil d'avertissement à Emmett, qui se reprit. Tout près de Carlisle, Esmé nous regarda tour à tour, Bella et moi. Rosalie dévisageait elle aussi Bella, la *toisait.* J'avais d'autres chats à fouetter. Je fixai Laurent jusqu'à ce qu'il lève la tête vers moi.

— Il nous traque, lui annonçai-je pour déclencher ses réflexions.

Évidemment qu'il chasse l'humaine ! Et il la trouvera.

— C'est ce que je craignais, admit-il à haute voix.

Il faut que je me tire. Sinon, James croira que j'ai fraternisé avec le camp adverse. J'ai besoin de tout sauf qu'il se lance à mes trousses plus tard. Il réprima un frisson. *Et si je lui racontais que je rassemble des infos ? En même temps, vu sa tronche quand il nous a quittés... Mieux vaut disparaître pendant qu'il est occupé par sa traque.*

Je me remis à grincer des dents, et Laurent me lança un regard nerveux. Il connaissait suffisamment son compagnon pour comprendre la rupture qui s'était opérée dans la clairière. Bien que je n'aie aucune envie de lui rendre service, je me doutais qu'il nous serait reconnaissant quand James serait mort.

— Viens, mon amour, entendis-je Alice chuchoter à l'oreille de Jasper.

Je n'avais pas remarqué ce dernier à mon arrivée. Il continuait à se dissimuler. Sans questionner les intentions d'Alice, même en pensée, il lui prit la main et monta l'escalier avec elle. Laurent s'en aperçut à peine, tant le stratagème était efficace. Alice me transmit qu'elle écrirait les informations nécessaires, de façon à ce que Laurent ne les apprenne pas. Ils auraient vite bouclé leurs valises.

— Que va-t-il faire ? demanda Carlisle.

J'aurais pu lui répondre sans mal.

— Je suis désolé, répondit Laurent, l'air sincère.

Désolé d'avoir croisé la route de ces démons. J'ai joué avec le feu comme un idiot. Mon ennui accablant m'a rendu bête.

— J'ai tout de suite compris en voyant votre fils la défendre qu'il ne s'arrêterait pas, enchaîna-t-il.

Bien sûr que non. Le gamin s'est débrouillé pour que James soit prêt à aller jusqu'à la mort, la sienne, celle d'eux deux. À croire que ces inconnus vivent dans un autre monde. Ou qu'ils font comme si, du moins. La réalité ne va pas tarder à détruire leurs chimères.

— Pouvez-vous l'en empêcher ? insista Carlisle.

Ha !

— Non. Rien ne l'arrête lorsqu'il a commencé.

— Alors, nous serons les premiers, grommela Emmett, s'attirant l'attention d'un Laurent plein d'espoir.

Si seulement c'était possible ! En tout cas, ça me faciliterait la vie.

— Vous n'y arriverez pas, plaida-t-il, comme si nous révéler cela était une faveur. En trois cents ans d'existence, je n'ai jamais rien vu de tel. C'est un tueur. C'est pourquoi j'ai intégré sa bande.

Quelques images disparates de ses aventures en compagnie de James et Victoria traversèrent son esprit. La fille était toujours en arrière-plan, sur la touche. James avait apporté un intérêt nouveau à l'existence de Laurent, mais, ces dernières années, celui-ci avait commencé à être travaillé par le sadisme de leurs saccages. Sauf que, à ce stade, il n'était plus en mesure de reprendre sa liberté sans s'exposer à un danger réel. Il aurait aimé se montrer optimiste, là, cependant il avait vu James triompher contre toute attente. Il posa ses yeux sur Bella qui, pour lui, n'était qu'une mortelle parmi des milliers d'autres, avant de revenir à Carlisle. Il ne réfléchit pas à ce qu'il lui dit alors :

— Vous êtes certain que le jeu en vaut la chandelle ?

Le rugissement qui franchit mes lèvres secoua la pièce comme une explosion, et il se tassa sur lui-même. Mon père leva une main apaisante. *Du calme, Edward. Ce n'est pas lui, notre ennemi.* J'essayai de me ressaisir. Mon père avait raison, même si Laurent n'était pas notre ami non plus.

— Vous allez devoir choisir, lui lança Carlisle.

Comme si j'en avais beaucoup, des choix ! Je ne peux que disparaître en croisant les doigts pour que James estime sans intérêt de me pourchasser. Soudain, ses pensées s'orientèrent sur la conversation un peu moins stressante qu'il avait eue avec les miens avant notre arrivée. Une information en particulier le turlupinait. *Il est clair que, entre James, Victoria et moi, c'est fini. Mais je pourrais sans doute nouer de nouvelles amitiés. Avec des gens doués.*

— La vie que vous menez m'intrigue, dit-il.

Il avait l'impression de choisir ses mots avec diplomatie, cherchait les regards de tous. Ça n'eut aucun effet sur moi, puisque j'avais déchiffré son monologue intérieur.

— Mais je refuse de me retrouver au milieu de toute cette affaire, continua-t-il. Si je n'éprouve nulle animosité à votre encontre, je ne m'opposerai pas non plus à James. Je crois que je vais gagner le Nord, ce clan de Denali.

Il s'imaginait une poignée de vampires réticents à se battre, comme Carlisle, doués de grands pouvoirs. Ce qui donnerait peut-être à réfléchir à James.

— Ne le sous-estimez pas, ajouta-t-il à l'intention de Carlisle, envers lequel il éprouvait de la reconnaissance. C'est un esprit brillant, et ses sens sont aiguisés. Il est tout aussi à l'aise que vous parmi les humains, et il n'attaquera pas de front.

Quelques-unes des manigances tordues de son ancien compagnon s'imposèrent à lui. Le traqueur était patient, il avait le sens de l'humour – noir, l'humour.

— Je suis navré de ce qui vient de se produire, termina Laurent, vraiment désolé.

Il baissa la tête en signe de soumission, mais ne put s'empêcher de lancer un coup d'œil à Bella, ahuri que nous soyons prêts à courir autant de risques pour elle. *Ils ne pigent pas, pour James. Ils ne me croient pas. Combien en épargnera-t-il ?*

Il nous jugeait faibles. Notre vie de famille était une carence, selon lui. Si je m'étais posé la question, un peu plus tôt, ce n'était plus le cas. J'avais bien l'intention de montrer à James que nous n'étions *pas* faibles. Laurent estimait cependant que nous perdrions. Qu'il se cache donc, terrifié, pendant le prochain siècle, ce n'est pas moi qui pleurerais sur son inconfort.

— Allez en paix, lui dit Carlisle.

C'était tout autant un ordre qu'une offre. Laurent balaya la pièce des yeux, évaluant un mode de vie auquel il avait renoncé il y a très longtemps. Bien que cette maison ne soit pas un palais, et il en avait habité plusieurs, elle avait des allures de sanctuaire, et il en émanait une atmosphère de permanence qu'il n'avait pas ressentie depuis des siècles.

Il hocha la tête à l'adresse de Carlisle et, un bref instant, je perçus son étrange désir envers mon père. Du respect, une envie d'être à son côté. Mais le vampire brun repoussa son émotion avant qu'elle s'enracine en lui et s'enfuit en courant, avec l'intention de ne s'arrêter qu'une fois dans l'océan, où sa trace se perdrait.

Esmé se précipita pour fermer les volets en acier des immenses fenêtres qui constituaient le mur du fond.

— Où est-il ? me demanda Carlisle.

Laurent avait presque disparu de mon champ de perception. Il galopait toujours, dans sa hâte d'éviter James. Il n'entendrait pas nos paroles. Je m'intéressai au traqueur, dont Alice m'avait donné la localisation. Lui aussi était assez loin dans la forêt pour ne pas capter notre échange.

— À environ cinq kilomètres de la rivière. Il opère un contournement afin de retrouver la femelle.

Ça se passerait en altitude, pour lui permettre de repérer dans quelle direction nous allions fuir.

— Qu'avez-vous décidé ?

Bien que nous soyons hors de portée d'oreille et que les volets continuent de descendre en grinçant, je préférai murmurer :

— Nous l'attirons ailleurs pendant que Jasper et Alice emmènent Bella vers le sud.

— Et ensuite ?

— Nous le chassons, répondis-je en soutenant le regard de mon père.

Il s'en était douté, ce qui ne l'empêcha pas de ressentir un élan de chagrin.

— J'imagine que nous n'avons pas d'autre choix.

Pendant trois cents ans, il avait scrupuleusement défendu la vie, sans pour autant s'attirer les foudres de la communauté vampirique. Cette épreuve n'allait pas être facile pour lui, mais il en avait surmonté d'autres.

Nous devions nous dépêcher pour ne pas donner au traqueur plus de temps que nécessaire avant de le lancer sur une fausse piste. Il nous fallait régler quelques détails pratiques avant, cependant.

— Monte avec elle et échangez vos vêtements, ordonnai-je à Rosalie.

La première étape, évidente, était de disséminer l'odeur de Bella. De mon côté, j'emporterais également une affaire lui appartenant, de façon à leurrer James. Rose en était parfaitement consciente, ce qui ne l'empêcha pas de me fixer avec incrédulité. *Tu ne vois donc pas ce qu'elle nous a infligé ? Elle a démoli notre existence ! Et tu me demandes de la protéger ?* Elle cracha la fin de son indignation tout fort, de manière à ce que Bella n'en loupe rien :

— Pourquoi ferais-je ça ? Qu'est-elle pour moi ? Mis à part une menace… un danger que tu as décidé de faire peser sur nous tous.

Bella tangua, à croire que Rosalie venait de la gifler.

— Rose… chuchota Emmett en posant une main sur son épaule.

Elle se dégagea, et il me regarda comme s'il craignait que je saute à la gorge de ma sœur. Sauf que ça n'était pas grave. Si les caprices de cette trop gâtée de Rosalie m'avaient toujours agacé, son dernier éclat mesquin était déplacé et hors de propos.

— Esmé ? demandai-je, déjà certain de sa réponse.

— Bien sûr.

Elle comprenait que le temps nous était compté. Avec autant de douceur qu'Emmett un peu plus tôt mais de manière très différente, elle prit Bella dans ses bras et fila à l'étage.

— Que se passe-t-il ? entendis-je celle-ci lâcher dans le bureau de ma mère.

Laissant cette dernière s'en charger, je me concentrai sur mes tâches. Le traqueur et sa copine étaient hors de ma portée, à présent. Et moi, de la leur. En revanche, je ne doutais pas qu'ils nous voyaient. Comme ils verraient nos véhicules. Qu'ils suivraient.

Que nous faut-il ? s'enquit Carlisle.

— Des téléphones satellites, notre plus grand sac de sport. Les pleins ont été faits ?

Je m'en occupe. Emmett se rua au garage, où nous gardions toujours plusieurs jerrycans pour les cas d'urgence.

— La Jeep, la Mercedes et sa camionnette, précisai-je.

Pigé.

Nous allons nous séparer en trois groupes ? s'inquiéta mon père.

— D'après Alice, c'est la meilleure solution.

Il n'insista pas.

Il va le payer cher. Il ne réfléchit pas. Il fonce dans le tas. Tout ça, c'est la faute de cette fille. Rosalie m'accablait de ses griefs. Je n'eus aucun mal à la bloquer, à prétendre qu'elle n'était même pas là.

Qu'attends-tu de moi ? demanda Carlisle. J'hésitai.

— Alice t'a vu avec Emmett et moi. Mais nous ne pouvons pas laisser Esmé surveiller Charlie seule…

— Rosalie, l'interpella Carlisle d'une voix sévère, es-tu prête à aider les tiens ?

— *Bella*, tu veux dire ? ricana-t-elle.

— Oui, notre famille.

Elle le gratifia d'un regard torve, tout en réfléchissant. Si elle continuait à s'obstiner, si elle nous tournait le dos, Carlisle resterait sans doute à Forks auprès d'Esmé, et Emmett serait libre de s'adonner à toutes sortes d'excès en première ligne. Elle ne songeait qu'à la sécurité de son compagnon. Par ailleurs, mon détachement apparent commençait à l'inquiéter. Elle finit par lever les yeux au ciel.

— Bien sûr que je vais couvrir Esmé ! Je me soucie de cette fichue famille !

— Merci, lui dit Carlisle avec plus de chaleur que je me serais donné la peine d'en avoir.

Sur ce, il quitta vivement le salon. À cet instant, Emmett revint du garage avec sur l'épaule un sac de sport assez grand pour y fourrer un individu de petite taille. Nous y rangions notre équipement sportif, et il paraissait contenir un corps.

Alice surgit sur le palier au moment où Bella et Esmé sortaient du bureau de cette dernière. Soulevant Bella par les aisselles, ma sœur et ma mère dégringolèrent les marches. Jasper suivait, visiblement à cran, guettant les fenêtres de la façade. J'essayai de trouver du réconfort dans son apparence ensauvagée. Il était plus létal que les milliers de vampires qui avaient tenté d'avoir sa peau. Il avait aujourd'hui montré des talents que je ne lui soupçonnais pas, et j'étais certain qu'il avait d'autres tours dans sa manche. Le traqueur n'avait pas la moindre idée de ce qu'il s'apprêtait à affronter. Auprès de Jasper, Bella serait en sécurité comme jamais. Et grâce à Alice, James ne pourrait pas les prendre au dépourvu. Enfin, je m'efforçai de m'en persuader.

Carlisle revenait avec les téléphones. Il en tendit un à Esmé, dont il caressa la joue. Elle le regarda avec une confiance totale. Elle ne doutait pas qu'il agissait comme il le fallait et que, pour cette raison, nous l'emporterions. J'aurais aimé avoir sa foi. Elle me remit un bout de tissu. Des chaussettes, sur lesquelles l'odeur de Bella était récente. Je les empochai. Alice s'empara elle aussi d'un des portables.

— Esmé et Rosalie prendront ta voiture, Bella, annonça Carlisle à l'intéressée.

Comme s'il lui demandait la permission. C'était tout lui. Elle hocha la tête.

— Alice et Jasper, utilisez la Mercedes. Les vitres teintées vous seront utiles, dans le Sud.

Jasper acquiesça, Alice était déjà au courant.

— Nous trois serons dans la Jeep. Mordra-t-il à l'hameçon, Alice ?

Poings serrés, elle se concentra. Il n'était pas simple de chercher des manœuvres qui nous étaient extérieures, d'autant que nos adversaires ne nous étaient pas familiers. Ça serait plus facile avec le temps. Avec un peu de chance, ça ne serait pas nécessaire. Avec un peu de chance, nous en aurions fini demain.

Je vis le traqueur voler de cime en cime, attaché à la Jeep. La rouquine filait d'assez loin les ronflements de la Chevrolet en route vers le nord. Les variations étaient infimes.

Quand Alice se détendit, nous étions tous deux certains de ce qui allait se passer.

— Il vous suivra. La femme se chargera de la camionnette. Nous devrions pouvoir partir après.

— Alors, allons-y, déclara Carlisle en opinant.

Je pensais être prêt. Les secondes qui s'écoulaient me secouaient les tympans comme des roulements de tambour. Pourtant, je ne l'étais pas.

Plantée près d'Esmé, Bella paraissait si triste, le regard perplexe, comme si elle n'arrivait pas à comprendre comment la situation avait pu déraper aussi vite. Une heure plus tôt à peine, nous avions nagé en plein bonheur. À présent, elle était traquée et confiée à la garde de vampires qu'elle ne connaissait quasiment pas. Jamais elle n'avait semblé aussi vulnérable qu'en cet instant, perdue au milieu d'inhumains étrangers.

Un cœur défunt pouvait-il se briser ?

Me jetant sur elle, je la soulevai entre mes bras et la serrai contre moi. Sa chaleur avait des allures de sables mouvants, et j'aurais *voulu* m'y noyer, ne plus en sortir. Je ne l'embrassai qu'une fois, par crainte que nos plans s'effondrent si je ne parvenais pas à me séparer d'elle. En partie, je me moquais que tous les mortels de Forks, La Push et Seattle soient sacrifiés pour que je la garde auprès de moi.

Je devais être plus fort que ça. Je réussirais à écarter le danger qui la menaçait.

Quand je la reposai sur le sol, j'eus l'impression que toutes mes cellules mouraient l'une après l'autre. Mes doigts s'attardèrent sur sa joue, picotèrent lorsque je m'obligeai à les en retirer.

Plus fort que ça, me remémorai-je. Il fallait que j'étouffe ma souffrance si je voulais accomplir ma mission, détruire le péril.

Je me détournai d'elle.

Dire que j'avais cru savoir ce que brûler était !

Flanqué de Carlisle et d'Emmett, je sortis. J'avais pris le sac de sport à mon frère. Sachant que le traqueur me croirait incapable de m'éloigner de Bella, je berçai ma charge comme s'il s'agissait d'un trésor infiniment plus précieux que des ballons de foot et des crosses de hockey. Je dévalai le perron.

Emmett s'installa sur la banquette arrière de la Jeep, et je calai le sac en position verticale à côté de lui. Puis je claquai la portière avec des gestes que j'espérai furtifs. En un éclair, je fus au volant, mon père déjà assis à côté de moi, et nous partîmes à une allure qui aurait arraché des hurlements à Bella si elle avait été réellement avec nous.

Il ne fallait pas que je pense comme ça. Je devais faire confiance à Alice et Jasper et rester concentré sur la part du boulot qui m'était échue.

Si je n'entendais pas James, trop éloigné de nous, j'étais sûr qu'il nous épiait et nous suivait. Je l'avais vu dans le cerveau d'Alice.

Une fois sur la grand-route, j'accélérai en direction du nord. La Jeep était bien plus rapide que la camionnette, mais elle ne suffirait pas à semer le traqueur, même si je poussais le moteur à fond. De toute façon, je ne tenais pas à distancer James. Il ne devait voir qu'une chose, que je roulais trop vite dans l'espoir de lui échapper. C'est pour ça que j'avais choisi la Jeep. Le chasseur ignorait quels bolides abritait notre garage.

L'espace d'une seconde, il se rapprocha suffisamment pour que je le capte.

… prendre un ferry ? Sacré détour. Je pourrais couper par…

— Appelle, dis-je sans bouger les lèvres, bien que James ne soit pas en mesure de distinguer mon visage.

Carlisle ne porta pas le téléphone à son oreille. Le laissant sur sa cuisse, il composa le numéro d'une seule main. Il y eut un cliquetis quand Esmé décrocha. Elle garda le silence.

— C'est bon, chuchota mon père avant de couper la communication.

Moi non plus, je ne communiquais plus. Je n'avais aucun moyen de savoir ce que Bella faisait, en ce moment. Je ne pouvais percevoir sa voix. Je ravalai mon désespoir avant de m'apitoyer sur moi-même.

J'avais une mission.

24

EMBUSCADE

Le traqueur avait choisi de nous filer, indifférent à notre trajet. De temps en temps, je captais un pan de ses réflexions, rien que des mots épars ou une image de la Jeep. Il courait en altitude, dans les montagnes, sans se soucier que la route l'éloigne parfois de nous sur plusieurs kilomètres. Il nous voyait toujours.

Je refusais de songer à l'endroit où Bella se trouvait à présent, à ce qu'elle pouvait faire ou dire. Ça m'aurait distrait, ce qui n'était pas le moment. Il restait des détails à régler. Je chuchotai mes instructions à Carlisle, qui les transmit par SMS à Alice. Ce n'était sans doute pas nécessaire, mais je m'en sentis mieux.

— Bella doit manger au moins trois fois par jour. Il est également important qu'elle s'hydrate. Arrangez-vous pour qu'elle ait de l'eau sous la main. Huit heures de sommeil seraient parfaites.

Le portable sur les genoux, mon père tapait les messages au fur et à mesure que je les lui dictais.

— Et… Qu'Alice ne mentionne pas la conversation que nous avons eue plus tôt dans la Jeep. Qu'elle esquive les éventuelles questions de Bella. Souligne que j'insiste sur ce point.

Carlisle s'exécuta, non sans me lancer un regard curieux. J'imaginai ma sœur lever les yeux au ciel, à l'autre bout de la ligne. En retour, elle se contenta d'écrire « o », d'où je déduisis que Bella était encore éveillée, et qu'Alice garderait mes ordres pour elle. Elle devait avoir vu mes foudres si elle n'accusait pas réception.

Emmett songeait à ce qu'il infligerait à James quand il l'aurait coincé. Ses fantaisies me plurent.

Nous refîmes le plein à l'aide du grand jerrycan qu'Emmett avait chargé dans le coffre. Les chaussettes dans ma poche allaient laisser dans l'air une infime trace de l'odeur de Bella. Je pris soin de bouger très vite, comme si ma seule préoccupation était de me sauver. Je fus ravi lorsque le traqueur se rapprocha pour nous observer. Durant un instant, il fut à moins de deux kilomètres de nous. J'avais envie de tirer profit de la situation, de transformer notre échappée en piège, mais il était trop tôt. Nous étions encore trop près de l'océan.

Je ne lui cachais pas notre trajet, roulant aussi droit vers ma destination que le permettait l'autoroute sinueuse. L'idée était qu'il croie que j'avais un but précis en tête, un endroit sûr, une forteresse. S'il nous connaissait peu, il savait au moins une chose : nous possédions plus d'atouts physiques que le commun des nomades. Et nous étions nombreux. Il pensait peut-être que nous avions des alliés dans les forêts du Nord.

Au demeurant, j'avais effectivement songé à Tanya et sa famille. J'étais certain qu'ils nous aideraient. Kate, notamment, aurait été une force non négligeable pour notre partie de chasse. Mais eux aussi vivaient trop près de la mer. Il était envisageable que James, après avoir découvert les membres du clan, préfère s'enfuir à la nage. Il lui suffirait de plonger pour disparaître, puisqu'il était impossible de traquer quelqu'un sous l'eau. Il pourrait émerger n'importe où, sur une plage voisine comme au Japon. Il nous aurait semés, et nous n'aurions plus qu'à tout recommencer à zéro.

Mon objectif était le parc national des environs de Calgary, à mille kilomètres de la mer.

Lorsque nous attaquerions, le tueur comprendrait qu'il avait été détourné de son chemin, et que Bella n'était pas avec nous. Il se sauverait à toutes jambes, nous le pourchasserions. J'étais à peu près sûr de réussir à le rattraper, mais j'avais besoin d'une longue distance pour ça. Mille bornes étaient une bonne marge de manœuvre.

J'avais hâte d'en finir.

Nous roulâmes toute la nuit, ne ralentissant que quand je détectais un radar de vitesse à l'horizon. Ce qui devait donner à réfléchir au traqueur. Il avait déjà deviné que j'avais certains talents. Je me trahissais sûrement plus que je ne l'aurais souhaité, mais l'alternative aurait été de nous traîner. Qu'il interprète donc que j'étais prêt à laisser filtrer des informations sur mes particularités comme un autre signe que j'avais une destination à l'esprit. Un refuge ? Voilà qui attiserait sa curiosité.

J'aurais aimé percevoir ses hypothèses. Malheureusement, il se cantonnait juste assez loin de moi pour que je ne capte que quelques idées éparses. À mon avis, il avait échafaudé une théorie au sujet de mes atouts mentaux, et il ne se trompait pas beaucoup.

Infatigable, il courait, et du peu que je percevais, il en tirait un plaisir qui m'irrita, même si c'était une bonne chose. Tant qu'il se délectait, ça me donnait le temps de choisir l'arène où monter notre guet-apens.

Plus les heures s'écoulaient, plus j'étais nerveux, cependant. Le crépuscule n'allait pas tarder. Nous n'avions rien fait d'intéressant, sinon nous arrêter à plusieurs reprises pour remplir le réservoir en veillant à systématiquement semer des traces de Bella. Cette longue course ne risquait-elle pas de lasser le traqueur ? Serait-il prêt à nous suivre plusieurs jours d'affilée, éventuellement jusqu'au cercle arctique ? Était-il capable de renoncer sans s'être assuré que Bella était avec nous ?

— Demande à Alice si elle le voit arrêter avant que nous soyons prêts.

Carlisle obéit vivement. La réponse fut un « n ». Ça me rassura.

Le soleil descendait sur les montagnes quand nous touchâmes au but. Je voulais attirer James à portée de mon ouïe. Pour ça, il me fallait agir de manière à éveiller son attention. Nous roulions sur la modeste double-voie menant à Calgary. Nous aurions pu continuer jusqu'à Edmonton et attendre la nuit, mais mon anxiété augmentait. J'avais envie de me mettre en chasse.

Je tournai sur une route secondaire, en direction de la partie la plus méridionale du parc de Banff. Elle se poursuivait jusqu'à Calgary, mais ce n'était pas le chemin le plus rapide. C'était une entorse dans la routine que nous observions depuis des heures, ce qui ne manquerait pas d'alerter James. Ayant compris ce que ce changement impliquait, Carlisle et Emmett se tendirent, avec une vague d'enthousiasme chez mon frère à qui il tardait de se battre.

Nous délaissâmes rapidement les terres arables dénudées pour grimper à l'assaut de la montagne, au milieu des arbres. Ça ressemblait à chez nous, en plus sec. Je ne repérai aucune présence mentale alentour. Le soleil se couchait sur le versant opposé à celui que nous escaladions.

— Je t'achèterai une nouvelle Jeep, Emmett, soufflai-je.

Pas de souci, ricana-t-il.

Nous aurions pu prétendre faire le plein, ça allait s'imposer d'ailleurs, mais la halte aurait mis le traqueur sur ses gardes. Il nous fallait agir vite.

— À mon commandement, annonçai-je, à l'affût de l'esprit de James.

Emmett posa sa main sur la poignée de la portière. La route était en bien plus mauvais état que la précédente, et je rebondis dans une ornière qui nous dévia de notre trajectoire. Je la rectifiai d'un coup de volant lorsqu'une réflexion me parvint.

… *doivent avoir une baraque dans le coin…*

— C'est parti ! grondai-je.

Nous nous expulsâmes de la Jeep qui continua d'avancer. J'atterris sur mes pieds et me ruai en direction du traqueur avant même que les autres aient repris leur équilibre.

Oh, oh ! Un piège ! Enfin !

Il n'avait l'air ni surpris ni effrayé par ce brusque retournement de situation. Il s'amusait toujours. Je fonçai à travers la forêt que nous venions de traverser, mon père et mon frère juste derrière moi. Emmett dévastait les fourrés comme un rhinocéros. Le tapage qui en résultait couvrirait peut-être mes propres pas. Il se pourrait alors que notre proie croie que j'étais à la traîne.

Courir, me déplacer à mon gré était une délivrance, après le long trajet en voiture. C'en était aussi une de ne plus devoir rester cantonné sur la route, de prendre les raccourcis de mon choix.

Ma cible était rapide également, et je fus heureux de m'être accordé mille kilomètres pour la rattraper. Elle filait vers le Pacifique, à l'ouest tandis que nous montions plus haut sur la face est des Rocheuses. Carlisle et Emmett commençaient à perdre du terrain. Était-ce ce sur quoi comptait James ? Nous séparer pour se débarrasser de nous tour à tour ? J'étais tendu, guettant une volte-face. Je serais content qu'il attaque, partagé que j'étais entre la fureur et l'angoisse d'en finir.

Si je ne l'entendais plus, je humais sa trace.

Il bifurqua vers le nord.

Il courait, je courais. Les minutes devinrent des heures.

Nous obliquâmes en direction du nord-est.

Avait-il un plan ou se bornait-il à errer afin de me semer ?

Je percevais à peine le bruit d'Emmett dans les bois. Nous avions dû les distancer, lui et Carlisle, de plusieurs kilomètres. En revanche, je détectais quelque chose devant moi. Le traqueur était rapide, mais pas silencieux. Je me rapprochais.

Soudain, je ne l'entendis plus du tout.

S'était-il arrêté ? Attendait-il le bon moment pour frapper ?

J'accélérai, impatient de le capturer.

Au moment où je franchissais la crête enneigée d'une falaise, j'entendis les échos lointains d'un plongeon.

Tout en bas, je découvris un lac glacial, long et étroit comme une rivière.

De l'eau. Évidemment.

Je faillis sauter aussi, mais ça lui aurait donné l'avantage. Il avait à sa disposition des kilomètres de rives pour resurgir. Il me fallait être méthodique, ce qui allait me prendre du temps, un inconvénient qui le servait.

La méthode la plus lente serait de fouiller les abords du lac, en quête d'une trace quelconque. Il n'allait pas être simple de dénicher son point de sortie, car il éviterait de refaire surface et de repartir à toutes jambes. Il essaierait de bondir assez loin pour mettre un maximum de distance entre son odeur et la berge.

Une solution un peu plus rapide serait de nous partager la tâche.

Mais il y en avait une autre, bien plus efficace. Mon père et mon frère approchaient. Je repartis vers Carlisle, la main tendue. Il comprit aussitôt ce que je voulais et me lança son portable. Regagnant le lac avec eux, j'envoyai un texto à Alice. « Dis-moi lequel de nous trouve sa trace. »

Nous dominions l'étendue d'eau, à présent.

— Emmett, dis-je dans un souffle à peine audible, tu prends la rive sud à partir d'ici et tu la suis vers l'est. Carlisle, toi, tu vas au nord. Moi, je me charge de la berge opposée.

Je m'y voyais déjà, filant dans les eaux bleu foncé, émergeant de l'autre côté, fonçant à la rencontre de Carlisle, à l'extrémité nord du lac.

Le téléphone vibra. « Em. Pointe sud. »

Je montrai le message aux autres, rendis l'appareil à mon père, qui le rangea dans un sachet hermétique. Puis je plongeai, suivi par mon frère. Je nageai en veillant à rester droit comme une lame pour fendre les eaux et faire le moins de bruit possible. Le lac était clair, presque gelé. Je me déplaçais quelques mètres sous sa surface, invisible dans la nuit. Si j'entendais Emmett derrière moi, bien qu'il soit presque silencieux, je ne distinguais rien de la présence de Carlisle.

Je me hissai dehors tout au sud du plan d'eau. Le seul son était celui des gouttes qui ruisselaient d'Emmett et rebondissaient sur le sol rocheux. Il prit à gauche, moi à droite. Carlisle émergea dans une ondulation. Je me retournai. Il brandissait le mobile tout en faisant signe à Emmett. J'avais choisi la bonne direction. En effet, au bout de quelques mètres, je humai l'odeur du traqueur, en l'air. Il s'était propulsé sur les branches d'un haut pin tordu. J'en escaladai le tronc, sentis que la trace s'éloignait dans la ramure alentour.

Je repartis en chasse.

J'étais furieux. Le coup du lac nous avait fait perdre un temps précieux. Notre proie avait mis une sacrée distance entre nous, maintenant. Il revenait sur nos pas. S'apprêtait-il à regagner le sud et Forks afin d'y retrouver la piste olfactive de Bella ? Une course d'au moins sept heures en allant tout droit. Allait-il m'offrir une chance certaine de l'attraper ?

Toutefois, tandis que cette nuit interminable s'écoulait, il changea de direction à maintes reprises. Il avançait surtout vers l'ouest, le Pacifique à mon avis, inventant systématiquement des façons de renforcer son avance et de nous ralentir.

Ce fut d'abord une immense falaise. Nous étions en train de décider des endroits où nous le chercherions en bas, quand Alice nous envoya des « n » à la pelle. Sa vision de James était si limitée qu'elle ne distinguait que nos réactions aux traces qu'il laissait. Je gaspillais trop de minutes à inspecter la falaise, où il avait interrompu sa chute à mi-parcours avant de s'éloigner en crapahutant sur la roche.

Puis ce fut une rivière. De nouveau, nous dûmes imaginer quelles pistes explorer, ce qui était épuisant. Il resta dans l'eau pendant très longtemps, et ce ne fut qu'au bout d'un quart d'heure gâché qu'Alice vit que Carlisle repérerait son odeur à une soixantaine de kilomètres au sud-ouest.

C'était exaspérant. Nous avions beau courir, nager, nous balancer d'arbre en arbre à toute vitesse, il se jouait de nous tout en confortant son avance. Il avait beaucoup d'entraînement, était certain de son succès. Il avait la main, désormais, et nous allions continuer à perdre du terrain jusqu'à ce qu'il nous sème définitivement.

Les milliers de kilomètres qui me séparaient de Bella renforçaient mon anxiété. Mon plan, qui avait été d'éloigner James, se transformait en un délai sans importance dans la propre quête du traqueur.

Que pouvions-nous faire d'autre, cependant ? Nous devions le pourchasser encore et encore en espérant finir par le coincer. Nous avions tenu une chance d'anéantir le danger menaçant Bella, et nous la sabotions comme des cochons.

Il nous égara encore une fois, près d'un grand lac gelé. Il y en avait des dizaines, qui zébraient les vallées canadiennes du nord au sud, comme si un géant avait ratissé le continent de ses doigts. Le traqueur les utilisait souvent à son profit et, à tous les coups, nous étions contraints d'imaginer et de décider puis d'attendre qu'Alice nous expédie ses « C », « Em », « Ed » et ses « o » ou « n ». Bien que nous soyons à présent plus doués pour nos exercices mentaux, chaque pause éloignait notre proie de nous.

Le soleil se leva. Comme la couverture était épaisse, notre cible ne ralentit pas. Comment aurait-elle réagi par beau temps ? Maintenant que nous étions du côté occidental des montagnes, nous nous rapprochions de villes humaines. James aurait sans doute massacré tout témoin éventuel s'il l'avait fallu.

J'étais convaincu qu'il ralliait l'océan, sa seule échappatoire certaine. Nous étions plus proches de Vancouver que de Calgary, désormais. Forks semblait ne pas l'attirer, car il oscillait en direction du nord.

Il n'avait plus besoin de recourir à ses subterfuges. Il avait tant d'avance sur nous, qu'il atteindrait la côte sans que nous puissions le rattraper. Quand sa trace nous emmena vers un énième lac, je compris pourtant qu'il s'amusait comme un fou en nous faisant tourner en bourrique. Au lieu de s'enfuir, il nous obligeait à sauter dans ses cerceaux. Je n'avais plus qu'à prier pour que son arrogance se retourne contre lui, qu'il opère une mauvaise manœuvre qui le jetterait entre nos griffes. Je n'y croyais guère. Il était trop doué.

Nous continuâmes à le suivre, puisque renoncer n'était pas envisageable.

Dans le milieu de la matinée, Esmé nous envoya un message. « Tu peux parler ? »

Risque-t-il de m'entendre ? me demanda Carlisle.

— Si seulement ! soupirai-je.

Il la rappela et discuta avec elle sans cesser de courir. Elle n'avait pas de nouvelles, s'inquiétait seulement pour nous. La rouquine traînait encore dans le coin mais refusait de s'approcher d'Esmé ou de Rosalie à plus de huit kilomètres à la ronde. Rose avait enquêté. Apparemment, Victoria s'était rendue de nuit au lycée et dans la plupart des bâtiments publics de Forks. Elle n'était pas remontée chez nous, ne s'était pas aventurée plus loin que l'aérodrome, au sud. Elle semblait se cacher plutôt à l'est, peut-être pour rester au plus près de Seattle et d'un terrain de chasse plus vaste. Une fois, elle s'était risquée chez Charlie, mais après qu'il fut parti travailler. Esmé avait collé aux basques de Charlie sans qu'il s'en aperçoive. Impressionnant.

Rien de plus, pas d'indice. Carlisle et elle échangèrent des « Je t'aime » chagrinés. Notre traque abrutissante se poursuivit. James filait vers le nord, trop ravi par le jeu pour y mettre un terme.

En milieu d'après-midi, nous arrivâmes à un nouveau lac, en forme de croissant, moins vaste que ceux dont il s'était servi jusqu'alors pour nous ralentir. Sans nous consulter, nous choisîmes chacun sa piste à flairer. Très vite, Alice nous écrivit « Em », et nous rebroussâmes chemin.

Une fois sa trace retrouvée, nous débouchâmes sur une bourgade sise dans un col. Elle était assez grande pour qu'il y ait un peu de circulation dans les rues étroites. Nous dûmes ralentir, ce qui me hérissa le poil, bien que je sache que ça n'avait plus grande importance, puisque nous avions trop de retard sur lui à ce stade pour changer le destin. Je m'apaisai en songeant que lui aussi était obligé de se mouvoir à une allure humaine. Je me demandai pourquoi il avait choisi de passer par là. Il avait peut-être soif et s'était dit qu'il avait le temps de casser la croûte.

Nous allions d'immeuble en immeuble, nous fiant à mon don pour repérer qui nous observait, courant lorsque c'était possible. Nous n'étions pas habillés assez chaudement pour les températures d'ici – et, pour qui aurait regardé d'assez près, nous étions trempés comme des soupes –, et j'essayai d'esquiver les mortels pour ne pas attirer l'attention sur nous. Nous parvînmes dans les faubourgs sans être tombés sur des cadavres tout frais. Notre proie n'avait donc pas voulu étancher sa soif. Que cherchait-elle par ici, alors ?

Nous repartîmes en direction du sud.

La trace nous conduisit dans un vaste hangar de fortune qui s'élevait au milieu d'un champ plein de ronces nues. Les portes étaient béantes. L'intérieur, quasiment vide, ne renfermait que des piles de matériel mécanique le long des murs. L'arôme de James était plus fort ici, comme s'il s'était arrêté un moment en ces lieux. Une seule idée me traversa l'esprit, et je flairai une éventuelle fragrance de sang. Rien. Je ne perçus que des odeurs d'essence.

La boule au ventre, je compris tout à coup. Étouffant un juron, je me ruai dehors et franchis d'un bond les hauts fourrés piquants. Emmett et Carlisle me suivirent, de nouveau sur le qui-vive après ces heures de poursuite infructueuse. Nous découvrîmes une langue de terre aplanie, large de soixante mètres et longue de deux kilomètres.

Un terrain d'aviation privé.

Je lâchai un autre gros mot.

Trop focalisé sur les échappatoires aquatiques, je n'avais pas pensé à la voie aérienne.

L'avion, forcément modeste, ne devait pas aller plus vite qu'une voiture, dans les deux cent vingt-cinq kilomètres-heure s'il était en bon état. Vu son délabrement, le hangar me laissait supposer que ce n'était pas le cas. James serait contraint de refaire le plein souvent s'il comptait aller loin.

Le souci, c'est qu'il avait pu choisir n'importe quelle direction, et que nous n'avions aucun moyen de savoir laquelle. Me tournant vers mon père, je vis qu'il avait le regard aussi déçu et désespéré que moi.

Va-t-il regagner Forks pour essayer de retrouver la trace de Bella ?

Je fronçai les sourcils.

— Ça serait logique, sauf que c'est trop évident. Ça n'est pas son genre.

Où, alors ?

Je soupirai.

J'appelle ?

— Oui.

Il composa le numéro, il n'y eut qu'une tonalité.

— Alice ?

— Carlisle, entendis-je ma sœur souffler.

Il me jeta un coup d'œil, alors que je me penchais pour écouter leur échange.

— Vous êtes en sécurité ? s'enquit-il.

— Oui.

— Nous l'avons perdu à environ deux cent quatre-vingts kilomètres au nord-est de Vancouver. Il a emprunté un petit avion. Nous n'avons aucune idée de sa destination.

— Je viens de le voir, s'empressa-t-elle de répondre, pas du tout surprise par notre échec. Il se rend vers une salle, quelque part, ce n'est pas précis, mais c'est un endroit bizarre. Des miroirs aux murs, un ruban doré au milieu, comme une cimaise. Vide, à part une vieille installation audio et vidéo. Il y avait une seconde pièce, sombre, mais j'ai seulement vu qu'il regardait des cassettes VHS. J'ignore ce que ça signifie. Ce qui est sûr, c'est qu'il a pris cet avion pour aller là-bas.

Des informations insuffisantes. Le traqueur envisageait peut-être de s'octroyer un repos bien mérité, à ce stade. Ou alors, il voulait mettre notre patience à l'épreuve, nous faire mariner, exacerber notre angoisse. Ça correspondait à sa personnalité. Je me le représentai quelque part dans une maison déserte, en train de visionner des films pendant que nous nous rongions les sangs en attendant qu'il resurgisse. Exactement ce que nous avions tenté d'éviter.

La bonne nouvelle, c'est qu'Alice le voyait indépendamment de nous, à présent. J'en étais réduit à espérer que, avec l'expérience, il lui deviendrait plus familier et donc accessible. L'endroit qu'elle nous avait décrit avait-il un lien quelconque avec nous ? Il était possible que nous finissions par le pourchasser là-bas. C'était envisageable, à condition qu'Alice puisse affiner sa vision. J'en fus réconforté.

Je tendis la main vers le mobile.

— Je peux parler à Bella, s'il te plaît ?

— Je te la passe. Bella ?

J'entendis ses pas précipités et maladroits. Si je n'avais pas été aussi déprimé, j'aurais souri.

— Allô ? lança-t-elle, hors d'haleine.

— Bella.

Le soulagement saturait ma voix. Notre séparation, aussi brève soit-elle, avait déjà laissé des traces.

— Oh, Edward, soupira-t-elle, j'étais tellement inquiète.

Comme par hasard.

— Bella, je t'ai interdit de te soucier d'autre chose que de toi-même.

— Où es-tu ?

— Près de Vancouver. Désolé, nous l'avons perdu.

Pas question de lui expliquer comment il nous avait roulés. Apprendre qu'il avait pris si facilement le dessus la rendrait nerveuse. Ça *me* rendait nerveux.

— Il se méfiait de nous, il est resté juste assez loin pour que je ne lise pas dans ses pensées. Il a filé. En avion. D'après nous, il a regagné Forks pour y reprendre ta traque.

Du moins, nous n'avions pas d'autre hypothèse pour l'instant.

— Je sais. Alice l'a vu ailleurs.

Elle paraissait maîtresse d'elle-même.

— Tu n'as aucune raison de t'en faire, la rassurai-je, bien qu'elle n'en ait pas besoin. Rien ne le mènera à toi. Contente-toi de rester là-bas et d'attendre que nous lui ayons mis la main dessus.

— Tout ira bien. Esmé est avec Charlie ?

— Oui. La femelle était en ville. Elle est allée chez vous pendant que Charlie travaillait. Mais elle ne l'a pas approché, donc inutile d'avoir peur. Esmé et Rosalie montent la garde, il ne risque rien.

— Qu'est-ce qu'elle fabrique, cette Victoria ?

— Elle espère sans doute flairer une trace. Elle a écumé Forks toute la nuit. Rosalie l'a suivie dans toutes les rues, au lycée...

Je repensai à l'aérodrome. Si ça se trouve, nous ne nous trompions pas sur les intentions de James. Je me dépêchai d'enchaîner avant que Bella remarque que j'avais été distrait.

— Elle te traque, Bella, mais il n'y a rien à trouver.

— Tu es *sûr* que Charlie est en sécurité ?

— Oui. Esmé ne le perdra pas de vue. Et nous serons bientôt là-bas nous aussi. Si le chasseur s'approche de Forks, nous l'attraperons.

Je me mis à courir vers le sud. Emmett et Carlisle m'emboîtèrent le pas.

— Tu me manques, chuchota-t-elle.

— Je sais, Bella. Toi aussi. C'est comme si tu avais emporté la moitié de moi-même avec toi.

— Alors, viens la rechercher, suggéra-t-elle.

— Dès que ce sera possible. D'abord, je vais m'assurer que tu ne cours aucun danger.

C'était une promesse.

— Je t'aime, souffla-t-elle.

— Ça paraît absurde mais, en dépit de tout ce que tu traverses à cause de moi, je t'aime aussi.

— Je te crois.

J'eus l'impression qu'elle souriait.

— Je serai là très vite.

— Je t'attendrai.

Il me fut douloureux d'interrompre la communication, de m'éloigner de nouveau d'elle. Il y avait urgence, toutefois. Je rendis l'appareil à Carlisle sans le regarder, accélérai. Pour peu que le traqueur ait du mal à se ravitailler en carburant, nous pouvions arriver à Forks avant lui. Si c'était bien là-bas qu'il se rendait.

Carlisle et Emmett se démenèrent pour garder le rythme.

***

Nous regagnâmes Forks en trois heures et demie, en prenant le chemin le plus court, par la mer des Salish. Nous nous rendîmes directement chez Charlie, où Esmé et Rosalie veillaient. La première, dans le jardin de derrière, la seconde dans l'arbre de devant. Emmett s'empressa de l'y rejoindre, tandis que Carlisle et moi allions retrouver Esmé.

Puisque j'étais rentré, Rosalie ne se gêna pas pour m'abreuver de pensées odieuses à propos de mon égoïsme qui mettait toute la famille en danger. Je l'ignorai.

La maison était plongée dans un silence sinistre, en dépit des quelques lampes allumées au rez-de-chaussée. Je mis un instant à comprendre ce qui manquait : le son de la télévision diffusant un match dans le salon. Je trouvai pourtant l'esprit de Charlie à sa place habituelle, sur le canapé, face à l'écran éteint. Ses pensées étaient mutiques, comme s'il s'était éteint lui aussi. Je grimaçai, heureux que Bella ne voie pas ça.

Nous n'échangeâmes que quelques mots avant de nous séparer. Carlisle resta auprès d'Esmé, et j'en fus soulagé. Emmett et

Rosalie firent un tour rapide de la ville et se rendirent à l'aérodrome, en quête d'un avion abandonné.

Je partis vers l'est, sur la piste de la rouquine. Ça ne m'aurait pas gêné de la coincer et de l'achever. Malheureusement, sa trace s'interrompait au Puget Sound. Elle couvrait ses arrières. En revenant, j'inspectai le parc d'Olympic, juste pour vérifier si Victoria y avait fait une incursion intéressante. Apparemment non. Elle avait préféré filer droit sur le Sound. Pas du genre à risquer une confrontation.

Une fois chez Bella, je pris le relais de Carlisle et Esmé, qui foncèrent à Port Angeles afin de voir si la rousse avait émergé quelque part dans le coin et essayait de retourner chez Charlie. J'en doutais, mais nous n'avions rien de mieux à faire. Si James ne regagnait pas Forks, ce qui semblait évident désormais, et si Victoria avait rendez-vous avec lui ailleurs, nous allions être obligés de nous rassembler et de concocter un nouveau plan.

Il était presque deux heures et demie du matin quand mon portable vibra. Je pris l'appel sans en vérifier l'origine, persuadé que c'était Carlisle qui venait au rapport. Ce fut Alice, cependant, qui se mit à jacasser d'une voix aiguë :

— Il vient ici. À Phoenix. S'il n'est pas déjà là, s'entend. J'ai revu la seconde pièce, je l'ai dessinée, et Bella l'a identifiée. C'est la maison de sa mère, Edward. Il compte s'en prendre à Renée. Il ignore que nous sommes ici, mais il me déplaît que Bella soit aussi près de lui. Il est trop fuyant, je ne le discerne pas bien. Nous devons partir d'ici. Sauf que quelqu'un doit intercepter Renée ! Il cherche à nous séparer, Edward !

J'eus l'impression d'avoir le vertige, la nausée, bien que je sois conscient que ce n'était qu'une illusion. Je ne souffrais d'aucune affection. Mais le traqueur m'avait eu une fois encore, profitant de mon angle mort. À dessein ou par chance, il allait se retrouver dans la même ville que Bella, alors que j'étais à deux mille cinq cents kilomètres d'elle.

— Combien de temps avant son arrivée ? sifflai-je. Tu le vois ?

— Pas vraiment. Mais c'est pour bientôt. Quelques heures tout au plus.

Avait-il projeté de voler directement jusque là-bas ? Nous avait-il égarés exprès ?

— Aucun de vous ne s'est approché de chez Renée ?

— Non. Nous ne sommes pas sortis de l'hôtel, qui est tout sauf près de chez elle.

L'Arizona était trop loin pour que j'y aille en courant. Nous allions devoir prendre l'avion. Un gros porteur serait le plus rapide.

— Le premier vol pour Phoenix décolle de Seattle à six heures trente, m'informa Alice. Habille-toi. Le soleil brille atrocement, ici.

— Nous laisserons Esmé et Rosalie ici. La rouquine ne les approchera pas. Prépare Bella. Nous gardons les mêmes groupes. Emmett, Carlisle et moi l'emmènerons quelque part très loin, n'importe où jusqu'à ce que nous ayons pu réfléchir à la prochaine étape. Toi, trouve sa mère.

— On sera à l'aéroport.

Elle raccrocha.

Je commençai à courir tout en composant le numéro de mon père. Lui et Emmett devraient me rattraper.

25

CONTRE-LA-MONTRE

Mon impatience ne me quitta pas, même quand l'avion se posa sur le tarmac. J'eus beau me rappeler que Bella était en sécurité à moins de deux kilomètres de moi à présent, et que j'allais la revoir d'ici à peine quelques minutes, j'eus envie d'arracher la porte de sécurité et de me ruer dehors au lieu de devoir endurer l'interminable roulage jusqu'au terminal. Sentant mon agitation intérieure derrière ma rigidité totale, Carlisle me remémora de bouger d'un petit coup de coude.

Bien que les volets des hublots soient baissés, une lumière trop violente illuminait la cabine. J'avais croisé les bras afin de dissimuler mes mains et rabattu sur mon visage la capuche du gilet que j'avais acheté dans une boutique de l'aéroport de Seattle. Nous devions avoir l'air ridicules aux yeux des autres passagers, surtout Emmett, engoncé dans un sweat-shirt trop petit pour sa carrure, à moins qu'ils nous prennent pour des célébrités quelconques qui s'abritaient derrière leurs lunettes noires et leur capuchon. Plus probablement, nous passions pour des ploucs du Nord qui n'avaient pas la moindre idée des températures régnant en Arizona au printemps. Je saisis les réflexions d'un homme qui pariait que nous nous serions dévêtus avant même d'avoir atteint l'extrémité de la passerelle de débarquement.

Le vol m'avait paru d'une lenteur exaspérante. Le roulage faillit m'achever.

Plus qu'un petit peu de retenue, et Bella serait là. Je l'enlèverais, et nous nous cacherions ensemble jusqu'à ce que nous ayons trouvé une solution. Cette perspective m'apaisa. Très peu.

En vérité, l'avion ne mit guère de temps pour atteindre sa porte. Des milliers d'incidents auraient pu nous retarder. J'aurais dû éprouver de la gratitude que ça n'arrive pas.

Nous eûmes même la chance de débarquer à l'extrémité nord du terminal qui, en cette fin de matinée, était encore plongée dans l'ombre du bâtiment. Ça nous permettrait de nous déplacer plus vite.

Pendant que l'équipage procédait aux manœuvres habituelles, mon père garda ses doigts posés sur mon bras. J'entendis la passerelle qui se déployait à l'extérieur et venait s'arrimer à l'appareil avec un bruit sourd. Les deux stewards de la première classe n'y prêtèrent pas attention, occupés qu'ils étaient à vérifier la liste des passagers.

Légèrement, Carlisle me bouscula de nouveau, et je me forçai à respirer.

Le steward s'attaqua enfin au déblocage de la porte. Bien que mourant d'envie d'aller l'aider, je restai à ma place, encouragé par le contact de mon père. Lorsque la porte s'ouvrit en chuintant, une bouffée d'air chaud se mêla à l'atmosphère rance de la cabine. Bêtement, je cherchai des traces de l'odeur de Bella, alors que je la savais trop loin. Elle se trouverait dans les profondeurs climatisées de l'aérogare, au-delà de la sécurité, en provenance de quelque parking distant. Patience !

Dès que le signal lumineux nous obligeant à rester attachés s'éteignit avec un bip, nous bondîmes. Contournant les passagers, nous gagnâmes si rapidement la sortie que le steward en recula de surprise. Nous en profitâmes pour filer. Carlisle tira sur mon gilet, et je le laissai prendre la tête de notre cortège avec réticence. Son allure plus modérée ne changerait pas grand-chose au timing, et il se montrerait plus circonspect que moi. Quoi que fabrique le traqueur, nous devions observer les règles.

J'avais mémorisé le plan du terminal pendant le voyage, à l'aide du magazine de bord. Nous étions tout près de la sortie. Encore un coup de chance. Naturellement, je ne serais pas en mesure de capter l'esprit de Bella, mais je n'aurais aucune difficulté à localiser Alice et Jasper. Ils seraient avec les autres familles attendant leurs proches, un peu plus loin sur la droite.

Anxieux de rejoindre Bella, je recommençai à semer mon père. Les cerveaux de ma sœur et de mon frère allaient briller dans la masse comme des projecteurs entourés de feux de camp. Je les repérerais et…

Soudain, la pagaille torturée des réflexions d'Alice me frappa comme un vortex jaillissant d'une mer plate et m'entraînant dans son sillage. Je stoppai net, sonné, paralysé. Je n'entendis pas ce que me disait Carlisle, sentit à peine qu'il essayait de me tirer en avant. J'eus vaguement conscience de son inquiétude concernant l'officier de sécurité qui nous reluquait avec suspicion.

— Non, c'est moi qui ai ton téléphone ! lança Emmett en guise d'excuse, d'une voix trop forte.

M'attrapant par un coude, il m'entraîna, me portant presque, tandis que je m'efforçais de marcher, avec l'impression que le sol se dérobait sous moi. Les corps qui m'environnaient me semblaient translucides. Je ne voyais que les souvenirs d'Alice.

Bella, pâle et renfermée sur elle-même, sur les nerfs. Bella désespérée partant avec Jasper.

Une vision : Jasper tout agité cherchant Alice. Sombre, cette dernière n'attendait pas qu'il la retrouve et reniflait sa trace jusque devant des toilettes pour dames. Puis elle suivait celle de Bella, découvrait une seconde sortie, détectait un empressement suspect. Un hall bondé, un ascenseur plein, des portes coulissant sur l'extérieur, une rangée de taxis et de navettes.

Les indices s'interrompaient ici.

Bella s'était volatilisée.

Emmett me propulsa dans l'immense atrium où Alice et Jasper nous guettaient fébrilement, dans l'ombre d'un énorme pilier.

Le soleil transperçait le toit de verre, et la poigne de mon frère me força à baisser la tête.

Alice voyait Bella à quelques secondes d'ici, les paupières closes, dans un taxi fonçant sur une autoroute.

Quelques minutes plus tard, une salle aux murs de miroirs, éclairée par des néons, au plancher en pin.

Le traqueur qui patientait.

Puis du sang. Beaucoup trop de sang.

— Pourquoi ne l'avez-vous pas filée ? sifflai-je.

À deux, c'était impossible. Elle est morte.

Je dus m'obliger à avancer malgré la douleur qui menaçait de me pétrifier sur place.

— Que s'est-il passé, Alice ? demanda Carlisle.

Nous marchions en une formation intimidante vers le parking où ils avaient garé la Mercedes. Par bonheur, le toit en verre avait cédé la place à une architecture plus classique, nous épargnant le danger du soleil. Bien que nous soyons plus rapides que les humains, y compris ceux qui se précipitaient pour ne pas rater leur vol, notre lenteur m'irritait. Pourquoi continuer à faire semblant ? Quelle importance, maintenant ?

Ne t'éloigne pas Edward, m'avertit ma sœur. *Tu vas avoir besoin de nous tous.*

Dans son esprit : du sang.

Répondant à la question de notre père, elle lui tendit une feuille pliée en trois. Carlisle tressaillit, puis me la passa. L'écriture de Bella. Une explication. Une prise d'otage. Des excuses. Une prière. Froissant le papier, je le fourrai dans ma poche.

— Sa mère ? grondai-je sourdement.

— Je ne la vois pas. Elle ne sera pas présente. Peut-être qu'il l'a déjà…

Alice ne termina pas sa phrase. Elle se souvint de la voix de Renée au téléphone. Paniquée. Bella était passée dans la pièce voisine afin de la calmer. Puis la vision avait dépassé Alice. Elle n'avait pas assemblé les pièces du puzzle. Pas compris la chronologie. La culpabilité la rongeait.

— Ce n'est pas le moment, grommelai-je.

Presque inaudible, Carlisle transmit les informations nécessaires à Emmett, qui s'impatientait. Lorsqu'il comprit, je perçus son impression d'échec horrifiée. Elle n'était rien, comparée à la mienne. Je n'avais pas le droit de craquer, toutefois. Alice distinguait une éventualité. Maigre. C'était peut-être impossible. Il était absolument impossible que nous rattrapions Bella avant qu'elle commence à saigner. Mais il existait un délai – assez grand – entre le moment où le traqueur lui mettait la main dessus et celui où elle mourait. Je ne pouvais me permettre d'essayer de comprendre. Il fallait que je sois rapide, c'est tout.

— Sait-on où on va ?

Alice me montra une carte dans sa tête. Elle était soulagée d'avoir déniché les informations les plus importantes à temps, après sa première vision, mais avant le coup de fil de Renée. Bella l'avait renseignée sur l'endroit où James avait choisi d'attendre. À une trentaine de kilomètres d'ici, un trajet presque tout en autoroute qui n'exigerait que quelques minutes.

Des minutes que Bella n'avait pas.

Ayant dépassé la zone de réclamation des bagages, nous atteignîmes les ascenseurs. Des groupes de voyageurs avec des chariots patientaient. D'un même mouvement, nous gagnâmes les escaliers. Déserts. En moins d'une seconde, nous grimpâmes au parking. Jasper s'élançait, quand Alice le retint par le bras.

— Quel que soit le véhicule que nous empruntons, la police cherchera son propriétaire.

La voie rapide ensoleillée étincela dans son esprit, floutée par la vitesse. Un gyrophare, un barrage routier, un accident – ce n'était pas très clair. Tout le monde se figea, incertain.

Le temps pressait.

J'arpentai trop rapidement les rangées de voitures, tandis que les autres se ressaisissaient et me suivaient d'un pas plus lent.

Le parking était relativement vide, on ne me verrait pas. Alice ordonna à Carlisle de prendre sa trousse de médecin dans le coffre de la Mercedes. Il en gardait une dans tous nos véhicules, en cas d'urgence. Je m'interdis d'y penser.

Nous n'avions pas le loisir d'être pointilleux. La plupart des voitures étaient de gros SUV ou des berlines familiales, certaines plus rapides que d'autres. J'hésitais entre deux sportives, une Ford Mustang et une Nissan 350Z, quand les effluves d'une odeur inattendue me parvinrent. Du protoxyde d'azote. Alice devina aussitôt ce que je cherchais.

Je me ruais au fond du parking, juste là où le soleil tapait. Quelqu'un y avait garé sa Subaru WRX STI trafiquée pour être plus puissante, loin des ascenseurs, afin d'éviter qu'on en raye la peinture. Une peinture hideuse. Des bulles orange vif grosses comme ma tête s'échappaient de ce qui ressemblait à de la lave violette en fusion. En un siècle, je n'avais pas vu de carrosserie aussi ostentatoire.

Mais elle était en parfait état, clairement le bébé dorloté d'un dingue de bagnoles. Rien n'était de série, tous les équipements étaient conçus pour la course, des prises d'air avant à l'énorme aileron arrière. Les vitres étaient si noires qu'elles ne devaient pas être légales, même ici, dans ces contrées ensoleillées.

La vision d'Alice se précisa.

Elle surgit à mon côté, brandissant une antenne volée à une autre voiture. Elle l'écrasa afin de la modeler en un crochet et fit sauter les serrures avant même que Jasper, Emmett et Carlisle, sacoche à la main, nous rejoignent. Me penchant sous le volant, j'arrachai le revêtement de la colonne de direction et tordis les fils pour les assembler. En plus du levier de vitesses classique, il y en avait un second, sur le pommeau duquel apparaissaient deux boutons rouges étiquetés « Go Go 1 » et « Go Go 2 ». J'appréciai l'amour du propriétaire pour la vitesse, à défaut de son sens de l'humour. Il ne restait plus qu'à espérer que les bombonnes d'azote étaient pleines. Le réservoir d'essence l'était aux trois-quarts, ce qui me suffisait amplement. Tout le monde s'installa, mes frères et ma sœur derrière, Carlisle sur le siège passager. Le moteur ronronna, je reculai. Nous filâmes le long de l'immense parking en direction de la sortie, sans que personne essaie de nous arrêter. J'enfonçai le bouton de chauffage du tableau de bord. Il faudrait un moment pour que l'azote se liquéfie.

— Donne-moi trente secondes d'avance, Alice.

OK. La sortie se faisait par quatre étages d'une rampe en spirale. À mi-chemin, je rattrapai une Cadillac Escalade, comme prévu par Alice. Je n'eus d'autre choix que de lui coller aux fesses et d'en effrayer le chauffeur en klaxonnant longuement. Bien qu'Alice ait vu que ça ne servirait à rien, je ne pus m'en empêcher.

Nous débouchâmes sur l'aire de péage inondée de soleil. Deux des six voies étaient vides. L'Escalade emprunta la plus proche. J'étais déjà à la plus éloignée. Une fine barrière rayée rouge et blanc interdisait le passage. Avant que j'aie envisagé de la défoncer, Alice me hurla mentalement : *Si la police nous prend en chasse maintenant, nous n'y arriverons pas !* Mes doigts agrippèrent trop fort le volant orange fluo. Je m'obligeai à les détendre et stoppai. Carlisle s'empara du ticket de stationnement coincé derrière le pare-soleil et me le tendit. Alice me le faucha, consciente que j'étais capable de défoncer la machine J'avançai un peu pour permettre à Jasper de payer à l'aide d'une des cartes anonymes que nous utilisions tout le temps. Il avait tiré sa manche jusqu'à ses doigts, et il n'y eut qu'une légère étincelle lorsqu'il introduisit la carte dans le lecteur.

Je me concentrai sur la barrière comme s'il s'agissait d'un drapeau à damier. Dès qu'elle se lèverait, la course débuterait.

La machine émit un bip, Jasper appuya sur un bouton, la barrière se leva, j'enfonçai l'accélérateur.

Je connaissais le chemin. Alice l'avait vu, ainsi que les éventuels obstacles qui se dresseraient devant nous. En milieu de journée, la circulation était assez fluide, mais il y avait des blancs dans le scénario.

En douze secondes, je fus en sixième vitesse. À partir de là, je n'avais plus l'intention de rétrograder.

Si la première partie de l'autoroute fut relativement déserte, une bretelle la rejoignait un peu plus loin – pas le temps de déclencher l'azote –, et je pris la file de gauche pour éviter les véhicules entrants. À la décharge de l'Arizona et de sa luminosité ridicule, les routes étaient exceptionnelles. Six larges voies avec de chaque côté des bandes d'arrêt d'urgence assez vastes pour donner l'impression qu'il y en avait huit. J'utilisai celle de gauche pour doubler deux pick-up qui se traînaient.

Le paysage était plat et brûlé, sans endroit où s'abriter, avec un ciel bleu pâle aux allures de dôme qui paraissait presque blanc dans la chaleur torride. Toute la vallée s'offrait au soleil comme de la nourriture sur un gril. Quelques arbres rachitiques pareils à des brindilles et s'accrochant à la vie constituaient le seul relief sur ces étendues de gravier. Je ne vis pas la beauté dont Bella avait parlé. Je n'avais pas le temps de m'y intéresser, de toute façon.

Je roulais à cent quatre-vingt-dix, j'aurais sans doute pu monter jusqu'à deux cent quarante, mais je ne voulais pas trop pousser le moteur. Gonflé à ce niveau, il devait être sensible et peu stable. Je me fiais aux indicateurs de niveau d'huile et de température, écoutais attentivement le bruit de la mécanique.

Le gigantesque pont qui allait nous conduire vers le nord s'arrondissait devant moi. Il était à une seule voie, mais avec une grande bande d'arrêt d'urgence. Je traversai d'un seul coup toute l'autoroute vers la sortie. Quelques voitures s'écartèrent sous l'effet de la stupeur, sauf que j'étais déjà loin quand leurs chauffeurs réagirent. Alice vit que la bretelle n'était pas tout à fait assez large.

— Jazz ? grognai-je. Je ne vais plus pouvoir utiliser les rétro extérieurs. Tu t'en occupes ?

Lui et Alice se tortillèrent pour regarder sur les côtés et devant. Leurs esprits me dessinèrent la route avec un bien meilleur angle de vue que les rétroviseurs. Je dépassai tous les véhicules en ralentissant à cent soixante. Mâchoires crispées, serrant le volant, j'éraflai un gros van dans un crissement de tôle, perdant au passage mon rétroviseur gauche sur sa carrosserie, et explosant le droit sur le parapet en béton.

Bella courait maladroitement sur un trottoir chauffé à blanc. Du moins, elle ne tarderait pas.

— Tiens-t'en au trajet, Alice, grondai-je.

Désolée. J'essaie. La panique infectait ses réflexions. Bella se ruait vers un parking. Du moins, elle ne tarderait pas.

— Arrête !

Fermant les yeux, Alice s'efforça de ne voir que le bitume. Conscient que ces images avaient le pouvoir de me rendre impuissant, je les chassai.

Ce fut moins difficile que je l'avais cru.

Il n'y avait plus que la route. Je la voyais à trois cent soixante degrés et avec trente secondes d'avance sur la réalité. Je déboulai sur la voie express en direction du nord, coupai toutes les voies à deux cent dix kilomètres-heure pour gagner celle de gauche. C'était comme si nos trois esprits n'en faisaient plus qu'un seul, organisme totalement concentré et plus efficace que les parties le composant. Je distinguais les aléas de la circulation, les solutions à chaque ralentissement.

Nous passâmes sous deux ponts, si vite que les pans d'obscurité ressemblèrent à des lumières stroboscopiques.

Deux cent trente-trois kilomètres-heure.

À quinze secondes de moi s'ouvrait une bulle d'espace vide. Regagnant la voie centrale, j'enfonçai le bouton rouge marqué « Go Go 1 ». Le moment idéal. Aussitôt, le protoxyde d'azote propulsa la Subaru comme un boulet de canon.

Deux cent cinquante.

Deux cent soixante-quinze.

Bella poussait une porte vitrée donnant sur une pièce sombre. Du moins, elle ne tarderait pas.

Alice se reconcentra, étonnée elle aussi par la facilité avec laquelle elle y parvint. Elle songea brièvement à Jasper, et je compris. Il était plein de ressources. En temps de paix, il avait du mal. Mais en temps de guerre, il en utilisait des insoupçonnées. Il partageait avec nous deux son esprit belliqueux, comme il l'avait fait pour canaliser ses armées de nouveau-nés jadis. Dans cette situation très différente, ça fonctionnait à merveille, nous fusionnant en une machine ultra-performante donnant la charge.

Le coup de boost de l'azote s'estompait déjà.

Deux cent quarante.

Je guettai une prochaine occasion.

Ils sont en train d'installer le premier barrage, m'avertit Alice. Nul ne s'en inquiéta, les flics étaient trop proches, nous serions passés avant qu'ils aient fini de bloquer la route. *Et le deuxième.* Elle m'indiqua où sur sa carte mentale. Assez loin pour que ça pose un problème, même avec une autre fenêtre de grande vitesse dans quatre secondes.

Je réfléchis, tandis que ma sœur me montrait la suite. Bien que le temps presse, nous allions devoir changer de voiture.

Distrait, j'appuyai sur la touche « Go Go 2 ». La Subaru accéléra docilement.

Deux cent soixante-quinze.

Deux cent quatre-vingt-dix.

Alice me proposa un choix de véhicules disponibles. La Corvette serait trop petite, et nos poids conjugués en réduiraient la vitesse à néant. Je rejetai plusieurs autres possibilités. Soudain, Alice détecta une moto noire BMW S1000RR. Qui atteignait les trois cent cinq kilomètres-heure. *C'est impossible, Edward.* L'image de moi chevauchant ce monstre magnifique fut si tentante que je ne l'écoutai pas. *Tu auras besoin de nous tous.*

Tout à coup, son cerveau fut plein de clichés sanglants et désordonnés, de cris humains et inhumains, de crissements de métal arraché. Carlisle se tenait au milieu de ce chaos, les mains dégoulinant de rouge.

Jasper m'empêcha de quitter la route. Il maîtrisait mes émotions avec tant de force que, un instant, je crus que des doigts m'étranglaient. Ensemble, nous ramenâmes mon cerveau sur le trajet. L'essentiel était derrière nous, le véhicule importait peu. Alice lista des SUV, des berlines et des minivans.

Là ! Une Porsche Cayenne Turbo flambant neuve, pas encore immatriculée, vitesse de pointe trois cents, un autocollant sur la lunette arrière, deux fillettes et trois chiens. Une famille nous ralentirait trop. Alice décrypta le futur proche. Par chance, seule la conductrice, queue-de-cheval et petite trentaine, était à bord.

Ma sœur ne voyait plus Bella sur le trottoir. Cet épisode appartenait maintenant au passé. Comme le parking. Elle était à l'intérieur, avec le traqueur.

Jasper m'obligea à me concentrer.

— Nous changerons de voiture sous le prochain pont, annonçai-je.

Alice distribua les rôles d'une voix aiguë et à un débit plus rapide que les battements d'ailes d'un colibri.

Carlisle fouilla dans sa sacoche.

Emmett banda les muscles machinalement.

Je doublai la Porsche blanche. Il me déplut de rétrograder en quatrième. Bella paierait de sa douleur chaque seconde perdue. La moto accéléra, et je réprimai un soupir. Le pont était à six cents mètres, ne projetant qu'une ombre d'une quinzaine de mètres, le soleil était quasiment à la verticale à présent.

J'entrepris d'inciter le SUV à aller sur sa gauche. Sa propriétaire changea de voie, moi aussi, et je me plaçai à cheval sur la sienne. Elle ralentit, je l'imitai. Alice m'aidait pour le timing. Je me déportai encore et freinai brusquement. La Porsche n'eut d'autre choix que de faire pareil. Juste derrière nous, la Corvette déboîta en klaxonnant. Les autres véhicules dévièrent tous sur la droite pour nous éviter.

Nous nous arrêtâmes à la limite de l'ombre.

Nous descendîmes de la Subaru d'un même mouvement, dévisagés par les curieux qui passaient.

Furibonde, la conductrice de la Cayenne sortit également en agitant sa queue-de-cheval et en fronçant les sourcils. Carlisle se précipita sur elle, lui donnant une seconde pour songer que l'homme le plus beau qu'elle ait jamais croisé venait de l'obliger à s'arrêter sur l'autoroute avant qu'elle s'effondre entre ses bras. Elle ne dut même pas sentir la piqûre. Carlisle déposa soigneusement son corps inerte derrière la rambarde de sécurité. Je m'installai au volant. Alice et Jasper étaient déjà assis à l'arrière, Alice tenant la portière à Emmett qui, accroupi près de la Subaru, guettait son signal. Elle vérifia la circulation, attendit le moment où les dégâts seraient moindres.

— Maintenant ! cria-t-elle.

Emmett lança la STI de mauvais goût sur les voitures qui arrivaient. Elle partit sur la droite et provoqua un carambolage – crissements de freins enfoncés, froissements de tôles, explosions d'airbags, quelques blessés sans gravité. La police, qui nous poursuivait, n'était pas loin.

Le fracas s'estompa. Carlisle et Emmett ayant bondi à bord, je fonçai déjà, anxieux de rattraper les quelques secondes que nous venions de gaspiller.

Le traqueur dominait Bella de toute sa taille, caressant sa joue. Le massacre allait commencer.

Deux cent soixante-cinq kilomètres-heure.

De l'autre côté de l'autoroute, quatre voitures de patrouille filaient, toutes sirènes hurlantes, vers l'accident que nous avions provoqué. Personne ne prêta attention au SUV familial qui se dirigeait vers le nord.

Plus que deux sorties.

Deux cent quatre-vingt-dix.

La Porsche répondait bien, et je ne me souciai pas d'abîmer le moteur de ce tank de qualité germanique, il en aurait fallu beaucoup. C'était les pneus qui m'inquiétaient. Ils n'étaient pas prévus pour rouler à cette vitesse, et je ne tenais pas à ce que l'un d'eux éclate. Malgré moi, je levai le pied.

Deux cent cinquante-sept.

Nous approchions de la bretelle. Je doublai un camion et me déportai sur la droite.

Alice me montra les lieux. Un carrefour en haut de la sortie, un feu qui passait à l'orange. Dans une seconde, une flèche verte indiquerait à deux files de véhicules venant de l'ouest qu'elles pouvaient tourner au milieu de l'intersection.

Priant pour que les pneus tiennent le coup, j'enfonçai l'accélérateur.

Deux cent soixante-dix.

Nous escaladâmes la bretelle sur l'étroite bande d'arrêt d'urgence gauche, frôlant les voitures arrêtées au feu. Je tournai à gauche en grillant ce dernier, notre train arrière chassa, manquant d'emboutir la glissière de sécurité. En face, les véhicules autorisés à bifurquer étaient à mi-chemin du croisement.

Je n'avais qu'une chose à faire : poursuivre sur ma lancée.

Je passai à un cheveu de la Lexus qui ouvrait la marche.

Cactus Road se révéla plus compliquée que l'autoroute. Seulement deux voies, avec des allées de jardin donnant dessus et des dizaines de rues résidentielles perpendiculaires. Quatre feux de signalisation entre nous et la salle aux miroirs. Alice vit que nous en aurions deux rouges.

Un panneau de limitation de vitesse – soixante kilomètres-heure – fila derrière les vitres.

Cent quatre-vingt-dix.

La rue avait quand même un petit avantage : sur presque toute sa longueur, une voie centrale avec flèches directionnelles pour les bifurcations.

Bella rampait sur le parquet en pin. Le traqueur leva la jambe.

Alice se reconcentra, mais mon esprit se cabra et, un instant, je fus de retour dans ma Volvo à Forks, à ruminer des idées suicidaires. Emmett n'accepterait jamais… Jasper ? Lui seul ressentirait ce que je ressentirais. Si ça se trouve, il *souhaiterait* m'éliminer pour échapper à la souffrance. Il était plus probable qu'il fuie, refusant de blesser Alice. Ça me laissait le long voyage en Italie.

Jasper effleura ma nuque de ses doigts. Mon angoisse en fut comme anesthésiée.

Je réussis à foncer sur l'allée centrale sans devoir m'arrêter pendant plus d'un kilomètre, me rabattant dans le sens de la circulation au premier feu vert. Le prochain croisement approchait rapidement. La voie centrale indiquait une possibilité de tourner à gauche, et trois voitures patientaient. Celle autorisant à aller sur la droite était vide. Je m'y engouffrai, évitant de justesse une moto en montant sur le trottoir pendant une seconde, luttant pour ne pas perdre le contrôle de la Porsche.

Coup d'œil au compteur. Cent vingt-huit. Inacceptable.

Je franchis un nouveau feu – par bonheur, des conducteurs m'ayant vu arriver me cédèrent la place – et réintégrai l'allée centrale.

Cent soixante-cinq.

Le carrefour suivant était plus grand et deux fois plus encombré.

— Donne-moi toutes les possibilités, Alice !

Les voitures se figèrent dans sa tête, elle les fit tourner à l'inverse des aiguilles d'une montre, puis dans le sens opposé. Je les vis s'étirer verticalement puis horizontalement. C'était serré, mais il y avait quelques trous. Je les mémorisai.

Cent quatre-vingt-dix.

Si, à cette allure, je heurtai un autre véhicule, les deux voitures seraient détruites. Nous serions alors contraints de courir en pleine lumière. Les gens remarqueraient… quelque chose. J'étais le plus rapide. J'ignorais ce que les badauds raconteraient – extraterrestres, démons ou armes gouvernementales secrètes – mais je savais que des histoires se répandraient. Et après ? Comment sauverais-je Bella si les autorités immortelles venaient poser des questions ? Il était exclu d'alerter les Volturi, à moins que j'arrive trop tard.

Sauf que Bella *hurlait*.

Jasper augmenta ma dose d'anesthésiant, et un engourdissement envahit ma peau et mon cerveau.

Enfonçant le champignon, je pris la voie d'en face. J'eus juste assez d'espace pour zigzaguer entre les autres véhicules, qui roulaient si lentement par rapport à moi que j'avais l'impression d'esquiver des objets statiques.

Deux cent dix.

Je me frayai un passage à travers l'intersection bloquée, réintégrai la file de droite.

— Bien joué ! lança Emmett.

Deux cent vingt-cinq.

Le dernier feu serait vert.

Alice avait une autre idée, cependant.

— Prends à gauche, m'ordonna-t-elle.

Elle m'indiqua une étroite rue perpendiculaire derrière le centre commercial qui abritait le studio de danse. Les trottoirs étaient plantés d'eucalyptus aux feuilles tremblotantes plus argentées que vertes. L'ombre dentelée qu'ils projetaient suffirait presque à nous protéger des regards inopportuns.

— Ralentis !

— Nous n'avons pas...

S'il nous entend, elle meurt ! De mauvaise grâce, je m'exécutai. D'ailleurs, le virage était si serré, que j'aurais renversé le SUV si je n'avais pas obéi à Alice. *Doucement !* Mâchoires serrées, je freinai, descendant à soixante-cinq kilomètres-heure.

— Jasper, reprit Alice, si vite que ses paroles furent quasiment silencieuses. Contourne le bâtiment et déboule par l'entrée principale. Nous autres passons par-derrière. Prêt, Carlisle ?

Des éclaboussures de sang sur les miroirs fracassés, des mares sur le parquet.

Je garai la Cayenne à l'ombre de l'un des hauts arbres, dans un crissement de pneus à peine perceptible. Un mur de parpaings de deux mètres cinquante séparait la zone résidentielle du centre commercial. En face, des maisons en stuc serrées les unes contre les autres. Tous les stores étaient baissés contre la chaleur.

Dans une synchronisation parfaite favorisée par Jasper, nous descendîmes vivement sans claquer les portières. Les bruits de la circulation alentour nous couvriraient sûrement.

Il s'était écoulé un quart de seconde, peut-être. Nous franchîmes le mur, évitant la bande de graviers à sa base pour atterrir en souplesse sur le macadam. Une ruelle courait derrière l'édifice – des poubelles, des cageots en plastique et la sortie de secours.

Je n'hésitai pas, voyant déjà ce qui se passait de l'autre côté de la porte. Ou ce qui allait se passer dans un instant. M'inclinant de façon à ne laisser aucune chance de fuite au traqueur, je me jetai sur le battant.

26

SANG

L'AUTRE CÔTÉ DE LA PORTE.

Arrachée à ses gonds, elle explosa en mille morceaux.

Le rugissement qui émana des tréfonds de mon corps fut purement instinctif. Le traqueur releva la tête d'un geste brusque avant de replonger sur la forme écarlate étendue sous lui. Une main blanche se tendit en un geste de défense futile.

Le battant n'avait en rien ralenti mon élan, et je sautai sur James, l'entraînant loin de sa proie et l'enfonçant sur le plancher avec assez de violence pour creuser un cratère dans le bois. Roulant sur moi-même, je le soulevai et le projetai d'un coup de pied au milieu de la salle.

Où l'attendait Emmett.

Le peu de temps où je me battis avec lui, je le considérai à peine comme une créature vivante. À mes yeux, il n'était qu'un obstacle. Je savais que, à l'avenir, je jalouserais Emmett et Jasper. Je regretterais de ne pas avoir griffé, mordu, tranché. Pour l'instant, c'était sans importance. Je virevoltai sur moi-même.

Comme prévu, Bella était affalée contre les miroirs brisés. Alentour, tout était rougi de sang. La terreur et la peine que j'avais réprimées depuis que j'avais perçu la peur d'Alice à l'aéroport me submergèrent comme un tsunami. Les paupières de Bella étaient closes. Sa main pâle gisait près d'elle. Son pouls ténu s'affaiblissait.

Sans l'avoir décidé, je fus auprès d'elle, agenouillé dans son sang. L'incendie ravagea aussitôt ma poitrine et ma tête, mais je n'aurais su distinguer les différents tourments qui m'accablaient. Je craignis de la toucher. Le traqueur l'avait brisée en tellement d'endroits. Je risquais d'aggraver les choses.

J'entendis ma voix répéter à l'infini les mêmes mots. Son prénom, « Non ! », « Par pitié ! ». Encore et encore, comme un disque rayé, en des hurlements que je ne maîtrisais pas. Je m'entendis appeler Carlisle. Il était déjà là, à genoux comme moi dans le sang, de l'autre côté du corps. Les mots se déversant de ma bouche n'en étaient plus. Ils n'étaient que des sons incohérents. Des sanglots.

Les paumes de Carlisle coururent du cuir chevelu à la cheville, si vite qu'elles en étaient floues. Il chercha les éventuelles lésions infligées au crâne, pressa deux doigts derrière l'oreille gauche. Je ne distinguais pas ce qu'il faisait, tant la chevelure de Bella était imbibée de rouge. Un petit cri de souffrance lui échappa, elle tordit le visage.

— Bella ! la suppliai-je.

— Elle a perdu beaucoup de sang, mais la blessure n'est pas profonde, diagnostiqua mon père d'une voix calme, à l'opposé de mes cris déchirants. Attention à sa jambe, elle est cassée.

Un feulement de fureur traversa la pièce et, une seconde, je crus que mes frères rencontraient des difficultés. Je captai leur esprit – ils rassemblaient déjà les morceaux. Je compris alors que le bruit émanait de moi.

— Quelques côtes aussi, je pense, poursuivait Carlisle, d'un ton prodigieusement pondéré.

Ses réflexions étaient pratiques, impassibles. Il savait que je l'écouterais, était également rasséréné par son examen. Nous étions intervenus à temps. Les dégâts n'étaient pas trop graves.

Ça ne m'empêcha pas de percevoir ses réserves. Ça irait s'il réussissait à stopper l'hémorragie. Si une côte n'avait pas perforé le poumon. Si les blessures internes n'étaient pas plus sérieuses que ce qu'il semblait à première vue. Si, si, si. Les années qu'il avait consacrées à sauver les humains lui fournissaient une pléthore d'inquiétudes.

Le sang de Bella avait trempé mon jean. Il couvrait mes bras. J'en étais littéralement peint. Elle poussa un geignement de douleur.

— Tout va s'arranger, Bella, dis-je avec des accents suppliants. Tu m'entends ? Je t'aime.

Un nouveau gémissement… non, elle essayait de parler.

— Edward…

— Je suis près de toi

— J'ai… *mal*, murmura-t-elle.

— Je sais, Bella, je sais.

Soudain, la jalousie remonta à la surface, crevant mon torse comme un poing. Je voulais intensément démolir le traqueur, le dépecer en longs lambeaux de chair. Tant de sang et de souffrance, que je ne pourrais jamais lui faire payer. Il ne suffisait pas qu'il soit à l'agonie et qu'il finisse au bûcher. Rien ne suffirait.

— Tu ne peux rien faire ? grondai-je à l'adresse de mon père.

— Passe-moi ma sacoche, s'il te plaît, lança-t-il à Alice.

Cette dernière émit un petit bruit étranglé.

Je n'arrivais pas à m'arracher au spectacle du visage abîmé de Bella. Sous les éclaboussures écarlates, sa peau était d'une pâleur sans précédent. Ses paupières papillonnaient à peine. Néanmoins, je me branchai sur le cerveau de ma sœur afin de saisir ce qu'elle avait.

Je n'avais pas mesuré dans quel lac d'hémoglobine je pataugeais, même si j'avais conscience que mon corps, intérieurement, y réagissait. Quelle que soit cette réaction, elle était cependant trop enfouie sous mon chagrin pour que je la perçoive.

Malgré son amour pour Bella, Alice n'était pas physiquement prête à ça. Les dents serrées, ravalant son venin, elle hésita.

Emmett et Jasper passaient eux aussi un sale moment. Ils avaient évacué les restes du traqueur – dont j'espérais ardemment qu'ils éprouvaient encore la douleur. Emmett surveillait de près Jasper, au cas où il craque. Lui-même se dominait admirablement. Sa compassion pour Bella était d'une profondeur peu habituelle pour cet esprit si insouciant.

— Retiens ton souffle, Alice, conseilla Carlisle, ça sera plus facile.

Hochant la tête, elle s'approcha vivement avec la sacoche et repartit aussitôt. Elle avait été si soigneuse qu'elle n'avait même pas taché ses chaussures. Elle fila vers la sortie de secours démolie afin d'avaler des goulées d'air frais. De l'extérieur nous parvenaient les ululements lointains des sirènes de police, les flics cherchant l'automobiliste responsable du rodéo qui avait affolé les rues de la ville. Je doutais qu'ils dénichent le SUV volé à l'ombre de son arbre et, quand bien même, je m'en fichais.

— Alice… hoqueta Bella.

— Elle est là aussi, balbutiai-je, c'est elle qui t'a trouvée.

— Ma main… elle brûle.

Sa précision m'étonna. Elle était endommagée de partout.

— Carlisle va te donner de quoi calmer la douleur.

Mon père s'affairait à suturer les blessures à la tête, si vite que, encore une fois, on distinguait mal ses doigts. Rien n'échappait à son regard. Il savait faire des points minuscules que nul autre médecin n'aurait été capable de réaliser dans les meilleures conditions et secondé d'une équipe. J'aurais aimé qu'il s'interrompe pour injecter des antalgiques à Bella, mais je devinai que, sous sa sérénité de façade, il s'inquiétait du trop grand nombre de dégâts au niveau du crâne. Elle avait perdu énormément de sang.

Soudain, elle se redressa à demi. Carlisle immobilisa sa tête d'une poigne de fer. Elle ouvrit les yeux, dont le blanc était rougi par les vaisseaux qui avaient explosé, et cria avec une force dont je ne l'aurais pas soupçonnée dans cet état.

— Ma main *brûle* !

— Bella ?

Bêtement, je ne songeai pendant un instant qu'à l'incendie qui me secouait. En ressentait-elle la douleur ? Elle cligna, aveuglée par le sang et des mèches poisseuses.

— Le feu ! s'époumona-t-elle. Arrêtez le *feu* !

Je fus ébahi par ses hurlements torturés. J'avais beau comprendre ses paroles, l'affolement m'embrouillait les idées. Ce fut comme si quelqu'un me forçait à tourner la tête vers sa paume cramoisie, dont les doigts s'agitaient sous l'effet de la souffrance. Une petite indentation en déchirait la peau, rien de très sérieux, en comparaison de ses autres blessures. Déjà, l'hémorragie se ralentissait…

Je connaissais ce genre de déchirure. Les mots me manquèrent.

— Carlisle ! en fus-je réduit à éructer. Sa main !

De mauvaise grâce, il s'arracha à ses soins, cessant de s'agiter pour la première fois. Sous le choc, il chuchota :

— Il l'a mordue.

C'était dit. Le traqueur avait mordu Bella. Le feu qui la consumait, c'était du venin.

Au ralenti, je me repassai la scène. Je déboulais, James se penchait, la main de Bella jaillissait devant elle, je repoussai le traqueur. Ses dents étaient dévoilées, son cou tendu… J'étais arrivé un millième de seconde trop tard.

Carlisle était toujours figé. J'eus envie de lui crier de la réparer. Mais je savais comme lui que ses efforts étaient vains, désormais. Tout ce qui en Bella était brisé guérirait de lui-même. Les fractures osseuses, les plaies, les moindres minuscules écorchures de sa peau. Bientôt, il n'en resterait plus de trace.

Son cœur cesserait de battre. À jamais.

Elle poussa un nouveau vagissement de suppliciée.

Edward.

Alice était revenue, puisant en elle la force de s'accroupir près de notre père, le sang imbibant ses chaussures. Elle repoussa légèrement les cheveux de Bella de devant ses yeux. *Tu n'as pas le droit de laisser ça se passer ainsi.* Elle songeait à Carlisle. Qui se souvenait lui aussi. La morsure dans sa paume et l'abominable douleur prolongée qui s'était ensuivie.

Puis il pensa à moi.

La cicatrice fantomatique courait sur ma main et mon bras. Je n'avais pas oublié.

— Tu dois le faire, Edward, insista Alice.

J'étais en mesure de faciliter et d'accélérer la procédure. Bella n'était pas obligée d'avoir mal aussi longtemps que moi. Certes, elle aurait mal. La souffrance serait intolérable. L'incendie la dévasterait durant des jours. Juste… un peu moins de jours.

Et, à la fin…

— Non ! braillai-je, conscient que ma révolte était inutile.

La vision d'Alice était si nette qu'elle paraissait inéluctable. De l'histoire ancienne, pas un futur. Bella, blanche comme le marbre, les prunelles allumées par un rouge mille fois plus vif que celui du massacre dans lequel nous baignions. Ma propre mémoire superposa une autre image à celle-ci : Rosalie, pleine de rancœur et de regrets, pleurant toujours ce qu'elle avait perdu. Ne se résignant pas au destin qu'on lui avait imposé. Elle n'avait pas eu le choix, elle ne nous avait jamais pardonné.

Supporterais-je que Bella pose sur moi un identique regard de ressentiment durant les mille ans à venir ?

Oui ! affirmait ma part égoïste. C'était mieux que la voir s'en aller maintenant, m'échapper.

Était-ce vraiment *mieux* ? Si elle avait pu saisir l'ensemble de ce dont elle serait privée et les conséquences d'une transformation, aurait-elle choisi cette voie, elle ?

Et moi, appréhendais-je entièrement le prix à payer ? Savais-je réellement tout ce que m'avait coûté ma propre immortalité ? Le traqueur venait-il de se heurter au mur de néant noir au pied duquel je me retrouverais un jour ? Ou serions-nous lui et moi condamnés aux flammes éternelles ?

— Alice, grogna Bella, les yeux toujours clos.

Avait-elle identifié la présence de ma sœur ou renonçait-elle à mon aide ? Je n'étais bon à rien, sinon à me déliter. Elle recommença à geindre longuement, douloureusement.

Edward ! m'apostropha Alice, dont l'impatience devant mon indécision se transformait en frénésie, même si elle ne se faisait pas confiance pour agir de son côté. Je me noyais, et elle le voyait, comme elle voyait mes avenirs tourbillonner en mille désespoirs différents. Elle me voyait même, au plus extrême, accomplir l'inimaginable, ce que je n'avais pas encore envisagé. Ce que, j'en étais *certain*, j'étais trop faible pour faire. Jusqu'à ce que l'esprit d'Alice me le montre, je ne m'étais même pas rendu compte que je le ruminais.

Maintenant, si.

Tuer Bella.

Était-ce ce qu'il fallait faire ? Abréger ses tourments ? Lui offrir, dans son innocence totale et sublime, la chance d'une destinée autre que celle, inévitable, à laquelle j'étais confronté ? Un au-delà qui ne soit pas celui froid et assoiffé de sang vers lequel elle se dirigeait à présent en se tordant dans le feu ?

Mon supplice était tel que je ne pouvais me fier à mes réflexions, que les *hurlements* de Bella embrouillaient encore plus. Je me tournai vers Carlisle, dans l'espoir d'un réconfort, d'une absolution. Je découvris quelque chose de très différent. Son esprit se représentait une vipère du désert aux écailles couleur sable qui émettaient un son sec et sourd quand elle se mouvait. Je fus si désarçonné que je me pétrifiai.

— Il y a peut-être une autre solution, dit Carlisle.

Une lueur d'espoir vacillait dans sa tête. Il saisissait ce que j'endurais devant les souffrances de Bella, il craignait de graves répercussions sur notre avenir si nous lui imposions notre genre de vie. Pourtant, cette infime espérance…

— Laquelle ?

Il se remit à suturer les estafilades du crâne. Apparemment, il était suffisamment sûr de son idée pour juger bon de finir les soins prodigués.

— Essaie de sucer le venin, me conseilla-t-il, son calme recouvré. La plaie est propre.

Tous les muscles de mon corps se tétanisèrent.

— Ça va marcher ? demanda Alice.

Elle se projeta dans le futur afin de répondre à sa propre question. Rien n'était clair. La décision n'avait pas encore été prise. *Je* n'avais pas décidé.

— Aucune idée, lâcha Carlisle sans relever la tête. En tout cas, il faut faire vite.

Le venin allait se répandre. Bella en avait ressenti la brûlure peu auparavant. Lentement, le poison remonterait jusqu'à son poignet, le long de son bras, accélérant au fur et à mesure de sa progression.

Le temps pressait.

Mais… Mais je ne suis pas un vampire ! eus-je envie de crier.

Si je goûtais au sang, surtout au *sien*, je deviendrais fou. Seul l'enfer dont elle subissait les tourments en cet instant était plus violent que celui qui déchirait ma gorge et ma poitrine. Si je cédai un tant soit peu au désir…

— Carlisle, je…

La honte me priva de parole. Se rendait-il compte de ce qu'il suggérait ?

— Je ne suis pas sûr d'y arriver, terminai-je.

Mon père travaillait toujours aussi vite. Il en avait fini avec l'arrière de la tête, s'occupait du côté gauche maintenant. Les blessures étaient innombrables.

— Il le faut, pourtant, répondit-il d'une voix lourde bien qu'égale.

Vivre ou mourir, ou vivre à demi. La décision m'incombait. Mais avais-je seulement le pouvoir de préserver sa vie ? Je n'aurais jamais cette force.

— Je ne peux pas t'aider, enchaîna Carlisle, je dois m'occuper de stopper l'hémorragie, surtout si tu lui tires du sang par la main.

Secouée par une nouvelle vague de douleur, Bella se débattit, agitant sa jambe abîmée.

— Edward ! s'égosilla-t-elle.

Elle rouvrit ses yeux injectés de sang qui se posèrent avec acuité sur moi, cette fois, implorants.

Elle se consumait.

— Alice, trouve-moi de quoi caler sa jambe, ordonna Carlisle.

L'interpellée fila hors de mon champ de vision, et je l'entendis arracher des lattes de parquet et les briser.

— Décide-toi, Edward, me dit ensuite mon père, ou il sera trop tard.

Il ne dominait plus sa voix. Il avait mal. Mal pour moi. Mal pour Bella.

Du regard, cette dernière me suppliait de la soulager.

Elle brûlait, et j'étais la personne la plus mal placée pour la sauver. La personne la pire, littéralement et sans conteste.

Mais la seule présente à pouvoir l'accomplir.

Tu le dois, m'exhortai-je. *Il n'y a pas d'autre solution. Tu n'as pas le droit d'échouer.*

Attrapant la main tordue, j'en dépliai les doigts crispés et les immobilisai. Je cessai de respirer et posai ma bouche sur la morsure. La peau autour avait déjà commencé à refroidir. Elle changeait. Se durcissait. Lèvres scellées sur l'estafilade, je fermai les yeux et m'attaquai à la tâche.

Je n'aspirai qu'un filet de sang, car le venin avait cautérisé la blessure. Rien que quelques gouttes, à peine pour humidifier ma langue.

Pourtant, ce fut une déflagration. Une bombe explosa dans tout mon organisme. La première fois que j'avais humé l'odeur de Bella, j'avais cru que j'étais fichu. Ça n'avait été qu'une petite coupure de rien du tout, en comparaison de cette décapitation qui détacha mon esprit de mon corps.

Je ne ressentis pas de souffrance, cependant. Le sang de Bella était l'inverse de la souffrance. Il effaça les incendies qui m'avaient toujours consumé. Il me procura une extase. Une *béatitude.* J'eus l'impression qu'on m'injectait une espèce de *joie*, purement physique. J'étais guéri, vivant, mes nerfs vibraient de satisfaction.

Au fur et à mesure que j'aspirais, les effets du venin disparaissaient. Le sang commença à couler plus abondamment, tapissant ma langue et ma gorge. La saveur glacée et piquante du poison ne gâchait en rien mon plaisir.

Mon exaltation. Mon extase.

Mon corps savait qu'il en avait plus à disposition. *Encore*, fredonnait-il, *encore.*

Sauf qu'il était figé. Je l'avais forcé à se pétrifier, ne m'en laissais pas conter. J'avais presque oublié pourquoi, j'étais juste certain qu'il ne devait pas bouger.

Il fallait que je réfléchisse. Que je cesse de *ressentir* pour réfléchir.

Le bonheur cachait quelque chose.

La douleur. Une souffrance que le bien-être n'étouffait pas. Une peine à la fois intérieure et extérieure.

Aiguë et dissonante. Qui montait crescendo.

Bella hurlait.

Mentalement, je cherchai à me raccrocher à une bouée de sauvetage. *Oui, Edward, tu en es capable. Tu vois ? Tu vas la sauver.* Alice m'envoyait des images du futur. Bella souriant. Bella riant. Bella prenant ma main. Bella m'enlaçant. Bella me contemplant avec fascination. Bella marchant à mon côté au lycée. Bella assise près de moi dans sa camionnette. Bella dormant entre mes bras. Bella plaquant ses doigts sur ma joue. Bella me tenant le visage et collant doucement ses lèvres sur les miennes. Mille scènes différentes où Bella était vivante, intacte, heureuse et avec moi.

Ma jouissance diminua.

Le goût du venin était encore fort. Il était trop tôt. *Je te dirai quand arrêter*, me promit Alice. Malheureusement, je me sentais dériver vers un point où je ne pourrais plus me contenir. Je m'égarais. J'allais la tuer en en savourant chaque seconde intensément.

Les cris de Bella se turent, me déconnectant du supplice qu'il me fallait éprouver. Elle gémit, soupira.

J'allais l'achever.

— Edward ? souffla-t-elle.

— Il est juste à côté, Bella, la rassura Alice.

En train de te détruire.

Je n'avais plus conscience de rien. Les sons s'étaient estompés, la lumière derrière mes paupières s'était tamisée, il n'y avait plus que le sang. Même les pensées qu'Alice aboya semblèrent venir de très loin. *Ça suffit, Edward. Tout de suite !*

Malgré ma dépendance, je sus qu'elle avait raison. La brûlure glacée avait disparu, remplacée par une saveur chimique nouvelle, et je devinai que Carlisle avait œuvré rapidement. *Stop, Edward ! Maintenant !* Alice voyait cependant que j'étais ailleurs. Elle se demanda, paniquée, si elle était en mesure de m'arracher à Bella ou si notre lutte ne ferait qu'aggraver son état.

— Reste, Edward, reste avec moi… murmura Bella.

Sa voix douce s'infiltra dans mon esprit, étonnamment plus puissante que l'affolement d'Alice et que le chaos qui régnait en moi et alentour. La confiance absolue de son ton fut la clé qui rattacha mon mental à mon physique. Elle reconstitua celui que j'étais.

Alors, tout simplement, je lâchai sa main. Relevant la tête, je regardai son visage. Toujours cendreux et maculé de rouge, les yeux encore fermés, mais apaisé. Elle n'avait plus mal.

— Je ne te quitte pas, ne t'inquiète pas, chuchotai-je à travers mes lèvres ensanglantées.

Un sourire fragile étira les siennes.

— Tout est sorti ? demanda Carlisle.

Il craignait d'avoir injecté l'antalgique trop tôt et d'avoir dissimulé la saveur du venin. Mais Alice avait vu que tout irait bien.

— Son sang est propre, répondis-je d'une voix rauque, j'ai perçu le goût de la morphine.

— Bella ? appela Carlisle.

— Mmm ?

— Le feu a disparu ?

— Oui, souffla-t-elle, un peu plus compréhensible maintenant. Merci, Edward.

— Je t'aime.

— Je sais, soupira-t-elle.

L'hilarité qui monta en moi me déstabilisa. J'avais son sang sur la langue, il devait également teinter mes iris de rouge, il séchait sur mes vêtements, il colorait ma peau, et pourtant elle arrivait encore à me faire rire.

— Bella ? répéta mon père.

— Quoi ?

Elle était ronchonne, à présent, à moitié endormie et pressée de l'être complètement.

— Où est ta mère ?

Elle battit des paupières un instant, exhala.

— En Floride. Il m'a eue. Il a regardé nos films de vacances.

Bien qu'elle soit épuisée par le traumatisme et la morphine, il était évident qu'elle était offusquée par cette intrusion dans son intimité. Je souris. Elle lutta pour garder les yeux ouverts, renonça, insista néanmoins pour exprimer une chose qui lui semblait très importante.

— Alice… la vidéo… il te connaissait, Alice, il savait d'où tu venais. Ça sent l'essence.

Emmett et Jasper avaient répandu de l'accélérant. Au loin, les sirènes de police retentissaient toujours, en provenance d'une nouvelle direction. On ne nous trouverait pas.

La mine sombre, Alice traversa la salle ravagée pour gagner l'installation vidéo. Elle ramassa une petite caméra qui tournait encore et l'éteignit. Dès qu'elle l'eut touchée, elle vit tout ce qui avait été filmé. Ses yeux croisèrent les miens. *On s'en occupera plus tard. Pour l'instant, on a des tonnes de trucs à régler, histoire de justifier cette horreur.* Je devinai qu'elle se détournait volontairement du contenu de l'appareil en réfléchissant aux différentes corvées qui nous attendaient. Je n'insistai pas. Ça pouvait attendre.

— Il est temps de filer, annonça Carlisle.

L'odeur de l'essence que mes frères répandaient sur les murs devenait difficile à supporter.

— Non, murmura Bella, je veux dormir.

— Dors, chérie, soufflai-je à son oreille, je vais te porter.

Sa jambe était maintenue entre deux lattes de parquet, et Carlisle avait réussi à bander ses côtes. Encore plus prudemment que d'habitude, je la soulevai du sol ensanglanté en m'efforçant de soutenir tout son corps.

— Dors, Bella ! chuchotai-je.

27

CORVÉES

— A-T-ON LE TEMPS DE... COMMENÇA ALICE.

— Non, la coupa Carlisle, Bella a besoin d'être transfusée en urgence.

Ma sœur soupira. Nous occuper de la blessée en premier lieu nous compliquait la tâche.

Carlisle s'installa avec moi sur la banquette arrière de la Porsche, soutenant la tête de Bella d'une main, ses doigts appuyant doucement sur sa carotide. Sa jambe brisée était étendue sur les cuisses d'Emmett, de l'autre côté de moi. Mon frère évitait de respirer et regardait par la fenêtre en s'efforçant de ne pas penser à tout le sang séché qui recouvrait Bella, Carlisle et moi. Ni à ce que je venais de faire, à l'improbable, à la volonté qu'il m'avait fallu et dont il se savait dépourvu.

Il préférait ruminer le mécontentement que lui inspirait la bagarre. Franchement, il *tenait* le traqueur. Il l'avait maîtrisé, l'écrasant entre ses bras, même si l'autre s'était débattu comme un beau diable et tortillé comme une anguille. En vain. Emmett avait commencé à le broyer lorsque Jasper avait déboulé sur les lieux du carnage. Féroce et couturé, le regard vide et en même temps aiguisé, l'air d'un dieu de la guerre oublié nimbé d'une aura de violence absolue. Il avait suffi que le traqueur le voie (pour la première fois, ce qu'Emmett ignorait) pour qu'il cesse de résister et se résigne à son destin. Alors que ce destin avait été scellé *dès* qu'Emmett l'avait immobilisé ! C'était ça qui démoralisait Emmett.

Qui le rendait dingue.

J'allais devoir lui raconter l'impression qu'il avait faite, dans la clairière, et pourquoi. À mon avis, rien d'autre ne réussirait à apaiser sa frustration.

Au volant, Jasper avait baissé sa fenêtre qui laissait entrer la touffeur extérieure, même si, à l'instar d'Emmett, il s'interdisait de respirer. À côté de lui, Alice gérait la situation, lui indiquant où tourner, quelles voies emprunter et à quelle vitesse rouler sans attirer une attention malvenue. Il ne dépassait pas les cent dix kilomètres-heure, ce que je trouvais trop lent, mais Alice garantissait que nous serions à l'hôpital plus vite que si j'avais conduit. Éviter les voitures de police n'aurait fait que nous ralentir et nous mettre dans l'embarras.

Tout en s'occupant de notre trajet, Alice pensait à mille choses en même temps, résolvant les obstacles, étudiant les conséquences de tous les choix qui s'offraient à elle.

Plusieurs éléments étaient certains, toutefois.

Elle tira son portable de sa poche et appela la compagnie aérienne dont elle savait déjà qu'elle proposait un horaire acceptable afin de réserver un billet pour Seattle sur le vol de 14 h 40. Emmett le prendrait.

Notre journée était aussi claire dans sa tête que si elle s'était déjà déroulée.

D'abord, Jasper allait nous déposer, Carlisle, Bella et moi à l'hôpital Saint-Joseph. Il y en avait de plus proches, mais mon père insistait sur celui-ci, parce qu'il y connaissait un confrère qui se porterait garant de lui et que l'établissement était réputé pour son service de traumatologie. Son inquiétude et le visage cendreux de Bella, dont le cœur battait pourtant avec régularité, me livraient tout entier à la panique, et je maudissais notre prudence.

— Elle va s'en sortir, gronda Alice quand elle vit que j'étais une fois encore sur le point de me plaindre.

Elle me fourra dans le crâne une image de Bella assise sur son lit d'hôpital et souriant sous sa multitude d'hématomes. Je soulevai un lièvre, cependant.

— Et *quand* cela aura-t-il lieu ?

Dans un ou deux jours, OK ? Trois maxi. Tout ira bien. Du calme. Mon affolement monta en flèche. Trois jours ? Carlisle déchiffra sans peine ma réaction.

— Elle a besoin de temps, Edward. Tant son corps que son esprit doivent se reposer. Elle va se rétablir.

J'essayai de l'accepter, sans grand résultat. Je décidai de me concentrer sur Alice, dont l'organisation méthodique valait mieux que ma vaine agitation.

L'arrivée à l'hôpital promettait d'être risquée. Nous étions à bord d'un SUV volé, relié à une Subaru elle aussi volée et responsable d'un carambolage ayant impliqué vingt-sept véhicules. L'entrée des urgences était surveillée par des dizaines de caméras. Et si nous changions de mode de transport, la voiture qu'Alice comptait louer plus tard, par exemple ? Ça ne prendrait que quinze minutes, un tout petit détour, et elle savait déjà dans quelle agence se rendre…

Je grondai, et elle renifla sans me regarder.

Toujours aussi agaçants, ces deux-là, grommela Emmett par-devers lui.

Bref, on gardait la Porsche. Alice se résigna et passa à la suite. Nous serions obligés de nous garer hors de portée des caméras, ce qui nous rendrait plus suspects. Pourquoi ne pas plutôt aller directement sous l'auvent métallique avec notre patiente inconsciente ? Pourquoi la porter plus que nécessaire ? Comme ça, Carlisle et moi serions à l'ombre. Sinon, nous serions contraints d'approcher de la surveillance vidéo, et Alice devrait plus tard forcer le bunker où ils conservaient les bandes. Elle n'avait tout bonnement pas le temps pour ça. Il lui fallait prendre une chambre à l'hôtel et concocter un scénario crédible et violent censé s'être produit *avant* notre arrivée à l'hôpital.

C'était aussi une urgence. Son plan nécessitait qu'elle récupère du sang.

Ce serait rapide. Lorsque je débarquerais en ayant l'air d'avoir reçu un pot de peinture sur la tête et chargé d'un corps inanimé, ça provoquerait des remous. Tous les membres de l'équipe disponibles dans un rayon de cent mètres se rueraient vers moi. Alice n'aurait aucun problème à profiter du tohu-bohu pour se glisser derrière l'accueil. Personne ne lui poserait de questions. Une paire de chaussons en plastique prise dans un distributeur cacherait ses souliers tachés. Après, elle n'aurait plus qu'à foncer dans la réserve de sang des urgences.

— Donne-moi ton sweat-shirt, Em.

Veillant à ne pas déplacer la jambe de Bella, il retira le vêtement et le lui lança. Il était d'une propreté remarquable, comparé à mes habits et ceux de Carlisle. Emmett aurait bien aimé savoir pourquoi Alice en avait besoin, mais il n'osa pas ouvrir la bouche, par peur de sentir et goûter l'odeur qui imprégnait l'habitacle. Alice enfila le sweat-shirt, mille fois trop grand pour son corps menu. Pourtant, elle avait une certaine élégance. Tout lui allait, à cette Alice.

— Quel est le groupe sanguin de Bella ? demanda-t-elle à Carlisle.

— O positif.

Au moins, l'accident avec Tyler aurait servi à ça. Ma sœur était sûrement trop consciencieuse. Qui se soucierait de catégoriser le sang qu'elle laisserait sur les lieux de « l'accident » ? Sauf si celui-ci évoquait un peu trop une scène de crime. À la réflexion, elle avait peut-être raison de se montrer aussi minutieuse.

— Laisses-en assez pour Bella, lui rappelai-je.

Elle se retourna, m'adressa une grimace, repris sa position initiale et continua à comploter.

Jasper et Emmett l'attendraient dans la voiture volée, moteur au ralenti, elle serait de retour en moins de trois minutes. Elle choisirait un hôtel près de l'hôpital pour que ce soit plus crédible.

Elle le vit tout de suite, à quelques pâtés de maisons. Certes, elle-même ne serait jamais descendue dans ce genre d'établissement, mais il serait parfait pour un tableau sinistre.

J'eus l'impression d'assister en temps réel à son arrivée à la réception.

Alice entre à grands pas dans le hall modeste, avec ses chaussures tachées de bordeaux et son vêtement trop ample noué autour de sa taille, tel un accessoire de mode. La réceptionniste est seule. Elle relève la tête, sans beaucoup d'intérêt d'abord, puis elle découvre le visage frappant de sa cliente. Elle la fixe avec un mélange de peur et d'admiration, ne se rend pas compte qu'elle n'a pas de bagages.

Alice n'est pas satisfaite.

Elle rembobine sa vision. Retour à l'hôpital. Elle sort de la banque du sang, les poches remplies de quatre sachets qui clapotent. S'octroyant une brève escapade, elle se glisse dans une salle de soins protégée par un rideau. Une femme y dort, reliée à des moniteurs qui bipent. Au pied du lit, un sac à main et un fourre-tout bleu contenant les affaires de la malade. Alice s'en empare et ressort. La manœuvre ne lui a demandé que deux secondes supplémentaires.

Nouveau plan sur le hall de l'hôtel. Alice ne porte pas le sweat-shirt, le fourre-tout est suspendu à son épaule. La réceptionniste a la même réaction que précédemment. Plus rien ne cloche, maintenant. Alice demande deux chambres doubles, dont l'une pour une seule personne. Elle donne son permis de conduire – authentique – et la carte de crédit à son nom. Elle parle de ses compagnons de voyage, son père et son frère, qui sont en train de chercher un parking couvert pour la voiture. L'employée tapote sur son ordinateur. Alice regarde son propre poignet – il est nu.

Arrêt sur image.

— Jasper ? Il me faut ta montre.

Il tendit le bras, et elle lui retira sa Breguet sur mesure, un cadeau qu'elle lui avait offert. En vieil habitué des manies d'Alice, il ne se donna pas la peine de l'interroger sur ses raisons. La montre, trop grande, avait des allures de bracelet. Parfait. Elle aurait pu lancer une mode.

La vision redémarra.

Alice consulte la montre qui pendouille de manière si chic à son poignet.

— Il n'est que 10 h 50, dit-elle. Votre pendule avance.

La femme acquiesce distraitement et tape l'heure que vient de lui donner sa cliente sur le formulaire de réservation. En attendant que la réceptionniste en ait terminé, Alice devient un peu trop immobile. Elle est agacée par le temps que met l'autre, mais elle n'a d'autre choix que de patienter. L'employée finit par lui remettre deux clés électroniques sur lesquelles sont inscrits les numéros de chambre : la 106 et la 108.

Retour en arrière.

Alice entre dans le hall. La réceptionniste a la même réaction que précédemment. Alice demande deux chambres doubles, dont l'une pour une seule personne. *Au deuxième étage, si possible.* Elle pose son permis et sa carte de crédit sur le comptoir, elle parle de ses compagnons de voyage, la femme tape sur son clavier, Alice rectifie l'heure, Alice attend. L'employée lui remet deux clés électroniques. Chambres 209 et 211. Alice sourit et s'éloigne à une allure humaine, jusqu'à ce qu'elle soit dans l'escalier.

Elle entre dans les deux pièces, laisse le fourre-tout dans la première, tire les rideaux, allume les lampes, accroche des plaquettes « Ne pas déranger » aux poignées des portes. Poches de sang à la main, elle file jusqu'à un second escalier. Le couloir est désert, personne ne la voit. Elle s'arrête sur un palier à mi-chemin des marches. En bas, une sortie donne sur l'extérieur de l'hôtel. La porte est flanquée d'une baie vitrée. Les lieux sont vides.

Alice compose un numéro de téléphone.

— Klaxonne pendant trois secondes.

Un avertisseur ridiculement fort retentit, en provenance du parking, et couvre les bruits de la circulation sur l'autoroute (pas celle que nous avons écumée, une autre).

Alice dégringole au rez-de-chaussée, se roule en boule et se jette en plein milieu de la fenêtre. La vitre tombe sur le trottoir, des éclats volent jusque sur le macadam du parking, dessinant un soleil qui étincelle sous la violente lumière extérieure. Se réfugiant à l'ombre de l'escalier, Alice déchire les sachets sur les pointes acérées restées en place, recouvrant ces dernières de sang. Elle jette dehors le contenu de la première, créant des éclaboussures qui épousent la forme en éventail du verre. Elle en vide deux autres sur le trottoir, créant deux flaques qui imbibent le béton du trottoir avant de s'écouler dans le caniveau.

Le klaxon s'est tu.

Alice recompose le numéro.

— Passe me chercher.

La Porsche surgit presque tout de suite. Alice se rue à bord en agrippant sa dernière poche de sang.

La vision s'éteignit, et nous revînmes à la réalité présente. Satisfaite de sa prestation, Alice s'intéressa à la suite des événements. Ce serait moins drôle, quoique tout aussi vital.

— *Drôle ?* râlai-je.

Elle m'ignora.

Direction l'aéroport. Elle choisit une Chevrolet Suburban blanche à l'agence de location de voitures. Elle ne ressemble en rien à la Cayenne, mais elle est grosse et blanche, et tout témoin venant raconter son histoire sera rayé des listes par les enquêteurs. Alice ne subodore aucun ennui, elle est juste méticuleuse.

Au volant de la Porsche, Alice suit la Suburban. Elle supporte mieux l'odeur de Bella que les garçons. Bien que cette dernière ne risque plus rien de leur part, son parfum continue de les brûler quand ils respirent. Alice déniche un laveur de voitures. Elle paie en espèces et prévient le tout jeune employé – qui la contemple avec fascination – que sa nièce a rendu son jus de tomate sur la banquette arrière. Pour preuve, elle montre ses chaussures. Le garçon, déjà amoureux, promet que la Porsche sera impeccable quand ils en auront terminé. (Personne ne met en doute ce qu'elle dit. Par crainte que la puanteur du vomi ne le rende malade à son tour, le gosse retiendra sa respiration.) Alice donne le nom de Mary. Elle envisage de nettoyer ses souliers aux toilettes, voit cependant que ça ne servira à rien.

Elle patiente pendant une heure. Au bout des quinze premières minutes, elle appelle l'hôtel depuis l'arrière de la station de lavage, où les aspirateurs et les Karchers empêchent qui que ce soit d'écouter sa conversation. Paniquée, elle s'excuse auprès de la réceptionniste. Une amie en visite, un accident *affreux* dans l'escalier, la baie vitrée… le *sang*… Elle est à peine cohérente. Oui, elle est avec son amie à l'hôpital, mais la *fenêtre* ! La *vitre* ! Quelqu'un d'autre risque de se *blesser*. Il faut la condamner en attendant qu'elle soit réparée. Elle doit y aller, on lui permet de voir son amie. Merci, et encore désolée.

La femme n'appellera pas la police. Elle préviendra son supérieur, qui lui ordonnera de procéder aux réparations avant que se produise un nouvel accident. Telle sera leur excuse au moment de rédiger la paperasse : ils ont arrangé les choses pour des raisons de sécurité. Ils attendront avec anxiété un dépôt de plainte qui n'arrivera jamais. Il leur faudra plus d'un an pour croire à leur chance infernale.

Le ménage fait, Alice inspecte la banquette. Aucune preuve visible. Elle octroie un pourboire au gamin, monte à bord et inspire longuement par le nez. Certes, la Cayenne ne supporterait pas un examen au luminol, mais elle sait que ça ne se produira pas.

Suivie par Jasper et Emmett, elle se rend dans un centre commercial de Scottsdale. Elle gare son véhicule au troisième étage d'un parking énorme. La sécurité mettra quatre jours à le déclarer abandonné.

Pendant qu'Emmett patiente dans la Suburban, Alice et Jasper font des emplettes. Elle s'achète une paire de tennis dans un Gap bondé, paie en cash. Personne ne prête attention à ses chaussures souillées. Elle offre à Emmett un T-shirt à capuchon, à sa taille qui plus est. Elle ressort avec six grands sacs de vêtements pour elle-même, Carlisle, Emmett et moi. Elle règle avec une carte de crédit différente. Jasper joue les porteurs. Pour finir, elle fait l'acquisition de quatre grosses valises différentes qu'elle et Jasper font rouler jusqu'à la voiture de location. Elle les dote d'étiquettes et les remplit avec les fringues neuves.

Ensuite, elle jette ses souliers abîmés dans une poubelle.

Tout se passe à merveille, sans retours en arrière ni recommencements.

Jasper et Alice déposent Emmett à l'aéroport. Il embarque avec l'un des bagages, plus anonyme que lors du vol du matin. Ils récupèrent la Mercedes de Carlisle dans le parking. Après avoir embrassé Alice, Jasper entame le long trajet de retour.

Les garçons partis, Alice verse la dernière poche de sang sur la banquette de la Suburban, qu'elle conduit à la station de lavage en libre-service. Elle se charge de nettoyer la voiture, pas aussi bien que les employés l'ont fait pour la Porsche, elle aura une amende quand elle rendra la Chevrolet.

Il pleuvra quand Emmett atterrira à Seattle, une demi-heure seulement avant le coucher du soleil. Il ira au ferry en taxi, n'aura aucun mal à plonger dans le Puget Sound et à se débarrasser de sa valise. En trente minutes de nage et de course, il sera à la maison. Il récupérera la camionnette de Bella et repartira aussitôt pour Phoenix.

Dans la réalité, Alice fronça les sourcils et secoua la tête. Ça prendrait trop de temps, le pick-up étant d'une lenteur exaspérante.

Nous n'étions plus qu'à quatre minutes de l'hôpital. Bella respirait régulièrement entre mes bras, nous étions toujours trempés de sang. Emmett et Jasper continuaient de retenir leur souffle.

Je clignai pour reprendre mes esprits. Quand les visions d'Alice étaient aussi détaillées, il était facile de perdre le fil. Elle était plus habituée que moi à ces allers et retours entre l'avenir et le présent.

Récupérant son téléphone, elle composa un numéro. Elle nageait dans le sweat-shirt d'Emmett, la montre pendait à son poignet.

— Rose ?

La voix affolée de cette dernière nous parvint.

— Que se passe-t-il ? Emmett…

— Emmett va *bien*. J'ai besoin que…

— Où est le traqueur ?

— Il a disparu de la circulation.

Rosalie poussa un hoquet parfaitement audible.

— Je voudrais que tu loues une dépanneuse. Ou que tu en achètes une, ce qui sera le plus simple. Qu'elle ait du jus, surtout. Charge la camionnette de Bella dessus et retrouve Emmett à Seattle. Il atterrit à 17 h 30.

— Emmett rentre ? Que s'est-il passé ? Pourquoi est-ce que je dois dépanner ce vieux tacot ridicule ?

Un bref instant, je me demandai pourquoi Alice renvoyait Emmett chez nous, pourquoi elle n'ordonnait pas à Rosalie de descendre la Chevrolet à Phoenix, la solution pourtant la plus évidente. Puis je me rendis compte qu'elle ne *voyait* pas Rose nous rendre ce service, ce qui me plongea dans des abîmes d'amertume glacée. Rosalie avait choisi son camp.

Emmett aurait voulu lui parler afin de l'apaiser, mais il n'était toujours pas capable d'ouvrir la bouche.

Son comportement et celui de Jasper m'épataient. Il était possible que l'émulation de la bagarre les affecte encore et les aide à supporter l'odeur du sang. Alice rembarra Rose :

— T'occupe. Je règle seulement les derniers détails. Emmett te racontera tout. Dis à Esmé que ça va, mais que nous risquons d'être retenus ici un moment. Qu'elle reste près du père de Bella, au cas où la rouquine…

— Elle compte s'en prendre à Charlie ? demanda Rosalie d'une voix neutre.

— Non, je ne distingue rien de tel, mais mieux vaut prévenir que guérir, hein ? Carlisle téléphonera à Esmé dès qu'il le pourra. Dépêche-toi, Rose, tu as des délais à respecter.

— Sale morveuse !

Alice raccrocha. *Au moins, Emmett gardera les vêtements. Tant mieux. Ils vont lui aller super bien.*

L'intéressé était ravi par ce coup de fil, de savoir qu'il serait bientôt avec Rosalie à laquelle il pourrait donner sa version des faits. Inutile de mentionner l'intervention idiote de Jasper. Puisque Alice ne voyait pas de danger de la part de la rousse, Rose pourrait l'accompagner jusqu'à Phoenix. À moins qu'elle n'en ait pas envie. Il contempla le visage blême de Bella, sa jambe brisée et fut submergé par une vague d'inquiétude et d'affection fraternelles. *Elle est chouette. Rose va devoir s'en remettre. Fissa.*

Le front plissé, Alice songeait à ses tâches, aux répercussions de ses choix. Elle se vit revenir à l'hôpital avec les habits qu'elle nous avait achetés. Avait-elle pensé à tout ? Quelque chose lui avait-il échappé ?

Non, tout était parfait. Le serait.

— Bien joué, lui chuchotai-je.

Elle sourit.

Jasper se gara près des urgences, loin des caméras, à l'abri de l'auvent.

Rajustant ma prise autour de Bella, je me préparai à revivre tout ça – pour la première fois.

28

TROIS CONVERSATIONS

Le Dr Sadarangani, l'ami de Carlisle, facilita les choses. Il arriva sitôt que Carlisle l'eut fait appeler, avant même que le personnel ait apporté un brancard pour Bella. En quelques minutes, il arrangea la première transfusion. Mon père se détendit enfin, à peu près certain que le plus urgent était en route.

J'eus beaucoup de mal à garder mon calme, en revanche. J'avais certes confiance en Carlisle, et le Dr Sadarangani paraissait compétent. Je le lus dans son diagnostic clair et net identique à celui de mon père, et je l'entendis s'émerveiller avec ses assistants de la perfection des sutures et de l'immobilisation de la jambe brisée. Derrière les portes closes, il régala son équipe des exploits de Carlisle à l'hôpital de Baltimore, où ils avaient travaillé ensemble quatorze ans auparavant. Il s'étonna de l'apparence inchangée de son ancien collègue et le soupçonna, en dépit des assurances de l'intéressé selon lesquelles le climat frais et humide de la côte nord-ouest du Pacifique était une source de jouvence, d'avoir eu recours à la chirurgie esthétique. Il fut assez optimiste sur l'état de Bella pour prier Carlisle d'examiner quelques-uns de ses patients qui posaient problème, assurant ses internes que c'était le meilleur diagnosticien qu'il ait jamais croisé. Partageant sa confiance, Carlisle accepta de les aider.

La différence, c'est que, pour moi, il s'agissait d'une question de vie ou de mort. C'était mon existence qui était allongée sur ce brancard, blême et inerte, couverte de tubes, de bandes et de pansements. Je dus lutter pour ne pas m'effondrer.

Chef de son service, ce fut le Dr Sadarangani qui prévint Charlie, lors d'un coup de fil douloureux. Se dépêchant de prendre le relais, Carlisle donna une explication à notre présence à Phoenix aussi succincte que possible, rassura le père de Bella et promit de rappeler très bientôt avec de bonnes nouvelles. Les accents affolés de Charlie m'amenèrent à penser qu'il était aussi dubitatif que moi.

Assez vite, il fut déclaré que Bella était stable. On l'installa dans une chambre. Alice n'était même pas encore revenue de sa mission.

La transfusion avait modifié le parfum du sang de Bella. J'aurais dû m'y attendre, j'en fus néanmoins surpris et, malgré l'apaisement significatif de ma soif brûlante, n'appréciai guère. Ce sang étranger avait des allures d'intrus, d'extraterrestre. Il n'appartenait pas à Bella, et cette irruption m'irrita, tant j'étais irrationnel en cet instant. Son odeur resurgirait dans moins de vingt-quatre heures, avant qu'elle revienne à elle. En revanche, il lui faudrait de nombreuses semaines pour refabriquer ce qu'elle avait perdu. Quoi qu'il en soit, ce déséquilibre m'avertissait avec un peu trop de violence que je ne retrouverais pas de sitôt l'arôme qui m'avait subjugué durant des mois.

Nous avions fait le maximum, il ne restait plus qu'à patienter.

Pendant cette pause interminable, je m'occupai comme je pus. Je mis Esmé au courant des événements. Alice réapparut mais repartit dès qu'elle vit que je préférais être seul. Je contemplai par les fenêtres la circulation et quelques modestes gratte-ciel, tout en écoutant les battements réguliers du cœur de Bella pour ne pas devenir fou.

Quelques conversations m'intéressèrent plus particulièrement cependant.

Carlisle attendit d'être seul avec Bella et moi pour rappeler Charlie, conscient que je voudrais assister à l'entretien.

— Allô, Charlie ?

— Carlisle, où en est-on ?

— On lui a fait une transfusion et une IRM. Pour l'instant, c'est très prometteur. Apparemment, nous ne sommes passés à côté d'aucune blessure interne.

— Je peux lui parler ?

— Elle est sédatée, c'est le processus habituel. Réveillée, elle souffrirait trop.

Je grimaçai.

— Elle a besoin de quelques jours pour se rétablir, enchaîna mon père.

— Vous êtes *sûr* que tout va bien ?

— Je vous le jure, Charlie. S'il se passe quoi que ce soit, je vous avertirai. Elle va s'en sortir. Il lui faudra marcher avec des béquilles un moment mais, à part ça, elle sera comme neuve.

— Merci, Carlisle. Je suis vraiment content que vous soyez sur place.

— Moi aussi.

— J'imagine que ça doit vous déranger…

— Pas de ça entre nous, Charlie. Je resterai auprès d'elle jusqu'à ce qu'elle soit prête à regagner Forks.

— Voilà qui me rassure, je vous l'avoue. Est-ce que… Est-ce qu'Edward va rester là-bas aussi ? Avec le lycée et tout ça, je veux dire.

— Il a déjà parlé à ses profs, mentit Carlisle puisque c'était Alice qui s'en chargerait. Ils l'ont autorisé à travailler à distance. Il s'occupe également de récupérer les devoirs de Bella, même si j'imagine que les enseignants vont la laisser tranquille un moment. Edward est dévasté, vous savez, ajouta-t-il en baissant la voix.

— Je ne suis pas certain de comprendre. C'est lui qui vous a convaincu de vous rendre à Phoenix ?

— Oui, il se faisait beaucoup de souci pour Bella. Il se sentait responsable de son départ. Il estimait qu'il lui revenait d'arranger les choses.

— Mais qu'est-ce qui s'est *passé* entre eux ? s'exclama Charlie, ahuri. Tout va bien, et voilà que Bella piaille qu'elle aime votre fils, que c'est un problème, et qu'elle décampe en pleine nuit. Votre garçon vous a-t-il fourni une explication cohérente ?

— Oui, nous avons eu le temps d'en discuter sur le trajet. Edward a confié à Bella les sentiments qu'il nourrissait pour elle. D'après lui, elle a d'abord été heureuse. Puis quelque chose l'a turlupinée, et elle a voulu rentrer chez elle. Et là, elle lui a ordonné de ne plus l'embêter.

— Je sais, oui, j'y étais.

— Edward ne comprend toujours pas. Ils n'ont pas eu l'occasion de parler avant que…

— Je suis en mesure de vous renseigner, soupira Charlie. Un truc compliqué avec sa mère. Je crois qu'elle a juste surréagi.

— Elle devait avoir de bonnes raisons.

Le père de Bella lâcha un grognement embarrassé.

— Mais vous, Carlisle, qu'en pensez-vous ? Ce ne sont que des ados. Tout ça, c'est un peu… trop, non ?

— Avez-vous oublié vos dix-sept ans ? s'esclaffa Carlisle.

— Oui.

— Et la première fois que vous êtes tombé amoureux ? insista mon père, toujours rieur.

— Non, admit Charlie après une hésitation. Ça ne s'oublie pas.

— En effet. Je suis désolé, Charlie, si nous n'étions pas venus à Phoenix, elle ne se serait même pas approchée de cet escalier.

— Allons, allons, ne commencez pas avec ça. Avec ou sans vous, elle aurait été capable de tomber par une fenêtre. Et elle a eu de la chance de vous avoir dans les parages.

— Je suis juste content qu'elle aille bien.

— Ça me tue de ne pas pouvoir être là-bas.

— Si vous voulez, je peux vous réserver un vol…

— Non, ce n'est pas ça. Comme vous le savez, nous n'avons pas beaucoup d'affaires criminelles, par ici. Il se trouve que la vilaine agression de l'été dernier va enfin être jugée, et si je ne suis pas là pour témoigner, la défense s'en frottera les mains.

— Je comprends. Inutile de vous inquiéter. Faites votre boulot, mettez le sale type à l'ombre, et je me charge de vous ramener Bella en pleine forme d'ici peu.

— Si vous n'étiez pas avec elle, je crois que je péterais un câble. Merci encore. Je vous envoie Renée. Bella préférera sans doute ça.

— Excellente idée. J'ai hâte de rencontrer la mère de Bella.

— Je vous préviens, elle risque de… d'en faire une maladie.

— Rien de plus légitime, il s'agit de sa fille.

— Encore une fois, merci, Carlisle. Merci de veiller sur Bella.

— C'est tout naturel, Charlie.

Après avoir raccroché, mon père ne s'attarda pas. Il avait toujours du mal à rester désœuvré dans un hôpital plein d'humains en souffrance. J'aurais dû me sentir mieux en voyant qu'il n'avait pas de scrupules à abandonner Bella. Ça ne fonctionna pas.

L'événement suivant, insignifiant, fut l'arrivée de la mère de Bella. Il était presque minuit quand Alice me prévint que Renée serait là dans quinze minutes.

Je fis un brin de toilette dans la salle de bains attenante à la chambre. Alice nous avait apporté des vêtements neufs, et j'avais l'air moins macabre. Par bonheur, quand je songeai à vérifier, je constatai que mes yeux avaient retrouvé une couleur normale, un ocre foncé. Non qu'un mince cercle rouge aurait été très remarquable, au regard de tout le reste, mais je n'avais pas envie de voir ça.

Une fois propre, je me remis à ruminer. La mère de Bella me tiendrait-elle plus responsable de l'accident que son père ? Si l'un d'eux avait été au courant de la vérité… Mon apitoiement sur moi-même fut soudain interrompu par une drôle de surprise. Bizarrement, je n'avais jamais entendu une voix aussi claire et forte, au point que, l'espace d'une seconde, je crus que sa propriétaire s'était glissée dans la chambre sans que je m'en aperçoive.

Ma fille. S'il vous plaît ! Où est-elle ? Mon bébé…

Puis je me dis que la personne s'époumonait depuis le hall d'entrée, au rez-de-chaussée – à présent que je me concentrais, c'était l'origine des cris –, sans pour autant que quelqu'un se rende compte du boucan. Les témoins avaient remarqué autre chose, eux. Une jolie femme d'une trentaine d'années, peut-être plus, dont la détresse évidente attirait le regard, bien qu'elle se tienne dans un coin reculé, discrète, incertaine. Plusieurs aides-soignants affairés s'interrompirent pour lui demander ce qu'elle voulait.

Il s'agissait de la mère de Bella, bien sûr. Je la reconnus à l'image que j'en avais vue dans l'esprit de Charlie, et sa ressemblance avec sa fille était frappante. J'avais imaginé que Charlie se rappelait Renée jeune, mais le portrait aurait pu être récent. Elle n'avait guère vieilli, et on devait souvent les prendre pour des sœurs, elle et Bella.

— Je cherche ma fille. Elle a été hospitalisée cet après-midi. Un accident. Elle a traversé une fenêtre.

Sa voix physique était normale, similaire à celle de Bella, quoique un tout petit plus aiguë. Sa voix mentale, par contre, était stridente. La réaction des gens fut fascinante. Bien qu'ils ne perçoivent pas ses hurlements intérieurs, tous eurent l'air de tenir à l'aider à tout prix. Comme s'ils avaient conscience de ses besoins et se sentaient obligés de les satisfaire. Captivé par ces interactions cérébrales, j'écoutai une infirmière dévouée à sa cause l'entraîner dans les couloirs avec sa petite valise.

Mes interrogations sur Renée me revinrent en mémoire, lorsque j'avais été curieux de découvrir quel esprit combiné à celui de Charlie avait pu créer un être aussi particulier et unique que Bella. Renée était l'opposé de son ex-époux. Elle fut prise en charge par l'infirmière responsable de sa fille, qui lâcha tout pour lui rendre service.

Un instant, je me représentai Renée en vampire. Ses pensées hurleraient-elles ainsi sur tout un chacun, impossibles à éviter ?

Du coup, elle ne serait pas très appréciée. L'idée me fit sourire, tant elle était amusante.

Renée s'engouffra dans la chambre en lâchant son bagage. D'abord, elle ne me vit pas, appuyé à la fenêtre. Elle n'avait d'yeux que pour sa fille. Bella était allongée, immobile, les hématomes fleurissant sur son visage. On lui avait bandé la tête – Carlisle avait obtenu qu'on ne la lui rase pas –, et des tuyaux reliés à des appareils la transperçaient de toute part. Sa jambe était plâtrée des orteils à la cuisse et posée sur un support en mousse.

Bella, oh ma chérie, mais regarde-toi ! Oh, non !

Comme celui de Bella, le sang de Renée avait des saveurs sucrées. *Trop*, cependant. Presque écœurantes. Une fragrance intéressante, à défaut d'être séduisante. Si je n'avais rien remarqué de particulier dans l'odeur de Charlie, mélangée à celle de Renée, ça avait donné un résultat impressionnant.

— On l'a sédatée, expliqua vivement l'infirmière, quand Renée s'approcha du lit, les mains tendues. Elle sera dans les vapes un moment, vous pourrez lui parler dans quelques jours.

— J'ai le droit de la toucher ?

La question relevait à la fois du murmure et du cri.

— Bien sûr, tapotez-lui le bras droit, ici, doucement s'il vous plaît.

Debout, Renée posa deux doigts sur l'avant-bras de Bella. Les larmes se mirent à rouler sur ses joues, et l'infirmière l'enlaça dans un geste tout maternel. J'aurais bien voulu la réconforter moi aussi.

Je suis navrée, trésor. Tellement désolée.

— Allons, allons, ma chérie, remettez-vous. Elle va s'en sortir. Le beau médecin l'a raccommodée comme personne. Inutile de pleurer, ma belle. Venez donc vous asseoir, détendez-vous. Vous venez de loin, je parie. De Géorgie, c'est ça ?

— De Floride, renifla Renée.

— Vous devez être épuisée. Votre petite n'ira nulle part et ne fera aucune bêtise. Pourquoi n'essayez-vous pas de dormir un peu, chérie ?

Renée se laissa conduire vers le fauteuil relax en vinyle bleu qui occupait un coin de la pièce.

— Vous n'avez besoin de rien ? Nous vendons des affaires de toilette si vous souhaitez vous rafraîchir.

L'infirmière avait tout d'une grand-mère attentionnée, avec ses cheveux gris rassemblés en chignon au sommet du crâne. Son badge indiquait qu'elle s'appelait Gloria. Je l'avais croisée, sans lui prêter attention, néanmoins. Là, je me surpris à éprouver de la sympathie pour elle. Parce qu'elle était gentille ou à cause de la vive approbation qu'elle inspirait à Renée ? Il était très étrange d'être en présence d'un individu qui projetait ses pensées avec une telle vigueur inconsciente. Le phénomène s'apparentait un peu à ce qui se passait avec Jasper, en moins sophistiqué, certes. Et puis, il ne s'agissait pas d'émotions mais de réflexions. Que j'étais le seul à entendre.

Ça me donna un nouvel aperçu de ce qu'avait dû être la vie de Bella avec sa mère. Pas étonnant qu'elle ait été si prévenante et protectrice envers Renée, qu'elle ait renoncé à son enfance pour s'occuper d'elle.

— J'ai ce qu'il faut, répondit Renée avec un hochement de tête las en direction de sa petite valise.

Je me faisais un peu l'impression d'être un éléphant dans un jeu de quilles. Aucune des deux femmes n'avait encore noté que j'étais là, bien que je sois parfaitement visible. L'éclairage avait été baissé pour la nuit, mais il y avait encore assez de lumière pour que les infirmières puissent travailler.

Je décidai de me manifester.

— Permettez.

Rapidement, j'allai chercher le bagage et le posai sur une étagère accrochée à côté du fauteuil. Comme Charlie, Renée réagit par une soudaine montée de peur et d'adrénaline. Elle se ressaisit très vite, mettant ses émotions sur le compte de sa fatigue et de la brusquerie de mes mouvements. *Je suis si nerveuse. Mais qui est-ce ? Euh… Hum. Le beau docteur ? Il est trop jeune.*

— Oh, salut, fiston, dit Gloria, un rien désapprobatrice. (Elle avait eu le temps de s'habituer à Carlisle et moi.) Je croyais que tu étais rentré chez toi.

— Mon père m'a demandé de garder un œil sur Bella pendant qu'il aide le Dr Sadarangani, répondis-je. Il m'a donné des instructions très précises.

J'avais recouru à cette excuse plusieurs fois aujourd'hui, avec une telle assurance que personne n'avait insisté.

— Parce qu'ils sont encore de service ? Ils vont finir par s'endormir debout.

Naturellement, il y avait belle lurette que le Dr Sadarangani avait regagné ses pénates. Mais avant, il avait présenté Carlisle à l'hématologue de nuit, et mon père s'occupait des cas les plus délicats. La mère de Bella nageait en pleine confusion. Gloria sauta sur l'occasion de nous présenter.

— Voici le fils du Dr Cullen, le médecin qui a sauvé votre fille.

— Tu es Edward, comprit Renée.

C'est donc lui *le petit ami ? Bigre, Bella n'a aucune chance.*

— Je n'ai qu'un fauteuil, chéri, me dit Gloria, et j'estime que Mme Dwyer en a plus besoin que toi.

— Pas de souci. J'ai dormi tout à l'heure. Je peux rester debout.

— Il est très tard…

J'ai envie de discuter avec lui.

— Ça ira, intervint Renée. J'aimerais en apprendre plus au sujet de l'accident, si vous êtes d'accord, Gloria. Nous serons *très* discrets.

Je faillis éclater de rire.

— Je vous en prie. Je reprends ma ronde, je repasserai plus tard. Tâchez de vous reposer, ma belle.

J'adressai mon sourire le plus chaleureux à Gloria, qui se détendit un peu. *Pauvre gosse, il est vraiment inquiet. Bah, ce n'est pas grave s'il reste. Surtout avec la mère.*

M'approchant de Renée, je lui tendis une main, qu'elle serra mollement, sans se lever. Ma peau glacée la fit légèrement tressaillir, et une seconde vague d'adrénaline la secoua.

— Désolé, la clim est poussée à fond. Je m'appelle Edward Cullen. Ravi de vous rencontrer, madame Dwyer, même si j'aurais préféré que ce soit dans de moins tristes circonstances.

Très mûr, ce jeune homme. La pièce vibra sous l'effet de son adoubement.

— Appelle-moi Renée, répondit-elle machinalement. Excuse-moi, je suis à côté de mes pompes.

Qu'est-ce qu'il est beau !

— C'est tout à fait normal. Vous devriez vous reposer, comme l'a conseillé l'infirmière.

— Non, protesta-t-elle doucement. Ça ne t'embête pas si on discute une minute ?

— Pas du tout. J'imagine que vous avez des tas de questions.

Je rapprochai du fauteuil la chaise en plastique moulé.

— Elle ne m'a pas parlé de toi, attaqua Renée, blessée.

— J'en suis désolé. Nous… Nous ne sortons pas ensemble depuis très longtemps.

Elle acquiesça avant de soupirer.

— J'imagine que c'est ma faute. Je n'ai pas été très disponible, avec l'emploi du temps de Phil, et je… eh bien, je n'ai sans doute pas été à l'écoute.

— Je suis certain qu'elle vous l'aurait annoncé très bientôt, la réconfortai-je avant d'en rajouter une couche en mentant : Je n'ai rien dit à mes parents non plus avant un moment. Je pense que, elle comme moi nous ne voulions pas nous porter la poisse en révélant la chose trop tôt. C'est idiot, je sais.

— Pas du tout, objecta-t-elle avec un sourire.

C'est carrément mignon.

Je lui souris à mon tour.

Bon sang ! Quel sourire craquant ! J'espère qu'il ne se moque pas d'elle.

Encore une fois, je tentai de la rassurer. Maladroitement :

— Je vous demande pardon pour ce qui s'est passé. Je me sens terriblement responsable, et je ferais n'importe quoi pour me racheter. Si je pouvais échanger ma place contre la sienne, je n'hésiterais pas.

C'était la pure vérité. Elle me tapota le bras, et je fus heureux que le tissu de ma chemise soit assez épais pour dissimuler la température de ma peau.

— Ce n'est pas ta faute, Edward.

J'aurais aimé être d'accord avec elle.

— Charlie m'a vaguement raconté les événements, reprit-elle, mais il était un peu confus.

— Comme nous tous, acquiesçai-je. Bella aussi.

Je repensai à cette soirée qui avait commencé de façon si innocente, qui n'avait été que plaisir et bonheur. Comme tout avait vite dérapé ! J'avais l'impression de courir encore sur notre terrain de base-ball.

— C'est ma faute à moi, enchaîna Renée d'une voix malheureuse. J'ai raté ma fille, à mon avis. S'enfuir parce qu'elle tient à toi… c'est tout moi, ça.

— Je ne crois pas.

Je savais à quel point Bella avait été bouleversée de devoir sortir toutes ces horreurs à son père. Je n'osai imaginer sa réaction si elle avait appris que sa mère se fustigeait.

— Bella a beaucoup de volonté, poursuivis-je. Elle ne fait que ce qu'elle *veut*. Et puis, si ça se trouve, elle avait juste besoin d'un peu de soleil.

— Peut-être, oui, opina Renée avec un petit sourire.

— Vous voulez que je vous explique l'accident ?

— Non, c'était juste un prétexte pour l'infirmière. Bella est tombée en bas d'un escalier, ça n'a rien d'inhabituel. La baie vitrée, c'était un coup de pas de chance.

J'étais stupéfait de la facilité avec laquelle ses parents acceptaient notre histoire.

— Carrément.

— J'avais seulement envie de te connaître un peu mieux. Bella ne se comporterait pas comme ça si elle n'éprouvait pas de vrais sentiments. Elle ne s'est encore jamais sérieusement intéressée à personne. Je ne suis pas certaine qu'elle sache comment s'en dépatouiller.

— Comme ça, nous sommes deux, souris-je.

À d'autres, beau gosse, songea-t-elle, peu convaincue. *Il est charmant.*

— Sois gentil avec mon bébé, m'ordonna-t-elle avec plus de fermeté. Elle est très sensible.

— Je vous promets de ne jamais lui faire de mal.

J'étais on ne peut plus sincère – j'aurais donné n'importe quoi pour préserver la santé et le bonheur de Bella –, mais pas certain de la véracité de mes paroles. Qu'est-ce qui était le plus terrible pour Bella, en effet ? La réponse la plus juste était affreuse. Les graines de grenade et mes Enfers. Ne venais-je pas d'être brutalement témoin de ce que mon univers pouvait lui infliger de pire ? C'était à cause de ça, qu'elle gisait dans son lit, cassée de partout.

La garder auprès de moi était sans doute aucun ce qui serait le plus monstrueux pour elle.

Hum, il y croit. Ma foi, les gens ont le cœur brisé, parfois, et ils s'en remettent. Ainsi va la vie. Renée pensa au visage de Charlie et parut mal à l'aise. *Je suis trop fatiguée pour réfléchir. Ce sera plus clair demain matin.*

— Vous devriez dormir un peu. Il est très tard, en Floride.

J'entendis le chagrin de mes intonations, mais elle ne connaissait pas assez ma voix pour le remarquer. Elle acquiesça, les paupières lourdes.

— Tu me réveilles si elle a besoin de quoi que ce soit ?

— D'accord.

Elle se blottit dans son fauteuil inconfortable et ne tarda pas à sombrer.

Je rapportai ma chaise au chevet de Bella. Il était étrange de la voir dormir d'un sommeil aussi calme. J'aurais aimé par-dessus tout qu'elle se mette à marmonner en rêvant. Étais-je auprès d'elle dans le noir ? Je ne fus pas sûr qu'il était bien de l'espérer.

***

Bercé par la respiration de la mère et de la fille, je repensai à Alice pour la première fois depuis qu'elle m'avait laissé ici. Ça ne lui ressemblait pas de m'octroyer autant de liberté, aussi désespéré que je puisse être. Je m'étais attendu à ce qu'elle prenne des nouvelles de Bella et de moi. Elle n'avait qu'une raison de s'en être abstenue.

Bien que j'aie eu toute la journée pour analyser les événements, je ne l'avais *pas* fait. Je m'étais borné à regarder Bella et à vainement regretter de ne pas avoir été plus présent, meilleur. De ne pas avoir trouvé la bonne solution et de m'y être tenu pour lui éviter l'horreur qu'elle avait vécue.

Je me rendis compte qu'il me restait une tâche à accomplir. Elle serait douloureuse, mais pas *assez*, car je méritais pire. Bien que je n'aie aucune envie de quitter Bella, cette chambre n'était pas le lieu pour ça. J'allais appeler Alice. J'ignorais où elle se cachait de moi.

Je sortis dans le couloir, pour le plus grand intérêt des deux infirmières de nuit qui s'étaient demandé si j'allais enfin partir. Avant d'avoir attrapé mon téléphone, j'entendis les pensées de ma sœur qui montait l'escalier. Allant à sa rencontre, je la rejoignis de l'autre côté des portes du palier.

Elle tenait un petit objet noir enroulé dans un câble et donnait l'impression de vouloir l'écraser entre ses mains. Je fus d'ailleurs surpris qu'elle ait résisté à la tentation. *Nous nous sommes disputés des centaines de fois à ce sujet, sauf que je ne te convaincrai jamais, hein ?*

— Non. Il faut que je voie ça.

Je ne suis pas d'accord, mais tiens ! Elle me tendit la caméra, heureuse de s'en débarrasser. Je l'acceptai de mauvaise grâce, comme si elle était porteuse de malheur. *Isole-toi.* J'acquiesçai, c'était un conseil judicieux. *Je pars veiller Bella. C'est inutile, mais tu t'en sentiras mieux.*

— Merci.

Alice s'éclipsa.

J'arpentai les couloirs qui, à cette heure, étaient calmes, pas assez déserts à mon goût cependant. Je songeai à m'installer dans une chambre inoccupée, y renonçai parce que ce n'était pas un endroit suffisamment retiré. Je descendis au rez-de-chaussée et sortis de l'établissement. C'était mieux, malgré les employés de la sécurité qui patrouillaient. Tant que je marchais en ayant l'air de me rendre quelque part, ils me laisseraient tranquille. En revanche, si je restais immobile, ils risquaient de venir me poser des questions.

En quête d'une bulle d'espace vide, je finis par dénicher un lieu vierge de réflexions humaines, de l'autre côté de la vaste rampe circulaire. Ironiquement, il s'agissait de la chapelle de l'hôpital, éclairée et ouverte malgré l'heure. Si je savais que Carlisle y aurait trouvé du réconfort, je ne pensais pas que ça fonctionnerait pour moi.

Une fois à l'intérieur, je constatai qu'il était impossible de verrouiller la porte. Je m'installai donc le plus loin possible de celle-ci. Les bancs étaient remplacés par des chaises pliantes en bois. J'en tirai une dans l'ombre des orgues.

Je me coiffai du casque audio que m'avait donné Alice, puis fermai les paupières et pris une longue inspiration. Quand j'aurais vu la bande, elle resterait gravée à jamais dans ma mémoire. Il me serait impossible de m'en libérer. Ça paraissait juste, après tout. Bella, elle, l'avait vécu, alors que je me contenterais de regarder.

Rouvrant les yeux, j'enclenchai la caméra. L'écran ne mesurait que cinq centimètres de large, et je ne sus si je devais en être soulagé ou si j'aurais dû visionner la bande en grand format, histoire d'être bien puni.

La bande commençait par un gros plan du visage du traqueur – son prénom, James, était trop anodin pour désigner ce monstre. Il m'adressa un sourire, et je compris que c'était exactement ce qu'il avait voulu faire – *me* sourire. Ce film m'était destiné, et la suite serait une conversation entre lui et moi. Plus un soliloque qu'une conversation, d'ailleurs, mais uniquement adressé à moi. Bella n'y serait qu'une figurante.

— Bonjour, me salua-t-il d'une voix séduisante. Bienvenu au spectacle. J'espère que tu vas apprécier ce que je t'ai préparé. Désolé que tout ça soit un peu précipité. Qui aurait deviné qu'il ne me faudrait que deux jours pour gagner ? Avant que le rideau ne se lève, pour ainsi dire, je te rappelle que tout ceci est ta faute. Si tu ne t'étais pas interposé, ç'aurait été plus rapide. En même temps, ça va être plus drôle, non ? Amuse-toi bien !

Il y eut une coupure, avant qu'une deuxième « scène » apparaisse. La caméra avait été posée sur la télévision, face au mur de miroirs. Dans le coin droit, le traqueur attendait près de la porte de derrière, totalement figé, un rectangle noir à la main. Une télécommande. Tête légèrement inclinée, il était à l'affût. Entendant un bruit trop faible pour que le système audio le saisisse, il sourit à l'écran. À moi.

Soudain, je l'entendis à mon tour. Pas précipités et maladroits, respiration haletante. Une porte s'ouvrit, il y eut une hésitation.

Le traqueur appuya sur un bouton de la télécommande.

Du haut-parleur placé sous la caméra surgit la voix affolée de Renée :

— Bella ? Bella ?

Cette dernière se remit à courir.

— Bella, tu m'as fait tellement peur ! disait sa mère.

Bella émergea dans le studio de danse, paniquée, cherchant Renée des yeux.

— Ne recommence plus jamais ! riait cette dernière.

Bella virevolta en direction du haut-parleur – de moi –, et je la vis comprendre. Son soulagement fut immédiat, même si elle ne mesurait pas encore ce qu'impliquait le piège que le traqueur lui avait tendu. L'essentiel était que sa mère ne risque rien.

La bande-son s'interrompit, et Bella recula avec réticence. Bien qu'elle rechigne à découvrir le traqueur, elle savait qu'il était là. Lorsqu'elle l'aperçut, tapi, immobile, elle se raidit. Elle ne m'offrait que son profil, au contraire de lui, dont le visage occupait l'écran. Il lui sourit.

Il avança, et je me forçai à dénouer mes doigts. Il était trop tôt pour détruire la caméra. Dépassant Bella, il alla poser sa télécommande sur la télévision, en profitant pour m'adresser un clin d'œil. Puis il se retourna, me montrant son dos, mais m'offrant une perspective parfaite sur Bella. Malgré les miroirs, je ne le voyais pas, ce qui était sans doute une erreur de sa part, car il aurait sûrement aimé que j'assiste à sa performance.

— Désolé, Bella, mais il valait mieux que ta mère ne soit pas impliquée, tu ne penses pas ?

— Si, répondit-elle, ses traits empreints d'un calme étonnant.

— Tu ne sembles pas furieuse du petit tour que je t'ai joué.

— Je ne le suis pas.

Le son de sa voix indiquait que c'était vrai. Le traqueur eut un moment d'hésitation. Il pencha la tête, je ne pus que deviner son expression.

— Comme c'est étrange. Tu es sincère. Je dois reconnaître ça à ton drôle de clan. Vous autres humains vous révélez parfois passionnants. Je comprends qu'on soit attiré par vous. Il est fascinant de constater à quel point certains d'entre vous n'ont aucun instinct de survie.

Il s'inclina vers elle, comme s'il attendait une réponse. Elle garda le silence. Son regard vide ne trahissait rien.

— J'imagine que tu vas me jurer tes grands dieux que ton petit ami te vengera ? se moqua-t-il.

La raillerie m'était entièrement destinée.

— Non, murmura-t-elle. En tout cas, je lui ai demandé de ne pas le faire.

— Et comment a-t-il réagi ?

— Je ne sais pas, je lui ai seulement laissé une lettre.

« Je t'en prie, je t'en supplie, ne le cherche pas, avait-elle écrit. Je t'aime. Pardonne-moi. »

Elle était presque décontractée, ce qui parut agacer le traqueur, dont les intonations se firent soudain plus dures et menaçantes.

— Une lettre, comme c'est romantique ! ironisa-t-il. Respectera-t-il tes dernières volontés ?

— Je l'espère, répondit-elle d'une voix sereine, le regard toujours aussi indéchiffrable.

« C'est la seule chose que je peux te demander à présent. Fais-le pour moi. »

— Hum… Dans ce cas, nos espérances diffèrent, lâcha-t-il avec amertume, mécontent que Bella, avec son calme apparent, gâche son projet. Tu vois, tout cela a été un peu trop facile et rapide. Pour être franc, je suis déçu. J'attendais un défi plus difficile à relever. Après tout, il ne m'a fallu qu'un brin de chance.

Elle affichait la patience, maintenant. On aurait dit un parent ayant deviné que l'histoire de son gamin allait être longue et embrouillée, mais qui tenait à lui faire le plaisir de l'écouter. En réaction, le traqueur devint venimeux.

— Quand Victoria n'a pas réussi à approcher ton père, je lui ai ordonné d'enquêter sur toi. Il ne servait à rien d'arpenter la planète à te traquer en vain alors qu'il me suffisait de t'attendre confortablement dans un lieu de mon choix.

Le traqueur continua sur sa lancée en s'efforçant de parler posément, avec fierté, mais son irritation sous-jacente était évidente. D'ailleurs, son débit s'accéléra. Bella ne réagissait pas, à l'écoute, courtoise, ce qui ébranlait son bourreau.

Si je ne m'étais pas interrogé sur la manière dont il l'avait localisée, faute de temps, je compris sa logique et ne fut guère surpris, même si je grimaçai quand j'appris que notre départ pour Phoenix avait déclenché son ultime manœuvre. Mais bon, ce n'était qu'une des multiples erreurs qui pèseraient sur ma conscience.

Le traqueur soignait son monologue – pour m'impressionner ? –, et je me préparai à affronter la suite.

— Vraiment très simple, comme tu le constates, très loin de mes standards habituels, conclut-il. C'est pourquoi je souhaite sincèrement que tu te trompes pour ce qui est de ton jeune amoureux, comprends-tu ? Edward, si je ne m'abuse.

Il était idiot de prétendre ne pas se rappeler mon prénom. Il lui était aussi impossible de l'oublier qu'à moi d'oublier le sien. Bella ne lui répondit pas, l'air un peu perdue, à présent. Elle ne réalisait pas que cette mise en scène n'était que pour moi.

— Cela t'ennuierait-il beaucoup si je laissais à mon tour une lettre de mon cru au cher Edward ?

Le traqueur recula jusqu'à disparaître du champ et, soudain, il zooma sur le visage de Bella. L'expression de celle-ci me fut aisée à déchiffrer. Elle commençait à saisir. Si elle avait tout de suite su qu'il allait la tuer, elle n'avait pas songé qu'il la torturerait d'abord. Pour la première fois depuis qu'elle avait découvert que sa mère était en sécurité, elle eut un éclair de panique dans les yeux.

Ma crainte et ma révulsion étaient à l'unisson des siennes. Comment allais-je survivre au spectacle ? Aucune idée. Elle y était parvenue, cependant, donc je le devais également.

Une fois certain que j'avais bien vu la peur grandissante de Bella, le traqueur élargit de nouveau le champ et modifia légèrement l'angle, de façon à ce que j'aperçoive son reflet dans le miroir derrière Bella.

— Excuse-moi, mais je ne crois pas qu'il résistera à l'envie de me chasser une fois qu'il aura regardé ça.

Il avait recouvré sa bonne humeur, maintenant que la terreur de sa victime se manifestait enfin.

— Je ne voudrais pas qu'il rate quelque chose. Tout ça n'était que pour lui, tu sais. Tu n'es qu'une humaine qui, malheureusement, s'est retrouvée au mauvais endroit au mauvais moment. Et qui fréquente indubitablement les mauvaises personnes, si je puis me permettre.

Il avança vers elle en affichant un sourire que les glaces déformaient.

— Avant de commencer…

Bella avait les lèvres blêmes.

— … juste une petite précision, continua-t-il en me toisant à travers l'écran. Tu aurais pu m'échapper dès le début. Si tu savais combien j'ai craint que ton soupirant y songe et me gâche mon plaisir. Car c'est arrivé, figure-toi. Oh, il y a des siècles ! La seule et unique fois où ma proie m'a échappé.

Alice m'avait montré comment annihiler son intérêt. Il ne comprenait pas que j'avais écarté d'emblée cette solution. Mes raisons lui auraient toujours été étrangères.

Il se lança dans une nouvelle tirade, et bien que je sois conscient que son besoin de fanfaronner était la seule raison expliquant que Bella soit encore en vie, je grinçai des dents avec agacement, jusqu'à ce qu'il prononce les mots « ton amie ». Soudain, je devinai qu'il y avait quelque chose d'autre. Ce que Bella avait tenté de nous dire. « Alice… la vidéo… il te connaissait, Alice, il savait d'où tu venais. »

— Elle n'a même pas paru ressentir la douleur, cette pauvre chérie. Elle avait été confinée dans ce trou de basse-fosse pendant si longtemps. Cent ans plus tôt, on l'aurait brûlée vive pour avoir eu ces visions. Dans les années 1920, c'était la maison de fous et les électrochocs. Lorsqu'elle a ouvert les yeux, toute pleine des forces de sa nouvelle jeunesse, c'était à croire qu'elle n'avait encore jamais vu le soleil. Le vieux vampire l'avait transformée en l'une des nôtres. Je n'avais plus de raisons de la toucher. Par vengeance, j'ai détruit son créateur.

— Alice, souffla Bella.

Cette révélation n'avait pas ramené de couleur à ses joues. Ses lèvres étaient vaguement verdâtres, désormais. Allait-elle s'évanouir ? Je l'espérai en partie, ne serait-ce que pour lui octroyer une pause, un moment de répit, même si je savais qu'il ne durerait pas.

En tout cas, voilà qui donnait matière à réflexion. À un moment ou un autre, je voudrais connaître la réaction de ma sœur. Pas maintenant, cependant. Pas maintenant.

— Oui, ton amie, admit-il en me fixant de nouveau. J'ai été vraiment surpris de la retrouver. Son clan devrait arriver à en tirer un peu de réconfort. Après tout, c'est donnant-donnant : toi contre elle, l'unique victime qui m'ait échappé. Quel honneur ! Et elle sentait tellement bon. Encore aujourd'hui, je regrette de ne pas l'avoir goûtée… Son odeur était plus enivrante que la tienne, même. Désolé, je ne voulais pas te vexer. Ton parfum est délicieux, un peu floral.

Il s'approcha d'elle, la dominant de toute sa taille, et tendit le bras. De nouveau, je manquai d'écrabouiller l'appareil que je tenais. Il ne la toucha pas, toutefois, se contenta de jouer avec une mèche de cheveux, comme s'il tirait sur la peur de sa victime, la trayait. Descendant de ma chaise, je posai la caméra par terre et serrai les poings. Bonne réaction car, tout de suite après, le traqueur caressa la joue de Bella. Je me demandai si j'allais réussir à me briser les mains.

— Non, conclut-il, je ne saisis pas. Bon, il faudrait que nous nous mettions au travail.

Il me regarda sur l'écran, une ombre de sourire sur la bouche, tenant à me transmettre qu'il avait hâte, qu'il se régalait à l'avance.

— Ensuite, j'appellerai tes amis pour leur signaler où tu es ainsi que mon petit message.

Bella commença à trembler. Elle avait le teint si cendreux que je m'étonnai qu'elle soit encore debout. Sans cesser de me sourire dans les miroirs, le traqueur entreprit de tourner autour d'elle. Il s'accroupit, reporta son regard sur Bella, et son sourire dévoila ses dents. Terrifiée, elle se sauva. Ce qu'il voulait, sans doute. La pousser à agir. Ses dents nues se muèrent en rictus satisfait, et il bondit devant elle. D'un revers de main négligent, il l'envoya en direction du mur.

Elle s'envola pendant une interminable seconde avant de s'écraser contre les glaces qui explosèrent. Il y eut un bruit d'os cassés. Elle glissa au sol, inerte, les éclats de verre alentour reflétant la lumière. Je priai pour qu'elle ait perdu connaissance, mais ses paupières se soulevèrent.

Son regard était sonné, désarmé, pétrifié.

Bien que mes poings soient douloureux, je fus incapable de les desserrer.

Le traqueur sautilla vers elle, les yeux rivés sur la caméra dans la glace.

— Très joli effet, commenta-t-il à mon intention. Je me suis dit que cette pièce donnerait de l'ampleur dramatique à mon petit film. C'est pourquoi je l'ai choisie. Elle est parfaite, non ?

Est-ce que Bella s'aperçut qu'il avait détourné son attention d'elle ou agit-elle par pur instinct ? Quoi qu'il en soit, elle se mit à ramper vers la sortie. Le traqueur s'esclaffa, amusé par sa pathétique tentative de fuite, avant de revenir à elle.

Alice m'avait montré la suite. J'aurais aimé pouvoir ne pas regarder, ce fut plus fort que moi. Il abattit son pied sur sa cheville, et j'entendis les craquements sonores de son tibia et son péroné qui cédaient. Tout le corps de Bella tressaillit, et elle poussa un hurlement qui rebondit sur les murs et le plancher nu. J'eus l'impression qu'on me transperçait les tympans à travers le casque. Son visage se tordit de souffrance, et de petits vaisseaux éclatèrent dans ses yeux.

— Souhaites-tu réviser ta dernière requête ?

Le traqueur était tout entier attaché à sa proie, dorénavant. De la pointe du pied, il appuya sur le membre fracturé, et elle cria de nouveau d'une voix déchirante.

— Tu ne préférerais pas qu'Edward se lance à mes trousses ? insista-t-il, tel un metteur en scène dirigeant son actrice.

Il allait la torturer jusqu'à ce qu'elle m'implore de le chasser. Il fallait qu'elle cède, très vite, je comprendrais bien sûr que sa demande lui avait été arrachée de force.

— Dis-lui ce qu'il veut entendre, soufflai-je bien inutilement.

— Non, croassa-t-elle en fixant pour la première fois la caméra, en s'adressant directement à moi. Non. Edward, je t'en sup…

Il lui balança son pied en pleine figure. J'avais vu les traces qu'avait laissées le coup, deux minuscules fissures dans la pommette gauche. Il avait été prudent, conscient qu'il risquait de la tuer s'il frappait de toutes ses forces, alors qu'il n'en avait pas terminé avec elle. Ça n'avait été qu'une petite tape, finalement.

Elle vola une nouvelle fois à travers la salle.

Sa trajectoire me permit de détecter l'erreur commise par le traqueur. Le miroir était brisé, et des échardes acérées en pointaient, pareilles à des dents d'argent. La tête de Bella heurta quasiment le même endroit que précédemment, mais les dents mordirent son cuir chevelu quand la gravité la fit s'effondrer par terre. Le son de sa peau qui se déchirait fut impressionnant.

Se retournant pour inspecter les dégâts, le traqueur se montra dans la glace. Son visage se ferma lorsqu'il constata sa bêtise.

De minces filets rouges dégoulinaient autour du visage de Bella, le long de son cou, s'accumulant dans le creux des clavicules. Ce seul spectacle déclencha l'incendie de ma gorge et raviva le souvenir du goût de ce sang. Celui-ci se répandit sur le plancher, gouttant bruyamment, formant des flaques autour des coudes.

Il y en avait tant, et il coulait si vite que c'en était accablant. Je fus choqué que Bella y ait survécu. Le traqueur observait sa victime, sa vanité et son plan s'évaporaient sous ses yeux. Son visage devint sauvage, inhumain. Il essayait de lutter contre sa soif mais n'était pas habitué à se contrôler. Il avait presque oublié son film et son public.

Un grondement de prédateur s'échappa de ses lèvres. Par réflexe, Bella leva une main pour se protéger. Elle avait les paupières closes, la vie la désertait.

Un craquement explosif, le traqueur qui plongeait, une silhouette blanche si rapide qu'elle ne s'imprima pas distinctement sur la bande. Le traqueur disparut de la scène. La main de Bella retomba, la trace de morsure écarlate bien visible, avant de s'immobiliser dans une flaque de sang.

Pétrifié, comme hors de moi, je me regardai sangloter pendant que Carlisle s'activait à sauver Bella. Mes yeux furent attirés sur le coin inférieur droit de l'écran, où des bouts du traqueur traversaient l'image. Le coude d'Emmett, la nuque de Jasper. Ces brefs aperçus ne donnaient qu'une très vague idée du combat. Il faudrait que je demande aux garçons de me le raconter en détail. Ça ne calmerait en rien la rage que j'éprouvais. Même si j'avais été celui qui s'était chargé de dépecer et de brûler le traqueur, ça n'aurait pas suffi. Rien ne réparerait jamais ça.

Alice finit par s'approcher de l'appareil. Les traits tordus par la douleur, elle captait des passages de l'enregistrement. À mon avis, elle me voyait aussi en train de le visionner plus tard. Elle ramassa la caméra, l'écran s'obscurcit.

Lentement, j'attrapai l'engin et, tout aussi lentement, méthodiquement, je le réduisis à un tas de plastique et de métal. De la poche de ma chemise, je sortis le bouchon de la bouteille que je trimballais partout avec moi depuis des semaines. Le signe de mon engagement auprès de Bella, mon talisman, le lien bêta mais concrètement rassurant qui m'attachait à elle. Il émit une faible lueur, puis je le pulvérisai entre mon pouce et mon index, en saupoudrait les restes sur ce qui avait été la caméra.

J'étais indigne d'entretenir un lien avec elle. Indigne du moindre droit sur elle.

Longtemps, je restai assis dans la chapelle déserte. Les haut-parleurs se mirent à déverser une musique douce, mais personne ne vint, et rien n'indiqua qu'on m'avait repéré. Une minuterie, sans doute. Le morceau était l'adagio sostenuto du deuxième concerto pour piano de Rachmaninov.

Paralysé et froid, je l'écoutai en m'efforçant de me rappeler que Bella allait s'en tirer. Que je pouvais maintenant me lever et retourner à son chevet. Qu'Alice avait prédit qu'elle ne rouvrirait les yeux que dans trente-six heures. Un jour, une nuit, un autre jour.

Rien de tout ça n'avait plus d'importance. Parce que j'étais responsable des souffrances qu'elle avait subies.

Je contemplai, par les hauts vitraux face à moi, le ciel nocturne qui virait au gris pâle.

Puis je fis quelque chose que je n'avais pas fait depuis un siècle.

Roulé en boule sur le sol, pétrifié par la douleur, je priai.

Pas mon dieu. Instinctivement, j'avais toujours su que mon espèce n'en avait pas. Ça n'aurait eu aucun sens, pour des immortels. Nous nous étions affranchis de toute puissance divine. Nous avions nous-mêmes engendré notre vie, et la seule puissance capable de nous l'ôter était l'un de nos semblables. Les séismes ne nous écrasaient pas, les inondations ne nous noyaient pas, les incendies étaient trop lents pour nous attraper. Le soufre était inefficace. Nous étions les divinités de notre monde parallèle, sis dans celui des mortels mais le dominant, jamais esclaves de ses lois, juste des nôtres.

Je n'appartenais à aucun dieu. Je n'en avais aucun à implorer. Carlisle pensait différemment et, peut-être, à la grande rigueur, il était possible qu'il y ait une exception pour un être tel que lui. Malheureusement, je n'étais pas comme lui. J'étais souillé, à l'instar de tous les membres de notre espèce.

Alors, je priai le dieu de *Bella*. Parce que s'il existait une entité omnipotente et bienveillante dans son univers à elle, elle ne pouvait que se soucier de la plus gentille et la plus courageuse de ses filles. Dans le cas contraire, cette déité n'avait aucune raison d'être. Mais dans l'affirmative, je n'avais plus qu'à espérer que Bella comptait aux yeux de son dieu lointain.

Aussi, je le priai pour qu'il m'accorde la force qui me serait nécessaire, conscient que seul, je n'y arriverais pas. Les images de la vision d'Alice me revinrent avec une clarté éblouissante – Bella abandonnée, son visage blême et vide, sa souffrance et ses cauchemars. Je n'étais pas parvenu à m'imaginer ne pas craquer, ne pas céder devant son intolérable chagrin. C'était encore vrai. Pourtant, il le faudrait. Je devrais apprendre la volonté.

Je priai son dieu avec toute l'angoisse de mon âme damnée pour qu'il m'aide à protéger Bella de moi-même.

29

L'INÉLUCTABLE

ALICE AVAIT VU LE MOMENT OÙ BELLA REPRENDRAIT CONSCIENCE. Il fallait que je m'entretienne seul avec elle pour des raisons pratiques ; elle ignorait tout de la façon dont nous avions couvert nos traces. Certes, Alice ou Carlisle auraient pu la renseigner, et elle était assez intelligente pour feindre l'amnésie avant d'être en mesure de raconter une histoire plausible, mais Alice savait que j'avais besoin de plus que d'une harmonisation de nos récits respectifs.

Elle s'était présentée à Renée pendant les heures de veille et s'était attachée à la séduire, si bien qu'elles étaient à présent des confidentes, dans l'esprit de Renée du moins. Alice n'eut donc aucun mal à persuader la mère de Bella de sortir déjeuner au bon moment.

Il était treize heures. Si j'avais de nouveau baissé les stores pour me protéger de la lumière, j'allais bientôt être en mesure de les relever un peu. Le soleil tapait de l'autre côté du bâtiment, maintenant.

Renée partie, je tirai ma chaise près du lit et m'accoudai au matelas, près des épaules de Bella. J'ignorais si elle se rendrait compte du temps écoulé ou si elle se réveillerait encore prisonnière de ce maudit studio de danse. Elle aurait besoin d'être rassurée, et je la connaissais suffisamment bien pour deviner que mon visage la réconforterait. Je la mettais à l'aise, que ce soit pour le pire ou le meilleur.

Elle commença à s'agiter pile à l'heure prévue. Elle avait déjà remué, mais là, ce fut dû à un effort de concentration. La douleur provoquée déclencha l'apparition de sa petite ride. Cédant à une envie récurrente chez moi, j'effleurai ce pli du bout de l'index. Il s'estompa, et ses paupières papillonnèrent. Sur le moniteur surveillant son rythme cardiaque, les bips s'accélérèrent un peu.

Elle ouvrit les yeux, les referma. Réessaya et cligna, aveuglée par les plafonniers. En attendant que sa vision s'ajuste, elle tourna la tête vers la fenêtre. Son cœur battait plus vite, à présent. Se débattant au milieu des fils, elle tenta d'arracher le tube enfoncé dans son nez. Je l'en empêchai.

— Oh non, pas question ! murmurai-je.

Dès qu'elle entendit ma voix, son pouls ralentit.

— Edward ?

Comme elle n'était pas en mesure de bouger la tête autant qu'elle le souhaitait, je m'inclinai davantage. Nos regards se croisèrent, et ses prunelles encore rougies s'emplirent de larmes.

— Oh, Edward ! Je suis tellement désolée !

Ses excuses m'infligèrent une douleur aiguë très particulière.

— Chut ! Tout va bien, maintenant.

— Que s'est-il passé ?

Elle fronça les sourcils comme si elle essayait de résoudre une énigme. Je m'étais préparé, réfléchissant à la façon la plus douce de lui expliquer la situation. Ça ne servit à rien, la réponse fusa, lourde de mes propres peurs et de ma culpabilité.

— J'ai failli arriver trop tard.

Elle me dévisagea, ses souvenirs remontèrent à la surface. Elle grimaça, son souffle se fit plus court.

— J'ai été idiote, je n'ai pensé qu'à ma mère.

— Il nous a tous roulés.

— Il faut que j'appelle Charlie et Renée, déclara-t-elle d'un ton urgent.

— Alice s'en est chargée.

Elle avait pris le relais de Carlisle et s'entretenait désormais plusieurs fois par jour avec Charlie qui, comme Renée, était complètement ensorcelé. Je savais qu'elle avait planifié un appel pour l'informer du réveil de Bella et qu'elle était enthousiaste qu'il ait lieu aujourd'hui.

— Renée est ici, à l'hôpital, poursuivis-je. Elle est allée manger un morceau.

— Quoi ? s'écria Bella en s'agitant comme si elle voulait sortir de son lit.

J'appuyai doucement sur son épaule pour la retenir. Elle regarda autour d'elle en battant des paupières, en proie au vertige, apparemment.

— Elle va bientôt revenir, lui promis-je. Quant à toi, tu dois rester tranquille.

Mes paroles n'eurent pas l'effet apaisant que j'avais espéré. Au contraire.

— Mais que lui as-tu raconté ? s'affola-t-elle. Comment lui as-tu expliqué mon séjour ici ?

— Après avoir dégringolé deux volées d'escalier, tu es passée par une fenêtre, dis-je avec un petit sourire.

Vu la facilité avec laquelle ses parents avaient gobé cette histoire, comme si elle était non seulement plausible mais également attendue, je me crus autorisé à ajouter :

— Avoue que ce n'est pas si irréaliste, te connaissant.

Elle soupira, même si elle parut rassérénée par cet alibi. Elle fixa un instant les draps blancs.

— Je suis très amochée ?

— Une jambe et quatre côtes brisées, énumérai-je, quelques entailles sur le crâne, des bleus un peu partout, et tu as perdu beaucoup de sang. Ils t'ont fait des transfusions. Ça ne m'a guère plu. Pendant un moment, tu as senti bizarre.

Elle sourit, grimaça de nouveau.

— Ça a dû être un changement agréable pour toi.

— Non, j'aime ton odeur.

Elle passa un bon moment à scruter mes prunelles d'un air inquisiteur.

— Comment as-tu réussi ? finit-elle par demander.

J'ignore pourquoi, ce sujet me répugnait. Après tout, j'avais *réussi*. Emmett, Jasper et Alice en étaient ébahis. Je voyais les choses différemment, toutefois. Ça s'était joué à trop peu. Je ne me souvenais que trop bien à quel point mon corps avait réclamé de se repaître sans relâche. Incapable de soutenir plus longtemps le poids de ses yeux, je baissai la tête et m'emparai doucement de sa main encombrée de fils.

— Je ne sais pas trop, murmurai-je.

Elle garda le silence, je sentis qu'elle continuait de m'observer.

— Ça paraissait impossible, soupirai-je dans un souffle à peine audible, et pourtant je l'ai fait. Je dois vraiment t'aimer, ajoutai-je avec un faible sourire en me forçant à la dévisager.

— Mon goût s'est-il révélé décevant au regard de mon odeur ?

Sa propre plaisanterie provoqua son amusement, aussitôt réprimé par la souffrance émanant de sa pommette endommagée. De mon côté, je restai grave, puisqu'il était évident qu'il ne fallait pas qu'elle sourie.

— Tu parles ! répondis-je avec sincérité et un peu d'amertume. Tu es bien meilleure. Encore plus que ce que j'imaginais.

— Navrée !

— Comparé au reste, c'est vraiment un détail, marmonnai-je en levant les yeux au ciel.

— Quelles sont donc les bêtises pour lesquelles je devrais présenter des excuses ? demanda-t-elle après une seconde de vaine réflexion.

Aucune, eus-je envie de répondre. Mais comme elle était d'humeur contrite, je lui donnai du grain à moudre.

— Tu as failli me quitter à jamais.

— Désolée, acquiesça-t-elle d'un air absent.

Je caressai le dos de la main. Sentait-elle quelque chose, sous tous ces pansements ?

— Tu avais de bonnes raisons. N'empêche, ça a été irrationnel. Tu aurais dû m'attendre, m'avertir.

— Tu m'aurais interdit d'y aller, objecta-t-elle, éberluée.

Je grondai entre mes dents.

Pendant un instant, son regard se perdit dans le lointain. Soudain, son cœur s'emballa, elle frémit et gémit de douleur.

— Ça va ? m'inquiétai-je.

— Qu'est-il arrivé à James ?

J'étais en mesure de la rassurer sur ce point-là au moins.

— Emmett et Jasper se sont occupés de lui.

— Je ne me rappelle pas les avoir vus, marmonna-t-elle, sourcilleuse, avec une nouvelle grimace.

— Ils ont été obligés de sortir… il y avait beaucoup de sang.

Un véritable fleuve. Une seconde, j'eus l'impression d'en être encore maculé.

— Mais toi, tu es resté, souffla-t-elle.

— Oui.

— Alice et Carlisle aussi… continua-t-elle, comme émerveillée.

— Ils t'aiment, tu sais.

— A-t-elle visionné la vidéo ? s'enquit Bella, brusquement anxieuse.

— Oui.

Un sujet qu'Alice et moi évitions dans l'immédiat. Je savais qu'elle menait des recherches de son côté, et elle savait que je n'étais pas prêt à en discuter.

— Elle a toujours été enfermée dans le noir, quand elle était humaine. Voilà pourquoi elle a tout oublié.

C'était tout Bella, ça, de se soucier d'une autre dans l'état où elle-même était.

— Elle l'a compris, à présent.

J'ignore quelle tête je faisais, mais ça la turlupina, et elle tenta de caresser ma joue. La perfusion l'en empêcha.

— Beurk ! geignit-elle.

L'avait-elle dérangée ? Pourtant, son geste n'avait pas été brusque. Naturellement, ce n'était pas moi qui allais vérifier ça.

— Quoi ?

— Les aiguilles, soupira-t-elle.

Elle fixait le plafond, à présent, à croire qu'il n'y avait rien de plus passionnant que les panneaux isolants qui y étaient installés. Elle inhala un bon coup, et je constatai avec stupeur que ses lèvres étaient verdâtres.

— Elle a peur des piqûres, grommelai-je. Un vampire sadique prêt à la torturer à mort ne lui pose aucun problème, elle se jette même dans ses bras ! Une simple perfusion en revanche…

Elle fit la moue. Le rose revenait à sa bouche. Puis elle me regarda et lâcha d'une voix troublée :

— Explique-moi un peu ce que tu fabriques ici.

J'avais cru que… Aucune importance.

— Souhaites-tu que je m'en aille ?

Elle allait peut-être me faciliter la tâche. Le chagrin transperça d'un coup de poignard la région de mon cœur obsolète.

— Bien sûr que non ! protesta-t-elle en criant presque avant de se dépêcher de baisser la voix en un quasi murmure : je veux seulement savoir comment tu as expliqué ta présence ici à ma mère. Histoire de lui servir le même conte.

Ça ne serait donc pas aussi simple. Évidemment. J'avais si souvent pensé qu'elle en avait marre de moi, or ce n'était jamais le cas.

— Je suis venu à Phoenix pour essayer de te persuader de rentrer à Forks, récitai-je (avec la même sincérité candide que celle que j'avais utilisée auprès des infirmières pour les convaincre que j'étais en droit de rester au chevet de Bella). Tu as accepté de me rencontrer, et je t'ai conduite à l'hôtel où je résidais avec Carlisle et Alice. (J'ouvris de grands yeux innocents.) Car, naturellement, j'étais sous contrôle parental. Mais tu as glissé dans l'escalier en montant dans ma chambre et… tu connais la suite. Inutile que tu te rappelles tous les détails. Après ce par quoi tu es passée, il est normal que tu aies oublié l'essentiel.

Elle médita pendant quelques secondes.

— Il y a des trous dans ta fable. Qu'en est-il de la fenêtre cassée ?

— Ne t'inquiète pas, dis-je en souriant. Alice a eu beaucoup de plaisir à fabriquer des preuves. Nous avons veillé à tout très soigneusement. Tu pourrais même attaquer l'hôtel en justice si tu le voulais.

Cette suggestion sembla la scandaliser.

— Calme-toi, ajoutai-je en caressant sa joue indemne, tu n'as plus qu'à guérir, maintenant.

Son cœur s'affola, et cherchant ce qui pouvait lui être douloureux, je repensai à mes paroles. Puis je remarquai ses pupilles dilatées. Elle se contentait de réagir à mon contact. Elle toisa le moniteur dont les bips trahissaient son excitation et se renfrogna.

— Voilà qui est sacrément embarrassant, bougonna-t-elle.

Je m'esclaffai devant son expression humiliée et la légère rougeur qui colorait sa peau.

— Hum, je me demande…

Je n'étais qu'à quelques centimètres d'elle. Lentement, je réduisis la distance nous séparant. Son pouls s'affola. Lorsque je l'embrassai, avec la douceur d'une brise légère, son cœur eut un raté. Je me reculai vivement, guettant avec anxiété son retour à un rythme normal.

— Je vais devoir me montrer encore plus prudent que d'habitude.

— Hé ! protesta-t-elle. Je n'ai pas fini de t'embrasser. Je crois que je vais avoir un malaise.

Je souris et lui donnai un baiser, très bref, m'écartant dès que je sentis son souffle faire des siennes. Elle parut sur le point de se plaindre une fois encore, mais ça devrait attendre. Je m'éloignai du lit avec ma chaise.

— Ta mère arrive, annonçai-je.

Renée montait l'escalier en fouillant dans son sac à la recherche de monnaie. Elle se désolait d'avoir dû manger des saletés, ces derniers jours, regrettait de ne pas avoir le temps d'une séance au gymnase, se consolait en songeant que, pour l'instant, les marches étaient mieux que rien.

Le visage de Bella se tordit, et je crus qu'elle avait mal. Je me rapprochai d'elle, désespéré de ne pouvoir la soulager.

— Ne t'en va pas ! me supplia-t-elle, au bord des larmes, le regard plein de frayeur.

Sa réaction me déstabilisa. La vision d'Alice, où Bella souffrait, roulée en boule, me hantait.

— Je serai là, promis-je en essayant d'adopter un ton décontracté. Je crois que je mérite une petite sieste.

Avec un dernier sourire, je filai m'installer sur le relax bleu, que j'inclinai au maximum. Renée m'avait incité à m'en servir, après tout. Et j'avais vraiment besoin d'une pause. Je fermai les paupières.

— N'oublie pas de respirer, me chuchota Bella.

Me rappelant sa mauvaise prestation devant son père, je réprimai un rire et pris une inspiration exagérée.

Renée passait devant le bureau des infirmières.

— Des nouvelles ? demanda-t-elle à une jeune femme costaude du nom de Bea.

Elle s'était exprimée d'une voix absente, comme si elle ne s'attendait à rien de neuf et continua son chemin.

— Son rythme cardiaque a subi quelques aléas. Je m'apprêtais justement à aller vérifier.

Mon Dieu ! Je n'aurais pas dû m'absenter. Renée accéléra le pas.

— Je m'en occupe et je vous tiens au courant !

L'infirmière, qui s'était déjà levée, se rassit docilement. Bella s'agita, son lit grinça. Il était clair qu'elle supportait mal le désarroi de sa mère. Celle-ci ouvrit la porte tout doucement. Par politesse, même si elle aspirait à ce que sa fille se réveille.

— Maman ! souffla Bella, toute joyeuse.

Comme je faisais semblant de dormir, il me fut impossible de voir l'expression de l'interpellée, mais son esprit indiqua son bouleversement. J'entendis qu'elle s'arrêtait, puis qu'elle remarquait ma présence.

— Il a décidé de camper ici ou quoi ? grommela-t-elle dans sa barbe.

Et le cria mentalement. Je m'étais habitué au volume de sa voix intérieure, cependant, et elle ne me déstabilisait plus autant. Et puis, Renée s'apaisa. Elle en était venue à se demander s'il m'arrivait de dormir.

— Je suis tellement contente de te voir, maman.

Celle-ci sursauta en découvrant les yeux injectés de sang de Bella, puis les siens se remplirent de larmes. Entrouvrant les paupières, je la vis enlacer sa fille en pleurant.

— J'ai eu si peur, Bella !

— Pardonne-moi. Tout va bien, maintenant.

Je n'appréciai guère qu'elle rassure sa mère, alors qu'elle était sur son lit de souffrances, mais j'imagine que leurs rapports fonctionnaient ainsi. Peut-être que l'état d'esprit si spécial de Renée l'avait poussée au narcissisme, ce qui semblait logique quand tout un chacun se proposait spontanément de satisfaire vos besoins informulés.

— Je suis vraiment soulagée que tu aies enfin repris conscience, dit-elle.

Bien que, par-devers elle, elle grimace en voyant ces prunelles au blanc rougi.

— J'ai dormi longtemps ? s'enquit Bella, dubitative, après un silence.

Je m'aperçus alors que nous n'avions pas parlé de ça.

— Plutôt oui, chérie. Nous sommes vendredi.

— Vendredi ? se récria Bella, sous le choc.

— Ils ont dû te garder sous sédatifs pendant un moment. À cause de tes blessures.

— J'ai cru comprendre.

Avait-elle très mal, maintenant qu'elle s'était réveillée ?

— Tu as eu de la chance que le docteur Cullen soit là. C'est un homme charmant... très jeune aussi. Et il ressemble plus à un mannequin qu'à un médecin...

— Tu as rencontré Carlisle ?

— Et la sœur d'Edward, Alice. Une très jolie jeune fille.

— C'est vrai.

— Tu ne m'avais pas dit que tu avais d'aussi bons amis à Forks.

De très, très bons amis, songea-t-elle de sa voix transperçante, allusion à ma petite personne. Bella gémit. J'ouvris aussitôt les yeux. Heureusement, Renée n'en avait que pour sa fille.

— Où as-tu mal ?

— Ça va, la rassura Bella, mais je devinai que ses paroles s'adressaient à moi, et nous échangeâmes un regard en douce. Il faut juste que je me souvienne de ne pas bouger le petit doigt.

Renée se mit à s'agiter inutilement. Bella reprit la parole d'un ton enjoué.

— Où est Phil ?

La question eut le résultat escompté – distraire Renée de ses inquiétudes. *C'est vrai ! Je ne lui ai pas encore annoncé. Elle va être si contente.*

— En Floride. Oh, Bella, tu ne devineras jamais ! Juste au moment où nous nous apprêtions à partir, nous avons eu des nouvelles épatantes.

— Phil a été engagé ?

— Oui ! Comment as-tu deviné ? L'équipe de Jacksonville, tu te rends compte ?

— Génial, maman, lâcha Bella avec une neutralité qui me laissa deviner qu'elle n'avait aucune idée de l'importance de la chose.

— Tu vas adorer la Floride, poursuivit sa mère.

Elle débordait d'enthousiasme, ses pensées criaient à l'unisson des mots qu'elle prononçait, et je ne doutai pas qu'elles allaient influencer Bella, comme tout le monde. Renée se mit à vanter la météo, l'océan, l'adorable maison de location jaune à parements blancs, convaincue qu'elle était que sa fille partagerait sa joie. Les plans d'avenir de Renée pour Bella n'avaient aucun secret pour moi, puisqu'elle se les était répétés durant ses longues heures de veille. Quelque part, ils correspondaient exactement à ce que j'espérais.

— Une minute ! l'interrompit Bella, et je n'eus aucun mal à imaginer la douche froide pour Renée. De quoi parles-tu ? Il n'est pas question que j'aille en Floride. J'habite à Forks, désormais.

— Mais ce n'est plus la peine, petite sotte ! Phil devrait se déplacer beaucoup moins dorénavant. Nous en avons discuté, et je suis arrivée à un compromis : la moitié du temps avec toi, l'autre avec lui.

Elle attendit que sa fille s'emballe à son tour.

— Maman, je *veux* rester à Forks. Je me suis bien faite au lycée, et j'ai deux amies…

Renée se retourna vers moi et me toisa.

— Et puis, Charlie a besoin de moi. Il est vraiment très seul, et il est nul en cuisine.

— Tu veux rester à Forks ? s'exclama sa mère, ahurie. Mais pourquoi ?

C'est ce garçon.

— Je viens de te le dire, le lycée, Charlie… Ouille !

Là encore, je fus obligé de vérifier ce qui se passait. Renée tournicotait devant Bella, ses mains papillonnant, cherchant un endroit où se poser. Elle finit par lui effleurer le front.

— Bella, ma chérie, tu détestes Forks, lui rappela-t-elle comme si elle avait pu l'oublier.

— Ce n'est pas si terrible.

— C'est à cause de ce garçon ? attaqua Renée, bille en tête.

Bien qu'elle ait chuchoté, le ton était presque accusateur.

— En partie, admit Bella après une hésitation. As-tu eu au moins l'occasion de parler avec lui ?

— Oui. Et j'aimerais avoir une petite conversation avec toi.

Bella fit l'innocente.

— À propos de quoi ?

— Je crois que ce garçon est amoureux de toi.

— C'est également mon avis.

Bella, amoureuse ? J'ai loupé un épisode ? Comment a-t-elle pu ne pas m'informer ? Je fais quoi, moi ?

— Et toi ? Qu'éprouves-tu pour lui ?

— Je suis dingue de lui, avoua Bella avec un soupir nonchalant.

— Eh bien, il me *paraît* très gentil et, mon Dieu, il est incroyablement beau, mais tu es si jeune, Bella…

Et toi, tu ressembles tellement à Charlie. Il est trop tôt.

— Je sais, maman. Ne t'en fais pas. Ce n'est qu'une amourette.

— Exactement !

Ouf ! Elle a la tête sur les épaules, pas comme son père. Oh, c'est déjà cette heure-là ? Je suis en retard.

— Tu dois partir ? devina Bella.

— Phil est censé m'appeler. J'ignorais quand tu allais te réveiller…

Le téléphone doit être en train de sonner à la maison. J'aurais dû lui donner celui d'ici.

— Aucun problème, répondit Bella sans réussir à dissimuler son soulagement. Je ne suis pas seule.

— Je n'en ai pas pour longtemps. J'ai dormi ici, tu sais.

Renée était très fière de montrer qu'elle était une bonne mère.

— Oh, maman ! Ce n'était pas la peine ! Je ne m'en suis même pas aperçue.

Que sa mère se soit sacrifiée ne convenait pas à Bella. C'était contraire aux règles de leur relation.

— Je n'étais pas tranquille, à la maison, confessa Renée, penaude. Un crime a été commis dans le voisinage, et je n'aime pas être là-bas toute seule.

Bella fut aussitôt sur ses gardes.

— Quoi ?

— Quelqu'un est entré par effraction dans ce studio de danse pas très loin de chez nous et l'a incendié. Il ne reste plus rien ! Ils ont aussi laissé une voiture volée devant. Tu te rappelles que tu y avais pris des cours, chérie ?

Nous n'avions pas été les seuls à emprunter un véhicule. Le traqueur avait garé le sien au sud du bâtiment, et nous n'avions pas aussi bien effacé ses traces que les nôtres. Par ailleurs, ça nous rendait service qu'il ait commis son larcin un jour avant nous.

— Oui, dit Bella d'une voix si tremblante que j'eus du mal à rester à ma place.

— Si tu veux, je peux rester, proposa Renée, émue elle aussi.

— Non, ça ira. Il y a Edward.

Tu m'étonnes ! De toute façon, je dois faire des lessives et nettoyer le frigo qui sent mauvais.

— Je reviendrai ce soir.

— Je t'aime, maman.

— Je t'aime aussi, Bella. Essaie d'être un peu plus prudente quand tu marches, chérie, je n'ai pas envie de te perdre.

Réprimer le grand sourire qui menaçait d'étirer mes lèvres ne fut pas facile.

Bea arriva pour sa tournée, et contourna Renée avec agilité afin de vérifier les moniteurs. Renée embrassa sa fille sur le front, lui tapota la main et sortit afin d'annoncer à Phil que Bella allait mieux.

— Tu te sens anxieuse, petite ? s'enquit l'infirmière. Ton pouls a eu quelques sautes de tension.

— Non, ce n'est rien.

— Je vais prévenir la responsable que tu es réveillée. Elle viendra te voir dans une minute.

Je fus auprès de Bella avant même que Bea ait refermé la porte.

— Vous avez volé une voiture ? me lança-t-elle en sourcillant soit parce qu'elle était impressionnée, soit parce qu'elle était inquiète.

Je ne lui précisai pas qu'il y en avait eu deux.

— Une très bonne voiture, plaisantai-je. Rapide.

— Bien dormi ?

Notre échange perdit soudain toute sa légèreté.

— J'ai fait des rêves extrêmement intéressants.

— Pardon ? tressaillit-elle, égarée par mon changement d'humeur.

Je fixai sa jambe brisée afin de fuir son regard.

— Je suis étonné. Je pensais que la Floride… ta mère… bref, j'avais cru que c'était ce que tu voudrais.

— Mais tu serais cantonné à l'intérieur toute la sainte journée, en Floride ! objecta-t-elle, perdue. Tu ne pourrais sortir que la nuit, comme un vrai vampire.

Sa phrase me donna envie de sourire, alors que je tenais *beaucoup* à garder mon sérieux.

— Je comptais rester à Forks, Bella. Ou ailleurs, dans un endroit où je ne pourrai plus te faire de mal.

Elle me dévisagea sans comprendre, comme si je m'étais exprimé en latin. J'attendis. Son cœur commença à battre plus vite, sa respiration devint heurtée. Chaque expiration lui arrachait un sursaut, à cause de ses poumons qui appuyaient sur ses côtes cassées. Un avant-goût de son chagrin futur assombrit ses traits, spectacle insupportable. J'aurais aimé adoucir sa peine, sa *terreur*, mais j'agissais comme il faut. Je n'en avais pas l'impression, sauf que je ne pouvais me fier à mon égoïsme trompeur.

À cet instant, Gloria apparut pour prendre son service. Elle examina Bella d'un œil expert. *Six sur une échelle de un à dix, à mon avis. Mais je suis contente qu'elle ait ouvert les yeux, la pauvre chérie.*

— Je crois qu'il est l'heure de te donner d'autres analgésiques, ma belle, annonça-t-elle gentiment en tapotant la perfusion.

— Non, non, protesta Bella en haletant. Je n'ai besoin de rien.

— Pas la peine de jouer les héroïnes, tu sais. Le stress ne te vaut rien, dans ton état.

Gloria attendit qu'elle cède. Bella secoua prudemment la tête avec son air de défi coutumier.

— Très bien, soupira l'infirmière. Appuie sur ce bouton quand tu auras changé d'avis.

Elle me lança un coup d'œil, pas trop sûre de savoir comment réagir devant ma présence constante, puis vérifia les moniteurs avant de s'en aller.

Les prunelles de Bella affichaient une douleur pure. Je pris son visage entre mes mains en veillant à effleurer à peine sa pommette gauche.

— Calme-toi, Bella.

— Ne me quitte pas, me supplia-t-elle d'une voix brisée.

Voilà pourquoi je n'étais pas assez fort tout seul. Comment pouvais-je lui infliger de nouvelles souffrances ? Elle gisait là, rafistolée de partout, et sa seule prière était que je reste.

— D'accord.

Par-devers moi, je tempérai ma reddition. *Tant que tu ne seras pas rétablie. Prête. Tant que je n'en aurai pas la force.*

— Et maintenant, détends-toi, sinon je rappelle l'infirmière pour qu'elle t'assomme de drogues.

Ce fut comme si elle déchiffrait mes mises en garde mentales. Avant la traque et l'horreur qui s'était ensuivie, je lui avais promis à maintes reprises de ne pas partir. J'avais toujours été sincère, et elle m'avait cru sur parole. À présent, elle lisait en moi, et son pouls ne s'apaisa pas. Je promenai mes doigts sur sa joue indemne.

— Bella, je serai là tant que tu en éprouveras le besoin.

— Jure de ne pas me quitter ! souffla-t-elle.

Sa main se porta à sa poitrine. Elle devait avoir mal. Elle était trop fragile pour l'instant. J'aurais dû m'en rendre compte et attendre. Même si Renée venait de lui proposer la solution la meilleure pour mener une vie sans vampire. Je m'emparai de nouveau de son visage, laissai l'amour inconditionnel que je lui portais envahir mon regard et lui mentis avec l'aplomb que m'avaient enseigné cent ans de tromperies quotidiennes.

— J'en fais le serment.

Elle se relaxa. Elle continua à me fixer, mais son cœur se calma.

— Ça va mieux ?

— Oui, répondit-elle d'une voix incertaine.

Elle devinait sûrement que je lui cachais des choses. J'avais besoin qu'elle me croie, juste assez longtemps pour qu'elle se remette complètement de ses blessures. Je ne voulais pas être responsable d'une guérison chaotique. Je fis donc comme si je ne lui dissimulais rien. Comme si sa réaction outrée m'exaspérait. Affichant une mine agacée, je marmonnai :

— Tu es un peu trop émotive, hein ?

J'avais parlé si vite qu'elle ne comprit probablement pas.

— As-tu envie que nous nous séparions, Edward ? En as-tu assez de me sauver la vie tout le temps ?

La question, absurde, me donna envie de rire sans jamais m'arrêter. De pleurer aussi. Mais le temps viendrait, j'en étais désormais sûr, où il me faudrait la convaincre que nous devions emprunter des chemins différents. Aussi, je modérai ma réponse :

— Non, bien sûr que non, Bella. Et veiller sur toi ne me pose aucun problème. Mais c'est moi qui te mets en danger… c'est à cause de moi que tu es ici.

C'était tellement vrai.

— Tu ne crois pas si bien dire, rebondit-elle. C'est *grâce* à toi que je suis vivante.

— Tu parles d'une vivante ! murmurai-je pour ne pas trahir mon chagrin. Bandée et plâtrée des pieds à la tête comme une momie.

— Je ne faisais pas forcément allusion à ma dernière expérience avec la mort, tu sais, se rebiffa-t-elle. Je pensais aux autres

– et multiples – fois. Sans toi, je serais en train de pourrir dans le cimetière de Forks.

L'image me révulsa. Je persistai, cependant, peu désireux de me laisser détourner de mes remords.

— Il y a pire, repris-je. Ce n'est pas de t'avoir vue gisant sur le plancher, prostrée, blessée. (Je faillis craquer.) Ni d'avoir été en retard. Ni même d'avoir entendu tes hurlements de douleur. Aucun de ces souvenirs insupportables qui m'accompagneront dans l'éternité n'est le pire… Le plus horrible, ça a été de sentir… que je n'arrivais pas à m'arrêter. De savoir avec certitude que j'aurais pu te tuer.

— Ça ne s'est pas produit, objecta-t-elle.

— Ça aurait pu. Si aisément.

Son cœur se remit à tambouriner.

— Promets-moi quelque chose.

— Quoi ?

— Comme si tu ne le savais pas ! s'emporta-t-elle cette fois.

Elle n'était pas dupe de mes intentions. Elle devinait que je m'exhortais à trouver la volonté de la quitter. Je dus me rappeler qu'elle déchiffrait mon esprit mille fois mieux que moi le sien. Ma confession attendrait. Ce qui comptait, dans l'immédiat, c'était qu'elle se rétablisse. Je m'obligeai donc à ne lui dire que des vérités, histoire qu'elle ne lise plus aussi facilement en moi.

— Visiblement, je n'ai pas la force de m'éloigner de toi. J'imagine que tu arriveras à tes fins, que ça te tue ou non.

— Bien, acquiesça-t-elle, toujours méfiante cependant. Tu m'as dit que tu étais parvenu à t'arrêter… Je *veux* savoir pourquoi.

— Comment ça, pourquoi ?

— Pourquoi n'as-tu pas laissé le venin me contaminer ? Je serais comme toi, maintenant.

J'avais esquivé ses questions à ce sujet avec beaucoup de soin. Cette réalité, elle ne l'avait pas dénichée sur Internet. Je vis rouge. Et au milieu de ce rouge, il y avait Alice.

— J'admets volontiers ne pas être une spécialiste des relations amoureuses, s'empressa-t-elle d'ajouter, craignant de s'être trahie. Mais il me paraît logique qu'un homme et une femme soient… à égalité. L'un d'eux ne peut passer son temps à se porter au secours de l'autre. D'une façon ou d'une autre, chacun est là pour sauver l'autre.

Ce n'était pas faux. Sauf qu'elle passait à côté de l'essentiel. Je ne serais jamais son égal. Il m'était impossible de revenir en arrière. Or c'était la seule option pour qu'elle soit en sécurité. Croisant les bras sur le bord du matelas, je posai mon menton dessus. Il était temps de calmer le jeu.

— Tu m'as sauvé, lui dis-je doucement.

Ça aussi, c'était vrai.

— Je refuse de me cantonner au rôle de Lois Lane, riposta-t-elle. Je veux aussi être Superman.

— Tu ne sais pas de quoi tu parles, objectai-je d'une voix apaisante mais en fuyant son regard.

— Je crois que si.

— Non, Bella. J'ai eu presque un siècle pour y réfléchir, et je n'ai toujours pas d'opinion arrêtée.

— Regrettes-tu l'intervention de Carlisle ?

— Non. (Autrement, je ne l'aurais pas rencontrée.) Mais la vie m'abandonnait, je n'avais rien à perdre.

À part mon âme.

— C'est toi, ma vie. Tu es la seule chose que je ne supporterais pas de perdre.

Là, elle décrivait avec exactitude mon côté de la relation qui nous unissait. « Et quand elle te suppliera ? » La question de Rosalie me revint en mémoire.

— Je ne peux pas le faire, Bella. Je ne te ferai pas ça.

— Pourquoi pas ? Ne me dis pas que c'est trop difficile. Pas après ce qui s'est passé aujourd'hui… il y a quelques jours, plutôt. Enfin, peu importe, ce devrait n'être rien du tout.

— Et la douleur ? rétorquai-je en m'efforçant de garder mon calme.

Je ne tenais pas à penser à ça, et j'espérai qu'elle non plus. Elle blêmit. Si violemment que j'eus du mal à supporter le spectacle. Elle réfléchit un long moment, puis releva le menton.

— Ça, c'est mon affaire. Je suis capable de l'affronter.

— Il est des fois où le courage confine à la folie.

— Ce n'est pas un problème. Trois jours. Fastoche !

Maudite Alice ! Elle avait de la chance que j'ignore où elle était en cet instant. D'ailleurs, je compris qu'elle m'évitait exprès, et qu'elle continuerait jusqu'à ce que j'aie surmonté ma colère. L'envie me prit de lui téléphoner afin de lui signifier ce que je pensais de sa lâcheté, mais je fus sûr qu'elle ne décrocherait pas. Je me reconcentrai. Puisque Bella tenait absolument à avoir cette conversation, j'allais soulever tous les points auxquels elle n'avait pas réfléchi.

— Et Charlie ? Et Renée ?

Pour le coup, elle eut plus de mal à feindre l'insouciance, et il s'écoula plusieurs minutes avant qu'elle trouve une réponse. Elle ouvrit la bouche, la referma. Si elle ne se détourna pas de moi, le défi qui éclairait ses yeux céda la place à la résignation. Elle finit par se décider à mentir, aussi mal que d'habitude.

— Écoute, ce n'est pas un problème non plus. Renée s'est toujours rangée aux choix qui lui convenaient, elle voudrait que j'en fasse autant. Quant à Charlie, il est résistant et il a l'habitude d'être tout seul. Je ne peux pas prendre soin d'eux toute ma vie. J'ai la mienne aussi.

— Exactement ! grondai-je. Et ne compte pas sur moi pour t'en priver.

— Si tu attends que je meure de ma belle mort, je te rappelle que ça a failli arriver et que c'est ta faute si je suis encore vivante !

J'attendis de recouvrer mes nerfs.

— Je ne veux pas que tu meures.

Elle inspira longuement, grimaça, puis lâcha avec lenteur :

— Pourtant, je vais mourir.

Croyait-elle que je lui racontais des salades sur son état ?

— Bien sûr que non ! Tu n'auras qu'une ou deux cicatrices…

— Je vais mourir, répéta-t-elle.

Je cédai à l'angoisse.

— Franchement Bella, tu sortiras d'ici dans quelques jours, une semaine tout au plus.

— Peut-être pas maintenant, répondit-elle avec abattement, mais ça finira par arriver. Je m'en rapproche à chaque seconde qui passe. Et je vais devenir *vieille.*

Mon angoisse se transforma en désespoir. Pensait-elle que je n'y avais pas songé ? Que je n'avais pas remarqué les changements infimes sur ses traits, d'autant plus visibles en comparaison de mon immuabilité ? Que j'étais incapable de prédire un futur évident parce que je n'avais pas le don d'Alice ?

Je me pris la tête entre les mains.

— C'est ce qui est censé se produire, râlai-je. Ce qui devrait se produire. Ce qui se serait produit si je n'avais pas existé – et *je ne devrais pas exister.*

Elle ricana, et je me redressai brusquement, surpris.

— Ah ! N'importe quoi ! C'est comme si tu allais trouver un type qui vient de gagner au loto, que tu lui prenais tout son argent en lui disant : « Hé, mon pote, faisons comme si rien ne s'était passé, c'est mieux ainsi. » Je réfute cet argument.

— Je ne suis pas le gros lot, grommelai-je.

— En effet. Tu vaux beaucoup plus.

Je levai les yeux au ciel tout en essayant de me ressaisir. Mes emportements ne valaient rien de bon à Bella, les moniteurs en attestaient.

— Bella ! Je refuse de discuter de cela plus longtemps avec toi. Pas question que je te condamne à une nuit éternelle. Un point c'est tout !

À peine ma tirade achevée, je me rendis compte du dédain de mes mots et, avant même que Bella plisse les paupières, je devinai ce qu'elle allait me répondre.

— Si tu crois que je renoncerai, c'est que tu me connais bien mal. Tu n'es pas le seul vampire du coin.

De nouveau, je vis rouge.

— Alice n'oserait pas !

— Elle sait, hein ? assena Bella avec assurance, même s'il était évident que ma sœur ne lui avait *pas tout* confié. C'est pourquoi tu lui en veux tellement. Elle a vu que je serais comme toi… un jour.

— Elle se trompe, ripostai-je, tout aussi sûr de moi (après tout, j'avais déjà déjoué ses visions). Elle t'a aussi vue morte, et ce n'est pas arrivé.

— Je ne parierais pas contre elle.

Elle me lança un énième regard de défi. Sentant à quel point j'étais tendu, j'essayai de me relaxer. Nos chamailleries étaient une perte de temps, or il nous en restait si peu.

— Bon, reprit Bella, où tout cela nous mène-t-il ?

Je soupirai avant de partir d'un rire sans joie.

— À rien. J'ai bien peur qu'on appelle ça une impasse.

Une impasse qui menait droit à l'inéluctable. Bella poussa un soupir aussi lourd que le mien.

— Aïe !

Je la dévisageai, contemplai le bouton d'appel de l'infirmière.

— Ça va ?

— Oui, mentit-elle.

— Je ne te crois pas, souris-je.

— Je n'ai pas envie de dormir, bouda-t-elle.

— Il faut que tu te reposes. Ces disputes ne te valent rien.

Ma faute, bien sûr, encore et toujours ma faute.

— Tu n'as qu'à céder, dans ce cas.

— Bien essayé, me moquai-je en appuyant sur le bouton.

— Non ! protesta Bella.

— Oui ? résonna la voix de Bea.

— Nous sommes prêts pour les antalgiques.

Bella me foudroya du regard avant de grimacer encore une fois.

— Je vous envoie quelqu'un.

— Je ne prendrai rien.

Je jetai un coup d'œil à sa perfusion.

— Je ne pense pas qu'il s'agira d'un produit à avaler.

Son cœur s'emballa.

— Bella, tu as mal. Pourquoi fais-tu tant de difficultés ? Ils ne vont pas te piquer.

L'obstination qu'elle affichait jusqu'à présent se transforma en une sorte de trouble.

— Je n'ai pas peur des piqûres, marmonna-t-elle, juste de fermer les yeux.

Attrapant son visage, je lui adressai un sourire sincère. Sans devoir me forcer. Tout ce que je voulais, tout ce que je voudrais jusqu'à la fin des temps, c'était plonger dans ces prunelles.

— Je t'ai juré de ne pas m'éloigner. Alors, arrête de paniquer. Tant que ça te rendra heureuse, je serai près de toi.

Tant que tu ne seras pas rétablie. Prête. Tant que je n'en aurai pas la force.

— Tu es en train de t'engager pour toujours, je te signale, rigola-t-elle malgré la douleur.

Un toujours de mortel.

— Oh, tu te lasseras vite, raillai-je. Ce n'est qu'une amourette, après tout.

Elle tenta de secouer la tête, y renonça.

— J'ai été ahurie que Renée avale celle-là. Toi, je te croyais plus futé.

— C'est ce qui est formidable avec les humains. Ils changent d'avis tout le temps.

— Rêve !

Son expression revêche me fit rire. Elle savait que je ne rêvais pas.

Gloria déboula en brandissant une seringue. *Il devrait la laisser un peu tranquille, la pauvrette.* Je m'écartai de son chemin avant que son « Excuse-moi » ait eu le temps de quitter sa bouche, et me réfugiai à l'autre bout de la chambre. Je ne tenais pas à l'irriter au point qu'elle prendrait sur elle de me flanquer dehors. Je n'avais pas la moindre idée de l'endroit où se trouvait Carlisle.

Bella me couvait d'un regard anxieux, craignant que je m'en aille. Je tentai d'afficher un air rassurant. Je serais là à son réveil. Tant qu'elle aurait besoin de moi.

Gloria injecta les médicaments dans le tube.

— Eh voilà, ma belle, tu vas te sentir bien mieux.

Le merci de Bella ne fut guère poli. Ses paupières se fermèrent en quelques secondes.

— Ça devrait suffire, commenta Gloria.

Elle m'adressa un coup d'œil significatif, mais je me tournai vers la fenêtre en faisant semblant de ne rien voir. Elle sortit en refermant doucement la porte derrière elle. Je me ruai sur Bella, caressai le bon côté de son visage.

— Reste, bredouilla-t-elle d'une voix pâteuse.

— Promis.

Elle commençait à s'endormir, j'en profitai pour dire enfin la vérité :

— Tant que ça te rendra heureuse… tant que c'est ce qu'il y aura de mieux pour toi.

— Pas… la… même… chose… soupira-t-elle, déjà presque inconsciente.

— Ne t'inquiète pas de cela maintenant, Bella. Nous nous disputerons quand tu seras réveillée.

— D'ac… cord, murmura-t-elle avec une ombre de sourire.

Me penchant, j'embrassai sa tempe et chuchotai à son oreille :

— Je t'aime.

— Moi… aussi.

— Je sais.

J'eus un rire peu convaincu : c'était tout le problème. Luttant contre le sommeil, elle tendit sa bouche meurtrie vers moi. J'y déposai un baiser aérien.

— Merci.

— Tout le plaisir est pour moi.

— Edward ?

— Oui ?

— Je parie sur Alice.

Ses traits se détendirent, et elle sombra complètement. Enfouissant mon visage dans le creux de son cou, je humai son parfum incandescent en regrettant encore une fois de ne pas pouvoir rêver avec elle.

Épilogue

UNE CÉLÉBRATION

Bella resta encore six jours à l'hôpital, ce qui lui sembla interminable, tant elle avait hâte de reprendre une vie normale et d'en avoir terminé avec les médecins qui la palpaient et l'auscultaient, ainsi qu'avec les aiguilles qui la transperçaient de partout.

Pour moi, à l'inverse, le temps passa très vite, malgré ma douleur incessante de la voir alitée en sachant qu'elle souffrait et que je n'y pouvais rien. C'était un moment de répit, j'aurais voulu en étirer les secondes, bien qu'elles soient associées à la peine, et elles s'envolèrent trop rapidement à mon goût.

Il aurait été mal de ma part de quitter Bella, et je détestais les instants où j'étais contraint de m'y résoudre, quand le personnel soignant s'entretenait avec elle et sa mère, par exemple, même si j'étais en mesure de tout entendre depuis les escaliers. C'était sûrement mieux, d'ailleurs, car j'aurais été incapable de contrôler mes réactions.

Ainsi, le lendemain de son réveil, lorsque le Dr Sadarangani se réjouit devant ses radios, ravi de constater que les fractures étaient nettes et se résorberaient proprement, je ne pensai qu'au pied du traqueur qui s'abattait sur sa jambe, je n'entendis que le craquement sinistre qui en résultait. Heureusement que personne ne put voir mon visage à ce moment-là.

Renée s'impatientait à cause d'un remplacement à long terme dans une école élémentaire de Jacksonville qu'elle perdrait si elle ne rentrait pas bientôt, mais elle tenait à être auprès de sa fille tant que cette dernière serait à Phoenix. Bella n'eut aucune difficulté à la convaincre que c'était inutile, et elle partit deux jours avant nous.

Bella téléphonait souvent à Charlie, notamment après la défection de Renée. Maintenant que le danger était écarté, et qu'il avait eu le loisir de réfléchir, il commençait à céder à la colère. Pas contre sa fille, naturellement. Non, il ne se trompait pas de cible. Rien de tout ça ne se serait produit sans moi, après tout. Si son amitié naissante avec Alice lui posait un problème, je ne doutai pas de ce que je lirais dans son esprit lorsque je regagnerais Forks.

Je tâchai d'éviter les conversations sérieuses avec Bella, ce qui se révéla plus facile que prévu. Nous étions rarement seuls, y compris quand Renée eut disparu de la circulation, avec le flot permanent d'infirmières et de docteurs, et elle somnolait beaucoup, à cause des antalgiques. Apparemment, il lui suffisait que je sois là. Elle ne me supplia plus de promettre quoi que ce soit. Il n'empêche, parfois, je décelais le doute dans ses yeux. J'aurais voulu l'effacer, être en mesure de croire à mes serments, mais mieux valait me taire plutôt que raconter de nouveaux mensonges.

Très vite, donc, nous nous occupâmes de son rapatriement à la maison.

Charlie souhaitait qu'elle prenne l'avion avec Carlisle, pendant qu'Alice et moi reviendrions avec la Chevrolet. Ce fut mon père qui géra ce coup de fil. Il n'avait pas eu besoin d'en discuter avec moi pour connaître mon opinion. Il persuada Charlie qu'Alice et moi avions déjà assez manqué le lycée comme ça, ce à quoi le père de Bella n'eut rien à objecter. Nous rentrerions tous en avion, et Carlisle ferait rapatrier la camionnette par une entreprise. Il garantit à Charlie que c'était simple et peu coûteux.

Décoller de l'aéroport où mon pire cauchemar avait débuté fut bizarre. Comme nous prenions un vol du soir, le plafond vitré ne fut pas un souci. Est-ce que ces grands halls déserts rappelèrent à Bella la peur et la souffrance qu'elle avait ressenties la dernière fois qu'elle y avait mis les pieds ? Nous n'étions plus pressés. Alice poussait le fauteuil roulant de Bella, ce qui me permettait de marcher à son côté en lui tenant la main. Comme je m'y attendais, elle n'appréciait ni le fauteuil ni les regards curieux qu'il nous valait. Elle toisait régulièrement son gros plâtre blanc comme si elle avait voulu l'arracher. Néanmoins, elle garda pour elle ses récriminations.

À bord, elle dormit et m'appela doucement en rêvant. J'aurais pu faire fi du passé, m'autoriser à revivre notre unique journée idéale, regagner une époque où mon prénom sur ses lèvres ne me plongeait pas dans les affres de la culpabilité et n'augurait rien de mal. Malheureusement, notre séparation était trop imminente pour ménager une place à ces fantaisies.

Charlie nous accueillit à l'aéroport de Seattle, alors qu'il était plus de vingt-trois heures, et que le trajet jusqu'à Forks lui en prendrait presque quatre. Carlisle et Alice avaient essayé de l'en dissuader, mais je le comprenais. Bien que ses réflexions soient aussi peu perceptibles que d'ordinaire, j'avais eu raison : il s'était déplacé pour blâmer qui de droit.

S'il ne me soupçonnait pas carrément d'avoir poussé en personne sa fille dans l'escalier, il estimait qu'elle n'aurait jamais agi avec une telle impulsivité si je ne l'avais pas provoquée. Ses supputations n'étaient pas tout à fait fausses, d'ailleurs, même s'il se trompait sur les raisons pour lesquelles Bella s'était enfuie à Phoenix. Au bout du compte, j'étais le seul fautif.

La route jusqu'à Forks aurait dû me paraître interminable, derrière la voiture de patrouille qui respectait scrupuleusement les limitations de vitesse, mais là encore, je trouvai que le temps s'écoulait trop vite. Cette brève séparation ne le ralentit en rien.

Nous nous installâmes dans une nouvelle routine en un clin d'œil. Alice prit sur elle de jouer les infirmières et dames de compagnie, ce dont Charlie lui fut incroyablement reconnaissant. Bella, gênée de devoir être assistée dans ses besoins les plus basiques et les plus intimes, fut heureuse également que ce soit Alice qui s'en charge. Comme si durant les quelques jours à Phoenix, la vision de ma sœur concernant leur amitié s'était réalisée. Ensemble, elles étaient détendues, partageaient des plaisanteries incompréhensibles aux autres et des confidences, à croire qu'elles étaient complices depuis des années et non une ou deux semaines. Charlie en était déstabilisé et se demandait pourquoi sa fille ne lui avait jamais parlé de cette relation. Il était cependant trop redevable à Alice, et sous son charme, pour investiguer plus avant. Il se contentait de se réjouir que le rétablissement de sa fille se passe dans ces conditions idéales. Alice était presque aussi souvent que moi chez les Swan, la différence étant qu'elle se montrait ouvertement à Charlie.

Bella était partagée quant au lycée. Elle se confia à moi très tôt le deuxième matin suivant notre retour – elle avait dormi toute la journée précédente, était décalée.

— D'un côté, je veux que les choses reviennent à la normale, et je n'ai pas envie d'accumuler du retard. De l'autre, à l'idée que tout le monde me voie dans ce *machin*…

Elle fusilla des yeux l'innocent fauteuil roulant plié près de son lit.

— Si je pouvais te porter là-bas, je n'hésiterais pas…

— Ça ne ferait qu'attirer encore plus les regards, soupira-t-elle.

— En effet. Et bien que tu n'aies jamais pris la mesure de la frayeur que j'inspire, sache que je suis en mesure de régler leur compte aux mateurs.

— Comment ?

— Je te montrerai.

— Tu as éveillé ma curiosité. Donc, retour au bahut le plus vite possible.

— Tout ce que tu voudras.

Aussitôt, je regrettai mes paroles, alors que j'avais pris soin d'éviter toute phrase susceptible de réactiver la conversation que nous avions eue à l'hôpital. Par chance, elle laissa passer, cette fois.

Au demeurant, elle semblait aussi réticente que moi à évoquer l'avenir. Ce qui expliquait sans doute son désir que « les choses reviennent à la normale ». Elle espérait peut-être que nous oublierions l'épisode, comme s'il n'était qu'un mauvais chapitre et non la préfiguration de la seule conclusion possible à notre histoire.

Quoi qu'il en soit, ma promesse insignifiante de tenir en respect les badauds fut facile à tenir. Quand je poussai sa chaise roulante en ce premier jour de lycée, il me suffit de croiser le regard de ceux qui affichaient un intérêt un peu trop marqué : petit étrécissement des paupières, rictus retroussant ma lèvre supérieure, et ils s'égaillaient comme une volée de moineaux.

— Je ne suis pas sûre que tu fasses quoi que ce soit, conclut Bella, dubitative. C'est juste que je n'ai rien de passionnant. J'ai eu tort de m'inquiéter.

Dès que Carlisle le lui autorisa, elle passa au plâtre de marche et à une paire de béquilles. Personnellement, j'avais préféré le fauteuil, tant il m'était dur de la voir se débattre sans pouvoir l'aider. Sauf qu'elle était soulagée d'être de nouveau capable de se déplacer seule. D'ailleurs, elle progressa assez vite dans l'exercice.

Les rumeurs qui circulaient dans l'établissement étaient toutes erronées. La chute de Bella par la fenêtre de l'hôtel était connue, grâce aux adjoints de Charlie qui n'avaient su tenir leur langue. En revanche, Charlie n'avait soufflé mot de ce qui avait motivé la présence de Bella à Phoenix. Jessica Stanley s'était donc chargée de combler les lacunes. Bella et moi nous étions rendus là-bas afin qu'elle me présente à sa mère. Parce que notre relation devenait très sérieuse, insinuait-elle. Cette version fut unanimement acceptée, la majorité des gens ayant oublié l'origine de la légende.

Jessica en était réduite à inventer ces ragots, car Bella lui consacrait peu de temps en dehors des cours. Ça ressemblait beaucoup à l'époque de l'incident du fourgon. Bella savait rester muette quand elle l'avait décidé. De plus, elle déjeunait désormais avec Alice, Jasper et moi (Emmett et Rosalie prétendaient manger à l'extérieur et se cachaient dans la voiture si le soleil menaçait), et aucun humain n'osait approcher de notre table. Que Bella se coupe de ses anciens amis, notamment d'Angela, me contrariait, mais je me disais que tout finirait par redevenir comme avant, avant mon intrusion dans son existence, s'entend.

Quand nous serions partis.

Bien que le temps ne ralentisse jamais vraiment, le quotidien commença à avoir des allures de normalité, m'obligeant à être plus prudent. Il m'arrivait de déraper – elle me souriait, et j'étais immédiatement submergé par un sentiment de justesse : elle et moi étions faits l'un pour l'autre. J'avais du mal à me remémorer que ce sentiment si pur et puissant était un leurre. Du moins, jusqu'à ce qu'elle se tourne un peu trop brutalement et que ses côtes endolories lui arrachent une grimace, jusqu'à ce qu'elle pose le pied par terre avec trop d'assurance et étouffe un petit cri, jusqu'à ce que la lumière mette en évidence la cicatrice blanche et luisante de sa main.

Bella guérissait, les jours défilaient, je m'agrippais à chaque seconde.

Alice avait à présent une nouvelle marotte destinée à rompre la monotonie. De manière agréable, selon elle. Sachant que Bella objecterait, je commençai par refuser. Sauf que, à force d'y réfléchir, je me surpris à considérer l'événement d'un point de vue différent.

Pas celui de ma sœur, dont les motivations étaient égoïstes à soixante-dix pour cent sans doute. Alice adorait relooker les autres. Mon égoïsme à moi, je l'évaluais à environ dix pour cent. C'était un souvenir que j'avais envie d'avoir, je me l'avouai à moi-même. Néanmoins, mon objectif principal était de modifier un chapitre spécifique de l'avenir de Bella. Voilà pourquoi j'acceptai d'entrer dans le jeu bizarre d'Alice.

J'eus une vision. Pas une prophétie comme celles de ma sœur, juste un scénario plausible, qui provoqua en moi une souffrance mêlée de plaisir.

Bella, vingt ans plus tard, s'épanouissant avec grâce dans la maturité. À l'instar de sa mère, elle conserverait les traits de sa jeunesse plus longtemps que la majorité des femmes, et ses premières rides ne gâteraient pas sa beauté. Elle vivrait au soleil, dans une maison modeste mais jolie qui serait, à moins qu'elle n'ait radicalement changé d'ici là, encombrée de bazar. Deux ou trois enfants ajouteraient au désordre. Peut-être un garçon ayant hérité les boucles et le sourire de Charlie, et une fille qui tiendrait de Renée, comme Bella.

Je ne me représentai pas le père ni ce qu'il pouvait avoir transmis aux enfants, c'était trop pénible.

Un jour, à la préadolescence, alors qu'ils seraient plus jeunes que Bella aujourd'hui, l'un d'eux, inspiré par une série romantique pour gamins (quoique Alice m'ait averti que les médias allaient beaucoup évoluer dans la prochaine décennie, et qu'elle attendait la création de certaines entreprises pour y investir), demanderait à sa mère à quoi avait ressemblé son bal de promotion.

En souriant, elle répondrait qu'elle n'y était pas allée, qu'elle n'aimait pas danser. Ses enfants seraient déçus. Leur mère n'avait jamais aucune histoire intéressante à leur raconter sur ses années de lycée. N'avait-elle donc *rien* vécu ? Elle n'aurait pas de souvenirs amusants et légers, juste une absence d'expériences normales, rien que des secrets, des dangers et des contes, si fantastiques qu'elle finirait par croire qu'ils étaient le fruit de sa propre imagination.

Sauf si…

Bella rirait à la question de ses enfants, et ses yeux se perdraient soudain dans le lointain.

— C'était dingue, dirait-elle. Je n'avais pas vraiment envie d'y aller, vous savez que je danse comme un fer à repasser. Mais ma folle de meilleure amie m'a enlevée pour me relooker, et mon petit copain m'y a traînée de force. Et, finalement, ce n'était pas si mal, je suis contente d'avoir connu ça. Au moins à cause de la décoration. Une version *cheap* du film *Carrie au Bal du diable*. Non, vous n'avez pas le droit de le regarder. Vous n'avez pas l'âge.

C'est pour ce moment-là que j'autorisai Alice à se lancer dans son projet ambitieux et quelque peu intrusif. Je l'encourageai même et y apportai ma contribution.

C'est ainsi que je me retrouvai affublé d'un smoking – évidemment choisi par Alice, ce qui m'avait évité une séance de shopping –, quelques brins de freesia à la main, à attendre au pied des marches la grande révélation de ma sœur. Elle se fichait que j'aie déjà tout vu dans son esprit, aspirait à tous les poncifs ridicules du spectacle que constituait un bal de fin d'année humain.

Elle avait averti Charlie que Bella rentrerait tard, sous-entendant qu'elle passerait toute la soirée en sa compagnie. Il ne lui refusait rien, n'objectait que si j'étais impliqué, même s'il le gardait en général pour lui.

J'écoutai ma sœur aider Bella à boitiller jusqu'à l'escalier, un bras passé autour de sa taille, tandis que l'invalide s'appuyait lourdement sur son épaule. Si Bella était devenue experte avec ses béquilles, Alice l'en avait privée aujourd'hui. À la fois par souci esthétique et pour l'empêcher de se sauver – j'ignorais dans quelles proportions. Soudain, Alice recula, incitant Bella à continuer seule.

— Ça va bien, la tête ? se récria cette dernière. Je ne peux pas marcher *là-dedans* !

— Ce ne sont que quelques marches. Tu vas t'en sortir. Je ne suis pas habillée, je gâcherais la photo.

— Quelle *photo* ? piailla Bella, dont la voix monta d'une octave. Il est hors de question qu'on me tire le portrait !

— T'inquiète. Je pensais juste à une photo *mentale*. Et maintenant, calme-toi.

— Mentale ? Mais pour qui ?

— Edward.

Hourra, ça a fonctionné. Les yeux de Bella s'étaient éclairés à la mention de mon nom, et elle se déplaça avec plus d'entrain qu'elle n'en avait montré durant toute la séance de coiffure et de maquillage. Ce qui vexa un peu Alice.

Lentement, maladroitement, Bella apparut sur le palier et me chercha du regard.

Je connaissais sa tenue pour avoir épié ma sœur, mais là, ce fut différent. Si la mousseline de soie était ruchée et froncée pour préserver la pudeur, elle collait au corps d'une manière fort alléchante. Elle dévoilait ses épaules d'albâtre avant de descendre en lignes pures le long de ses bras jusqu'à ses poignets. Le haut suivait une coupe asymétrique qui trahissait subtilement les formes de la silhouette.

Naturellement, la robe était bleu sombre. Mes préférences n'avaient pas échappé à Alice.

L'un des pieds de Bella était chaussé d'un soulier en satin bleu à talon aiguille noué par des rubans autour de la cheville. L'autre était toujours dans son plâtre défraîchi. Je fus surpris qu'Alice ne l'ait pas peint en bleu lui aussi.

Bella et moi nous contemplâmes mutuellement avec des yeux ronds.

— Wouah ! souffla-t-elle.

— C'est le mot, acquiesçai-je en la détaillant sans vergogne.

Elle baissa la tête, rougit, haussa les épaules comme pour dire : « Ben oui, je porte une robe. »

Alice avait caressé l'idée que Bella descende l'escalier comme une reine, mais elle s'était résignée devant l'évidence. Grimpant les marches quatre à quatre, je rejoignis ma cavalière. Après avoir attaché mes freesias dans ses cheveux – Alice avait spécialement ménagé un espace libre dans la cascade des boucles –, je la pris dans mes bras. Elle s'y était habituée, à présent, et je la portais souvent, quand il n'y avait pas de mortels alentour. Non seulement c'était plus facile, mais c'était aussi un soulagement de la serrer contre moi, de sentir qu'elle était protégée, en sécurité, ne serait-ce que pendant ce moment.

— Amusez-vous bien ! nous lança Alice en se ruant dans sa chambre.

Elle fut habillée avant même que j'atteigne le rez-de-chaussée. J'entendis Rosalie et les autres qui l'attendaient – avec plus ou moins de patience – dans le garage. Elle s'octroya le temps de s'appliquer quelques traits d'eye-liner du plus bel effet.

Je portai Bella à la Volvo et l'installai sur le siège passager, en veillant à bien ranger tout ce tissu et ces rubans pour qu'ils ne se coincent pas dans la portière. Son silence m'intriguait. Aussi bien maintenant que plus tôt. Si elle s'était plainte à maintes reprises auprès d'Alice pendant que cette dernière la maquillait, elle n'avait émis aucune objection quant au bal. Je m'assis au volant, et nous démarrâmes.

— Quand vas-tu te décider à me révéler ce qui se passe ? finit-elle par me demander.

L'agacement forcé de son ton ne correspondait pas à son expression. Je la dévisageai longuement, cherchant le pourquoi de la plaisanterie. Sauf que, à part pour sa mauvaise humeur factice, elle paraissait sincère. J'eus du mal à croire à autant de naïveté.

— Je m'étonne que tu ne l'aies pas encore deviné, rigolai-je.

J'avais décidé de jouer le jeu, puisqu'elle ne pouvait décemment pas être sérieuse. Soudain, elle avala une goulée d'air. Je me tournai vers elle, inquiet. Elle se contentait de me fixer.

— T'ai-je dit à quel point tu étais beau, comme ça ?

C'était sûrement ce que son « wouah » avait voulu exprimer.

— Oui.

Fronçant les sourcils, elle céda de nouveau à l'irritation.

— Je ne reviendrai plus si Alice s'entête à me traiter comme un cochon d'Inde Barbie.

Je n'eus le temps ni de défendre ni de condamner Alice, car mon téléphone sonna. Je l'ouvris rapidement, songeant qu'Alice avait d'autres instructions à me donner. C'était Charlie, cependant. Il ne m'appelait jamais. Ce fut donc avec un brin d'appréhension que je décrochai :

— Allô, Charlie ?

— Charlie, souffla Bella, anxieuse elle aussi.

Son père se racla la gorge, et je devinai qu'il était mal à l'aise.

— Euh, salut, Edward. Excuse-moi de perturber ta, hum, ta soirée, mais je suis un peu… C'est que Tyler Crowley vient de débarquer, en smoking, et il a l'air de croire que c'est lui le cavalier de Bella au bal ?

Il était rare que quelqu'un, excepté Bella, me surprenne.

— Vous plaisantez ? m'esclaffai-je.

— Qu'est-ce qu'il y a ? siffla ma voisine.

— Je ne sais pas trop quoi faire, me confia Charlie, très gêné.

— Passez-le-moi donc.

— Pas de souci, répondit-il, soulagé. Tiens, Tyler, on veut te parler, l'entendis-je lancer.

Bella me fixait, soucieuse de ce qui était susceptible de se produire entre son père et moi. Elle ne remarqua même pas la voiture rouge vif qui nous doubla à toute vitesse. Ignorant la jubilation de Rosalie – mais je l'ignorais tout le temps, désormais –, je me concentrai sur mon coup de fil.

— Ouais ? dit le garçon d'une voix incertaine.

— Salut, Tyler, c'est moi, Edward Cullen.

J'étais d'une totale courtoisie, même si ça me coûtait un peu. Si j'avais été amusé l'instant d'avant, j'étais submergé par un instinct me dictant de défendre mon territoire. Immature, certes, mais bon. Bella inhala. Je lui jetai un coup d'œil avant de reporter mon attention sur la route. Elle n'avait peut-être pas été au courant de ce qui l'attendait, elle l'était, maintenant.

— Je suis navré qu'il y ait eu un malentendu, mais Bella n'est pas libre ce soir.

— Oh ?

Ma jalousie persista, et ce fut d'un ton plus sec que j'enchaînai :

— Pour être franc, elle ne sera libre aucun des soirs à venir, du moins tant qu'il s'agira de sortir avec un autre garçon que moi. Sans rancune ? Et encore désolé d'avoir gâché ce grand jour.

Bien que j'aie conscience que je n'aurais pas dû sortir ces mots, je ne pus m'empêcher de ricaner en pensant à la manière dont il les recevrait. Et à ce qu'il ressentirait lorsqu'il me croiserait au lycée le lundi matin. Je coupai la ligne et me tournai pour juger de la réaction de Bella. Rouge pivoine, elle était furax.

— Je n'aurais pas dû ajouter ça, hein ? m'inquiétai-je. Je ne voulais pas t'offenser.

Il est vrai que je m'étais montré très dominateur, et même si j'étais certain que Bella ne s'intéressait pas le moins du monde à Tyler, ce n'était pas à moi de décider à sa place. J'admettais que mes paroles soient répréhensibles, je ne m'étais toutefois pas attendu à ce qu'elles la bouleversent.

Depuis Phoenix, elle n'avait pas exigé de nouvelle promesse de moi, ce qui ne signifiait pas qu'elle n'avait plus de doutes. J'avais été contraint de trouver un équilibre entre son besoin d'être rassurée et mon incapacité à lui mentir.

Je vivais notre relation au jour le jour, d'heure en heure. Je refusais de songer au futur. C'était déjà bien suffisant que j'en devine l'approche. Lorsque je lui avais juré que ce serait pour toujours, ça voulait dire aussi loin que j'y voyais. Or je m'interdisais de voir.

— Tu m'emmènes au bal de fin d'année ? hurla-t-elle.

Elle n'avait vraiment rien soupçonné. Je fus désarçonné. À quoi d'autre aurions-nous pu assister, ainsi habillés, à Forks ? Et voici qu'elle avait les larmes aux yeux, et qu'elle accrochait la portière de la Volvo, comme si elle aurait préféré se jeter dehors plutôt qu'affronter une bringue de lycéens.

En douce, je verrouillai la voiture.

J'étais à court de mots. Il ne m'avait pas traversé l'esprit qu'il puisse y avoir un malentendu. Bref, je dis la chose sans doute la plus stupide qui soit, au vu des circonstances :

— Ne sois pas pénible, Bella.

Elle regarda par la vitre, l'air de réellement vouloir s'éjecter.

— Pourquoi me fais-tu un truc pareil ? gémit-elle.

— Honnêtement, répliquai-je en montrant mon smoking, tu pensais aller où ?

Elle essuya les larmes qui coulaient sur ses joues. Elle avait une mine horrifiée, à croire que je venais de lui révéler que j'avais assassiné tous ses amis, et qu'elle était la prochaine sur la liste.

— C'est complètement ridicule ! m'exclamai-je. Pourquoi pleures-tu ?

— Parce que je suis folle de rage !

Je faillis rebrousser chemin. En vérité, le bal m'indifférait, et il me déplaisait de la voir dans cet état. Mais je pensai à la conversation très lointaine qui figurait dans l'avenir que je lui avais dessiné et tins bon.

— Bella, murmurai-je avec tendresse.

Elle me dévisagea, s'adoucit. Apparemment, j'avais encore le pouvoir de l'éblouir, à défaut d'autre chose.

— Quoi ?

— Fais-moi plaisir.

Son regard s'attarda sur moi, plus adorateur qu'irrité. Puis elle se résigna.

— Très bien, je me tiendrai tranquille, mais tu ne perds rien pour attendre. J'ai toujours la poisse, je te signale. Je vais sûrement me casser l'autre jambe. Non mais vise un peu cette godasse ! C'est la mort assurée ou je ne m'y connais pas !

Elle tendit son pied vers moi afin de souligner son propos. Le contraste entre les gros rubans noués autour de sa cheville menue, comme une ballerine, et sa peau d'ivoire était d'une beauté qui transcendait la mode. En cette région aux hivers interminables et à la garde-robe adaptée, il était fascinant de découvrir des pans d'elle que je ne connaissais pas. C'était là que mes dix pour cent d'égoïsme étaient entrés en jeu.

— Hmm, marmonna-je, rappelle-moi de remercier Alice, tout à l'heure.

— Elle sera là ?

Son ton laissait entendre que c'était une nouvelle réconfortante. Plus que ma présence.

— Ainsi que Jasper, Emmett et… Rosalie, me sentis-je obligé de préciser.

La ride apparut entre ses sourcils. Emmett avait essayé. Tout le monde. Sauf moi. Je n'avais pas adressé la parole à Rosalie depuis la nuit où elle avait refusé de nous aider à sauver la vie de Bella. Elle était à la hauteur de sa réputation d'obstinée surnaturelle. Elle n'était jamais ouvertement hostile à l'encontre de Bella, les rares fois où elles se retrouvaient dans la même pièce, à moins qu'un mépris agressif pour l'existence de quelqu'un soit considéré comme de l'hostilité.

Bella secoua la tête, ayant visiblement décidé de ne pas penser à Rosalie.

— Charlie est dans la combine ? demanda-t-elle.

— Bien sûr, acquiesçai-je. (Inutile de préciser que toute la ville et le comté savaient que le bal de promo avait lieu ce soir. Les organisateurs avaient même suspendu de grandes banderoles ultra-secrètes dans tout le bahut.) Mais pas Tyler, visiblement, ajoutai-je en riant.

Elle serra les mâchoires avec un claquement sec, même si j'eus l'impression que son mécontentement concernait plus Tyler que moi-même.

Nous entrâmes sur le parking du lycée et, cette fois, Bella vit la BMW de Rosalie. Elle la contempla d'un œil nerveux, tandis que je me garais un peu plus loin, avant de descendre et de venir lui ouvrir la portière à une allure humaine. Bras croisés sur la poitrine, la bouche boudeuse, elle s'était sans doute dit que, avec autant de témoins dans les parages, je ne pourrais pas la basculer par-dessus mon épaule et l'emporter de force dans cet endroit de perdition terrifiante qu'était devenu le gymnase de l'établissement.

Je poussai un gros soupir, elle ne broncha pas.

— Quand on essaie de te tuer, tu es courageuse comme une lionne. Mais dès qu'il s'agit de danser…

Je secouai la tête d'un air déçu, sauf que le mot « danser » semblait la terroriser pour de vrai.

— Bella, je ne laisserai personne te faire du mal. Même pas toi. Je ne te lâcherai pas d'une semelle, juré !

Elle y réfléchit, s'apaisa un tantinet.

— Allez, insistai-je gentiment, ça ne va pas être si terrible.

M'inclinant à l'intérieur de l'habitacle, j'enlaçai sa taille. Sa gorge était juste à portée de mes lèvres, son arôme puissant comme un feu de forêt, quoique plus délicat que celui des freesias. Elle me laissa l'extraire de la voiture.

Nous fûmes vite devant le gymnase, dont les portes étaient grandes ouvertes. Les plafonniers étaient éteints, remplacés par des kilomètres de guirlandes électriques de Noël punaisées aux murs en festons maladroits. Résultat, l'éclairage était succinct, pas assez cependant pour dissimuler la décoration hors d'âge. Les girandoles de crépon avaient déjà été utilisées, vu leurs couleurs fanées et le papier froissé. Les arceaux de ballons étaient neufs, en revanche.

Bella gloussa. Je souris.

— On dirait le décor d'un film d'horreur, commenta-t-elle.

— Mais c'est que nous avons notre lot de vampires, renchéris-je.

J'avançai vers la table où l'on vendait les billets. Bella n'avait d'yeux plus que pour la piste de danse, où mes frères et sœurs frimaient à mort.

Ils se défoulaient, j'imagine. Nous étions tellement sur la retenue, toujours. S'il nous était impossible de ne pas attirer l'attention – nos visages d'immortels y veillaient –, nous nous efforcions de ne pas ajouter de l'eau au moulin des curieux. Ce soir, pourtant, Rosalie, Emmett, Jasper et Alice y allaient de bon cœur, mêlant des dizaines de danses de toutes les époques possibles pour créer des mouvements intemporels. Il va de soi que leur grâce n'avait rien d'humain. Bella n'était pas la seule à les contempler. Quelques audacieux se trémoussaient également, tout en se tenant à l'écart du cirque vampirique.

— Veux-tu que je verrouille les portes afin que tu puisses massacrer les innocents ? chuchota Bella.

— Dans quel groupe te places-tu ?

— Moi ? Avec les vampires, bien sûr !

— Prête à tout pour ne pas danser, hein ? rigolai-je.

— Absolument tout.

Elle se retourna vers les miens, tandis que j'achetais nos tickets. Aussitôt après, je l'entraînai vers la piste. Autant se débarrasser au plus vite de ce que ma cavalière redoutait par-dessus tout. Elle ne se détendrait qu'après. Réticente, elle boitilla plus que la normale pour retarder l'échéance.

— J'ai toute la nuit devant moi, lui rappelai-je.

— Edward, murmura-t-elle, horrifiée. Je te *jure* que je ne sais pas danser.

Que croyait-elle ? Que je comptais l'abandonner au milieu du parquet pour la regarder exécuter un solo ?

— Ne t'inquiète pas, bêtasse, moi je sais.

Je nouai ses bras autour de ma nuque, plaçai mes paumes sur sa taille et la soulevai du sol. Me plaquant contre elle, je reposai doucement ses pieds, l'un de satin, l'autre de plâtre, sur les miens.

Elle eut un grand sourire.

Supportant presque tout son poids avec mes mains, je rejoignis en virevoltant l'endroit où ma famille en faisait des caisses. Je n'essayai pas de les imiter, me bornant à valser lentement sur la musique. Bella resserra ses bras autour de mon cou, se rapprochant encore de moi.

— J'ai l'impression d'avoir cinq ans, s'esclaffa-t-elle.

Je la hissai un peu plus haut pour qu'elle vole dans les airs et soufflai à son oreille :

— Rassure-toi, tu n'as pas l'air d'avoir cinq ans.

Elle éclata d'un nouveau rire, et je la remis en équilibre sur mes chaussures. Les lumières de Noël étincelaient dans ses prunelles. La chanson changea, j'adaptai notre tempo. Un morceau plus lent, qui invitait à la rêverie. Son corps se fondait dans le mien. J'aurais voulu nous pétrifier ainsi, nous figer dans le temps et cette danse.

— D'accord, admit-elle, ça n'est pas si mal.

Presque les mots que j'espérais lui voir dire à ses enfants. Je trouvai encourageant qu'elle n'ait pas mis vingt ans à arriver à cette conclusion.

Des clous, je ne le ferai pas. Je rendrai l'argent. Pff ! Qu'est-ce que c'est gênant. Pourquoi faut-il que ce soit mon père, *le dingue ? Pourquoi pas celui de Quil ?*

Les réflexions, très claires, m'étaient familières. Leur propriétaire, qui hésitait sur le seuil du gymnase, avait un esprit qui irradiait la pureté, en dépit de son anxiété et de son embarras. Il était plus honnête avec lui-même que la majorité des gens.

— Qu'est-ce que tu as ? me demanda Bella, qui avait remarqué que j'étais ailleurs.

Je n'étais pas prêt à répondre, tant la rage m'étreignait. Ainsi, les Quileute avaient l'intention de continuer à nous mettre la pression, en dépit du traité dont ils avaient *eux-mêmes* établi les clauses, un traité qui ne faisait que les protéger. À croire qu'ils ne seraient contents que lorsque nous aurions tué quelqu'un. Ils voulaient que nous soyons des monstres.

Bella se tortilla entre mes bras pour voir ce que je regardais.

Jacob Black avança d'un pas incertain, clignant des yeux pour s'habituer aux lumières. Il ne lui fallut pas longtemps pour trouver ce qu'il cherchait. *Flûte ! Elle est là. Je n'en reviens pas d'avoir accepté. Comment mon père peut-il croire que ce type est* réellement *un vampire ? C'est débile.*

Pourtant, il fonça. Dédaignant d'acheter un ticket, il se fraya un passage parmi les danseurs avec des allures de soldat montant au front. Malgré ma colère, je ne pus qu'admirer sa bravoure. *J'aurais dû m'équiper d'ail, j'imagine*, ricana-t-il par-devers lui. Je ne me rendis pas compte que j'avais grondé avant que Bella me rappelle à l'ordre :

— Tiens-toi correctement !

— Il veut te parler.

La confrontation était inévitable. Comme la première danse, autant s'en débarrasser tout de suite. J'avais eu tort de céder à la fureur. Quelle importance après tout si ce groupe de vieillards édentés rompaient notre accord ? Ça ne changerait pas grand-chose, même s'ils s'offraient un panneau publicitaire sur l'autoroute, proclamant : « Le médecin du coin et ses enfants sont des vampires ! Soyez prudents ! » Personne n'avalerait ça. Même le fils Black n'y croyait pas.

Ce dernier s'approcha, et je m'immobilisai. Il s'intéressait surtout à Bella, et sa retenue était comique.

— Salut, Bella. J'espérais te trouver ici, dit-il.

Alors qu'il avait espéré tout le contraire. Elle lui répondit d'un ton chaleureux. La connaissant, elle avait dû s'apercevoir de son désarroi et tâchait de le mettre à l'aise.

— Salut, Jacob. Que se passe-t-il ?

Il lui sourit avant de se tourner vers moi. Il n'eut pas besoin de lever la tête. Le gamin avait grandi de plusieurs centimètres depuis notre dernière rencontre. Il ne ressemblait plus à l'enfant d'alors.

— Puis-je ? demanda-t-il.

Respectueux. Poli. Ne voulant pas s'imposer. J'avais conscience que ma colère était stérile, d'autant qu'elle n'était pas dirigée contre ce garçon irréprochable. Pourtant, j'eus du mal à la maîtriser. Au lieu de parler, je me bornai à poser Bella par terre et à reculer d'un pas.

— Merci, dit Jacob avec cette allégresse qui paraissait être son seul défaut.

J'opinai, vérifiai que Bella était d'accord, et m'éloignai. *Houps !* pensa Jacob. *C'est quoi cette saleté de parfum dont elle s'est inondée ?* Bizarre. Elle n'en portait pas, sauf celui des fleurs dans ses cheveux. Ma foi, il était possible qu'un autre couple se soit rapproché d'eux, maintenant que je n'étais plus là.

— Bon sang, Jacob, tu mesures combien ? l'entendis-je lui demander.

— Un mètre quatre-vingt-huit.

Sa fierté. *À part le plâtre, elle a l'air en pleine forme. Comme d'hab, Billy s'inquiète encore pour rien.*

Arrivé au mur du fond, je me retournai et m'y adossai. Lauren Mallory et son cavalier tournaient avec raideur dans le dos de Jacob. Était-ce elle qui sentait mauvais ? Jacob et Bella ne dansaient pas vraiment. Il avait les mains sur sa taille, elle sur ses épaules à lui. Elle se dandinait, ne semblait pas vouloir prendre le risque de bouger plus que ça. Lui piétinait sur place.

— Comment se fait-il que tu sois venu ? s'enquit-elle.

Sans réelle curiosité, ayant déjà deviné le but de cette intrusion.

— Mon père a craché vingt dollars pour que j'assiste au bal, tu le crois ? se défaussa-t-il.

— Hélas oui.

Elle restait gentille, bien qu'elle doive être agacée qu'un type qu'elle connaissait à peine essaie de régenter sa vie. *Elle réagit bien. C'est la fille la plus chouette au monde.*

— Eh bien, j'espère que tu t'amuseras, enchaîna-t-elle. Tu as repéré quelqu'un qui te plaisait ?

Du menton, elle désigna, moqueuse, un groupe de filles alignées le long du mur, sur ma gauche.

— Oui, soupira-t-il, mais elle est prise.

Ça ne m'étonna pas. Je n'avais que trop souvent vu des garçons s'amourachant de Bella. L'honnêteté, directe, de celui-ci était inattendue, en revanche, et Bella fut prise de court. Après un coup d'œil sur son visage pour voir s'il plaisantait – non –, elle baissa la tête. *J'aurais sûrement dû la boucler, mais bon, on s'en fout. Je n'ai rien à perdre.*

— Au fait, tu es très jolie, ajouta-t-il timidement.

— Euh, merci, répondit-elle en sourcillant avant d'aborder le sujet que lui fuyait et qui le renverrait dans ses pénates : Alors, pourquoi Billy a-t-il payé ton billet ?

Jacob se tortilla, très embarrassé.

— Il a dit que c'était un endroit « sûr » pour discuter avec toi. Il perd la boule, si tu veux mon avis.

Et elle va me prendre pour un dingo moi aussi. Tous les deux rirent, mais la joie de Bella était forcée.

— Passons, continua l'adolescent en souriant pour tenter d'alléger l'atmosphère. Il a promis de m'acheter ce maître-cylindre dont j'ai besoin si j'acceptais de te parler.

Cette fois, elle lui sourit franchement.

— Vas-y. J'ai envie que tu termines ta voiture.

Ému, il soupira. *J'aimerais qu'elle soit vraie, cette histoire de vampire. Comme ça, j'aurais mes chances.*

— Ne te fâche pas.

Elle a déjà été plus sympa que ce que j'étais en droit d'espérer.

— Je n'ai aucune raison de t'en vouloir. Je n'en voudrai même pas à Billy. Dis-moi juste ce que tu as à me dire.

— C'est… c'est vraiment idiot. Je suis désolé, Bella… il souhaite que tu rompes avec ton petit copain. S'il te plaît, a-t-il précisé.

Jacob secoua la tête afin de montrer qu'il n'adhérait pas à l'odieux message.

— Toujours aussi superstitieux, hein ? répondit Bella sans cesser de sourire, compassionnelle.

— Oui. Il… il a très mal réagi quand il a appris que tu avais été blessée à Phoenix. Il n'a pas cru…

Qu'ils n'y étaient pour rien. Il a pensé qu'ils avaient bu ton sang, une ânerie de ce genre.

— Je suis tombée, lâcha-t-elle en se refermant.

— Je sais, s'empressa d'acquiescer le gamin.

— Il pense qu'Edward est pour quelque chose dans cet accident, hein ? gronda-t-elle, accusatrice.

Tous deux étaient figés sur place, maintenant, comme s'il n'y avait pas de musique. Jacob se détourna. *Ça y est, je l'ai fichue en rogne pour de bon. J'aurais dû dire à Billy de s'occuper de ses affaires ou de ne pas me mouiller là-dedans.* Voyant à quel point il était gêné, Bella se radoucit :

— Écoute, tant pis si Billy n'y croit pas, mais je tiens à ce que toi, tu sois au courant. Edward m'a sauvé la vie. Sans lui et son père, je serais morte.

— Je sais, répéta-t-il.

Maintenant qu'elle était de nouveau aimable, il osait la regarder. Il ne voulait pas penser à la mort de Bella. Il se mit même à éprouver de la gratitude. Désormais, il n'écouterait plus son père critiquer Carlisle.

Elle lui souriait. Il était étrange de constater combien il semblait avoir vieilli. Peut-être à cause de sa taille, elle et lui avaient l'air de pairs, à présent. Aussi maladroit soit leur semblant de danse, elle paraissait plus à l'aise avec lui qu'avec ses autres amis humains. Il était possible que l'esprit si pur et ouvert de Jacob y soit pour quelque chose.

Une drôle d'idée me traversa la tête, trahissant à la fois mon imagination et ma peur.

Cette jolie petite maison serait-elle située à La Push ?

Je me secouai. Ce n'était que jalousie irrationnelle de ma part. La jalousie n'était qu'une émotion de mortel, puissante mais vaine. Elle ne reposait là, que sur le spectacle de Bella dansant plus ou moins avec un ami. Pas question que le futur me tracasse.

— Navrée que tu aies écopé de cette mission, reprit Bella. Enfin, tu auras au moins gagné tes pièces détachées.

— Oui, marmotta-t-il.

Devinera-t-il que j'ai menti ? Je ne peux pas dire le reste. Trop, c'est trop.

— Autre chose ? insista-t-elle avec une pointe d'incrédulité.

— Laisse tomber. Je me dégoterai un boulot, j'économiserai.

Il se détourna de nouveau, et elle le fixa jusqu'à ce qu'il accepte de rencontrer ses yeux.

— Crache le morceau, Jacob.

— C'est nul.

Je n'aurais jamais dû venir. C'est ma faute. Je n'avais qu'à pas lui céder.

— Je m'en fiche.

— Très bien… Tu vas mal le prendre. Il m'a demandé de te dire, de te prévenir, que nous – et le pluriel est de lui, je n'y suis pour rien – ne relâcherions pas notre garde.

Il guetta sa réaction, prêt à filer comme un lapin. Sauf qu'elle éclata de rire, comme si c'était la blague la plus drôle qu'elle avait entendue. Elle n'arrêtait plus, et c'est en hoquetant qu'elle répondit :

— Quelle sale mission il t'a confiée !

Il fut immensément soulagé. *Elle a raison, c'est hilarant.*

— Il y a pire, assura-t-il.

Elle est si jolie. Si j'avais refusé, je ne l'aurais jamais vue dans cette robe. Ça en valait la peine, même avec ce parfum dégueu.

— Bon, ajouta-t-il, dois-je lui faire savoir qu'il se mêle de ses oignons ?

— Non, soupira-t-elle, remercie-le de ma part. Il n'a que de bonnes intentions, après tout.

La musique s'interrompit, et elle laissa tomber ses bras le long de son corps. À moi d'entrer en scène. Jacob garda ses paumes sur sa taille, ne sachant pas si elle tiendrait debout toute seule.

— Tu veux continuer à danser ou préfères-tu que je t'accompagne à une chaise ?

— T'inquiète, Jacob, je prends le relais.

L'interpellé sursauta, surpris par ma proximité. Il recula en frissonnant de peur.

— Oh, je ne t'avais pas vu, balbutia-t-il.

Il faut que j'arrête de me laisser influencer par Billy comme ça.

— À un de ces jours, Bella.

— C'est ça, à plus, lança-t-elle avec assez d'enthousiasme pour qu'il se ressaisisse.

— Désolé, s'excusa-t-il de nouveau avant de gagner la sortie avec un geste d'adieu.

Je repris Bella dans mes bras, glissai mes pieds sous les siens. J'attendis que la chaleur de son corps efface la froideur du mien. Je ne penserais pas à l'avenir. Juste à cette soirée, à l'instant présent. Fredonnant avec contentement, elle nicha sa joue sur mon torse.

— Soulagé ? souffla-t-elle, car elle avait évidemment décrypté mon humeur.

— Pas vraiment.

— Ne sois pas en colère après Billy. Il s'inquiète pour moi au nom de son amitié avec Charlie. N'y vois rien de personnel.

— Je ne suis pas en colère après Billy. C'est son fils qui m'irrite.

Ce n'était pas tout à fait exact. Un mental aussi exubérant que le sien serait toujours un répit, par rapport à l'humain moyen. C'était ce qu'il incarnait qui me blessait. Un individu bon, gentil et *mortel*. Il fallait que je m'oblige à avoir l'état d'esprit adéquat.

— Pourquoi ? s'enquit Bella en s'écartant de moi, à la fois curieuse et soucieuse.

M'ébrouant pour chasser mon cafard, j'optai pour un ton plaisantin :

— Pour commencer, il m'a obligé à trahir ma parole.

— Pardon ?

Elle avait oublié. Je lui rafraîchis la mémoire avec un sourire contraint.

— J'avais promis de ne pas te quitter d'une semelle.

— Oh. Je te pardonne.

— Merci. Mais ce n'est pas tout, ajoutai-je avec un sourcillement que j'espérai moqueur.

Elle attendit la suite.

— Il a dit que tu étais *jolie*, grognai-je, comme si l'adjectif était négatif. C'est presque insultant. Tu es beaucoup plus que ça.

— Tu es de parti pris, s'esclaffa-t-elle, toutes ses inquiétudes envolées.

— Je ne suis pas d'accord. Et puis, je te rappelle que j'ai une excellente vue.

Mon sourire avait été plus authentique, cette fois. Elle regarda les lampes qui scintillaient autour de nous. Son rythme cardiaque étant plus lent que celui de la musique, je m'y adaptai. Des centaines de voix, mentales et physiques, fusaient alentour, mais je ne les entendais presque pas. Le bruit de son cœur était le seul qui m'importait.

— Vas-tu m'expliquer la raison de notre présence ici ? demanda-t-elle quand le morceau changea.

Constatant que je ne comprenais pas sa question, elle lança un coup d'œil appuyé aux décorations. Que répondre ? Impossible d'évoquer la vision, elle y opposerait des tas d'objections, d'autant qu'elle avait lieu dans un futur très lointain auquel je m'interdisais de penser. Je pouvais éventuellement mentionner ce qui sous-tendait la vision. Sauf que ce n'était pas une chose à évoquer en public.

Tout en dansant, je l'entraînai vers la sortie de derrière. Nous dépassâmes quelques-uns de ses amis, et Jessica lui adressa un signe de la main tout en comparant, déçue, sa robe et celle de Bella. Cette dernière lui sourit. Apparemment, ses camarades de classe ne s'amusaient pas beaucoup, à l'exception d'Angela et Ben qui se mangeaient des yeux d'un air extatique. Ce qui m'amusa.

Sans cesser de danser, je poussai la porte du dos. Il n'y avait personne dehors, bien que la soirée soit relativement douce. À l'ouest, les nuages étaient encore colorés par l'or du soleil couchant. Profitant de ce qu'on ne nous voyait pas, je la portai vivement à l'ombre des arbousiers, où régnait une obscurité profonde. Je m'assis sur le banc d'où je l'avais observée en cette matinée lumineuse, il y avait tant de semaines, et la berçai contre moi. À l'est, une lune pâlotte éclairait la dentelle des nuages. Un moment unique, pendant lequel le ciel était merveilleusement suspendu entre le soir et la nuit.

— Alors ? reprit-elle.

— C'est le crépuscule. Encore une fois. Une autre fin. Aussi parfait qu'ait été le jour, il faut qu'il meure.

Des jours qui comptaient tant et qui s'écoulaient si vite.

— Certaines choses sont éternelles, répliqua-t-elle, brusquement tendue.

Elle avait raison, même si elle et moi ne songions pas aux mêmes permanences. Comme le chagrin. Lui n'avait pas à se terminer.

— Je t'ai emmenée au bal, soupirai-je, parce que je ne veux pas que tu rates quoi que ce soit. Je refuse que mon existence te prive de quelque chose, si je peux l'éviter. Je désire que tu sois humaine. Que ta vie se déroule comme elle l'aurait fait si j'étais mort en 1918 comme prévu.

Elle frissonna puis secoua violemment la tête à deux reprises, comme si elle s'efforçait de nier mes mots.

— Dans quelle étrange dimension parallèle serais-je jamais allée au bal de moi-même ? répondit-elle d'une voix moqueuse. Si tu n'étais pas mille fois plus fort que moi, je ne t'aurais jamais laissé agir.

— Ce n'était pas si mal, tu l'as reconnu, ironisai-je.

— Parce que j'étais avec toi.

Ses yeux clairs reflétaient une immense profondeur. Je contemplai la lune, sentant le poids de son regard sur moi. Ce n'était pas l'heure de s'inquiéter de l'avenir. Le présent était bien plus agréable. Repensant à un peu plus tôt, je m'interrogeai sur son ignorance étrange quant au programme de la soirée. Qu'avait-elle imaginé ?

— J'ai une question, repris-je. Y répondras-tu ?

— N'est-ce pas ce que je fais toujours ?

— Promets juste de ne pas te dérober.

— D'accord, accepta-t-elle de mauvaise grâce.

— Tu as paru sincèrement étonnée quand tu as compris que je t'amenais ici…

— Je l'étais, me coupa-t-elle.

— Certes, mais tu devais bien avoir envisagé autre chose… Je serais curieux d'apprendre ce à quoi tu as pensé quand je t'ai demandé de t'habiller.

Ça me semblait être une question facile, espiègle, qui ne nous entraînerait pas vers le futur. Pourtant, elle hésita, plus sérieuse que moi.

— Je ne veux pas te le dire.

— Tu as promis.

— Je sais.

Je faillis rire en constatant que ma curiosité et mon impatience d'autrefois resurgissaient. Certaines choses étaient décidément immuables.

— Alors ?

— J'ai peur que ça t'énerve… ou que ça te rendre triste.

Les raisons de sa gravité m'échappaient, et je redoutais sa réponse, maintenant, craignant qu'elle ne relance la souffrance que je m'évertuais à fuir. Je savais toutefois que ma curiosité allait l'emporter.

— Aucune importance. S'il te plaît ?

— Eh bien… soupira-t-elle au bout d'un long moment en contemplant les nuages argentés. J'ai cru qu'il s'agissait… d'une espèce de célébration. Pas un minable bal humain !

Elle eut un reniflement sarcastique. Je mis une minute à retrouver mon calme.

— Humain ? répétai-je.

Elle baissa la tête, tripotant la mousseline de sa robe. J'avais deviné la suite. J'attendis qu'elle ait trouvé les bons mots.

— Très bien, se décida-t-elle en me toisant d'un air de défi. J'espérais que tu avais changé d'avis et que… tu allais finalement procéder à ma transformation.

J'avais eu tant d'années pour éprouver cette douleur. Je regrettai qu'elle la ravive. Alors qu'elle était dans mes bras. Alors qu'elle portait cette tenue ravissante, et que la lumière de la lune luisait sur ses épaules nues, dessinant des ombres noires comme la nuit dans le creux de ses clavicules. Je décidai d'occulter la souffrance pour ne m'intéresser qu'à la surface de sa réponse.

— Tu as cru que je porterais une cravate noire pour l'occasion ? dis-je en effleurant les revers de ma veste.

Elle se renfrogna, embarrassée.

— Je n'ai aucune idée sur la façon dont ces choses-là se font. En tout cas, ça me semble plus rationnel que pour un bal de fin d'année.

Je m'efforçai de sourire, ça l'irrita d'autant plus.

— Ce n'est pas drôle, lâcha-t-elle.

— Tu as raison, ça ne l'est pas. Mais j'ai préféré croire que tu plaisantais.

— Ce n'est pas le cas.

— J'en suis conscient, hélas, maugréai-je.

Quel étrange chagrin je ressentais ! Il ne m'attirait pas du tout. Bien que Bella ne souhaite que le meilleur pour moi, effacer mes décennies de tristesse solitaire, je n'en voulais pas. Je ne laisserais jamais quelqu'un acheter mon bonheur en renonçant au sien. Lorsque j'avais prié son dieu lointain, je lui avais demandé de me donner la force. Il avait exaucé mon vœu : je n'avais aucune envie de voir Bella devenir immortelle. Ma seule aspiration, mon unique besoin étaient de lui épargner les ténèbres. Ça me consumait.

Si je savais que le futur menaçait, j'ignorais de combien de temps je disposais. Je m'étais engagé à rester jusqu'à ce que Bella soit complètement rétablie. Il me restait quelques semaines avant qu'elle soit sur ses deux pieds. Serait-il juste d'attendre pour la quitter qu'elle ait vieilli, comme j'y avais songé ? Sa souffrance en serait-elle moindre ? Cette option aurait été si facile. Malheureusement, je n'étais pas certain d'avoir ce délai. L'avenir donnait l'impression d'être de plus en plus insistant et proche. Je n'avais aucune idée du signe qu'il m'enverrait à l'heure dite, mais j'étais sûr de l'identifier.

J'avais déployé bien des efforts pour esquiver cette conversation. Il était clair cependant que Bella serait plus heureuse si nous l'avions maintenant. Ravalant ma peine et mon chagrin, je m'obligeai à regagner le présent. Je resterais auprès d'elle tant que ça me serait possible.

— Tu le désires à ce point-là ? lui demandai-je.

Se mordant la lèvre, elle opina.

— Si prête à mourir, murmurai-je en promenant mon index sur sa joue. À connaître le crépuscule de ta vie, alors qu'elle a à peine commencé. À tout abandonner.

— Ce n'est pas une mort, c'est une renaissance, chuchota-t-elle.

— Je ne le mérite pas.

Elle m'avait assuré se moquer de ce qu'elle perdrait du monde humain. Mais elle n'avait pas envisagé ce qu'elle perdrait dans le monde éternel. Personne ne valait ce sacrifice.

— Te rappelles-tu le jour où tu m'as dit que je ne me voyais pas de façon très claire ? me demanda-t-elle. Visiblement, tu es atteint de la même cécité.

— Je sais ce que je suis.

Elle leva les yeux au ciel, mécontente que je la contrarie. Soudain, ma bonne humeur revint. Elle était si pressée de tout jeter aux orties pour être avec moi. Pareil amour ne pouvait qu'émouvoir. À mon avis, un peu de gaieté s'imposait.

— Tu es prête, là, maintenant ? m'enquis-je en arquant un sourcil.

— Euh… oui ?

Elle déglutit nerveusement. Sans me presser, je m'inclinai jusqu'à poser mes lèvres sur son cou.

Elle avala de nouveau sa salive.

— Tout de suite ? chuchotai-je.

Elle frissonna, se tendit, serra les poings. Son cœur se mit à battre plus vite que les basses de la musique émanant du gymnase.

— Oui, souffla-t-elle.

Mon petit jeu avait échoué. Me redressant, je ris, me moquant de moi-même.

— Tu ne crois quand même pas que je céderais si facilement.

Elle se relaxa, son pouls ralentit.

— On a le droit de rêver.

— C'est donc ce à quoi tu rêves ? Devenir un monstre ?

— Pas tout à fait, rouspéta-t-elle, mécontente du mot que j'avais employé. Mon rêve, c'est surtout d'être avec toi pour l'éternité.

Sa voix était lourde de tristesse et de doute. Pensait-elle que je n'aspirais pas à la même chose qu'elle ? J'aurais aimé être en mesure de la rassurer à ce sujet, sauf que ça m'était impossible. Je dessinai le contour de ses lèvres du bout des doigts.

— Bella, murmurai-je.

Entendait-elle la dévotion de mes accents ? J'espérai que oui.

— Je resterai toujours avec toi, poursuivis-je.

Tant que je le pourrai, tant que ça me sera permis, tant que tu n'en souffriras pas. Jusqu'à ce que le destin me fasse signe et que je ne sois plus en mesure de l'ignorer.

— N'est-ce pas suffisant ? terminai-je.

— Ça ne l'est que pour l'instant, sourit-elle, pas vraiment rassurée cependant.

Elle ne se rendait pas compte que nous n'avions droit qu'au « maintenant ». Un grognement m'échappa. Ses doigts coururent le long de ma mâchoire.

— Écoute, dit-elle, je t'aime plus que tout au monde. N'est-ce pas suffisant ?

Pour le coup, mon sourire fut authentique.

— Si, ça l'est, acquiesçai-je. Pour l'éternité.

Cette fois, je parlais de la *véritable* éternité. La mienne.

Tandis que la nuit l'emportait enfin sur le jour, je me penchai de nouveau et embrassai la peau tiède de sa gorge.

Remerciements

Ce livre a été un tel fardeau pendant des années qu'il m'est difficile de me rappeler tous ceux qui m'ont aidée, mais voici mes plus fidèles soutiens :

Mes trois enfants, Gabriel, Seth et Eli (tous des hommes aujourd'hui !), qui se sont si admirablement conduits pendant ces quinze dernières années que j'ai pu consacrer tout le temps que j'aurais passé à m'inquiéter des mauvais choix qu'ils n'ont *pas* faits aux mauvais choix que mes personnages de fiction *ont* faits.

Mon mari ultra-compétent, qui gère la plupart des aspects mathématiques et informatiques de ma vie.

Ma mère, Candy, qui a toujours gentiment refusé que j'abandonne ce projet.

Mon associée, Meghan Hibbett, qui veille à maintenir Fickle Fish Productions sur les rails quand je me retire trop longtemps du monde réel. Meghan Hibbett est aussi ma meilleure amie et mon déversoir quand j'ai besoin de crier et de m'emporter contre les personnages qui se comportent mal.

Mon agent, Jodi Reamer, qui m'a laissée prendre mon temps avec ce livre mais était prête à passer à l'action dès que j'ai eu terminé.

Mon agent pour le cinéma, Kassie Evashevsky, dont le bon sens et le calme me canalisent.

Tous les formidables collaborateurs de Little, Brown Books for Young Readers, qui m'ont merveilleusement soutenue, surtout

Megan Tingley qui m'accompagne depuis dix-sept ans (!) que j'écris, et Asya Muchnik, la plus adorable et compétente des éditrices.

Roger Hagadone, l'auteur de nos épatantes et inoubliables couvertures. Je ne sais pas quelle aura la saga aurait eue sans ta sensibilité artistique.

Les splendides dames de la Method Agency, Nikki et Bekah, qui acceptent toujours avec joie les choses bizarres que je leur demande de faire.

Les innombrables talents qui ont créé les sites Web et fanarts de la saga *Twilight*.

Les innombrables auteurs qui ont inventé des univers dans lesquels je pouvais m'échapper.

Les innombrables musiciens qui, sans le savoir, ont composé ma bande-son mentale.

Enfin, les lectrices et les lecteurs qui ont si patiemment attendu ce volume. Sans vous, je n'en serais jamais venue à bout. Vous avez toute votre place sur cette page. N'hésitez pas à inscrire votre nom sur la ligne qui suit et à vous féliciter chaudement.

Table des matières

CE ROMAN VOUS A PLU ?

Retrouvez tous les titres Hachette Romans sur notre site et nos réseaux :

Composition et mise en pages : Nord Compo
Achevé d'imprimer en France par
CPI Brodard & Taupin

« Pour l'éditeur, le principe est d'utiliser des papiers composés de fibres naturelles, renouvelables, recyclables et fabriquées à partir de bois issus de forêts qui adoptent un système d'aménagement durable. En outre, l'éditeur attend de ses fournisseurs de papier qu'ils s'inscrivent dans une démarche de certification environnementale reconnue. »

N° d'impression : 3039729
82.5060.5 – ISBN 978-2-01-628609-8
Édition 03 – Dépôt légal : août 2020